U0771108

张金豹 著

挑山者

山东文艺出版社

图书在版编目（CIP）数据

挑山者 / 张金豹著. -- 济南：山东文艺出版社，
2024.3

ISBN 978-7-5329-7109-1

Ⅰ.①挑… Ⅱ.①张… Ⅲ.①长篇小说-中国-
当代 Ⅳ.① I247.5

中国国家版本馆 CIP 数据核字（2024）第 041177 号

挑山者

TIAOSHANZHE

张金豹　著

主管单位	山东出版传媒股份有限公司	
出版发行	山东文艺出版社	
社　　址	山东省济南市英雄山路 189 号	
邮　　编	250002	
网　　址	www.sdwypress.com	
读者服务	0531-82098776（总编室）	
	0531-82098775（市场营销部）	
电子邮箱	sdwy@sdpress.com.cn	
印　　刷	济南新先锋彩印有限公司	
开　　本	710 毫米 ×1000 毫米　1/16	
印　　张	25	
字　　数	420 千	
版　　次	2024 年 3 月第 1 版	
印　　次	2024 年 3 月第 1 次印刷	
书　　号	ISBN 978-7-5329-7109-1	
定　　价	59.00 元	

目　录

第一章

这几天，陈扁担心事重重，干什么都心不在焉，说起话来颠三倒四，走路也常常走神，深一脚浅一脚，像丢了魂似的，都是叫那个大轮盘闹的。

那天，他和往常一样，吃完早饭，抄起扁担，朝院墙那边喊了一声："天不早了，还磨蹭什么？"

院墙那边是杜长腿家。两家房基连着房基，屋檐挨着屋檐。两个院子之间，有堵墙隔着，墙是用乱石垒的，很矮，不到一人高。

杜长腿应了一声，接着出门。他把手中的扁担一扬："怎么样？"

陈扁担一看，立马眼前一亮："哟，老桑木！从哪里弄的？"

杜长腿故作神秘地卖了个关子："我不告诉你。"

船工的橹，羊倌的鞭，挑山的扁担，琴师的弦。这些行当的人，对自己吃饭的家什看得很重。坊间传，挑山工宁借老婆不借扁担，这当然是戏谑，但说明他们对一条上好的扁担特别在意。因为一辈子的日子，一生的苦辣酸甜，都在这条扁担上。一般来说，能做扁担的木材不少，像槐木、榆木、合欢、栎木、白蜡木、水曲柳等，都可以。但在挑山工眼里，最好的材质莫过于老桑木。用老桑木制成的扁担，既结实，又有柔韧度，而且有很好的"弹跳性"。二百斤重的货物在肩头弹跳的瞬间，可以得到瞬间的休息调整。但现在比较粗壮、能制成扁担的老桑木已很罕见，无论谁一旦得到一条老桑木扁担，都视如珍宝，爱不释手。杜长腿的得意劲儿，陈扁担自然心知肚明。

他们今天接的活，是给山上的店铺送货。杜长腿边走边嘟囔："这几天全是些小活零活，一件大活没接着。"陈扁担没吱声，心想：挑山这活，本来就是靠别人赏饭，有大活多挣，有小活少挣，没有活不挣，哪由得挑肥拣瘦？

正走着，一辆拖挂货车开过来。车身长且宽，载着一个庞然大物，黑黢黢的。由于车体太重，又是盘山弯道，车跑得很吃力，像老牛一样，呼哧呼哧喘着粗气，还不时冒着黑烟。陈扁担和杜长腿见状，连忙躲向路边。

那辆载重货车，蹒蹒跚跚，终于爬上中天门。索道站的员工呼啦围上去。大家兴奋不已，说有了这些新设备，索道一下子鸟枪换炮了。

索道公司经理马中原也颇为得意。因为这是目前世界上最先进的空中索道设备，安装以后，比原来索道的运量要高出十倍二十倍，并且运行速度快，安全系数高。他对那些员工说："大家先不要急着高兴，现在只是把它运到了中天门，还要弄到南天门。我们抓抓紧，赶快先把这些设备卸下来。"

马中原指挥吊车，把那些设备慢慢移到地面。副经理柴春萍对围观的群众说："请大家往后站站，你看，都是些龇牙咧嘴的铁疙瘩，叫它咬一口可不得了，靠得太近了有危险，大家往后站！"

卸完车，马中原说了声"谢谢大家"。话刚落地，一个胖墩墩的员工擦了一把汗，说："经理准备怎么个谢法？是发红包还是吃大餐？"另一个也跟着起哄，说："不能光拿话甜乎人，不会又是开空头支票吧？"还有一个打趣道："没有红包和大餐也行，食堂给我们来几个硬菜，这个可以有啊！"

柴春萍笑笑，说："看你们那副馋相，就知道吃吃吃，活还没干完呢。"

马中原说："这次你们劳苦功高，犒劳是肯定的，但不是今天。现在，我们的活才干了一半，等把设备运到南天门以后，我再犒劳你们。"

往回走的路上，柴春萍问马中原："什么时间往南天门弄？"

"当然是越快越好，早一天安装起来，早一天了却这个心事，早一天见到效益，也早一天方便上上下下的游客。"

柴春萍面露难色："弄到中天门，可以用汽车拉，可要运到南天门，再好的车也用不上了，太难了。"

"没有憋死的牛，只有愚死的汉，还能在这个坎上难死？"

"想好了怎么弄，找谁弄了吗？"柴春萍又问。

马中原故作轻松："车到山前必有路。"

马中原和索道公司员工对索道改建盼望已久。正值二十世纪八十年代初，各行各业在改革开放大潮中突飞猛进，泰山的旅游也风生水起。原来，他们有条简易索道，但设备老化，技术落后，不仅运行速度慢，而且载客量小，甚至还存有一定的安全隐患。为了适应旅游业的发展，满足日益增长的游客需要，市委市政府划拨一笔资金，从国外进口一批先进设备，启动对索道的改建。这些设备，最关键的就是那个驱动轮，体积大，重量也大，两吨多重，三米多长。有了这批设备，改建后，泰山索道将成为目前全国技术和设备最先进的索道。看着眼前从国外买回的先进设备，他们的兴奋之情可想而知。

下午，陈扁担和杜长腿把货放下，稍稍休息了一会儿，便顺着盘道下山。到中天门的时候，见好多人围在那里，出于好奇，便也凑了过去。

他俩近前一看，是个驱动轮，正是上午那辆货车拉着的大家伙。杜长腿弯下腰来，仔细辨认上面的字迹。陈扁担看他一眼，说都是"洋码子"，你连中国字都不识几个，能看懂洋文？杜长腿笑道："管它呢，看看又不要钱。"陈扁担围着驱动轮转了好几圈。杜长腿心想：还说我呢，你看得比我还仔细。

陈扁担听到别人议论，这个大家伙还要运到南天门，便打起它的主意。他觉得机会来了。这是个大活，是个挣钱的活。他想把这个活揽下来，但端详来端详去，发现这不是自己的菜。他摇摇头，只好作罢。

想干的活干不了，想挣的钱挣不着，这使他不甘，又觉得无奈。

第二天一早，马中原就把王伟和李安请到南天门。王伟是空军某部政委，李安是飞行大队大队长。南天门位于十八盘顶端，从十八盘上去，迎面是用石块砌成的拱形门洞，匾额上题着"南天门"三个大字。从南天门向山下看，十八盘七折八回，在岩层陡立，仿佛悬挂在陡峭石壁上的一架天梯。

他们边走边看，马中原热情地做着介绍。王伟早就看破了马中原的心思，说："老马今天约我们来，不会单纯请我们看风景吧？"

马中原笑道："你看，什么事都逃不出您的法眼。今天请你们来，看风景散散心是真的，有事相求也是真的。我们刚从国外进了一些设备，有轮盘，有大轴。这些物件大都体积庞大，重达几千斤。特别是那个驱动轮，直径三米多，两吨多重，我们好歹从山下运到中天门，这段路能跑车。可运到南天门就没有办法了，那段路不仅没法跑车，走都困难，只好请您显显神通。"

柴春萍说："为了运这个驱动轮，马经理饭吃不下，觉睡不安，愁得头发都白了。这个忙，您帮也得帮，不帮也得帮，我们算把您赖上了。"

王伟抬头看了一眼马中原："不会吧？"

"春萍说得有点夸张，没那么严重，不过，这几天确实犯了愁，叫那个驱动轮别住马腿了。"马中原解释。

王伟打趣道："你这匹识途老马，也有被别马腿的时候？"

马中原说："这次真没招了。但凡有办法，哪好意思找您开口？"

王伟一听认真起来："帮忙没说的，不过，直升机也不是万能的，什么事都能干。只要能帮，我们肯定二话可说。"

马中原赶紧接着这个话茬说："我是这样想的，能不能用直升机把那驱动轮吊起来，从中天门吊到南天门，距离倒不是很远，就是太重。"

王伟笑道："咳，你倒真是敢想啊，你以为这是年轻人玩游戏啊？你想想，那么个庞然大物，用直升机把它吊起来，且不说它的重量，就是吊起来，在空中也有很大风险。飞机吊装，得起飞，得降落吧？起飞降落得有基本的条件，你看这个地方，没有机坪不说，连片开阔的场地也没有，恐怕很难啊！"

李安边听边摇头："马经理、王政委，这个周围的环境我都仔细看了。你看，南天门这里，除了悬崖，就是峭壁，没个平坦的地方。飞机没法起飞，也没法降落。再吊挂那么大体积的设备，太危险了。"

"有没有其他办法？"王伟问李安。

"没有其他的办法，直升机在这里起落都有问题，要是硬着头皮干的话，一旦出事就不是小事，那麻烦可就大了。"

王伟向马中原把双手一摊："你看，李安可是飞了十几年的老飞行员了，行还是不行，他有经验，这个事恐怕我们爱莫能助啊！"

马中原显然有点失望，但他还是笑道："我们是有病乱投医，实在没办法了，才想请您来试试。如果确实不行，就算了。人命关天，安全为大。咱还得面对现实，实事求是，不能感情用事，盲目蛮干。没关系，这条路走不通，再想别的办法。走，咱们吃饭去。"

王伟打趣地说："现在就吃饭，时间有点早吧？再说，忙帮不上，哪还好意思吃饭？"

"一码归一码，饭总是要吃的。同样的饭菜，在山顶吃和在山下吃，味道完全不一样，你体验一下。"马中原说。

王伟说："那好吧，却之不恭，听你的。"

石屋子村坐落在泰山脚下。村子不大，不到百户人家。一栋栋石屋倚山而建，错落有致。小村周围，群峰环抱，林木葱茏。村中有条小溪，从山上蜿蜒而下。山峦、石屋、小溪，构成一幅颇有意境的水墨画。村子中间，有棵高大独秀的白杨，树的顶端，挂着两只大喇叭。通信不发达，每村都有这个玩意儿。通知开会、找人寻物、天气预报等，都要通过大喇叭传信。上级来人检查，村里要干的大事，都在大喇叭上广播。谁家丢了鸡，谁家跑了牛，在大喇叭中都能听到。谁家夫妻不和，谁家邻里吵架，谁家不赡养老人，村干部也在大喇叭中点名不点名地敲打。总之，那个时候的大喇叭挺管用，是村干部不可或缺的工具。除此之外，转播新闻，播放戏剧、歌曲，还给村民带来不少信息和欢乐。当然，也有村干部粗心，说完正事，没有及时关掉扩音设备，一些不该传播的信息传播出去，闹出不少笑话。

下午四点左右，村党支部书记吴大庆坐在扩音器前，用手轻轻弹了弹话筒，然后开始喊话："大伙儿注意了，下边广播找人。陈扁担，听到广播后，请抓紧到办公室来！陈扁担，听到广播后，请抓紧到办公室来……"

大喇叭声音很洪亮，不光本村，有时邻村也能听到。

这时，陈奶奶正在院子里剁鸡食，忽然听到广播喊她儿子的名字，便把菜刀放下，直起腰来，支起耳朵仔细地听。

突然，陈扁担五岁的小儿子陈家梁气喘吁吁地跑回家，"嗵"的一下把院门撞开，差点把陈奶奶撞倒，后面还跟着杜长腿的小丫头杜婕。

陈奶奶说："哎呀，我的小祖宗，你吓死我了，什么事把你急成这样，是火上房了，还是被狗撵在后头咬着尾巴了？"

陈家梁一边喘着粗气一边问道："奶奶，我爸在家吗？"

"没有啊，一大早就上山去了。"

陈家梁擦了一把汗："大喇叭找他，你没听见吗？"

陈奶奶说："我又不聋，早就听到了。"

杜婕埋怨道："我就说吧，那么大声，谁听不见？就你猴急。"

大喇叭喊的时候，陈扁担正在山上。山深林密，声音再大也随风飘散了。

今天陈扁担给一家宾馆送家具。一起干活的除了杜长腿，还有皮笊篱、竹筒子、范海灵、大剪子和半铺炕。这几个人是一块挑山的铁杆。

他们沿着下山盘道来到彩石溪。

这小溪从桃花源龙湾下来。墨绿色的岩层是斜长角闪岩，浅白色的是长英脉条带。两种不同岩层相间排列，构成色彩斑斓的石溪河床。每逢雨季，溪流之下如彩石铺就，溪水与彩石完美交融，巨大的天然画布上，一条条石纹形成无数不规则的图案，有龙有凤有麒麟，有松有柏有翠竹，像毕加索的画，似与非似、亦梦亦幻。游客们来到这里流连忘返，挑山工也常在这里歇脚。

时值黄昏，晚霞洒进小溪，水面泛起点点碎金，彩石溪更添几分瑰丽。

陈扁担一看时间还早，就提议在这儿歇歇，好好洗洗。动作最麻利的是皮笊篱，别人刚站稳，他就把上衣一撩，跳进水里，连声说，舒服，真舒服！

接着，杜长腿也下到河里，把背心脱下，闻了闻，说："这是什么味儿，又酸又臭，怪不得老婆嫌弃，连自己闻着都恶心。"说着，他把背心扔到水里。

陈扁担用手拧着被汗水湿透的上衣，一拧哗哗的，全是汗。

竹筒子边撩水边嘟囔，说："天下这么多活，咱怎么偏偏干这个，太累了。"杜长腿瞅他一眼，说："三百六十行，行行出状元，行行得有人干嘛。"竹筒子"嘁"了一声，说："挑山能挑出状元来？糊弄鬼去吧。"皮笊篱也帮腔："三百六十行里，可没听说有挑山这一行。"陈扁担从水里抬起头说："不管多少行，挑山肯定算一行。能不能挑出状元不好说，可你找个状元试试，他能干了咱这活？"竹筒子说："你这是讲歪理，为了不挑山，才去考状元，考上了状元，谁还干这个？"

皮笊篱边往身上撩水，边用手搓泥。杜长腿逗他，说："怪不得河里的鱼这么肥，都是你身上的污泥喂的。"皮笊篱说："你看这些小鱼，都围着我转呢。"

挑山工这个行当就是这样，挑山的时候，一个个紧绷着脸，一闲下来就插科打诨，说说笑话，荤的素的，顺耳的不顺耳的，口无遮拦，什么都说。

这帮男人在河里放肆撒野的时候，范海灵几个坐在岸边的石头上歇息，把脚伸进水里沾沾凉气。她们三十刚出头，干起活来和男人没啥两样，但一闲下来，还是很女人的。她们不好意思与这些男人同泡在一条河里，只想在这里好好透透风，喘口气，等晚上回到自己的家，浑身上下洗个痛快。

过一会儿，杜长腿湿淋淋地上了岸，用脚蹭了一下半铺炕，说："往那儿挪一点儿，一个人占那么大地方，怪不得都叫你半铺炕，竖着不长横着长，这样下去，一铺炕都坐不下你了。"脸大脖子粗的人，最苦恼的是显胖，也最听不得人家说胖，半铺炕白了杜长腿一眼，说："去你的，就知道笑话我，看看你那两条腿，长得和火烈鸟似的，这你怎么不说了？"

皮笊篱上岸的时候，用背心兜着几条小鱼。

范海灵笑道："老皮你可真能，这么点的小鱼你都能捞上来？"

"嘿嘿，蚊子也是肉，小鱼也是鱼，回去炖个汤。"

竹筒子说："要不怎么叫皮笊篱？人家的笊篱是用铁丝做的，光捞干货不捞汤，他的笊篱是用皮子做的，干的湿的一块捞，汤水不漏。"

皮笊篱怼了竹筒子一句："就你好，上下一般粗，像个竹筒子，倒豆的时候一干二净，一颗不剩，全抖出来。"

陈扁担到家时，天已经黑了。这时，两个儿子争着向他报告，说村里的大喇叭喊他，一个劲地喊，连着喊了好几遍。陈扁担心不在焉，有一搭无一搭地听着，并没有往心里去。陈家梁见他不搭理，哼了一声，说爱信不信。

陈奶奶说："他们两个没瞎说，傍黑的时候，你大庆叔一直喊你，听口气挺着急的，你去看看吧，别让人家着急上火的，耽误了事。"

陈扁担犹豫了一下，说："天这么晚了，明天再说，先吃饭吧。再说，要真有什么急事，他就来家找了。"

陈扁担的话刚落地，吴大庆就推门进来了。

陈扁担连忙迎上去，说："哟，叔，我和我娘正说着呢，您就来了。听说您下午用大喇叭喊我？当时我在山上，没有听见。您找我有事？"

吴大庆说："不是我找你，是索道公司马经理打电话给我，说要找你。"

陈扁担一怔："马经理？"瞬间，那个大轮盘在他脑子里闪了一下。

吴大庆说："对，他说找你有急事。这样吧，我和他说好了，明天早晨你到村办公室，马经理也过去，我在那里等着，有什么事到那里去说。"

陈扁担点点头："那好，我明天一早过去。"

第二天一大早，吴大庆就把办公室里里外外收拾了一番。陈扁担吃过早饭，来到村办公室。他脚刚落地，马中原和柴春萍也来了。

吴大庆说："马经理，您要找的人，我给您找来了。"

接着让陈扁担和马中原、柴春萍互相做了介绍。

马中原握着陈扁担的手："你就是陈扁担？久闻大名啊！"

陈扁担笑笑："马经理您别涮我了。就是个外号，什么大名不大名。"

马中原拍了拍陈扁担的肩膀："你就别谦虚了，在泰山，说我老马，人家不知道，可一提你陈扁担，谁不知道？"

接着，马中原把想请他帮着把驱动轮运到山上的事说了。

陈扁担心咯噔一下，果然是运那些物件的事。

马中原说："这个活别的办法没有，想来想去，就指望你了。"

陈扁担说："您把我看高了，那么大的东西，我能有什么办法？"

柴春萍接上说："你是远近闻名的老把式，还有你干不了的活？"

陈扁担笑笑:"柴经理,你就别给我戴高帽了,我头小,戴不住。"

吴大庆跟上说:"你就别拉缰了,两个经理都亲自上门了,还有什么说的?能帮什么忙就帮什么忙,能出多大力就出大力,不能抹了领导的面子。"

陈扁担苦笑一声,说:"我的叔哟,我不是拉缰。你们都知道,我们这些挑山的,吃的是挑山的饭。上山的道下山的路,一天走几趟。每趟也就挑百多斤,最沉的也超不过一百五。再大点的东西,就得几个人慢慢抬。可那么大的东西,我们哪能挑得动?你真把我当成大力神了?"

马中原连忙解释:"不是说让你一个人挑,我们今天来,就是一块商量,你出面挑头,多找一些人,看能不能把那些东西抬上去。"

柴春萍跟上说:"老陈,你放心,这个忙,不会让你白帮,我知道你们干一天挣多少钱,我们给你的报酬,保证叫你满意。这一趟活下来,起码顶你平时干三个月两个月的,怎么样?"

陈扁担挠挠头:"这个,这个,不是钱的事。那些设备我看过,个个都是大家伙,体积大,分量重。那个驱动轮,听说有三米多长,两吨多重。上山的路,你们也知道,山高坡陡不说,路都又弯又窄,很多地方只能一人过。平时,挑百十斤的担子都不好走,更不用说那些又笨又重的铁家伙,挑不能挑,抬不能抬。人少了,抬不动;人多了,摆不开,你说怎么办?"

吴大庆有点不耐烦:"你可以试试嘛,不试怎么知道行不行?"

马中原也用商量的口吻:"试试,怎么样?"

陈扁担有点为难地说:"马经理,您这难为我了,我真的不是故意推辞,我们从来没有干过这么大的活。您还是想想别的办法吧,我这也是替您着想,别倚着我的破鞋,扎了您的脚。"

"不瞒你说,这些天,能想到的法儿都想了,实在没招了,才来找你。你们毕竟天天挑山,山上好多东西,都是你们一点一点倒腾上去的。难,肯定是难,你能不能琢磨一下,不管洋办法土办法,不管是扛是抬,是拉是拽,哪怕是蚂蚁搬家,一点点地滚,一步步地挪,只要弄上去就行。"马中原说。

陈扁担摇摇头:"我知道,挑山的兄弟不怕吃苦,不怕出力,都想多挣几个。可弄这么大个铁玩意儿,万一有点闪失,伤着胳膊伤着腿,麻烦就大了。"

柴春萍有点着急了,话说得也比较冲:"你说你陈扁担可真是的,平时到处找活干,现在活来了又不愿意干。再说,你们天天挑这挑那,费事巴拉的,一天也就挣个三块五块的。眼前有了大活,有了大钱,你们反而推三阻四、怕这怕那的,也不知道你到底怎么想的!"

陈扁担连忙解释："柴经理，您先别着急，听我慢慢给您说。不是我不识好歹，也不是我不识抬举。干我们这行的，平时，我们都是腆着个脸，到处找活干。现在，您把活送上门来了，我们怎么能给脸不要脸？有大活干，有大钱挣，谁不高兴？谁还对钱有仇？就拿我来说，一家四口，上有老，下有小，每天一开门，到处都要用钱。我每天往山上跑，刮风下雨都不舍得歇，我这么拼死拼活地干为了啥？不就是为了多挣几个钱养家糊口吗？您这个是大活，是挣大钱的活，我哪能心里不痒痒？那天到中天门看了以后，我就想揽这个活。可想来想去，没敢开口。您这个活我接不住啊。我们这些挑山的虽然是些粗人，没什么文化，但做事也讲规矩，干不了的事，不敢大包大揽。大话一旦说出去，活又干不了，我们没面子事小，耽误您的活事大，您说是不是这个理？"

　　柴春萍烦了："你这也不行，那也不行。算了，别弄得像求你似的，我们能把设备从国外漂洋过海地运过来，难道就没办法运到山上去？"

　　马中原看了柴春萍一眼，连忙打圆场："小陈说得有道理，你们有你们的难处。这样吧，这个事再急也不差这一天两天的。你回去和你们那帮兄弟商量一下，看有没有好的办法。我们也再好好想想怎么办好。怎么样？"

　　陈扁担点点头："实在对不起，不好意思。"

　　雨后的泰山，山色空蒙、云雾缭绕。泰山林场场长高云青头戴草帽，带着工人们正在栽植树苗。有个员工试图爬上岩顶，但因脚下打滑，试了几次不行。另一个员工在树苗根部用土团成一个土球，像投掷手榴弹一样，从峭壁下向几米高的岩壁上投掷。站在远处看，树苗尾部带着土球，像鸟儿在空中飞，然后，落在岩壁上。高云青说："对，就这样，抛得再高一点！"

　　这时，一群游客路过，他们看到工人往山上抛树苗，觉得好奇，便驻足观看。

　　一个小伙子问："师傅，你们这是……"

　　高云青笑道："哈哈，小伙子，没见过吧？我们是在种树。"

　　小伙子也笑了："种树？为什么不到山顶去种，而在这里扔呢？"

　　"能上去的地方都已经种了，这些地方又高又险，人上不去啊。没办法，只好用这种方式，把树苗抛上去。这也是没办法的办法。"高云青答道。

　　小伙子又问："不挖坑，也不浇水，就这样扔上去，这树能活吗？"

　　高云青说："没问题。你看，这些树苗的根部带着土，有土就有一定的水分。天气预报上说这几天有小雨。这样，投掷上去的树苗大部分能够成活。这些年，我们每年都是这样干的，成活率很高的。"

小伙子很好奇："师傅，我可不可以试试？"

"当然可以。"高云青答道。

小伙子拿起一株带土球的树苗，在手里掂了掂，向岩壁上抛去，抛到半空，树苗就掉了下来，树苗根部的土球摔成散沙。

小伙子再抛一棵，树苗还是从半空掉下来。

小伙子不好意思地说："不行不行，看来，这还是个技术活。"

他的憨态把大家逗乐了。小伙子女友揶揄道："没这个把式，别出洋相了。"

高云青说："这活说有技术吧，其实没什么技术；说没技术吧，还得有点巧劲。不得要领，劲使不对，还真不行。熟能生巧，多试几次就摸着门道了。这样，把胳膊伸直，悠起来，顺劲借力，猛地出手，就上去了。"高云青边说边抛，树苗在空中划了个抛物线，最后稳稳地落在岩壁上方。

陈扁担从村办公室出来，满脑子在想那个大轮盘的事。他知道，马经理找他是看得起他，找他帮着运设备也是诚心诚意的，柴春萍着急，话有点难听，他也理解。仔细想想，马经理说多找些人，挑也行，抬也行，像蚂蚁搬家那样滚也行，这似乎不无道理。可到底行不行，怎么办？他一时理不出个头绪。

正专注想着，突然，咔的一声，他感觉碰到了什么东西，脸上火辣辣的疼，用手摸了一把，血淋淋的。他抬头一看，原来是撞在路边的一棵槐树上，一枝断裂的树杈正好斜伸出来，锋利如刀。他赶紧捂着脸朝村医务室走去。

村医正在为一个病人擦药，见陈扁担进来："哟，怎么挂彩了？"

隐扁担说："嘿，走路不小心，被路边的树杈子刮了。"

村医说："你稍一等，这就好了，马上给你处理。"

这时，背对门坐着的皮笊篱转过来："怎么，走路还能刮着脸？"

陈扁担一看是皮笊篱："原来是你呀，我还当是谁呢。你这是怎么啦？"

皮笊篱从椅子上站起来："我都不好意思说，说出来怕丢人。"

村医边笑边给陈扁担清理伤口。

陈扁担又问："有什么不好意思的，是钻人家女人被窝，被人挠的？"

"嘿嘿，我哪能干出那样的事。"皮笊篱笑道。

陈扁担说："我谅你就是有那个贼心也没那个贼胆。到底怎么回事？"

"今天早晨天刚放亮，我去一趟菜地。走到菜地旁边小树林的时候，看到地上有只小鸟，样子怪怪的，既不是斑鸠，也不像鸽子，我蹲下来一看，原来是只小猫头鹰，我用手逗它，它也不动，还不会飞，是只小雏。我就用手把它抓起来，想带回家养着玩儿。谁知，一只大鸟突然从树上猛地俯冲下来，朝我脸上猛地挠了一爪子，顺带还啄了我一口。我被吓了一跳，连忙松手，那只大鸟儿衔起那只小雏就飞走了。你看，我这脸上被它弄得一道道血印子。"

陈扁担笑道："我看你是没事找事，找罪受。"

村医说："早晨我刚开门，老皮就用手捂着脸跑来，要我带着他去打狂犬疫苗。我说，被疯狗咬了，要打狂犬疫苗，还没听说被猫头鹰啄了要打狂犬疫苗。可老皮硬是不信。我就给防疫站打了电话，结果惹得大家哄堂大笑，说从来没有听说过这样的病例。"

挑山的这些人，有的长年干这个营生，有的按照季节，农忙时下地，农闲时挑山，也有的挑山与下地兼顾。干活方式也是多样的。平时一些小活零活，谁接着活谁干，个人干个人的。但也有一些大活重活，这时他们就会联起手来一块干。联手得有个挑头的。陈扁担为人厚道，干活不惜力，遇事有主见，同行的人信任和敬重他，有事喜欢请他拿主意，单位或个人有了大活就找他联系，久而久之，他自然而然成了挑山工的"头儿"。

陈扁担去医务室时，杜长腿他们早就坐在他家里。

陈扁担和皮笊篱，一个抹着药水，一个扎着绷带，像两个从战场上下来的伤兵，一进门，就把他们吓了一跳。

陈奶奶说："哟，你们这是怎么了？"

竹筒子笑道："你们俩决斗去了？"

陈扁担把脸一沉："说什么呢，决哪门子斗。"接着他问道，"你们怎么今天没上山？"

杜长腿说："听说昨天大喇叭喊破天地找你，是不是有什么大活？"

陈扁担说："是有大活，但没敢接。"

接着，他把马经理找他的事说了一遍。

大家一听就嚷嚷开了。这个说，你的头不是被树杈子刮了，是叫驴踢了。咱一天天累死累活的，一天才挣三块五块的。他们这个活，一天就顶仨月俩月的，这样的肥差，打着灯笼都难找，你怎么能说不接就不接呢？那个说，十年碰不上个闰腊月，好不容易赶上这么个大活，你怎么往后出溜，说不干就不干了呢？还有的说，以往干什么事都痛痛快快，说得起，放得下，天塌下来都不怕，这次怎么成软蛋了？你那股子天不怕地不怕的劲儿哪去了？

杜长腿见过那些设备，知道活不好干，说："你们一个个的，今天怎么还杠上了？大活谁不愿意接？大钱谁不愿意挣？可接活、挣钱，咱得掂掂自己的斤两，蚂蚁能拖动大象？泥鳅能划起大船？我们那天在山上看了，不用说其他的那些大件小件，光那个驱动轮就有好几吨重，整个一黑铁疙瘩，看着都打怵，挑没处下钩子，抬没处插扁担，怎么往山上弄？这样的活，咱以前见都没见过，更没有干过，没有金刚钻，揽不了瓷器活。拍拍那个木头疙瘩脑袋好好想想，要是这个活好干，这个钱好挣，它怎么就能轮到咱头上？"

皮笊篱说："不试试怎么知道不行？咱可以试试嘛！"

杜长腿看了他一眼："好，试吧！看你像只老公鸡似的，半夜的时候，你打个鸣试试，能把太阳叫出来？把你能的！"

"你，你这不是抬杠吗？"皮笊篱嘟囔道。

陈扁担终于沉不住气了，说："行了，别吵吵了，净说些没用的。老长腿说得对，试不试的没有用。我和大伙儿一样，都想多挣几个，放着现成的大钱不挣，我是痴了还是傻了？可这个钱不好挣也挣不了，干不了的活不敢说大话。"

众人一个个都把头一低，不再吭声。

"我看算了吧，是咱的跑不了，不是咱的，争也争不来。既然干不了的事，就别瞎惦记了，惦记也是白惦记。"范海灵打了个圆场。

第二章

  范海灵她们把货放下，专门过来看了看那个驱动轮。半铺炕边看边摇头，心想：这个东西这么大呀，怪不得陈扁担不敢接这个活。刚要离开，忽然发现皮笊篱和竹筒子也过来了。皮笊篱嘴里念念有词，说要是能把它卸开，一块一块的，那就好弄了。半铺炕白了他一眼，说："你这不是废话吗？你当这是块豆腐，说切就切开了？是铁，是实打实的铁疙瘩！"

  这时，陈扁担和杜长腿也溜达过来。

  皮笊篱对陈扁担说："我看，你不接这个活是对的。"

  大剪子接着怼过去："我说皮笊篱，你那张嘴是肉长的吗？刚才还叽叽这个叽叽那个的，转过来就换一副嘴脸。"

  皮笊篱解释道："我也是刚想明白，不用说咱弄不上去，就是费事巴拉地弄到南天门，他们高兴了，咱就麻烦了。到时候索道一开通，什么都能用索道运上去，那我们干什么？这不是断自己的生路、砸自己的饭碗吗？"

  竹筒子也说："挑山挑山，吃饭靠肩。人货都走索道，还挑什么山？"

  杜长腿看了看皮笊篱："没看出来，老皮真是三十六个转轴，七十二个心眼。"

  大剪子挖苦道："皮笊篱是谁？别看平时蔫不出溜的，真算起账来，不管大账小账，比谁心眼都多。要给他粘上毛，比猴还精。"

  陈扁担看皮笊篱一眼："什么大账小账？我看就是混账。说运轮盘就说运轮盘，扯那些不着四六的干什么？照你们那么说，晒盐的就天天盼着别下雨，卖伞的天天盼着别晴天，卖棉衣的天天盼着下大雪，摆渡口的天天盼着别修桥，那还不乱套了？再说，修好了索道，我们没活干怕什么？不挑山照样干别的。不能眼窝子太浅，也不能心眼像针鼻儿那么细，多少有点出息。"

范海灵笑道："柳树敲一棍，枣树去了皮，说买马的事，跑到驴市了。"

设备运不上去，没法安装，市领导拿条鞭子天天抽。这不，电话又来了。

马中原对着话筒说："是，韩市长，这几天我像热锅上的蚂蚁，电话快被打爆了，都是催问索道什么时候正常运行。我们一定抓紧，请您放心！"

市长的催命电话刚放下，索道站站长又来告急："马经理，我们南天门索道站一切准备工作都做好了，万事俱备，只差驱动轮了。现在老设备已经卸了，等着安装新的。可新的迟迟运不上去，索道停好几天了，眼下正是旅游旺季，一天好几万人上山，游客很有意见。这个倒还好说，可耽误一天就等于丢了几十万甚至几百万，我们心痛着急啊！"

马中原窝一肚子火没处发，正好来了个出气筒。他没好气地说："急，急，你以为光你们着急？我比你们还着急！市长一遍一遍地催，我都被催得头皮发炸了！回去等着，少安毋躁！"

"都火烧眉毛了，我上哪儿去少安？哪儿去毋躁？"站长嘟囔道。

范海灵好长时间没下地了，今天她去玉米地和花生地里看看。她男人年轻时身体就残了，干不得体力活。两个闺女又小，里里外外都靠她一个人。有时候喂了鸭忘了鸡，想往东去了西，顾了外头顾不了家里，忙活山上丢了地里。

来到地里一看，果然草比玉米、花生长得旺。她先锄了一会儿，接着又用手薅，很快浑身上下就湿透了。

这时，石大娘挎着篮子走了过来："海灵，大热天的，忙什么呢？"

范海灵直起腰来："噢，大娘，我把花生地里的草薅一薅。您这是……"

"我刚去了趟菜园，摘了点豆角和茄子。"

范海灵低头一看："哟，摘那么多呀，又晒又累的，歇会儿吧。"

石大娘把篮子放下："好，歇歇，喘口气。"

范海灵往旁边的树荫一指："这里有点荫凉，坐这儿。"

石大娘找了块石头坐下："闺女，这几天山上的活多不？"

"不少，单位的，个人的，什么活都有。只要出门上山，就有活等着，就是身子累点，每天多少都能挣几个。"

石大娘打量着范海灵："看把你累得，挑山本来是爷们儿的活，你们仗着年轻，女人的身子当男人用，能不累吗？前两天，我上了趟山，把我累得呀，腰也酸，背也疼，哪儿哪儿都不得劲，好几天缓不过来。"

范海灵笑笑："您这么大年纪，真不容易。您上山干啥去了？"

石大娘叹了口气："唉，我那大孙子不知怎么得了个古怪毛病，住院两年多了，还没见好。没法子，我去给泰山老奶奶上了上香，念叨了念叨。"

范海灵安慰道："大娘您放心，老奶奶灵着呢，您大孙子一定会好的。"

石大娘说："那敢情好，不知道上辈子做了什么孽，这样的事让我摊上了。他可是老石家的一棵独苗，要是有个好歹……"

范海灵连忙打断石大娘的话："大娘，没事的。好人有好报，您善良一辈子，孩子会好的，没事。"

"要是能换，把我孙子的病换在我身上就好了。只要他好好的，我遭点罪没什么，反正我已经一大把年纪了，活得够本了。"石大娘说。

"大娘，您千万不能这么想。家家都有本难念的经，谁还没点闹心的事？有些事，摊上了，没办法。愁也没有用，躲也躲不开，您得想开点。苦也是一天，乐也是一天，咱得把苦日子当好日子过。您说对吧大娘？"

石大娘撩了把头发："你说的也是。我虽然老了，但还没糊涂。道理不是不明白，可心里就是过不去那个坎。"她看了一眼范海灵黑里透红的脸颊，心疼地说，"你也不容易，炕上常年躺着个病人，屋里屋外，老的小的，全靠你一个人操持，看把你晒得，原来多白净的小脸，现在都成什么色了。"

范海灵笑笑："黑点就黑点吧，又不是十八的大闺女。"

石大娘又嘱咐道："歇着点，别太累了。"

"没事儿大娘，你看，皮实着呢。"

晚饭后，陈扁担坐在院里，眯着眼发呆，好长时间一动不动，满脑子是那个硕大的轮盘。陈家梁觉得好奇，站在一旁边叫道："爸，你怎么了？"陈扁担没有反应。陈家梁又从地上捡起一根带叶的树枝在他脸上画："叫你不答应，叫你装睡。"陈扁担猛地把手一扬："滚一边去！"陈家梁吓得撒丫子就跑。

那天驳了马中原的面子，陈扁担像做了什么亏心事一样，心里觉得不安。那个驱动轮像影子一样总是在他眼前晃来晃去，他欲干不能，欲罢不甘。

眼看天色已晚，陈扁担连衣服都没脱就上床躺下了，可翻过来覆过去，就是睡不着。他想了好几种办法，但很快又否定了。他忽然想到在电影中看到的滑竿，如果用木头做个巨大的"滑竿"，把驱动轮放在上面抬着怎么样？他为自己这个创意感到得意和兴奋。他立马从床上爬起来，到了院子里，从墙脚找了两根木杆，用手掂了掂，竖着摆在地上，然后又找了两根大致相同的木杆，并排着摆在地上。端详了一会儿，一边摇头一边自言自语："这样可能不行，吃不上劲儿。"他又把几根木杆重新摆弄，左调右调，调成了井字形。他点了点头，自己对自己说："这样可能差不多，井字架做底座，把轮盘放在中间。"他又找了一块石头，放在井字架中间。接着用一些小木棒，像下围棋一样，这里放一根，那里放一根，嘴里念念有词："这是大杠，这是二杠……"那样子，酷似正在对弈的棋手，全神贯注，用心盘算着每步棋、每个棋子。

忽然，空中滚过几声闷雷。接着，街上传出几声狗叫。陈扁担下意识地抬头看看天，心想：这是要下雨？没等他回过神来，雨点就噼里啪啦地落下来。

这时，屋里的灯亮了。陈奶奶从屋里出来："下雨了，你还在这里鼓捣什么？也不知道帮我把晒的衣服收起来。"老太太边说边收晾在铁丝上的衣服。

陈扁担赶紧帮忙："刚打几个雷，雨就下起来了，没想到这么快。"

陈扁担还想继续摆弄，不承想，雨忽然大起来，瓢泼一样，他赶紧往屋里跑。一霎的工夫，他就被淋成了落汤鸡。

他拿条毛巾胡乱擦了几把，又找了几个细木条，折得长短不一，在炕上摆起了刚才在院里摆过的图形。他觉得不行，不够直观，就拉开桌子抽屉，想找纸和笔画成草图，可翻了半天，一张纸也没找到。他四处打量了一下，见墙上挂着个书包，是小儿子陈家梁的。他把书包拿过来，从包里抽出一个练习簿，刚要撕，想了想又放下。他又踅摸了一遍，还是没找到半张纸。他摇摇头，还是从刚才那个练习簿上撕下两页，拿出一支铅笔，趴在炕上，一边想，一边画。

这时，雨已经停了，村里传出鸡叫的声音。陈扁担卧室的灯还亮着。

索道公司办公室里，马中原还在为设备上山的事着急上火。

柴春萍把手里的一份文件往桌上一扔："这都过去两天了，运驱动轮的事还没有眉目，你说怎么办啊？要不再找别的单位看看？"

马中原摇了摇头："恐怕不好找。在别的地方，再大的件也好办，你像装车装船，那么大的集装箱，吊车轻轻松松就吊起来了。可咱这是在山上，再大的吊车也派不上用场。我琢磨着，这个活，离了挑山工还真不行。"

柴春萍说："咱找过陈扁担，可他油盐不进，死活不接呀。"

马中原摆摆手，示意别着急："从那天他的态度看，我觉得不是一点希望没有。他没干过这样的活，不敢接，这在情理之中。如果他大包大揽满口应承，我反而不踏实了。他们平时都是挑挑抬抬，这次冷不丁地来那么个大东西，要他爬过十八盘弄到南天门，叫谁谁不打怵？他虽然没答应，但他也不是一点不动心。过一会儿，我们再去找他谈谈。我估计，这个事他也没放下。"

马中原估计得没错。

天刚蒙蒙亮，陈扁担就去敲杜长腿家的门。

钟丽华蓬松着头发把门打开："大哥，怎么这么早啊？"

陈扁担问道："长腿起来没有？"

"没呢，还在被窝里。"

陈扁担催促道："快把他叫起来，属猪的，这都什么时候了？"

杜长腿在屋里听到了陈扁担的动静，在床上懒洋洋地骂道："你个老扁担，吼什么？大清早就跑上门来大喊大叫，想睡个懒觉都睡不安稳。"

陈扁担笑道："早什么早？太阳晒着腚啦。"

过了一会儿，杜长腿趿拉着鞋出来："什么事这么急？火上房了？"

陈扁担说："急，当然急了，不急我这么早找你？赶快给我找张纸和笔。"

杜长腿一脸茫然："什么？纸和笔？要那个干什么？"

"你别管，我叫你找你就去找，肯定有用。"陈扁担催促道。

杜长腿返回屋里，找了一张纸和一支笔出来。陈扁担接过来一看，纸是包点心用的发黄的草纸。他用笔画了几下，只留下几道折痕。他用劲甩了甩，仍然不下水，便笑道："一看就没文化，找张纸油脂麻花，找支笔又不下水。"

杜长腿瞅了他一眼："乌鸦笑猪黑，你有文化？"

陈扁担说："你知道吗？我昨晚一晚没睡，一直琢磨那个大轮盘。"

杜长腿不解："那个活不是不干了吗，还琢磨啥？"

陈扁担说："那个活确实不好干，但又不甘心。"他做了个数钱的手势说，"你想想，干这趟，顶平时两三个月，哪碰到过这样的好事？"

杜长腿说："我看你是不到黄河心不死。"

"到了黄河我也心不死。"陈扁担说。

杜长腿又问："那你琢磨出道道了？"

陈扁担有点兴奋："有门儿。我把我琢磨的法儿画给你看看。"陈扁担又拿笔在纸上画了几下，还是不下水。他干脆把笔一扔，"这是什么玩意儿，算了，我用木条在地上画给你看吧。"

陈扁担找了根木条，在地上画了个井字形图案，说："这里，用两根粗大结实的电线杆，还要够长，做顺杠，也就是竖杠。在两根顺杠中间，绑两根由子，也就是横杠。这样就形成了井字形，把轮盘固定住。在顺杠的两端，再绑若干由子。每根由子的两头，各绑短顺杠。短顺杠两头，再系上绳索，绳索得结实牢靠。用缆索穿上杠子。这样，两人一组，四人一抬。然后，把人摆布好，各站各的位子，各抬各的杠子，用齐了劲，迈齐了步，别乱了分寸。用这个办法也许可以把轮盘抬上去。"

杜长腿点点头："你这么一说，我倒是有点谱了。这个法，像旧社会大老爷坐轿那样，给那个大轮盘扎个轿，让它坐在轿上，咱把它抬上去。"

陈扁担笑笑："差不多是这个意思，不过，咱不能光地上画图，纸上谈兵，真要干，那就得找些木头绳子绑绑试试，试好了，才敢接这个活。"

杜长腿说："你不是已经回绝人家了吗？"

"那天也没有说死，双方都留了活口。放心吧，是咱的菜，到不了别人的篮子；是咱的活儿，跑不了。我估摸着，咱不找他们，他们也得找咱。"

正在这时，陈家梁气喘吁吁地踢开杜长腿家的院门："爸，我奶奶让你赶快回家，家里来人了！"把话说完，转身就跑出去了。

陈扁担追着问道："谁来了？"

陈家梁边跑边答："索什么公司，没听清。我上学去，要迟到了！"

杜长腿笑笑："嘿，这小子，没头没脑的。"

陈扁担说："你看，没说错吧？估计是索道公司找来了。"

陈扁担和杜长腿商量大架的时候，皮笨篱正在吃早饭。小儿子皮进勇吃起饭来狼吞虎咽，煎饼掉了满桌碎屑。皮笨篱瞅了他一眼，用筷子敲了一下他的头。

皮进勇不服："你为什么打我？"

皮笨篱瞪了他一眼："你的嘴是漏勺啊？吃一口，漏一半，吃的没有掉的多。你看你洒得满桌子都是，你知道你洒的是什么？是粮食，粮食是命，是全家人的命，能轻易糟蹋吗？你这是浪费，浪费就是犯罪。"

皮进勇不服："这能怨我吗？煎饼太干巴了，嘴唇一碰就碎，一张口就掉。你看，他也掉了不少，你怎么不打他？"皮进勇用手指指皮进军。

皮笊篱吼道："不怨你怨谁？小小年纪，还学会犟嘴了。"

皮进军小声说："我掉的没你掉的多。"

皮笊篱的老婆叫曲彩虹，她白了皮笊篱一眼："吃饭的时候，不能打孩子，更不能打孩子的头，打坏脑子怎么办？"

皮进军笑道："打坏脑子，就变成傻子呗。"

皮进勇说："你才傻子呢。怪不得上次我考得不好，就是被打的。"

"什么呀？上次你没考好是太粗心，漏掉一道题。"皮进军说。

曲彩虹指着两个儿子说："你俩也是，吃饭就好好吃，不要和鸡刨食似的，弄得到处是。挨打也是自找的。"

皮笊篱放下碗，用手把掉下的煎饼渣划拉成堆，抓起来送到嘴里。还有些碎屑不好抓，他干脆把头一低趴在桌上，用舌头舔进嘴里。

皮进军目不转睛地看着皮笊篱。皮进勇掩着嘴偷偷笑。

皮笊篱举起巴掌又要打："我叫你笑。"

皮进勇吓得连忙闪开："好，我不笑了。"

皮笊篱本名皮兆利，老娘常年有病，经常住院。两个儿子都上小学，半大小子克罗猪，正是能吃能作的时候，日子过得一直紧紧巴巴。加上他手头攥得紧，有几个钱捂得烫手也不舍得拿出来花。不光在外边抠门，对自己也很苛刻，别人挑山带饭，不时地换换花样，他一年四季都是煎饼卷咸菜。

不出陈扁担所料，从杜长腿家回来，马中原和柴春萍早就等在那里。

马中原说："怕你一早上山，我们就赶早一点过来，还是往山上运轮盘的事，快成我的心病了。这个难题不解决，我睡不着啊。"

陈扁担说："您今天不来，我也没放下。那天您好不容易把口张开，我又没接住，心里一直不得劲。其实，我和您一样，也很着急。干吧，不知道怎么干；不干吧，又不甘心。这不，我刚从杜长腿家回来，也是为这事。"

柴春萍接上说："我这人脾气急，快言快语，有时候说话没轻没重，心里其实没有别的，那天对你态度有点那个，不要往心里去啊。"

"柴经理，这是说哪儿的话，您也是为了把那个事干好。我心里一直很纠结。从昨天到现在，我走着坐着都在想这件事，都快想魔怔了。说起来叫人家笑话，那天从办公室出来往家走的路上，我低着头，光顾着想轮盘的事了，迷迷瞪瞪撞在了树上，你看，把脸都划破了，差一点就破了相。"

柴春萍一看陈扁担的脸："我说呢，脸上怎么缠着绷带，没大事吧？"

"没事，划了一道小口，不碍事。"

马中原说："叫那个轮盘闹得。"

陈扁担说："不瞒您说，从昨晚到现在，我一分钟都没睡，连个盹都没顾上打。翻来覆去琢磨，怎么能把那个大轮盘弄到山上去。按说，那些当官的，想大事，干大事，动脑子，费心思，点灯熬油，加班加点，情有可原。人家心眼长在肚子里，我的心眼长在脚上。我一个挑山的，加的哪门子班，动的什么脑子？这话要是传出去，非叫人家笑喷了不可。"

马中原一摆手："哎，话可不能那么说。好多别人解决不了的事，还就是你们解决的。怎么，想出了什么门道？"

"倒是想了个门道，就是不知道行不行。"

马中原一听很兴奋："什么门道，说出来听听？"

陈扁担用手比画着："就是用木头绑个大架，把轮盘放在大架上，用大架往上抬。打个比方，就像旧社会的大官出门坐轿，有钱人上山坐滑竿，我们也让那个驱动轮当一回大官和有钱人，尝尝坐轿和坐滑竿的滋味。"

马中原和柴春萍听得聚精会神。

陈扁担说："这个大架可比轿和滑竿大多了，做起来也难多了。首先设计要科学，结构要合理，材料要硬实，尺寸要严丝合缝，还要绑得结结实实。抬的时候，要按照着力点，把人摆布好，能用上劲，用齐劲，还得用巧劲。昨天晚上，我在院里找了一些棍子绳子，摆弄了好几遍。半夜里下大雨，把我淋了个落汤鸡。我又跑回屋里，在炕上摆，在纸上画，反反复复地摆，一遍一遍地画，现在有了个轮廓。怕不牢靠，今天天不亮，我就去敲朴长腿家的门，把他从被窝里叫起来，一块演试了一遍。"

马中原两眼紧紧盯着陈扁担，把陈扁担盯得不知所措："马经理，您怎么这样看我？看得我都发毛了。如果您觉得不行就算了，我也只不过是头脑发热，随便这么一想，如果您觉得不合适，或者有更好的办法，权当我没说。"

马中原笑笑："我这样看着你，是因为你把我说晕了。你哪是个挑山工，我倒觉得你是个一身武艺的大师！"

柴春萍把手一拍："太好了，我就知道你会有办法的。"

陈扁担有点不好意思："您这么说我就接不住了，我只是瞎琢磨，琢磨出这么个笨办法，还不知道行不行。兔子不别在腰里，不敢说打着了兔子。"

马中原说："不管怎么样，有想法就比没想法好。咱们说干就干，先动起来。木料、绳子和绑大架需要的一切东西，都由我们提供。你们需要什么，我们就提供什么。用哪些人，用多少人，听你的，由你挑！"

"两位经理，我……"陈扁担略一犹豫，欲言又止。

马中原说："有事你尽管说。"

陈扁担说道："一个是这么大的活，我们以前从来没干过，到底这个法有几成把握，我心里也没数，只能试试。成了，咱都高兴；万一不成，您也别怪罪我。再一个就是，这个活用人多，您也得多破费一点。人我能找着，到时候大家都会帮忙。但来归来，说好听一点，他们是给我陈扁担面子；说实在点，他们是冲着钱。干这行的，日子过得都不咋的，大凡过得好的，谁愿意下这个苦力？我一说，您就明白什么意思。还有一个就是吃饭，平时都是自带干粮，中午在山上对付一顿。干这个活恐怕不行，一天根本干不完，抬到南天门，少说也得三天时间，这样自己带饭可能就不太方便，您得想法给大伙弄点吃的。"

马中原马上说："这几个事你放心，你们帮我们的忙，感谢还来不及呢，怎么还存在怪罪不怪罪？成了，咱皆大欢喜；不成，咱也得认。成了，咱是好兄弟；不成，咱还是好兄弟，这个你不要有任何顾虑。工钱上，对我们改建索道这么大的工程来说，这是小钱，我们不会抠抠索索，亏待了兄弟，这个也请你把心放在肚子里，到时候包你会满意的。至于吃饭，这就更好办了。做别的可能不太方便，到时候让食堂多蒸几屉大包子，准时送过去。"

这天，泰山迎来了一个重要客人，他就是副省长李广声。在市长韩运平和林场场长高云青等人的陪同下，李广声来到天街，考察泰山景区。他边走边说："泰山的变化可真大呀。几年前我来时，许多地方还光秃秃的，再往前更不用说了。我记得，新中国成立初期，一个很有名的诗人登上泰山，看后大失所望，颇有感慨地说，'都说齐鲁青未了，我看泰山赤无毛'。这可不是夸张，是当时的真实写照啊。"韩运平连忙说："是的，这些年我们年年抓植树，天天抓保护，泰山在绿化和生态方面都有了很大进步。"李广声接着说："我知道，这是全市努力的结果，可有一个人功不可没。"韩运平试探地问："您是说……"

李广声指指高云青："这个人远在天边，近在眼前，我说的就是他。"

高云青连忙摆手："哪里哪里，省长过奖了。"

李广声边走边说："当年他在省林业厅当厅长，本来干得好好的，后来来了运动，被稀里糊涂地打倒了，下放到这里。刚来的时候还不是场长吧？"

"那时下放主要是劳动改造，哪还能当场长？"高云青答道。

李广声回忆起当时的情况："我听说，那时你受了不少苦，不光身子苦，主要是心里苦，无奈，憋屈。来泰山有十几年了吧？"

"差不多吧。"高云青答。

李广声又说："那时不光是你，好多同志被下放了。当时，我在省里分管农林水，日子也不好过，后来也下放到沂蒙山。现在看，你比我强。"

高青云有点不敢接这个话："老省长，我怎么能和您比呢？"

李广声说："怎么不能比？你改造得比我好。你说，这里，哪座山头没有你的脚印？哪棵树没有你的汗水？所以说你是泰山的功臣嘛。将来过若干年以后，我们好多人都被忘记了，但你不同啊，好多人还会想着你。你没听说吗，一个人的成功，就是你已不在江湖，江湖依然还有你的传说。即便是人把你忘了，但山不会忘，水不会忘，树更不会忘。"

李广声问高云青："后来给你官复原职，你坚拒不回，有这回事吧？"

"有，我在泰山已经习惯了，怕离开这里，到新地方水土不服。"高云青答道。

李广声沉吟一会儿，说："我赞成你的选择。当时你不回去，有人说你是在赌气。我不相信，你不是那种小肚鸡肠的人。今天，我更理解你了，泰山的山山水水、一草一木，你都有了感情，你是舍不得呀。"

高云青答道："还是老省长知道我的心思。"

见前边有个商铺，韩运平建议坐坐，喝口茶。

大家围着商铺前的一张小桌坐下，商铺老板连忙给他们倒茶。李广声端起杯子轻轻抿了一口："不错呀，这是什么茶？有股绵绵的香味。"

"这是咱泰山产的本地茶。"韩运平答道。

李广声夸道："我尝着和那些名茶差不多。当然，好茶还得好水泡。没有好水，再好的茶也喝不出味来，泰山水质没的说。来，大家多喝点。"

这时，范海灵、大剪子和半铺炕来到店铺前。

李广声好奇："哟，还有女的挑山啊？"

范海灵抹了一把脸上的汗："怎么，瞧不起我们？"

李广声连忙解释，说："哪里，我佩服还来不及呢，怎么会瞧不起你们？不管是男是女，挑山工都不简单，都有股闯劲和韧劲，有股不怕难、不怕险、不服输的精气神。"李广声转头又向韩、高等人说道，"你看，山上的寺庙、牌坊、宾馆、商铺，包括大部分的服务设施，一砖一瓦，所需物资，都是他们挑上来的，好多常人不敢干、不愿干、干不了的事，挑山工都能干。泰山的发展，挑山工功不可没啊。哎，老马，我听说你们开始启动索道改造，进展怎么样了？"

马中原马上答道："设备我们已经从国外买回来了，只是体积大、分量重，往山上运很困难。我们已经与挑山工联系，他们这几天就帮着运。"

李广声说："你看吧，有了难事，还得找挑山工。"

"是的，往山上弄东西，离了挑山工还真不行。就是索道建起来，游客上山方便了，但各个景点需要的东西，还得挑山工挑。"马中原答道。

李广声沉思了一会儿，说："我看挑山工有两类，一类是有形的，一类是无形的。有形的，就像他们那样，肩上挑着担子，在泰山挑上挑下。他们肩上的担子看得见，摸得着。另一类，就像我们这样，肩上其实也有一副担子，大家在不同岗位都有或大或小的责任，那个责任，其实就是一副担子，有的重，有的轻，只是这副担子看不见、摸不着而已。从这个意义讲，我们人人都是挑山工啊。如果人人都像挑山工一样，不怕重、不怕难，还有什么事干不成？"

傍晚，陈扁担回家脚刚沾地，陈家梁就鼻子不是鼻子，脸不是脸地质问道："我这练习簿是不是你撕的？"陈扁担一看他手中的练习簿，明白了怎么回事，说："是啊，是我撕的，怎么了？"陈家栋说："看吧，我说是爸爸撕的吧，你还赖我？"陈家梁不依不饶地追问："你为什么撕我的练习簿？为什么？"陈奶奶也埋怨道："好好的本子，你怎么给他撕了？真是的。"陈扁担解释道："昨天晚上，我想找张纸画个图，找了半天也没找着。我就从他书包里找到这个本子，顺手撕了一张。"陈奶奶说："你就是撕，也要跟他说一声，你看把他急得。"陈扁担笑了笑，说："深更半夜的，他睡得跟个猪似的，怎么给他说？"陈家梁用手抓着陈扁担的衣服："我不管，你赔我，你赔我！"陈扁担无奈，说："好，我赔你，赔你还不行吗？"陈家梁得寸进尺："不行，你得赔我两个，现在就赔。"陈扁担一看没有办法，便伸手从口袋里掏钱："好，赔你两个，现在就赔。"

陈扁担把两毛钱给陈家梁："够了吧？"陈家梁接过来，又从陈扁担手里抢过一毛。陈家栋说："真是贪得无厌，两个练习簿花不了那么多钱。"陈家梁瞅他一眼："关你什么事？"陈扁担对陈家梁说："我做了错事，我马上改正。要是你犯了错误呢？"陈家梁把头一拧："我没犯错误。"陈扁担说："你今天没犯错误，明天不一定。你说，你犯了错误咋办？"陈家梁把头低下："改呗。"陈扁担轻轻拍了拍陈家梁的头说："臭小子。"

傍晚时分，范海灵、大剪子和半铺炕从山上下来，在河边休息。

半铺炕刚把脚伸到水里，大剪子就惊叫一声："哟，看你那个胖脚，都胖成什么样了，快赶上熊掌了。"

半铺炕捧起一捧水泼在大剪子脸上："去你的，你那才是熊掌呢。"

范海灵笑道："人家半铺炕，哪儿都胖，哪儿都大。"

半铺炕瞅了范海灵一眼："还好意思说我？你俩也好不到哪里去。你知道人家怎么说我们吗？挑山女婆子，大黑脸盘子，两条大象腿，大黑脚丫子。"

大剪子把脚一伸："净他娘的胡说，你看，我的腿哪儿粗了？脚哪儿黑了？"

范海灵一看："哎，还真别说，大剪子的腿脚不光不黑，还挺白的，白得就像刚从开水锅里捞出来的燂了毛的猪蹄，半铺炕你看像不像？"

半铺炕端详了一下："嗯，是挺像的。"

大剪子没好气地说："去，你们俩才是燂了毛的猪蹄呢。"说完，她去抓范海灵的裤腿，"挽起裤腿来我看看，你是不是大象腿？"

范海灵躲开："别闹了，我浑身都快散架了。"

大剪子突然想起了什么，说："在山上的时候，我听那个大领导问起索道扩建的时候，马经理说，往山上运东西找的是挑山工。你们听到没有？"

范海灵一想："好像他是这样说的。"

半铺炕接着说："我估计他们找了陈扁担，干这样的活，不找他找谁？"

范海灵边琢磨边说："他们是找过陈扁担，可他没敢接。"

大剪子想了想："要不，他们去找了后草岭的独臂侠？"

范海灵摇摇头："不大可能。"

半铺炕快言快语地说："不管他们找的谁，咱都得去问问，那可是个大活，无论如何，咱得去抬一杠子，啃不着骨头，喝碗汤也行。"

范海灵琢磨了一会儿，似乎明白了，说："走，找他去！"

第三章

陈奶奶收拾完院子，刚要进屋歇歇，忽然听到有人敲门，连忙把门打开，一看是范海灵、大剪子和半铺炕。范海灵问道："婶儿，我哥在家吗？"

陈奶奶答道："没有，一大早就风风火火地出去了。"

范海灵又问："他没说去哪儿？"

"他说了一句，去绑什么东西，我也没在意听。"陈奶奶答道。

半铺炕接上说："他没上山吧？"

陈奶奶朝墙角一指："没去，那不，扁担还在那里放着呢。"

大剪子朝杜长腿家看了一眼："不会去了杜长腿家吧？"

陈奶奶说："不可能，早晨他俩是一块出去的。"

范海灵"噢"了一声："那谢谢婶儿，我们到别处找找看看。"

在一个空旷的院子里，陈扁担正和一帮人商量绑大架的事。

这里原来是一家镇办的工厂，后来企业垮了，工人走了，设备卖了，只剩下几排旧厂房和一个宽敞的大院。陈扁担找来了各种木料、绳索、铁丝等，招呼了二十多个挑山的兄弟。陈扁担热情地打着招呼："哥们儿都来了！"

后草岭的独臂侠的嗓门很洪亮："你陈扁担是谁？你打招呼谁会不来？"

东山崮的老孙头也很兴奋："听说你揽了个大活，大钱谁不愿挣？"

其他人也跟着附和："你老兄发话，我们还有什么好说的？"

陈扁担双手抱拳："谢谢了，谢谢各路兄弟给我面子。大家可能已经听说了，前几天，索道公司从外国买了一堆又大又沉的设备，要弄到山上。马经理第一次找，我没敢答应。后来人家找了第二次、第三次，有句戏词叫三什么？"

"三顾茅庐!"竹筒子说。

陈扁担说:"对,就叫三顾茅庐。人家都三顾茅庐了,那咱还有什么好说的?再不答应就有点不识抬举了。干咱这行的,什么时候被这么高看过?没有,反正我没碰上过。幸亏有了这样的大活,别人干不了,他们才找咱。"

独臂侠说:"我听说那玩意儿不太好弄吧?"

陈扁担笑了笑:"老哥,你不想想,好弄人家能找咱?为了这个事,我好一个琢磨,晚上连觉都顾不上睡。开始,我也没有招,想了各种办法,但哪条路都走不通。后来,我从电影上看到抬滑竿,受到很大启发。干脆,咱也学他们那个办法,用木头扎个大滑竿,让那个轮盘坐上去,咱把它抬上去。"

老孙头笑道:"那得多大的滑竿啊?"

陈扁担说:"我就是打个比方嘛。"

老孙头做了一个点钱的手势:"这个,怎么样?"

陈扁担说:"这个请老哥放心,我们都是靠干活挣钱养家糊口,不给钱咱肯定不干。我已经和两位经理谈好了价钱,到底给多少我先不说,但有一条,保证大伙满意。弄好了他们兴许还会给个红包。"

独臂侠问:"他们不会说话不算数吧?"

陈扁担笑道:"怎么,我说话你们还不信?"

大家不吭声了。

陈扁担拿着一张草图:"这是我画的一张草图,大架怎么绑,什么尺寸,我都标在图上了,我们现在先按照这张图纸把大架绑起来。"

正在大家七手八脚摆弄地上的木头、绳子和铁丝时,范海灵、大剪子和半铺炕风风火火地赶来了。

三个女人一台戏,范海灵她们一到,好戏就开场了。

范海灵把扁担往地上一杵,大声叫道:"好啊老扁担,你果然在这里!"

陈扁担抬头一看:"哟,你们怎么来了?"

范海灵反问道:"我们怎么不能来?你说,你在鼓鼓捣捣地干什么?"

陈扁担用手一指:"你们不是看不到了,绑大架呀!"

范海灵话里充满火药味:"绑什么大架?绑大架干什么?"

陈扁担说:"绑大架抬索道轮盘,咋啦?"

范海灵哼了一声:"咋啦?你什么时候学会吃独食了?"

陈扁担越听越觉得味不对:"你这是怎么了?我在这里卯不知榫的事,你这噼里啪啦地一顿,夹枪带棒的,都把我弄蒙了,什么独食?吃什么独食?"

范海灵把嘴一撇："那天在你家里，你叽叽地说，这活不能接、接不了，怎么，才过了两天，你就又扎台子又敲锣，干起来了。这还不叫吃独食？"

这时，杜长腿、皮笊篱和竹筒子也凑了过来。

陈扁担这下听明白了："噢，你说这个。这算什么独食？至多是一块把肉剔光了的大棒骨，要肉没有肉，要啃啃不动。不错，那天，咱是在一起商量过，确实不想接，怕干不了。可马经理跟在屁股后面催命似的，一个劲地催。我又琢磨了一下，兴许用抬大架的办法能抬上去。就想绑个大架试试，也就是试试，还不一定行不行——哎，这个事你们是怎么知道的？"

大剪子把嘴一噘："我们是听省长说的。"

陈扁担以为听错了："你说什么？省长？哪个省长？你可别吓着我。"

皮笊篱扑哧笑了："真敢往大了说，你怎么不说是听总理说的？"

竹筒子也一脸不屑："吹，你们就使劲吹吧，往大里吹，反正吹牛皮不要钱。连县长乡长什么样都没见过，还省长呢。"

半铺炕知道他们不会信："狗眼看人低，你爱信不信。"

范海灵说："你不用管听谁说的，你就说，这个活你为什么不找我们？"

杜长腿反问道："这样的活，你们女人能干？"

范海灵说："我们为什么不能干？"

"那么沉的活，并且还有危险，你们女人就别掺和了。"杜长腿说。

大剪子瞪了他一眼："大长腿你怎么说话？什么叫别掺和？"

皮笊篱说："老爷们儿都打怵，你们还想干？省省吧，别要钱不要命了。"

范海灵接着怼过去："闭上你那张臭嘴，你以为谁都和你一样？"

竹筒子扮了一个鬼脸："海灵姐，你细皮嫩肉的，这么重的活哪舍得让你干？"

半铺炕推了竹筒子一把："你少装好人，没有你说话的份儿。"

竹筒子笑道："半铺炕，别看你腰粗，可你看那些杠子，比你更粗，到时候是你抬杠子还是杠子抬你？我看，杠子抬你还差不多。"

半铺炕朝竹筒子屁股踢一脚："你个小蹦豆子，毛还没长齐，还敢挤对我？我要早几年结婚，生个儿子指不定就是你，那样你就得管我叫妈！"

竹筒子本名祝小同，二十岁刚出头，比陈扁担、半铺炕等人小十多岁，不过在一起惯了，互相都忽略了年龄，开起玩笑也不分大小。

竹筒子往旁边一躲："我叫你妈，你敢答应？"

半铺炕说："怕什么？你敢叫我就敢答应！"

竹筒子一脸坏笑："我叫你妈可以，但我要妈搂着睡，我还要吃……"

"吃你娘个腿！老娘的便宜你都敢占！"半铺炕骂着，又去抬脚踢他，竹筒子机灵地一躲，把半铺炕闪了一个趔趄。

陈扁担想了想，问道："这个活你们真愿意干？"

"当然了，你以为和你说着玩？"范海灵说。

陈扁担站起来："那好，我还正愁人手不够呢。既然你们愿意干，那咱就老王打狗——一齐上手。反正这个活人少了不行，多一个人就多一分力量，摆布好了，都能派上用场。海灵，你把你那些姐妹都叫来，全都上。有力一块出，有钱一块挣。实在不行，女同志在一旁喊号子加加油助助阵也行。"

范海灵说："那不行，你们抬，让我们站在一边喊号子，那不成了蹭饭？要干就和你们一样干，你们抬，我们就抬，你们扛，我们就扛！"

大剪子接上说："就是，别弄得好像我们要沾你们的光似的。"

泰山林场有个苗圃，分三个区域。一个是育苗区，有成材树种，有绿化树种，也有自己培育试验的杂交树种。一个是果树区，有苹果、梨子、蜜桃、核桃、山楂等。还有一个是花卉区，各种名贵花卉、时令花卉随时都可看到。苗圃与林场的宿舍区一墙之隔，一到放学或放假，这里就成了孩子们的乐园。这天周末，高云青的儿子高春风和女儿高小雨又来苗圃玩。看到树上挂满青果，小雨就忍不住要摘。哥哥不让，说树上的果子不能摘，不然爸爸会发脾气的。小雨看到一棵桑树结满桑葚，便问道："这是什么？可以摘吧？"

春风想了想："这是桑葚，可以摘。"

桑葚挂在高高的树梢上，小雨试了几次，够不着。春风就爬到桑树上，把桑葚摘下来给小雨。小雨接过桑葚，小心翼翼地吃了一颗，很甜。她就要哥哥给她多摘一些。小雨正吃得开心，春风突然笑了："你看你的嘴唇，成紫的了。"

高春风用手抹了一下嘴唇，一看手上沾满了紫色。

兄妹俩兴高采烈地回到家，冯文静一看就笑了："你看你们两个的嘴唇，都成什么颜色了？"

高云青放下手中的报纸，看着高小雨乌紫的嘴唇："你的嘴唇是怎么回事？"

高小雨装作没事的样子："没事啊，怎么啦？"

高云青："没事怎么会成紫的？"

高春风说："吃桑葚吃的。"

高云青问："哪儿来的桑葚？"

"我们去果园了，我哥爬到树上去摘的。"高小雨答道。

高云青看了一眼高春风，高春风点了点头。

高云青把脸一沉："我三番五次嘱咐你们，不要摘苗圃里的果子，你们当作耳旁风了？"

高小雨辩解道："桑葚算什么果子？你不让我们摘苹果摘梨，可没说不让我们摘桑葚啊！"

高小雨的话一下子把高云青噎住了。冯文静把话接过来："不管是不是果子，苗圃的东西是公家的，都不能随便摘。"

高小雨把嘴一噘，表示不服。

高云青说："你不用不服，你爬桑树摘桑葚的时候，碰掉桑叶没有？桑叶是喂蚕的，把桑叶碰掉是不是破坏？错了就得受罚，你俩每人罚站半小时。"

高小雨哼了一声，扭头进里屋去了。

陈扁担不到十五岁就挑山，风也经过，雨也走过，但这次干这么难干的活，陈奶奶还是有点担心。吃晚饭的时候，老人家禁不住问道："我听说那个东西和两间屋那么大，又是钢又是铁的，你们怎么抬？能行吗？"

"没问题，我们用木头做个架子。把轮盘放在架子上，百十号人一起，把那东西抬到山上去。"陈扁担一边吃一边说。

陈奶奶还是不放心："平常你多挑一趟两趟，多挑十斤二十斤，妈都不担心，可那么大、那么沉的东西，这样的活你也敢接？"

陈扁担说："就因为是大活，挣钱多，干起来过瘾。"

陈家栋插话道："奶奶，干大活，挣大钱，划算。"

陈奶奶白了陈家栋一眼："吃你的饭吧，小孩子家懂什么？钱钱钱，我看你就是掉进钱眼儿去了。多少钱是钱？什么钱比命还金贵？老辈儿说，平安是福，我不稀罕你挣得钵满盆满的，平平安安的就好。"

陈扁担解释："妈，我就那么一说，您还生气了。其实，也不光是钱的事。人家有难处，三番五次找，我不能抄起手来蹲在一边看热闹不是？"

"这么说，我就没得说了。但千万当心，别出什么岔子。"

"没事，那么多人呢，又不是我一个人干。"陈扁担说。

陈奶奶道："你一个人干倒也罢了，上百号人，你挑头，出了事，咱可担待不起。我听说海灵她们也去，女人家，总比不了男人，万一出点什么事，那可不是一个人的事，每个人身后都是一大家子。"

陈扁担答道："知道。这几天，我们都反复商量好几次了，大架要怎么绑，人多了怎么抬，怎么摆，方方面面，我们都考虑到了，不会有事的。"

陈家梁看了看奶奶，说："放心吧奶奶，我爸是谁！"

陈奶奶问道："他是谁？难道他是孙悟空，还能一个跟斗翻出十万八千里？"

"差不多吧，翻不了十万八千里，也能从山下翻到山上。"陈家梁答道。

陈扁担瞅了他一眼。

陈家栋问："爸，你们不是挑山工吗？这样不就成了抬山工？"

陈扁担用筷子轻轻敲了一下陈家栋的头："你小子，别的没学会，倒学会挑字眼了。不管挑山工，还是抬山工，反正都一样，都是挑山干活。"

杜长腿回家已经很晚了，钟华丽正在收拾东西，大包小包摆了一堆。

"深更半夜的，你弄了这一堆大包小包的要干什么？"杜长腿问道。

钟丽华白了他一眼："你真好意思问，明天是什么日子？"

杜长腿一愣："什么日子？"

钟丽华把手中的包往桌上一扔："你这人，老是稀里马虎的，我就知道，问了也白问。明天是孩子姥爷的七十大寿。"

杜长腿一拍脑袋："嘿，我这几天光忙活去了，真把这茬忘了。"杜长腿赶紧从橱子里找出两瓶酒，说，"前几天我还想着这事，这不，酒都买好了。"

钟丽华说："算你办了件正事，快找个袋子装起来，明天别忘了。"

杜长腿连忙去找袋子："不过，明天我可能去不成，得你自己去。"

钟丽华把手中的包一放："你要去干什么？"

"绑大架正上紧的时候，我不好离开。"杜长腿说。

钟丽华顿时火了："绑大架那么多人，少了硫黄还割不成芥药？"

杜长腿解释："好不容易揽个大活，我把手一甩走了，不太好吧？"

钟丽华哼了一声："你说你要是当个什么官吃公家饭的，说忙得走不开，人家不好说什么；开工厂做买卖，忙得没空也说得过去。可你就是个挑山工下苦力的，说忙得倒不出空来，说出来谁信？不怕人家笑话！"

杜长腿说："这不正好赶上了吗？"

钟丽华没好气地说："是我爹又不是你爹。算了，我也不去了。"

杜长腿口气立即软了下来："哎，你怎么还生气了？小点声，老人和孩子都睡了，别让他们听见。"

钟丽华反而提高了嗓门："听见就听见，你不怕丢人我还怕什么？"

杜长腿连忙劝道："好，好，我去，我去还不成吗？"

钟丽华说："你想想，咱都多长时间没登我娘家门了，前阵子我爹得了一场病，住了好几天院，你说没有空，我自己去了。进门的时候，她姥爷直往我身后望，我知道他那是在看你来没来，弄得我恨不得找块抹布把脸捂起来。前两天，我哥捎信来说，今年老人的生日，全家人都不敢马虎，所有亲戚都到。妹妹妹夫也专门从青岛赶回来，你如果再不去，你让我把脸往哪儿搁？"

杜长腿穿上衣服就往外走。钟丽华问道："回来，这么晚你要去哪儿？"

"去和陈扁担说一声，让他找个人顶我的缺，别耽误了事。"

钟丽华犹豫了一会儿，说："算了吧，你别去了。"

"我不是说了嘛，我明天跟你去，我跟陈扁担说一声马上回来。"

钟丽华说："我是说你明天不用去了，我自己去吧。"

"怎么，你改主意了？"

钟丽华说："算了，你还是忙你的吧，万一大架绑不好，到时候赖在我头上，我可担待不起。再说，我也用不着你和我出趟门，像给我多大面子似的。"

杜长腿有点不太相信："那——真不用和你一块去了？"

"真的不用去了。"钟丽华说。

"我就说嘛，我老婆是最通情达理的。"

钟丽华瞥他一眼："你不用拿话甜乎我。"

杜长腿说："你明天去多替我和老人说几句好话。等我们把这个大架抬上去，把这个大活干完了，钱也到手了，我再多买点东西专门去一趟，向她姥爷赔个不是，好好喝上一壶，保证让他高高兴兴的。"

大家一齐动手，大架的骨架轮廓基本有了眉目。陈扁担像个监工一样，这儿瞅瞅，那儿看看，就怕哪个环节出了问题。这时，索道公司办公室主任王小强骑着自行车急匆匆地赶来，由于路上太急，上衣都被汗水湿透了。陈扁担和小王是熟人，他连忙迎上去："小强，你怎么来了？"

王小强摇摇头："嗐，真不知道跟你怎么开口。"

陈扁担说："有事尽管说。"

王小强难为情地说："你让大伙儿停了吧，大架不用绑了。"

陈扁担一听愣了："你说什么？停了？为什么？"

王小强有点不好意思："刚才马经理让我赶紧来告诉你，大架用不上了，大伙儿该干什么就去干什么，别耽误了其他事。"

在场的人也都傻了眼。杜长腿问道："到底为什么？"

王小强说："具体情况我也说不清楚，我只是过来传个话。"

杜长腿很不高兴："怎么能这样呢，定好的事怎么能说变就变？"

竹筒子的直脾气一下子上来了："你们这是拿我们当猴耍啊？"

皮笊篱把手中的绳子一扔："活干得差不多了，这不白耽误工夫吗？"

王小强说："领导说了，这几天干的活，我们工钱照付，一分不少。"

范海灵实在忍不住了："这不是钱不钱的事，呼呼啦啦地把人找来了，话也都说出去了，这又不让干了，事没有这样办的。"

半铺炕也附和道："就是，也太拿我们不当回事了。"

陈扁担朝大家摆摆手："算了，别难为小王了，事也不是他定的，不用咱干肯定有不用咱干的原因，兄弟们散了吧，干咱这个活，本来就是两相情愿的事。一个愿找，一个愿接；一个干活，一个给钱。用不用，人家说了算；干不干，咱说了算。既然人家不用，咱就无话可说。再说，此处不用爷，自有用爷处，山上有的是活，饿不着咱，何必在他们那棵树上吊死？对不起各位了，我给大伙儿赔个不是，来日方长，以后有什么挣钱的事保证忘不了大家。"

索道公司突然叫停，确实事出有因。

这天，柴春萍正在办公室接电话，突然，一个留着鸡窝头的小个子男人闯了进来。柴春萍抬头看了他一眼："请问，你找谁？"

鸡窝头说："表妹，你不认识我了？"

柴春萍一脸疑惑："你是……"

"我是你嫂子姨家的表哥呀，上次在你嫂子家见过面。"

柴春萍笑道："像浏阳河似的，拐弯不少啊。你找我什么事？"

鸡窝头往前一凑，问道："我听说你们要往山上运轮盘？"

"是啊，你怎么问起这个事？"

鸡窝头觍着脸说："我是奔着这个事来的，我想接这个活。"

柴春萍满脸狐疑："你是干什么的，为什么要接这个活？"

鸡窝头把手提包一放："我是济南装卸公司的经理，我们公司是重要设备搬运吊装的专业公司。像矿山机械、建筑工程等特大设备物件，我们都干过。听说你们这次需要搬运的设备也是体积大、吨位重，你们找了好多单位，他们都接不了，我们知道以后，就马不停蹄地赶过来了。"

柴春萍说："对不起，你来晚了，我们已经找好了人。"

"我听说了，你们准备找挑山工抬。这样的活你怎么敢相信他们？那么大个轮盘，抬到半路万一出了事怎么办？一群人抬着个大架，就像一群蚂蚁抬着个大象。就是能抬起来，抬到山顶还不得猴年马月？"

柴春萍看了鸡窝头一眼："那你有什么好办法？"

"我的办法很简单，先用吊车把轮盘吊起来，然后在轮盘底下装上滑轮，给我一天时间，我保证把它弄上去。"鸡窝头信誓旦旦。

柴春萍半信半疑："你真有这个把握？"

"放心吧，再大的活我们都干过，这个根本算不了什么。"

柴春萍犹豫了一下："你先回去等着，我们商量一下再说。"

鸡窝头从提包里拿出一个装钱的信封送给柴春萍。柴春萍的脸立马拉下来厉声问道："你这是干什么？"

"亲戚嘛，给孩子买个玩具。"鸡窝头答道。

柴春萍把信封推回去："谢谢，我的孩子玩不起这么贵的玩具。"

鸡窝头走后，柴春萍打了几个电话，接着把这个事给马中原说了。马中原眉头一皱："这样不太合适吧？已经和陈扁担定好了，怎么好突然变卦？"

"这不是时间紧嘛，陈扁担到底有几成把握，咱也没底。"柴春萍答道。

马中原问："你刚才说那个人就一定有把握吗？"

柴春萍答道："我觉得问题不大，我找人打听了，他那个公司有一定的实力，干过不少装卸工程。"

马中原一想："好，就让他们试试吧。不过，陈扁担那帮人绑大架花了好几天工夫，咱工钱得照付，不能让他们吃亏。"

第二天，鸡窝头带一拨人来了。他指挥开来吊车，把轮盘吊起来。然后，在轮盘底下安装滑轮，想用滑轮将轮盘拉到山上。可滑轮安上后，几个人拉动索链，轮盘像磐石一样，一动不动。连续试了几次，轮盘仍然不动。站在一旁的马中原不停地摇头。柴春萍和鸡窝头一样，急得抓耳挠腮，火烧火燎。

"算了算了，这不是蚍蜉撼树、蚂蚁驮象吗？瞎胡闹！"马中原说完，扭头走了。柴春萍脸上挂不住了。鸡窝头也恼羞成怒，对员工大声吼道："这是怎么搞的？净是些能吃不能干的东西，关键时候掉链子！"柴春萍说："你拍着胸脯说没问题，怎么这时候拉稀了？你这不是打我的脸吗？赶快滚，别在这里给我丢人现眼！"包工头一脸沮丧地说："我也没想到会是这样。"

鸡窝头上演的这场闹剧，皮笊篱和竹筒子全看在眼里。

下山的路上，竹筒子绘声绘色地说："知道为什么不用我们绑大架了吗？济南一个小包工头，听说是柴春萍的远房亲戚，知道要往山上运轮盘，觉得是个肥差，就找上门来。结果，鼓捣了半天，轮盘一动都没动，连窝都没挪。"

杜长腿问道："把你们两个小子乐成这样？"

皮笊篱添油加醋地说："你不知道，把马经理气得呀，脸不是脸，鼻子不是鼻子，就差没骂娘了，把头一扭就走了。平时马经理是个多好的人啊！"

"柴春萍也火了，你想，是她把活给了她的亲戚，马经理生那么大的气，她脸上哪还能挂得住？劈头盖脸把那小个子一顿臭骂。本来，柴春萍多漂亮呀，红扑扑的脸蛋儿像苹果，张嘴一笑满口小白牙。可是那天一生气一发火，圆脸变成长脸了，要多难看有多难看。"竹筒子补充道。

陈扁担笑笑："看你们两个这个熊样儿，人家活没干好，心里窝着火，你们却幸灾乐祸，又是秧歌又是戏，一唱一和，跟说书似的。"

马中原越想越窝火，但又没法发作。怎么办？再找陈扁担？可话怎么说？他有生以来第一次办了这么窝囊的事。想了半天想了个主意，也只能这样了。

他找到高云青。高云青一听就哈哈笑了，说："老马呀，你也有马失前蹄的时候？"马中原摇摇头，说："不光马失前蹄，还把自己架起来，进也不是退也不是了。"高云青说："你这个事办得确实不漂亮，本来人家就不愿意接，你硬要他们接。他们接下你又变卦了，这算什么事？你别看他们平时大大咧咧，但他们也有自尊，也要面子，对他好他可以掉脑袋，对他不好天王老子也不行。"

马中原说："这个错犯得实在小儿科，一点高科技含量没有。老高，我现在是被门挤着不好转身了，我是请你老兄出马，帮着斡旋一下，把这个事挽回来。现在看，这个活别人还真干不了，还得找陈扁担。"

高云青笑道："我去说？我怎么说？"

"你别耍滑头，我知道，你和他们能说上话，他们听你的。"

高云青说："那我得试试，看看他们能不能买我的账。"

下山路过林场，陈扁担被于海燕堵上了。于海燕是林场办公室主任。陈扁担问："于主任你怎么在这里？"于海燕说："在等你啊！高场长要我找你，可你像云彩一样，一会儿飘山上，一会儿飘山下，我上哪儿找你去？幸亏刚才碰见范海灵，她说你们刚把货放下，很快就会下来。这不，我就在这里守株待兔，还真让我等着了。"陈扁担笑笑，说："我这不成兔子了？你这是变着法儿骂我。"

一进办公室，高云青就握着陈扁担的手说："你多长时间没来我这里了？"陈扁担嘿嘿笑道："高场长批评得对，其实我很纠结，不来吧怕失礼，来吧又怕浪费您的时间。"高云青问："你知道刚才谁坐在你坐的那个位子上吗？"

陈扁担左右看看，说："不知道啊。"高云青说："是索道公司马经理。"陈扁担说："他坐不坐和我有什么关系？"高云青笑了笑，说："当然有关系，不然我就不会找你了。"陈扁担说："马经理这个人，之前挺好的，可这次办这个事可不咋的，像老婆嘴，说话不作数，给我吃了只苍蝇，吐吐不出来，咽咽不下去。"

高云青说："刚才他来找我，我和你一样，把他好个数落。"

"你说他这是人干的事？这不是拿着我们当猴耍吗？"陈扁担说。

高云青说："没有你说得那么严重，他那也是叫活逼的，老马本来想自己找你，又怕有些话不好说，所以，就拐个弯让我出面，那个活还得找你们干。"

"什么？还找我们干？这可真是没脸没皮了，不干，坚决不干！"

高云青说："先不要把话说得那么死，想想看再说嘛。"

"想什么？不用想，好马不吃回头草，他就是给个金砖我也不干了。"

高云青看了他一眼："这么说，我的面子也不给了？"

陈扁担不好接话了："这，这又不是您的事。"

"是，这不是我的事，可我们，包括你我还有老马，咱们天天都在山上转，抬头不见低头见，谁还用不着谁？"高云青扔给陈扁担一个难接的话头。

"高场长，人活一张脸，树活一张皮，我们虽然是些粗人，可我们也有脸面。我们把面子给了你，就好比脸上撕破了皮，那可是血淋淋的啊！"

高云青反问道："我当然知道你要面子，可我这张老脸也豁出来了，和你粗的细的说了一通。难道就你的脸贵重，我的脸就一文不值了？"

"哪能呢，我不是这个意思。这个事我答应了，那帮兄弟也不干。"

高云青不愧是块老姜，说："你少拿你那帮兄弟堵我的嘴。你当我不知道？只要你答应了，他们都没有问题，都会听你的。"

陈扁担嗫嚅着："这，这，转了的脖子还真不好回。"

高云青说："有什么不好回的，到底干不干吧，你给我个痛快话？"

陈扁担说："那好吧，我回去和兄弟们再商量商量。"

"这才是我熟悉的陈扁担嘛！"高云青笑道。

陈扁担把高云青的意思一说，几个兄弟立即炸了锅。竹筒子第一个反对，连说："不行不行，这个活不能干。今天这么的，明天那么的，找咱的是他们，把咱踢一边的也是他们，我们成什么了？咱吃不了这个苦，更吃不了这个气。"杜长腿哼了一声，说："我看竹筒子说得没错，咱是挑山的不假，可挑山也要脸面，咱这让他们一弄，里外不是人，不仅面子一堆泥，里子也被撕得稀巴烂。这时候再给他们干，不光孔子不愿意，孟子不愿意，老子更不愿意！"大剪子也说："咱出点力吃点苦不怕，可丢不起这个人，这个活不干也罢。"半铺炕说得更痛快："他们不是有几个臭钱吗？让他们留着发霉长毛吧，咱不稀罕。晾着他们，他们愿意找谁找谁，我们不伺候！"末了，竹筒子还拽了一句："虽然咱是挑山的，但也得有点骨气，有句话怎么说来着，大丈夫不吃差来之食！"杜长腿嘲笑道："没文化就别拽词，人家叫嗟来之食。"

竹筒子说："管它是嗟来的还是差来的，咱通通不吃！"

陈扁担越听越觉得不上道："你们今天是怎么了？怎么对着我来了？一个个都和吃了枪药似的，话一出口，带着响，冒着烟。我是谁？和你们一样，不都是挑山嘛。好像给我陈扁担干似的，你们以为我愿意干啊？都说不干不是？好，不干拉倒，走走走，各回各家，各找各妈。"说着，陈扁担起身要走。

范海灵拦着他："大家心里憋屈，说说怕什么，又不是冲着你！"

陈扁担说："要说憋屈，我比谁憋屈，依着我，一开始我就不愿意干，后来之所以答应他们，不就是觉得这个活油水厚，咱兄弟能挣几个吗？刚才你们这些话，我当着高场长的面都说了，可人家高场长说得好，为什么死要面子活受罪？有力不出攒不下，有钱不赚是傻瓜。咱和马经理抬头不见低头见，谁还没有用着谁的时候？咱不看僧面看佛面，老高这些年对咱不薄，他都出面了，咱不能叫他下不来台。再说，干咱这行的，苦得吃，气也得吃，得能吞能咽。今后的日子长着呢，不能图一时痛快，把自己前边的路堵上。"

皮笊篱附和道："我看也是，跟谁置气别跟钱置气，跟谁有仇别跟钱有仇。干咱这活，还有什么面子里子，有钱就得赚。"

大剪子瞟他一眼："你这种人，有奶就是娘，扔块骨头就啃。"

"管他呢，有奶吃、有骨头啃就是好事。"皮笊篱嘟囔道。

第四章

辽阔的天空碧蓝如洗，一团团棉絮一样的白云，扶摇翻飞，轻盈地变幻着不同姿态。远眺泰山，云雾空蒙，青翠如黛。俯瞰大地，丛丛嫩绿，一片生机。草丛中的野花，有的撑起圆润的骨朵，有的热烈恣肆地绽放，红的、紫的、白的、黄的，五彩缤纷，尽显妩媚，散发着沁人心脾的清香。

在那个废弃的工厂院子里，陈扁担和他的兄弟们已经绑好大架，蓄势待发。马中原和柴春萍来到现场，端详着这个从没见过的新鲜玩意儿，不禁心中暗喜，如此气派的"滑竿"和"轿子"，什么样的家伙抬不动？

马中原用手试了试："嗯，挺结实，准备什么时间往山上抬？"

"万事俱备，只欠东风，就等您发话了。这不，人都在这里，一百八十多人，个顶个，都是好样的。"陈扁担答道。

马中原看着眼前一个个精壮的汉子，还有十几位铁娘子，由衷地感叹道："好，有了这样的阵势，无难不克，无坚不摧！"

陈扁担目光转向挑山的兄弟："不要嫌我啰唆，我再提醒一遍。这个大架加上轮盘的重量有五六吨重，这么大的重量分担在咱百十号人的肩上，一个萝卜一个窝，一根杠上一个人，谁都不能拉胯，谁也不敢惜力。这么大的活，需要大家抬齐杠子，迈齐步子，这就叫九牛爬坡，个个出力。有一个人出了问题，那就不得了，轻则伤了腿脚，重了就不好说了。希望大家心往一处想，劲往一处使。如果谁感到挺不住了，赶紧说一声，这没什么丢人的。咱还有二十多个替补队员，随时顶上去，千万不能撑不住硬撑。还有，家有千口，主事一人，抬的时候，大家都听我的口令！听清楚了没有？"

大家齐声回应："听清楚了！"

马中原又问陈扁担："一天两天肯定抬不上去，中间能不能轮换？"

"我们商量过，把人分成两拨，一个位子放两个人，白天黑夜轮岗换班，人家是闲人不闲马，咱是歇人不歇架。"

马中原说："好，祝大家马到成功，我备好酒饭等着你们！"

在陈扁担指挥下，近二百名挑山工，簇拥着固定轮盘的大架，各就各位，弯腰弓背，抬起杠子，等待号令。陈扁担看了一眼马中原，马中原会意地点点头。

陈扁担手持大喇叭，站上轮盘，大声喊道："大伙儿听我口令，抬起杠子，现在上山！"

这时，抬大架的队伍开始慢慢移动。

陈扁担大声带着大伙喊起号子：

"兄弟们运足气哟！"

"嗨嗨！"

"兄弟们加把劲哟！"

"嗨嗨！"

"兄弟们步迈齐哟！"

"嗨嗨！"

"兄弟们脚踩稳哟！"

"嗨嗨！"

……

此时的陈扁担，横刀立马，威风凛凛，仿佛统率千军万马的将军。

范海灵白天抬大架，晚上换班休息。一进门，见水流了一地，到处是泥罐碎片，小女儿秋月哇哇哭个不停。原来，范海灵的爱人老林见水缸积满污垢，想清洗一下。刚把水缸歪倒，不料，缸体碰到旁边的一把铁锤上，顿时破碎，水流满地。老林连忙一边用扫帚扫水，一边捡碎片。秋月想去帮忙，手不小心被碎片划破，鲜血直流。范海灵不知原委，脸色顿时铁青："你们这是在干什么呀，弄得乌烟瘴气、鬼哭狼嚎的？"

老林心中郁闷，看了范海灵一眼，没有吱声。

范海灵更生气了："是聋了还是哑了，我问你呢，怎么不说话？"

"我不聋也不哑，你明知故问，你不都看见了吗？"老林答道。

大女儿腊梅怯怯地说："我爸把水缸打破了，妹妹帮着捡碎片，把手划破了。"

范海灵怒气未消:"你不勤不懒地捣鼓水缸干什么?我看是把你闲得。"

"什么好好的?缸底的颜色发青,快变成泔水缸了。"老林说。

范海灵把袖子一挽:"要涮也要等我回来再说,你这不是故意给我添乱吗?"

老林本来就一肚子委屈,说:"你当我愿意啊?等着你,多少天了,也没见你涮。早晨天不亮就出门,这么晚了才回来,什么时候能指望上你?"

范海灵一听更火了:"你还强词夺理了,我天天起早贪黑的为了什么?是去玩去耍还是去偷人了?你以为我愿意这样吗?你要像个男人,把家撑起来,我用得着这个样吗?我拼死拼活地养活你,养活两个孩子,养活这个家,我这还有错了?哼,我不说你,你倒埋怨起我来了。"

"好,你有功,你能干,谁让我是个废人呢。"

"你有病,我不怨你,干不动就别干,别给我找麻烦!"

老林欲言又止,把手中的扫把往地上一扔,叹了口气,进里屋去了。

范海灵看看小女儿秋月的手:"不哭不哭,没事,很快就好了。"接着开始收拾。

陈扁担指挥抬大架的队伍来到十八盘,这是从红门到南天门最险要的地段,当地有"紧十八,慢十八,不紧不慢又十八"之说。

十八盘从对松山开始,这是清乾隆末年改建盘道时所辟。此处两山崖壁好像用刀削去了一块,陡峭的盘道嵌在其中,远处看去,仿佛天门云梯。从对松山至龙门,为慢十八;至升仙坊,为不紧不慢又十八;再至南天门,为紧十八。"拔地五千丈,冲霄十八盘",一听就让人心生畏惧。徒手攀登尚且如此,抬着几吨重的大架可想而知。

只听陈扁担大声喊道:"兄弟们,现在,我们已经到了十八盘,登上十八盘,就是南天门,我们咬咬牙,登上去,就大功告成,来,把号子喊起来!"

"兄弟们加把劲哟!"

"嗨嗨!"

"爬上十八盘哟!"

"嗨嗨!"

"登上南天门哟!"

"嗨嗨!"

"端起大酒碗哟!"

"嗨嗨!"

"喝个底朝天哟！"

"嗨嗨！"

……

铿锵有力的号子在山谷久久回荡。

突然，原本晴朗的天空飘过一阵乌云。马中原心里一沉，推开办公室窗户，向外看了看："不好，天阴上来了，像要下雨！"

柴春萍也朝外望了一眼："不对呀，天气预报没说这两天有雨啊！"

说话间，雨点噼里啪啦落了下来。马中原问道："陈扁担他们现在走到哪里？"

"已经到十八盘了。"柴春萍答道。

马中原眉头一皱："糟糕，到最吃紧的时候了。走，去看看。"

柴春萍说："现在去没用啊，雨该下照样下，我们也帮不上。"

眼见天阴得更浓，雨点越下越大。马中原说："帮不上也得去，他们可是在帮我们干活，十八盘步步高、步步紧，这一下雨，路肯定打滑，走起来更困难了。那可是将近二百人呢，万一出点什么事，我们怎么交代？"

"我去找几把雨伞。"柴春萍说。

"这么大的雨，伞顶啥用？"说着，马中原冲出门外。柴春萍跟了出去。

一小会儿的工夫，抬大架的挑山工们就被淋成了落汤鸡。怎么办？大家不约而同地把目光投向陈扁担。此时陈扁担也被突如其来的瓢泼大雨浇得晕头转向。杜长腿焦急地问道："要不先停下避避雨？"

陈扁担朝脸上抹了一把："不行，没法停啊！"

"可一下雨路太滑了，大伙儿恐怕挺不住！"竹筒子也说道。

陈扁担想了想："兄弟们，咱把大架放下试试，大家慢点轻放。"

大家试着慢慢往地上放。但由于大架体积太大，加上坡太陡，路太滑，雨中的石阶像抹了一层黄油，大架一着地，就出溜出溜地往下滑。陈扁担赶紧招呼大家又把大架抬起来，防止连大架加轮盘一齐滚下山去。

陈扁担大声说："兄弟们，老天爷成心和咱过不去，突然下起了这么大的雨，刚才试过了，大架在这里根本放不下，没法子，只能抬着往前走。现在，最难的时候到了，看样子，这个雨一时半会儿停不了，前面就还有不到二百个台阶了，我们咬咬牙挺过去好不好？"

众人应道："好！"

这时，马中原赶过来，劈头问道："老陈，这么大的雨怎么不停下来？"

"不行啊，刚才试了，坡太陡，路太滑，大架根本放不下，一放就往下出溜。一旦滑下去，不但轮盘会摔坏，人也会伤到，那麻烦可就大了。只要人抬着，大架就滑不下去，咬咬牙，坚持住，南天门没多远了！"陈扁担答道。

马中原嘱咐道："那，千万小心，不能大意！"

终于，雨渐渐小了，停了。大架被抬上南天门。当大家把大架放下的那一刻，没有看到终于登顶的激动，也没看到如释重负的兴奋，更没有看到大功告成的狂欢。相反，由于绷得太紧，用力过猛，过度疲乏，一个个无精打采，像伤鸡一样，浑身都散了架子。有的坐在地上，有的倚在树上，一个个有气无力，仿佛一群刚从战场下来的伤兵。

陈扁担从大架上下来，双腿已经不听使唤，身子摇摇晃晃，一个趔趄，险些摔倒地上。柴春萍赶紧上前把他搀扶起来。

马中原眼睛有些湿润，双手抱拳，连声说："谢谢各位，谢谢各位！"

经过三天三夜，近二百名挑山工抬着五六吨重的大架，通宵达旦，日夜兼程，时而冒着灼人的火热，时而冒着瓢泼大雨，一步一个台阶，行快活三里，过五大夫松，攀朝阳洞，越对松山，经方台子，绕翠屏斋，穿六个阁坊，攀登八千级台阶，登上南天门。

这是陈扁担们挑山生涯中的一次壮举。

雨过天晴，空气一片清新。逶迤连绵的山峦，郁郁葱葱，生机盎然。陈扁担和杜长腿等一瘸一拐地从山上下来，坐在河边休息。

杜长腿一脸疲惫："嘻，这趟活干的，知道难，没想到这么难。"

"到现在两条腿还直打哆嗦呢。"半铺炕说。

范海灵拧了拧湿透的衣角："谁说不是呢，回头想想，还真有点后怕，你说有两个人滑倒怎么办？那不一百多号人全部倒下？"

大剪子接上说："从小到大，第一次经历这么大的阵仗，真是领教了。"

竹筒子毕竟年轻，不无得意地说："这次咱挑山的可干了件大事。"

皮笊篱一个人仰卧在河边的石板上，把腿跷起来，眼睛望着天空，手在口袋里摸来摸去，摸出一叠钱，一张张地数起来。

竹筒子一脸不屑："哎，你都数多少遍了，还能越数越多不成？"

皮笊篱笑道："嘿嘿，你不懂。你知道人干什么的时候最享受？"

竹筒子反问道："那，你说干啥最享受？"

皮笊篱高兴地把钱一扬："数钱啊！"

半铺炕说："你就是罗锅上山——前（钱）上紧。"

杜长腿说："说正经的，累了三天三夜，今晚下馆子怎么样？"

竹筒子把腿一拍："好啊，来一顿庆功酒，不醉不罢休！"

半铺炕连忙响应："我举双手赞成。"

大剪子说："是该好好庆贺庆贺。"

范海灵也说："我没意见。"

陈扁担说："下馆子容易，谁出钱？"

杜长腿说："大家凑份子啊！"

大家纷纷表示赞同。皮笊篱坐在一旁，假装听不见，一声不吭。竹筒子大声喊道："皮笊篱，凑份子，下馆子，拿钱，两块！"皮笊篱用手支起耳朵："你说什么？"半铺炕捡一块石子扔过去："你什么耳朵？分钱的时候，你耳朵灵着呢，怎么往外拿钱的时候，你听不见，耳朵被驴毛堵了？"

范海灵看了看皮笊篱："还爷们儿呢，还不如个娘们儿。"

陈扁担笑了笑："想从铁公鸡身上拔毛，门儿都没有！"

半铺炕上前抓皮笊篱："不行，今天非从他身上拔下毛来不可！拿钱！"

陈扁担连忙说："算了，我说着玩呢，马经理说了，今天晚上他请客。"

"咱这将近二百人，他怎么能请得过来？"杜长腿问。

陈扁担说："不是都请，他是请我，你们几个跟着沾光。"

"那其他兄弟们怎么办？"范海灵问道。

"没事，马经理说，其他兄弟，工钱之外，每人再发个红包。"

皮笊篱一听："那我也不去了。"

陈扁担问："为什么？"

"我不吃饭，要红包。"皮笊篱说。

杜长腿笑道："瞧你那点出息。"

大剪子说："老皮，让你凑份子你舍不得，请你吃饭你又不去，你算什么人？别给脸不要脸，今天你去也得去，不去也得去，不去不行！"

皮笊篱连忙说："好好，我去，我去就是了。"

马中原在公司食堂为陈扁担等人庆功，他高兴地说："今天得好好犒劳犒劳各位，你们可帮了大忙。下大雨那阵，我心都提到嗓子眼了。"

杜长腿接上说："那阵我们也害怕，伤着我们不要紧，就怕把轮盘摔坏了。"

马中原拿起酒瓶："千难万难，我们总算闯过来了，阎王门前走了一遭。我这里攒了几瓶好酒，今天拿出来咱把它喝了，一醉方休！"

陈扁担看了看："不用，这么好的酒让我们喝，怪可惜的。"

"这是什么话？你们今天是英雄，是功臣，不，是大英雄、大功臣，你们不喝谁喝？"说着，马中原把酒打开，把每人眼前的杯子倒满，"来，我先干为敬！"话音刚落，他就把酒干了。

半铺炕看了看范海灵，范海灵端起酒杯轻轻抿了一口，大剪子也浅浅地舔了一下。马中原表示不满："这怎么行？喝酒有喝酒的规矩，赶快干了！"

"你们男人多喝点，我们女人意思意思就行了。"范海灵说。

"不行不行，抬大架，你们力没少出，酒也不能少喝。"

皮笊篱在一旁敲边鼓："赶快喝了吧，这么好的酒不喝可就亏了。"

范海灵笑道："什么时候都忘不了算账。"

第二天，天还不亮，于海燕就敲陈扁担的门。林场准备在山上建几个特有树种和生态监测站，砖瓦木料、钢筋水泥等材料都已经准备好，要陈扁担帮着挑到山上。于海燕告诉陈扁担，眼下先建两个，东边建在梅花庵，南边建在瞻鲁台，以后可能还要建，到时候再说。

陈扁担接着把杜长腿、皮笊篱、竹筒子、范海灵、大剪子和半铺炕找来，把林场的活说了。杜长腿好像没睡醒，一副懒洋洋的样子："今天本来想睡个痛快觉，你又和半夜鸡叫的周扒皮似的，这么早就把我们叫起来。"半铺炕也埋怨道："好几天没睡个囫囵觉了，浑身酸痛，今天真该好好歇歇。"

陈扁担有点不高兴："要不，这个活咱不干了？"

"别别别，觉哪有睡够的时候？活该干还得干。"皮笊篱连忙说。

大剪子说："就是，平时找活找不着，活来了不能打退堂鼓。"

范海灵也说："其实人家找谁干都行，找咱干是给咱面子。"

陈扁担说："这么说还差不多。这个活我估计得干几天。砖瓦木料，钢筋水泥，东西不少。这些材料现在存放在林场大院里，要送到两个地方，一个是梅花庵附近，一个是瞻鲁台附近。一个走东线，一个走南线。咱们七个人分成两路，老杜、老皮、大剪子、半铺炕，你们走东线，那条路稍微远点；我和海灵、竹筒子走南线，你们看怎么样？"大家表示赞同。

陈扁担、竹筒子和范海灵来到林场，正好碰到于海燕。于海燕说："你们可真是行动迅速，这么快就来了？"

"您发话，我们哪敢怠慢！"陈扁担边答边问高场长在没在。

"高场长在办公室，有事没顾上出来。"

陈扁担对范海灵和竹筒子说："你们先跟着于主任去货场，我去高场长那儿。"

这时，杜长腿、皮笊篱、大剪子和半铺炕也来了。

于海燕嘱咐："你们这几天抬大架累得不轻，今天这个活没那么急，别累着。"

陈扁担来到办公室，高云青刚放下电话："小陈来了？"

"小于主任说给派了个活，我把人带来了。"陈扁担答道。

"是我让小于去找你。这不，我刚放下电话，马中原就给我打电话，说你们昨天冒着大雨把轮盘送到山上，可把他感动坏了，再三说要我好好谢谢你。"

"他应该谢您才是，要不是您出面，我还真不好回那个脖儿，就是我愿意，我那帮兄弟也不愿意。"

"老马找我，是让我帮着搭个桥，我就顺手搬了把梯子。这样都好说话，他下来了，你也下来了。如果都僵在那里，他的活干不了，你的钱也挣不着。其实，好多事都是因为一句话、一口气，哪句话说不好，哪口气出不来，双方就走进死胡同。该办成的事办不成，该走通的路走不通，你说是不是这个理？"

"要不人家说您经得多、见得广，在别人看着很难的事，在您这里变成小事一桩；在别人看着不可能的事，到您这儿就不算个事。"

"哈哈，让你一说，我成神仙了，我哪有那么大能耐？如果硬要说这里边的诀窍，只不过是我过的河比你多一点，知道哪儿水深、哪儿水浅，把水深的地方绕过去。说实话，在人世间混江湖，处处都是道道，哪儿都是学问啊。我也是撞了不少墙，碰了不少钉子，才开始明白了，开窍了。只要学会遇到僵局往后退一步，遇到不好过的坎拐个弯儿，这样就会少吃若干亏。"

"我得跟您好好学着点。挑山时间长了，脾气越来越硬，像石头似的，碰到谁身上，不去层皮，也得鼓个包。并且还养成了一个坏习惯，一旦挑着担子上山，两眼只盯着眼前那个台阶，不往远处看。"

"这倒不能说是一个坏习惯。挑山就得紧盯着脚下，要不就会脚步不稳，一脚踩空就麻烦了。当然，也得适当看看前边，知道往哪儿走，一旦方向错了，力就白出了。说得正式一点，就是既要脚踏实地，又要登高望远，这一点，我们还要好好向你们学习呢。"

"您净取笑我。"陈扁担嘿嘿笑道。

陈扁担和竹筒子、范海灵从山上下来，太阳还有一竿子高。竹筒子抬头看了看天，说："天还早，再挑一趟？"陈扁担说："算了，昨天太累了，这个活也不是很急。"范海灵想起水缸的事，说："那你们先回吧，我到土产店去买口水缸。"陈扁担说："一块吧，正好顺路。"竹筒子问范海灵："怎么今天突然想起买水缸？"范海灵答道："嗐，别提了，大前天，我那口子不知中了什么邪，不勤不懒地想起涮水缸。结果水缸没涮成，弄得大水漫灌、碎片满地。"陈扁担说："老林也是好意，想帮你点忙，干点家务。""是好意不假，可好心办了坏事，忙没帮成，没想到帮了倒忙。"范海灵说。

在土产店里，陈扁担拍拍这个，敲敲那个。竹筒子指着一个说："我看这个可以。"范海灵看了看，说："那个有点大，占地方，搬搬挪挪也不方便，买口小的就行。"陈扁担也说："两个大人和两个孩子，不用太大的。"范海灵一指："就它吧。"接着向售货员摆手。售货员过来，问道："挑好了？"

范海灵说："好了，就它。多少钱？"

售货员看了标签："四块八。"

"能便宜点吗？"竹筒子问。

售货员笑笑："大哥，咱这是国营店。"

售货员把范海灵挑好的那口缸移出来。范海灵接着掏口袋，可掏来掏去没掏出钱来，她意识到了什么，便对售货员说："对不起，今天不买了。"

陈扁担问："怎么了？"

"没怎么，反正不着急，改天再来吧。"

"没事，你再挑挑看，挑口满意的。"

范海灵不好意思地说："今天出门走得急，忘带钱包了。"

售货员不悦："嗐，没带钱买什么东西？"

陈扁担马上从口袋里掏出钱，数了数，递给售货员："你看够吧？"

范海灵连忙拦着他："今天不买了，改天再说。快收起来。"

售货员说道："两口子还分得那么清楚，谁花钱不是花，都一样。"

范海灵看了售货员一眼。

陈扁担把钱塞到售货员手里："你胡说什么？这是我嫂子，我哪能配这么漂亮的媳妇？"

售货员接过钱："看你们俩挺有夫妻相，我还当是两口子呢。"

范海灵笑道："你什么眼神儿？"

售货员不好意思："嘿嘿，怪我眼拙，权当开了个玩笑。"

陈扁担问售货员："你数数，看够不够？"

"我数了，四块八，不多也不少。"

陈扁担说："走吧。"

竹筒子指着面前的水缸："怎么弄？"

陈扁担笑笑："数你小，背着啊，你还好意思让我们两个扛？"

竹筒子把腰一弯："那好吧，你帮我撮到背上，不过，海灵姐晚上得管饭。"

"没问题。"范海灵说。

陈扁担摸了下他的头："活还没干，倒讲上条件了，想得美。别的不行，干这个咱是行家，解开绳子，把缸绑起来，咱俩抬着。"

竹筒子直起腰："这还差不多。"

竹筒子麻利地用绳子把水缸绑好，穿上扁担。

一到家门口，范海灵就喊道："老林，陈大哥和小同来了！"

老林从屋内出来："哎——你们这是？"

陈扁担说："你不是要换水缸吗？我们顺路给你捎回来了，放哪里？"

老林恍然大悟："嘿，放这儿，放这儿就行。"

范海灵说："还不是因为你这个司马光。"

林秋月和林腊梅偷偷掩着嘴笑。

老林说："都怪我，可我也是出于好心嘛。"

陈扁担打趣道："其实，我前些日子来，就看着你们家那口水缸不顺眼，用了多少年，早该换口新的了。打碎了好，旧的不去，新的不来嘛。"

范海灵端过脸盆："洗把手，我给你们弄点水喝。"

陈扁担看看竹筒子："不喝了吧，你还真等着老林管饭？"

老林连忙说："你们喘口气，喝点水，我抓紧做点吃的。"

陈扁担拿手一挡："忙你的吧，我们回家吃就行了。"

老林说："没事，简单吃点，一会儿就好了。"

陈扁担说："不用忙活，回家还一堆事，你们拾掇拾掇吧，我们走了。"

范海灵从里屋出来，把钱塞给陈扁担："给，四块八，利息就算了。"

老林问："什么利息？"

范海灵说："刚才买缸时，挑好了才想起没带钱，是陈大哥垫的。"

陈扁担说："算了，三块两块的。"

范海灵说："那哪儿行，一码归一码。"说着，把钱塞进陈扁担的口袋。

晚上，范海灵和老林躺在床上。老林自责道："唉，挣钱不容易，花钱和流水似的。都怪我，那天不知道怎么了，突然想起涮水缸，谁知道就那么寸，正好碰到那把锤子上。看来，我真是越来越不中用了，重活干不了，轻活也干不利落，涮个缸都能把它弄碎了。"

"也不全怪你，平时外边活干多了，家里顾不上。加上那天抬大架，又急又累，浑身火刺刺的，一张嘴就冒火星子。"范海灵安慰道。

老林叹了一口气："唉，贫贱夫妻……"话里透出一丝凄凉。

范海灵马上说："贫贱夫妻咋了？人家能过，咱不能过？"

老林说："话是那么说，哪能一样？如果我像当初一样身体好好的，哪能里里外外都靠你操持？"

"各家有各家的难处，苦辣酸甜自己知道，谁家没有难处？关灯睡吧。"

第五章

男人三大不幸，陈扁担摊上两个：少年丧父，中年丧妻。1951年，父亲去世时他才两岁。母亲没有改嫁，与他相依为命。含辛茹苦，把他拉扯成人，娶了媳妇，生了孩子。本以为日子会这样安稳地过下去，岂料，天有不测风云，在一场意外中，妻子撒手人寰，留下两个儿子，老大家栋三岁，老二家梁不满周岁。时为1979年，陈扁担三十岁刚出头。

这天，家梁哭得声嘶力竭，奶奶抱起他哄着，在屋里走来走去，但他依然哭个不停。家栋拽着奶奶的衣襟，问弟弟这是怎么了。奶奶无奈地告诉他，弟弟饿了。家栋一听，转身跑进厨房，想去给弟弟找吃的。见厨顶有个盛着红薯的饭筐，便伸手去拿。由于饭橱太高，他个子太小，试了几次，手够不到饭筐。便找来一个小板凳，颤颤巍巍地站上去，拿出一块红薯，塞到奶奶手里。

陈奶奶接过红薯，哭笑着摇摇头。她一手搅着孩子，一手撕了一块煎饼，放在碗里，倒进温水泡开，用小勺舀着，慢慢送进家梁嘴里。谁知，家梁小手一扬，把勺子打翻，哭得更厉害了。

这时，钟丽华抱着女儿杜婕走了进来："姐儿，看孩子哭得，嗓子都快哑了，来，给我吧。"杜婕和家梁是同月生的，只是生日小了十几天。

钟丽华把杜婕交给陈奶奶，解开衣襟，把家梁抱进怀里。

陈奶奶难为情地说："你的孩子都吃不饱，这又加上一张嘴。"

"姐儿，没事儿，一只羊是牵，两只羊也是放。正好一个闺女一个儿，权当我生了对'花棒儿'。"钟丽华打趣说。

"唉，你叫我说什么好。"

"姐儿，跟我客气什么？过日子谁还没有点难处，搭把手是应该的。再说啦，咱两家谁跟谁，不用见外。你没听电影《红灯记》里说吗，一堵墙隔着，是两家人；拆了墙，就是一家人。咱不管拆不拆墙，都是一家人。"

家栋和杜婕瞪着小眼，一动不动地看着正在吃奶的家梁。

用陈奶奶的话说，别人的日子是一天天过，她的日子是一天天熬。好在最难的日子已经熬过去，两个孙子一天天长大。又过了四年多，小的也蹦蹦跳跳地上学了。只是儿子一直单着，夜里连个暖被窝的都没有，成了陈奶奶的一块心病。这两年，没少托人做媒提亲，可不是卯不对榫，就是榫不对卯，没遇上个合适的。杜奶奶安慰她，缘分不到，求也求不来，缘分到了，挡也挡不住。

这天中午，陈扁担刚到四槐树把货放下，小铁人急匆匆地跑到他面前，和他嘀嘀咕咕说了几句，陈扁担一听，脸色立马变了，抄起扁担向山下跑去。

他急匆匆地赶到医院，像没头的苍蝇，东一头西一头地乱撞。问了半天，才找到陈奶奶的病房。他一下抱住陈奶奶："哎哟，您吓死我了。"

原来，陈扁担出门后，钟丽华到他家拿铁锹。一进门，见陈奶奶用手捂着肚子，在床上翻来覆去打滚，连忙上前问道："婶儿，你这是怎么了？"

"不知道怎么了，肚子里像有东西搅一样疼。"

"家里有药吗？"

"没有，以前从来没有这个毛病。"

"不行，得去医院看看，您稍等。"

说完，钟丽华找来一辆地板车，把陈奶奶扶到车上，去了医院。

正巧，那天赶上高云青的妻子冯文静在门诊坐班，她连忙帮陈奶奶做了检查和应急处理。

陈扁担问冯文静："嫂子，我妈这是得的什么病？"

"基本可以确定，是急性阑尾炎。"冯文静说。

陈扁担又问："妈，您现在感觉怎么样？"

"现在疼得轻多了。"

陈扁担问冯文静："嫂子，这个病治起来难吗？"

"这是一种常见病，只要治疗及时，没什么问题。现在看，婶儿这种情况，吃药不大管用，得抓紧做手术，不能拖。"

陈奶奶一听："这么个小毛病还得开刀啊，开点药吃还不行吗？"

"不行，别看这个毛病不致命，可疼起来也要命。"冯文静说。

陈扁担劝道："妈，有病就得听大夫的。嫂子，动手术得多长时间？"

冯文静说："从切除到拆线，七天左右。前前后后，从住院到出院，怎么着也得十天八天。现在，有些医院开始尝试微创手术，微创手术伤口相对小一点，恢复比较快，而且并发症少，伤口不易感染。但微创手术需要全麻，费用比较高，对手术的要求也高，相比而言，传统的开刀手术操作比较简单，而且费用比较低。我的意见，采取传统的开刀手术就可以了。"

"听您的。"陈扁担说。

正说着，范海灵和大剪子风风火火地赶过来。陈扁担问道："你们咋来了？"

"我们刚从山上下来，听说婶儿被送来了医院，就过来看看。婶儿，怎么样，还疼吗？"范海灵问。

"好点了，疼得厉害的那阵过去了，还叫您跑一趟。"

"是不是得住院啊？"大剪子问陈扁担。

"正在商量这个事。"

陈奶奶叹了口气："唉，我一住院，家里还不乱套了？鸡得喂，羊得管，还有两个孙子得吃饭，指望他又指望不上。我还是回去吧。"

冯文静劝道："婶儿，有病治病要紧，其他事都好说，不就十天八天的嘛，坚持一下就过去了。再说不是还有小陈吗，这几天就别上山了，好好伺候伺候老娘，你说是不是？"

陈扁担连忙说："就是，家里的事你别管了，有我，你放心，这几天我哪儿也不去了，就在医院陪着您。"

冯文静说："这样吧，病房里人多不方便，跟我来。"

陈扁担几人跟随冯文静来到医护办公室。冯文静说："小陈，当着婶儿的面，有些话我不好说，她这个病不敢拖，手术一定要做。一旦做了手术，身边离不开人，吃喝拉撒的，你个大男人不大方便，得找个陪床的。"

钟丽华说："我在这里陪就行了。"

陈扁担摇摇头："你上有老下有小，一大家子的事，全都指望你。"

"这样吧，我和大剪子还有半铺炕轮着。"范海灵说。

"你们三个更不行，家里好几口子等着吃饭。"陈扁担说。

冯文静想了想："我看这样吧，有些住院时间长家里没人陪的病号，他们就花钱请个护工，不行的话，你也请个护工怎么样？"

陈扁担答道："可以，就是不知道到哪儿去请。"

"待会儿我找人打听一下。"冯文静说。

大剪子忽然想起了什么，便说：“我表妹王玉芹这几天在我家里住着，闲着没事，让她来陪几天，知根知底的，心里踏实。”

“能行吧？”范海灵问。

“没问题。”

冯文静问大剪子：“你表妹什么情况？”

“说来话长。我这个表妹娘家在道郎村，四年前嫁到邻村，生了个闺女。可她男人跑到南方去打工，和一个一起打工的丫头明铺暗盖，好上了。她一气之下，和她男人离了婚，带着孩子回了娘家。住的时间一长，她嫂子就不愿意了，动不动甩脸子给她看。我就让她带着孩子到我家散散心，现在待在家里没事干。”

“她能愿意吗？”

“没问题，只要我叫她来，她连眉头都不会皱。”

陈扁担说：“那太好了，请护工咱不认识，你表妹能来，那踏实多了。咱亲兄弟明算账，该给人家多少钱给人家多少钱。”

“那倒不用，都是亲戚，还谈什么钱不钱的。”

回到家，大剪子把这个事一说，王玉芹没犹豫就答应了。

　

大剪子把王玉芹带到陈奶奶面前，说：“婶儿，我把我妹妹带来了，她叫玉芹，叫她小芹就行了，这几天陪床的事就交给她了，您就把她当作您的闺女，有什么事尽管吩咐，不用见外。”陈奶奶亲切地拉着王玉芹的手，说：“闺女，真不好意思，给你添麻烦了。”陈扁担也说：“小芹，让你费心了。”王玉芹说：“没事，我在家闲着也是闲着，能给您帮上点忙，还不是应该的。”

大剪子对陈扁担说：“这样，小芹白天晚上都在这里，婶子的事你放心，家里的事，又是喂鸡喂鸭，又得伺候两个孩子吃饭，这些你得多操点心了。还有，婶儿和小芹的饭，等我回家做好了送过来。”

陈扁担连忙说：“不用，怎么还能让你做饭送饭？这个我来办就行了，反正这几天我也不能上山了，你该忙什么就去忙什么。”

大剪子笑笑：“你还会做饭？我可从来没听说过呀！”

陈奶奶一撇嘴：“平时油瓶子倒了都不知道扶，会做什么！”

“那是没逼着，逼着了什么不能干？平时都是你在家忙活，我到家吃现成的，这回正好给我个机会。”陈扁担说。

王玉芹说：“算了吧，我身上带着钱，我和婶儿在医院里订点吃的就行了，你们都不用来回送，把家里的事忙活好就行了。"

陈扁担说："小芹来陪床，我已经不好意思了，吃的事不用你们管。"

大剪子说："不行啊，你粗粗拉拉地自己还吃不上，哪能顾得上她俩？"

陈扁担说："我说不用你管你就别管了，放心吧，我有办法。"

大剪子说："那好，我先回趟家，抽空再过来。"

陈扁担说："你先回去吧。"

"没事不用老往这儿跑了。"陈奶奶嘱咐道。

冯文静亲自主刀，手术非常顺利。陈扁担长舒一口气。

晚上，冯文静回到家，高云青放下手中的报纸，关切地问："今天怎么这么晚才回来？""小陈他母亲病了，住在我们医院，刚给她做了手术。"

高云青没反应过来："哪个小陈？"

"就是挑山的小陈，陈扁担啊！"

"噢，他母亲病了？什么病？"

"急性阑尾炎。"

"怪不得这两天在山上没看到他。"

"他家里外头的忙得团团转，哪还顾得上上山？"

高云青从沙发上站起来："别看小陈成天乐呵呵的，其实日子过得乱七八糟。媳妇走了好几年，家里全靠他娘。老人这一病可就乱套了。"

冯文静边换衣服边说："可不是嘛，幸亏小陈平时为人不错，有个好人缘，他娘一住院，他那帮挑山的兄弟跑前跑后的都来帮忙。"

高云青说："现在，老百姓就怕有病住院。一进医院这费那费的，普通老百姓一听头就大了。他们这些挑山的，本来挣个钱就不容易，家里再有个病号，好多天白忙活，挣几个钱全交给你们医院了。"

冯文静说："她这个情况还算好吧，手术比较简单，用药也不贵，花不了几个钱，就是住院费，这个省不了。"

"家里好像还有一些营养品，你明天上班的时候给他带过去。"

"那个不急，等出院再说吧。"

"也行。现在谁在医院陪床？"

"你认识那个和小陈一块挑山的大剪子吧？"

"见过，他们经常在一块干活。"

"大剪子把她表妹叫来了，在那里陪着。光靠小陈哪行！"冯文静说。

陈奶奶一住院，钟丽华就把家栋和家梁接到家里。冷不丁地加进两个半大小子，家里一下子热闹起来。孩子们放学一回家，就像一群鸟，叽叽喳喳个没完。吃饭的时候，和小猪争食似的，这个抢碗筷，那个抢饭菜。人越上年纪，越喜欢孩子。杜爷爷看着他们高兴得合不拢嘴，说："不用抢，够你们吃的，一个个都是人来疯。"钟丽华笑了笑说："加了这两个，呼啦往饭桌上一坐，还真挺热闹的。"

杜爷爷笑道："这还算多？赶上了国家计划生育。要是在过去，哪家不得生个五个六个，十个八个的也不少。"

"两个就够淘气的了，十个八个谁还受得了！"钟丽华说。

夜已深了，病房很安静，陈奶奶已经入睡。王玉芹轻轻给陈奶奶掖了掖被角，然后从床底下端起痰盂去了卫生间。这个乡下的女人，看上去与城里的同龄女子没什么两样。高挑的个子，瘦削的身材，梳一头短发，瓜子脸，白白净净，说起话来柔声细语，一笑两颊露出浅浅的酒窝。她才二十七岁，正是好年岁，从里到外透着一股端庄大方和灵气。

早晨，陈扁担早早来到病房，看了一眼正在睡着的陈奶奶，轻声问王玉芹："怎么样，夜里还好吧？""挺好的，前头醒了一会儿，刚才又睡着了。"

王玉芹端起脸盆，要去洗漱间洗毛巾，陈扁担连忙说："我去吧。"

"不用了，你歇着就行了，这不是你们男人干的活。"

王玉芹刚出门，陈奶奶醒了，看着床前站着的陈扁担："你什么时候来的？"

"刚过来。"

"鸡喂了吗？"

"喂了，杜叔剁好鸡食，杜婶过去喂的。"

"小栋和小梁吃过饭了？"

"吃过了，这两天一直都在杜叔家吃，吃得欢着呢。"

王玉芹从洗漱间回来："婶儿醒了？"

"醒了，他来了，有些活叫他去干就行了，晚上你在这里睡不好，白天插着空歇歇，要不就熬垮了。"

"瞧您说的，我又不是千金小姐，哪那么不顶用？来，我帮您擦把脸。"

这时，范海灵和半铺炕来了。陈奶奶嗔怪道："我说不让你们老往这儿跑，怎么又来了？"范海灵说："来看看，心里还踏实。"半铺炕从包里拿出麦乳精、罐头，说："给婶儿买了点吃的。"范海灵一看笑了："咱俩事先也没商量，买重了，我买的也是这个。"半铺炕说："重就重呗，慢慢吃，这些东西能放住，一时半会儿坏不了。"陈扁担说："来就来呗，还花钱买这么多东西。"半铺炕说："这才花几个钱？钱挣了就是花的，是不是婶儿？"陈奶奶说："你们才挣几个钱？再说，挣个三块两块的，得省着点花。"范海灵端详了下陈奶奶的脸："我看婶气色挺好的。""嗯，比刚来的时候好多了。"陈奶奶说。

说着说着，钟丽华提着饭盒送饭来了。陈扁担打开饭盒："做什么好吃的？"钟丽华说："没啥好吃的，熬了点小米粥，蒸了几个包子，煮了几个鸡蛋，还拌了点咸菜，将就着吃点吧。"陈奶奶笑了："这还叫将就？够好的了，来，小芹咱一块吃。"王玉芹说："好，哥，你也吃点吧？"陈扁担说："不用了，我在家对付着吃了点。"王玉芹把鸡蛋递给陈扁担，说："丽华姐送来这么多，我们娘儿俩吃不了，你权当帮个忙，帮着再吃点。再说了，你个大男人，天天干那么重的活，瞎对付怎么能行？给，再吃个鸡蛋吧，要不吃个包子？"陈扁担说："好，那我吃个包子吧。"

"哟，正吃饭呢，我看看吃的什么？"陈扁担抬头一看，是冯文静。陈奶奶一指饭盒："你看看吧，又是鸡蛋又是包子的，都是丽华忙活的。"冯文静看了一眼："是不错，丽华，这几天可真够你忙的，两家的事都让你一个人干了，又是喂鸡喂鸭，又是做饭送饭，那两个小子也在你家吃吧？"

"嗯，几个孩子在一起可热闹了，平时不喜欢吃的，现在也争着抢着吃。"

冯文静看看干净的床铺和地板："哎，小芹，怪不得大剪子夸你，不光长得好看，还干净勤快，干什么事都麻麻利利，你看把病房收拾得，这层楼上的病房数这儿干净。"王玉芹羞涩地笑了笑。

冯文静又问："婶儿，今天感觉怎么样，刀口还疼吗？"

"不疼了，和好人一样。今天能不能出院？"

"看把您急的，那哪儿行啊？还没拆线呢，得七天才能拆线。等拆了线，再检查一下，如果没有炎症，就可以出院。"

陈奶奶出院那天，杜长腿和竹筒子来接老人回家。王玉芹收拾了房间的东西，陈扁担办理了出院手续。陈扁担对王玉芹说："这些日子让你受累了，伺候前伺候后、没白没黑的，真是不好意思。"

"大哥你真是见外了，这还不都是应该的？倒是你，又是家里又是医院，天天两边跑。还得多操若干心，你比谁都辛苦。"

"我是当儿子的，有些事谁也替不了。你不一样，非亲非故，跟着受累。"

王玉芹莞尔一笑："怎么说非亲非故？我是表姐的妹妹，你是表姐的哥，这么一勾一连，不都成自己人了？自己人干自己的事，有什么好说的？"

陈扁担一听连连点头："也是。"

王玉芹说："以后熟悉了，需要我的时候就打个招呼，我随叫随到。婶儿回家以后还得好好照顾，毕竟刚做过手术，不能大意。"

"嗯。"

"那我就回去了。"

"我送你吧。"

"不用，我骑车来的。"

"路上慢点，注意安全。"

"嗯，放心吧。"

陈奶奶刚进家门，杜奶奶就过来了。陈奶奶叹口气："唉，怪不得人家说，有什么别有病。你看我这一病，家里外头耽误了多少事。这还不说，邻居亲戚的也跟着忙活，你和丽华操持着自己的家，还得照顾着这个家，真不好意思。"

"说这些干什么，只要病治好了，比什么都强。"杜奶奶说。

"这次也亏了人家小芹，一连陪了十几天，你说这得欠多大的情？"

陈扁担说："欠情慢慢还呗。"

陈奶奶说："你说得轻巧，有些情能还，有些情不好还，一辈子还不了。"

杜奶奶说："说一千道一万，还得抓紧操持个媳妇，有个媳妇，事就好办了，没个媳妇，就没有家的样儿。"

陈奶奶看了陈扁担一眼："你听见了？"

"听见了。"陈扁担答道。

陈奶奶白了一眼："还听见了，听见了也当耳旁风。前些日子你黄婶介绍那个姑娘，我听说挺好的，本分老实，是正经人家，你怎么看不上人家？"

"其实，我们这个样不是也挺好的嘛。"陈扁担说。

"挺好的，好什么好？我能伺候你一辈子？我老了怎么办？"

"你老了我伺候您，把您伺候得熨熨帖帖的。"

"哼，你就贫吧。"

第六章

晚上，孩子们早就睡了，大剪子和王玉芹却没有睡意。"小芹，姐得好好谢谢你，这些日子你去医院陪床，可给姐长脸了。"大剪子说。

"这有什么，又不是大不了的事，人家拣几句好听的说，你还当真了？"

"那可不是，他们夸你，都是真心的。"

"哎，姐，他怎么叫这么个名字？陈扁担，实在不像个人名。"

"哪里，他叫陈望山，陈扁担是外号，不过，大家都这么叫习惯了。"

"我觉着这个人挺好，你们一块挑山的，处得和兄弟姐妹似的。"

"是啊，是个好人，就是命不济，七灾八难的，都叫他摊上了。"

"是有点可怜。"

"你回娘家住快半年了吧？"

"差不多，五个多月了。"

"怎么，就这么继续住下去？"

"其实，我也不愿赖在娘家，可有什么办法？你不知道，当闺女没出门子的时候，自己在家里愿意咋的咋的，爱说就说，爱笑就笑，不高兴了，在爸妈面前使个小性子也没事，甚至和爸妈争得面红脖子粗，爸妈也没办法，自己的家，自己的亲生父母嘛，这都不算个事。可一旦嫁出去再回来，家还是那个家，可又不是那个家了，人还是那些人，可又不是那些人了。"王玉芹说。

"什么意思？我快叫你绕糊涂了。"大剪子说道。

"那么给你说吧，我有个同学在镇上当个差事，他跟我讲，他们填写表格的时候，没出嫁的闺女，是家庭主要成员；嫁人以后，就成了社会关系。这就说明，我不是那个家的人了。离婚后刚回去那阵儿，我没觉得外道，这是我的家啊！可别人看我的眼神就不对了，特别是我嫂子，本来她是我们家庭以外的成员，是外人吧？现在可好，她成主人了。刚开始还可以，日子一长就不行了。当面不好意思撕破脸皮，背后说那些话叫人不舒服，话里话外的意思是嫁出去的姑娘泼出去的水，还时不时甩个脸子给我看。我哥的脾气你知道，在我嫂子面前大气都不敢喘，成天生气。"

"那你就没想再找个人？"大剪子问。

王玉芹摇摇头。

大剪子突然问道："你觉得陈扁担怎么样？"

"我刚才说过，这个人挺不错啊，怎么了？"

"我觉得你们两个一起过挺合适，我对他知根知底。"

"人不错是一回事，两人能不能一起过，是另一回事。"王玉芹说。

"怎么，你看不上他？"

王玉芹说："那倒不是，我是嫁人嫁怕了。好不容易从火坑里出来，害怕不小心再掉进另一个火坑。"

"嗐，你不能被蛇咬了一口，见到井绳就害怕。"

"姐，不在一起过，看着都挺好，可一旦一个炕上睡，一口锅里吃，就不一样了。都说鞋合不合适脚知道，可等知道鞋不合适，已经晚了。"

"事是那么回事，可女人不都是这么过来的嘛。"

"再说了，陈扁担这个人是不错，可他上有一个老娘，下有两个半大不小的儿子，我再带着个闺女过去，这三窝两块的弄在一起，我又当亲娘又当后娘，这日子怎么过？用不了几天，非弄得鸡飞狗跳不可，想想就后怕。"王玉芹说。

大剪子点点头："这倒也是。"

挑山工的习惯是，早晚两头在家里吃，中午带饭在山上吃，吃饭的时候就近聚堆，吃完之后稍歇片刻，下午各干各的。陈扁担放下担子，正是吃饭的点，他坐在一块石头上，拿出煎饼，打开盛菜的饭盒。杜长腿、皮笊篱、竹筒子和范海灵、大剪子、半铺炕陆续凑过来。杜长腿说："不错呀，今天还带炒菜了。"把筷子一伸，夹一块肥肉放进嘴里，一边吃一边说，"味道不错。"陈扁担把饭盒往前一推，让竹筒子和老皮也尝尝。

范海灵走过来："我早晨烙的韭菜盒子，多带了几个，来，都吃点。"她给每人分了一个。皮笊篱连忙摆手："我不要。煎饼卷大葱，我就好这口。"

竹筒子说："吃吧，海灵姐又不要你的钱。"

"就是。"范海灵边说边把韭菜盒子塞到他手里。皮笊篱接过韭菜盒子，狼吞虎咽，两口就吞进肚里。竹筒子笑道："慢点，小心噎着。"

太阳快要落山了，天边燃烧着一抹橘红色的晚霞，蓝天游荡的白云也镶上亮晶晶的金边。泰山日出固然壮观，泰山晚霞也有柔美韵味。游客们流连忘返，恨不得把泰山的一切，连同这金灿灿的晚霞都装进怀里。

范海灵和大剪子沿着后山的盘道下山。忽然，大剪子叫道："海灵姐，你看！""看什么？"范海灵没反应过来。

大剪子用手一指："那里站个人！"

范海灵顺着她的手指一望，果然有个姑娘站在悬崖边上。

大剪子说："天这么晚了，她一个人孤零零地在那里，不会出事吧？"

范海灵有点含糊："不会吧？"

大剪子说："她可是站在那儿大半天了。"

范海灵说："走，过去看看。"

范海灵和大剪子绕着小道来到悬崖旁。范海灵大声喊道："姑娘，太阳都落山了，你在干什么呢？"姑娘像没听见一样，一动没动，一声没吭。

大剪子又喊："喂——姑娘，天快黑了，该下山了！"

姑娘依然没有任何反应。

大剪子提高了嗓门："哎——姑娘，叫你呢！"

她还是像石雕一样杵在那里。

虽然天色已晚，看不清面目，但范海灵感觉到那姑娘的神情不对。正常人谁会这么晚了还傻傻地站在那里？并且听见喊声依旧置若罔闻、无动于衷？于是便向大剪子使了个眼色，二人悄悄绕到姑娘身后。大剪子一把抓住她的胳膊，两人连拉加拽地把那个姑娘从悬崖上弄了下来。

范海灵一看，姑娘年龄不大，至多二十岁的样子。问道："小妹妹，你在那里干什么？为什么叫你不答应？"那姑娘神情木然，没有反应。

大剪子又问："小妹妹，你叫什么？家在哪里？"

"大姐，你们走吧，不用管我。"姑娘突然开口了。

大剪子长舒一口气："哎哟，你终于开口了，快把人急死了。我还当你是哑巴呢。天快黑了，一个人在这里，会有危险的，快回家吧。"

"我没家。"姑娘抽泣起来。

范海灵和大剪子相视一愣。

范海灵劝道："小妹妹，不管怎么样，咱先下山再说。"

"我没处可去啊！"姑娘哇哇地哭了起来。

"不管你遇到什么事，先跟我们回家再说。"范海灵边说边与大剪子一左一右，拥着姑娘向山下走去。

老林正忙活着做晚饭，秋月、腊梅在做作业，范海灵带着那个姑娘回来了。见老林一脸诧异，范海灵把他拉到一边，悄声告诉他了刚才山上的一幕。老林会意地点点头，接着把饭菜端上饭桌。范海灵说："来，姑娘，咱先吃饭。"姑娘怯怯地坐下。范海灵卷一张煎饼给她："我们这里长年吃的就是这个。"

范海灵边吃边问道："姑娘，今年多大了？"

"十九。"

"叫什么名字？"

"王多多。"

"家在哪里？"

"梁平县后石沟。"

"那你刚才在山上怎么说没有家呢？"

姑娘一听，放下手里的碗，眼泪唰唰地流下来。

"好了好了，不说了，不说了，先吃饭。"范海灵连忙劝道。

饭后，范海灵打发老林和孩子各干各的，自己单独和多多聊起来。范海灵说："现在这屋里没别人，就咱姊妹俩，你告诉姐，有什么事想不开，非要寻短见呢？"王多多一听，先是嘤嘤地哭，接着诉说了自己的遭遇。

王多多的父亲是个矿工。有次下井，煤矿突然坍塌，把十几个人埋在地下，她爹也在其中。虽然矿方全力抢救，但最终无一生还。那年，王多多只有三岁。过了不到两个月，王多多的母亲把她托付给她一个远房表叔，又嫁人了。王多多不记得母亲嫁到哪里，只知道那个地方很远，过一条江就是俄罗斯。从此以后，王多多再也没见过母亲的面。

王多多刚进表叔家时，表叔还没有孩子，对多多有几分疼爱。过了两年，表叔和表婶有了自己的孩子，多多就不受待见了。天天这也不是那也不是，横挑鼻子竖挑眼，后来发展到张口就骂，举手就打。从六七岁开始，表婶就把多多当童工使，挑水砍柴洗衣做饭，什么活都让她干。有时候话说得特别难听，说你娘图快活，跟着别人跑了，把你扔在我家里，光知道吃，不知道干。多多只能忍气吞声，不敢多言语。有次吃完饭，表婶让她把碗洗了。她小心翼翼地去了。不料，一不小心把碗掉在地上，摔成碎片。表婶立马冲过去，眼瞪得像铜铃似的，捡起一块碗片，在多多手上使劲地划，划出一道道血红大口子。多多两手血流不止，哭叫不停。从此以后，多多手上多了几条褐色的疤痕。

后来，王多多一天天长大，身子也发育了。她表婶更是拿她当牲口使，什么重活粗活都让她干。她表叔也不是好东西，没人的时候，抽冷子就在多多胸上屁股上乱抓乱摸，多多不敢出声，只能打碎牙往肚子里咽。有次，表叔又不老实，恰巧被表婶撞见。表婶像疯了一样，劈头盖脸把多多打得鼻青眼肿，遍体鳞伤。那时，多多对这个所谓的家恨透了。表婶是个心狠又精明的女人。多多几次听表婶与表叔私下嘀咕，养头猪还能换几个钱，不能白养她这么多年。过些日子，他们给多多找了一户人家，要把嫁出去。说是嫁，其实跟卖没什么区别。多多其实早就受够了，巴不得早一天离开这个魔窟。可后来多多才知道，他们要她嫁的是个四十多岁的瘸子，条件是一千块钱彩礼，外加一辆自行车。多多一听傻了眼，说什么也不从，他们就把多多锁在一间小屋里，说等出嫁那天，绑也把她绑到那个瘸子家。

一天深夜，多多把锁撬开，偷偷从被关的小屋里跑了出来。当时，她也不知道到哪里去，就顺着一条山路拼命地跑，心里想：跑得越远越好，近了会被他们抓回去。摸着黑跑了一宿，天亮一看，才知道到了泰山。她跑出来的时候，身上一分钱没有，一口吃的也没有，叫天天不应，叫地地不灵，实在走投无路，她就想到地下找爹算了。这时正好被范海灵和大剪子遇上了。

多多边说边抽泣，范海灵听得眼圈也红了。

王多多说："姐，您救我一时，救不了我一世，你就让我去吧。"

范海灵连忙打断她："姑娘，千万不能那样。好死不如赖活着。你还不到二十岁，怎么往那条绝路上走呢？今后的路还长着呢，得好好活着才是。"

王多多的话，打开了范海灵记忆的闸门，尘封多年的往事突然浮现出来。

范海灵平时大大咧咧，嘻嘻哈哈，看上去没心没肺，无愁无忧，实际上，遭难受罪只有她心里清楚。用她自己的话说，她生得贵，长得贱。小姐身子丫鬟命。1948年夏天，范海灵出生在青岛海边一栋别墅里。父亲是一家银行的行长，身穿西装，头戴礼帽，出入车接车送，当时在青岛港算得上个人物。可是，人生无常，祸福在旦夕之间。有天中午，她父亲参加一个应酬，突发心梗，当场就咽气了。随后，范海灵出生了。范海灵的生与父亲的死，相隔只有三个小时。这时，范海灵的山倒了，家里的天塌了。母亲悲痛欲绝，茶饭不思，没有一滴奶水。邻居看着实在可怜，说这孩子本是行长的千金，一下子就掉进冰窖里。母亲几次在海边徘徊，可又觉得孩子可怜，下不了狠心。

几个月后，母亲怀里抱着范海灵，手里牵着海灵的三个姐姐，告别青岛，来到泰山下石屋子村的婆家，海灵这个名字，就是母亲离开青岛时留的念想。

当范海灵母亲回到婆家时，范海灵奶奶与几个孩子抱着哭成一团。那时，范海灵奶奶家也是穷得叮当响，吃了上顿没下顿。母亲带着范海灵姐妹几个，守了一辈子寡。家里田里来回忙，女人当男人用。范海灵从六岁就学着做饭，煮地瓜、烀饼子、摊煎饼，什么活都干。她一天学也没上，到现在还是睁眼瞎，大字不识一个。十六岁就开始下地干活。那时还有生产队，干活记工分。男人干什么，她也干什么。男人是整劳力，一天记十分。女人是半劳力，一天记七分。那年头，工分根本不值钱。十个工分只值七八毛钱，七个工分就更少了。到年底，生产队把工分折算成口粮，剩余的分红。收成好的年头还可以，遇到歉年可就惨了。囤子里没有几瓢粮，口袋里分文没有。队长也着急，就四处揽活搞副业，帮着大伙把肚子填饱。山上有单位，有游客，垒墙盖屋，煤面油盐，都要从山下往山上挑。队长就领着大伙干起挑山的营生。

开始，挑山的都是男人。范海灵和队里的几个姑娘就去找队长。队长求之不得，人越多，挣得就越多，二话没说就答应了。开始，她们挑不动，也不会挑。女人毕竟不是男人。她们就一步步来，先少挑，担子轻一点，一担也就六七十斤。可那也不行，平路不差三五斤，上山就不同了，上山鹅毛重千斤。三步一喘，五步一歇，怎么着也跟不上那些壮劳力。有些好心人就悄悄告诉姑娘们，挑山不同干别的，紧走不如慢逛荡，坚持走，不能歇，越歇越累。眼睛要盯着眼前那个台阶，一步一步往前挪。于是，范海灵她们就咬着牙，换着肩。分量逐渐增加，从六七十斤加到一百多斤。时间长了，两个肩膀积成厚厚的茧，像牛皮一样，又硬又结实。脖子后面长出了肉疙瘩，就像坚硬的盔甲。缝件新褂子穿上，颜色还没掉，肩膀早就磨烂了。

范海灵告诉王多多，挑山这活，苦是苦点，可自在，来钱快。一手交货，一手拿钱。从红门到岱顶，接近八千级台阶，一天跑一趟，一百斤能挣三块钱。原来这钱不全归自己，个人只能拿两成，其余得交给队里记工分。这两成，多数回家交给爹娘，剩几个子自己攒着，平时不舍得花，过年时买双袜子添双鞋，心里可惬了。现在好了，生产队没了，挣多挣少都是自己的。

王多多眼睛一眨不眨，静静地听着。

范海灵说：“你看我，打开话匣子就收不住。好几年没这么痛痛快快说说这些事了。这不，后来嫁了人，有了两个孩子。她爸也是本村的，年轻时逞强，参加公社水库会战时落下一身病，一干沉活就下不了炕。里里外外全靠我操持，这个家还得我撑着，所以，我不能歇，也不敢歇，还得挑。"

"姐，没想到你也是个苦命人。"

"现在好多了。我看，你就跟着我挑山吧，别人能干，咱也能干，别人能活，咱也能活，累不死，也饿不死。从今往后，我就是你姐，我家就是你家。有我吃的就有你吃的，就是剩下一张煎饼，咱也撕开，每人一半。"

王多多点点头。

第二天，范海灵就带着王多多上了山。怕她挑不动，范海灵给她两个小件。范海灵走前面，王多多跟在后面。上台阶的时候，范海灵告诉她，脚要斜着走，之字形，这样稳当省力。

中午吃饭休息，范海灵把王多多的事和陈扁担他们说了。"往后怎么办？就这么长期在你家住下去？"陈扁担问道。

范海灵说："要不怎么办，那个家她根本回不去了，咱总不能见死不救。"

"你家日子过得本来就紧巴，再加一张嘴……"杜长腿边说边摇摇头。

范海灵说："那倒好说，紧巴就紧巴点，不差她一双筷子一张嘴。"

陈扁担想了想："眼下只有先这样了，这也是没有法子的法子。"

高云青是个思想、有情怀的人。这天，他把业务科长小贾叫到家里，谈了他这段时间一直在想的一件事。他倒了一杯水放在贾科长面前："小贾，你是林学院毕业的，正宗的林业科班出身。我问你个问题，都说泰山不仅有雄伟壮观的自然景观，有珍贵丰富的文物古迹，而且还是古树名木的天堂。可你知道泰山究竟有多少种多少株古树名木？树龄在三百年以上或特别珍贵稀有的有多少种多少株？具有重要历史价值和纪念意义的古树名木有多少种多少株？"

贾科长一下子被问蒙了："场长，非常惭愧，我还真说不清楚。"

高云青笑笑："你不用惭愧，我来泰山十几年了，我也说不清楚。泰山古树名木繁多，它们或生长在红墙碧瓦的庙宇中，或生长在环境优美的自然里，见证了泰山的历史，是泰山的活化石。过去，有关部门虽然搞过泰山森林资源调查，但不够系统，也不够具体，至今还没有形成一套具有权威性的资料。我找你来的目的，就是想商量一下，我们能不能用几年时间，走遍泰山各个角落，遍访各种古树名木，分门别类，登记造册，统一编号，统一挂牌，这样，整个泰山的古树名木一目了然，也为下步申报世界自然与文化遗产做点贡献。"

贾科长把腿一拍:"场长,您这个想法太好了。"

"这可是一个不小的工程。但这样有意义的事情,再艰巨再困难,我们也应当全力以赴去做。"高云青说。

陈扁担与皮笊篱一起下山,路过跑马岭村时,皮笊篱说:"我快到家了,进去坐坐?"陈扁担说:"咱两个村只一路之隔,天天从你门前过,可从来没有进过你家的门,走,去看看。"皮笊篱接着就后悔了。他本来是随便一说客气一下,哪知道陈扁担答应得这么爽快。他心里明白,自己家里乱七八糟,根本进不去人。可话已出口,后悔也来不及了。

皮笊篱住在村东头。四间破旧瓦房,由于年久失修,墙皮多处脱落。乱石砌成的院墙,高低凸凹,极不规则。陈扁担进屋一看,家徒四壁,几乎没有一件像样的家具,卧室灶房凌乱不堪。皮笊篱拿起一个只有三条腿的凳子让陈扁担坐。陈扁担看了一眼,没有坐下,在几间屋里转了转。皮笊篱拿起暖水瓶想倒水,一晃,暖水瓶是空的。皮笊篱不好意思地说:"我马上烧点。"陈扁担说:"算了吧,不渴,不用烧了。孩子他妈呢?"

"去医院了。我娘老毛病又犯了,孩子她妈在医院陪着。"

"孩子吃饭咋办?"

"我回来胡乱给他们对付呗。"

陈扁担摇摇头:"你这日子过得哟。"

皮笊篱有些尴尬:"叫你笑话了。你们都说我抠,叫我皮笊篱。你看看我家这情况,老弱病残,样样都占了,不抠不行啊!这里漏汤,那里漏水,三下五去二,漏不起啊。我也想大方,可出门带着几张嘴,进门看着满屋愁,我能大方起来吗?不敢大手啊,手指头一松,连饭都吃不上了。"

陈扁担点点头:"明白了。"

十几天过去了,王多多一直跟着范海灵上山下山。王多多个头不矮,身子很单薄,但不娇气,挺能干,不多言不多语,别人说话她只是听,极少插话。问她什么,她也是慢声细语地应着。"这个姑娘挺懂事的,不招人烦。"陈扁担说。"干活泼辣,不怕吃苦,摔打几年,是块挑山的料儿。"杜长腿也说。

"老是这样在你家吃住,这不是个长法儿。"陈扁担说。

范海灵说:"是啊,可有什么办法呢?"

陈扁担便说起前些日子去竹筒子家的事。竹筒子很小的时候就没了娘，也没有兄弟姐妹。父亲老实巴交，只知道在两亩薄地上下苦力，一直没有再娶。竹筒子十四五岁就跟着挑山，至今二十四五了也没讨着媳妇。一个老光棍，一个小光棍，日子过成啥样，用脚指头想想也知道。那天，陈扁担到竹筒子家，正赶上竹筒子和他爹吃早饭。饭桌上摆了一盘煎饼、一盘地瓜。竹筒子把煎饼放进碗里，倒上白开水。接着想去饭橱找咸菜，找来找去，连块咸菜毛都没找到。还有一次，竹筒子正在烧火做饭。陈扁担一进门，满屋乌烟瘴气，呛得他差点喘不过气来。原来，柴草被雨淋了，湿漉漉的，灶膛里直往外倒烟。风箱越拉，烟气越大。"这过的叫啥日子！"陈扁担感叹道。

"家里没个女人，是够苦的。"范海灵说。

杜长腿看了陈扁担一眼："你说这些是啥意思？"

"我在想，给竹筒子和多多两个撮合撮合怎么样？"

范海灵马上说："好啊，这是个好主意，一个没有家，一个没媳妇，把他们两个撮合在一起，啥都有了，咳，我怎么就没往这里想呢？"

杜长腿瞅了陈扁担一眼，扑哧一声笑了："你自己一屁股血，还替别人治痔疮。自己还单着呢，倒帮着别人操持媳妇。"

"他是他，我是我，他是年轻小伙，我都老倭瓜了。"

范海灵说："老杜说得对，你的事也该上上心了。"

陈扁担说："说竹筒子的事，怎么老往我身上扯？"

范海灵说："先把竹筒子的事办了也行，只是姑娘岁数小，领证可能有麻烦。"

杜长腿笑了笑："那倒不是个事，活人怎么被尿憋死？只要想，办法总会有的。当年，你不是孩子满地跑了，才去登的记？"

范海灵抓起一个石子扔到杜长腿身上："狗嘴里吐不出象牙，净胡呛。"

杜长腿说："这有什么不好意思，本来就是这么回事嘛。"

陈扁担说："帮竹筒子和多多成个家，咱也算做了个善事，积点德。海灵说的也是，登记可能有点麻烦，不光年龄小，还得回她老家办户口，那样就露馅了，她那个表叔表婶非打上门来不可。"

杜长腿说："不用担这个心，现在先结婚后领证的多得是。如果他们两个人愿意，置办点铺盖，住到一起，就算把事办了，也不必搞什么婚礼。登记的事，过几年再说。时间一长，生米做成了熟饭，谁也不会关注这个事了。"

范海灵说："其他的都好说，关键是看他们两个愿不愿意。"

这天，范海灵把王多多和竹筒子叫到一起，捅破了这层窗户纸。竹筒子一听很高兴，什么也没说就满口答应了。王多多面带羞涩，两手在腿上搓来揉去。竹筒子焦急地看着她。沉默了一会儿，王多多轻轻地说了句："我也没有意见。"竹筒子这才一块石头落了地。范海灵说："那我这个大媒就算做成了。"

这时，王多多抬起头来看看竹筒子又看看范海灵："只是……"

"只是什么？"范海灵问道。

王多多怯怯地说："我是怕，我表叔和表婶迟早会找到这里来，他们不是省油的灯，来了肯定不是打就是闹，我倒没什么，我怕连累了你们，除非……"

范海灵问道："除非什么？"

王多多说："除非给他们钱。"

范海灵问："多少？"

王多多说："一千。当初他们要我嫁给那个瘸子，条件就是一千块钱。只要他们见了钱，就像苍蝇见了血，其他的他们就不管了。"

范海灵一听："一千？一百都不好办，你是要竹筒子去抢银行啊？"

竹筒子一听就低下了头。

王多多说："姐，我不是那个意思，谁让我摊上那样的人呢？"

范海灵一时无语。

王多多接着说："姐，我看还是算了吧，我知道你是为我好，可那家人不好惹，您就别跟着受拖累了。他们不找来，正好，咱都相安无事。哪天真的找上门来，我跟他们回去就是了，大不了是个死。这里死，回去死，反正都是个死。"

范海灵说："你这个孩子，怎么老是把死挂在嘴上呢？妹子，就是天塌下来，姐也帮你顶着。千万记住，不管遇上什么事，都不能走那条路。"

趁着休息，陈扁担、杜长腿、皮笊篱、竹筒子和大剪子、半铺炕都在场，范海灵把约王多多、竹筒子见面的事详细说了一遍。陈扁担说："看来，咱们想简单了。"杜长腿一听也觉得不可思议，一千块，这不是要命吗？

"这哪是娶媳妇？分明是买媳妇嘛。再说，价格也太贵了，有这一千块，不用跑那么远，咱这南庄北村有的是。"皮笊篱嘟囔道。

大剪子说："我看不用管它，我就不信他们能真找来不成？"

"那可说不好，没有不透风的墙，梁平离这里不远，不过百十里地，说不定哪天他们听到什么风声，真的能找上门来。"范海灵心有顾虑。

半铺炕看看竹筒子："我看算了，没有她，竹筒子还能打一辈子光棍？"

竹筒子也泄了气："算了，别打不成狐狸惹一身骚。"

范海灵说："算了好说，可那姑娘一说到回去就要死要活的。"

陈扁担接过话茬："有句话怎么说来着？救人一命，胜造七级浮屠。还有句话说，救人救到底，送佛上西天。我想，只要能用钱解决的事，总比要命强。挑山的，是一家，谁都会有麻烦事，谁都有难过的坎。既然一家人，有难一起扛。不就一千块钱嘛，凭咱这几个人还能叫一千块钱憋死？我看，咱勒紧裤腰带，大家凑凑，当然，前提是个人自愿，不能强求。多了不限，少了不嫌，帮着竹筒子过去这道关。你们看怎么样？"

其他几人都表示同意，没有意见。只有皮笊篱面露难色，皱了皱眉头。

陈扁担说，我手头能拿出二百。杜长腿也跟上拿二百。大剪子和半铺炕表示她们拿二百也没有问题。范海灵说："我一下子拿不出那么多，差不多凑一百吧。"

皮笊篱犹豫一会儿，见别人都拿，连日子那么难的范海灵都拿一百，自己不拿有点说不过去，于是说："我家那情况，你们也知道，我就拿五十吧。"

陈扁担说："老皮算了吧，老人住院费还欠着呢。竹筒子，你自己能出多少？"

竹筒子说："我不知道，我得回家问问我爹，这是为了我的事，肯定能拿多少拿多少，至少也得凑够二百吧。"

陈扁担说："这样，海灵和老皮家的情况，大家都知道，家里有病人，天天张着口要钱。我二百，长腿二百，大剪子二百，竹筒子凑二百，这就八百了，还缺二百，我去找林场高场长，向他借借，估计他会给这个面子。"

竹筒子非常感动："大家都是为了我，等我攒够了，一定还你们。"

陈扁担说："我想是这样，往坏了想，他们那边找过来，多多把这一千块钱给他，算花钱买个平安。往好了想，也许他们那边不来找，这一千块就省下了，权当放在多多那里存着，到时候是谁的还是谁的。"

晚上杜长腿刚进家门，大女儿杜宏就缠着要钱，说学校要开运动会，同学们都买了新运动服和运动鞋，她也要买。杜长腿说："你不是有吗，怎么又要买？"

"那套都穿好几年了，袖口和裤脚都破了，穿上人家会笑话的。"

"笑话什么？让你妈给缝缝。"

“哎呀，都什么年代了，谁还穿补过的衣服？你就给我买套新的吧。”

钟丽华埋怨道：“闺女大了，知道要好了，别的同学都穿新的，就她穿着旧的，那多难看？穷富不差那几个，你就给她买套新的吧。”

杜长腿掏钱包：“多少钱？”

“连衣服加鞋，一共十五。”杜宏答道。

杜长腿一愣：“十五？太贵了，至多十块。”

杜宏不高兴：“十块不够嘛，十块只够买衣服，买不了鞋。”

杜长腿说：“买便宜的，十块差不多。”

杜宏把嘴一噘：“最便宜的也得十二。”

杜长腿说：“十二就十二吧。”

这时杜婕跑过来：“爸，我也要买运动服和运动鞋。”

杜长腿瞪她一眼：“一边去，跟样儿学样儿，你凑什么热闹？”

杜婕哼了一声：“你不给买拉倒，我去找爷爷要去。”说完，扭头走了。

杜长腿看着她的背影：“嘿，她还长能耐了。”

第七章

　　陈扁担回到家，洗了把脸，刚要坐下吃饭，竹筒子就急三火四地跑来，上气不接下气地说："坏了，多多被人抢走了！"陈奶奶递给他一把椅子，说："不用急，坐下慢慢说。"陈扁担心里咯噔一下："什么？多多被人抢走了？你说说，到底怎么回事？""刚才，我从山上回来，碰见大柱他们，他们跟我说，今天上午，不知从哪里来了一帮人，开着拖拉机进了村，找到多多，二话不说，上去就连拉带拽，把她弄到拖拉机上，拉着走了！"竹筒子急得上气不接下气。

　　"是什么人，拉到哪儿去了？"

　　"我也不知道啊，大柱他们也说不清楚。"

　　陈奶奶说："说不定碰上熟人，一块出去办事，一会儿就回来了。"

　　陈扁担摇摇头："不对呀，没听说她这里有什么亲戚或者熟人。走，去海灵家看看。"说完，陈扁担饭没顾上吃，拉着竹筒子就去了范海灵家。

　　范海灵也在东一头西一头地到处找王多多。

　　清早起来，范海灵和多多一起吃过早饭，就叫着她一块上山，王多多说有点不大舒服。范海灵觉得女孩子少不了这事那事的，所以没有多问，就让她在家歇着，自己走了。傍晚范海灵回来，见王多多没在家，便问老林多多去哪儿了。老林说，范海灵前脚走，多多后脚就出了门，也没说去哪儿，干什么，直到现在也没回来。范海灵接着出去转了一大圈，也没见着她的人影。

　　"不会又想不开吧？"陈扁担问范海灵。

　　"不会，这两天看她有说有笑挺高兴的。"

　　陈扁担又问："她上午什么时候出的门？"

"大概九点多吧，当时我听见门响，从窗口瞅了一眼，看见她出门了。她轻手轻脚的，不想让我知道，我也就没问。"老林答道。

范海灵问："她出门的时候，你没听见外边有什么动静？"

老林想了想，说："她刚出去，我好像听见外边有拖拉机轰轰隆隆。"

陈扁担说："这就和竹筒子说的对起来了。"

范海灵看了一眼竹筒子，竹筒子把碰见大柱，大柱告诉他多多被拉走的事又说了一遍。

陈扁担觉得这个事有点蹊跷。他迅速在脑子里过了一遍，把头绪重新捋了捋。早上说身体不适没有上山，蹑手蹑脚地出门不想让别人知道，出门之后被人架上拖拉机。一步一步怎么就赶得这么巧呢？

范海灵要再出去找找，陈扁担摇摇头，说大半夜黑灯瞎火的，没法找。要没什么事，她自己就回来了。要真有什么事，找也找不着，明天再说。

第二天，陈扁担一大早就来到范海灵家，杜长腿、皮笊篱、竹筒子、大剪子和半铺炕随后也来了。一问，王多多一夜没回来。竹筒子急得直搓手，说："会不会她表叔打听到了消息，就带着人来照窝掏鸡，把人抢走了？"杜长腿说："有可能，除了他们，别人怎么会无缘无故地进村抓人，并且单单抓她？"

接着大家七嘴八舌地议论起来。这个说，一直担心有这么一天，没想到来得这么快。那个说，他们等着她嫁给那个人换钱呢，能不快？

陈扁担想了想，说："咱在这里再怎么琢磨也白搭，不如直接到她表叔家看看，如果是她表叔抢的人，咱和他好话好说要回来，实在不行就抢回来，反正不能让他们把好好的孩子卖了。如果不是他们，再想别的办法。"

大家表示只有这样了，并且要去就得抓紧，防止夜长梦多。

出门时，皮笊篱习惯性地顺手从墙角抄起扁担。走到半道，才想起今天派不上用场。自己禁不住笑了，没出息，真贱！送回去吧，怕耽误时间赶不上车，算了，扛着就扛着吧，反正又没多沉。

到了车站，陈扁担问道："又不上山干活，你扛着扁担干什么？"

"就是，碍事绊脚的。"杜长腿也说。

"习惯了，没有办法。"皮笊篱笑道。

这时，范海灵和大剪子也匆匆赶来了。陈扁担问，昨天不是已经说好了吗，我们几个爷们儿去就行，你们咋又来了？范海灵说，事是我俩引起的，我俩当初要不多事，就没有今天的麻烦。再说，出门办事，有我们女人还方便。

他们边说边登上去往梁平的大巴。

梁平县位于泰山西北，大巴车沿着崎岖的盘山公路行驶，一个多小时就到了县城。然后，他们又转乘一辆小公共汽车，辗转来到后石沟村。进村以后，没费多少周折，就找到了村主任。村主任五十多岁，膀大腰圆，身材魁梧，黝黑的脸上像涂了一层油，阳光下泛着一层光。他不太爱笑，也不爱说话。当陈扁担说明来意，他面无表情，想都没想，就一口咬定他们村没有这个人。范海灵说王多多说得很明白，她家在后石沟，表叔叫王大军。村主任接着黑下脸来："她说得明白，难道我说得不明白？"杜长腿赶紧解释："村里人多，也许你记不清了，能不能给问问？"村主任不耐烦了，说："我们这个村就巴掌大的地方，几十户，谁家几口人，什么情况，我闭着眼都能数过来，我怎么会记不清楚？简直笑话。"竹筒子劝道："麻烦您再好好想想，王多多梳着两个小辫，个头有一米六五左右，说话慢声细气的。"这下村主任火了："你们这帮人怎么这么啰唆？我都给你们说过几遍了，我们村没有你们要找的人，你们愿意到哪里去找就到哪里找，走走走，我要锁门了，我手头有好多事，没闲工夫伺候你们。"

竹筒子的火气一下子被他拱起来："你这啥态度？我看你是故意的，要不你就是他们的同伙，你们用拖拉机把人抢回来，藏在家里，故意不告诉我们。"

村主任把眼一瞪："怎么说话呢？"

"我们大老远跑来找人，你就不能有点耐心？还村干部呢。"皮笊篱说话间，扁担不小心戳在地上，梆地响了一声。

村主任把袖子一撸："你们要干什么？要打架吗？想来硬的？"

陈扁担赶紧拉了皮笊篱一把："跟你说别带扁担，你就是不听。"接着转过身来对村主任赔不是，"对不起，这些兄弟不懂规矩，说话粗鲁，惹您生气了。"

"你们以为自己是梁山好汉？别忘了，这可是我们村，别看你们五六个人，真动起手来，根本就不是个儿，我随便喊一声，全村老少就都来了，不信你们试试。再不行，我报个警，只要我一个电话，不用半个小时，警察就来了，派出所离这里也就十几里地。"村主任说。

陈扁担连忙说："别别别，我们是来找人的，又不是来打架的，您消消气，也可能是我们听错了，如果不是你们村的，我们再到别处找找。"

范海灵和大剪子也上前劝道："大哥，我们几个惹你生气了，你宰相肚里能撑船，大人不记小人过。""就是，我看你是个好人，我们这也是找人急的，一急就没有好话了，你千万多担待点。"

村主任态度有所缓和："这倒像是人话。求人办事，连句好话都不会说。我告诉你们，我们这个镇，叫石沟的村有四个。我们这是后石沟，还有前石沟、王家石沟、柳家石沟，说不定你们搞错了，你们再去那几个村找找看吧。"

陈扁担连声说："谢谢，谢谢。"

从后石沟村出来，竹筒子嘴里还是嘟嘟囔囔，不干不净。陈扁担朝他屁股踢了一脚，说："还不闭上你那张臭嘴，真是惹祸的祖宗，在人家地盘上还张牙舞爪，两句话就跟人家吹胡子瞪眼，你当你是谁啊？要真把人家惹急了，把村里人都喊出来，恐怕今天我们连那个村都出不来，一人一口唾沫也能把我们淹死。"见竹筒子不吭声，陈扁担又数落起皮笊篱来："还有你老皮，看看你外强中干的样子，本来是尿蛋一个，还要硬撑好汉，手里拿着条扁担，舞舞扎扎，一看就不是好人，不是强盗就是打手。但要真动起手来，你恐怕第一个趴在地上四处找牙。"范海灵和大剪子捂着嘴偷笑，最后没忍住，扑哧笑出声来。

这时杜长腿把话岔开："刚才那个村主任说，附近还有三个叫石沟的村，也可能咱听错了或者记错了，不行的话到那几个村找找？"

陈扁担说："叫他们两个把我气糊涂了，还忘了这个茬。对，咱再到那几个石沟找找。我看这样，咱六个人分成两路，我和老皮、大剪子去前石沟和王家石沟，长腿、海灵和竹筒子去柳家石沟，这样还节省一点时间。"

放学后，家梁和杜婕一块来到杜婕家。进屋后，杜婕让家梁等着，说要送给他一样东西。杜婕从另一间屋出来，两手背在后头说："你猜，我手里拿的什么？"家梁摇摇头，说："不知道。"杜婕说："你猜嘛。"家梁试探地问道："是铅笔盒？"杜婕说："不是。"家梁又问："是削笔刀？"杜婕把嘴一努，说："你可真笨。"说着，杜婕把手伸出来，家梁眼睛一亮，"哟，山楂糕？你爸给你买的？"

"他才不会给我买呢，是我爷爷给我买的。"杜婕说。

陈家梁一边吃一边说："爷爷真好。"

"那当然啦。我爷爷是世界上最好最好的人，长大了，我要挣很多很多的钱，给爷爷买好多好多吃的。是吧，爷爷？"杜婕高兴地扑在爷爷身上。

"好，爷爷等着这一天。"杜爷爷轻抚着杜婕的头说。

"哎，你怎么没有爷爷呢？"杜婕突然问道。

陈家梁把头低下，没有吱声。

杜婕又问："爷爷，家梁怎么没有爷爷呢？"

杜奶奶听到后，瞅了杜婕一眼："小孩子，不要乱说。"杜婕说："我没有乱说，家梁就是没有爷爷嘛。要不我怎么从来都没有见过？"杜奶奶看了杜爷爷一眼，没有接话。

杜婕一问，杜爷爷的表情马上变了。他猛然意识到，一晃，已经过去三十多年了。看着眼前两个不谙世事的孩子，他的思绪一下子回到了那个令他刻骨铭心的岁月。当年，陈爷爷和杜爷爷一样，都是挑山工，两个人上山一起，下山一块，就和亲兄弟一样。

在解放战争即将取得全面胜利的时候，陈爷爷和杜爷爷加入了部队，成为光荣的解放军战士，迎来了新中国的成立。不久，部队接到命令开赴朝鲜，他们也跟随部队投入抗美援朝、保家卫国的战争。

刚入朝鲜不久，陈爷爷和杜爷爷所在的部队奉命坚守306高地，战争打得异常惨烈，他们坚守了三天三夜，人员伤亡惨重，子弹也打光了。就在增援部队快要赶到的时候，敌人又发起凶残攻击。突然，陈爷爷一个箭步把杜爷爷扑倒在地，原来，一颗子弹正向杜爷爷射来，陈爷爷把杜爷爷压在身下，子弹却穿过他的胸膛。杜爷爷活下来了，陈爷爷却永远倒下了。而那时，家梁的爸爸陈扁担还不到两岁。

想着想着，杜爷爷的泪水止不住流了下来，他用手抹了一把。杜婕问："爷爷，你怎么哭了？""没事，迷了下眼。"杜爷爷答道。说着，老人把陈家梁揽进怀里。家梁和杜婕全然不知为何，似懂非懂地眨着眼睛。

杜长腿和竹筒子、范海灵一路打听，找到王家石沟。街上，遇到一位上了年纪的老人，杜长腿上前询问。老人家想了半天，又扳起指头数了数，然后摇摇头，说村里没有这个人。这时，过来两个年轻人，二十岁刚出头的样子，一个高，一个矮。个矮的左腿不大好，走路的时候，腿一摆一摆的。范海灵讲了王多多的特征。高个子皱着眉头在想，矮个子却突然说："你们要找的人就在这个村。"矮个子边说边向高个子使了一个眼神。高个子马上心领神会，连忙点头称是。

范海灵一听兴奋起来："太好了，谢谢你们！"

"你们能不能带我们到她家看看？"竹筒子着急地问。

"没问题。不过——"小个子边说边比画，动作有些诡异，但还是不难看出，与钱有关。杜长腿一看明白了，马上从口袋里掏出一张两元的票子。小个子显然不太满意，杜长腿又掏出一张五元的票子递给他。小个子接过钱，说跟我来。杜长腿他们跟着七折八拐，走到一条胡同。小个子朝一幢破旧的房子一指说，这就是王多多家。杜长腿推开虚掩着的院门，进到院里。

院子里破破烂烂，一看便知，这是一幢早已被主人遗弃的空宅。

杜长腿回头找那两个年轻人，早已不见人影。

竹筒子说："他妈的，咱被这两个街痞给骗了。"

范海灵说："我也觉得这两个小子鬼鬼祟祟不大地道。"

竹筒子要去追，被杜长腿拉住："算了，他们早躲起来了。"

竹筒子看了杜长腿一眼："那就白让他们拿走五块钱？"

杜长腿说："权当喂了狗。"

眼看天快黑了，两路人马到事先约定的地点会合。一个个垂头丧气的，不用问就知道，哪个村也没有找到王多多。大家嘴上不说，心里开始嘀咕：这个王多多说的地方对吗？皮笊篱说："要不咱去派出所查查？"陈扁担抬头看看，说："天快黑了，赶到那儿，人家也该下班了，先找地方填饱肚子再说。"

他们来到路边一家餐馆，找了张桌坐下。皮笊篱把随身带的一个包袱解开。包袱里是厚厚的一摞煎饼，还有一包切好的咸菜丝。老皮说："大家跑了一天，肚子该饿了，凑合着垫巴垫巴。"杜长腿说："看你那寒酸样儿，咱丢人丢在家里，不能丢在外头。"竹筒子也说："出门在外，硬气点，把腰板挺得直直的，像个爷们儿。"服务员拿着菜单过来："几位吃点啥？"陈扁担说："你们看看，想吃的就点。"范海灵把菜单推到陈扁担面前："还是你来吧。"陈扁担看了看菜单，说："来六碗炝锅面，外加三斤炉包。"皮笊篱惊诧地看着陈扁担，说："要那么多？能吃得上吗？"陈扁担说："我估计这些也不一定够，你放心，不用你拿钱，我请客，你只管放开吃就行了。"杜长腿拿眼向四周扫了扫，见邻桌摆着满满一大盘刚煮出的猪头肉，热气腾腾，香气缭绕，两个客人吃得满嘴是油，津津有味，不禁勾起馋虫，便向陈扁担一努嘴，说："咱也来点？"陈扁担顺着他的目光一望，说："来点就来点，这还不简单？"

陈扁担把服务员喊过来，说："再给我们切两斤猪头肉，多来点肥的。"竹筒子说："别忘了，来点蒜泥和酱油醋。"服务员说了一声："好嘞，请稍等。"

大剪子说："点这么多，太破费了吧？"

皮笊篱说："我看也是。"

陈扁担说："穷家富路嘛，要省回家省。"

第二天一早，大家准备出门，等了半天，皮笊篱急匆匆从厕所跑出来，杜长腿一副无精打采的样子。

陈扁担问杜长腿："昨晚干啥了，怎么和伤鸡似的没精打采？"

杜长腿看了皮笊篱一眼："你问他，昨天和他睡一屋，倒霉透了。"

皮笊篱有点不意思："昨晚可能猪头肉吃多了，闹了好几次肚子。"

杜长腿说："老皮丁零当啷，折腾一晚上，我根本没捞着睡。"

皮笊篱自言自语："会不会是昨天吃的猪头肉坏了？"

"瞎说，坏了的话，我们为什么都没事儿？"竹筒子反驳道。

范海灵笑笑："你是吃多了，还真应了那句话，狗肚子盛不了二两酥油。"

陈扁担他们到了镇派出所，把来意和警察说了，并描述了王多多的大体特征。当班民警非常热情，马上查阅档案，打电话询问。忙活了大半天，警察告诉陈扁担，说全部资料都查过了，就是找不到王多多，也没有他们要找的王大军。那个民警自己也觉得奇怪，说以前遇到这种情况，往往能找出重名的一堆，而这个王多多，一个重名的都没有。王大军倒是有两个，一个刚出车祸死了，另一个在县城工作，还不到三十岁，和要找的王大军年龄不符。另一个民警说又给其他派出所打过电话，请他们协助查找，结果也没有查到。

走出派出所，陈扁担他们一个个像泄了气的皮球，你看我，我看你。杜长腿说："这个王多多是不是假名？她说的是不是实话？"范海灵也觉得这里边有蹊跷："对呀，从认识到她失踪，前后不过十几天，她说的那些可信吗？"陈扁担说："我琢磨来琢磨去，感觉我们可能被骗了。"大剪子说："不可能吧？那么个小丫头片子还敢骗在咱的头上？"皮笊篱说："这事可不好说，人不可貌相，海水不可斗量。咱回过头来捋捋，这事，从头到尾都好像不大对劲，我们好像被那个姑娘一步一步牵着鼻子走。"竹筒子也是越想越觉得不对劲，刚凑了一千块钱给她，第二天她就消失得无影无踪，怎么就那么巧？抢她回去的人，是不是她的同伙？这些事都很难说。杜长腿说："对呀，我们怎么就没往这方面想呢？"大剪子说："要真那样，也太可怕了，那姑娘也太会演了。"范海灵说："也怪咱太实在、心太善，她说咱就信。"皮笊篱说："真是的，没想到活了大半辈子，被个黄毛丫头骗了，让她耍得团团转，被人骗了，还帮着人家数钱。"

大剪子说："现在回过头来看，感觉当初在山上寻短见就是演的。"

范海灵问大剪子："要说演，当时她演给谁看？要是没遇见咱呢？"

"可能她早就料到了，即使不遇见咱，也会遇到和咱一样的傻子。不在咱身上得逞，也会在别人身上得逞，就看叫谁赶上了。"

"要这么说，真是太可怕了。"

大剪子看了一眼范海灵："你还把她领回家，又管吃又管住的。"

杜长腿看了一眼陈扁担："还撮合着和竹筒子成亲呢，让竹筒子弄了个狗咬尿泡——空欢喜。要真成了亲，竹筒子恐怕被骗得光剩条裤衩了。"

陈扁担说："一步步赶着，花钱买了个教训。"

"这个教训也太贵了。"皮笊篱说。

范海灵说："这事传出去，丢钱是小事，丢人丢大了。"

杜长腿问陈扁担："接下去怎么办？"

"怎么办？凉拌！走，去车站，打道回府。"陈扁担垂头丧气地说。

周末，高云青带着贾科长和两名技术人员来到岱庙。岱庙汉柏院中有株"汉柏连理"，挺拔高耸，左右两干分开生长，看上去是两棵柏树，其实是同根所生。这株柏树，西侧树干高10米，胸围2.9米；东侧树干高12.5米，胸围2.2米。据有关史书记载，汉武帝刘彻曾七次登封泰山，每次都亲手植树，共植树1000多株，首开泰山植树的先河。

据说，汉武帝植下的都是柏树，因为柏树是常绿乔木，经冬不凋，临风不倒，雪压不毁，具有顽强的生命力。民间历来有松柏延年、万古长青之说。汉武帝封禅泰山，广植柏树，就是希望江山永固、帝业永继。乾隆三十六年，乾隆来到岱庙，仰望"汉柏连理"，不胜感慨，回宫后，亲手绘制了《御制汉柏之图》，派人刻碑立在"汉柏连理"旁边，并题诗一首："汉柏曾经手自图，郁葱映照翠荫扶，殿旁亭里相望近，名实宾主谁是乎。"十九年以后，八十岁高龄的乾隆第十一次来到泰山。在汉柏下，他沉思很久，又题诗一首，诗曰："历劫那知苑与枯，谓犹多事写形吾。不禁笑指碑图问，久后还能似此无。既成图画复吟诗，汉柏精神那尽之。碑墙却空留一面，待兹来补岂非奇。"

高云青说："汉武帝的意思是希望后人好好保护泰山的汉柏。我一直在想，人要留后，树也要留后。人留后，才有人类一代一代地繁衍下来。树留后，古树名木才能生生不息。你们年轻人，有文化有知识，我们能不能给这些两千多年的柏树留个后呢？"

贾科长问道："您是说，用这些千年柏树的种子培植出新苗？"

"是这个意思。如果能用现代技术，帮助这些古树传宗接代，给先人一个交代，给后人一笔财富，这不仅是大功一件，而且功德无量。"高云青答道。

贾科长说："您这个想法富有创意，我们试试？"

"你能办成这件事，我给你记头功。"高云青说。

竹筒子一进门，他爹就急忙问道："找到了？""没有，上哪儿找去？"竹筒子沮丧地答道。"可惜了那一千块钱，白打水漂了。"他爹说。

陈扁担回家后，见陈家梁额头上包着纱布，纱布上渗出鲜红的血，一看就是刚刚受过伤。陈扁担问："这是怎么了，什么时候挂的彩？"陈家梁装作轻松无事的样子："没事，轻伤。"陈奶奶瞅他一眼："还轻伤，这么长一道大口子，缝了三针。成天跟野孩子似的，也不知道随谁。"

陈扁担一听："头破了，还动了针？我看看。"

陈家梁把陈扁担的手推开："不用看，我说没事就没事。"

陈扁担问："又和谁打架了？"

陈家栋抢着答道："高小雨。还英雄呢，连个女生都打不过，算什么英雄？"

陈扁担问道："为什么跟人打架？"

陈家梁噘着嘴不吭气。陈扁担拧着他的耳朵："我问你呢，为什么打架？"

陈奶奶嗔怪道："头都破了，你还拧他，要把他的耳朵拧下来不成？"

陈家栋说："本来不关他的事，是小雨和杜婕吵架，他充当英雄，挺身而出，替小婕打抱不平，结果人家小雨没怎么着，他却脸上挂彩了。"

陈家梁瞪了陈家栋一眼。

陈扁担骂道："你说这个熊孩子，不关你的事，你逞什么能？"

陈家梁不服："谁叫她骂杜婕？骂杜婕就是不行！"

陈扁担笑道："噢，你这是行侠仗义，打抱不平？"

陈家梁不吭声。陈家栋捂着嘴笑道："什么行侠仗义？事是他先惹的。"

陈家梁瞪了陈家栋一眼："你个汉奸。"

原来，那天课间休息，陈家梁把一只蛤蟆装进一个纸袋交给杜婕。杜婕不解，陈家梁指指高小雨的书包，示意杜婕把纸袋放进去。杜婕小声问："什么东西？"陈家梁说："你不用管，给她放进去就行。"杜婕蹑手蹑脚把那个纸袋放进高小雨的书包。过了一会儿，高小雨回到座位，打开书包，一只蛤蟆跳了出来，吓得她"啊"一声跳起来。躲在一旁的陈家梁和杜婕偷笑起来。高小雨马上猜出了是谁干的，便指着杜婕破口大骂。这时陈家梁站了出来，说："你别冤枉杜婕，是我让她放的，好汉做事好汉当，你冲着我来。"高小雨冲上来就与陈家梁厮打。陈家梁自知理亏，撒丫子就跑。高小雨跟在后面猛追。高小雨从后面一扯，陈家梁的上衣一下子被扯破。高小雨又从地上捡起半块砖头，朝陈家梁头上砸去。陈家梁"啊"一声，急忙用手捂着额头，鲜血从指缝涌了出来。一看衣服也被扯破，便大声叫道："你赔我衣服！"接着，两人扭打成一团。

陈奶奶说："高场长那丫头也不是善茬，把家梁的头打破了，衣服都撕烂了。"

陈扁担说："活该，我看打得轻了，打得爬不起来，就老实了。"

陈奶奶抚摸着陈家梁的额头："还疼吗？"

"不疼，一点儿都不疼。"

陈奶奶说："你就作吧，好了也得落下个疤。长大了，顶着个疤脸，看你怎么出门。到时候，连个媳妇都找不着，看你怎么办。"

陈家梁说："我才不怕呢，我有媳妇。"

陈奶奶问："谁是你媳妇？"

"杜婕啊，她说她要给我当媳妇。"陈家梁答道。

陈扁担哭笑不得："看你那个熊样儿。"

陈家栋笑道："这么小就有媳妇，真不害臊。"

"我就不害臊，怎么了？"陈家梁边说边抓陈家栋的脸。

陈家栋赶紧躲开："你是伤员，我不和你一般见识。"

第八章

　　吃过早饭，大剪子刚把一堆衣服泡进盆里，王玉芹就带着女儿小欢来了。大剪子稀罕地把小欢揽过来，说："这孩子真乖，越长越讨人喜欢，你看长得这么俊，和你小时候一个样，娘儿俩像是一个模子刻出来似的。"王玉芹把自行车靠墙放下，说："乖什么？越大越淘气了，我不让她跟着，可她非要跟着来不可，还哭着喊着说想你了。"王玉芹对小欢说："还不赶快叫大姨！"小欢甜甜地叫了一声大姨，大剪子便高兴地不知道姓什么了。

　　王玉芹朝洗衣盆里看了一眼："洗这么多？"

　　"出去好几天，衣服脏得不像样子，家里乱得也不像样子，实在看不下去了，今天在家拾掇拾掇，洗洗。"

　　"我帮你一块洗吧！"

　　"不用，你来了是客，哪能让你动手？先放这儿泡一会儿，咱进屋说话去。"

　　王玉芹从自行车上拿下一个篮子，说："这是刚从地里刨的芋头，还有刚杀的两只小公鸡，我娘让我给你捎来。"

　　"我小的时候就这样，二姑有了好的从来忘不了我。"大剪子说完，从点心盒子里拿出麻花和桃酥给小欢。小欢高兴地接着，说："谢谢大姨。"

　　大剪子问王玉芹："你今天怎么有空过来？"

　　"我一个闲人，成天在家待着，有的是空儿，说来就来了。"

　　"我二姑身体还好吧？"

　　"挺好，没什么毛病，昨天还念叨你呢。"

　　"我也怪想她，成天地瞎忙，一直没倒出空儿来，过些日子，我去看看她。你嫂子怎么样？还甩脸子给你看？"

"这些天好多了，不光不甩脸子，有时还笑脸迎着，像变了个人似的。"

大剪子一听很高兴："那可真是难得，你怎么把她感化了？"

"什么呀，她有事求我。"王玉芹边说边后悔，"也怪我多嘴。她对我再好，她这个忙我也帮不了。"接着，王玉芹告诉了大剪子事情的原委。

王玉芹哥嫂就一个儿子，今年高中毕业报考了泰山林业学校，虽然是个中专，但对农村孩子来说，这是人生命运的一次重要转机。一旦考上，农村户口就变成了城镇户口，毕业后国家分配工作，农民就成了国家公职人员，再不用下庄户了。许多农村家庭勒紧裤腰带供孩子上学，就是奔着这个来的。村里有两个孩子，同时报考这个学校。另一个平时学习成绩不如他，已经收到学校录取通知了，王玉芹的侄子还一点音讯没有。哥嫂急得嗓子冒烟，想到学校去问，又找不到熟人。王玉芹多了一句嘴，说她认识冯大夫，她男人是林场的场长，说不定能和林校校长说上话。

王玉芹的嫂子一听，催着王玉芹赶紧去求冯大夫，通过冯大夫去求高场长。其实王玉芹根本不知道林校和林场是不是一个单位。她哥就说，都有一个林字，不是一个单位，也是一个系统。她嫂子着急，说管他是不是一个单位一个系统，先找找再说，张口三分利，找就比不找强。当时王玉芹肠子都悔青了，在医院陪床的时候，她只见过冯大夫几次面，一共没有说过几句话，她认识冯大夫，冯大夫会不会记得她？半生不熟怎么找人家办事？我干吗要说认识冯大夫？干吗要说她男人是场长？她骂自己嘴欠，恨不得抽自己个嘴巴。

王玉芹说："这不，今天一大早我嫂子撺我赶紧来，如果我不答应，往后在那个家里更没法待了。我实在没有办法，只好先答应着，来找你商量商量。"

大剪子一听这个事有点离谱，不禁埋怨道："不是我说你，这个事你确实欠考虑，考学这么大的事，熟人甚至亲戚朋友都很难办，你和人家冯大夫算什么？亲戚？朋友？我看连个熟人都算不上，也就见过那么几次面。高场长呢？你连他什么模样都没见过，怎么找人家办事？不用说你，我也没这个面子，我倒是见过几次高场长，但我估计，我认识他，他不一定认识我。"

王玉芹把头一低："要不我怎么后悔不迭呢。"

大剪子想了想："我倒是有个办法，可以试试。"

"什么办法？"

"陈扁担和高场长挺熟，不行叫他去问问。"

"刚才还说拐了那么多弯，你可倒好，一下子拐到陈扁担那里，这个弯一拐拐了十万八千里，怎么说这个事也找不着人家陈扁担啊！"

"要不怎么办？不过，也就是试试，成不成的，尽尽心。再说，考学不是别的，虽然是个中专，也不是小事，分在那儿摆着，考不上谁敢作假？"

"是啊，这样的事你让人家怎么张口？我是你的表妹，孩子是我的侄子，你是他的什么人？高场长是他什么人？哪儿到哪儿啊！"王玉芹说。

"有枣无枣打一竿子，我估计这个事十有八九办不成，但去问了，不管什么结果，人家会有个说法，这样，你回去也好说话了。"

王玉芹摇摇头："我觉得这么办不大地道，我刚帮他娘陪几天床，今天就找人家办事，并且是这么难办的事，这不是给人家出难题吗？"

大剪子说："这不是没有法子吗？"

王玉芹摇摇头："算了，我没法去见人家，更张不开那个口。"

大剪子说："你不愿意出面，我就去呗，反正你姐这张老脸也不值钱。"

"你去也是自讨没趣，明知是锅底，还要去碰一鼻子灰。"

大剪子说："这个事你不用管了，我去试试。"

大剪子找到陈扁担，把王玉芹的事前前后后说了一遍，最后又给陈扁担戴了个高帽，说陈扁担人缘好，面子大，和高场长是朋友，应该问题不大。

陈扁担沉默了半天没说话。陈奶奶急了，说："咱有难处的时候，人家二话不说，在医院伺候前伺候后的，一陪就是十几天。人家遇到了难处，咱可不能不管，用人靠前，不用人靠后，人家会戳脊梁骨的。"

陈扁担觉得有点为难，说："这个道理我懂。老人住院的时候，人家连个磕巴都不打就来陪床，给工钱人家怎么也不要，现在遇上这样的事，好不容易张开口，咱不能不管。不过，说我和高场长是朋友，就有点抬举我了。说熟人，还勉强凑合。你也知道，我跟他熟悉，就是因为干活，他有活愿意找咱，咱也愿给人家干，就这么一来二去熟了。咱和人家的关系，说实在点，就是人家是老板，咱给人打工。如果说朋友，那可真高攀不起。人家是什么人？咱是什么人？人家是大干部，咱是老百姓，人家是大领导，咱是挑山的，肩膀不齐，够不着嘛。只不过高场长心肠好，为人厚道，也不摆谱，拿着咱这些干活的当人待。高场长现在是林场的场长，当年可是省林业厅厅长。"

大剪子说："我也听说当过省林业厅厅长。他当厅长的时候，肯定有若干手下，林校的头头说不定是他的老部下，他说话能不好使？"

陈扁担说："以前是以前，现在是现在。你没听说吗，人情薄如纸，人一走，茶就凉。他离开林业厅这么多年了，不光茶凉了，换茶换水的都换了好几茬了。再说，考学这样的事，丁是丁，卯是卯，多少分就是多少分，考上了就是考上了，考不上就是考不上，哪能说变就变，说改说改？"

"不管行不行，你去找找看看，成了当然好，就是成不了，咱只要把话说到了，心尽到了，也算对得起人家小芹。"陈奶奶说道。

高小雨的淘气，让高云青很生气："你好好看看，你哪有个女孩样？不好好学习不说，还动不动就跟人家打架，这像什么话？丢不丢人？""是他先给我使坏，我有什么不对，我丢什么人？"高小雨一肚子不服。

"胡说，你要不惹人家，他怎么会平白无故地使坏？"高云青问道。

高小雨把嘴一噘："你不知道是怎么回事，就知道胡乱凶我。"

高云青说："退一步讲，就是他的不对，你也不应该动手。你知道的，家梁的爷爷是牺牲在朝鲜战场上的烈士，是我们国家的功臣，我们都应该敬重他，记着他，没有他们的牺牲，我们哪能过上现在的日子？对他们的后代，我们要善待、保护，不能让他们吃亏，更不能让他们受到欺负。"

"他爷爷是烈士，他就可以欺负我？这是什么道理？"高小雨还是不服。

冯文静接上说："小小年纪就和你爸爸犟嘴，真是没大没小的，你爸讲得怎么不对了？对烈士的后代就得善待，就得让着，这有什么错吗？你把人家的头打破了不说，还把人家的衣服撕烂了。你可真行啊！"

"怎么，还把人家的衣服撕破了？"高云青问道。

冯文静说："你问问她！"

高小雨扑哧笑了。

冯文静在她头上一戳："你还有脸笑。"

高小雨说："都怪他的衣服太旧，像纸似的，我一扯，就裂成碎条了。"

高云青把脸一变："那你犯的错误就更大了。"

高小雨哼了一声："不就一件破衣服吗，有什么大惊小怪的？"

高云青呵斥道："就一件破衣服？你说得可真是轻巧。对你来说，一件旧衣服可能算不上什么，可对他来说，那可就不一样了。你知道吗？家梁打小就没有妈。你的衣服破了，你妈可以给你缝缝补补，甚至可以买件新的，因为爸妈有工作，有工资。可他呢？谁给他缝补？他爸爸天天挑山，哪有钱给他买新的？没妈的孩子有多可怜，你知道吗？"

这时，陈扁担拎着两瓶酒和几包点心进来。

冯文静连忙招呼："小陈来了？"

陈扁担一看高小雨手腕上包着纱布，问道："这是怎么了？"

"她把你家小梁的头打破了，衣服也扯破了，我在教训她。"高云青说。

"还说呢，家梁把小雨的胳膊抓伤了吧，我来之前把他好个收拾。来，我看看，伤得厉不厉害？"陈扁担拿起小雨的手问道，"疼吧？"

高小雨摇摇头："不疼！"

冯文静拉着高小雨进屋："写作业去，别在这里添乱。"

高云青问陈扁担："怎么，我听说你们被个小姑娘给骗了？"

"嘿，谁说不是呢！"

"那小姑娘道行不浅，你们那么多人都没看出来。"

"一帮大人，叫个孩子耍了。"

"吃一堑，长一智，吃亏上当只一次。为人实在是美德，实在过头是傻子。以后遇到什么事得多动动脑子，不能撞了南墙才想起疼。"

"以后还真得长点记性。问题是光我们被骗也就罢了，还连累了您。借您那二百块钱，我一时半会儿也还不上了。"陈扁担感到不好意思。

"那个倒没关系，我又不着急用。"

冯文静从里屋出来，把一个袋子递给陈扁担："这是春风的衣服，小孩子身子长得快，现在都穿不上了，有的穿了没几次，都还能穿，你走的时候带着，给家梁他们穿，估计他们大小穿着合适。"

陈扁担说："嫂子，这怎么好意思？"

高云青说："拿着吧，有什么不好意思的？如果都是男孩子，大的穿不上了小的接着穿，可春风小了的，小雨连看都不看。放在我家里也没有用，你拿回去还可以帮我们家腾腾地方。"

陈扁担把袋子收下："那就谢谢了。"

陈扁担啜了口茶，看看高云青欲言又止。

高云青问："你是不是有什么事？"

"是有个事，就是不知道怎么张口。"陈扁担说。

高云青说："你和我还见外？有什么事尽管说。"

"我怕给您添麻烦，说了也是给您出难题。"

"不要紧，你说什么事，能办就办，办不了就不办。"

陈扁担就把王玉芹找大剪子，大剪子又找他的事说了。高云青听完，哈哈笑道："是拐弯不少，像推磨似的，转了好几圈。不过，他们大概把林场和林校当成一回事了。其实林场是林场，林校是林校，是两个平行的单位。"

冯文静在一旁说道："小芹那个人不错，又帮了小陈那么大的忙。林校的那个吴校长你不是认识吗，你帮他问问，行不行再说。"

高云青说："问一下没问题，不过，既然录取通知已经发了，说明这项工作完成得也就差不多了，达到录取线好办，达不到录取线，谁说也不行。"

冯文静说："你想想，她哥找了小芹，小芹找了大剪子，大剪子找了小陈，小陈又找到你，人托人，找了一圈，也不容易。你问明白了情况，让小陈回去有个交代，也让小陈在他们面前有个面子嘛。"

"好，我找吴校长问一下，问明了情况告诉你。"高云青说。

这几天，玉芹的侄子在家郁闷得要命，躺在床上不吃不喝，可把他奶奶急坏了。玉芹的嫂子说："不吃算了，饿着吧，饿死拉倒。"这时，忽然有人砰砰敲门。玉芹的嫂子心里正烦着，说话跟吃了枪药似的："敲什么敲？不怕敲得手疼？"开门一看是村文书。村文书心里也窝火，大老远跑来送信，不说谢谢就罢了，还把脸拉得和驴脸似的。他把信封一扔，扭头就走了。玉芹的嫂子打开信封一看，立刻脸上开出一朵花，旋即跑进屋里，把信交给儿子。儿子扫了一眼，顿时惊呆了，是录取通知。他一骨碌从床上爬起来。

王玉芹连衣服都没顾上换，骑上自行车就赶到表姐家，把这个消息告诉了大剪子。然后两人一起找到陈扁担。大剪子高兴地说："你可真神，一出面就把事办成了。"陈奶奶连忙问："孩子能上学了？"

"婶儿，学校录取通知已经到手了。"大剪子答道。

陈奶奶说："噢，那就好。"

大剪子兴奋之情溢于言表："你们不知道，当录取通知送到家后，可把他们全家人高兴坏了，原来一个个愁眉苦脸，现在都恁得不知道怎么好了，玉芹在家的地位一下子从地下升到天上。玉芹，还不好好谢谢陈大哥！"

王玉芹连忙说："谢谢陈大哥，帮了这么大的忙。"

"虎老威在，高场长虽然不当厅长了，说话照样好使。"大剪子说。

陈扁担笑笑："哪儿，不是你想象的那样，高场长把情况都和我说了。"

那天，陈扁担走后，高云青给林校吴校长打了电话。吴校长是高云青当厅长时的老部下，接到电话后马上查询那个考生的情况。不一会儿，负责招生的同志就跑到校长办公室，说那个考生的成绩不错，名次排得还很靠前，但在录取通知的邮递环节出了岔子，张冠李戴，寄到别的村去了。结果，邮政所查无此人，给退回来了。这一来一去，耽误了好几天时间。吴校长马上在电话里向高云青作了检讨。高云青说："没关系，没漏掉就好，农村孩子考个学不容易，关乎他们一辈子。"吴校长反复道歉："老领导您放心，两天之内一定把通知送到考生手里。"

　　一场大雨刚刚过去，天空还不时飘落细细的雨丝。杜长腿从山上下来，路过小青河的时候，看到许多人，有的正追着鱼跑，有的逮着鱼兴冲冲地跑到岸上。他便站着看热闹。这条河其实不大，平时水流很小，也很少有鱼，即使有也是些小鱼小虾。小河上游有个水库，一到汛期就开闸泄洪，有些大鱼就会随着洪水冲到河里。杜长腿看到他们从河里逮到一条条活鱼，并且个头不小，便心里痒痒。他把扁担和上衣一扔，跳进河里。他追着大鱼搅起的浪花又扑又跳，可要徒手逮鱼谈何容易？一次次扑跳，一次次落空。他仍不甘心，继续忙活。一不留神，扑通一声一头栽倒，被浪冲出了好几米远，引得众人哄堂大笑。他站起来，用手在脸上抹了几把，四处看看别人，好像悟到什么。他不再追在鱼后头揪尾巴，而是迎面卡住鱼鳃。功夫不负有心人，这招很管用，他终于逮到了一条，并且个头挺大，足有两斤多重。

　　回家路上，他把鱼拴在扁担上，把得意挂在脸上。那张扬劲儿像满载而归的猎手，不时引得路人啧啧艳羡。

　　当他浑身滴水地走进家门，钟丽华吃了一惊："这是怎么了，跟个落汤鸡似的？"

　　杜长腿笑而不答，把扁担一扬："把鱼炖上！"

　　钟丽华问："哪来的鱼？"

　　"你猜？"

　　"买的？"

　　"不是，是我抓的。"

　　钟丽华笑道："你抓鱼？鱼抓你还差不多。"

　　杜长腿看了老婆一眼："你这老娘们儿，净胡说八道。"

　　杜宏和杜婕闻声出来："哟，这么大！"

　　杜奶奶问道："你上哪儿抓的？"

　　"小青河。今天下雨，上游水库泄洪，冲下来好多大鱼。"杜长腿答道，接着，他对杜宏说，"去叫你大爷，晚上来咱家吃鱼。"

　　杜婕连忙说："我去！"

杜婕猛地撞开陈扁担的家门，把陈奶奶吓了一跳："你个丫头，什么事把你急得？"杜婕说："我爸让我大爷到我家去吃鱼！"陈扁担问："你爸买鱼了？"杜婕说："不是买的，我爸到河里逮的。"陈扁担笑道："你爸还有那本事？"陈奶奶也说："你爸逗你呢，哪有那么不长眼的鱼让你爸逮？"杜婕急了，说："真的，是逮的，我奶奶和我妈正在做呢，你们别不信，去看看就知道了。"陈扁担说："好，我去看看。"

"走，你也去。"杜婕拉着家梁一溜小跑出了门。

陈扁担带上一瓶酒，来到杜长腿家。"听说天上掉了个馅饼？"杜长腿说："还真让你说着了，真是个大馅饼。"陈扁担笑笑，说："什么鱼那么倒霉，让你给逮着了？"钟丽华说："瞎猫碰着个死耗子呗。"杜长腿说："不用管，咱就有这个口福。"陈扁担问："鱼呢？"钟丽华说："在锅里呢，炖上了。"

杜婕说："我爸厉害吧？我大爷还不信。"

过了一会儿，杜长腿催道："差不多了，端上来吧。"

杜奶奶说："千滚豆腐万滚鱼，多炖会儿，进味。"

钟丽华端一碟花生米、一碟拌黄瓜上来："就着几个小菜，你们先喝着。"

陈扁担问："大叔呢？"

"带着杜宏出门了。"杜长腿说完，到橱里找酒。

陈扁担把自己带来的酒打开倒进杯子："就喝这个吧，味道还可以。"

杜长腿端起酒杯抿了一口："不错。"

钟丽华把鱼端上桌："尝尝味道怎么样？"

陈扁担夹起一块送进嘴里，连连点头："鲜！丽华和婕儿一块吃吧！"

"不用了，我们和孩子在灶房吃。"

杜长腿端起酒杯："来，走一个！"两人同时端起酒杯干了。

杜长腿忽然想起什么："昨天大剪子带着她表妹到你家去，是不是有故事？"

"有什么故事？为她侄儿上学的事，让我找高场长问了问。"

"我看大剪子那个表妹不错，面相上带着。"

"看把你能的，你还会看相？"

"是不是好人，都在脸上，我看她和你挺般配，娶回来算了。"

"大街上好女人多得是，你说娶就娶了？"

"你要有那个心，我去找大剪子说说。"

"算了，不说这个，来，喝酒。"

这时，杜婕去揭陈家梁头上的纱布："难看死了。"陈家梁急忙用手护着："别动，还没好呢。"杜长腿看了他们一眼："这两个倒能玩到一块。"陈扁担说："不光能一块玩，还能一块打。我那傻小子还为你闺女出头。你闺女跟人打架，我儿子倒头破血流。"杜长腿嘿嘿笑道："这小子随你，仗义。"陈扁担说："他这一仗义倒好，害得我搭上两瓶酒，上门跟人赔礼道歉。"

杜长腿突然说："我有闺女你有儿，咱们结个亲家怎么样？"

"好啊，我求之不得。我那两个小子，你看好哪个挑哪个。大的嘛，老实本分，听话懂事；小的太能作，不让人省心。你挑好了，到时候给你做上门女婿，一个女婿半个儿，我省钱省事，你赚半个儿。"陈扁担答道。

杜长腿说："一个妈生的，性子还真不一样。那个小的，虽然顽皮，可是皮实，抗造，还挺仗义。三岁看大，七岁看老，说不定大了能有出息。"

陈扁担说："行，就那个小的了。咱可说好了，不能反悔。"

"不反悔。"

陈扁担说："你一个人说了不算，我得问问弟妹。"

钟丽华闻声过来："什么事还要问我？"

陈扁担说："大事，我们兄弟俩刚才商量，咱们两家结个娃娃亲，让家梁娶小婕当媳妇，你这个当妈的愿意不？"

钟丽华说："你俩喝多了吧，什么年代了，还结娃娃亲？"

陈扁担两手一摊："那你是不愿意了？"

"我倒不是不愿意，就怕你俩说酒话，那你俩说话算数？"

杜长腿说："当然算数了，大老爷们儿，吐口唾沫是个钉。"

钟丽华说："那好，你们定，我没意见。"

陈扁担说："你们两口子都在，定了的事，以后可不能变卦。"

"不变卦。"钟丽华说完，转身去厨房了。

杜奶奶问道："他两个在说什么，那么高兴？"钟丽华说："他俩说要结儿女亲家，给家梁和小婕订下娃娃亲。"杜奶奶一听就笑了，说："好啊，咱两家知根知底，结成亲家，挺好的。"杜婕瞪着眼问："奶奶，什么娃娃亲？"杜奶奶说："就是等你长大了，给家梁当媳妇。"杜婕看了陈家梁一眼："我给他当媳妇？"杜奶奶说："是啊！"杜婕把嘴一撇："我才不干呢。"陈家梁说："你怎么变卦了？你可是说过，要给我当媳妇的。"杜婕看着陈家梁嘿嘿笑了："你可真傻呀，那天为了气大霞，我故意那样说的，你还当真了？"钟丽华说："今天你爸和你大爷可是当真的。"杜婕说："他们当真有什么用？"

第九章

接到录取通知，可把王玉芹的嫂子高兴坏了。每天不笑不说话，妹子长妹子短的，甚至做饭之前都先问一声："妹子想吃点啥？"嫂子突然这么一客气，王玉芹反倒有些不适应了。她几次劝嫂子，咱是一家人，不用那么客气，嫂子说小妹是孩子的大恩人，一辈子都记着妹子的大恩大德。并且还不止一次地说，好人一定有好报，妹子将来一定会嫁个知冷知热的好男人，有个称心如意的家。当然，在嫂子的客气中，她也觉察出一丝微妙，那就是盼着她早一天嫁出去。对于这一点，王玉芹非常理解，毕竟带着孩子住在娘家不是个长法。

这天，嫂子突然提出，要王玉芹请陈扁担到家吃顿饭，以表达感谢之意。王玉芹便来找大剪子，商量这个事怎么办好。

大剪子说："当初我叫你去给陈扁担他娘陪床，是因为他家一时找不到合适的人。你去了，他觉得欠下你天大的情。这次为孩子上学，你找了他，你又觉得欠了他天大的情。这欠来欠去的，谁知道谁欠谁的更多，谁欠谁的更重？这个也没法称没法量的。再说，钱和情不一样，欠钱能还清，欠情不好还。单从你哥这个事说，孩子上学那么大的事，请人家吃顿饭就两清了，谁也不欠谁的了？"王玉芹也觉得是这么个理。大剪子说："算了吧，上次他娘出院的时候，他要我叫你到他家坐坐，吃顿饭表达一下谢意，你当时说没空，没有去。这次叫他上你哥家去，他也不一定去。一顿对一顿，权当相抵了。"王玉芹说："我怎么觉得你这个话不大对味儿？"大剪子就说："小芹，我给你说句实话吧，陈扁担是什么样的人，我太了解，你也见过几次，心里有数。其实请不请他吃饭，没那么重要。"王玉芹说："那什么重要？"大剪子笑道：

"你不用揣着明白装糊涂了。要真是为你哥你嫂子，咱这个事就到此为止，别再没完没了扯拉了。如果还有别的意思，咱另当别论。不过，我还是想劝你，好好考虑考虑你和陈扁担之间的事。"

王玉芹不吭气了，她明白表姐的意思。大剪子又说："上次我给你提陈扁担的时候，你有顾虑，怕那样的家庭以后不好处。咱都是女人，又是姐妹，你的心思我理解。可是再仔细想想，过日子主要是两口子的事，其他的条件当然重要，但最重要的是两个人投缘对脾气，只要两个人好，其他都不是事儿。两个人合适，黄连不觉苦；两个人不对付，凉水都塞牙。你想想，一辈子找个合适的人多不容易啊。你也是过来人，原来嫁的那个，论各方面条件倒是无可挑剔，可人呢？人怎么样？人渣一个！"

大剪子的话像针一样扎进王玉芹心里，她不愿想也不敢想前几年过的日子。大剪子继续说："在你和陈扁担之间，我的秤砣肯定往你这边偏，我们毕竟是姑舅姐妹，怎么着我也不会撇开肚子向脊梁，胳膊肘往外拐。"王玉芹说："这个我知道。"大剪子说："我也不是说你非嫁给陈扁担不可，如果能找个人好家里条件又好的人家，姐当然更高兴。可你没觉得你们两个有缘分吗？"

王玉芹不解地看了大剪子一眼。

大剪子说："想想人这一辈子，两个人一块过日子，说容易也容易，说不容易也确实不容易。在别人眼里两人很合适，可就像两条铁轨，不管走多么远，就是走不到一块；有时候别人不看好的两个人，走着走着就却到一个屋檐下了。但凡走不到一起的，要么有情无缘，要么有缘无分。"

其实，大剪子说的这些，王玉芹心里何尝不明白？自从上次在医院见陈扁担第一面，她就对他有了好感，虽然只是初见，却似相识多年。接下来相处的十几天，目睹他对长辈的孝敬，对朋友的友善，也亲身感受到他为人的真诚和厚道。特别是侄子上学的事，他比对自己的孩子都上心。在她潜意识中，这是个好人，是个好男人，是个值得托付的好男人。冥冥中，她感觉到，陈扁担就是她命中要找的那个人。想想原先嫁过的那个畜生，她有种要吐的感觉，真是人比人得死，货比货得扔。她觉得表姐说得对，过日子是两个人的事，其他什么都没有两人合适重要。此时，她心里七上八下，一阵阴一阵晴。

"姐，你看——"王玉芹试探道。

大剪子觉察到王玉芹被说动了，故意说："我怎么看？这种事，炮仗拿在你手里，点不点火全在你。父母都不能包办，何况我这个当姐的。"

"那——陈扁担是怎么想的？"

"这我哪儿知道？如果你有那个意思，我去问问他。"

王玉芹点点头。

其实，陈扁担这些日子也有些走火入魔，几次接触下来，王玉芹的一举手一投足都挠得他心痒痒。那长长的睫毛，浅浅的酒窝，令他心动不已。她修长的身材，肉长在哪里好像设计过，该凹的地方凹，该凸的地方凸，根本看不出结过婚，生过孩子。他不是没见过女人，但没见过这么可人的女子。说她是乡下妹子吧，那穿戴，那举止，那气质，往城里妹子堆里一站，丝毫不比她们逊色；说她是城里妹子吧，不娇气，不嫌脏，不怕苦，说起话来那爽快，干起活来那个下力，与人相处那个实在，又不是城里女人所能比的。他有时甚至庆幸母亲生了那场病，尽管这种想法有点恶，有点对母亲不大尊敬，但如果没有母亲那个时候生的那场病，就不会有后来发生的一切，这个令他心仪的女人就不会走进他的生活。

大剪子来到陈扁担家，说明了来意。陈奶奶一听顿时有点发蒙，嘴唇哆嗦了几下，不知说什么好，接着把两手往腿上一拍："老天真是开眼了，我盼了这么年，终于把儿媳妇给盼来了，而且还是这么好的儿媳妇。模样俊，人水灵，手脚勤快，脾气也好，说话慢声细语，有眼力见儿，这样的孩子打着灯笼都难找。也不知道老陈家上辈子积了什么德，真是烧了高香了！"

相反，陈扁担却出奇地冷静，看不出一点兴奋。没说行，也没说不行，一副无所谓的样子。他漫不经心地嗑起了瓜子。其实，他表面上云淡风轻，内心已翻江倒海。他想起了第一次婚姻。那是一个月明星稀的晚上，他应约在表姊家里与姑娘见面，也许出于羞涩，也许因为灯光昏暗，反正他没看清姑娘什么样子。直到吹吹打打把那姑娘娶回家，第二天早晨才看清老婆的模样。如果没有那场意外，他会和那个女人年复一年一直过下去，因为在他心里，所有女人所有家庭大致都是这样的。而这次大剪子说的玉芹则不同，不带企图地见面，不加粉饰地接触，不用设防地说话，一来二往，彼此认识，彼此了解，彼此靠近，那么自然，那么随意，无意插柳，不期成荫。有时他甚至自己猜想，这是不是读书人说的心动？这是不是传说中的恋爱？想着想着自己都觉得奢侈，不敢往下再想了。他发自内心地喜欢玉芹，但又不奢望自己能得到玉芹的喜欢。

"到底行还是不行？你倒是说句话呀！"大剪子催促道。

陈奶奶也急了："只要人家不嫌弃你，你还挑什么？"

陈扁担这才如梦初醒，回过神来。他看看老娘，看看大剪子，憋了半天，一字一字地蹦出一句谁也没想到的话："我当然要挑，挑的就是她！"

大剪子这才长舒一口气："你可把我急死了。"

陈奶奶一巴掌拍在陈扁担背上："你个熊孩子。"

"过几天我给你送刀肉。"陈扁担说。

"肉不肉的无所谓，你和小芹能成，我比吃什么都高兴。"

陈扁担和王玉芹的事一传开，可把他那帮兄弟高兴坏了，一个个地开始忙活起来。杜长腿和竹筒子自告奋勇，负责修补院墙。竹筒子说："你看，这个院墙多少年都没动过了，千疮百孔的，就这么修修补补，新一块、旧一块，花花搭搭，不好看。"杜长腿说："我催过他好几次，不如推倒砌堵新墙，可他不同意。"竹筒子说："这次只能先这样，新砌院墙也来不及，先刷了再说。"杜长腿和竹筒子头上扎条白色毛巾，开始动手刷起来。范海灵推门进来，看着杜长腿和竹筒子的样子忍不住乐了。竹筒子问她："你笑什么？"范海灵说："看你和老杜这个打扮，我就想起《地雷战》偷地雷的那个日本鬼子。"杜长腿看看竹筒子，又低头看看自己，也忍不住笑了，说："还真有点像。"

刷完院墙，杜长腿用手晃了晃院门，说："这个门也不行了，油漆全掉光了，院墙像新的，院门是破的，不搭。"竹筒子说："干脆咱帮着他换两扇新的算了。"不一会儿，杜长腿和竹筒子用三轮车拉回两扇铁门，三下五除二就安好了。陈奶奶一看高兴地说："院墙一刷，院门一换，这房子一下子变新了。"

晚上，皮笊篱手里拎着两把暖瓶和两个脸盆，过来道喜。陈奶奶说："家里什么都不缺，你还这么破费。"陈扁担也说："你自己日子过得紧紧巴巴的，花这些钱干什么？"皮笊篱说："这才花几个钱？我本来想买个匾，找人写上几个字，做个纪念。可我老婆说，你别整些虚头巴脑的，还不如弄点实惠的。我想了想，她说得在理。今天下午，她和我一块去了趟商店，买了两把暖瓶和两个脸盆，这些东西平时过日子用得着。别的忙我也帮不上，你别嫌弃就行。"

钟丽华先到商场买了大红缎子被面，又买了床单和其他用品。回到家，又马不停蹄地又是洗又是缝。陈奶奶过来一看，高兴得两眼眯成一条缝。

杜奶奶说："你看床上铺的盖的，样样俱全，都置办齐了，儿媳妇动动手，缝起来就行了。料子你还满意吧？"

陈奶奶高兴地说："满意，这怎么能不满意？你看这颜色，鲜红鲜红的，看着就喜庆。只是孩子结婚，给你们添了一大堆活，把你们娘俩儿可忙活坏了。"

杜奶奶说："净说些外道话，咱两家什么时候分过你我？"

钟丽华边缝边插话："是啊婶儿，儿子结婚是喜事，把儿媳娶回家来，家就有个家样了，您多少年的心病就去了。我忙点累点算啥？高兴还来不及呢。"

陈奶奶边用手摸摸眼前的被子："啧啧，这么好的料子，这得多贵？"

"没花几个钱。"杜奶奶答道。

钟丽华笑道："婶儿，为大哥结婚，我妈可上心了，花多少钱都高兴。我结婚的时候，她哪舍得下这么大本钱、买这么好的料子？"

杜奶奶瞅她一眼："吃了说没吃，喝了说没喝，你这个没良心的。"

陈奶奶说："你看，丽华这手真巧，针脚缝得又匀又细，比机器缝得还好。"

杜奶奶说："你年轻的时候针线活也不差啊。"

陈奶奶说："唉，现在老了，针眼都看不清了。"

杜奶奶也说："可不是咋的，我还不如你呢，眼早就花了。"

早晨，该上班了，冯文静还在忙忙叨叨，没有走的意思。高云青催道："你怎么还不走？"冯文静说："我今天调了班，不去了。"高云青问："为什么？"冯文静说："小陈要结婚，我给他准备点东西。"高云青有点丈二和尚摸不着头脑："陈扁担要结婚？对象是哪儿的？我怎么没听说？"冯文静说："我也是这两天刚知道。对象是大剪子的表妹。哎——说起来这个事和你和我都有关系。"

高云青不解："和咱俩有什么关系？"

"小陈他娘前些日子不是在我们医院做手术吗，当时找不到陪床的，我就让他请个护工，大剪子说不用，她有现成的人，就把她表妹找来了，陪了十几天。我见过好几次，这个人确实不错。不到三十岁，结过婚，后来离了，自己带个女儿回了娘家。陪床这段时间，他们认识了，这算和我有点关系吧？要不是我要他请个护工，大剪子怎么会把她表妹找来？"冯文静答道。

高云青说："勉勉强强，生拉硬扯，多少算沾着点边，那和我有什么关系？"

冯文静说："你还记得吧？小陈那天来找你，问一个学生考林校的事。那个学生就是玉芹的亲侄子。这个托那个，那个托这个，找到小陈，小陈又找了你。这样又把小陈和玉芹联系起来，你说，是不是与你也有点关系？"

高云青笑道："有点绕，听起来费劲。"

冯文静说："小陈这个人重情重义，平时和咱常来常往，就是没有刚才说的这些扯枝带蔓的事，他结婚，咱也得表示表示。我今天在家，就是想帮着他炒点花生瓜子，再炸点麻花点心，也算尽个礼数。"

"我看人家结婚用的花生瓜子挺有讲究，里面明明是熟的，外面看却像生的，那是个技术活，你当医生，看病在行，干这个能行？"

"我问过我们医院的同事了，她们告诉我，得用沙子炒，先把沙子放进锅里炒热，然后把花生放进去炒，这样，花生仁熟了，壳煳不了。"

"用不用我帮忙？"高云青问道。

"算了吧，你越帮，我越忙。你该干什么就去干什么。我和我们科的小何说好了，她一会儿就过来帮我。"

范海灵和大剪子、半铺炕商量，说："陈扁担结婚，大忙咱帮不上，结婚那天咱帮他炒菜做饭招呼招呼客人吧。"大剪子说："我听小芹的意思，陈扁担不想请客摆席，也不搞什么仪式，把证一领搬到一起就行了。"范海灵说："那怎么行？仪式可以简单点，但还是要有，酒席该摆也得摆。"半铺炕说："就是，陈扁担平时挺敞亮个人，怎么突然变得那么抠儿了？"大剪子说："抠门倒不至于，他不是那样的人。别人不了解，咱还不了解他？他主要不想弄得动静太大。"范海灵说："咱这拨人，打小就在一块，长大了又一块挑山，没有感情也有情义，没有情义也有情分。这样吧，他自己不愿意操持，咱帮他张罗张罗。"大剪子说："这个没问题。"半铺炕说："他家那么窄巴，厨房掉不过腚，客厅也坐不开，倒不如咱出钱找个小饭馆。"范海灵和大剪子都说这个主意好，既简单又省事。

可大伙光顾着紧锣密鼓地张罗陈扁担的婚事，却忽视了一个人，一个谁也想不到会半路杀出来制造麻烦的人。这个人就是与王玉芹离了婚的江仁湖。江仁湖从小娇生惯养，一身野性，常常打架斗殴，惹是生非。有一次与邻居发生争执，一拳打掉了那个男孩一颗门牙。幸亏那个男孩本来长的是一颗龅牙，双前突畸形，开唇露齿，双唇不能闭拢，非常影响美观，把这颗龅牙打掉，省了去医院治疗，坏事变成了好事，因而孩子家长就此作罢，没作计较。江仁湖长大以后，本性没改，还是流里流气，虎了吧唧，所以人送外号"江二虎"。当年王玉芹嫁他，背后许多人觉得可惜——一朵鲜花插在牛粪上，好白菜被猪拱了。与王玉芹离婚后，他两三年没回过老家，这天却突然冒了出来。

在村里的小卖部门口，江二虎遇到痞五和花和尚，这是村里有名的两个混混。痞五一见江二虎，主动凑上前打招呼："二虎，啥时候回来的？"江二虎说："昨天晚上。"花和尚一脸坏笑地说："我说二虎，你可真有点二虎。你光知道搂着新媳妇睡，知不知道你原来的媳妇要上别人的炕头？"江二虎爱答不理地说："她爱上谁的炕头上谁的炕头，关你屁事？关我屁事？"痞五又拱火道："那可是你用过的，现在到了别人手上，你就一点不吃味？"江二虎说："我吃的哪门子味，我吃得着吗？"花和尚说："真可惜，你的亲生闺女马上不姓江了，就要跟着别人姓了。"江二虎把眼一瞪："跟谁姓？她不管跟谁姓，也是我的闺女。"花和尚说："那可不一定，你老婆今天就要举行婚礼了，这么重要的场合，你不去送点礼物祝贺祝贺？"江二虎恼羞成怒，大声吼道："滚一边去，少他妈的在这里瞎扯淡！"花和尚自讨没趣："你冲我要什么威风？又不是我把你媳妇弄到我的床上！"痞五说："好心当成驴肝肺。媳妇跟人跑了，还搭上闺女，活该！"

回家以后，江二虎越想越觉得像吃了一只苍蝇，一股无名火一个劲儿地往上蹿。他打开一瓶酒，一杯接一杯地喝起来。他母亲不明就里，劝道："大清早的，喝什么酒？"江二虎没有理会，继续倒着喝。他母亲上前去夺他手里的杯子："空着肚子喝，能好受？别喝了。"岂料，江二虎啪的一声把酒杯摔在地上。

江二虎打上一辆出租车，催促司机快点。司机加大了油门。江二虎又催，再快点！司机有点不满："再快就飞起来了！"江二虎说："飞起来就飞起来，只要能快就行。"司机看了看江二虎："喝酒了吧？"江二虎说："与你有关系吗？"司机说："你不要命我可要命。"江二虎火了："你再多嘴信不信我现在就要你的命？"

司机闻着他满身的酒气，看他凶巴巴的样子，不再吱声。

结婚仪式准备就绪。说是结婚仪式，其实非常简单，就请了一桌客人。一个不大的饭馆，一个单间，一看就经过精心布置，墙上贴着一个大大的"囍"字，并悬挂带有"陈扁担王玉芹新婚之喜"字样的横幅。虽然朴实简单，但洋溢着浓郁的喜气。所谓客人，其实就是杜长腿、皮笊篱、竹筒子、范海灵、大剪子、半铺炕这几个一块挑山的兄弟姊妹。

既然是非正规的仪式，就少了常见婚礼上的那些繁文缛节，少了专业司仪和冠冕堂皇的套话，少了轮番致辞，也少了因肩膀不齐而不得不收着的拘谨，少了面对生疏面孔不得不少说话的扭捏。该怎么说怎么说，该怎么喝怎么喝，这才是他们喜欢的状态。在这样的状态下，他们可以放开说点脏话粗话，可以敞开肚皮放纵有点不雅的吃相，也可以故意或不经意地失态，没人鄙视，没人笑话。果然，两杯酒下肚，大伙就七嘴八舌地开腔了。皮笊篱说："陈扁担，你一个挑山的，要钱没钱，要文化没文化，要地位没地位，全部家当就一条扁担，娶了玉芹，你该知足了，你就好好供着吧。"大剪子随后接上："就是，老皮说得对，你可不能想要的时候甜言蜜语，提上裤子就全忘了，你得对我妹妹好一点，像娘娘一样好好伺候着。"陈扁担连连点头："那是，那是。"杜长腿脸上挂着坏笑，说："陈扁担常年闲着，王玉芹常年荒着，现在该出力忙活了，你们说是不是？"范海灵夹一筷子菜放在嘴里："你们少说几句吧，你们光顾自己说着过瘾，就不想想竹筒子的感受？他连女人味还没闻过，叫他晚上回去怎么睡？"竹筒子的脸顿时涨得像一块红布。杜长腿说："这个好办，帮着竹筒子找一个就是了。"范海灵说："说话可要算数，不能食言。"

大家边说边笑，边吃边喝，不大一会儿，三瓶白酒就见了底。连平时沾酒就晕的半铺炕，也两大杯白酒下了肚。

在大伙酒兴正浓的时候，江二虎突然横冲直撞地闯了进来，大声喊叫着："王玉芹！王玉芹！"大家把酒杯举在半空，惊愕地看着江二虎。王玉芹的脸色唰的一下白了。杜长腿把酒杯一放："哎，你是谁？跑到这里咋咋呼呼？"

"我是谁？"江二虎指指王玉芹，"你让她说我是谁！"

大家顿时明白了。大剪子上前拉住江二虎的胳膊："大兄弟，走，有事咱一边说。"江二虎把大剪子一甩："谁是你大兄弟，你也不是什么好东西，为什么一边说？我偏要在这里说！王玉芹，你这个骚货，我的炕头还没凉，你就急三火四地跑到别人床上快活，你还要不要脸？"

大剪子被他激怒了："你还说别人不要脸，你干的那些缺德事要脸吗？"

江二虎反驳道："我怎么缺德了？我不就找了小妞吗，有什么大不了的？可她非和我离婚不可，刚离了婚，就到别人的床上，你说她要脸吗？"

半铺炕站起来："闭上你那张臭嘴，在这里胡呲什么？"

范海灵把手一挥："你给我滚出去，你俩都离婚了，少在这里胡搅蛮缠！"

江二虎不服："离婚了不假，可离了婚她也是我穿过的衣服！"

这时，一直强忍着泪水的王玉芹突然站起来，啪啪抽了江二虎两个耳光。这耳光抽得出其不意，清脆而响亮，发泄了她心中所有的屈辱和愤懑。大家被这两记耳光一下子惊呆了，没想到这耳光出自一个柔弱女子白嫩的手。张牙舞爪的江二虎更被抽蒙了，天旋地转。他用手捂着脸，两眼直勾勾地看着王玉芹，半天才缓过神来："你——你敢打我？你敢打我！"说着，他挥起拳头向王玉芹抢去，"不给你点厉害你不知道马王爷几只眼！"站在一旁的皮笊篱一把抓住了江二虎挥在空中的胳膊："干什么？要动手啊？信不信我让你站着进来躺着出去？"竹筒子一个箭步上前揪住江二虎的衣领："找死啊，想和我单挑还是要我报警？是不是想去公安局尝尝蹲班房的滋味？"江二虎本来还想逞能，但一看人多势众，自知不是对手，便识相地溜走了。

回到家后，王玉芹趴在床上嘤嘤地抽泣。陈扁担把她揽在怀里，一边用手轻抚着一边安慰道："没事，别难过，权当是个小插曲。"王玉芹抬起头来，深情地看着陈扁担，说："我不是难过，是高兴。"陈扁担轻轻擦去她眼角的泪水，说："时间不早了，洗洗睡吧。"王玉芹"嗯"了一声，就去洗漱。洗完，她到镜前做了女人的功课，接着上床躺下。陈扁担把衣服一撩就要上床，王玉芹柔声地说："你也去洗洗。"陈扁担顺从地到外屋从上到下清洗了一番……

第十章

　　雪是从午夜开始下的，是近几年泰山不曾有过的大雪。先是下的雪粒，落在地上弹来跳去。接着飘起了雪花，雪花越来越大，在空中舞动着各种姿势。有的轻盈地飞翔，有的慢慢地盘旋，有的径直地落下。霎时间，山川、田野、村庄，全被大雪覆盖。弯弯曲曲的山路，光秃秃的树枝，高高低低的屋顶，无不披上厚厚的雪绒，原本灰蒙蒙的世界变成一片银色。泰山的雪仿佛带有泰山的秉性，下得那么豪放，下得那么尊贵，下得那么圣洁。雪花落在不同人的眼里，便浮生出不同的含义。落在孩子们眼里是趣，落在文人们眼里是诗，落在丹青者眼里是画，落在农人们眼里，则是来年一个好的年景。

　　陈扁担翻下身想起来，怕惊醒王玉芹，动作轻轻的。谁知，玉芹早就醒了。她把一条腿压在陈扁担身上，说再睡会儿。陈扁担说："该上山了，晚了那帮小子又得笑我恋老婆被窝。"王玉芹说："恋老婆被窝有什么不好？外边下雪了，挑山挑不成了。"陈扁担抬头向窗外一望，果然白茫茫一片。接着把王玉芹搂进怀里："好，老婆被窝比什么都好，不能挑山，咱也别闲着。"说着那个劲又上来了。

　　早晨范海灵推门一看，一下子傻了眼，呀，怎么下这么大的雪？她夜里睡得沉，不知道大雪从半夜到现在，一直没停过，而且还在继续下。她浑身打了一个激灵，顿时觉得从未有过的冷。她后悔接下那个活。前天，天街宾馆赵经理找她，说他们那里住了不少客人，有的来旅游，专门住在山上体验泰山的冬季风情，有的从城里跑来山上过夜，候着拍摄冬日的泰山日出，反正干什么的都有，大约有一二百号人，要她们把山下蒸好的馒头送上去。当时，范海灵二话没说就答应了。她本想和陈扁担打个招呼，几个人一块干，想想这是个小活，用不了很多人，便只找了大剪子、半铺炕和邻村的耿嫂和胖丫。她觉得她们这五个人就足够了，谁曾想这场大雪横空袭来，给她出了一道难题。

老林劝她："这么大的雪，别去了。"

"说好的事，怎么能失信？"

"要不就等雪停了再说，雪把路都埋了，山上根本没法走。"

"那哪儿行？那么多人等着吃饭，就是下刀子也得给人送去。"

老林又说："要不你到村里去给山上打个电话，要他们自己想想办法，中午先随便对付点，下午送过去，他们不会挑理。"

"还是别打了，刮风下雨上山，也不是头一回。"范海灵边说边出了门。

范海灵把大剪子等几个姐妹找到一起，商量上山的事。大剪子说："过去下雨下雪咱上过山，但那都是零零星星的小雨小雪，从来没经历过这么大的雪天。盘道本来就不好走，这下恐怕更难了，雪把路盖了，看不清哪里是道，哪里是沟。再说，一下雪，路上会特别滑，稍不留心就会摔个四仰八叉。"半铺炕也说："这场雪多年不遇，这个活也是多年不遇，都让咱赶上了，这个钱挣得，真是！"范海灵指指半铺炕的脚："鞋这样穿不行，我想了个办法，在鞋底缠上细麻绳，多缠几道，然后再缠几道细铁丝固定，这样可以防滑。"大伙一听，都觉得这个办法好，于是各自回家准备。范海灵又嘱咐一句："山上冷，多穿点衣服。"

雪还没有停的意思，雪花像蝴蝶一样在空中飞舞着，落在地上已经积起半尺多厚了。王玉芹便拿起扫帚到门口扫雪。陈扁担伸了个懒腰，一边扣衣服一边走出房门，他伸手去拿王玉芹手中的扫帚："我来吧，这些粗活不用你动手。"王玉芹没给他，说："不用，这点活累不着。"陈扁担说："你给我吧，大男人甩着手看老婆干活，叫人家笑话。"王玉芹说："那你去拿把铁锹，把路面上结的冰铲了，冰太滑，别摔着老人和孩子。"陈扁担答应一声，抄起铁锹去铲冰。

大雪给户外劳动制造了很大麻烦，却给孩子们带来无穷乐趣。学校放了寒假，可把他们解放了，一个个像出笼的小鸟，撒着欢儿蹿出来了，滑雪的，溜冰的，滚雪球的，打雪仗的，画雪画的，堆雪人的。陈家栋和陈家梁带着小欢跑到马路边上，先是打雪仗，你抓一把雪扔到我头上，我抓一把雪塞进他的领口，你来我往，甚是热闹。过了一会儿，家栋说："咱们堆雪人吧。"家梁说："好。"小欢问："哥，我不会怎么办呀？"家梁说："不会不要紧，你就站在一边看。"

把小欢接来已经一个多月了。结婚后陈扁担陪玉芹回娘家，临走时把小欢带上，姥姥不舍得，抓着小欢的小手，站在那儿直抹泪。小欢转着眼珠，似懂非懂地看看这个，看看那个。陈扁担明白姥姥的心思，就劝道："您不用担心，小欢就是我的亲闺女，不让她受一丁点儿委曲。"玉芹也说："放心吧妈。"

开始，玉芹还顾虑家栋和家梁能不能接纳小欢。陈扁担说："你尽管把心放在肚子里，那俩货我知道，用不了一会儿就玩到一块了。"果然，不到半天就哥哥长妹妹短的，成一家人了。陈奶奶对小欢更是稀罕得不行，走一步都得领着，逢人便夸她的宝贝孙女。

陈家栋和陈家梁在暗暗较劲，看谁雪人堆得快堆得好。陈家栋堆的是俏皮的小女孩，陈家梁堆的是憨憨的大狗熊。小欢高兴地一会儿看看这边，一会儿看看那边。陈家栋说："小欢你看，我堆的小雪人像不像你？"小欢嘿嘿笑着。陈家梁看了一眼说："才不像呢。小欢，你看我堆的大狗熊好不好？"小欢拍着手，连声说好。陈家栋把嘴一撇："好什么呀！又笨又难看。"小欢从地上抓起一把雪，想堆在雪熊上，不料脚下一滑，整个身子一下子扑倒在陈家梁刚刚堆起的雪熊上，雪熊顿时被压塌了，小欢一下子陷进雪堆里，立马变成了一个小雪人。陈家梁一看不高兴了，抓起一把雪扔在小欢脸上，说："你干什么？为什么把我的狗熊给弄坏了？你给我赔！"小欢吓得哇哇哭了起来。

陈扁担听到陈家梁的声音，连忙赶过来，朝陈家栋和陈家梁吼道："怎么回事？是谁欺负小欢？"陈家梁把头一梗："谁叫她把我的狗熊弄坏了！"陈奶奶闻声过来，拉起小欢，用手拍打她身上的雪："小欢好孩子！好孩子不哭。"边哄边给小欢抹眼泪。陈扁担抬起脚想踢陈家梁的屁股，不料，脚下一滑，不但没有踢着陈家梁，自己反而摔了个四脚朝天。陈扁担站起来，浑身是雪，活脱脱一个雪人。陈家栋和陈家梁大笑起来。陈奶奶也忍不住笑了，说："瞧，你爸爸成大狗熊了！"小欢见状也破涕为笑。陈扁担从地上爬起来想去追陈家梁，又摔了一个趔趄。陈奶奶说："瞧你们，大人没个大人样，孩子没个孩子样。"

皮进军和皮进勇兄弟俩也跑出村来凑热闹，在雪地里练滑冰。皮进军不小心，啪的一下摔在地上，把棉裤挣裂了，裤裆里露出和雪一样白花花的棉絮。皮笨篦正好路过，看到皮进军狼狈的样子，又好气又好笑，说："你裤裆里怎么也下雪了？我看你是皮痒痒了，三天不打，上房揭瓦！"边说边朝皮进军踢了一脚。

山上弯弯曲曲的盘道上，全无往日的热闹，冷冷清清，不见人影。范海灵和其他四名女挑山工挑着竹筐，一步三滑、颤颤巍巍地攀登着。远远看去，每个人面前飘着一团团白雾。她们费了九牛二虎之力，终于艰难地登上南天门。这时，大剪子脚下一滑，打了一个趔趄，险些摔倒。

从南天门到天街宾馆，需要穿过泰山天街。泰山天街西起南天门，东至碧霞祠，全长只有六百多米，这里地势平坦，周围遍布大大小小的货栈商铺和宾馆饭店。范海灵她们一到，宾馆赵经理一块石头落了地，他高兴地迎上前去，说："可把你们盼来了，你们要是不来，我们可就傻眼了。"范海灵把担子放下，长舒一口气，说："这趟活干的，快赶上红军爬雪山过草地了！"大剪子接着说："比爬雪山过草地还难哪！"赵经理赶紧让她们进屋，说："各位辛苦，进屋暖和暖和。"范海灵说："冷是不冷，衣服都湿透了。"赵经理打量了一下说："海灵，原先不是说五个人吗？怎么只有你们四个？"范海灵一愣，下意识地扫了一眼身边的人，对呀，怎么少了一个？大剪子突然说："半铺炕呢？怎么没见半铺炕？"大伙你看我我看你，向来的路上望了望。

范海灵说："不好，她没跟上来。"

大剪子也说："到南天门的时候，我还看她跟在后头，怎么不见了呢？"

范海灵说："不管怎么着，赶紧回去找。"

范海灵几个还有赵经理和几名员工，沿着天街周围的小路往回寻找。大伙东张西望，不时大声呼叫着，喊了半天没有听到一点回应，也没看见半铺炕的踪影。

大剪子说得没错，一路上，半铺炕一直跟在范海灵她们后头。但登上南天门之后，她两腿像灌了铅，步子越来越慢，渐渐被甩下了。她只顾低着头走，分不清哪是路哪是沟，行至一个斜坡，突然脚下一滑，摔倒在地，整个身子陷进路边的雪坑里，肩上的担子死死压在她的脖子上，嘴巴贴着雪地。她使出全身的力气，挣扎着想站起来，可担子压死死地压在她身上，试了几次，怎么也爬不起来。她想喊，可嘴贴着雪地，怎么也喊不出声来。此时，她像被人抛下山谷，感到从未有过的孤独无助，禁不住嘤嘤地哭了起来。

这时的半铺炕几乎陷入了绝望。

突然，大剪子看到在雪坑里挣扎的半铺炕，情不自禁地喊道："在那儿！"范海灵顺着她手指的方向一望，果然看到趴在雪坑里的半铺炕。她们赶紧冲了过去。范海灵用力把压在半铺炕身上的担子挪开，大剪子把半铺炕从地上扶起来，拽着她的胳膊摇了摇，又牵着她的手走了几步。半铺炕眼里含着泪花一句话说不出来。范海灵拍打她身上的泥水："没事了，不用怕，没事了。"半铺炕突然缓过气来，哇的一声哭了起来。大剪子劝道："好了好了，别哭了，这不好好的吗！"范海灵收拾起摔在地上的担子挑在肩上。大剪子搀着半铺炕，向宾馆走去。

到了宾馆，连惊带吓的半铺炕还在瑟瑟发抖。范海灵安慰她，只要人没事，比什么都好。当宾馆工作人员打开竹篮里的布袋一看，在场的人都傻了眼：布袋里全是碎碎的面末，找不到一个囫囵馒头。冻得又硬又脆的馒头，摔在地上全碎了。大剪子笑道："这下可倒好，馒头又变回面粉了。"范海灵也说："你可真让我们长了见识。"原来，冻透的馒头像泥罐一样，看上去结实，实际上脆得很，掉在地上一摔就碎，一碎就是粉末。

杜长腿听说这件事以后大发感慨，这些娘们儿胆儿可真大，这样的天都敢挑着担子上山。陈扁担也说："你们也太逞能了，答应了不要紧，和我们说一声，我们替你们去，怎么说我们这些老爷们儿也比你们扛事。"

大雪挑山的经历，使半铺炕刻骨铭心。晚上，爱人和孩子睡了，她辗转反侧，难以入眠。想想摔倒在雪坑里的时候，如果不是白天，如果不是坑浅，如果不是范海灵她们及时发现，如果……想到这里，她毛骨悚然，不寒而栗。她不敢再往下想了。半铺炕与范海灵不同，小的时候她没有受那么多苦，她本名叫班月英，虽然也是出生在贫穷人家，算不上娇生惯养，但她上边有两个哥哥，重活脏活由哥哥顶着，父母持家有道，家务活很少让她干。嫁人之后，不同于在娘家，有些活就得学着干找着干，当闺女时，她要条有条，要模样有模样，非常讨人喜欢，一结婚，生了孩子，突然像气吹的一样，用她自己的话说，喝口凉水都长肉。从一个小姑娘变成一个小胖子，从班月英变成了半铺炕。那时村里还有生产小队，她不愿意受集体出工的约束，就跟着范海灵她们干起了挑山的营生，一干就是十几年。前些年仗着年轻，累点就累点，睡一觉就好了。这两年，她明显感到不行了，常常累得腰酸腿疼。几次发过狠话，说什么也不挑了。可往往是，头天说的话，第二天就忘了，不挑不挑又挑了，挑着挑着又累了，累了累了又叫了。别人取笑她，她就说，别人都干自己不干了，怕人家笑话。这次，她真的发了毒誓，坚决不干了，就是出去要饭也不干这个营生了。

范海灵深有同感。范海灵说："这身子骨真的是一年不如一年了。一天下来，腰酸背痛。尤其是两个膝盖，像被针扎似的，有时深更半夜疼起来，那个难受劲，别提了。"半铺炕说："谁说不是呢，我这两条腿也是经常打不过弯来，蹲下起不来，起来蹲不下，有时候连穿袜子都费劲，半天穿不上。"范海灵叹了一口气："唉，咱这些人，心里不服老，身子骗不了人。过去，一听到山上有活儿，就像打了鸡血，两眼放光，浑身是劲儿。连干几天，也不知道什么是累。现在不行了，见了活儿有点发怵了。"半铺炕说："咱去大剪子家商量商量吧，看她怎么想，要干一块干，要不干都不干。"

大剪子是挑山的几个姐妹中最爱美的，不管什么时候，家里都收拾得干干净净，挑山的时候顾不了那么多，只要不挑山，再破旧的衣服也穿得有模有样。早饭后，她打发孩子去了学校，简单收拾了一下房间，又坐在镜前捯饬起来。她把两条大辫子解开，变成披肩长发。端详一会儿，又挽起来。过一会儿又解开。她拿起剪刀，想把长发剪掉，想了想，不舍得下手，又把剪刀放下。对着镜子，她变换着各种姿势，反复打量着镜子里的自己，颇有几分得意。瘦长小脸，柳眉杏眼，肤如凝脂，加上油光发亮的辫子，虽已徐娘半老，但风韵犹存。比画了半天，她终于下定决心，咔嚓咔嚓几下子，把长辫子剪掉了。

范海灵和半铺炕进门一看，被眼前的大剪子惊着了。半铺炕像不认识似的，仔细打量着眼前这个齐耳短发的女人。大剪子说："看什么看，不认识了？"半铺炕说："真不认识了，这还是大剪子吗？"大剪子说："瞧你一惊一乍的。"范海灵看着大剪子也觉得有点不大对劲。大剪子原地转了一圈，说："怎么样，好看不？"范海灵说："乍一看有点不大顺眼，仔细看嘛，这么披着，也挺好的，比原来更精神、更利索了，和你这个小脸也很搭。谁让咱长了个美人坯子，怎么捯饬也丑不了。铰了也就铰了。现在不铰，过两年也得铰。总不能等到七老八十，还扎着大辫。"

大剪子说："是啊，有时候想想，咱这么一年到头天天挑山，挑到什么时候是个头儿啊？"

范海灵说："今天过来，就是和你商量这个事。来之前，我和半铺炕说了半天，老这样下去不是办法。女人到了现在这个年纪，逞不得强了。别真到了挑不动的那天，说什么都晚了。那时候再想着干别的，黄花菜都凉了。"

半铺炕说："我不管你怎么想，反正我是要和挑山拜拜了，那个活干得真是够够的，想起来就头皮发麻。趁现在腿脚还利落，咱得早打谱，干点别的。"

大剪子说："像咱这样笨手笨脚的，除了挑山，还能干什么？"

"干什么还能比挑山苦？干什么不能挣口饭吃？"半铺炕说。

范海灵也说："半铺炕说得没错，只要能吃挑山的苦，其他的苦没有吃不了。人家三顺家媳妇，承包了几亩果园，一年进项不比咱少。"

大剪子一听："伺候果园？风里雨里的，今天施肥，明天打药，春天得剪枝，冬天得翻土，一年到头，从早到晚，没个闲时候，那可不是好干的活儿。"

半铺炕又说："人家村东头王婶，每天蒸包子卖，一年能挣好几百。现在开放搞活了，只要舍得力气，有很多咱女人能干，也能挣钱养家的门路。"

范海灵突然受到启发："哎，咱三个人联手，开个饭馆怎么样？"

半铺炕马上表示赞成："好啊！"

大剪子有点犹豫："好倒是好，可咱没干过呀！"

范海灵说："没干过怕什么，学着干呗。"

大剪子说："开饭馆要有本钱呢，本钱到哪里去弄？"

半铺炕说："想办法呗，办法总比困难多。你不要怕这怕那的。"

大剪子说："开饭馆不是不可以，只是十几年了，咱没干过别的，吃了饭扛起扁担就上山。突然就这么不干了，心里有点——"

范海灵说："我也有点那个，有股说不出来的滋味。"

半铺炕接着怼上："哎呀，吃苦受累这么多年还没受够？有什么不舍得的？真是烂泥糊不上墙，一身贱骨头。"

大剪子说："苦归苦，累归累，可这十几年也就这么过来了。仔细想想，再苦的时候也有甜味，再累的时候也有开心，你们说是不是？"

范海灵说："还真是这么回事。兄弟姐妹在一块，再苦也不觉得苦，再累也不觉得累。再大的风再大的雨，咱都互相拉扯，一块闯过来了。"

半铺炕说："你们两个别叽叽歪歪了，痛快点，继续挑山，还是开饭馆？"

范海灵笑笑："你急什么，人嘛，干什么时间长了都有感情，都会有点怀旧情绪。我建议，咱明天再挑最后一天，算是向挑山工正式告别，怎么样？"

大剪子和半铺炕都表示支持。

第二天，阳光格外灿烂，风也格外柔和。范海灵、大剪子和半铺炕挑着担子又走上了上山的盘道。这一条条弯弯曲曲的盘道走过多少次，她们谁也数不清记不清，但每条盘道都有她们踏过的脚印，都有她们洒下的汗水，都有她们苦过乐过的记忆，都有她们说不清道不明的情愫。

中午，她们和往常一样，与陈扁担、杜长腿、皮笊篱、竹筒子一起吃饭休息。范海灵说："各位兄弟，和大家伙儿说个事。我们姊妹仨商量好了，今天是我们最后一次挑山，从明天开始，我们就不干了。"

大伙顿时一脸惊愕。皮笊篱问道："说什么？不干了？"竹筒子把煎饼停在嘴边，说："你们不挑山要去干啥？"杜长腿看了范海灵一眼，说："开玩笑还是真的？"半铺炕说："当然是真的啦。"陈扁担继续吃饭，没有吭气。

范海灵说："我们女人不能和你们这些爷们儿相比，到了这个年纪，身体一天不如一天，心里一百个不服，身子不听使唤，挑不动了。"

"想想也是，挑山本来就不是女人干的活。"杜长腿说。

皮笊篱说："这么多年了，天天在一起，你们突然不干了，还真闪得慌。"

大剪子说："谁说不是，我们也有点舍不得。"

陈扁担这时开口了："不干也罢，有什么舍不得？"

杜长腿问："想好了没有？不挑山干点啥？"

"我们几个商量，想开个饭馆。"范海灵答道。

皮笊篱一听："开饭馆？从来没干过，能行？"

"试试呗。"范海灵说。

陈扁担："不用试，只要能吃挑山这碗饭，就没有吃不了的苦。"

竹筒子一听高兴了："开饭馆好啊，我们以后不愁没地方吃饭了。"

半铺炕说："就是，我们就是这么想的。你们馋了，也好有个地方打打牙祭；干累了，也好有个歇脚的地方。"

陈扁担说："干吧，没问题。"

范海灵几个转行以后，也就终结了泰山上女性挑山的历史。这道泰山独有的亮丽风景逐渐淡出人们的视野，只留下她们英姿飒爽的背影和各种美丽的传说……

第十一章

　　杜长腿没有食言。那天，他去崔家洼一个远房亲戚家吃席，得知席间一位老哥有女未嫁。他一听那女孩与竹筒子年龄相仿，家境也差不多，便有一搭无一搭地提了提竹筒子。本以为这个事也就是顺嘴一说，没指望有下文。谁知，过了几天，女方家长找到杜长腿，正儿八经地要他做媒，促成这桩婚事。杜长腿当然求之不得，热盆热火地牵起了红线。一来二往，一门婚事竟这么促成了。女方是一个本分人家的闺女，姓崔名桂娟，虽然说不上漂亮，但也很周正，并且能吃苦，肯下力，持家过日子，是把好手。

　　陈扁担昨天接了个急活，泰山电视转播台正在维修，请他们把发射天线、发射机、发电机、电缆等设备器材运到泰山极顶。活不是很重，但要得很急。技术人员已经提前到了山顶，等器材设备一到就马上安装。头天晚上，陈扁担就和杜长腿、皮笊篱、竹筒子打了招呼。第二天，天蒙蒙亮，陈扁担和其他人早已到了，但迟迟不见竹筒子来。以往，竹筒子不是个贪懒赖床的人，困了就睡，醒了就起，干活从不落在后头。杜长腿说："完了，这小子肯定不知道深浅，折腾过了，爬不起来了。"正说着，竹筒子匆匆赶来。

　　这几天，范海灵几个为饭馆的事忙得不亦乐乎，又是忙着咨询取经，又是跑贷款选地段。她们在周边几个地方做了比较，最后选定了岱岳北路和大河西路交叉口一个店面。这里地处城乡接合部，商业气息浓，人气比较旺，交通也方便。店面不大，一个厨房，一个大厅，五个单间。重要的是这里离她们几个的家都很近，上下班方便。接下来，又忙着办营业执照、卫生许可、消防安全等各种各样的手续。饭馆取名泰山人家，没什么特别讲究，图叫起来顺口。

　　饭馆装修的事，陈扁担几个全包了。他们挑来水泥石灰，运来砖瓦木料，说干就干。好在用不着大兴土木，只是在现有房屋结构上，该整修的整修，该粉刷的粉刷。别看他们平常挑山下苦力，拾掇起房子来也不外行。

这些基本就绪后，范海灵找陈扁担商量，说："我们三个，干活出力行，可都没上过学，连个账都不会记。玉芹上过初中，想请她到店里一块干，顺便把账管起来。"陈扁担有点犹豫。杜长腿说："闲着也是闲着，有几个合得来的伙伴，有个正经活干。不图挣多少钱，图个心情舒畅，没什么不好。"陈扁担觉得有道理，回家和玉芹一说。玉芹没有多想，就爽快地答应了。

饭馆正式开业那天，仪式搞得很简朴，但很热闹。鲜花、彩带，噼里啪啦的鞭炮声，洋溢着浓浓的喜庆氛围。范海灵、大剪子、半铺炕、王玉芹和几名服务员穿着一新，站在店前迎接客人。前来捧场贺喜的客人陆续走进饭馆。陈扁担、杜长腿、皮笊篱和竹筒子自然不会缺席。陈扁担看了牌匾一眼说："泰山人家这个名字好，一看就亲切。"杜长腿说："进了饭馆和到了家一样。"

各方客人落座后，范海灵开始致辞："各位来宾，各位亲朋好友，欢迎光临我们小店，感谢你们给我们捧场！大家都知道，我也不会说，从来没有当着这么多人的面说过话。我们姐妹几个开了这个小店，今天算正式开业。与其他大宾馆、大饭店相比，我们就是小打小闹、小门小户。我们这个名字叫'泰山人家'，意思就是走进饭馆和进了家门一样。我们没有人家的豪华排场，没有人家的名师名厨，没有人家的拿手招牌，没有人家的独门秘诀。我们就是实实在在的家常菜、大路货。硬菜就是炒鸡炒肉，素菜就是咱泰山的特色，白菜萝卜、辣椒茄子、炸柳叶、炸春芽、炸薄荷，主食就是水煎包、菜饼子，当然也有煎饼、包子、水饺，这就看客人的口味，顾客愿吃什么我们就做什么。请大家放心，我们货真价实，所有食材保证无假无害；我们有真心负责，用心用情做好每道菜每桌饭；我们用爱心服务，每位顾客都是我们的亲人，都是我们的贵人，都是我们的恩人；我们将会像对待亲人、对待贵人、对待恩人那样来报答你们；我们诚实诚信，保证让每位来宾吃得放心，吃得开心。"

一片掌声、笑声和推杯换盏声。

五一前后，是泰山最热闹的时节之一，人山人海，游人如织。对挑山的来说，这实在让人高兴。因为这是山上所有服务网点最忙的时候。人多活就多，活多挣得多。这个季节的泰山，风和日丽，碧空如洗，每一步都是风景，每一处都是惊喜。许多中外游客登上泰山之巅观看日出，感受那激动人心的时刻；徜徉在郁郁葱葱的林海中，沐浴大自然的无边春色；漫步于岱庙的城墙上，享受着千年庙宇的悠远与惬意。尤其令人钟情和陶醉的是海棠花海，从天街到玉皇顶，从碧霞祠到瞻鲁台，不同纬度的海棠花渐次开放，眼之所见，到处粉红紫白，一丛丛，一片片，五彩缤纷，绚丽多彩。

时近中午，杜长腿挑着担子路过中天门，忽然听到一声尖叫，他急忙停下脚步，抬起头来，寻着尖叫声望去。只见不远处的山坡上，一个女孩脚下踩空，摔倒在地，顺着山坡往下滚去。他心里一惊，不好！一旦孩子滚下山崖，后果不堪设想。他顾不上多想，猛地把担子一扔，一个箭步跨过去，用手紧紧抓住一棵松枝，顺势斜卧在山坡上，伸出一条长腿，像铁钩子一样，死死把那个孩子钩住，然后伸出长臂，一把抓住那个孩子，边拉边拽，把那孩子弄了上来。这时，孩子的头部和身上沾满了鲜血。杜长腿顺手从脖子上取下毛巾，用牙齿咬着一角，用力撕开一个口子，为她包扎起来。这时，他抱起孩子，四周看了看，大声喊道："这是谁家的孩子？"

听到喊声，一个黄头发白皮肤的少妇跑上前来，低头一看，本来就白的脸色，此刻变成蜡色。她连忙用半生不熟的中国话说："这是我的女儿！"

原来，这是一对来自德国的夫妇，先生叫皮特，夫人叫米克，五岁的女儿叫玛丽。他们一家专程到泰山旅游。皮特先生和夫人被眼前的景色迷得眼花缭乱。他们不停地在各个景点来回拍照，一时间竟把女儿忽略了。玛丽自己倒也玩得开心，这里看看，那里望望。她忽然发现，在一块岩石上有朵小花，开得异常艳丽，她感到好奇，非常喜欢，便一蹦一跳地去摘那朵小花。不料，脚下被石头一绊，发生了刚才的一幕。

看着眼前浑身血污的玛丽，皮特夫妇一阵慌乱，束手无策，不知道怎么办好。杜长腿说："不行，得赶紧送去医院。"米克夫人蹲下来想抱玛丽，杜长腿说："还是我来吧。"他抱起玛丽刚要走，陈扁担走了过来，问杜长腿："怎么回事？"

"这个孩子摔伤了，得赶快送医院。"

陈扁担把担子一撂："给我吧。"说完，从杜长腿手中接过玛丽，抱着就往山下跑。杜长腿和皮特夫妇紧紧跟在后面。

抱着孩子在盘道上连跑带颠，不同于挑着担子在盘道上行走，虽然都是力气活，但用力的部位、行走的步态和负重的感觉大不一样，不一会儿陈扁担就气喘吁吁，满头大汗。杜长腿又接过来，过一会儿，陈扁担再接回去。皮特和米克也想帮着分担，但看他们上气不接下气的样子，陈扁担和杜长腿哪里忍心。

当陈扁担、杜长腿等满头大汗地赶到医院，正遇上冯文静拿着病历从病房出来。陈扁担连忙叫道："嫂子！"冯文静一看是陈扁担："哎，是你呀！"看看他手中抱的孩子，问道："这是怎么回事？"陈扁担喘着粗气，指指皮特和米克说："这是他们的孩子，在山上摔着了，摔得还不轻，正好让我们两个碰上，就帮着送来了。"冯文静对身边护士说："快，送急诊室！"

陈扁担、杜长腿在急诊室外焦急地等待着。皮特夫妇不时向急诊室紧张地张望。皮特夫人双手合十，为女儿祈祷。

过了半个多小时，冯文静从急诊室出来，陈扁担急忙迎上去，问道："嫂子，怎么样？"

"没伤到要紧的地方，轻微脑震荡，小腿骨折。问题不大。"

皮特夫妇还是不放心，追着冯文静继续问这问那。陈扁担给杜长腿使了个眼神，二人悄悄离去。当皮特夫妇回过头来寻找陈扁担和杜长腿时，已不见他俩的踪影。皮特对米克两手一摊："还没来得及谢谢他们，可他们——"米克说："真是难得的好人，上帝会眷顾他们，好人会有好报。"

陈扁担到家，连衣服都没换，就一头栽到床上。陈奶奶觉得不对劲儿，就用手摸了摸他的前额："哪儿不舒服？怎么这么早就回来了？"陈扁担就把今天遇到的事从头到尾地说了一遍。陈奶奶点点头："你们两个做得对，人，不能光想自己，也得想想别人。人家漂洋过海来咱这里，连个熟人都没有，遇上这样的事，你们要是不管，他们怎么办？干好事还是干坏事，不要以为别人不知道，老天在看着呢。多做积德行善的事，老天亏不了你。"

皮笊篱是个孝子，孝子的底色是善良。别看他平时有点抠门，但在老娘身上，恨不得把心掏出来，冬天怕冻着，夏天怕热着。只要有口好吃的，他都想着省下来，送进老娘嘴里。皮笊篱母亲一直身体不好，常年药不离身，隔三岔五地还要住院。在老皮夫妇的精心照料下，这两年有了明显好转。

出门之前，皮笊篱照例来到母亲床前，轻声问道："妈，这些日子感觉好点了吗？""比先前几天强多了，胃口也好了，能吃能睡觉，有时出门转转也不碍事。唉，都是我这不争气的身子，今天这儿疼，明天那儿疼的，把你们给拖累了。"皮奶奶说道。"您怎么能这样说呢？没有您哪有我？没有我，哪有您那两个大孙子？您只要爽爽利利的，就是我的福气，比什么都好。"

皮奶奶又说："你成天起早贪黑的，也得注意着点，别弄得太累了。钱挣多少算多？够吃够穿就行了，千万别累出毛病。人年轻的时候不觉得，上了年纪，这毛病那毛病就来了。我这身毛病，就是年轻时候逞强落下的。没有个好身体，其他东西再多也白搭。"

"您放心，我累不着。"

"孩子她妈有时候发点脾气，你不要和她计较，其实，她是刀子嘴豆腐心，心眼挺好的，这些年要不是她伺候前伺候后，我哪能这个样？我知道，有时候她和你吼两句，其实不是对着你，是她心里烦躁，发泄出来就好了。谁还没点脾气？在咱家当媳妇，格外不容易，你得让着点体谅点。"

"知道了妈。"

"唉，人上了年纪，就是爱唠叨。咱家虽然日子过得紧巴，但人来客去你来我往的，该怎么着怎么着，别攥得太紧，丢了礼数，让人家看不起。"

皮笊篱点了点头

"明天是初几？是不是十五？"皮奶奶问道。

"对，明天是阴历十五。"

"我还以为我记错了呢。明天是个大日子，我去不了，你就替我去趟碧霞祠，看看泰山老奶奶吧，上上香，说说话，千万别忘了啊。"

"好嘞，正好我去那儿有趟活，您放心吧，忘不了。"

碧霞祠位于泰山极顶之南，天街东首。北依大观峰，东靠驻跸亭，西连振衣岗，南临宝藏岭。碧霞祠主祀为"天仙圣母碧霞元君"，相传为玉皇大帝的女儿。碧霞祠是碧霞元君的祖庭。在我国北方地区，民间对碧霞元君信仰极盛。在许多民众眼里，碧霞元君神通广大，能保佑农耕、经商、出行、婚姻，以及疗病救人、佑妇生子。因此，人们不辞劳苦，登上泰山，虔诚祈祷，许愿还愿。多少年来，碧霞祠一直香客众多，香火不断。

皮笊篱来到碧霞祠，正是香客最多的时候。大殿内外熙熙攘攘。他请了香，走进殿内，按照祠规尽了礼数，默默祈祷老奶奶保佑母亲大安无恙。

从碧霞祠出来，皮笊篱突然听到有人喊他，一看，是竹筒子。便问道："你也在这里？"

"我刚给他们送了趟货，你来这里干啥？"

"我也是刚送完货，顺便给老奶奶上了炷香。"

"噢，今天是大日子，怪不得上香的人这么多。"

竹筒子压低声音问道："老皮，都说泰山老奶奶灵验，你信吗？"

皮笊篱说："这个——没法说信，也不能说不信。人，日子顺当、顺风顺水的时候，都不会想那么多。可一旦有了难处，或者遇上了坎，心里就开始纠结，总是希望有个念想，有个指望和盼头。就好像夜特别黑特别沉的时候，什么都看不见，心里就会发毛，就会打怵和害怕，甚至会产生绝望。如果这时突然有一点火苗，有一点亮光出现，就会感到全世界都亮了，就什么也不怕了。上上香，拜一拜，其实就是表达一下自己的愿望和寄托，就是寻找那点火苗和亮光。有了火苗和亮光，就有了指望和盼头；有了指望和盼头，就有了生活下去的勇气和信心。唉，我老娘长年躺在病床上，医院没少住，药也没少吃，可就是治不好。所以，一到了大日子、好日子，她就嘱咐我来上上香，拜拜老奶奶。上了香，拜了拜，她就觉得心里踏实了，觉得老奶奶在保佑着她。幸亏有了这个念想，她才一年一年地活下来，要没这个念想，恐怕早就撑不住了。"

竹筒子点点头："是这么回事。"

"你现在还年轻，经的事少。经得多了，你就知道了。"

"哎，你见到陈扁担了吗？"

"没有啊，他在哪？"

"在天街那儿，我听说，他在到处找咱。"竹筒子答道。

"找咱干什么？"

"我也不知道。"

皮笊篱说："走，咱过去看看。"

来到天街西头，陈扁担和杜长腿果然都在。陈扁担告诉皮笊篱，又来了个大活，还是索道公司的。这次又新买来一个液压缸，比上次的驱动轮大多了，长九米半，重四吨。竹筒子想了想，觉得是够大的。皮笊篱说："好啊，干那样的大活过瘾。"杜长腿把脸一耷拉，说："算了吧，现在说起来热闹，可当时，那是人遭的罪？"

竹筒子也说："是啊，抬了三天大架，过瘾是过瘾，可我脚上磨出好几个大血泡。从山上下来，连续几天腿都不打弯，现在想想腿肚子还乱抖。"

陈扁担说："这个活比那个活恐怕还难干。我想过，没有更好的办法，还得像上次那样，用大架抬。只不过，这次用的大架可能得更大，用人更多。"

他们边说边下山，一块到了泰山人家。范海灵一见，非常亲切，连忙上前招呼："你们来了？快里边坐。"

陈扁担一看饭馆里客人不少，说："看来生意不错，够热闹的。"

听到陈扁担的声音，大剪子、半铺炕和王玉芹也从厨房里出来。

范海灵问陈扁担："想吃点什么？"

"简单点，来几盘包子或饺子就行。"

"那哪儿行？我让后厨弄几个菜，陪兄弟们喝几杯。"范海灵说。

陈扁担说："不喝了吧，我们几个有事要商量。"

范海灵说："不用你花钱，这顿饭我请了。"

陈扁担笑笑："刚才还说小本生意，马上摆起了阔气。那好，就来几碟小菜，来几瓶啤酒吧。账照结不赊。"

范海灵说："跟我咋还客气上了呢？"

"亲兄弟明算账，亲姐妹也得账目清。"陈扁担说。

一会儿，王玉芹和服务员端来酒菜。

范海灵对大剪子、半铺炕和王玉芹说："今天客人多，咱几个不能都耗在这里，你们先去招呼其他客人，我在这里陪着。"

大剪子几个转身忙去了，范海灵问："山上的活怎么样？""和以前差不多，活不少，只要出门就有活。"陈扁担说。

范海灵喝了一口啤酒："咳，爷们儿终究还是爷们儿，弄来弄去，还是你们抗造。我们这帮娘们儿，当年一百个不服，现在，都服了，不服不行啊。"

杜长腿把一大杯啤酒倒进肚里："男人女人，谁该干什么，谁不该干什么，老天爷早都安排好了，本事再大，也拧不过天。"

范海灵接着说："挑山那些年，一想起来就头皮发麻，从心里发怵。可有时候又犯贱，把那个活撂下了，多少有点放不下，舍不得。光想着好，忘了痛了。当年，经常累得像死猪一样，浑身上下，哪儿都疼。多少次晚上回到家，咬牙跺脚地发誓，不干了，坚决不干了，第二天怎么样？早把头天晚上发的誓忘掉了，照样扛起扁担上了山。"

皮笊篱说："那苦日子有啥可留恋？我看你们现在这样挺好的。"

范海灵笑道："要不怎么说犯贱呢。来，好不容易聚一起，多喝点儿。"

陈扁担用手捂着杯子："不敢多喝，喝多了明天爬不起来。"

范海灵把他的手拿开，把酒倒满："爬不起来算完，正好睡个懒觉。"

陈扁担说："不行啊，刚刚又接了个大活。"

范海灵问道："又要抬大架？"

"差不多吧，上一次是驱动轮，这一次是液压缸。"陈扁担答道。

范海灵说："那又得忙活几天。"

陈扁担："忙是忙点，但忙得高兴。这样的大活，不是常有，得给人家干好。好在前几年干过，心里有底，但也不敢马虎。"

范海灵把袖子一撸："你这一说，我还真有点手痒了。如果人手不够，我再把姐妹们招呼起来干一把。"

杜长腿笑道："算了吧，现在让你们空手爬到山上，恐怕都喘不动气了。"

范海灵摇摇头："那倒也是，现在劲头儿都在嘴上了。"

下午天要黑的时候，村东头的石大娘来到陈扁担家。陈奶奶连忙把石大娘让进屋。石大娘问："你在家忙啥呢？"陈奶奶说："瞎忙呗，从早晨一睁眼就忙，一直忙到天黑，一天到晚闲不着，不是洗就是涮，忙活一顿，也忙不出个正经事。"石大娘笑道："都这把年纪了，还能忙啥正经事？"陈奶奶说："你今天怎么有空过来？"石大娘说："我来找药罐子用。"陈奶奶朝院里的小南屋一指："在那儿里放着呢。"小欢在旁边一听，接着要去小南屋拿。石大娘把她拦住，说："不用你去，我走的时候去拿就行了。药罐子不能让别人拿。"小欢眼睛一眨一眨，看着石大娘。陈奶奶告诉她："药罐子是煎药用的，只能拿，不能借；只能拿，不能还，谁用谁找。送药罐子，还药罐子，都不吉利。这些事，等你长大了，就知道了。"

陈奶奶问："是不是孙子的毛病又犯了？"

石大娘答道："是，隔三岔五地就犯。这些年没少往医院跑，大医院小医院都去过，各种办法用了不少，但总是治了好，好了犯，一阵好，一阵歹，老是不除根。前两天，找了个老中医号了号脉，开了几服汤药，想给他煎了吃吃试试。唉，有病乱投医，也不知道哪个方子能治了他的病。"

陈奶奶说："得病容易，治病难。"

"谁说不是呢。"石大娘叹了一口气。

陈奶奶让小欢去把西瓜拿来，切开和石大娘一块吃。小欢边答应边从里屋抱一个西瓜出来，又从厨房找来一把菜刀。刚要动手切，陈奶奶把刀拿过来，自己切开西瓜。小欢先拿起一块送给石大娘，然后自己拿一块吃了起来。石大娘接过西瓜，一个劲地夸小欢懂事。陈奶奶问："瓜怎么样？"

小欢说："奶奶，好甜。"

石大娘咬了一口："嗯，甜，又沙又甜。"

陈奶奶说："甜就多吃几块。"

石大娘说："唉，好几年没吃过西瓜了，都快忘了西瓜什么味了。"

陈扁担和王玉芹晚上回到家，见陈奶奶坐在床上悄悄抹眼泪。陈扁担上前问道："是不是孩子惹您生气了？"

陈奶奶摇摇头，说："不是，我就是心里不大好受。"

接着，陈奶奶把石大娘来拿药罐子和吃西瓜的事说了。

"唉，我这个人就是见不得别人受难。你说，一个西瓜值几个钱？可她家连个西瓜都吃不上。咱过得不容易，她家过得比咱还难，你说那叫过得啥日子？"

陈扁担一听，心里也酸酸的："是，自从她孙子得了那个奇怪的病以后，今天住院，明天吃药打针的，天天得花钱，日子过得够难的。"

陈奶奶说："不管怎么说，咱家还算过得去。老邻居这么多年，你准备点东西送过去，虽说帮不了大忙，也多少接济一下，尽点心也好。"

第二天，陈扁担拎着几袋东西来到石大娘家，说："大娘，我妈让我来看看您。没啥值钱的，都是些平常吃的用的。"

石大娘说："你们家也怪不容易，还惦记着我。"

陈扁担从口袋里掏出十块钱塞给石大娘："您拿着，没有多，别嫌弃。"

石大娘连忙说："孩子，这样不行，东西我收下，钱你拿回去。你成天起早贪黑地挑山，挣点钱不容易，这个不能要，心意我领了。"

陈扁担又把钱塞到石大娘手里："大娘，我再不容易，每天多少还能见点活钱。您就拿着，管不了大用，拿在手里应应急，当个零花钱。再说，人这一辈子，谁还没有个沟沟坎坎？谁还没有个大灾小难？都搭把手，就挺过去了。这是点心意，您要不收下，我妈肯定不高兴，少不了埋怨我，我的脸上也挂不住。"

"你这孩子，让我说什么好。"

第十二章

忙活了一年多，古树名木普查总算有了眉目。经过普查，泰山共有古树名木18195株，其中树龄在300年以上或特别珍贵稀有并具有重要历史价值和纪念意义的一级古树名木1821株，二级古树名木16374株。高云青非常看重这个成果。用他的话说，这件事，利在当代，功在千秋。不仅填补了泰山历史文化研究的一个空白，而且对泰山的发展保护，包括申遗，都具有重要价值。

把眼下要办的事交代好，高云青登上南下福建的列车。他从一份材料上看到，福建东山县八十年代兴起一个独特的民俗——先祭谷公，后祭祖宗。谷公，就是东山县原县委书记谷文昌。东山是一个海岛，长期饱受风沙之苦。为了植树造林、治服风沙，谷文昌几乎把命豁上。他不服输，树苗种了死，死了种，最后终于种植木麻黄成功。不仅改变了东山的面貌，而且在整个福建沿海，全部种植木麻黄林带。他想，把一个去世的县委书记放在祖先之前祭奠，这是一种什么样的情感？政声人去后，街谈巷议中。谷文昌令多少从政者汗颜啊！他这次南下，就是想通过实地考察，把东山造林经验和谷文昌精神带回泰山。

往山顶运液压缸，陈扁担之所以答应得爽快，是因为有运驱动轮的经验。可到现场一看，才知道没有那么简单。液压缸比驱动轮长出六米，重出一吨。这个倒也好说，可以把大架绑大、抬的人增多。但最难办的是，要经过"三瞪眼"。

泰山有一百五十座山峰。在杏山山顶，有三块巨石依次排列，每天朝日初曦、夕阳渐落的时候，从远处看，三块巨石仿佛三个巨人，身体前倾，顶戴头巾，高鼻大眼，背着口袋，当地人称之为"三瞪眼"。据说，"三瞪眼"和一个法号本空的和尚有关。当年，和尚们在普照寺生活，除了接受香火，他们还在山下种了几十亩地，每年收成颇丰。有年秋天，小和尚向本空师父报告，说山上红薯被人偷了。本空和尚双目半闭半睁，说知道了，善有善报，恶有恶报，不是不报，时候未到。小和尚听后悄悄退下。第二天，小和尚又来报告，玉米又被人偷了。本空和尚不紧不慢，做了同样的回答。其实，本空和尚心中有数，暗自揣摩，一次偷窃也许因为乡民贫寒所迫，二次偷窃定为贼人所为。佛家慈悲为怀，得饶人处且饶人。第三天，小和尚按照本空和尚吩咐，躲在暗处秘密观察，果然看见夜里三个人偷偷进山。小和尚禀报后，只见本空和尚素衣宽带，身无旁物，只身来到山上。听到有人，三个贼人拔腿想跑。本空和尚说，且慢，善哉！鬼魅星夜入深山，一来二往若等闲，身强力壮何所用，蚍蜉撼树不思量。谁知这三个贼人不但不认错，反而口出狂言，胡搅蛮缠。本空说，本想留你们一条生路，没想到你们不思悔改，还以怨报德。说完，右手轻抬，伸出两指。第二天，三个贼人变成了三块石头，个个双目怒瞪。从此以后，再无人到山上行窃。这三块石头成了教人弃恶从善的标本。

　　这当然是个传说。但那三块巨石却真实地盘踞在那里。陈扁担想，抬大架运液压缸，"三瞪眼"是个坎，难就难在三块依次排列的巨石挨得太近，只给路人留下了又窄又弯的空间。而运液压缸的大架又长又宽，既不能直行，又无法拐弯。平着走，肯定要被巨石卡住；举到空中，几乎不现实。他琢磨来琢磨去，想到借助绞盘吊装提升的办法，把液压缸从空中"渡"过去。安装绞盘需要在石头上打桩固定。于是，他找来几名石匠，到现场勘察，选定打桩的位置。

　　陈扁担把方方面面的情况考虑得很细，就像开车的司机，驾龄越长，越格外小心谨慎，唯恐稍有疏忽，导致后悔莫及的后果。

　　但事情往往就是这样，越怕出事越出事。

　　三名石匠来到"三瞪眼"，爬到一块巨石上开始打眼。他们用力抡起大锤打钎，钎下火星飞溅。突然，巨石上出现了一道深深的裂缝，裂缝越来越大。

　　陈扁担见状，大喊一声："不好，赶紧闪开！"

　　众人纷纷向安全地带撤离。刹那间，巨石断裂，几块牛犊般大的石块从山坡上滚下，不偏不倚，恰好砸向半山坡的三棵红松。那三棵红松虽然算不上古树，也算不上名木，但起码有三十年树龄，胸径足有汤碗粗细。破碎的石块异常锋利，红松被拦腰劈断，咔嚓咔嚓倒在地上。

陈扁担暗自庆幸没有伤到人，但砸断三棵红松，他还是有点担心。

正在这时，从山下走来两名年轻的警察小兰和小崔。他俩围着倒地的红松左瞧右看。小崔问："你们谁是领导？"

大伙面面相觑。陈扁担说："我们这里没有领导，都是干活的。"

"干活也有个头吧？就是你吧？"小兰指着陈扁担问道。

陈扁担说："就算是吧。"

小崔说："根据有关法规和景区管理条例，盗伐树木和无故损害树木，是要追究相关责任的。跟我们走吧。"

陈扁担连忙解释："警察同志，我们往山上抬设备，为了安装绞盘，在石头上打眼，没想到石头断裂，才伤到了树，这纯粹是个意外。"

杜长腿说："是啊，我们又不是故意的，凭什么跟你们走？"

皮笊篱也上前帮腔："大架还在半道上呢，你们把人带走，我们怎么办？"

竹筒子更是不服："对，你们不能随便把人带走。"

小崔黑下脸来："我们现在是在执行公务。具体什么原因，我们会通过调查得出结论。我们只是请你去做一个询问笔录，希望你配合调查。"

站在一旁的挑山工呼啦一下子围上来："你们警察怎么能随便抓人？"

小兰用手一指："你们要干什么？我说过了，我们不是要抓人，是正常执行公务，了解一些具体情况，如果你们再闹，妨碍执法，那性质可就变了。"

陈扁担示意大家冷静："你们歇着，我跟他们去一趟，放心，没事。"

到了派出所，小兰示意陈扁担在他们对面坐下。陈扁担看看桌子上的电话，想给高云青打个电话。小兰告诉他，高场长不在家，到外地出差了。陈扁担又提出打电话给索道公司的马中原。警察小崔有点不耐烦，说："你别费心想三想四了，这个时候你找谁都不好使，还是老老实实配合我们的调查吧。"

陈扁担心想，真是以小人之心度君子之腹，大概他们认为我是在托关系，找高场长和马经理说情。他说："你们想什么呢？我没你们想的那么多弯弯绕，我找马经理是想告诉他，运送液压缸出了状况，很难按时送到了，他们还在眼巴巴地等着呢。"

小兰说："你现在再急也没用，我们开始做笔录吧。你叫什么名字？"

"陈扁担，噢，陈望山。"

小兰又问："到底是陈望山还是陈扁担？"

"本名陈望山，外号陈扁担。"

小崔问："那么粗的树，就那么拦腰砸断了，到底是怎么回事？"

"我不是都说过了吗，索道公司找我们把液压缸抬上山去。可那个东西太大了。'三瞪眼'那个地方弯陡路窄，抬着大架根本过不去。我们就想了个法子，在石头上安个绞盘，借力把那东西弄过去。安绞盘就得打眼固定。没想到那块石头那么脆，加上石匠打眼用力过猛，把石头打裂了。石头一裂，石块就滚下来，把树砸了。就这么回事，还有什么好说的？"

小崔又问："你知道吗？泰山长棵树多不容易？为了保护这些树木，景区把每棵树都登记造册，严禁任何人以任何理由和方式对这些树木进行伤害和破坏。你们随随便便一次就砸倒了三棵红松，你知道后果有多严重吗？"

"我都说了多少遍了，我们不是故意的，怎么能说随随便便呢？那些树苗是我们一棵一棵挑上去的，坑是我们一个一个挖的，树是我们一棵一棵栽的，要说感情，我的感情比你深多了，我怎么能随随便便把它毁了？"

小崔一拍桌子："不管你说了多少遍，也不管你有多深的感情，三棵树被拦腰砸断了，这个事实你不能否认吧？"

"这个，我一直没否认，也认账，可你怎么就不依不饶了呢？"

小兰有点上火："你这是什么态度？毁了树你还有理了？"

"你说我什么态度？你说的就是理？"

小兰说："你说话要注意你的身份！"

陈扁担霍地站起来："我什么身份？我是公民身份，难道你要剥夺我的公民身份不成？杀人不过头点地，砸倒几棵树你能怎么的？再说，我们没有毁树的主观故意。伤了人，还分故意伤害和过失伤害呢，我们至多算过失伤树吧？"

小兰差点被陈扁担的话逗乐："嘿，你不但知道这么多法律术语，而且还能创造新的法律名词。过失伤树？我第一次听说，可真长见识了。"

陈扁担把两手一摊："树砸断了，事情已经这样了，我们认打认罚。你们说罚款多少就罚多少。罚我们重栽也行，我们自己掏钱买大苗，砸三棵，栽六棵，栽十棵也行，保证成活，不成活不算数，这样行了吧？"

小崔哼了一声："你说得倒轻巧，哪有那么简单？不管是故意还是过失，今天这个毁一棵，明天那个毁一棵，那泰山的树不就毁光了吗？"

陈扁担感到莫名其妙："哎呀，我的警察同志，你这么说就有点上纲上线，太不讲道理了吧？按你的逻辑，故意伤害、过失伤害的事几乎每天都在发生，那地球上的人不都死光了吗？"

小兰情绪有些激动："你说我们不讲道理？你知道你在跟谁说话吗？你照

照镜子看看，你还是个老实守法的公民吗？"

小崔用胳膊碰了一下小兰，并给他使了一个眼色，示意他注意分寸。

陈扁担也火了："你说什么？你说我不是老实守法的公民？是，我有错在先，毁了树，我认账认错、认打认罚，要杀要剐你们看着办。但是有一点，你不能侮辱我的人格，不能糟蹋我的名誉！"

正在这时，邱所长从外边回来，听到办公室吵吵嚷嚷，便从窗户向里张望。一看是陈扁担，不禁把眉头一皱。邱所长是所里的老人，不仅对陈扁担熟悉，对许多挑山工都熟悉。他让内勤王海把小崔叫出来。

小崔推开邱所长办公室的门："所长，您找我？"

邱所长说："对，你们在干什么？"

"一群挑山工往山上抬什么东西的时候，在'三瞪眼'那里，把三棵红松拦腰砸断了，我和小兰把他们的头儿叫过来，询问一下情况，做个笔录。可那个挑山工态度很不冷静，极不配合，说他一句，他有十句等着。"小崔答道。

邱所长说："我刚才听到了，他们在石头上打眼安装绞盘，石头断裂，把树砸断了。不管什么原因，不管有意还是无意，他们把树砸了，这肯定不对，调查清楚原因，该怎么处理怎么处理，该谁承担责任谁承担责任。但了解情况做询问笔录，要态度温和一点，有话好好说，用不着吹胡子瞪眼，好像不是你死就是我活似的。"

小崔解释道："邱所长，你可不知道，开始我们态度很好，说话很温和，可他不听啊，有时候还夹枪带棒故意拱火，你说我们哪能一直笑脸迎着？"

邱所长把眼一瞪："我站在门外听半天了，你知道他是谁吗？"

"知道啊，他叫陈望山，外号陈扁担，石屋子村的挑山工。"小崔答道。

邱所长说："这是你们刚才询问得到的信息，他还有你们不知道的另一面。他父亲牺牲在抗美援朝战场，是烈士，国家的功臣。他可是烈士的后代啊！"

小崔说："这，这个我还真是第一次听说。"

邱所长继续说道："还有，你们只知道这次他不小心无意中毁了几棵树，可你知道他种了多少树、保护了多少树？别的不说，几年前，有个晚上，几个不法分子趁夜黑风高，偷偷上山伐树，恰好被他撞上了。他上去制止。那伙人见只有他一个人，对他恐吓威胁，接着动起手来。他临危不惧，拿起扁担冲他们一顿乱抡，把他们抡得屁滚尿流，最后抱头鼠窜。他也没少吃亏，被贼乱棒打得遍体鳞伤，一瘸一拐、连滚带爬，好歹回到家。事后，我们公安局专门制作一面锦旗，送到他家里。你想想，对这样一位同志，你们挖苦他没有个守法公民的样子，他听了是什么滋味？"

小崔一边挠头一边喃喃："看这个事办的。邱所长，那我们让他回去？"

邱所长说："就这样一句话打发人家回去？请神容易送神难。"

小崔一下子乱了方寸："那怎么办？"

邱所长把手一挥："去，把他请到我办公室来！"

小崔和小兰把陈扁担送过来，邱所长握着他的手："老陈，好长时间没见了！"

陈扁担心有怨气："你们这种地方，最好少来，你们这些人，最好少见。"

邱所长知道陈扁担心里窝火，就示意小崔和小兰出去，接着给陈扁担倒了一杯水："怎么，还真生气了？"

"我能不生气吗？把我当什么人了，盗窃犯？杀人犯？杀人不过头点地嘛。"

"消消气，年轻人嘛，做事冒失，再说，他们也是在执行公务。"

"这是个意外，我认打认罚，可上纲上线乱扣帽子，我可真受不了。"

邱所长说："这个事先不说了，还有一两百个兄弟在那等着呢，走，咱先去现场看看，看看用什么办法能把那个液压缸抬上去。"

费了九牛二虎之力，液压缸终于送上了山顶。下山后天已经很晚，陈扁担和杜长腿、皮笊篱、竹筒子径直来到泰山人家。陈扁担对范海灵说："抓紧给我们弄点吃的。"范海灵说："好，马上准备。怎么，听说进局子了？"陈扁担说："好事不出门，坏事传千里。"皮笊篱把扁担往墙角一放，说："这个事也确实有点寸，打个孔能把石头打裂了，裂开的石头往下滚，恰巧滚到树上，就这么一步赶一步，全赶上了。"

陈扁担回家后，陈家梁告诉他，放学回来的时候，看见两个人老在家门口转转悠悠，不知道想干什么。陈家栋说他也看见过，还不止一回，看那样子，不像好人。

小欢凑过来说："我也看见过，他们是坏人。"

王玉芹戳了一下小欢的头："你个小丫头片子，瞎说什么。"

"我没有瞎说，我是和哥哥一起看见的。"小欢急忙分辩道。

陈奶奶道："指不定人家在等人，不关咱家的事。别乱说。"

"他们鬼鬼祟祟，探头探脑，不停地朝咱家里张望呢。他们根本就不是在等人，就是冲着咱家。"陈家梁急忙解释。

王玉芹说："不怕贼偷，就怕贼惦记。不会是小偷盯上咱了吧？"

陈家梁一听："对，听说小偷在行窃前，都是先踩点。"

陈扁担不以为然："你是看抓小偷的小人书看多了。咱家不是富豪大户，也没有家产万贯，有什么可惦记的？瞅上咱的小偷至多是偷鸡摸狗的小偷。"

陈奶奶面带疑惑："要不，你是在外边得罪什么人了？"

"我天天上山干活，得罪什么人？"

王玉芹说："小心驶得万年船，还是要留点心。"

陈扁担说："别自己吓唬自己。"

陈扁担嘴上说不信，心里却犯嘀咕。第二天，他从山上下来，天已经黑了。他没有直接回家，在家门口斜对面，找一个旮旯蹲下，观察周围的动静。一会儿，果然有两个人出现在他家门口附近，还不时地向他家张望。因为天黑，看不清面目，只能看见大体的轮廓，听见他们说话的声音。一个说，咱都来好几次了，怎么就碰不着他？另一个说，沉住气，你没听说警察破案有时要蹲守吗？咱这也是在蹲守，蹲守关键是要有耐心。

这时，陈扁担突然站出来，把扁担往地上一戳："二位干什么呢？"

陈扁担的出现把那两人吓了一跳，连忙说："没事，我们在等个人。"

陈扁担说："等人？等什么人？我可盯着你们不是一天两天了，这几天，你老是在我门口瞎转悠，等谁？是等我吗？"

其中一个胖子近前一看："哎哟，是你呀，没错，我们等的就是你。"

陈扁担问道："我们认识吗？"

胖子说："你不认识我们，可我们认识你。我是二踢脚，他叫钻天猴。"

陈扁担忍俊不禁："噢，全是带响的，两个炮仗啊？"

那个叫钻天猴的马上说："这是我们的雅号，江湖上都这么叫。"

陈扁担把脸一沉："你们怎么认识我？"

二踢脚用手一指："就凭它，你手中的这条扁担。"

钻天猴说："你忘了吗，那年在山上？"

他这一说，陈扁担突然想起几年前的一件事。

那天，他挑完最后一趟活，天很晚了。下山的时候，夜深人静，月黑风高，盘道上早就不见人影。正走着，他突然听到刺啦刺啦的声音，顺着声音一望，见几个人正在伐树。他意识到，这肯定是偷伐的。刚要上前制止，转而一想，算了，好狗不敌一群狼，独自一人，形单影只，别惹麻烦了。走了几步，他又转回来，不行，不能姑息。他走上前去，大喝一声，住手！那几个盗树者一惊，以为警察来了。待他们定下神来一看，眼前只有陈扁担一人，胆子大了起来。一个胖墩墩的小个子说："我还以为来了警察呢，你是从哪块地里冒出来的葱？"

陈扁担怒斥道："你们胆也太肥了，明目张胆盗伐树木，你们这是犯法！"

一个瘦猴样的高个儿公然挑衅道："关你什么屁事？识相的，走你的路，不要管闲事。否则——"

陈扁担毫不示弱："否则怎么样？"

"否则就自讨苦吃，有你的好看！"瘦猴尖声叫道。

陈扁担说："我还不信了，你们偷盗行窃，还这么理直气壮，这个闲事我非管不可。我不能眼睁睁地看着你们这样无法无天。"

胖墩往前凑凑："我再说一遍，你走你的路，我干我的活，你当什么都没看见，我当什么都没听见。将来碰着的时候，说不定我们会成朋友呢。"

"当朋友可以，你得遵纪守法。"陈扁担说。

瘦猴一副无赖的样子："我说兄弟，你怎么就一根筋呢？看样子，你也不是吃官饭的，和我们一样，平头百姓一个，穷人何苦难为穷人？兄弟家盖房子，别的都操持齐了，就缺点木料，顺便到山上找点。你看，山这么高，林这么大，多个十棵八棵看不出多，少个十棵八棵看不出少。你睁只眼闭只眼，井水不犯河水，侧侧身，大家都过得去。怎么样？"

陈扁担说："你过得去，我过不去。"

"你到底走不走？"胖墩威胁道。

陈扁担说："我不会走，只要我站这儿，你们休想动一棵树。"

瘦猴也露出凶相："我看这小子敬酒不吃吃罚酒，兄弟们，给他点颜色瞧瞧。"

说完，四个人把陈扁担团团围在中间，一个虎背熊腰的大汉上去一拳，把陈扁担打了一个趔趄。这下，陈扁担被激怒了，他抢起扁担，如同剑客舞剑，嗖嗖带风，那几个小子根本无法近身，不一会儿便抱头鼠窜。陈扁担也脸上挂彩，腿受重伤，一瘸一拐地向上下走去。

陈扁担看着眼前的二踢脚和钻天猴，冷笑一声："噢，那天黑灯瞎火的，我没看清，原来偷树的人中有你们两块货。怎么，今天找我算账来了？好啊，我正愁着找不着你们，你们倒送上门来了。这个账是得好好算算，你们看，是在这里算还是到派出所算？"

二踢脚连忙赔笑："兄弟，你误会了。当年上山砍树，我们理亏，知道错了，哪敢找你算账？也怪当时我们眼拙，有眼不识泰山。今天，我们是慕名而来，有事相求，也算为几年前的不恭向您赔个不是，跟您交个朋友。"

陈扁担说："我可受用不起。什么名不名，我就是挑山的，不名一文。"

钻天猴觍着脸恭维道："您谦虚了，在泰山，南十里，北十里，再加上东西十里，谁不知道陈扁担？您就是江湖上的一个传说，不用说别的，索道上的驱动轮、液压缸，直升机都没有办法，不就您一发力，把那东西弄上去了？"

陈扁担说："你这个帽有点大，我戴不住。有什么事就说，别绕弯子。"

二踢脚说："这里黑灯瞎火的，走，咱到那边那个饭馆边吃边聊。"

陈扁担有点犹豫，钻天猴挎起他的胳膊："走吧。"

他们来到泰山人家。范海灵看了看二踢脚和钻天猴，问陈扁担："这二位看着有点面生，是你的朋友？"

陈扁担犹豫了一下说："算是吧。"

范海灵很快把菜端上桌。

陈扁担对范海灵说："你去忙吧，我们聊点事。"

二踢脚说："老哥，不瞒你说，我今天是给你送钱来了。"

陈扁担抬头看了看二踢脚："送钱？什么钱？"

二踢脚说："我们在山上看好一块石头，想请你帮我们弄下来。"

陈扁担说："干我们这行，只挑货物上山，不挑石头下山。"

二踢脚说："石头跟石头不一样。这块石头是宝贝。"

钻天猴摇头晃脑地说："现在，泰山石可火了。一些富豪老板，都不惜重金购买泰山石镇宅。一些公司也想方设法搞一块泰山石，摆在院门前避邪。这样一来，泰山的石头的身价抬起来了。行情一天天看涨，一般的石头，十万、几十万，好的大的，少则几百万，多则上千万。这可是无本万利的生意。我们看好的那块，大小适中，花纹清晰，颜色黑中带绿，品相也不错，从正面看上去，很像一幅泰山日出图。这样的石头，可遇不可求。运到山下，人们肯定争着要。你只要帮我们弄到山下来，剩下的事就不用你管了。"

"你挑山才挣几个钱？这一趟至少这个数。"二踢脚伸出一个指头。

陈扁担问："一百？"

二踢脚摇摇头："一百还叫钱？你往大里想。"

陈扁担又问："一千？"

钻天猴点点头。

陈扁担笑笑："那我不一下子发财了？"

二踢脚说："是啊，所以说，今天我是给兄弟你送钱来了。"

钻天猴在一边添油加醋："咱的买卖刚刚开始，后边活多着呢。只要我们好好合作，到时候，大把大把的票子稀里哗啦地往我们的兜里滚，你想挡都挡不住。那时候你还挑什么山，你就一头挑着金山，一头挑着银山吧。"

陈扁担突然把脸一变："我听明白了，你们这是要卖泰山，卖我们的老祖宗。"

二踢脚摆摆手："不能那么说，靠山吃山嘛。再说，老祖宗把我们放在这里，又把泰山留给我们，不就是要我们吃的吗？"

钻天猴问："怎么样，想好了，明天咱们就上山。"

陈扁担说："算了吧，这个钱我挣不了。"

二踢脚说："如果嫌少，咱们再商量。"

"没啥商量。卖老祖宗的事，坚决不能干。"陈扁担边说边走出饭馆。

二踢脚和钻天猴一脸尴尬。

钻天猴说："什么人哪这是，跟钱有仇似的。"

二踢脚呸了一口："不是傻子，也少个心眼。"

第十三章

树发芽了，树落叶了，又发芽，又落叶……

转眼十年过去了。

陈扁担眼角的皱纹深了许多，孩子们却比他高出了一截。陈家栋高中毕业报名参军，并获准入伍。与他一起投身军营的还有皮进军。杜长腿大女儿杜宏和范海灵大女儿林秋月通过考试，被泰山林场录用为正式员工。

火车站里，一批新兵正在与送行的亲人告别。想到要远离家乡和父母，仿佛一夜之间长大的孩子们，眼睛里流淌着浓浓的不舍。有的眼里噙着泪水，久久伏在父亲的肩上；有的紧紧抓着母亲的手，似乎要把所有母爱装进行囊。送行的家长们，不时用衣袖擦拭着眼角。

站在新兵队列里的陈家栋和皮进军，却满面春风，有说有笑，全然没有别人脸上那种惆怅和留恋。他们打小就是放养的孩子，从来不知道娇生惯养是什么滋味。父母为生计操劳的忧虑和倦态，大声的呵斥和粗糙的巴掌，还有上顿下顿不断重复的煎饼，看不见油星的煮菜，这些几乎构成了他们孩提时代的全部记忆。将要飞进森林的小鸟，怎么会留恋旧巢呢？

看着儿子那个劲儿，皮笊篱不禁心中失落，这小子，白养了这么大，还没中什么用，连根草都没帮着拿过，就这么飞了。飞就飞吧，别人心里还有爹娘，哭鼻子抹泪的。可他倒好，没事似的，真是没心没肺。

陈扁担看出了他的心思，说孩子大了，顺着正道走就很好了，当父母的不能有太多的指望。当兵是好事，部队培养人，锻炼人，再弯的树，也能捋直了。他的话，既是劝皮笊篱，也是说给自己听。

这天，市长姜松涛从草甸村出来，上车后，问秘书这个村的支部书记怎么样。秘书说："还可以吧，看上去，很干练。工作热情很高，村里情况很熟，对您提的问题对答如流，对市里部署的重点工作也说得头头是道。"姜松涛皱皱眉头，说："我最不放心，也是最怕的就是这种对答如流和头头是道。因为它有很大的蒙蔽性和欺骗性。现在有的基层干部硬功夫、实功夫没有练出来，却练就了一身假把式、花功夫。只要上级来检查或督查，他们就提前排练。什么东西都搞得严丝合缝，不露痕迹。如果跟着他们设计好的路线走，非上当不可。到头来，他们还会嘲笑说，上级机关的人很好骗，很好糊弄。"

姜松涛刚由外市的副书记提拔交流到泰安任市长。此前曾经任过乡镇书记、县委书记，是逐个台阶一步不落走上来的，素以雷霆手段、菩萨心肠著称。这几天，他见缝插针，一有空就往乡村跑。

秘书问："您的意思，他说的是假话？"

"我现在还不能下这个结论，但总觉得有点华而不实。你记着，过段时间，我还要再到这个村去看看，到时候，你不要提前给他们打招呼，也不要给县里乡里打招呼，防止他们又是化妆又是包装，又是彩排又是演练，到时候又被他们糊弄了。我就是想看看真实的情况。"姜松涛答道。

秘书点点头，说："好，我记着了。"接着抬起手腕看了看表，问姜松涛，"市长，快到饭点了，午饭咱们回机关吃还是——"

"在中途随便找地方吃点，可以省点时间，下午再看几个村。"

"那就到城区找个像样的宾馆吧，小店不卫生，别吃出毛病。"秘书说。

姜松涛说："哪那么多事，老百姓能吃，咱怎么就不能吃？"

司机对饭馆情况熟："听说几个女挑山工开了个饭馆，干净卫生，饭菜味道也不错，物美价廉，货真价实，要不咱去试试？"

姜松涛一听很感兴趣："好啊，就去那里。"

不一会儿，他们来到泰山人家，找空位子坐下。大剪子递上菜单："各位吃点啥？"姜松涛说："不用看了，就来几个家常菜就行，饭菜一起上。"

服务员很快端上炒鸡、炖鱼、炸薄荷、木须肉四个热菜。外加炸花生米和拍黄瓜两个凉菜，主食是菠菜饼。饭菜很简单，但他们吃得津津有味。

范海灵走过来："老板，我们这是小门小户的小馆，难得你们不嫌弃。饭菜怎么样，还可口吧？"

姜松涛说："不错，很好。"

范海灵说："满意就好，需要什么，您随时吩咐，您慢慢吃。"

这时，大剪子站在不远处，举起相机，咔嚓一声按下了快门。

范海灵刚离开，秘书扑哧笑了。姜松涛看了他一眼："你笑什么？"秘书说："刚才老板问你，你说不错，很好。我突然想起前几天听到的一个段子。"

有个县委书记，从异地交流过来时间不长，天天不是下乡就是进村，搞调研，摸情况。基层的同志对他的习惯还不太了解，害怕怠慢了顶头上司，就到处打听。有些乡镇听说县委书记要在他们那儿就餐，就问随行的秘书，领导喜欢什么口味，好提前做点准备。秘书说，领导不太讲究，要求不高，随便吃点就行，不用刻意准备。尤其不要搞大鱼大肉，青菜粗粮比较对他的胃口，家常便饭、清淡可口就行。结果，到了每个乡镇，都是清一色的青菜粗粮，不是一盆白菜，就是一盆萝卜，上一顿白菜萝卜，下一顿萝卜白菜，连点肉丁鱼腥都没有。连续十几天，县委书记和秘书、司机的脸都成菜色了。秘书、司机熬不住了，悄悄告诉乡镇的同志，你们这里养不养猪？没有鱼虾海鲜，来点肉丝排骨也行啊。

这天，他们又到了一个镇，镇党委书记出差了，只有镇长在家。镇长如履薄冰、诚惶诚恐，好不容易单独陪县委书记吃饭，特别是新到任的书记，希望能给领导留个好的印象，就怕出什么差错。结果，闹了一个啼笑皆非。

那天晚饭是在镇里的食堂吃的，饭桌上一盆粉条大白菜，一盆水煮白豆腐。司机刚吃了一口，眉头接着就皱起来，菜含在嘴里，想咽，咽不下去，想吐，又吐不出来，不好意思，尴尬地僵在那里。秘书吃了一口，也"啊"了一声。县委书记夹起一块豆腐放进嘴里，立刻露出难言的表情。司机和秘书想笑又不敢笑。镇长对这些毫无察觉，还不无炫耀地说，我们食堂虽然条件简陋，但炊事员厨艺很好，在周边一带小有名气。他试探着问书记，味道怎么样，还可以吧？县委书记心想：如果实话实说，未免有点难堪，怕镇长脸上挂不住，就顺嘴敷衍了一句，不错，不错。一听书记说不错，镇长脸上立马放光，又问色好还是味好？好告诉炊事员，鼓励鼓励他。县委书记没想到这位镇长拿个棒槌当了针，打破砂锅问到底。便犹豫片刻，说盐好。

这句盐好不要紧，镇长起身就到厨房去了。司机抱怨说："您天天要求实事求是，自己就不实事求是。"县委书记笑笑，说："我怎么不实事求是？"司机说："明明齁咸齁咸的齁死人，您还说味道不错，夸他们盐好。"县委书记解释："我说盐好没错呀，盐不好，能这么咸？"司机说："什么盐好？就是盐放多了。"县委书记说："盐的质量和用的数量，这是两码事。咸了淡了是质量问题，放多放少是厨艺问题。我只说盐好又没说他厨艺好。"司机笑着点点头："盐好，也对，盐好。"

镇长去了厨房，激动地朝炊事员竖着大拇指，说："李师傅，你今天立了大功，县委书记表扬咱了。"炊事员不解，镇长说："表扬咱的盐好。"炊事员有点蒙："盐好？"镇长肯定地说："对盐好。中午炒菜用的盐还有吧？"炊事员说："有，但可能不多了。"他拉开厨具瞅了瞅，说："就这两袋了，还有一袋已经打开，也就剩了半袋。"镇长说："半袋也行，都装好，放在车上，让书记带回去。"炊事员说："都拿走，晚上做饭怎么办？"镇长不悦："不会去买？真是死心眼儿。"

晚上送书记回家，司机把两袋半咸盐拿出来，书记一看哭笑不得。

姜松涛听了这个段子，笑道："看来，很好这两个字不能轻易说啊。"

高云青大半辈子心血都花在了树上。他知道，自古以来，森林树木一直在默默地改善和美化人类的生存生活环境，它不仅为人类提供了木材和其他林副产品，而且在保持水土、涵养水源、调节气候和护佑人们健康方面发挥了不可替代的作用。在他看来，树是万物之灵，也是地球的肺，须臾不可缺失。现在，随着科技和工业的发展，地球上的二氧化碳正在急剧增加，海平面正在上升，乱砍滥伐让地球上的很多生物毁灭以至消亡。他时常为之揪心。对肆意践踏树木毁坏森林的行为，他深恶痛绝。在他任省林业厅厅长的时候，有次到烽火山检查工作，看到山上林木被乱砍滥伐，糟蹋得不成样子，他顿时气不打一处来，把场长劈头盖脸骂了个狗血喷头。场长觉得委屈，抱怨当地村民全是刁民，防不胜防，根本管不住。他一听，更是火冒三丈，说，你们是尿不出来怨茅坑。知道男人什么最不能忍吗？杀父之仇，夺妻之恨！你把老树当成你亲爹，把小树当成你老婆，你爹被砍了，老婆被抢了，我就不信你没有脾气。有这样的血性，你看管得住管不住？眼见这些年泰山的树一年比一年多，大片大片的林子长起来了，他感到无比欣慰，有事无事，他都喜欢到那些林子里转转。高兴的时候，到树林里和树说说话，心里特别敞亮；累了的时候，到树林里走走，张大嘴巴深呼吸，放松放松，浑身轻快许多；心烦的时候，也到树林里，大吼几声，宣泄一下，接着也就痛快多了。

这天，高云青把陈扁担叫到家里："今天我找你来，想和你商量一下。前几天，我们场党委研究，要进一步加大林木保护力度，其中有一条，就是想聘请你们挑山工做兼职护林员。"

陈扁担笑笑："我们就是挑山的，能派上啥用场？"

高云青说："用场大了。防火防盗防虫害，这些你们都能干。我们林场有专职队伍，消防队、护林队、林木病虫防治队，一样不少。但是这还远远不够。泰山林区战线长、面积大，要真正做好泰山林木保护，还得依靠群众的力量。你们这些挑山工，天天在泰山上往返，你想想，有谁比你们在山上的时间长？如果你们一边挑山，一边担负护林员的责任，那泰山又多了几百只眼睛，为泰山的防火防盗防病虫又多上了一道保险。你说是不是这么个理儿？"

陈扁担点点头："这倒是，我们天天上山下山，对泰山的感情和别人不一样，对山上的一草一木的感情也不一样，少一棵树、伤一棵树，比谁都心痛。"

高云青说："对了，我看好的就是你们这一点。怎么样，这就算你答应了。你和你们那些兄弟们通通气，改天就签个协议。"

回家以后，陈扁担把高场长的意思说了，玉芹很高兴，说这下把你们这些挑山工的地位提升了。接着，又郑重其事地告诉他，别看我们的小饭馆不起眼，前天中午接待了一个大官，是市长。陈扁担疑惑地看着玉芹："市长到你那儿去干什么？""吃饭呀！"玉芹答道。

"不会吧？那么大的官，那么多大饭店大宾馆不去，能到你们那个小店去吃饭？是不是认错人了？"陈扁担有点不太相信。

王玉芹说："是啊，当时我们也不知道他是市长，他脸上又没有市长的记号。只把他当成一般的顾客，可今天我才听说他是市长，是正的，不是副的。"

陈扁担想了想："也有可能，不过，这有什么值得大惊小怪？"

"我也就是和你随口一说，也没拿着当什么大事儿。"

过了一会儿，陈扁担好像突然想起了什么："哎，这个事也许没有那么简单，说不定你们这个小饭馆机会来了。"

王玉芹不解："什么机会？"

"你没看见电视上，凡是大领导到过的地方，那个地方的人气都很旺。开饭店靠什么？靠人气啊！"

"你什么意思？我怎么没听明白？"

"那天市长在你们饭馆吃饭的时候留没留下照片？"陈扁担问道。

"照片倒是留下了，大剪子在他们吃饭的时候拍了一张。"

"那就好办了！"陈扁担接着把腿一拍，如此这般地向玉芹叮嘱一番。

第二天，王玉芹把陈扁担的想法告诉了范海灵几个姐妹。半铺炕说："这个法能行？""我也拿不准，他是这样对我说的。"王玉芹答道。大剪子说："行不行的试试呗，反正又不用卖房子卖地。"

范海灵这才想起照片的事，对大剪子说："你拿出照片来我看看。"

"胶卷还在相机里，还没洗呢。"

"那你抓紧去照相馆洗出来。"范海灵说完，自言自语道，"好你个陈扁担。别看平时粗粗拉拉的，关键时候脑子转得比谁都快。"

泰山人家对面也有家小饭馆，叫吉祥餐馆。这家餐馆开了有些年头了，效益一直不错，天天顾客盈门。相比之下，一路之隔的泰山人家则略显惨淡，不温不火。吉祥餐馆的老板叫肖福原，五十挂零，身材粗而短，圆盘大脸，留个大背头，脸上泛着油光。肖老板有个特点，就是自带喜相，感觉他对谁都笑嘻嘻的，这个笑，掩藏了许多东西，赢得不少人的好感。其实，本地人大多了解他的底细。他家住在城边上，打小读书不灵，但脑子不笨，上了三年小学，就辍学混社会。先是在饭馆洗碗刷盘子，在澡堂子给人搓背，稍大点儿跟着别人贩山货、做买卖、搞建筑，后来开游戏厅、棋牌室。赚了几个钱后，自己开起了饭馆。不熟悉他的人很容易被他的笑所迷惑，只有本地熟悉的人才能读懂他的笑背后的内容，私下称他笑面虎。

吉祥餐馆服务员训练有素，一到饭点，几个姿色不错的姑娘就准时出现在门口，身披绶带，满脸堆笑，嗲声嗲气地招揽顾客："吉祥餐馆，餐馆吉祥，炒鸡炖鸡干煸鸡，树上飞来飞去的鸡，谁吃谁好运，谁吃谁吉祥！""不吃不知道，吃了才知道，炸鱼煎鱼水煮鱼，羊汤鸭汤甲鱼汤，男人吃了健体，女人吃了美颜！"

范海灵和大剪子带着照片到广告公司，向设计师说明了来意。设计师表示，这个创意不错，只是觉得少点什么，要是市长竖起拇指，效果就更好了。可以修改一下，在照片旁边加上两行字，泰山人家的饭菜，市长吃了都说好。大剪子说这样太好了。范海灵想了想，说别太花哨，把照片挂上就可以了。

几天之后，泰山人家的门头上，赫然挂出市长就餐的巨幅照片，画面清晰，非常醒目，一下子吸引了许多顾客。一个说，坐在中间那位，那不是市长吗？另一个半信半疑，不会吧，市长不去大宾馆，会来这样的路边店？先前那位又说，没错，就是市长，和在电视上看的一模一样。市长都来吃，这家饭馆不会差。走，就它了。一传十，十传百，一拨拨客人陆续涌进泰山人家。

吉祥餐馆突然受到冷落，令笑面虎大为不快。尽管笑还常挂脸上，但笑得已经走形了。女领班很会讨巧，指指泰山人家，对老板说："自从他们用那幅照片打出广告，就好像风水转了向，本来咱这里天天爆满，现在好，风水全转到他们那儿去了。你看，咱这儿稀稀拉拉，他们那儿可热闹了。"保安是个愣头青："这样下去不行，得想个法儿，我去给他们使点眼药？"

笑面虎皱了皱眉头，没有说什么。

王玉芹回到家，对陈扁担说："你出的那个招还真灵，把那幅照片制作成广告牌挂出去以后，我们的饭馆一下子火了。"

陈扁担有些得意："知道我的厉害了吧。"

王玉芹娇嗔地在他胳膊上拧了一把："说你胖你还喘起来了。"

"不过，你们不要光顾着高兴，树大招风，到你们店吃饭的人多了，到别的店吃饭的人就少了，他们肯定眼红，说不定什么时候摊上事。"

姜松涛在办公室看文件，秘书走进来，说："上次咱去吃饭的那个饭馆，拍下了咱吃饭的照片，放得很大，在门头上高高挂了起来。"姜松涛抬起头来，说："她们这是什么意思？"秘书说："还能什么意思？拿市长做广告呗。"姜松涛笑笑，说："她们倒是会做生意，不放弃一切可以利用的机会。光一张照片吗？有没有乱七八糟的东西？"秘书说："别的倒没有，也没有乱七八糟的文字说明。"姜松涛问："挂张照片管用吗？"秘书说："岂止是管用，听说她们那个小店现在火得不得了。您是一市之长，成了她们的广告代言人，想不火都难。"秘书又问这事怎么办。姜松涛想了想说："生意人嘛，由她们去吧。"秘书有点担心，说："会不会有人拿这个事作由头，捕风捉影，添油加醋，生出是非？"姜松涛说就是吃了顿便饭，能生出什么是非？身正不怕影子斜。几个女挑山工，开办个饭馆，自食其力，养家糊口，也不容易。我在想，现在国家出台政策，鼓励和支持民营经济发展。如果我这张脸能给她们带来效益，这未必不是一件好事，没什么大不了的，不用大惊小怪。"秘书说："就这么算了？"姜松涛摆摆手，秘书没敢再说，便退了出去。

陈扁担提醒得没错，没过多久，范海灵她们的饭馆果然摊上了事。拿市长的照片做广告，市长没找麻烦，一些刁蛮小人却找上门了。

一天晚上，正是客人就餐的时间，几个泼皮混混走进饭馆。半铺炕急忙迎上前去问，几位大哥吃点什么？那个领头的泼皮流里流气，说："你这里有什么好吃的？"半铺炕把菜单递给他。那泼皮拿起菜单草草一翻，接着扔在桌上，说："来两只龙虾，两斤以上的。"半铺炕一听，连忙解释："大哥，不好意思，这个没有，您来点别的？"那泼皮说："那就来两斤海参，一斤葱烧，一斤凉拌。"半铺炕为难地说："这个，也没有。"

那泼皮立刻把脸一变，说："要啥没啥，那你们开什么饭店？赤鳞鱼，这是泰山特产，这个不会没有吧？"半铺炕笑道："这个有，来多少？"泼皮说："来一条。"半铺炕这下犯了难，说："一条太少了吧？"那泼皮把桌子一敲："我说一条就一条，一鱼三吃，鱼头红烧，鱼尾椒盐，中段清蒸。"半铺炕用手比画着，说："就这么点的小鱼，怎么三吃啊？"那泼皮啪的一声，把一只茶杯摔在地上："老子说几吃就几吃，你啰唆什么？"

大剪子听到吵嚷，走了过来，说："几位大哥，一看你们就是有身份有地位的人，走南闯北，吃遍天下。小店是小本生意，菜是家常菜，酒是普通酒，你们点的都是高档菜品，我们见都没见过，别怠慢了您几位贵客，您看，是不是到别的店看看？"

那泼皮两眼盯着大剪子："你是什么意思？想赶我们走吗？"大剪子笑道："哪里，我们这不是怕怠慢了您嘛。"那泼皮原形毕露，说："老子哪里也不去，就这了。要么，把我们点的菜赶紧端上桌来，片刻不能耽误；要么，乖乖地关门，立马滚蛋，让你们的饭馆从这条街上消失，让我永远别再看见你们。两条道任你们选，怎么样？"大剪子早就看出了他们的企图，把脸一变，说："我听明白了，你们不是来吃饭的，是来找碴的。既然这样，我也告诉你们，找碴你们找错了地方，该滚蛋的是你们，老娘没闲工夫伺候你们！"另一泼皮又凑过来，说："我们就是来找碴的，怎么了？把老子惹急了，信不信我把你的店砸了？"大剪子大声说道："你敢，光天化日之下你还无法无天了！"那泼皮说："老子就是天！"说着就要掀桌子。

这时，范海灵过来，说："几位大哥，她们不会说话，多有冒犯。气大伤身，我是饭店经理，有话咱们好好说。看着几位大哥有点面生，是不是小店什么时候得罪过几位大哥？江湖有江湖的规矩，有什么得罪，说到明处，也好让我们知道轻重里表，就是赔不是也有个说道。你们说是不是？"那泼皮哼了一声，说："老子就是规矩，兄弟们，动手，把这个饭馆给我砸了！"

几个泼皮搬起椅子就要摔。突然，陈扁担往前一站，啪的一声，把扁担往地上一戳，大声喝道："我看你们谁敢！"

那泼皮冷笑一声："噢，你们这是扁担帮吧？不就是条破木头棍子吗，和吓唬狗的讨饭棍有什么两样？有什么可威风的？"

陈扁担说："你说得对，我手中的玩意儿，挑山的时候是扁担，打狗的时候就是打狗棍。你想尝尝它的滋味？"

竹筒子扬起扁担，重重地砸在桌面上："不怕死的，来呀！"

四个泼皮惊慌失措，你看我，我看你，刚才的嚣张气焰顿时消失殆尽。

那泼皮顿时疲软："大哥息怒，有话好说。我们也是拿人钱财、替人消灾。"

陈扁担说："看你们就不是好鸟。快说，拿了谁的钱财，又替谁消灾？"

几个泼皮无赖面面相觑，然后灰溜溜地溜走了。

原来，正在几个泼皮混混寻衅滋事的时候，陈扁担和杜长腿、皮笊篱、竹筒恰好也来到饭馆。陈扁担意识到，这是有人在找事。竹筒子要上前理论，被陈扁担挡住，说不要莽撞，先看看再说。见他们真要动粗，便站了出来。

范海灵说："幸亏你们来得及时，要不今天麻烦就大了。"

陈扁担说："别看他们瞎咋呼、张牙舞爪的，几个泼皮混混，张着一张老虎嘴，揣着一个老鼠胆儿，没什么大不了的。阴沟底下翻不了船。"

大剪子拍了拍竹筒子的肩头："行啊，关键时候不手软。路见不平一声吼，该出手时就出手！把扁担那么一抢，他们尿都吓出来了。"

竹筒子有点得意："横的怕愣的，愣的怕不要命的，几个小蟊贼算啥？"

皮笊篱把嘴一撇："见棵树就顺竿爬。"

"哎，你们怎么招惹着这帮小子？"陈扁担问道。

范海灵两手一摊："哪有啊？躲还来不及呢，哪还敢招惹他们？"

陈扁担说："他们好像是故意来找碴的。"

半铺炕说："他们一进门，我就看着不是什么好东西。"

大剪子说："开始我也纳闷，不过，我现在好像明白了个大概，他们几个是听人使唤的狗，背后有人在使坏。谁在使坏，我也猜个八九不离十。"

陈扁担说："泼皮就是泼皮，无赖就是无赖。他们不会就轻易这么算了，不知道什么时候还会使出你想不到的阴招，得注意提防着点。"

范海灵说："我有数。"

半铺炕"唉"了一声："以前觉得挑山不容易，没想到，开个饭馆也不容易，咱好言好语伺候着，不招谁，不惹谁，可还是有人和我们过不去。"

杜长腿说："干什么容易？你不招惹狗，狗照样朝你身上扑。因为狗不是人。"

皮笊篱说:"不用怕,我看没有什么了不起。他们不是说我们是扁担帮吗?扁担帮就扁担帮,从今以后,扁担帮就是你们的保安队,怎么样?"

　　范海灵笑道:"那敢情好。有你们在后面护着,我们就没有什么好怕的了。半铺炕,告诉厨房,炒几个好菜,犒劳犒劳兄弟们!"

第十四章

　　笑面虎一如往常，经过大堂时满脸菊花开，热情地与顾客打着招呼。回到办公室，就像从天上扯来一片阴云，把先前笑容可掬的面容全覆盖了。这片阴云随时将转换为电闪雷鸣、刀光剑影，致他人以无端凌辱和伤害。此时，他双目紧闭，盘算着如何与泰山人家这个他原本没放在眼里的对手过招。

　　几个泼皮无赖在他对面坐下，一个个垂头丧气，如丧考妣。笑面虎锋利的目光在他们身上扫了一圈，说："看你们这个熊样，本来让你们给她们点颜色看看，可你们倒好，被几个挑山工吓得屁滚尿流，没打着狐狸反惹一腚臊，我看你们真是猪八戒老婆开门——悟（无）能到家了。"

　　在笑面虎训斥几个泼皮无赖的时候，刘癫子正独自坐在一张小桌前自斟自饮。他是城郊刘家庄人，五十多岁，长得清高瘦削，背驼腰弯，戴一副宽边的黑框眼镜，看上去有点滑稽。他本名叫刘元厚，读过几年书，有点小聪明，但没用在正道上。看了几眼医书，就到处给人问诊把脉，开方治病；看了几眼易经，就敢给人占卦看相，预测凶吉。还大言不惭地自称诸葛，厚着脸皮帮人家拿主意出点子。因他疯疯癫癫，不务正业，人送外号刘癫子。

　　笑面虎唆使泼皮无赖到泰山人家闹事，刘癫子有所耳闻。从刚才那几个混混灰头土脸的样子，刘癫子猜出了事情的原委和结果。于是，他走进笑面虎的办公室，故作深沉地说："王老板，我看你气不大顺哪。"笑面虎头不抬眼不睁地坐在那里，说："烦着呢，上哪儿顺去？"刘癫子半是恭维半是戏谑，说："王老板走南闯北，见多识广，什么风浪没经过，什么火海没闯过？不就几个娘儿们吗，烦成这个样子，这有点不像你啊。指望那几个街痞孩子，成不了气候。都是些小孩子戳尿窝的把戏，弄得不痛不痒不说，还留下被人耻笑的话柄。"笑面虎问道："这么说，你有——"刘癫子马上打断他的话，说："我什么都没有，但能叫她们关门，即使她们自己不关，也让别人给她关。"接着，刘癫子凑近笑面虎的耳朵嘀咕了一番。笑面虎阴着的脸有点开晴，说看来你不傻啊，就这么办吧，越快越好。

女人的第六感有时准得吓人。大剪子这几天觉得有点不对劲，老是闻着有股味儿，是腥味还是膻味？要不就是火药味儿？她说不大清楚，反正就是觉得有股不对劲的味儿。她把这个想法和范海灵说了。范海灵笑了笑，说："你是狗鼻子啊，什么味儿？开饭店的，哪能没有味儿？你别神神道道了。"

大剪子说："不对，不是饭店里常闻的那种味儿。上次笑面虎指使的那几个混混被咱收拾了，他能咽下这口窝囊气？肯定把他的鼻子都气歪了。这几天，我看他老是阴沉个脸，大眼泡子滴溜乱转，指不定又憋着什么坏。"

听大剪子一说，范海灵这才反应过来："噢，你是说这个。我也正琢磨着呢。咱的店越来越红火，咱越火，他越来气。笑面虎是啥人？别看他见谁都笑嘻嘻的，不笑不说话，一笑满脸花，可一肚子坏水，随时随地往外淌，淌到谁身上谁倒霉。要不人家怎么叫他笑面虎？笑面虎，笑面虎，笑嘻嘻里藏着毒，腰里别把小斧头，逮谁砍谁不含糊。咱是得多留点神，别让他的小斧头伤着。"

大剪子又说："这几天，我看着刘癫子常到他那里去嘀嘀咕咕。"

"对，我也看见他常去那里。别看刘癫子半疯半癫，使起坏来，也不是个省油的灯。笑面虎就够咱对付的，又出来个刘癫子，一个黄鼠狼，一个夜猫子，全凑到一块了。"范海灵意识到，别看表面上风平浪静，说不定什么时候暴雷。

大剪子和范海灵的担心，没过几天就应验了。

这几天，位于泰山天街北山的神憩宾馆正在装修。事又赶巧，天气预报说，一股强台风从台湾海峡刮来，在东南沿海登陆，由南向北，要从泰山经过。这么大的台风，索道肯定停运。这样，宾馆装修所需钢筋水泥、石材木料，还有家具厨具、床铺被褥等，都得肩挑人抬。陈扁担几个一连忙活了好几天。

晚上到家，陈扁担倒下要睡，王玉芹把大剪子和范海灵担心的事说了。陈扁担一听，觉得这不是个小事。他知道，泰山人家饭馆的火旺了，吉祥餐馆的火就灭了。笑面虎是什么人？坑蒙拐骗，巧取豪夺，欺男霸女，吃喝嫖赌，什么事都少不了他。抢了他的风头，他哪会善罢甘休？陈扁担早就清楚此前几个泼皮寻衅滋事，就是笑面虎指使干的。那次他没占到便宜，接下来会另使阴招。那个刘癞子也不是什么好东西，成天装疯卖傻，不干人事。笑面虎是个心机很深的人，狐狸尾巴轻易不露。他肯定让刘癞子站在前台。自己躲在幕后。于是，陈扁担从床上坐起来，说："现在最要紧的是把刘癞子盯紧，看他有什么动静。"玉芹感到为难，说："那么个大活人怎么盯？"陈扁担想了想，说："办法总会有的。"接下来他把想法说给玉芹，玉芹点了点头。

第二天一早，玉芹就和范海灵、大剪子、半铺炕一起商量，并把口信捎给了堂姐。下午三点，外甥小幸就搭三叔进城送货的拖拉机来了。小幸刚满十二岁，正在上小学，聪明伶俐，手脚利索，很讨人喜欢。玉芹一直叫他小机灵。赶上学校放假，听说玉芹小姨找他，十分高兴。要他做什么、怎么做，以及一些具体细节，玉芹仔仔细细嘱咐一遍，小幸满口答应。

早晨天刚放亮，街头巷尾就议论开了。半铺炕手舞足蹈，非常兴奋，说："昨天晚上，笑面虎可倒了血霉。"大剪子还蒙在鼓里，就问半铺炕怎么了，半铺炕故意卖了一个关子，说："你猜？"大剪子说："走路撞墙上，还是掉进沟里？"半铺炕里绘声绘色地说着，手脚不停地动着，说："不是撞墙上，也不是掉进沟里，是撞屎上了！他不是早就和隔壁的那个寡妇有一腿吗？昨天夜里，他又去敲那个寡妇的门，风流完了后，蹑手蹑脚地溜出来，刚出门口，脚下一滑，扑通一下摔倒在地，倒地的时候，又恰好撞上一块木头，一下子晕了。他哼呀哎呀了半天，定下神来仔细一看，原来是踩在一堆臭屎上。他心里纳闷，进去的时候什么都没有，出门的时候哪来的一堆臭屎呢？听说现在没法出来见人，还在家躺着。"

范海灵说："活该，谁叫他一肚子坏水，还有一肚子花花肠子。"

王玉芹说："对，就得叫他长点记性。"

这时，站在一边的小机灵在偷偷地笑。大剪子问道："小幸，你笑什么？"这下小幸再忍不住了，扑哧一下笑出声来。王玉芹看了看小幸，说："这个事是你干的？"小机灵只是笑，没有吱声。

原来，头天夜里，小幸一直盯着对面的吉祥餐馆。夜深人静的时候。笑面虎从吉祥餐馆出来，去敲隔壁的房门。一个女人轻轻把门打开，笑面虎闪身进屋。女人四下看了看，把门掩上。这一切，小幸全都看在眼里。接着，他去路边厕所，拿把铁锨弄来一堆稀湿的粪便，泼在那个女人家的门口。笑面虎慌里慌张，没看清脚下，于是发生了那精彩的一幕。

范海灵用手戳了一下小机灵的额头："真有你的！"

王玉芹说："这种事不用你管，小孩子家管不了，别忘了我嘱咐你的事。"

小幸盯了两天，不见刘癫子的动静。第三天上午，刘癫子开始行动了。他骑上一辆自行车，不时地回头向身后张望。到了城里的药店，他故意绕了一圈，看看身后没有熟人，把车停下。又向周围扫了一眼，才进了药店。他贼头贼脑、鬼鬼祟祟的样子，让小幸想起电影中接头的特务。刘癫子想不到的是，小幸像尾巴似的一直跟在他的后面，而他丝毫没有察觉。

刘癫子在柜台上东瞅西看。售货员问他要什么药，他用手指了指。售货员从柜里取出来，递给刘癫子，刘癫子付钱后从药店出来。小幸俯在橱柜上，看了看刘癫子取走的药名，然后若无其事地走开。

夜已很深，四周一片沉寂。偶有一阵微风吹过，摇曳的树枝发出唰唰的声响。一直盯在饭馆一角的小幸有点犯困，他用手揉了揉双眼，用力把眼睛睁大。

午夜时分，他突然发现，刘癫子鬼鬼祟祟地来到吉祥餐馆后院，便悄悄跟了过去。后院里有几排专门用来喂养活鸡的鸡笼。刘癫子蒙着脸罩，贼头贼脑，东瞅西望，见四处无人，便从口袋里掏出一个纸包，把磨碎的药粉撒进事先剁好的鸡食里，用木棍来回搅拌均匀。这些鸡被故意饿了一天，无精打采，昏昏欲睡，闻到食香，陡然来了精神，争先恐后地抢起食来。没一会儿，那些鸡就一头栽倒，一动不动。接着刘癫子把十几只"死鸡"装进麻袋，放到手推车上。但他百密一疏。吉祥餐馆有个习惯，他们在每只鸡的鸡爪上都系了带有吉祥二字的布条，以作标记。布条很细，字样很小，一般不会被人注意。

和吉祥餐馆一样，泰山人家后院也有专养活鸡的鸡笼。刘癫子从吉祥餐馆出来后，推着小车溜进泰山人家后院，先从鸡笼中抓出十几只鸡，装到手推车上。然后把服过药的"死鸡"放进鸡笼，来了个腾笼换鸡，瞒天过海。

忽然，一阵风吹来，树枝在风中飘动，拂到刘癫子脸上，他"啊"了一声瘫坐在地。他定下神来察看，见四处并无别人，这才战战兢兢地站了起来。

小机灵蹲在一个角落，仔细观察着刘癫子的一举一动。

刘癫子起身刚要离开。这时，小幸从黑暗中一个箭步跨出，一把揪住他的衣领，大声喊道："抓贼啊，后院有贼，快来抓贼啊！"

听到小幸的喊声，早就在屋里候着的范海灵、大剪子、半铺炕很快从屋子里冲出来。半铺炕和小幸一起，连拖带拉地把刘癫子弄进屋里。

大剪子撕下刘癫子的面罩："这不是刘癫子吗？你半夜五更跑进鸡窝

干啥？"

刘癫子看了大剪子一眼，沮丧地把头低下。

半铺炕说："我认识他，和我二姑一个村，刘家庄的。"

范海灵正襟危坐："说吧，黑灯瞎火跑到我们后院，干什么见不得人的勾当？"

刘癫子装疯卖傻："你们不是知道吗，我的癫劲一上来，根本控制不了自己，不知道怎么就误打误撞地进了你们后院。"

大剪子大声呵斥道："误打误撞？你可真会狡辩。你怎么不误打误撞走进茅坑，偏偏误打误撞走进我们后院？你说，你到底耍的什么鬼把戏？"

小幸说："你胡说！你一点也不疯也不癫，我实话给你说吧，从今天下午开始，你到药店买药、买的什么药，晚上到对面吉祥餐馆剁鸡食，把药磨碎拌进鸡食里，把鸡喂饱，然后偷偷溜进我们院，用吃了药的鸡偷换我们的鸡，这一路，我一直跟着你，你的一举一动，都没逃过我的眼睛，你还敢抵赖！"

刘癫子瞟了小幸一眼，像泄了气的皮球，一下子软了。

范海灵说："事，就这么明摆着，你是想偷梁换柱，嫁祸我们，用服过药的鸡换我们的没毛病的鸡，让我们用有毒的鸡招待客人，使客人中毒，砸我们店的牌子，你够歹毒的啊。你说，是不是这么回事？"

刘癫子怯怯地说："是这么回事，可那些药毒不死人。"

大剪子问道："那你说：你给鸡下的什么药？"

刘癫子不吭气。

半铺炕大声吼道："你说呀！"

范海灵对半铺炕说："他不说不要紧，你表弟不是在药检所吗？赶快拿去化验，一化验就什么都明白了。"

小幸说："不用了，不用化验，我全记着了。"

范海灵问道："刘癫子，我们和你往日无仇、今日无怨，为什么要这么干？为什么要背着我们下这样的黑手？你说，到底是谁让你干的？"

刘癫子结结巴巴地说："没，没人指使，是我自己干的。"

大剪子推了刘癫子一把："这都啥时候了，你还这么死犟硬扛？"

范海灵说："他不说就算了，等天一亮，就送他去派出所。深夜投毒，图财害命，嫁祸于人，他的罪过大了去了，看公安怎么收拾他。你就等着蹲大牢、啃窝头吧。"

刘癫子一听就急了："别别别，不要报案。"

半铺炕说："刘癫子，你混成什么样你自己不知道？你自己人不人、鬼不鬼的不说，还把全家都连累了。你大儿，快三十了吧？连个媳妇都找不上。前些日子，我听我二姑说，你好不容易托人给你儿子说了门亲事，还不知道咋样，成不成还两说着。要不，我到姑娘家说说你的事，看人家还愿意不愿意？"

大剪子挖苦道："摊上这么个公公，谁家闺女还敢上门？"

刘癫子听后更急了："我求求您，千万别去说，说了就彻底完了。"

范海灵说："反正就两条路，公了还是私了，你掂量掂量。"

刘癫子连忙说："我说，我什么都说。是笑面虎让我干的。"

范海灵说："这就对了嘛，我们可以考虑不报案，不把你往局子里送。"

半铺炕说："我也可以考虑不到你们村去说你干的坏事。"

范海灵问："他为什么要叫你干这么缺德的事？"

刘癫子说："他的餐馆过去挺火的，可自打您开了这个餐馆，他就走下坡路了，他越看越来气，就想——"

范海灵追问道："就想什么？"

刘癫子说："就想施点法子，把您的火浇灭。"

范海灵又问："你为什么像狗一样那么听他使唤？"

"都怪我见利忘义。他答应我事成之后给我五千块钱。老板，您大人有大量，饶了我吧，下次再不干这缺德的事了。"刘癫子答道。

范海灵大喝一声："下次，你还有下次？饶了你可以，不过，你得答应我们的条件，不然的话，我们还是该报警报警。"

半铺炕说："对，嘴长在我身上，给不给那姑娘说，我得看你的表现。"

刘癫子说："只要不报案，不到我们村去说，什么条件我都答应。"

范海灵说："天亮以后，我们要找笑面虎对质，你得当面作证。"

刘癫子点头称是："好，我听您的。"

一大早，笑面虎打开店门，走到院里，伸了伸懒腰。范海灵、大剪子、半铺炕走进吉祥餐馆。半铺炕手里还拎着一只活鸡。笑面虎笑容可掬地说："各位早，难得几位到我这里坐坐，哟，怎么手里还拎着一只活鸡？"

大剪子说："你睁大眼睛看看，这只鸡可不是一般的鸡。"

笑面虎笑道："怎么，这只鸡有什么不一般？难道是只孔雀？"

大剪子说："不管孔雀还是仙鹤，反正讲究大了。"

半铺炕把手里的鸡一扬："王老板，能不能行个方便，借个刀板用用？"

笑面虎满脸狐疑："你要刀板干什么？"

半铺炕说："不用管，你待会儿就知道了，你先说借不借？"

笑面虎转头吩咐道："小朱，到厨房拿块菜板拿把刀。"

服务生接着拿来了菜刀和菜板。

"王老板，当着你的面，把这只鸡杀了，你看看这只鸡有什么不一样。"半铺炕边说边拿起刀，手起刀落，那只鸡扑扑棱棱，一会儿就倒在地上不动了。半铺炕麻利地开膛破肚，把鸡胃取出来，扔在桌上。取出的鸡胃还冒着热气。

笑面虎倒退了两步："小心点，别把鸡血溅我身上。"

半铺炕说："你身上沾满人血都不怕，还怕鸡血？"

笑面虎不悦："你这是说的什么话？"

"什么话？人话！"半铺炕大声说道。

范海灵上前一步，说："王老板，你看，这只鸡吃的食物还没消化，你不想知道鸡吃的是什么吗？"

"饲料呗，还能有什么？"

范海灵说："有人给鸡服了药，你看要不要拿到药检所化验？"

笑面虎故作镇静："服用什么药，鸡是你们拿来的，与我有什么关系？"

范海灵说："王老板，鸡是我们带来的不假，可你就没觉着这只鸡面熟？"

笑面虎说："笑话，鸡又不是人，有什么面熟不面熟？再说，鸡是你们的，我怎么会面熟？"

半铺炕抖了抖鸡爪上拴的小布条："你看，这个你熟悉吧？你再仔细看，布条上有吉祥的字样，你不会不认识吧？"

笑面虎揣着明白装糊涂："你的意思，这只鸡是我们店的？我们店里的鸡怎么会到了你们手里？系着小布条，带着吉祥的字，就一定是我们店的？再说，我们的鸡，为什么要给它服药？我是吃错了药还是吃饱撑的？"

半铺炕说："你吃没吃药，我们不知道，反正鸡是吃药了。"

范海灵说："这正是我要问的。你的鸡服了药，为什么会在我们的鸡笼里？"

笑面虎说："你这是在说什么？我根本听不懂。"

范海灵说："看来你是不见棺材不落泪，半铺炕，你把刘癫子叫来吧。"

笑面虎的眼睛滴溜溜转着，明显流露出局促不安。半铺炕把刘癫子带进屋。

笑面虎笑道："这不是刘癫子吗，你从哪里冒出来？"

范海灵说："他从哪里冒出来，你应该知道呀。"

"我和他一不沾亲二不带故，我怎么会知道？"笑面虎耍起了无赖。

范海灵问："你敢说你和他没有瓜葛？"

刘癫子把头一低："王老板，你就认了吧，我从头到尾全都招了。"

笑面虎问道："你——你招了什么？"

刘癫子说："王老板，你让我去药店买药，拌进鸡食里，给鸡喂上，然后送到他们鸡笼里，偷梁换柱，嫁祸她们，逼迫她们关门停业，这些，我全招了。"

笑面虎恼羞成怒："好你个刘癫子！"

刘癫子说："我就是不招，也没有用啊，他们派了一个人，像幽灵一样跟着我，我走到哪里，他跟到哪里，我做的所有的一切，被他全看到了。"

笑面虎把脸一变："刘癫子，你血口喷人！你干的事，凭什么赖我头上？"

范海灵说："行了王老板，你就不要再演了。要想人不知，除非己莫为。好汉做事好汉当，你既然做了，还抵赖什么？"

大剪子说："人在做，天在看，你干了什么事，老天都看在眼里呢。"

范海灵说："我就不明白了，你做你的生意，我开我的饭馆，为什么你三番五次和我们过不去呢？我知道，这段时间你生意不大好，没有先前那么火爆。可是，你的屋漏，怎么能怨邻居呢？脚长在各人身上，哪里顺，人家脚就往哪里迈，哪里好人家就往哪里去，那是人家的自由。你在我这儿花那么大的心思，倒不如你把饭菜弄得好好的。客人自然会多起来，生意自然会好起来。你一再给我挖坑，算计我，糟蹋我，损人不利己，对你有什么好处呢？"

笑面虎一脸苍白，哭笑不得，任凭数落。

这时，吉祥餐馆的员工陆续开始上班，纷纷驻足观看。半铺炕大声说道："大家都来听听，看看你们王老板干的好事！"

大剪子说："你也知道，我们姐妹几个，原来都是穷挑山的，混口饭吃不容易。后来年纪大了，挑不动了，才东取西借，凑了点本钱，开了这么个饭馆。你为什么三番五次跟我们过不去呢？"

范海灵说："我们几个起早贪黑地忙活，老实开店，诚实待客，从不搞歪门邪道，也不招谁，不惹谁。可你就是见不得我们好。前些日子，有几个混混到我们这里无事生非、胡搅蛮缠，这都是你在背后支使捣鬼，别以为我们不知道。这次，你又使出刘癫子来了这一手。你这一招，更狠，要不是我们发现得早，把那些鸡给客人吃了，还不知道祸害多少人，那样的话，我们这店还开得下去吗？你说你怎么下这样的黑手？你还算什么男人？"

大剪子问："王老板，今天的事你说怎么办？是报案还是——"

笑面虎连忙说："别别，我认了，只要不报案，我任打任罚，随便你们处置。今天当着这么多人的面，我以性命保证，保证今后决不再发生类似的事情，如果再有这样的事情，不用你们动手，我自己一把火把这个店点了！"

范海灵说："好吧，我们放你一马，你说的，大家可都听见了。还是两条路，一个是狗改不了吃屎，一个是回头是岸，选哪条，你掂量着看吧。"

回到饭馆，半铺炕一屁股坐在椅子上，说总算出了这口恶气，这叫一个痛快。大剪子的高兴全写在脸上，说："笑面虎平时笑得那样迷惑人，今天不会笑了，低着头，恨不得找个地缝钻进去，那个狼狈的样子，我头一次见，别提多解气了。当着那么多员工的面，他算把脸丢尽了。"范海灵摸着小幸的头，说："多亏了这个小机灵鬼。你真厉害，一路跟着刘癫子，愣是没被他发现。"

第十五章

陈家栋当兵刚走两年，陈家梁马上就要高考了。

陈奶奶在院子里洗衣服，杜婕兴冲冲地推开院门，甜甜地叫了一声奶奶，接着蹲下，帮着陈奶奶洗起来。陈奶奶高兴地看着杜婕，感叹道，这才几天，小婕都成大姑娘了。杜婕莞尔一笑："奶奶，我都十八了。"陈奶奶笑笑，说："女大十八变，越变越好看。我们小婕，怎么看都漂亮。"杜婕脸一红，说："奶奶，我都不好意思了。"陈家梁听到杜婕的声音，从屋里出来。杜婕把身一侧，说："我手上有水不方便，试卷在口袋里，你自己拿。"陈家梁从杜婕口袋里拿出模拟试卷。陈奶奶说："好了，你们进屋去说，我再收拾收拾。"

杜婕说："我最担心的是数学，心里老是没底。不像你基础那么好。"

"各有各的短板，一家不知一家。我和你相反，我最怕的是政治，那些话像绕口令一样，把人都绕糊涂了，我看了几遍，脑袋都大了。"

"看来，你脑子里缺少政治细胞，将来不是从政的料。"

"我肯定吃不了那碗饭，充其量是个教书匠。"

"临阵磨枪，哪有窟窿哪儿补吧，有什么办法。"

陈家梁说："马上就要填报志愿了，你是怎么想的？"

"我想好了，考经济学专业，毕业后到机关、到企业、到学校，都可以。学校嘛，第一志愿是北京。长城，故宫，天安门，这些都是我向往的。你呢？"

"我嘛，第一志愿想报齐鲁师范学院。"

杜婕问："为什么要报考师范学院？"

"国家有政策，师范学院管吃管住，还有补助，这样家里负担会小些。"

杜婕把嘴一噘："我看你就是鼠目寸光。"

陈家梁说："别光想过关斩将，不想败走麦城。考场如战场，变幻莫测，什么情况都会发生，咱得做好两种准备。"

杜婕连忙说："呸呸，你个乌鸦嘴，没有两种准备，只有一种准备。"

与陈家梁、杜婕同班的高小雨、皮进勇和展宏图，也在岱庙前的小树林里谈论着高考。高小雨拍了一下展宏图的肩膀："你爸不愧是公安局局长，为你取了这么一个踌躇满志、豪情万丈的名字，马上要高考了，你要施展什么样的宏图大志？"展宏图白了她一眼，说："你可别取笑我了，我有什么宏图大志？这才叫徒有虚名。我想好了，报考公安大学，和我爸一样，毕业后当一名人民警察，为你们保驾护航。别光说我了，你有什么打算？"

高小雨沉思一会儿："我现在面临两难选择。我爸与树打了一辈子交道，希望他的儿女都学林业。我哥高考的时候，遵从父命，考上了华南农林大学，今年马上就要毕业。现在轮到我了，他依然想让我子承父业，也想让我像他那样，一辈子献身于他所钟情的森林事业。但我妈不赞成，说女孩子家成天山沟里走，树林里钻，风吹日晒，辛苦不说，将来嫁人都成问题。"

展宏图把手一拍："回家告诉你妈，这个不成问题。有我兜底，将来实在嫁不出去，我就挺身而出、自告奋勇，勇敢地把这个包袱接着。"

高小雨顺手捡起一段树枝扔到展宏图头上："去你的，你才是包袱呢。"

皮进勇说："就是，想得美，轮谁也轮不到你。"

高小雨继续说："我妈想让我报考医科大学，将来和她一样，当一个医生，救死扶伤。我现在脚踏两只船，谁也不得罪。我告诉他们，填写志愿之前，我投个硬币，是字，我就填报林业大学，是花，我就填报医科大学。反正到时候他们也看不见。学林学医，主动权还是在我手里。"

展宏图竖起大拇指："你的大大的狡猾，进勇呢？"

皮进勇把头一低："我，我还没想好。"

高小雨说："这都快上轿了，你还没扎好耳朵眼儿？"

皮进勇嘴里直嘬嘛："你们都胸有成竹、子承父业，可我怎么办？我爸就是个挑山的，哪所大学都不会有挑山专业吧？"

展宏图摇摇头，调侃道："挑山专业肯定没有。不过，你可以报考艺术类院校或传媒类院校，将来成为大明星，不是很好吗？"

皮进勇说："拉倒吧，你仔细看看，从里到外，我身上哪有点儿艺术细胞？干脆，我就跟着你们混得了，要么报考政法大学，要么报考农林大学。"

高小雨看了展宏图一眼："那好啊，咱们一言为定。"

展宏图说："苟富贵，勿相忘。将来，我们不管谁发达了，都不许一阔就变脸，无论谁有难处，都要两肋插刀，慷慨相助。"

陈扁担今天没上山。老娘念叨了几次，说烟道可能堵了，锅灶老是倒烟。他今天抽空把家里的活拾掇拾掇。杜奶奶挎着一个包袱来了。陈奶奶问："又拿了什么东西？""丽华刚烙的煎饼。"陈奶奶接过包袱："什么事都叫你操心。"杜奶奶说："又不是单独给你烙的，我们自己也得吃。你尝尝，味道怎么样？"陈奶奶撕一块煎饼放在嘴里："是不是掺了豆面？"杜奶奶说："不光掺了点豆面，还掺了点小米面。""怪不得，又香又脆。玉米面掺点豆面和小米面，味道还真不一样。现在这些孩子就是比咱强。前些年，咱烙煎饼，除了地瓜面就是玉米面，哪还知道加点别的。"杜奶奶说："就是知道加，也得有的加呀。生产队的时候，除了地瓜就是玉米，哪像现在，到市场走一趟，什么东西都有了。"

正在这时，陈家梁急三火四地回来，说老皮叔从山上跌下来，把腿摔断了。陈扁担连忙问听谁说的，陈家梁说皮进勇告诉他的。陈扁担问去了哪家医院，陈家梁说没住医院，被人背着直接回家了。陈扁担急匆匆地出了门。

皮笊篱躺在炕上，一副疼痛难忍的表情，脸上滚着豆大的汗珠。曲彩虹正在用毛巾给皮笊篱擦拭，竹筒子用手扶着皮笊篱的腿，大剪子焦急地站在那里。陈扁担进屋看了看皮笊篱的伤势，问伤着哪里了，皮笊篱试图坐起来，可怎么也起不来。大剪子扶了他一下，说："好好躺着，别动。"皮笊篱勉强翻了下身，说："昨天夜里做了一个梦，梦见我出门的时候，一条狗追着咬我，我拼命地跑，它就拼命地追，怎么也甩不掉，最后把我的腿咬了。这不，还真应验了。"

曲彩虹给皮笊篱擦了把脸："我说梦都是反着的，他就是不信。"

陈扁担笑笑："不挨着的事，和那个梦有啥关系？"

竹筒子说："就是。我俩一块上山送货，他上台阶时，不小心一脚踩空，接着倒下了，还在地上翻了几个滚，身上好几处磕破了皮，腿也摔断了。"

皮笊篱疼得咬着牙："咳，也是我太大意了，其实那地方也不算陡，就赶上了那个寸劲，不知道怎么就摔倒了。开始以为没什么大碍，可腿脚不听使唤，站不敢站，走不敢走，一动弹，腿和针扎似的，钻心地疼。"

"其实，我看不怪别的，就是太累了。当时，我就跟在你后边，怎么摔的，我看得清清楚楚。人是肉长的，不是铁打的。连续好几天，每天挑三趟，谁能受得了？人累到一定的份上，腿就发软，脚就不稳了。"竹筒子说。

陈扁担用手按了按皮笊篱的脚踝。皮笊篱："哎哟，不行，疼！"陈扁担又按了按膝关节："这儿呢？""别的地方没事，就是脚踝，好像骨头断了。"

大剪子说："这样在家躺着不行，得抓紧去医院。"

竹筒子埋怨道："当时我就要送他去医院，他死活不肯。"

皮笊篱说："没事，躺几天就好了。"

陈扁担说："那哪儿行？这又不是磕破点皮出点血，没什么，过几天就好了。骨头断了，这不是小事，不去医院不行。"

"我知道，一去医院，就得烧钱，一遍一遍地检查，一样一样地化验，弄不好还要动手术，我不光怕花不起那个钱，也怕遭不了那个罪。"

大剪子说："顾不了那么多了，治病要紧。"

陈扁担有点着急："这都什么时候了，还管钱不钱？不敢再耽误了，再耽误，这条腿就废了，走，赶紧起来上医院。"

正在这时，杜长腿和范海灵赶来了。杜长腿问伤势怎么样，陈扁担用手一指，说："你看吧，伤得不轻，可能骨头断了。"范海灵埋怨老皮，说："怎么这么不小心？怎么还不去医院？"陈扁担解释："正准备去医院，你俩过来了。"杜长腿想了想说："不去大医院也行。城关有家梁氏骨科诊所，正骨接骨很拿手，不用开刀手术。当年我老舅在打水库的时候，被石头砸断腿，就是在那儿治好的。"

十几年前，杜长腿老舅参加公社组织的水库会战。当时，工地上红旗招展，人山人海，机器轰鸣，车轮滚滚。那场面，那阵势，那口号，那激情，深深嵌进一代人的记忆。杜长腿老舅推着装满石头的手推车上坡时，突然脚下被什么一绊，接着重重地摔倒在地上，车上滚下一块石头，正好砸到腿上，顿时血流不止，他疼得汗珠直冒。在场的民工赶紧围过去，有个小伙子从身上撕下一块布条，把他的伤口包扎起来，接着把他抱到地排车上，直奔梁氏骨科诊所。大夫很老到，这里揉揉，那里捏捏，很快做出判断。接着用他们祖传的独门手法，咔嚓一下，对接好断裂的骨缝，然后把自己熬制的膏药加热敷上。三个疗程就能下地活动，三个月后就恢复如初，并且没有留下任何后遗症。

梁氏骨科的手艺是祖传的，有几百年历史，到现在已经传了十几代了。主治医师姓梁，不光技术好，人也特别好，老幼不欺，穷富不嫌，对病不对人，对人不对势。当时，杜长腿老舅家里穷得不像样子，加上去得仓促，身上一分钱也没有。可梁大夫只顾治病，不问钱的事。没钱不说，还没地方住，附近倒是有宾馆，可没钱住不起，梁大夫就把自家的厢房收拾出来，给杜长腿老舅住。直到现在，老舅像走亲戚一样，每年都专程去看望梁大夫。

范海灵说："我也听说过，慕名去梁氏骨科的病人很多，连外省，像河南河北的病人都到那儿求医呢。"

陈扁担说："我看咱就去梁氏骨科吧，你说呢老皮？"

皮笊篱点点头。竹筒子接着就要去找地排车，被陈扁担拦住，说地排车太慢了，他去给高场长打个电话，他们那儿有辆皮卡。

过了不到半小时，一辆皮卡开到皮笊篱家门口。大伙把皮笊篱扶上车。曲彩虹把一些生活用品抱到车上。陈扁担把杜长腿叫到一边，小声问他："你身上有多少钱？"杜长腿从口袋里掏出一叠零票交给他，说："大概也就三十多块。"陈扁担摸了摸自己的衣兜说："我这里也有几十。先这样吧，不够以后再说。"

到了梁氏骨科诊所，护士马上用车把皮笊篱推进病房。陈扁担握着梁大夫的手，说："拜托您了。因为来得太急，我们几个凑了点钱，肯定不够，您先收着。需要多少钱，我们过两天马上送来。"梁大夫说："治伤要紧，别的以后再说。"

竹筒子挑着担子走在盘道上，他隐约感到，有束目光在追着他。他没有理会，脚步没停，挑山工挑着担子走在路上一般都不会停下。

他的感觉没错，目光追着他的是程志泰，年逾七旬，家住河北河涧，是专程来泰山旅游的。程志泰看着眼前的竹筒子，突然想起了什么。见他目不转睛的样子，儿子程拴社不解，说："您老盯着看什么呢？"程志泰这才回过神来，说："当年南下支前的时候，我认识了两个朋友，家住在泰山脚下，都是挑山工。刚才看到那个挑山的小伙子，就突然想起了那两个人。"

程拴社问道："我怎么没有听您说过？"

"隔得这么远，加上年头长了，早就断了音讯。今天要不是来到泰山，碰到那个挑山的小伙子，我恐怕也想不起这件事。"

程拴社说："要不找他打听一下？"

"打听恐怕也是白打听，几十年了，若干事我都忘了，哪去找他们？"

程拴社说："试试，没准儿就问着呢。"

竹筒子把货物给商店放下，正准备下山。程拴社上前问道："师傅，不好意思，耽误您点时间，我跟您打听个人。"竹筒子看了他一眼，问："您打听谁？""两个男的，年纪和我不相上下，当年也干您这行，挑山的。当年我们曾经一起南下支前。"程志泰答道。

竹筒子一怔："哟，干我们这行的多了去了，周围这些村，每个村都有。您还记得他们姓什么叫什么，或者大概长什么样子吗？"

程志泰摇摇头："叫什么名字也忘记了，只记得一个姓杜，一个姓陈，样子嘛，一个中等个头，另一个个高腿长。只要见了面，肯定还能认出来。"

竹筒子一脸茫然："这，还真不好办。没名没姓的，有点像大海捞针。"

正说着，杜长腿从山上下来。竹筒子朝杜长腿摆了摆手，杜长腿过来。竹筒子说："这位大爷和这位大哥向我打听两个朋友，具体情况他们也说不清楚，只记得一个姓杜，一个姓陈，我想来想去想不出是谁。你家大爷当年曾经支过前，会不会就是他们要找的朋友？"

程志泰一见杜长腿，眼前突然一亮。他反复打量着杜长腿，自言自语道："像，有点像。"接着他讲起四十年前的事，"一九四九年，我们河涧支前队从沧州出发，一路向南，送衣送粮送子弹，仗打到哪里，我们就送到哪里。在路上，与泰城支前队碰到一块儿，就不分你我，合起伙来一块儿走。路上，我和泰城两个兄弟紧挨着，白天一起赶路，夜晚一块住宿，一个碗喝水，一个灶吃饭，和亲兄弟似的。连续走了二十多天，直到长江边才分手，我们回去继续筹集物资，他们随着大军过江，打那就失去了联系，一晃啊过去了四十年。"

杜长腿说："大爷，我爸和我陈叔当年都曾南下支前。我听他说起过这件事，但知道的不多。不管是不是您要找的人，既然来到泰山，就是咱的缘分，我父亲正好在家里，今天我请您到家做客。如果是，正好了却了您的心愿，我想他也会惦记您的；如果不是，就算结识了一个新朋友，您觉得怎样？"

程志泰连声说："那可太好了。"

杜长腿把程志泰父子带回家，杜爷爷正在看电视。没等杜长腿介绍，程志泰一眼就认出，眼前这位正是他要找的人。他一把抓住杜爷爷的手，说："老哥还认不认得我？"杜爷爷没有任何思想准备，一脸茫然，说："你是——"

"我是程志泰啊，沧州河涧的，你记得吗？四九年那会儿——"

杜爷爷恍然大悟："噢，想起来了，程老弟！"

程志泰说："你把右手的袖子挽起来我看看？"

杜爷爷把右手袖子挽起来，果然有块胎记。程志泰抓起杜爷爷的手对杜长腿说："我说得没错吧？""您的记性真好。"杜长腿笑道。

杜爷爷说："四十多年了，今天怎么想起来这里？"

程志泰说："这几年，我们那儿好多人来泰山旅游，回去以后都夸泰山多么多么好，多么多么神，泰山老奶奶多么多么灵，过去历代皇帝都来朝拜。听他们一说，我的心也痒痒起来。这不，这次就和儿子一块来了。这把年纪了，再不来，恐怕得等下辈子了。"

杜爷爷吩咐杜长腿赶紧泡茶："我们这里老辈儿有话，登泰山，天高地宽，登泰山，国泰民安。有泰山保佑，还早着呢，今后你得多来。"

程志泰说："老哥，过去常听人说信命，我年轻的时候不信。现在信了。就拿这次来说，一到泰山，我就想到你，但能不能见着，心里一直在打鼓。没想到，一打听，就见着了。你说这不是命吗？再说缘分，我过去半信半疑，现在也信了。在山上遇上你儿子。你说什么是缘分？这就是缘分啊！"

杜长腿拉起程拴社，说："两个老人攒了四十多年的话，一时半会儿说不完，咱在这里插不上嘴。走，我带你到附近转转。"

杜爷爷告诉杜奶奶和钟丽华，说："今天贵客来了，你娘儿俩弄几个菜，我们老哥俩好好喝一杯，把四十多年没喝的酒全都喝回来。"

"老弟，还记得咱在哪儿第一次见面吗？"杜爷爷问程志泰。

"记得，这个怎么能忘了？咱第一次见面是在临沂。当时，我们从沧州一路走来，你们从泰城出发，到了临沂的郯城，咱两支队伍就会合了。"

"想想那个时候，咱们挑着担子、推着小车，部队打到哪里，咱就送到哪里，飞机在头上轰轰地飞，枪炮在身边嗖嗖地响，一天走几十里甚至上百里，一点没觉得累，也没觉得怕，当时也不知道哪来的那个精神头。"

"是啊，白天不停地跑，跑到哪儿算哪儿。跑到哪里晚上就宿哪里。有时候在老乡草屋里对付，有时候就靠在路边的树下打个盹，硬是挺过来了。"

杜爷爷说："现在不行了，老了。"

"我看你身子骨不错，蛮硬朗。"

"还可以吧，没什么大毛病。你也行啊，爬了一天山，还挺精神。"

"累还是有点累。不过，见了你，没精神也来了精神。"

这时，钟丽华端上酒菜。程志泰拿起一张煎饼，卷上大葱，咬了一口，说这是好东西，越嚼越香。当年，你把随身带的煎饼大葱给我吃，那滋味，一辈子忘不了。杜爷爷夹了一口菜，说是你的驴肉火烧好，咬一口，满嘴油。

程志泰问："当年和你一起的陈大哥现在怎么样？"

杜爷爷叹了口气："唉，早走了。"

当程志泰听说老陈牺牲在抗美援朝战场上，连声说太可惜了，接着把酒杯倒满，洒在地上说，陈老弟，老哥给你敬酒了。杜爷爷也端起酒杯洒在地上，说："陈大哥，河涧的程哥来看咱，我俩一起给你敬酒了……"

夜幕中的石屋子村，静谧而温馨。夜色中，杜长腿陪程拴社沿着村外的小路溜达。程拴社感叹道："泰山的夜晚真漂亮啊。很多来泰山旅游的人往往直奔山顶，忽略了山下的风景。"杜长腿指了指远处，说："泰山本身名气太大，步步文化，处处风景，把其他东西盖住了。其实，周围有许多好看的地方。往东南，有徂徕山、莲花山、青云山。往南不远，就是大汶口文化遗址。大汶河由东向西，是全国不多见的倒淌河。向西几十里，是东平湖，传说当年水泊梁山的英雄好汉就常在那……"程拴社看看杜长腿，说："没想到你老兄还挺有文化，知道的还真多。"杜长腿笑笑，说："都是挑山的时候，听导游讲的。你和大叔好不容易来了，干脆多住几天，好好转转看看。"

程拴社说："好的，你老兄这么盛情，泰山又有这么多好看的地方，我们就住下来多转几天好好看看。只是给你和全家添麻烦了。""这有什么麻烦的？高兴还来不及呢。上一辈之间的情谊咱得好好接下来，传下去，你说是不是？"程拴社说："对，我们是得好好延续下去。我估计两个老头喝得正高兴。"杜长腿说："他们好不容易凑上，少喝不了。只要高兴，让他们喝吧。"

程拴社问："大叔从朝鲜战场回来，政府没有安排工作或给予照顾吗？"

"我那时小，不记事。听村里的大人们讲，当年从朝鲜战场回来的，大都安排了工作，有的进机关，有的进工厂，吃上了国家粮。政府也打算给我父亲安排工作，但他死活不同意，坚决要求回到村里。年轻时一直挑山，这些年，上了年纪，挑不动了，在家歇着。后来我问过他，为什么政府给你安排工作你不去，非要在家出这个苦力？他用眼瞪着我说，和他一起入朝作战同一连队的战友，多数把命搭上了，他的命是也是陈叔用命换来的，哪有脸给政府添麻烦？平时，我很少听到他讲南下支前和在朝鲜打仗的事。"杜长腿答道。

程拴社深有同感："他们那代人都那样。我爹那时候也有机会出去工作，和他一起的那拨人好多当了领导。可他哪儿都不去，就喜欢翻弄土块种庄稼。他自己那样还不说，硬要我也走他的路。你听他给我起的名吧，拴社，拴社，拴在合作社。我小的时候有合作社，他是非把我拴在社里不可。一拴拴了我几十年。现在合作社没了，可他把我拴得太紧了，拴得至今没离开那一亩三分地。"

杜长腿问道："你现在在哪发财？"

"哪谈得上发财？小的时候，该上学的时候没捞着上，吃了没文化的亏，正经事干不了。前几年，承包了一个砖厂，赶上建筑热，生意还不错。后来把周围的土吃光了，市场也不行了，生意渐渐走下坡路，后来干脆关了门。这两年，承包了几亩果园，每年赚不多，但也赔不着。不管怎么说，现在的日子好过了，吃的用的住的，哪里也不比城里的人差。你就这样一直挑山？"

"一直挑山。和你一样，小的时候没上学，只能凭力气、干粗活。虽然出点力，挣不多，但来钱快，手头也算活泛。"

屋里，杜爷爷陪程志泰你一杯我一杯喝得正高兴。程志泰说："想想咱那茬人，好多兄弟年纪轻轻就走了。当初为了过上好日子，后来好日子来了，他们却没了。咱算福大命大，活到现在。赶上了好时候，日子也不错。咱得好好地活着，好好地把好日子过好。"

杜爷爷说："是啊，你说得对。就是为了死去的那些兄弟，为了年轻时的念想，咱也得好好地过，好好地活。"

这时，杜婕高兴地回来了，一进门就大声嚷嚷："爷爷，我考上了！"一看家里有客人，不好意思地吐下舌头。程志泰问："这是——"

"这是我的小孙女，杜婕。看你没头没脑地，考上哪儿？"

杜婕把大学录取通知书往杜爷爷眼前一扬："你自己看。"

杜爷爷说："又欺负你爷爷睁眼瞎，我哪里认识？"

杜婕自豪地说："北京，京华大学。"

杜爷爷一阵惊喜："考上京华大学了？好啊好啊。"

程志泰称赞道："你这孙女可真是争气。"

杜爷爷看了杜婕一眼："这次是争气，可你没见她淘气的时候。"

陈家梁晚上兴冲冲地回到家，大声问奶奶："我手里有两封信，您想先听哪封？"陈扁担说："你先说信是哪来的。"陈家梁答道："一封是我哥从部队来的，给奶奶和爸的。另一封嘛，是人家直接写给我的，哪里来的，我先不告诉您。"陈奶奶一听："你哥来信了？这浑小子，我天天盼天天盼，盼了这么多日子，今天才来，先念你哥给我和你爸的，看看他信上说些啥？"陈家梁把嘴一噘："您就是偏心眼，光惦记我哥。我偏不，我要先念给我的信。"陈奶奶说："好，先念你的就念你的。念吧，谁给你写的？"陈家梁打开信封，高兴地在空中一扬："这是我的大学录取通知书，我考上大学了！"

陈奶奶一听，高兴得不知说什么好。陈扁担连忙问是啥大学。陈家梁很得意，说是齐鲁师范学院数学系。陈奶奶惦记着杜婕，问："小婕考上了没有？"陈家梁告诉奶奶，她考上了京华大学，高小雨考上了齐鲁医科大学，皮进勇考上了齐鲁农学院，林腊梅考上了齐鲁财经学院。展宏图考得最臭，考上警校，是个大专。陈奶奶早就等得不耐烦了，催着赶快念家栋的来信。陈家梁拆打开信封，说他的信我看都不用看，一猜就猜到了。肯定是奶奶好，爸爸好，我在部队挺好的，学习抓得很紧，训练任务很重，连队伙食很好，请您放心，不用挂念。净是些不淡不咸的车轱辘话。陈奶奶打了他一巴掌，说："你快念吧，他说什么我都愿意听。"陈家梁赶紧念道："奶奶，爸爸，你们好，我在部队挺好的，学习抓得很紧。"陈家梁把信一扔，说："你看吧，和我猜得几乎一模一样……"

第十六章

这几天，陈扁担心里一直惦着皮笊篱，不知他腿恢复得怎么样了。人就是这样，天天在一起，觉不出什么，突然这么多天不见，就像少了点什么。别看老皮黏黏糊糊，抠抠搜搜，其实挺可爱的，为人实在，脾气随和，虽不巧舌如簧，却风趣幽默，有时候冷不丁冒出句话令人忍俊不禁，有时候装疯卖傻地出点洋相令人捧腹，有时候添油加醋地讲个段子让人笑得前仰后合。比如，有人说挑山太累，他说坐轿轻松，你坐轿去；有人说饭菜太淡，他说海水咸，你去舀碗海水喝；有人埋怨老婆难看，他说天仙漂亮，你去找个天仙搂着。他的存在，给挑山的兄弟带来不少乐子，为单调枯燥的生活增添了不少色彩。

伤筋动骨一百天，估计老皮早就急得发毛了。想到这里，陈扁担让玉芹准备了点吃的用的，叫上杜长腿和竹筒子，去了梁氏骨科。

皮笊篱的气色好多了，伤势也明显好转。病痛一祛，精气神就来了。见了陈扁担，老皮高兴得像个孩子，说不用惦记，我这不好好的吗？他指指换药的护士，说你看人家小姑娘苗条得倾国倾城，可我这养得五花三层了。护士一听就忍不住笑了，说："别看老皮叔平时话少，一张口就满嘴是词，并且都是景德镇瓷（词）。"

梁大夫看了看皮笊篱的腿，说愈合得不错，比预想的要好很多。但还需要静养一段时间。陈扁担问回家静养行不行，梁大夫说可以是可以，但最好还是在诊所住段时间，换药方便，万一出点问题也好处理。梁大夫刚出病房，皮笊篱就绘声绘色地告诉陈扁担："梁大夫身上有仙气，手上有神功。检查治疗，他不用仪器，也不多说什么，就靠那双手，这里摸摸，那里捏捏。然后突然猛地一推，那一下特别疼，大概就是骨头断裂的部位。我估摸着，可能就是把断裂的地方接起来了。之后把他自己熬的膏药贴上，用绷带缠紧。过了几天，就不怎么疼了，现在，只要躺着，不剧烈活动，基本没什么感觉。"陈扁担点点头，说："咱来对了。听梁大夫的，再静养观察一阵，到时候我们来接你。"

回家吃晚饭的时候，陈奶奶念叨了好几遍，说家梁上学走了这么些日子，也不知道回家看看。陈扁担给她碗里夹了一筷子菜，说："他是去上学，学校有纪律，回家要请假，不能说回来就回来。"陈奶奶看了他一眼，说："那你哄我济南离咱这儿不远？"陈扁担笑笑，说："我不是哄你，确实不算很远，但也有几十里地，白天晚上上课，回来得等学校放假。"陈奶奶问道："那他一个人能不想家？"小欢一口菜含在嘴里似咽非咽，说："奶奶你可真逗，我哥才不会想家呢，大城市有那么多好吃的好玩的，学校那么多同学，他才不会想家呢，叫我我也不想。"

玉芹瞅她一眼："你这个小没良心的，还没怎么着，就这样子。"

陈扁担说："他在济南有不少伙伴，光咱这里考到济南的就有好几个，高场长家的高小雨，还有老皮家、老展家的孩子都在济南。"

陈奶奶说："你说的这些人，我都不认识。我就是喜欢小婕，要是她在那儿就好了，他俩从小上学一块，玩也一块，从来不拆群儿。现在可倒好，一个在济南，一个在北京，连个面见不着。"其实，陈奶奶真正的心思没说，她就是希望他俩越走越近，将来走进一个家门。

在陈奶奶心心念念的时候，陈家梁和高小雨正在大明湖的游船上。

秋天的大明湖，褪去了夏日浓艳的盛装，拂去了浮尘和嘈杂。深绿色的花坪树丛，更显幽深葳蕤。宁静而旷远的湖面，多了几分丰盈和成熟。漫步小桥上，流连画廊中，竟令人感受到江南水乡的韵味。

此时，陈家梁和高小雨心情很好。无风的水面就像铜镜一般，远处有几只水鸟，时而在水面上游动，时而拍打着翅膀飞了起来。小船过处，泛起一圈圈涟漪，在阳光的照射下，闪着粼粼波光。

高小雨问陈家梁："入学这么长时间了，对济南什么感受？"

"什么感受？开学以来，天天窝在学校，从寝室到教室，从教室到食堂，三点一线，济南什么样子，还没真正看过，哪还谈什么感受？"

"那不成了书呆子？课外时间，得多出来走走看看。济南美着呢，家家泉水，户户垂杨。四面荷花三面柳，一城山色半城湖。"

陈家梁忽然想到，高小雨是在济南出生的："噢，我忘了这个茬了，和我不一样，你的脐带和这座城市连着，自然有着特殊的情感。"

高小雨推了陈家梁一把："瞎说，你的脐带才和这里连着呢。特殊情感谈不上，只不过对这片迎接我来到人世的土地，有些许莫名的亲近。"

陈家梁感叹道："人哪，生下来以后，走什么路，怎么走，朝哪儿走，真是说不明白。像你，本来爸爸在省里做官，位高权重，如果按照常规，顺风顺水，你肯定是个趾高气扬、傲视一切的大小姐。谁知道，一场旋风把你们全家从泉城刮到泰山。你也脱胎换骨，从大小姐变成山妹子，打小和我们这些山里生山里长的野孩子混在一起。"

"命运多舛啊，苍天能让你出生，就能主宰你的命运。不过，我在济南出生不假，但很小就到泰山了。我是吃着泰山饭、喝着泰山水长大的。要说感情，还是对泰山有感情，天平的砝码，肯定往泰山倾斜。不过，也没什么不好，泰山能给我的，济南没法给。你说对吧？"

"后来省里要给你爸官复原职，这样你们全家就可以回到省城，可你爸坚持不走，错过机会，也破碎了你重新当回大小姐的梦，难道你一点都不抱怨吗？"陈家梁问道。

"我首先声明一点，我从来没有什么当回大小姐的梦，这是你凭空想象的。再说，我爸自有我爸的想法和主意，他那样做肯定有那样做的道理，我有什么可抱怨的？"

这时，一阵风起，游船晃动起来，陈家梁赶紧扶了高小雨一把。

陈家梁问高小雨："你们学校课程也很紧吧？"

"紧，天天安排满满的。大概新生第一学期都这样。不过，我们学医的，老师反复讲，学好书本上的东西固然重要，但更重要的是临床实践。所以，接下去我们更多地可能是跟随老师进医院，下病房，接触病人，研究病例。"

陈家梁说："你说得对。其实哪个学校、哪个专业都是这样。从书本中学到的永远没有在实践中学到的多，有字书永远比不上无字书。学物理化学得做实验；学中文得练习写作。我们师范院校，也不是只学好书本知识就行，重要的是怎样把自己掌握的知识传授给学生。所以，下一步，我们现场教学、临场实践的任务也很重。"

高小雨抬头看了看陈家梁："看来得对你刮目相看了。"

"什么意思？"

"我看你不像学数学的，倒像学哲学的。"

陈家梁笑笑："张飞面前耍大刀，让你见笑了。"

高小雨突然话锋一转，一下子从济南转到了北京，转到了杜婕那儿，问她现在怎么样，收没收到她的来信。陈家梁说收到过，昨天还收到她的来信。高小雨突然扑哧笑了。陈家梁一脸茫然，问她笑什么。高小雨直直地看着他，说："我突然想到你和杜婕一块吃奶的样子，一侧是你，一侧是她，两人同在一个怀里，想想就有趣。"陈家梁垂下脑袋，说："那个时候我还小，不懂事，完全是求生的本能和天性。谁让我从小就没妈呢。现在想想，当年要不是钟阿姨，恐怕就没有现在的我了。这些你是听谁说的？"高小雨又笑："还能有谁，我妈呗。我不光听说这些，还听说你和杜婕订过娃娃亲。"陈家梁也笑了，说："那是家长之间的戏言。什么年代了，谁还当真。"高小雨感叹道："我真羡慕杜婕。"接着轻声哼道："时光已逝永不回，往事只能回味，忆童年时竹马青梅，两小无猜日夜相随……"陈家梁静静地看着高小雨，觉得她今天有点怪怪的。

此时，远在北京的杜婕打了个喷嚏，心想：这是谁在念叨我？是想还是骂？

想着想着，自己禁不住笑了。堂堂的京华大学的学生，还和小女人一样疑神疑鬼。周末一大早，她就来到图书馆。京华大学图书馆由六个专业图书馆组成，馆藏总量五百多万册，馆舍面积七万多平方米，阅览座位接三千多席。进入京华校园以来，她除了上课、吃饭和睡觉，其余的时间，几乎都泡在图书馆里。

杜婕在一个安静的角落正看得全神贯注，韩奇来她旁边的位子坐下。韩奇问杜婕看的什么书，杜婕把封面在他眼前一晃。韩奇一看，是《瓦尔登湖》。韩奇把手中的书一扬，说："巧了，我借的也是《瓦尔登湖》。怎么样，看了什么感觉？"杜婕把书合上，说："我还没看完，谈不出什么。但确实感到梭罗不简单，他在老家康科德城的瓦尔登湖边建起一座木屋，一住就是两年多，过着自耕自食的生活，写下这部不朽的名著。他对生活的分析，对习俗的批判，语出惊人，句句闪光，见解独特，耐人寻味。对自然的描写，也是优美细致，形象生动，像湖水一样清澈，像山林一样翠绿。不过，看这部书，必须先把心安静下来，否则会读不下去，觉得它艰深难读，甚至莫名其妙、不知所云。"

韩奇很健谈，说："其实梭罗生前一直默默无闻，没有多少人知道他，也不为同时代人所赏识，直到20世纪，许多人才在他的著作中认识他，他真正的声名鹊起，还是在20世纪30年代以后。梭罗的确是描写大自然的高手，不论对红蚂蚁大战的描写，还是对灰背隼、红松鼠、猎狐犬的描写，都是绘声绘色、惟妙惟肖。我非常佩服他用字，极其精当，富有实体感，几乎很少用模糊抽象的字眼，比喻、夸张的手法也运用得近乎极致。"

杜婕问韩奇："这本书你已经读过？"

"上初中的时候，我就在爷爷书房里翻过。"

"那为什么现在还要来借？"

"嘿，那算什么读？那时候小，出于好奇，随便翻翻而已。严格地讲，那算不上真正意义上的读。并且，那时我翻的是1949年上海出版的中译本第一版，后来又出了新的版本，所以，我想借回去好好看看。"

杜婕心想：人和人之间差别真大。韩奇出身书香门第，从小就沾满书香。而自己是来自乡下的农家子弟，则只有一身泥土。她把书合上，说："在这里说话会影响别人。再说，我已经坐了一个多小时了，想出去透透气，咱们到操场走走吧。"

杜婕与韩奇边走边交谈。韩奇说："我们同学都几个月了，彼此还了解不多。"杜婕说："谁说了解不多？你爷爷奶奶、爸爸妈妈，不是北大教授，就是清华博导，满门书香，皆为翘楚，用谈笑有鸿儒、往来无白丁来形容你们家，再贴切不过了。要说了解不多，是你对我了解不多。"韩奇笑笑："那就说说你，让我加深了解。""我和你天壤之别。我生长在泰山脚下的一个小山村，闭上眼是山，睁开眼还是山。我从小就在那里玩、在那里长，在那里上小学上中学，然后考大学，来了北京，就这么简单。"杜婕答道。

韩奇说："泰山好啊，高耸雄立，五岳独尊，会当凌绝顶，一览众山小。多少人为之倾慕和向往！"

"那倒是，这也是我们泰山人的自豪和骄傲。"

"生在泰山，长在泰山，何其有幸！历代帝王将相大都在泰山留下足迹，多少文人墨客在泰山赋诗吟唱。岱宗何崔嵬，群山无与比，使者久尘嚣，望之不胜喜。泰山嵯峨夏云在，疑是白波涨东海，散为飞雨川上来，遥帷却卷清浮埃。可见，泰山不仅仅是一座山。"

"那是什么？"杜婕问道。

"在我看来，它是一座人类文化宝库，是中华民族的标识。"

"你去过泰山？"

"没有。"

"没去过怎么会对泰山有如此的了解？"

韩奇说："这都是我从书上看来的，浮光掠影，皮毛而已。不过，我爷爷对泰山情有独钟，并且特别有缘。他今年已经八十多岁，曾经三十多次登泰山。我对泰山的了解，有很多是来自我的爷爷。他还告诉我，泰山有一个特殊的群体，叫泰山挑山工，他们以挑山为生，凭一根扁担、一条绳子，一副肩膀和一双脚板，行走泰山，笑傲江湖，生活虽然很艰苦，但他们却很乐观，很向上。"

"要说这个，那我可就有发言权了。我爷爷、我爸爸都是泰山挑山工，我是在挑山工的家庭里长大的。"

韩奇说："我听说，他们天天挑着担子，早迎第一轮日出，晚送最后一抹晚霞，想想他们的样子，浪漫潇洒，富有诗意。"

"这都是以你诗人的思维想象的，你要真正走近他们，了解他们，你就不会有这样幼稚的想法了。他们为了生活，从早到晚，挑着沉重的担子，日复一日，年复一年，脸呈古铜色，肩膀上磨出厚厚的老茧，哪里来的潇洒、哪里来的浪漫？"

"噢，原来是这样。"韩奇似有所悟。

杜婕说："不过，你爷爷讲得很对。他们生活虽然很艰苦，但却很乐观，很向上，再难的日子他们也笑着过，再苦的日子他们也能过出甜味来。"

刚上班一会儿，于海燕就兴奋地来到贾科长办公室。贾科长抬头一看，说于主任今天打扮得光鲜亮丽，是不是有什么好事？于海燕故意把双手背在后头，说："你猜我手里拿着什么？"贾科长想了想，没想出来。于海燕继续卖关子，说："那你今天请不请客？"贾科长有点丈二和尚摸不着头脑，说："你把我弄糊涂了，平白无故的我请哪门子客？"于海燕就把一本杂志放到贾科长桌上，说："你看这是什么？"贾科长一看，是《中国林业》杂志，说："不就是本杂志吗？"于海燕说："你翻开仔细看看。"贾科长打开杂志，看了一下目录，立马惊喜道："我们的论文发表了？这是真的吗？"于海燕莞尔一笑，说："你姓贾，可这白纸黑字不假。"

贾科长的欣喜之情溢于言表。他心里比谁都清楚，这不是一篇普普通通的学术论文，而是他们苦心经营多年的结晶；不是哪个作者个人的心血，而是包括高云青在内的全场员工的心血；不是拘泥于理论上的某种观点，而是经过实践检验、得到国家权威部门认可的实践成果。贾科长情不自禁地要拥抱于海燕。于海燕往后一退，说："矜持点，别得意忘形、忘乎所以。"贾科长脸色微微一红，说："不好意思，我太兴奋了。"于海燕问："要不要送给高场长看看，让他也高兴高兴？"贾科长拿起杂志，说："走，咱这就去找他。"于海燕一想，说："这样有点简单，不够正式和隆重。明天高场长过生日，我听他打电话约朋友到他家吃饭。我们不如明天到他家，把论文作为生日礼物，郑重地送给他。"贾科长一听，说："这个主意太好了。实现他为汉柏留后的夙愿，他比收到什么生日礼物都高兴。"于海燕略一犹豫，说："他生日聚会并没有邀请咱俩参加，咱不请自到，会不会有点不恭和唐突？"贾科长态度坚决，说："伸手不打笑脸人，开口不骂送礼人嘛。"

高云青家客厅里，马中原、柴春萍、陈扁担、杜长腿等几个客人已经到了。高云青招呼大伙桌上坐。马中原朝里屋看了一眼，问："春风和小雨没回来？"高云青打开酒瓶，说："两个都没回来，春风孬好还来了个电话，告诉我他参加一个科研课题攻关小组，目前正是关键时刻，脱不开身，回不来了。小雨连个电话也没打，估计上课也很紧。现在都有了自己的事业和学业，回不回来无所谓。"马中原说："孩子大了，只要忙正事，有出息，咱们就应该为他们高兴。"柴春萍在一边帮腔："只要孩子有出息就是对父母的最大孝敬和回报。"

菜上齐了。高云青用目光扫了一圈，说："感谢大家捧场，土菜薄酒，表示点心意，我先敬大家一杯。"马中原马上叫停，说："你先等一会儿，这个话得我们先说，大伙说对不对？"大家随声附和。马中原端起酒杯，说："今天是高场长五十大寿，我们共同举杯，祝高场长越活越年轻、越来越精神！大伙共同举杯，一饮而尽。"

高云青又把杯子倒满，说："其实也不是为祝什么寿，就是找个由头，请大伙来家坐坐。水越流动越活，人越走动越近。年龄大了，害怕孤独，喜欢热闹。来，我敬大家一杯，感谢诸位对我、对我们泰山林场的支持！"

这时，室内电话铃响。冯文静接电话，接着喊高云青，说小雨的电话。高云青进屋，接过电话，说："是小雨呀，还不错，还没忘你老爸的生日，嗯，我知道，我知道，学习要紧。嗯，嗯，我代你向他们问好。好了好了，你叔叔们还等我喝酒呢。"

放下电话，高云青回到桌上，说刚才小雨来电话，要我代她向你们问好。马中原笑笑，说："看来这闺女没有白疼，还想着你过生日打个电话。"冯文静说："孝顺什么？从济南到家不到一百里地，也不知道回家看看。"

这时忽然有人敲门，冯文静开门一看，说："是你们俩呀，快进来！"接着大声告诉高云青，说小贾和海燕来了。贾科长怯怯地看了一眼，说："高场长，打扰您了吧？"冯文静连忙加了两把椅子，说："快坐下，请还来不及呢，说什么打扰不打扰。"高云青也招招手，说："坐下一块吃。"于海燕故作客气，说："高场长今天过生日，我们不请自到，是不是太唐突了？"高云青说："没什么唐突不唐突，我给各位介绍一下，这是我们林场的贾科长和于主任。这是我请的几位老朋友。"贾科长和于海燕坐下，高云青为他俩倒上酒，说："你们虽然来得晚，鉴于是不请自到，就不罚你们酒了，来，咱们共同喝一杯。"

　　于海燕说："高场长，先不急着喝酒，我先把生日礼物给您送上。"

　　高云青笑道："噢，还有生日礼物？"

　　于海燕从手袋里拿出一个红绸子包裹递给高云青。

　　高云青说："你们这是搞的什么名堂？"

　　于海燕说："您先打开看看再说。"

　　高云青把红绸子打开，是《中国林业》杂志，他打开目录看了看，忽然眼前一亮："论文发表了？这可是喜事啊，是一份最有价值的生日礼物！"

　　马中原说："什么礼物让你这么高兴？"

　　高云青把杂志放下："各位都知道岱庙的汉柏吧？我一直琢磨，如何给这些千年古树留个后，并把这个任务交给小贾他们。没想到，经过反复试验，终于成功了。他们把这一案例写成论文，在中国林业最权威的杂志上公开发表了，这表明，我们的想法和试验得到了权威部门的认可。你说，我能不高兴吗？"

　　马中原说："当然应当高兴。来，我们举起杯来，共同庆贺！"

第十七章

突然收到一张大红烫金请柬，陈扁担有点纳闷儿，这是啥意思？他怀疑是不是弄错了，因为活了四十多岁，这是破天荒第一次。以往，有人找他，都是在村里大喇叭上喊一声。亲戚朋友有红白喜事，也是捎个口信，从来没收过这样的大红帖子。玉芹接过来看了看，说没错，名字写得很清楚，是给你的，发出单位是索道公司。他问了一下，杜长腿、皮笊篱、竹筒子还有范海灵她们，都收到了。邻村他熟悉的挑山工，也都收到了和他同样的请柬。

按照请柬上的时间地点，陈扁担把山上一个商店要的货物放下后就去了桃花源索道站。一看，索道站旁边的平台上临时搭建了一个会场，会场上方，悬挂着"桃花源索道通车典礼"的横幅。因为请柬没要求参加典礼，只是让他十一时到索道站会议室室集合，所以，他便凑到会场旁边看看热闹。

会场上，市领导正在讲话。他听市领导讲，今天隆重举行泰山桃花源索道正式通车典礼。这是全市的一件大事，是值得庆祝和纪念的大事。桃花源索道从1992年5月28日开始动工，经过一年半的艰苦奋战，今天正式建成通车。其间，参加索道工程建设的广大干部群众，夜以继日，顽强拼搏，克服了各种困难和阻力，表现出了坚忍不拔、迎难而上、锲而不舍、敢于胜利的崇高精神。这条索道，下起桃花源景区，上至岱顶天街北端，全长2196米，高差671米，共有49个6人吊厢，运行速度每秒5米，单项小时运量1000人。这是继中天门索道、后石坞索道之后建成的第三条泰山空中索道。这条索道的正式通车，将会给泰山的旅游事业乃至全市的发展产生巨大的影响……

忽然，他听到有人喊，回头一看是杜长腿、皮笊篱和竹筒子。接着，范海灵她们几个也来了。大伙儿就一块去了会议室。范海灵擦了一把汗，说自打开了饭馆，好几年没上山了，冷不丁地这么一走，还真有点撑不住劲儿。半铺炕早已经气喘吁吁，说这还是空着手，气都喘不匀了，要是挑着担子，还不知道成什么样子。真不知道那些年是怎么过来的。大剪子体质比较好，问索道公司叫咱来干什么，陈扁担摇摇头，说他也不知道，看看再说吧。

那边活动一结束，马中原和柴春萍就来到会议室，招呼大家坐下。可人多座位少，柴春萍就说："座位不够，辛苦大伙站一会儿，反正用不了多长时间。"竹筒子问马中原："这是要我们开会啊？"马中原说："不开会，就是请大家来坐坐。"陈扁担也忍不住问马中原："把我们找来，是不是又有什么大件？"马中原笑笑，说："不抬大件就不能找你？是不是抬大件抬怕了？"陈扁担往墙角上靠了靠，说："也不是。我是既怕见您，又想见您。怕见呢，是因为您的活都是大活，不好干。想见呢，也是因为您的活是大活，有钱赚。"马中原指指陈扁担，说："你倒是实话实说。我今天把你们请来，不是大活重活，而是轻活，最轻快的活。"

杜长腿说："轻活？但凡找我们，还有轻活？"

马中原说："杜长腿，没想到吧，这次你那两条长腿用不上了。今天，不让你们挑，也不用你们背，更不要你们抬，什么大架扁担都不用，甚至连腿脚都不用，两手插在口袋里就行。"

大家交头接耳，不知马中原葫芦里卖的什么药。

马中原看出了大伙的心思："实话给你们说，请你们来，不是让你们干活，是让你们做客，让你们坐着索道缆车兜兜风，看看景，你们说轻快不轻快？"

皮笊篱把话接过来，说："那可轻快大了。可轻快是轻快，坐索道缆车得买票，噢，您这不是让我们来挣钱，是让我们来花钱？"

柴春萍说："放心吧，我们自己的索道，不用花钱买票。"

接下来，马中原讲了邀请大家来的用意："是这样。请大家坐坐索道，这个想法已经很长时间了。今天请大家乘坐的是桃花源索道，刚刚举行了开通典礼。这是我们泰山的第三条索道。十年前，1983年8月5日，我们建成了泰山第一条索道，也就是中天门索道，这条索道从1981年正式开工，到1983年8月5日投入运营，用了整整三年时间。下起中天门西侧的凤凰岭，上至南天门西侧的月观峰，斜长2078多米，两站高差600多米，运行速度最快高达每秒钟7米，在当时，这是国内第一条，也是最大的客运架空索道。通车典礼那天，多位党和国家领导人亲临出席，并兴致勃勃地乘坐索道从中天门直达南天门。"

马中原喝口水继续说："三个月前，1993年8月28日，我们建成泰山第二条索道，也就是后石坞索道。今天我们举行桃花源索道开通典礼，这是第三条索道。现在我们泰山拥有三条索道，我们可以自豪地说，这在全国各大名山中可以说首屈一指，对得起五岳独尊这个名号。"

大家情不自禁地鼓起掌来。

马中原继续说："我说了这么多，有的兄弟可能心里有点着急，觉得这个包子的皮太厚，还没咬着肉馅。好，下面就要见肉馅了，而且是淌着油、飘着香的馅！"大家不由得笑了起来。

马中原说："这三条索道的建成通车，都和挑山工密不可分。建索道所用的钢筋水泥、大小零部件，大多是大家肩挑背扛运上山的。这些就不说了。十年前的驱动轮，这两年的液压缸，这都是建索道要用的大家伙呀，怎么弄到山上？我们该想的办法都想了，该找的人都找了，可就是没招，连直升机也没辙，怎么办？最后还是靠在座的兄弟们用大架硬抬上来的。可以说，没有你们，就没有这几条索道。你们是有功之臣啊。"

柴春萍带头鼓掌。

马中原说："索道建成后，极大地方便了游客，可据我所知，我们这些挑山工多数还没有尝过坐索道的滋味。既不舍得花钱坐，也没工夫坐。光帮着我们打了井，可连口水都没有喝，卖盐的喝淡汤，编席的睡土炕，我们觉得很过意不去。所以，我们借这次桃花源索道开通典礼的机会，把大家请来，目的只有一个，让大家坐坐索道，看看风景，玩得开心，晚上管饭，流着油的大包子管够！"

大家又鼓掌。

柴春萍说："本来，想让你们一块参加开通典礼，可许多领导在场，还有这样那样的程序，怕大家不自在，所以典礼结束后，我们单独请大家。"

马中原说："兄弟们自由惯了，单独活动，这样更随便更自在，对不对？"

大家齐声附和道："一个字，好！三个字，非常好！"

正如马中原所说，大多数人是首次乘坐索道，大家坐在索道吊厢里有说有笑，非常开心。皮笊篱刚从梁氏骨科回来，说："幸亏我赶得巧，要不就没这个机会了。"杜长腿左看看右瞧瞧，说："山上山下跑了这么些年，还第一次坐这东西。"陈扁担也很兴奋，说："坐在吊厢里向外看，和咱在盘道上看的风景还真不一样。"范海灵的手紧紧抓着吊厢的扶杆，说："这可是大姑娘上轿——头一回。想想咱挑着担子，一步一步地挪，一级一级地爬，和坐在索道上相比，真是一个天上，一个地下。"大剪子笑笑，说："本来就一个天上、一个地下嘛。挑山是在地上走，索道是在天上行。"

吃过早饭，皮笊篱把碗筷一撂，拿起扁担就要上山。曲彩虹瞪他一眼："你的腿刚好，上什么山？"皮笊篱跺跺脚说："已经好利落了，一点不碍事。"曲彩虹上前夺下他手中的扁担，说："不行，得听大夫的，好好在家静养恢复一段时间，等彻底好了、稳定了再说。你这么一把年纪的人了，怎么就不长点记性呢？"

皮笊篱说："老这么待在家里，也不是个事啊，没毛病也得憋出毛病。"

"真是生就的贱骨头，天生吃苦的命。闲着还不舒服。这样吧，你要是实在闷得慌，就到大街上去转转，溜达溜达，权当活动活动筋骨，锻炼锻炼身体。要不，就到菜地里去锄锄草，松松土，这样行了吧？"

皮笊篱没有吱声。

曲彩虹劝道："咱不是年轻的时候了，年纪一大把了，别再让我跟着操心了。听人劝，吃饱饭。听话，啊？"

皮笊篱说："那，好吧。"

星期天，韩奇约杜婕一起来到八达岭长城。韩奇问："你是第一次来八达岭吧？"杜婕已经累得浑身冒汗："是的，第一次。"韩奇说："我第一次来的时候，还上小学。至今我还记得当时的情景。一次学校放假，我爷爷和奶奶带我来到这里。我看到眼前的一切，感到好新奇呀，就不断地问这问那。我说长城这么长，尽头在哪里？爷爷就告诉我，最西端的尽头在嘉峪关，最东端的尽头在老龙头。老龙头那段长城直达渤海。我又问长城有多长、修了多少年、修长城干什么，等等等等吧，反正一口气问了好多好多问题。我奶奶就说，你怎么那么多问题呀，简直就是十万个为什么，还让不让爷爷奶奶喘口气了？"

杜婕笑道："你叫韩奇嘛，什么都好奇。"

韩奇说："是啊，回家以后，我奶奶对我爸妈抱怨说，爬山累，回答小奇连珠炮式的问题更累。后来又来过几次，那时已经长大了。每次来，都生发出许多感慨，感叹我们中华民族太伟大了，留下这么多奇迹。但作为这个民族的一个个体成员，我又叹息自己太渺小了。你想，一个人，从生到死，不过百年。大多数人像一片树叶，春天发芽，秋天枯萎，冬天就叶落了。这个过程，悄无声息，至多在被风刮起时，发出唰唰几声微弱的声音，然后又归于沉寂。"

杜婕说:"没想到像你这样豪情满怀的有志青年也有伤感的一面。其实,人和人不一样,一般来说,绝大多数人像你说的一样,悄悄地来了,悄悄地走了,挥一挥衣袖,带不走一片云彩。但也有一些人例外,他们或靠才情,或靠智慧,或靠德行,把自己的名字写进历史。"

"你说得也对,像你所说,能把名字留下的无外乎在这几样上超群,要么思想,要么艺术,要么功德。但这样的人毕竟凤毛麟角。像我等平庸之辈,恐怕望尘莫及了。"韩奇答道。

杜婕说:"怎么能这样悲观?你现在站在前人的肩膀上,说不定哪天,你充满智慧的大脑,突然爆发出惊世骇俗的火花,在历史的长河中留下一笔呢。"

韩奇摇摇头:"算了,你别哄我了。不过,你的话让我想到一个问题。"

杜婕抬头看着韩奇:"什么问题?"

"你知道医治不知天高地厚、狂妄自大的良方是什么?"

"是什么?"

"一个是上山,一个是下海。"

"什么意思?"

"你想,站在壁立千仞的高山上,或站在浩瀚无垠的大海里,一个人算什么?至多是一颗石子、一朵浪花而已。而一颗石子、一朵浪花在高山大海面前,是多么微不足道!"

杜婕说:"按照你的逻辑,高山使人谦恭,大海使人自知。是这个意思吧?"

"对,你归纳得很精辟,还要加个横批,自大者戒。"韩奇答道。

高小雨原本打算利用周末静下心来整理一下课堂笔记,陈家梁也与几个球友约好打场篮球,但经不住展宏图和林腊梅的软磨硬泡,几个人一起上了千佛山。来到摩崖石刻,高小雨突然发现展宏图和林腊梅不见了。陈家梁前看后看,左望右望,仍不见他俩的踪影。于是,高小雨和陈家梁大声喊起来。"哎,我们在这哪!"山的另一面传来了展宏图和林腊梅的声音。

重新会合到一块,天快晌午了。展宏图提议到山下找个小馆,填饱肚子再说。下山的时候,高小雨一瘸一拐,说平时不活动,一爬山还真有点累了。展宏图笑道:"我的高大小姐,千佛山海拔不到三百米,至于吗?别给泰山人丢脸了。"林腊梅其实也累了,说:"你以为我们都和你一样,小牛犊似的?"他们找了一个相对干净的饭馆坐下,陈家梁让服务员拿来一张菜单,展宏图把手一挥，说："随便点，把好吃的全点上，我买单。"高小雨笑道："大方，不愧是局长家的公子哥。"林腊梅看了高小雨一眼，说："别逗他，有拿钱的还不好？"高小雨"哟"了一声，说："这还没怎么着呢，就护上了？"

酒菜很快就上来了。展宏图打开啤酒，端起来就要干杯。陈家梁说："就这么干杯？总得有个题目吧。"展宏图把酒杯放下，问什么题目。林腊梅说："这个好办，友谊是千古不变的题目，为了我们的友谊干杯。"高小雨说："这个题目有点平庸，应该改为以友谊为起点继续向前努力干杯。"陈家梁笑笑，说："这个题目有点绕。"高小雨问："你听不懂？"展宏图说："我也没听懂。"高小雨说："听不懂就回去慢慢想。"

皮笊篱这次倒是听了老婆的话，连续十几天再没提上山的事。在家闲得难受，就出门顺着河边溜达，要不就到山地里转悠。竹筒子笑他，天天倒背着双手，迈着四方步，像个退休的老干部。这天，他拿了把镢头在地里刨花生，正好陈扁担、杜长腿和竹筒子路过。杜长腿戏谑道："老皮放下扁担拿起了镢头？"皮笊篱说："这不没办法嘛，扁担和镢头，我觉着还是使扁担习惯。"陈扁担蹲下，问皮笊篱今年花生成色怎么样。皮笊篱拿起一墩刚刨出的花生，抖掉沙土，说："还行吧，我把腿摔了，也没顾上管，长得还算可以，和往年差不多，但不如人家的长得好。"

陈扁担说："我看快刨完了，装车吧，和你一块弄回去。"

"不用，我把剩下的这点刨完，然后我自己弄回去就行。正好，我准备去找你们说点事。我想明天晚上请兄弟们到我家坐坐。"

陈扁担说："不年不节的请什么客？"

杜长腿笑笑："这可是太阳打西边出来，你是单日不请客、双日吃别人的主，怎么突然大方起来？"

"咳，杜老兄说得是，几位兄弟家的饭我没少吃，可你们从没到我家拿过筷子端过碗。前些年，家里老的病，小的淘，不好意思叫兄弟们去。现在，老娘已经走了，两个孩子，当兵的当兵，上学的上学，都不在家，家里光剩下我们两口子，日子比过去轻松多了，也该请大家坐坐。再说，前些日子，我摔伤了腿，兄弟们操了不少心，帮了不少忙，一趟一趟地跑，买这买那的，我实在过意不去，请大家吃顿饭，也算是表达一点我对大家的谢意。"

陈扁担说："腿还没好利索，快好好歇歇吧。"

皮笊篱那个贫劲又上来了："炒菜用手不用脚，脚不好不碍事。再说，这些活有孩子他娘，我就是动动嘴。"

陈扁担看了看杜长腿和竹筒子："那也行吧，老皮有这个心，咱也别绷着。但别弄复杂了，搞得简单点。"

皮笊篱说："我倒是想复杂，可我那条件，能复杂到哪儿去？"

陈扁担问："除了我们三个，你还想请谁？"

"我那房子太小，人多坐不开，别人就没叫，只叫你们三个。再就是林场高场长，你找他借车，人家二话没说就答应了。平时对咱也够意思，我想请请他，又怕我脸太小，人家不一定给面子。要不，你帮我请请试试？"

陈扁担想了想："好，我试试看。"

竹筒子逗老皮："我们不用自带酒菜吧？"

皮笊篱说："兄弟你那是骂我，什么也不用带，带着嘴就行。"

回到家，皮笊篱试探着把想请客的事和老婆说了，没想到曲彩虹答应得很爽快，说："你那几个兄弟重情重义，平日里他们对咱没少关照，该帮忙的时候，从来没说个不字。特别是你摔了腿那些日子，他们跑里跑外没少操心。早该请请他们了。"曲彩虹想了想，"得早一点准备。多少年了，咱没请过客，家里东西缺七少八的。这样吧，明天一起床，我先把那只老母鸡杀了，是炖还是炒，到时候看看。然后去趟菜园，割点韭菜芹菜，摘点青椒西红柿。你去趟农贸市场，买点猪肉和排骨。买海鲜得早一点，去晚了就不新鲜了。"

皮笊篱说："多准备几个菜，少了他们又要说我抠。"

曲彩虹瞅他一眼："抠了半辈子了，还怕人说？"

皮笊篱说："这回人方一把，放个雷子，堵住他们的嘴。"

"刚才数这些，置办齐了就差不多。鸡蛋家里有现成的，实在不行，就炒上盘，凑个数。哎，我差点忘了，家里的盘子和碗，不是少沿就是缺边，咱自己对付着用就罢了，招待客人太寒碜。你去买几个新的吧，顺便再买把筷子。"

"这一数算，要买的还真不少。"皮笊篱说道。

"刚才说这些是吃的，还有喝的呢。茶筒里茶不多了，得再买点。还有茶壶茶碗，没鼻儿的没鼻儿，没把儿的没把儿，干脆买套新的吧。"

皮笊篱说："好，还得买几瓶酒，买几个酒杯。要买的这些东西你帮我想着点，别到时候忘了。"

皮笊篱和曲彩虹忙活了一天，又是去菜地，又是跑市场，顺带还去了一趟商店，总算把杂七杂八的东西置办齐了。

煎炒烹炸的声音和满屋缭绕的香气，诱得邻居的小猫团团乱转。

天还没黑实，陈扁担他们就来了。皮笊篱沏好茶，说今天刚买的，尝尝怎么样。杜长腿呷一口，说味道不错。皮笊篱问陈扁担高场长来不来，陈扁担说高场长晚上到市里开会，散会早他就赶过来，散会晚就算了。皮笊篱把餐桌收拾停当，把酒杯碗筷摆好，说："那咱开始？"陈扁担说开始吧，不用等他。曲彩虹把炒好的菜端上餐桌，又去厨房继续忙活。

　　竹筒子一看餐桌，两眼放光："整了这么多菜啊。"

　　"家里比不得饭店，都是圈里养的，地里长的，没什么稀罕玩意儿。"皮笊篱边说边把酒打开。

　　杜长腿拿起酒杯看了看："好像是新的，没用过吧？"

　　皮笊篱说："今天刚买的。"

　　竹筒子说："杯子又高又粗，能盛不少。"

　　"我试过了，一杯正好盛一两。"皮笊篱答道。

　　皮笊篱把每个杯子倒上酒。杜长腿眯眼看着，流露出异样的表情。

　　皮笊篱举起酒杯，说："今天准备了点酒菜，请兄弟们到家坐坐。酒不是什么好酒，菜也不是什么好菜，只是表达一点心意。我这个人，大伙儿都知道，笨口拙腮，不会说话，今天也学着说几句。按咱的规矩，我先敬四杯，第一杯，祝兄弟们一帆风顺。"大伙举杯，一饮而尽。

　　皮笊篱继续倒酒，杜长腿还是眯眼看着。

　　皮笊篱劝大家说吃菜。竹筒子尝一口，连连点头，说："嫂子手艺快赶上饭店的厨师了。"皮笊篱说："你不能夸她，再夸，她的尾巴要翘到天上了。"接下来，第二杯双喜临门，第三杯三阳开泰，第四杯四季平安。皮笊篱连着敬了四杯。

　　皮笊篱又要倒酒，杜长腿用手挡住，说："老皮你先别倒。"皮笊篱笑笑，说："这刚敲锣鼓开了个场，戏没开始怎么就收场？"杜长腿也不理会，问："家里有没有磨刀石？给我拿过来用用。"皮笊篱满脸狐疑，说："你要那个干什么？"杜长腿说："待会儿你就知道了。"陈扁担也盯着杜长腿，看他又要玩什么花样。曲彩虹把磨刀石给杜长腿，说："喝酒怎么想起了要这个？"杜长腿摆摆手，说："你去忙你的去吧。"杜长腿什么也不说，把酒杯口朝下，放在磨刀石上像磨菜刀一样磨起来。

　　这时，门外汽车喇叭响了几声，曲彩虹开门一看，高云青到了。大家一齐站起来，请高云青入座。杜长腿头没抬，眼没睁，全神贯注地在磨酒杯。高云青感到奇怪，说："老杜你在干什么？"杜长腿说："我在磨酒杯。"高云青莫名其妙，说："磨什么酒杯？"杜长腿看了一眼高云青，说："高场长您不知道，老皮家里的酒杯和别人的不一样，他的杯子只用下半截，不用上半截。到别处喝酒，都是把杯倒满，他每次倒酒，只倒半杯。既然上半截没用，我就把上半截磨掉算了，省得碍事儿。"大家先是一愣，接着恍然大悟。陈扁担笑笑，说："你可真能闹妖，嫌杯子不满倒满就是了，磨什么杯子？"高云青知道这哥几个经常在一起闹，说："老皮是不是怕准备的酒不够喝？没事，我带来了两瓶，大家敞开肚皮喝。"皮笊篱连忙解释说："不是那么回事儿，我准备了好几瓶，保证够了。老杜这是故意寒碜我。"大家哈哈大笑起来。竹筒子这时又火上浇油，说："老皮的脾气谁不知道？抠了大半辈子，今天就不错了。"曲彩虹已经听明白，说："杜大哥你可真能逗。"

皮笊篱家推杯换灯盏、酒意正酣的时候，林秋月和杜宏走进泰山人家。范海灵正在忙着招呼顾客，说："你们两个这个时候来添什么乱？"林秋月把包放下，说："你忙你的，我俩在大厅里随便吃口就行了。"半铺炕端上了两个热菜、一盘笼包。林秋月一看，说："就两个菜啊？再加几个呗。开店开店，不怕大肚汉。"范海灵说："加几个可以，到时候剩下可不行。"半铺炕说："小姑娘家，当什么大肚子汉？多难听，小心将来嫁不出去。"林秋月笑笑："婶儿，我可听说当年在山上栽树，你一口气吃了八个包子，还好意思说我？再说，你不也嫁出去了吗？"

"你这死丫头，就没听着我点好？"半铺炕拍了林秋月一把。

范海灵说："你婶儿吃八个包子不假，可我们那时干的是什么活，你们干的是什么活？能一样吗？"

半铺炕附和道："就是，你挑趟山试试，吃十个包子，你也得累趴下。"

杜宏用胳膊肘碰了碰林秋月："你就少说几句吧。"

范海灵和半铺炕转身忙去了。林秋月问杜宏："和高场长的大公子高春风怎么样了？"杜宏说："能怎么样？还那个样呗。"林秋月装不明白，说："还那样是什么样？"杜宏夹起一口菜放在嘴里，说："还是那样就是跟过去没啥两样，这么说你该听明白了吧？"林秋月不信，说："都这么长时间了，你们俩就没有点实质性进展？我是说，就没干点别的？比如——"杜宏用眼狠狠挖了她一下："说啥呢，你当我是你呢，一天到晚，和皮进勇黏黏糊糊，恨不得钻进人家被窝里。"林秋月用筷子敲了她一下："说话怎么这么难听。"杜宏说："嫌难听就别那样干。"林秋月说："我干啥了？啥也没干。"杜宏说："那谁知道？只有天知地知，你知他知。"林秋月说："他学校离咱林场近，见面方便点。"杜宏说："仅仅见面方便？"

　　林秋月把话题岔开，问杜宏："父母遗传的基因是不是很强大？""这个，我也不太懂，应该是吧。"杜宏答道。林秋月说："皮进勇随他爸是随到家了，不用查DNA，就知道是爷儿俩。他爸是个皮笊篱，他就是个铁水瓢！他爸吃虱子都不舍得给别人一条腿，他也差不多，大样扒小样。一块吃个饭，你想不到多别扭，每次把饭菜吃得渣都不剩，恨不得连盘子碗也吃下去。掉在地上的米粒饭渣，他捡起来就吃，眼都不眨一下。哟，那个寒酸相。"杜宏说："节约是美德，这跟寒酸没关系。""说好听的，那叫节约；说难听的，那叫抠门儿。要真在一起过日子，谁能受得了？"杜宏一听忍不住笑了。林秋月问："你笑什么？""褒贬是买主。买方对卖方的货物横挑鼻子竖挑眼，那是看好了，想要了，生意差不多快成交了。"杜宏说道。"什么乱七八糟的，我听不懂。"杜宏说："你就揣着明白装糊涂吧。"

第十八章

　　"坏人是被好人惯出来的。"回到家，陈扁担把衣服一扔，突然撂出了这么一句。王玉芹莫名其妙地看着他："你这没头没脑的，喝多了还是发烧了？"陈扁担说："没喝多也没发烧，我是叫他们气的。你说，现在有些人也不知道怎么了，对他好吧，他不知道好。给他说真话他反着听，给他说假话，他倒上杆子，实打实地信，信得劝都劝不住。怪不得人家说，好人不长骨头，坏人才肆无忌惮；好人不长脑子，骗子才瞒天过海。"接着他向玉芹讲了刚刚遇到的事。

　　原来，傍晚的时候，陈扁担和杜长腿从山上下来，走到红门，突然看到路边围了不少人。他俩凑过去一看，有个摆地摊的，一男一女，四十岁左右，看样子是一对夫妇。地摊上摆着何首乌、四叶参、灵芝和黄精。摊位上立着一个用木板做的广告牌，上面写着"泰山四宝"，旁边还有几个装货的麻袋。陈扁担心想：上山的时候，这里还没人，怎么转眼的工夫突然冒出个摆摊的？只听女商贩声嘶力竭地喊着："泰山四宝，天下难找。各位，瞧一瞧看一看，瞧瞧看看不要钱！"男商贩嗓子有点沙哑，大概是喊多了累的："灵芝何首乌，黄精四叶参，有病能治病，无病能健身！"他们两个的叫喊，招来不少人，许多游客停下来，仔细端详着"泰山四宝"。一位游客问道："这四叶参有什么功效？"

　　"泰山四叶参，就是泰山参，天然野生，生长在泰山深处的岩石缝隙，或者阴湿山沟山坡林荫之下，具有补血通乳、养阴滋肺、益胃生津的功效，效能比长白山的人参大多了。带点回去试试？"女商贩伶牙俐齿，巧舌如簧，说起来一套一套的，汤水不漏。显然，事先功课做得很充分。

另一游客问："这何首乌怎么样？"

男商贩更是江湖老手，他像说书的一样拉开架式。先讲了一个与何首乌有关的故事："当年泰山有一老翁，满头银发，连眉毛都是两抹雪白。无意中他食用了何首乌，突然奇迹就出现了，很快就须发变黑，返老还童。这个故事，泰山人都知道。它的功效主要是养血益肝、固精益肾、乌须黑发、强筋健骨。来点吧，不试不知道，一试才知道。"

两个商贩的推销煽动性和诱惑力很强。一些游客便按捺不住，蠢蠢欲动。刚才询问的两位游客开始动心，两个人悄悄嘀咕了一会儿，接着"泰山四宝"各要了一份。女商贩像中了彩票，喜不自禁，麻利地把东西包好。

那游客正要掏钱。陈扁担突然说："这位兄弟，付钱不着急，先看货真假。一旦上当，后悔就晚了，'泰山四宝'再好，也治不好后悔病。"商贩狠狠瞪了陈扁担一眼。正在掏钱的游客拿也不是，放也不是，僵在那里，扫了一眼地摊上的何首乌、四叶参、灵芝和黄精，问陈扁担："这些东西是假的？"

陈扁担说："泰山四宝是好东西不假，但这些货是假的。真的泰山四叶参，个头像胡萝卜，外皮都很粗糙，颜色是灰黄的。但你看这些，个头没有小拇指大，表皮水光溜滑，颜色也不正，一看就不是真货。"

杜长腿也说："这些黄精也是假的。真黄精又细又软，颜色金黄，可这些又粗又硬，颜色也不正，就是些树的根须。"

买货的游客眨眨眼睛，半信半疑，掏钱的手又缩了回去。

眼看成交的买卖要被搅黄，女商贩把脸上的笑容一把扯下，急哧白咧地吼道："闭上你那张臭嘴，少在这里胡吣。谁说这是假的？你拿出真的看看？"男商贩也恼羞成怒："空口白牙，小心闪了舌头，明明是真的，怎么成了假的？"

陈扁担把手中的扁担竖起来往地上一戳："给脸不要脸是不是？你敢指天发誓这是真的？"见男商贩张口结舌，陈扁担又说："看你身强力壮，干点什么不好，非要干这骗人的营生？"杜长腿也附和道："就是，大白天在这里坑蒙拐骗，就不怕被泰山老奶奶看见遭报应？"

男商贩骂道："从哪个羊群里蹦出两头叫驴？少在这里乱叫唤！"女商贩这时完全露出了她的泼妇相："一看就是挑山的，一身土鳖气，少在我这儿臭屁乱放，哪凉快哪儿待着去！"说着，要往陈扁担身上蹭。杜长腿把眼一瞪："怎么？想动手？"男商贩自知不是对手，赶紧把老婆挡在身后，换了一副嘴脸："大哥息怒，愿买愿卖，愿打愿挨，何苦呢？咱各走各的道，谁也不碍谁。"

陈扁担转身对那两个游客说:"你们两个也真是,怎么好话听不进去,假话听着那么顺耳呢?真的泰山四宝,药店里有,到那里去买就是了。怎么就那么不长眼,上赶着买这些一文不值的假货呢?"

谁知,那个准备掏钱的游客不但不领情,反而冷言相向:"你这个人怎么说话?说谁不长眼?你才是没事找事,吃饱了撑的。"

另一个更不识好歹,说出的话来带着火药味:"真的假的关你什么事?钱是我的,又不是你的。我的钱愿咋花咋花,买了假的我也愿意,我就是用它擦屁股,你管得着吗?"

商贩夫妇听了不禁窃喜。

陈扁担一听,气不一处来:"怎么好心当成驴肝肺,听不出好赖话呢?真是狗皮袜子、吊炉火烧,没反没正了。我为你们说话,你们不领情也就罢了,怎么还反咬一口,冲着我来呢?"

杜长腿的火也被他们拱起来:"真是'狗咬吕洞宾,不识好人心'。既然他们愿意拿钱擦屁股,那就让他们擦吧,小心擦出个好歹,神仙没法治。"

陈扁担和杜长腿扭头就走了。

听陈扁担说完,王玉芹笑道:"眼看快到手的钱,让你搅没了,你断人家的财路,他们能不恼?"陈扁担说:"那两个贩子不高兴,情有可原,可气的是那两个买的,青红不分,皂白不辨,也冲我来了,你说气人不?"王玉芹说:"这就叫管闲事,落闲非。"陈扁担说:"生就的骨头长就的肉,我就这么个脾气,遇到这样的事,就管不住自己。我算看明白了,有时候当个坏人容易,当个好人真难。"王玉芹问道:"最后怎么了?"陈扁担说:"我和杜长腿气走了,后来听说,那两个贩子被工商局的人带走了。"

一大早,竹筒子就处处不顺。先是上厕所起身的时候,一头碰在木橛上,撞得脑袋嗡嗡地响。接下来吃饭时,一碗刚出锅的菜粥洒在身上,烫得小腿红了一片。要不是裤子隔着,非得脱皮不可。惹得妻子朝他翻了好几次白眼。

撂下碗筷,竹筒子抄起扁担要出门,崔桂娟眼睛追着他,说:"你要去哪?"竹筒子说:"明知故问,上山呗,不上山干啥?"崔桂娟把筷子往桌上一扔,说:"你还真有脸问,家里这么多活你看不见?坡里的花生地瓜人家早就收了,光剩了咱的还撂在地里。厢屋顶漏雨,一到刮风下雨天,屋外下,屋里也下。到处湿漉漉的,放点东西都长毛。我说了好几次,叫你找人拾掇拾掇,你就是不听。孩子考试不及格,一次一次找你,你就是不去,老是叫我去顶雷，看老师的脸色。你到底心里还有没有这个家？"

竹筒子本来就窝火，听崔桂娟这么说，心里的火一下子就拱了出来，说："你成天就知道叨叨，没看着我天天忙得脚打后脑勺？"崔桂娟也没好气，说："你光知道在外边瞎忙，这个家就不要了？"竹筒子说："我干的就是男人的活，不在外边忙在哪儿忙？"崔桂娟嘴噘得能挂住油瓶，说："我看你就是一个野蹚子，家里根本拴不住。"竹筒子也不让步，说："我又不是一头驴，拴在家里干什么？"崔桂娟说："不管怎么着，今天说什么也得把地里的花生地瓜收回来。"竹筒子说："已经答应了人家，哪能说话不算数？"说着就要往外走。崔桂娟上去夺他手中的扁担。

竹筒子正和崔桂娟争执，王多多突然像幽灵似的出现在门口。

竹筒子一下子蒙了，定神一看，这不就是当年那个王多多吗？尽管眼前这个女人已不再是当年那个青春少女，两条小辫换成齐耳短发，但他还是一眼把她认了出来。他怕自己产生幻觉，用力地揉了揉眼睛，没错，就是她！

他手中的扁担啪地掉在地上，像一尊泥塑一样站在那里。

其实，竹筒子不知道，天还没亮，王多多就来到石屋子村。她先是找到泰山人家饭馆。她已打听明白，这家饭馆是范海灵她们开的。她几次想进去，但始终没有鼓起勇气。犹豫再三，还是离开。过了一个时辰，她又回来，隔着窗户向里张望，清楚地看到范海灵、大剪子和半铺炕在餐馆忙里忙外。她徘徊一会儿，轻轻摇摇头，又改变了主意，离开餐馆来到竹筒子家。

此时，竹筒子惊愕地看着王多多。

崔桂娟的目光在王多多身上扫了一遍，问："你找谁？"

王多多怯怯地叫了一声："小同哥，你不认识我了？我是多多呀！"

王多多这声小同哥，像一粒火种，"嗵"地一下把崔桂娟的火点着了："哟，还小同哥，我是多多，叫得多甜、多亲呀！你是什么人？你俩什么关系？"

王多多问："你是嫂子吧？"

"你别管我是谁，你先说你是谁？"

没等王多多回答，竹筒子突然眼里射出一道火光，他怒不可遏地吼道："滚，你给我滚，滚得越远越好，千万不要让我再看见你！"

王多多说："小同哥，你听我说——"

"我不听你说，十几年了，你像钻进地缝里一样，连影子都不见，今天你从哪里冒出来？竟敢跑到我门上。我看见你就恶心，就想吐，赶快给我滚！"

崔桂娟一听，火更大了："好你个竹筒子，怪不得你天天不着家，原来外边还有这样一个小妹妹！还十几年了。你个遭天杀的，看着你表面上蔫不出溜，背地里竟敢养着个野女人！"

王多多想解释："嫂子，不是这么回事——"

崔桂娟哪里还容她解释："不是这么回事是怎么回事？你个破烂货臭不要脸，背地里偷人就罢了，还敢找到家门上。你的胆儿可真是够肥的！"

王多多说："嫂子你误会了，不是你想象的那么回事。"

崔桂娟说："你少嫂子嫂子地瞎叫唤，谁是你嫂子？到底怎么回事？"

竹筒子从地上抄起扁担对王多多吼道："你滚不滚？再不滚我打断你的腿！"

王多多哭着跑出了院门。

崔桂娟说："你别跑，事还没说清楚就跑？你给我回来！"

竹筒子低声嘟囔道："怪了，她从哪里钻出来的？"

崔桂娟问竹筒子："这底是怎么回事？你不说出个子丑寅卯，就别想算完！"

"你先别在这里嚷嚷，咱先进屋去，我慢慢和你解释。"

"不用进屋，你就在这里说。"

"你到底有完没完？"

"没完，这个事我跟你没完！"崔桂娟依然怒气冲冲，"你说，你什么时候勾搭上这个狐狸精？什么时候？"

"我和她清清白白，什么事没有，你不要胡搅蛮缠！"

"都十几年了，还什么事都没有？"

"当初也就是见过两次面，以后十几年就再没见过。"

"再没见过？你骗鬼去吧！"

"你爱信不信，不信拉倒！"竹筒子也火了。

崔桂娟嘤嘤地哭了起来："这日子没法过了。"

接着传出噼里啪啦摔东西的声音。

王多多从竹筒子家出来，无处可去，便到村外随便转转，打发时间。她想好了，等天黑下来，饭馆客人走得差不多了，再去饭馆找范海灵。

范海灵对王多多来过饭馆全然不知，最后一拨客人走后，其他人也都先走一步，只剩下她和大剪子。她俩收拾完大厅和包房，正要关门，王多多来了。

王多多一进大厅，扑通一下跪在地上，把范海灵吓了一跳。大剪子仔细看了看，说："这不是多多吗？你是人还是鬼啊？"范海灵一脸惊讶，问："你真是多多？"王多多抽泣着点点头。范海灵找把椅子坐下，说："十几年前，你像一阵风一样跑得没踪没影，今天你从哪里冒出来？"大剪子"哼"了一声，说："你这个大骗子，可把我们坑苦了。当年，我们实心实意把你救下来，管你吃，管你住，没钱借钱给你，你却没心没肺、恩将仇报，把我们骗得灰头土脸，我们上了当、受了骗，还蒙在鼓里，牵肠挂肚地打听你的下落。谁知，你像老鼠似的，钻进洞里躲起来，一躲就是十几年。你滚，赶快滚，我们不欢迎你！"

王多多抬起头来："大姐，听我说句话，我说完再滚也不迟。"

范海灵说："那你就说吧，看你有什么好说的。"

"我是来赎罪的。这句话不说出来，我就是做鬼心里也不安。"

大剪子用鄙视的眼光看着她："你少在这里装可怜，十几年前，你就玩的这套把戏，今天又要拿出来？收起来吧，不好使了。"

"大姐，我知道，你们都恼我恨我，今天，你们就是骂我打我，我都认了。我真的没脸见你们。其实，今天白天，我在你们门口转了很长时间，思来想去，没好意思进来。后来，就硬着头皮去了竹筒子家，被他连吼带骂轰了出来。没办法，我还是没脸没皮地找到您这里。"

"那你说，你找我们到底要干什么？"

"我今天来，就是想把当年的事说清楚，再就是把钱还你们。"

"哟，你这样的人还会良心发现？我不信，也不敢信。"大剪子说道。

范海灵语气略有缓和："那你就说说听听，别跪着了，起来说。"

"我不敢。"

大剪子指指旁边的椅子："叫你起来你就起来。"

"大姐，能不能给我倒杯水喝？一天没喝口水，嗓子快冒烟了。"

大剪子倒一杯水给她："给，你骗我们有功。"

接下来，王多多讲述了十多年前的事。

"那件事从头到尾都是个骗局。说起来你们大概也不会相信，是我把您带进那个骗局，但我也是那个骗局的受害者。当时，我告诉您的家庭住址、姓名都是假的，包括后来发生的那些情况，都是他们事先编排好让我照着去说去做的。

"我本名叫肖莉，家在宁都县朝阳镇肖家洼村。父母都健在。十几年前，我爸和人合伙做生意，不小心进了人家设计的圈套，遭到陷害，一笔就亏了二百多万。合伙人跑了，债主就天天上我家逼债。我爸到哪儿一下子弄那么多钱？债主就要我到他公司去打工，以工钱相抵。我当时正在上中学，心里一百个不情愿，但有什么办法？无奈之下，我就退学去了他的公司。

"到了公司我才知道，老板表面上是生意人，实际是当地黑社会的头子。他根本没有什么正经生意，专干欺男霸女、坑蒙拐骗的勾当。他的公司里，像我这样遭遇的女孩子有几十个。长得好看、能说会道的，他就逼迫她们做皮肉生意。像我这样相貌平常、性格木讷的，就利用我们做套行骗。当然，公司还是男的多，他们主要用来当枪使，欺行霸市、强取豪夺，非法占有别人的财产。

"我们都反抗过、逃跑过，可没有用。逃跑了，被他们抓回来；反抗，被他们关起来。他们动不动就以绑架家人、杀人灭口、伤残毁容相威胁。他们可不只是吓唬，他们是来真的，有一个和我同岁的小姑娘，就是因为几次逃跑，被他们生生毁了容。"

范海灵问："他们为什么要你来骗我们这些穷挑山工？"

王多多说："那个黑心的老板经常来泰山玩。他看见泰山挑山的，都是些老实人、厚道人，古道热肠，侠肝义胆。并且每天干活都是一手交货一手拿钱，不管多少，身上都有点现钱。他们就设计一个能使你们上当的套路。其实，从我一上山，就有四五个人一直在暗处跟着，看着我的一行一动。如果我不照他们说的做，我的下场要比那个被毁容的姑娘还要惨。"

大剪子说："当时如果我们不救你，计划不就落空了？"

"这个他们早就盘算好了，你们不救我，别人也会救。"

范海灵问："那一千块钱也是设计好的？"

王多多"嗯"了一声，说："他们知道我把钱骗到手，就找来拖拉机，把我拉走了。回去不久，那个黑心老板因为作恶太多，民愤太大，被公安抓起来枪毙了。他的公司也被查封。我和姐妹们恢复了自由，过上了正常人生活。其实，我一直想来向你们说明真相，请求你们宽恕，可又觉得对你们伤害太大了，没有脸回来见您。后来，我就跟着几个姐妹到南方打工，成了家，有了自己的孩子。但骗了你们，始终是我的一块心病，每想起来，心里就特别难过。这几天，我回家看望我爹，忍不住还是来找您，就是您打我骂我，把我撕巴了，我也没怨言。还是我刚才说的，找您的目的，就是把真相说给您听，把骗您的钱还给您。"

说完，王多多再次跪在地上，把装钱的信封举在半空："我原准备了一万块钱，但思来想去，这不是钱的事，就是拿十万二十万，也赎不回我良心的债，所以，还是把原来的一千块物归原主吧。"

范海灵搀了王多多一把："快起来，事已经都过去，话说开了，钱就算了。再说，我们现在都过得挺好，谁都不差这点钱，你留着用吧。"

王多多说："姐，你不答应，我就跪在这里。这个钱不是钱，是压在我心头的一块石头啊，你不接，它就会永远压在我的心上。"

范海灵只好把钱收下，说："天这么晚了，今晚住哪儿？要不，还是跟我回家住吧。"王多多说："我哪还有脸？我已经买好车票，连夜就赶回去。"

第二天一大早，竹筒子就急匆匆地跑到陈扁担家，说："闯祸了，下午和桂娟吵了一架，她一气之下，领着孩子回娘家去了。"陈奶奶抿嘴一笑："小两口床头吵架床尾和，没什么大不了的。"王玉芹也笑道："就是，回娘家住两天怕什么，看把你急的。"陈扁担问他为什么吵架，竹筒子说："你还记得那个多多吧？她昨天下午突然跑我家去了。本来我就和桂娟闹了点别扭，她心里不大痛快，一见到多多，非常生气，说我在外边养女人，不依不饶地闹起来。我就是长十张嘴也说不清楚。王多多就是我的克星，碰上她就没有好事，我算倒了八辈子血霉了。"

陈扁担听了一怔："她从哪儿冒出来？现在在哪儿？"

"当时就被我赶走了，我也不知道她到在哪儿。"

陈扁担说："这样，你先把桂娟她娘儿俩接回来，孩子还得上学，其他的再说。"

竹筒子有点为难："我去叫她，肯定火上浇油，非把我骂出来不可。"

陈扁担笑道："看你个尿样，我让你嫂子和你一块去。"

王玉芹第一次听说王多多的事："真是的，什么事都让你们摊上。"

崔桂娟很给王玉芹面子，从娘家回来了。陈扁担对崔桂娟说："你可真冤枉竹筒子了。当时，是范海灵和大剪子从山上救下那个姑娘，谁知道她是个骗子。大家都看着她可怜，才收留了她。也怪我多事，想把她和竹筒子兄弟撮合撮合，还搭上一千块钱。结果，她拿到钱的第二天就跑了，我们还误认为是她表叔把她抓回去了，又坐车去梁平县找，结果连个影子没找着。事就这么个事，情况就这么个情况，你说竹筒子在外边养女人，他哪有那个本事？就是有那个本事，也没有那个胆啊！"

崔桂娟有点不好意思："我当时心正烦着，她冷不丁地闯进家来，还一口一个哥的叫着，我能不生气？再说，那不是话赶话，赶上了嘛。"

第十九章

　　一轮明月挂在空中，春水般的月光洒满大地，把山村浸润得静谧而温馨。

　　陈奶奶一遍遍地念叨："今晚的月亮真好，又圆又亮。"陈扁担心里明白，让老人愉悦的不仅仅是月光，更重要的是鸟儿归巢，全家团圆。家栋已从部队复员两年多，家梁大学毕业，今天也回来了。一家老少团聚在一起，老人心里乐着呢。玉芹忙活了一下午，准备了满满一桌饭菜。小欢高兴地说像过节似的。

　　吃饭的时候，陈奶奶破例抿了口酒，说："家栋和家梁就像两只小鸟，扑棱棱飞出去几年，又扑棱棱飞回来了。"小欢禁不住笑了，说奶奶说的话像诗一样。陈奶奶没听清，也没听懂。家梁帮着翻译，说小欢说，您说话像唱歌一样好听，像课文里的诗一样漂亮。陈奶奶咧嘴一笑，说这丫头，净笑话我。

　　陈家梁告诉奶奶，他们班考出去的几个同学，工作都有了着落。皮进勇去了农业局，展宏图去了派出所，林腊梅去了银行，高小雨去了市中心医院，和她妈同一个单位，只有杜婕没回来，留在了北京一个国家机关。

　　陈扁担看了他一眼："说了半天，你去哪儿？"

　　陈家梁说："我本来也应该分到中学教书。但毕业前，省委组织部遴选选调生，我被选上了。组织安排我到青云县当村第一书记。"

　　陈扁担看了家梁一眼，眉头一皱。

　　王玉芹筷子停在半空，问："大学都毕业了，还要到村里当书记？"

　　陈家栋把碗一放，说："那你这个大学不是白上了？"

　　陈奶奶脸陡地一沉："你跟奶奶说实话，是不是犯了什么错误？"

　　陈家梁笑笑，说："你们想哪去了？选调生是组织部门有计划地从高等院校选调品学兼优的应届大学本科及以上学历毕业生到基层工作，对党政领导干部后备人选和县级以上党政机关高素质的工作人员人选进行重点培养，是一项重要政策，选调生不是谁想当就能当，一般学生还选不上呢，最起码是党员、优秀学生干部，是品学兼优的学生。"

陈扁担的表情立刻松弛下来。

小欢的脸笑成一朵花，把大拇指一伸，说："哥，你真了不起。"

"也没什么了不起，全省被选入选调生的一百多个呢。"

陈扁担说："听组织的没有错，不能给组织丢脸。"

陈家梁离家四年，回来后感觉变化太大了。城区变了，乡村变了，周围的人也变了。陈家栋、皮进勇、林秋月、杜宏等都已成家生子。这几天，他去看望了几位老师，和几个同学叙了叙旧，接着就去青云了。

这些日子，陈家栋没精打采，忧心忡忡。从部队复员回来时，当地政府很照顾，他和皮进军都被安排到镇办机械厂。当时，毛纺机械市场火爆，产品供不应求，工厂效益确实很好。可好景不长，效益开始下滑，加上镇里进行企业改制，原来的镇办企业，变成了民营企业。去年初，厂长变卖了所有资产，带着小老婆跑到国外去了。企业一落千丈，陷入一片混乱。目前机械厂濒临崩溃，奄奄一息，基本成了空架子。工人纷纷另找门路，大凡有点路子的都走了。和他一同进厂的皮进军也离厂而去，干起自己的生意。

陈家栋回家把情况说了。陈扁担问厂子以后还有没有希望，陈家栋说："一点希望都没有，接下去就是垮，待下去就是等死。"陈扁担问他有什么打算，他摇摇头，说："皮进军找我商量一块做海鲜生意，我没答应。他在厂里这两年一直跑供销，外边熟，有路子，加上他有做生意的头脑，我干那个肯定不行。我想反正现在年轻有力气，我跟着您挑山算了，先干着，以后有什么机会再说。"陈扁担想了想，说："也行。皮进军脑子活络，做买卖说不定可以。咱家里祖辈都下苦力，从来没出过买卖人，我看你也不是干那个的料，挑山虽然累点苦点，但有一条，踏实，只要腿脚勤快不惜力，就饿不着肚子。"

皮进军离开工厂以后，先是倒腾水果蔬菜和土特产品，赚了几笔小钱，后来倒腾海鲜，市场也不错。最近，他跑了几趟烟台威海，一下子开了眼。原来两眼只盯着带鱼、鲅鱼和扇贝蛤蜊，这些都是大路货，倒腾来倒腾去，亏不着，也发不了财。但如果倒腾名贵稀缺的高档海产品，就大不一样了。倒腾成一次，就够吃一年。他说的那些名贵稀缺的高档海产品，其中就有金枪鱼。倒腾金枪鱼来钱多、挣得快，这是他刚得到的最新信息。

金枪鱼主要产自大西洋，特别以黄鳍金枪鱼、长鳍金枪鱼和蓝鳍金枪鱼最有名。这几种金枪鱼肉质鲜嫩，蛋白质含量极高，最大的三四米长，最重的上千斤，是世界上最具有商业价值的鱼种之一。金枪鱼市场好，利润大，但倒腾起来成本高，风险也大。舍不得孩子打不着狼，皮进军决定冒险一试。

这天晚上，皮进军约了陈家栋、孙长友、王大发和李进几个战友，来到泰山人家。落座后，陈家栋笑笑，说："皮老板最近是不是发财了，要不怎么舍得请我们吃饭？"皮进军一脸认真，说："我们几个都是老战友，不发财就不能请你们吃顿饭？在家靠父母，出门靠朋友嘛。"孙长友在皮进军身上闻了闻，说："满身鱼腥气，一闻就知道，不是渔民，就是鱼贩子，请客也不换身衣服。"皮进军揪起衣领一闻，说："没有啊，哪有鱼腥味？"王大发调侃道："你天天混在猪圈里，哪能闻到猪臭？"李进也逗他，说："请客也不找个稍微高档点的，选了这么个小店。"皮进军说："兄弟你错了，这个饭馆是我几个姊子开的。到那些大饭店，无非是吃个排场。在这里呢，吃的是家的感觉。"

席间，哥几个边说边聊，谈当兵时的趣闻旧事，也谈眼下的日子。大家特别关心皮进军的生意。皮进军就把下步的想法说了："最近我准备倒腾一批金枪鱼，市场好，有的赚。只是眼下票子不大凑手。这两年虽然赚了点，都是小打小闹，一下子拿出那么多本钱来确实有点困难。"

孙长友笑道："弄了半天，你今天摆的是鸿门宴啊。"

"鸿门宴不至于，想借点钱倒是真的。"皮进军答道。

李进说："咱老婆孩子都不缺，就是缺钱。再说，你这买卖靠不靠谱？"

皮进军答道："货源那边，我联系好了，远洋捕捞的船这几天就回来。销售的环节我也跑了，大宾馆小饭店找了十几家，他们都答应货随到随收，这个肯定没有问题。放心，时间不会太长，也就半月二十天，钱就回来了。再说，兄弟的钱我哪能白用？货一出手，怎么也得给兄弟们本钱上加一点。"

王大发说："我们都是靠工资吃饭，至多三千二千的，恐怕杯水车薪。"

"多了不限，少了不嫌。不够的，我再别处想想办法。"

陈家栋说："老皮我这个酒白喝了，一个挑山的哪儿弄钱去？"

皮进军笑道："我知道你拿不出来，有钱的帮钱场，没钱的帮人场嘛。"

皮进军回家，向皮笊篱说起生意上的事。皮笊篱知道儿子赚了点钱，说不管赚多赚少，没赔了就好。千万别忘了，做生意要讲诚信。多赚少赚，那是钱的事；讲不讲诚信，那可是做人的事。不管什么时候，做人比赚钱更要紧。

皮进军有点不大耐烦，说："这些话我听得耳朵都快起茧子了。"曲彩虹也白了皮笊篱一眼，说："孩子回趟家，你就唠叨起来没完。"皮进军婉转地提出想借点钱，进批金枪鱼。皮笊篱听后，眨了眨眼，说："我怎么觉着你说的这事有点玄乎，那么好做的买卖还能轮到你？再说，我手头有点钱，但也不多，也就是葱姜蒜的事，充不起个菜。"皮进军问能拿出多少，皮笊篱说也就二百吧。皮进军一听，说："你可真逗，真好意思说出口，还葱姜蒜呢，连爆锅也溅不起个油星。"皮笊篱"哼"了一声，说："你爱要不要，二百我还舍不得呢。"皮进军也"哼"一声，说："抠门儿抠了一辈子，和自己的儿子都这么抠。"皮笊篱把眼一瞪，顺手抓起鸡毛掸子就要抽，被曲彩虹挡住。皮笊篱说："还反了你了。"皮进军气冲冲地把门一摔走了。

皮进军东借西取，最后还是找了几个做生意的老板，好歹凑够了六万。他找了一个在公司开货车的朋友，送了两条烟和一瓶酒，和他一块开车去了胶东。

货进得很顺利。返回的时候，司机问走高速还是走国道，皮进军说走国道吧。司机知道他是为了省过路费，说："做这么大的买卖，还差几个过路的钱，你也太抠了。"皮进军点上一支烟，说："你这就不懂了，大烟得抽，日子得过。"

皮进军满面春风地坐副驾驶座上，摇头晃脑地哼着小曲，兴奋之情溢于言表。驾驶员看着他高兴的劲儿，说："看把你嘚瑟的，好像买彩票中了彩似的。"皮进军说："差不多吧，这车货一出手，我都担心数钱数得手疼。以后这条路就是咱发财的路，隔三岔五地得跑一趟。"司机说："做完这单还要做啊？我可是冒着被处分甚至被开除的危险，偷着出来帮你干这个活。"皮进军说："知道，我吃肉，不会光让你喝汤，亏不着你。这趟生意如果做得顺利，你干脆辞职算了，咱俩合起伙来干。省得出趟车提心吊胆，像做贼似的。"司机摇摇头，说："以后再说以后的事，当初为了这个铁饭碗，没少花钱打点，我可不舍得随随便便把它摔碎。"

皮进军运海鲜的卡车正在行驶着。突然，并行的一辆加长货车不知出了什么状况，像醉汉一样在公路上左摇右摆，尾部挂车猛地甩向皮进军的卡车。司机说声"不好"，本能地握紧方向盘规避躲闪，一头向路边的深沟栽去……

春兰回到家，天已经黑了，一看皮进军还没有回来，便开始局促不安。一会儿起来，一会儿坐下，又起来，又坐下。眼睛不时地瞟着墙上的挂钟。忽然，她冥冥之中感到右眼老是在跳。老人讲，左眼跳财，右眼跳灾。她心一下子毛起来，拿件外衣披上，急匆匆地去了皮笊篱家。

一进门，春兰劈头就问："进军没回来吗？"

"没有啊，他不是去胶东进海鲜去了吗？"曲彩虹答道。

春兰说："是啊，可他说好了今天回来，都这个点了，怎么还没回来？"

"大概路上有什么事耽搁了，说不定现在还在路上。"曲彩虹说。

春兰摇摇头："不对呀，他走之前和我说得好好的，到那里装上货，立马就往回赶，按照正常的时间，这会儿他早就应该到家了。"

皮笊篱喝了口茶，说："没事，那么大的人了，还能走丢了？"

曲彩虹附和道："对，不要着急，估计快回来了。"

春兰抹了一下眼角："不知道怎么回事，我的右眼皮一直在跳。"

皮笊篱说："别自己吓唬自己。"

清早，天空淅淅沥沥飘着雨丝。家栋的妻子明惠忽听有人啪啪敲门。她开门一看，春兰一副火上房的样子站在门口，便问什么事把她急成这样，春兰说有急事找家栋。明惠说他去他爸家了。春兰便急匆匆走了。明惠一头雾水，她这是怎么了？

春兰十万火急地到陈扁担家，陈家栋果然在这里。陈家栋问什么事，春兰眼泪刷刷地掉下来，说进军可能出事了。陈家栋一怔。

春兰说："昨天一早他就带车去了胶东，说是进海货，可到现在还没回来。我问了几个人，都说没见他的人影。"

"进货的事我知道，是不是还在路上？"

春兰又说："我找人问过，胶东码头那边人家说昨天上午就装好货往回赶了。"

这时陈扁担从屋里出来，说道："这么远的路哪能那么准时准点，是不是回来太晚没有回家，或者到那些要货的宾馆饭店送货去了？"

"不知道啊，我担心他路上出事，所以才来找家栋帮着找找。"

"我现在就去，一有消息我就告诉你。"说完，陈家栋就出了门。

皮笊篱和曲彩虹正在吃早饭，陈扁担、杜长腿和半铺炕就来了。

半铺炕说："我的亲家哟，你们两口子的心可真大，这个时候还能吃得下去？"

皮笊篱和曲彩虹相互看了一眼。

半铺炕说："你那宝贝儿子跑丢了，你一点不着急？"

"怎么能不着急？一大早起来转了好几遍了，可到哪去找他？"曲彩虹答道。

皮笊篱把筷子一扔："三十岁的人了，还不让人省心。"

陈扁担说："别光着急，急有啥用？得想办法找找。"

杜长腿问："进军会不会到亲戚家去？"

"亲戚都在跟前儿，没有远的，不会。"皮笊篱的回答很肯定。

半铺炕说："我就担心路上出事，被人抢了，或者车抛锚了，再就是——"

陈扁担看了半铺炕一眼："别瞎琢磨，我叫家栋他们找去了。"

事情往往就是这样，好事没人在意，不好的消息比风传得还快。那几个借给皮进军钱的债主，呼啦一下子就涌上门来。春兰反复给他们解释，说你们几位都是进军的兄弟和朋友。要不你们也不会借钱给他对吧？他的为人你们知道，他不会借钱不还的。可那几个债主根本听不进去。一个说："他到底去了哪里？怎么连个人影都不见？是不是故意找地方躲起来，想赖账躲账？"春兰说："怎么会呢？事情出得突然，我什么都不知道。但我肯定他借也罢，贷也罢，就是自己不吃不喝，他也会把钱还给你们。这一点，我比谁都了解他，请你们尽管放心。"另一个说："我们的钱也不是大风刮来的，全家人还指望它过日子呢。"春兰说："您说得对，谁挣钱都不容易。只要一有准信，我叫他马上还给你们。就算我们卖房子卖地，也保证不欠你们分文。"还有一个说："谁知道你们两口子是不是在演双簧？人心隔肚皮，这个年头谁敢相信谁？反正欠债还钱，天经地义。"春兰说："我都说到这个分上，你们再不相信，那我也没办法。再说，天这么晚了，你们就是不走，我到哪去给你找钱去？"

这时，半铺炕来了，进门就说："各位都在啊？"几个债主你看我，我看你。半铺炕说："我是春兰的妈，也就是皮进军的丈母娘。我看着你们几个面熟，你们都是进军的朋友吧？"几个债主面面相觑。

半铺炕继续说："刚才你们的话我都听见了，嘿，进军真是交了你们这样几个好朋友。他借你们的钱，借你们多少，什么时候还，这些我都不知道。"

一个债主怕她赖账："我们可都是有字据的，不能赖账！"

半铺炕说："孩子，我不是替他赖账。他向你们借钱，你们借给他，他得感谢你们。可他现在人在哪里，什么情况，我们一概不知。我们全家，包括他的亲戚朋友都急得要命，到处找他。可这个节骨眼上，你们逼上门来要账，是不是有点不大仗义？深更半夜的，你们不让我闺女睡觉，逼着她还钱，是不是不大地道？朋友，你们还算朋友吗？酒肉朋友，啃了个肘子满嘴油；狐朋狗友，同伙出了事还知道叫几声。可你们呢，连酒肉朋友、狐朋狗友都算不上！我今天把话撂这儿，你们现在回去，我就和他们一块想办法还你们的钱，保证一分不欠一分不少，如果你们赖着不走，我就告你们夜入民宅，图谋不轨！"

几个债主被半铺炕一阵"突突"，有点懵，你看我，我看你，摇摇头，起身走了。

第二十章

陈扁担在屋里走来走去，百思不得其解。那么一个大活人，怎么说不见就不见了呢？王玉芹也心中有疑，说："会不会像他们说的那样，卷着钱跑了？"陈扁担不相信，说："我是看着他长大的，他不会干那么离谱的事。"王玉芹想了想，说："要不就是进货的时候出了什么岔头，躲出去不敢回来了？"陈扁担摇摇头，说："也不大可能，能出什么岔头？大不了亏了赔了，也不至于躲出去不回来啊。"

说起来，皮进军真是不幸中的万幸。就在卡车向深沟栽去的瞬间，路边两棵树救了他。这两棵树又高又粗，每棵树的直径足有半米，树间距则很小，相隔不到两米，卡车在顺坡向壕沟斜栽下去的时候，恰好被这几棵大树卡住。前轮被悬起来，卡车轰隆了几声，接着熄了火。前挡玻璃被撞得粉碎，保险杠也被撞得扭曲变形。车厢里装有金枪鱼的箱子被重重地甩了出去，滚落到公路旁的深沟里，碎成一堆垃圾。熄了火的卡车呈四十五度角倾斜着，如果没有这几棵大树拦着，后果不堪设想。

皮进军脸部和胳膊被划破，鲜血直流。他用力推开车门，走下车来。司机伏在方向盘上，还没有从极度惊恐中缓过神来，殷红的血顺着前额流到脸颊。皮进军用力把他从车上拉下来，问他伤得怎么样。司机像从噩梦中醒来，轻轻晃了晃脑袋，抻了抻双腿，试了试好像没什么大事，只是头被撞了一下。接着司机恶狠狠地骂道，那个大货车司机真他妈缺德，车是怎么开的？说着就要找他算账。皮进军说别急，等交警来了再说。皮进军双手抱头，沮丧地蹲在地上。他知道，这一撞，钱撞没了，梦撞碎了，发财的路也撞断了。好在人无大碍，脑子还没撞傻。当务之急是如何应对这场意外带来的后果。他脑子快速旋转着。过了一会儿，他站起来，伏在司机耳朵上悄悄说了几句，便匆匆离开了现场。

皮进军疲惫地登上火车，蜷缩在靠背上，迷迷糊糊地进入了梦乡。

皮进军入伍时，被分配到新疆某部通信总站。他所在的部队官兵常常默默行走在高山与大河之间，与烈日为伴，与风雨同行，精心呵护着数百里长的光缆线路，在没有硝烟的战场上，为通讯畅通保驾护航。皮进军清楚记得，他们连队负责的光缆线路绝大部分都建在深山密林里。山上没有路，更不用说通车，每次巡线，只能背着沉重的器材，用脚步把整条线路丈量一遍，用眼睛把线路观察一遍，用大脑把线路检查一遍。一旦发现光缆外露、挡土墙被冲毁等隐患，马上进行处理。每次执行巡线任务，都要来回往返几十公里。

一天，他和战友巩晓航一起进山执行巡线任务。巩晓航跟在皮进军后面，上气不接下气。皮进军回头看了他一眼，说咱歇会儿。

巩晓航看皮进军若无其事的样子，非常羡慕："班长，我看你翻山越岭，如履平地，你什么时候练就的这身本事？"

"我是在泰山长大的，家就住在山下。在我们那里，出门没有别的，除了山，还是山。上山下山，像走平地一样，是家常便饭，打小就习惯了。爬这点山、走这点路算什么？像你这样生长在城市的孩子，哪尝过爬山的滋味？"

"也是，我们那，市内市外，一马平川，全市没有一座山。只有公园里有座山，但那是座假山。"

皮进军问道："你爸是大老板，家里开那么大的公司，为什么来当兵？"

"我爸现在虽然开公司办企业，但他是军人出身，从小当过兵。在他眼里，没经过部队锻炼的男人不是真正的男人。所以我高中一毕业，他就要我当兵。也好，反正我不愿意上学，考大学也没啥指望，当兵就当兵，正合了我的意。就这样，我来部队了。班长，你呢？你为什么来当兵？"

"我来当兵，说得高尚一点，参军入伍，保家卫国。说得实在点，在山村里待久了，想出来锻炼锻炼，开开眼界，见见世面。就像有首歌里唱的。"

巩晓航问："哪首歌？"

"《当兵的历史》。"皮进军答道。

接着，巩晓航就小声哼起来："十八岁十八岁，我参军到部队，红红的领章映着我开花的年岁。虽然没戴上大学校徽，我为我的选择高呼万岁。啊生命里有了当兵的历史，一辈子也不会感到后悔……"

皮进军也忍不住唱起来："二十岁二十岁，我就要离部队，我把青春留给了亲爱的连队。连队给了我勇敢和智慧，从此再也不怕浪打风吹。啊生命里有了当兵的历史，一辈都会感到珍贵……"

休息了一会儿，两人继续巡查。前面山路更加陡峭，很容易被摔跟头，而且林深茂密，经常有毒蛇出没。皮进军特别小心，提醒巩晓航，小心脚下，注意安全。他话音刚落，突然听到巩晓航"啊"的大叫一声。皮进军回头一看，原来巩晓航不小心踩到一块松动的石头上，身子一歪，倒向路边的深沟。巩晓航本能地抓住眼前一条树枝，身子被吊在半空。朝下一望，沟深万丈，一眼看不见底。

此时的巩晓航，脸已成了蜡色。皮进军见状不好，一个箭步跨过去，紧紧抓住巩晓航的手。眼看巩晓航快要支撑不住，皮进军双脚用力蹬在一块岩石上，咬着牙，拼出吃奶的力气，硬是把巩晓航拽了上来。

巩晓航浑身酥软，一下子瘫坐在地，紧紧抱着皮进军，"哇"的一声哭了起来。皮进军长长地舒了一口气，抚着巩晓航的肩膀，说："没事没事，有惊无险。"

乘务员轻轻拍拍皮进军的肩膀，告诉他天津站马上到了，请做好下车准备。皮进军这才从睡梦中醒来。

皮进军一边走一边打听，找到了巩晓航的公司。保安很礼貌，问他找谁。皮进军看了一眼门口的牌子，说找巩晓航。这时，一辆轿车在公司门口停下，巩晓航从车上下来，一把抓住皮进军的手，接着走进公司大楼。

进了办公室，看着面前蓬头垢面，满脸血污的皮进军，巩晓航非常惊讶，感觉他可能摊上事了，急忙问道："老班长，你这是怎么了？"皮进军强忍着眼泪，张了张嘴，竟说不出话来。巩晓航把他扶到沙发上，为他倒了一杯水。皮进军这才说："兄弟，我摊上事了，摊上大事了。"巩晓航安慰道："什么大事？就是天塌下来，我也和你一起顶着。"皮进军指着自己的脸："你看我这个狼狈样子，真没脸见你，你不嫌弃，我自己都嫌弃。"巩晓航说："你这是说哪里话？咱俩是老战友，是同生死、共患难的兄弟。你大老远来看我，我高兴还来不及呢，怎么会嫌弃你？"巩晓航想带他换身衣服，清理一下脸上的伤口，被皮进军拒绝了，说："都这个时候了，我哪还顾得上这个？"巩晓航只好依着他。接着，皮进军就把进货路上翻车的事从头到尾地说了一遍。

巩晓航给他续了水："只要人没事，这就是万幸。什么货不货、钱不钱的，钱算什么？没了还可以再挣，老班长，你应该庆幸才是啊。"

“这么倒霉的事，偏偏让我摊上了，你说我上一辈子作的什么孽？”

“老班长，我刚说过，不就是损失了点钱吗，不必那么伤心悲观。人生在世，谁还不遇上点事？谁还没有个大灾小难？扛一扛，就过去了。”

“你不知道，当时，我连死的心都有了。”皮进军说话的声都变了。

“你千万不能那样想，为了点钱就要死要活的，算什么男人？留得青山在，不怕没柴烧。只要人活着，就没有过不去的坎。”

“是啊，后来我也想，我把两眼一闭，什么事都不知道了，什么事也不愁了，这个简单。可我爹我娘怎么办？老婆孩子怎么办？”

巩晓航说：“你这么想就对了。”

“晓航，不瞒你说，进货的钱，是我跑了好几家，好说歹说借来的。原指望货一出手就还给人家。这下子完了，全打了水漂。我估计，那些借给我钱的人，知道我出了事，已经开始追着要债了，我的家门肯定快被他们挤破了。借债还钱，天经地义。出了事之后，我连家也没敢回，谁都没有说，坐上火车就找你来了。我也不怕你笑话，我奔着你来，就是想借点钱，把欠下的窟窿填上，把这个坎过去。嗨，人到了难处，就顾不上脸面了。”

巩晓航问：“一共借了多少？”

“六万多块。”

看着眼前狼狈不堪的皮进军，巩晓航一下子回到了当兵时的岁月。就在那次悬崖遇险不久，也是在巡线的路上，他和皮进军走进一片密林。突然，巩晓航感到一阵钻心的疼痛。低头一看，草丛里钻出一条毒蛇，猛地在他脚踝上咬了一口。皮进军喊了一声别动，接着趴在他脚踝上，用嘴猛地吸了几口，吐出了紫青色的毒汁。然后，背起他，去了医院。医生说，幸亏当时处置得当，如果毒汁留在血液里，会有生命危险。

巩晓航对皮进军说：“老班长，你先喝口水，我去去就来。”

过一会儿，巩晓航把手里的袋子交给皮进军：“这是六万现金，你拿回去还给他们，不够再说。”皮进军扑通跪在地上：“晓航，你要我说什么好！”巩晓航赶紧把他扶起来：“老班长，你这是干什么？”皮进军说：“你这不是钱，是我的命啊！”巩晓航心里一热：“要说命，我欠你两条命，一次是悬崖遇险，一次是被毒蛇咬，如果不是你冒死相救，我早就不知道到哪去了，哪还能活着在这里和你说话？”

皮进军说：“那个你不用老惦着，那个时候，搁谁也不能袖手旁观。”

“我遇难，你舍命相救，你遇难，我甩手不管，那我还是人吗？”

皮进军说："晓航，大恩不言谢。你放心，我把你这个钱拿回去救救急，将来我就是砸锅卖铁、卖房子卖地，我也会把这个钱还给你。"

"老班长，这点钱对你眼下救急是钱，对我的公司来说真的算不了什么，你不要放在心上，更不要提砸锅卖铁、卖房子卖地。只要你能过去这个坎，把日子过得舒坦，我比什么都高兴。"

"你解了我的燃眉之急，我已经感恩戴德了，哪有借钱不还的道理？"

巩晓航："你坚持要还，也不要紧，等你腰缠万贯了，再还也不晚。你把这钱带上，走，我带你到宾馆住下，晚上咱好好喝一顿，好好聊一聊。"

皮进军连连摆手："算了，我都出来两天了，家里老的少的都不知道我到哪去了，估计全家早就急得火上房了，我哪还有心住下喝酒？"

"那好，既然这样，那我也不强留你了。来日方长，你先抓紧回去，别叫家里的人担心着急。这么多现金带在身上，路上小心点。走，我送你去车站。"

当皮进军一进家门，春兰一下子惊呆了。

几个上门讨债的债主也噌地站起来，用诧异的目光盯着皮进军。

皮进军从他们的眼神中也明白了局势。

一个债主试探地问道："老皮，你总算朝面了，到底怎么回事？"

皮进军故意不露声色，有气无力地摇摇头，把货车翻车的事说了。

另一债主说："进军，我是看在咱兄弟多年的分上，才把那两万块钱借给你，你可得说话算数。我可有你的借条为证，如果想赖账，那就法庭上见。"

还一个债主说："进军老弟，原来咱们说好，进货回来就连本加息还给我。我那一万块钱是准备装修房子用的。你现在一出事，血本无归，我体谅你的难处，利息我就不要了，可本你得还我啊！"

这时，同样也是债主的谢家信有点看不下去。原本他也是受其他债主的鼓动来要钱的，可一看皮进军疲惫不堪、愁眉苦脸的样子，觉得实在不忍心，便说："大家都是兄弟，进军出事，这是天灾人祸，是没有办法的事，咱别这时候再火上浇油，往死里逼他。兄弟一场，别为了几个钱翻脸。"

那个长得像地缸一样的债主乜斜着眼，说："我说谢家信，你别装好人，你财大气粗，可我们小门小户，他不还钱我们喝西北风去？"

谢家信说："我和你们一样，也希望他赶快把那两万块钱还给我。可事已经出了，逼他有用吗？咱得商量商量下步怎么办才是。"

"货全都掉进沟里了，能怎么办？难道还能从天上掉个钱包砸在他头上？

你心善，姿态高，那你敢不敢说你那两万块钱不要了？"另一债主说道。

谢家信说："你不用将我的军。钱我当然想要，但摊上这样的事，他的难处比咱谁都大。今天我就当着大家的面把话说明白，我那两万块钱先不要了，等进军缓过气来再说。实在不行，我就当给他孩子将来结婚随了份子。"

这时，一直没吭气的皮进军站了起来，谢家信的话使他心里热乎乎的："谢谢家信老弟，你的话我会记一辈子。兄弟们，你们该说的都说了，我也全听明白了。进货之前，各位能把钱借给我，我非常感激，并且铭记在心，没齿不忘。这次进货出了意外，开始把我砸晕了，接着又让我清醒了。一次车祸使我终于明白，什么是过命兄弟，什么是酒肉朋友。"

说着，皮进军把上衣一脱，咔嚓用力一撕，一摞摞现金从衣服里掉出来："我皮进军不管是死是活，也决不会对不起朋友。我从来没想骗你们，也没想赖你们的账，这些够了吧？该还你们的，一分钱也不会少！"

债主一个个面面相觑，目瞪口呆。

周末下午，陈家梁从青云回来，先和高小雨到广场转了转，接着去电影院看了一场电影。

第二天一早，陈家梁提着包刚要走，被陈扁担拦下，说："你先别急着走，你和高小雨是怎么回事？"陈家梁一怔，说："没啥事呀。"陈扁担说："你不用装傻，外边风言风语早就把我的耳朵灌满了。你们两个挎着胳膊逛街，手拉着手进影剧院，有没有这回事？"陈家梁笑笑，觉得这个事没必要隐瞒，说："当然有了，年轻人谈恋爱搞对象，这是正常的。"陈扁担心想，小子，果然是真的。

"你和高小雨谈恋爱搞对象？这是什么时候的事？"陈扁担问道。

"这又不是订货买东西，谁能说准是哪一天？"

"你少给我打镲，到底什么时候开始的？"

"有几年了吧。"

"那我们怎么一点不知道？"

"现在你不是知道了嘛！"

陈扁担说："知道了是从别人嘴里知道的，你没有亲口给我说，这么大的事，连回家商量都不商量，自作主张，眼里还有我这个爹吗？"

"这种事还不到时候，还没有正式拿到桌面上摊牌，更不到谈婚论嫁的时候，所以没法跟您说。再说了，万一成不了，脸上不是都不好看吗！"

陈扁担问道："你和高小雨谈恋爱搞对象，那杜婕呢？"

"你怎么说着说着说到杜婕那儿去了，这和杜婕有什么关系？"

"怎么没关系？两家老人什么心思你不知道？"

陈家梁说："爸，亲情归亲情，爱情归爱情，这是两码事。"

"你少给我扯些这个，我不懂。"

陈家梁说："爸，就这么和您那么说吧，我和小婕如果有夫妻缘分，怎么走也走不散，要没有那个缘分呢，怎么着也走不到一块。杜婕现在在国家机关上班，我在村里当第一书记，挨不上嘛。你别看当年一样，现在可是一个在天上，一个在地上，不是我想怎么着，是我高攀不上她。再说她早就有中意的人了。男的和她在一个单位，全家都是大学教授，并且是很有名的教授。"

陈扁担似乎听出了眉目，说："她不愿意是她的事，你不愿意是你的事。只要不是你的事，那就不要紧。有一条你必须记着，任何时候别人对不起咱可以，咱不能对不起别人，尤其杜婕和老杜家。"

陈家梁笑笑，说："我和杜婕，不存在谁对不起谁。"

陈扁担说："不进一家门，也得当亲人。"

"这个您放心。"

陈扁担好像想起了什么，说："咱家和高小雨家肩膀不齐，人家全家端的是铁饭碗，咱端的是泥饭碗，人家做饭是钢精锅，咱用的是生铁锅。她爸是老干部大领导，你爹我是下苦力的挑山工，人家能愿意？"

"这些高小雨都知道。"

陈扁担觉得再也没有好说的，便嘱咐陈家梁："既然和人家相处，就不能今日桃花明日杏花，什么时候都不能做背后叫人戳脊梁骨的事。"

这天，杜婕和处里的同事岳小明、方洪福在办公室聊天。岳小明向来消息灵通，说外经外贸体制改革的方案已经开始启动，职能要与计委、经贸委的部分职能整合，重新组建新的商务机构。这个方案对国家来说可能是好事，但对我们这些人来说，会面临许多新的挑战。方洪福好像也知道一些内情，说："那是肯定的。从历次改革看，每次改革，都会有一些大的政策调整，我们外贸部门过去的一些优势、一些资源都可能会化为乌有。"岳小明说："也不必那么悲观，改革虽然会带来阵痛，但也会带来一些红利。"方洪福"哼"了一声，说："多少红利也轮不到你我身上。"岳小明又进一步解释，说："我的意思是改革有挑战，也有机遇，在改革中面临着很多选择和被选择，这样我们就有许多新的发展空间。"

坐在一边的杜婕好像对他们说的这些还一无所知，说："你们二位别在这里八卦了，还一本正经地讨论起改革的利弊。这是从哪里得来的消息，到底靠不靠谱？"岳小明笑笑，说："我的杜大才女，都什么时候了，你还在怀疑这个消息的可靠性？"杜婕说："我没看到文件，也没有听到传达呀。"

方洪福接着说："你没看到，好多人已经开始行动了，一个个有亲的投亲，有友的靠友，八仙过海，各显神通。就说和咱一起来机关的几个同学吧，肖柯正在忙活着调动单位，吴小林正在忙活着出国，段旭升这些年在贸管处，积攒了不少资源和人脉，听说正忙活着注册，准备自己开办公司。只有我们处，或者说我们几个还在按部就班。"

这时电话铃响，杜婕接了电话就出去了。

方洪福压低声音，说："你别听杜婕装傻，改革这么大的事，她怎么会不知道？再说，她那个白马王子韩奇不也在紧锣密鼓地忙活着出国吗？"岳小明点点头，说："对啊，韩奇忙活着出国，杜婕怎么会一无所知？"方洪福忽然一副神秘的样子，说："那个金发碧眼的欧洲小姐，当年在咱们学校留过学，现在是欧洲常驻中国的商务代表，韩奇和她经常亲密接触，两人打得火热。"岳小明问："韩奇出国是不是想走她的路子？"方洪福说："大概是吧。"岳小明立马换了一种表情，说："如果是那样，韩奇和杜婕今后的关系——"方洪福说："我觉得有点悬。"岳小明一想，说："杜婕和韩奇从大二就黏糊在一起，又是山盟又是海誓，不会那么不堪一击吧？"方洪福摇摇头，说："你看我们熟悉的人，一出国就变，这样的事还少吗？"岳小明似有所悟，说："在爱情和利益发生冲突的时候，爱情往往显得苍白无力。"方洪福说："在这个世界上，最靠不住的就是爱情。"岳小明说："在咱的这些同事中，杜婕可算得上是冰雪聪明呀。"方洪福说："再聪明的人，也有迟钝麻木的盲点。"

在北京一所高档宾馆的餐厅里，杜婕与闺蜜苏云一起就餐。杜婕点了杯卡布奇诺，苏云要了杯美式。西餐，两人各点了一份什锦冷盘，一份鱼子酱，还有一个通心粉素菜汤。苏云转了转腰，说："真不敢吃了，你看我都什么样了。"杜婕看了她一眼，说："挺好呀，蜂腰长腿，风姿绰约。"苏云扯了扯上衣，说："什么呀，去年买的衣服，现在都穿着发紧了，快变成肥婆了。哪像你，吃得一点不少，可就是不长肉，也不知你吃哪去了。"

杜婕和苏云，都是婷婷玉立的气质美女。只不过杜婕性格开朗，快言快语，多了一分北方女子的朴实豪爽和大气端庄，而苏云是苏州人，性格柔顺，嗫嗫吴语，多了些江南女子的小鸟依人和清丽婉约。

现实生活中有种女人，乍一看并不扎眼，没有夺目的艳丽，但却经得住细看和端详，身上闪耀着智慧沉淀的美。她们见多识广，品位优雅，却从不招摇，安静地在属于自己的天地，绽放自己的光芒。她们的美并非刻意装扮，而是从内向外的自然流露。杜婕和苏云，都属于这种类型的现代知识女性。

杜婕和苏云是大学同班，毕业后分到同一机关，是彼此相知的铁姐妹们儿。杜婕抿了口咖啡，说："昨天在办公室，大家都在议论这次改革的事，看来改革已成定局。"苏云捋了一下发丝，说："我们处里也是。从以往的改革看，每次都涉及人事变动、调整机构、精简人员。估计这次也是这样。我们这些人，又要面临着被选择、被淘汰。"杜婕便问："下步打算怎么办？"苏云说："能怎么办？在改革这个大的棋局中，我们是去是留，主动权始终掌握在别人手里，哪还由得我们？"杜婕想想说："也是，平静的日子又要打破，四平八稳端了若干年的饭碗，说不定哪天就掉在地上，摔得七零八碎。"

苏云说："我们这些人，在别人眼里都很幸运。其实，他们哪里知道，好事我们赶上了，可烦心的事，我们也都赶上了。有时候想想，都烦透了。"

杜婕也有同感："人哪，就是这样。别人看着我们的日子光鲜亮丽，可他们哪里知道，光鲜亮丽的下面，也是一地鸡毛。"

"有时候想想，我真羡慕大学里我那几个同乡，他们毕业后，放弃了舒适的工作环境和条件，把被动选择变为主动选择，毅然回到苏州，回到家乡的小县城甚至小乡镇，干起自己想干的事情，而且一个个干得风生水起，有几个生意做得还挺大，他们动员我也回去，加入他们创业的行列。"

杜婕问道："你是不是有点动心？"

"这几天一直在犹豫，多少有点动心。当年大学刚毕业的时候，为了留在北京，煞费苦心，想尽一切办法。最后终于进了咱这个机关，可以说如愿以偿。但过去好几年，回过头来想想，天天埋头干活，被琐事困在这里，难道这就是苦读十几年想要的生活？而眼下，这种生活也将被打破，每次机构改革，都要分流减员，说不定我这次也在被减之列，与其被动地被减，倒不如自己先把自己减了。"

杜婕说："其实，我也在纠结——"

苏云突然打断杜婕，往窗外一指："你先别纠结，看那是谁？"

杜婕顺着苏云的手指一望，见韩奇挽着一个金发碧眼女郎走进宾馆。杜婕一脸惊愕，噌地站起来："是他？不行，我得去看看。"苏云把杜婕按住，说："你先坐下，遇事别冲动，冲动就被动。"杜婕余怒未消，说："那就由着他？"苏云说："也许他是正常的应酬呢。"杜婕情绪有点激动，说："什么样的应酬要挎着胳膊，那么亲密？"苏云示意她控制情绪，说："你现在过去，说什么？干什么？自找尴尬还是自寻其辱？"杜婕没有理会，说："你总不能让我视而不见、装聋作哑吧？"苏云说："你可以婉转点先问下情况。"杜婕一下冲了出去。

她想冲进韩奇和那个女郎的包间，想了想，又改变了主意。她拨通了韩奇的手机，问他现在哪里。韩奇根本没想到，此时杜婕就站在窗外。他装模作样地说正在办公室加班。杜婕"哼"了一声，说加班加的都废寝忘食了？韩奇佯装不知，杜婕"啪"地把手机挂断。

杜婕怒气冲冲地回到餐桌。苏云问她看到了什么？杜婕把嘴一噘，说："能看到什么？看到他俩亲亲密密。前些日子，我听到一些议论，我还不信，东奔西忙，置办这个置办那个地准备结婚，没想到，他竟然背着我同一个老外打得火热。你说，我这算什么？全世界最傻的一个大傻子！"

苏云问："难道你一点都没察觉？"

"我上哪儿去察觉？要不怎么说我傻呢。"

苏云说："也是，这种事谁也不好说。"

"听这个意思，你好像早就知道点什么？"杜婕问道。

"我也是这几天刚听了一点，我还骂他们胡说八道，乱嚼舌头。"

"那你怎么不告诉我？"

苏云说："我自己都不相信，怎么告诉你？总不能听着风就是雨吧？再说，你不也是听到了议论，自己不相信嘛。"

"真没想到他会这样。"

"男人嘛，哪个不花心？只要别太出格，睁只眼闭只眼算了。"

杜婕把眼一瞪："都那样了，还不叫出格？如果我睁只眼、闭只眼，那他们还不睡到一张床上？"

苏云问："那，你想怎么办？"

"反正我不能忍气吞声、坐以待毙。"

苏云说："我看，这件事你得冷静下来，认真考虑一下。"

"我怎么冷静？大庭广众之下，他们两个在我的眼皮底下，勾肩搭背，出双人对，旁若无人地亲密，你说叫我怎么冷静？"

"你想想看，如果你把这件事情戳穿，把这层窗户纸真捅破了，会是什么结果？无非是大吵大闹，到头来，怎么收场？人与人之间，不到万不得已，不能撕破脸皮。一旦撕破脸皮，就会留下疤痕，要再修复愈合，那可就难了，也就没有退路了。"苏云劝道。

"撕破就撕破，要什么退路？"

苏云说："你和韩奇仅仅是恋爱关系，没有任何法律约束，如果韩奇把脸皮撕破，你有啥话可说？道德谴责还是发动亲友声讨围攻？什么年月了，还来这一套，幼稚不幼稚？"

"那你说怎么办？"

苏云说："依我看，马上登记结婚，在大学里你们就卿卿我我，拖了这么长时间。马上把证一领，断了他的非分念想，省的他想三想四、心猿意马。"

"还说我幼稚，一张结婚证就能把他拴住？你可比我幼稚多了。"

苏云说："要不就痛下决心，一刀两断，少受这些煎熬和折磨。老话说，是你的，谁也抢不去；不是你的，夺也夺不来。"

"去他的，先填饱肚子再说。"

说完，杜婕狼吞虎咽地吃起来，完全没了先前的淑女相。

第二十一章

王玉芹不喜欢月份牌，也不喜欢台历挂历，却独独喜欢挂在墙上的日历。每到年根儿，她就去买一本回来，端端正正地挂在既显眼又方便的地方。闲下来没事，就一张张地翻看。对一些她认为重要的日子，就用笔标上记号。每天早晨起床后，顺手撕去昨天的那一张，让新的一天到来。久而久之，形成了习惯，也是一种乐趣。看玉芹对日历这么上心，陈扁担担心想，这东西有什么好，像树叶一样，一天掉一片，三掉两掉，一树的叶子就掉光了。眼看墙上的日历越来越薄，陈扁担有时候还会莫名的伤感：撕掉一张，一天没了；撕完一本，一年没了；撕掉几十本，一辈子没了。他甚至想诅咒，是谁闲得没事鼓捣了这玩意？跟催命似的。在他看来，人不用活得那么明白，那么清楚，不用天天数、年年数，糊涂点兴许活得更自在、更长远。要是一个人的一生早知道了，那还活得有什么劲？玉芹却觉得，撕和不撕，日子都不会停下。太阳升，太阳落，谁也挡不住。她比陈扁担辩证唯物多了。

这天王玉芹撕掉的日历上面，就有她几个月前标上的记号，因为这是小欢到大学报到的日子。把小欢送到火车站，回来的路上，陈扁担颇多感慨，说："这日子真不禁混，你刚进门时，小欢还是个不懂事的小丫头片子。你一天天撕日历，撕完了十几本，把她催大了，把咱催老了。"王玉芹说："我奔五，你奔六了，能不老？"陈扁担担心玉芹心里难过，说："闺女是娘的小棉袄，这小欢冷不丁地离开家，是不是闪得慌？"王玉芹说："多少有那么点儿。不过，小棉袄再好，也不能五冬六夏都穿着。咱俩现在也不是七老八十，冬天还没到，小棉袄还用不上。再说，家栋又生了小玉，家梁生了小飞，一个孙女一个孙子，俩小东西小嘴天天像抹了蜜，成天跟在我后边，奶奶奶奶叫得那个甜，叫得我的心都酥了。"

陈家梁到青云已经十几个年头了。先在村里任职，年前，刚被任命为镇党委书记。一路走来，可以说顺风顺水。

上午召开党委会，商量修莲石路的事。莲石路南接莲花山，北连石门省道，全长二十多公里。这段路虽然不算很长，但却是连接山内山外的咽喉。过去这里有条土路，从山上弯弯曲曲地下来，但由于没人维护，没人管理，路面被雨水越冲越窄，到处坑坑洼洼，少皮没毛。不用说汽车，连个农用三轮车都过不去，成了莲花山区通向外界的"中梗阻"。莲花山区共有六个村，两千多口人，祖祖辈辈生活在这里。山上虽然地少土薄，种粮食不行，可各种干果水果，像山楂、板栗、大枣、柿子等，却比山外强多了。不仅品相好，口感也好。但由于交通不便，汽车开不进来，再好的东西运不出去，价钱就卖不上去。修这条路，老百姓盼了若干年，等了若干年，等来盼去，就是不见动静。镇党委不是不知情，也不是不想干，前后动议过好几次，阴差阳错，一直拖了下来。

党委会上，大家众口一词，不管多难，也要把这条路修起来，给老百姓一个交代。关于资金问题，镇里自筹一点，争取县里补助一点，协调县直部门赞助一点。修路所需的挖掘机、轧路机等，县直有关部门和几家企业已经答应无偿支援。至于用工，事先走访调研征求群众意见时，基层干部群众情绪高涨，纷纷表示，自愿出工出力，男女老少，全部上阵。镇机关干部和镇有关部门的干部职工也纷纷要求参加义务劳动。这样算下来，能够节省一大笔资金。会上还确定，整个工程分为两步，第一步先修沙石路，第二步筹足资金再进行硬化。

散会后回到办公室，陈家梁又从头到尾捋了捋，把细枝末节想了一遍。修这条路，虽然不算大工程，但也不是"小零碎"。这些年，一个县，一个乡镇，甚至一个村，很少像过去那样组织大规模会战了。人们已经学会并习惯"用钱说话"，不管什么工程，合同一签，往外一包，就完事了。可对陈家梁来说不行，镇里没那么多钱烧，没那么长时间耗，除了非花不可的，只能用"体力说话"，用"精神说话"。他还想了一些具体工作环节。比如，沿途的大树小苗怎么移栽，道路两侧的绿化带什么风格，如何严格把关防止豆腐渣工程……

开工这天，陈家梁和一百多名镇干部都上了工地。

去年市县换届，蔡子安从省直机关到泰城任市委书记。五十刚出头，瘦高身材，看上去很干练，没有一丝赘肉，走起路来腰板笔直，昂首挺胸，背后看像个军人。但近距离接触过的人知道，他是个读书人，而且是个读过很多书的人。聊天的时候，谈古论今，妙趣横生，极具亲和力，从内到外透着儒雅之气。他有个习惯，每到周日，只要没有会，市里没有要紧的事，没有重要的接待，他就告诉办公室，自己有活动，没有大事急事不要找他，然后自己开着车到处转转看看。看到新鲜事、感兴趣的事，他就把车停在路边，随意走走。有时候到村和社区，有时候到工矿企业，也到医院学校，随便找人聊聊天，拉拉家常。他车上备着吃的，到了饭点，就着火腿香肠，吃块面包。用他自己的话说，主要是接接地气，沾沾烟火气。另一方面，也给自己留一点空间，想一想该想的，捋一捋该干的。其实，这也是一种调研方式，只不过不那么正式和隆重。有些同志私下议论，说蔡书记常常出其不意，突然现在街道社区，或田间地头，弄得当地干部措手不及。也有同志说这招更绝，什么事也别想瞒他。其实，他不是不信任基层，也不是故意作秀，无意微服私访，就是想听点真话，看点实情，顺便放松下自己。用他的话说，不充电、不吸氧，光在大楼里会被闷死的。

这天，蔡子安开车到了青云。快到莲花山时，见人山人海，机器轰鸣，便想过去看看。不料，由于路基松软，汽车右侧后轮陷了下去。他用力踩了几脚油门，仍然无济于事，车轰隆了几声，熄火了。

他从车上下来，围着汽车看了看，用脚踹了踹车轮。

正在修路的几个村民走过来，用铁锨把车轮前铲平，然后搬了几块石头垫在后轮下面。蔡子安上车打火，几个人用力猛地一推，轿车"轰"的一声开上路面。

蔡子安从车上下来，拿出几罐饮料递给几个村民，说："谢谢你们帮忙，大家坐一下喝点水，喘口气。"接着又问，"你们几个是哪个村的？这么多人在干什么？""我们是里岔村的，镇里组织修路。"一村民答道。

蔡子安见不远处一个干部模样的年轻人正站在壕沟里挖土，便问道："那个挖土的年轻人是谁？"另一村民抬头看了看："是镇党委书记陈家梁。"

蔡子安随便问了一句："人怎么样？"

"挺不错的。可别看他年纪不大，但说话办事，丁是丁，铆是铆。抓起事来，就像老鹰抓小鸡，抓住就不放，一抓一道血印子。一旦认准的事，说干就干，决不含糊，从不拖泥带水。就拿修这条路来说，前几任书记不是没想过，也不是不愿干，但不是驴不走，就是磨不转，光出麸子不出面，最后不了了之。他上任之后，听到群众对这个事的议论，二话不说，立即研究，马上开工。困难还是那些困难，问题还是那些问题，可一到他的手里，逢山能开出路来，遇水能架起桥来，什么困难问题都迎刃而解了。"

另一个说："我们这个书记实诚，不喜欢玩那些空的虚的，也有脑子、有眼光，想事比较超前。还拿这条路来说，我们都觉得把路修通，就是大功一件，可他想得更远，在施工方案中提出，路的两边留下绿化带，实行三层立体绿化，第一层种树，树下种灌木，灌木下边种绿植。用他的话说，这条路不仅要修成致富路，还要修成绿化路、风景路。"

蔡子安笑笑："噢，看来你们对这个小书记挺喜欢？"

"真为老百姓办事的人，谁不喜欢？"

这时，一辆黑色轿车开过来，青云县委书记刘亦鸿急匆匆地下车："蔡书记，您怎么在这里？""车抛锚了，幸亏这几位兄弟帮着我弄上来。"刘亦鸿又问："您什么时候到的？"蔡子安看了看表："差不多半个小时了。"

刘亦鸿半是埋怨半是自责："您来通知我们一声就好了，我们可以到路口接接。这可倒好，把我们弄得很被动，显得我们太不懂事了。"

"没那个必要。我就是来随便转转，没打算找你们。看到这里不少人，就开着车过来了，车一抛锚，倒给我提供了跟这几个同志聊聊的机会。"

接着，刘亦鸿四下看了看，问："陈家梁呢？怎么没见陈家梁？"

"他在那边挖土。"旁边的村民答道。

蔡子安说："别喊了，走，我们过去看看。"

陈家梁见到蔡子安和刘亦鸿，既意外惊喜，又局促不安："蔡书记、刘书记怎么来了？"边说边不停地掸着满身的尘土。

刘亦鸿半是玩笑半是认真："都是你这破路惹的祸，害得蔡书记半路抛了锚。"

陈家梁憨憨地搓着手："都怪我，路况太差，开膛破肚的，我们加快进度。"

刘亦鸿向蔡子安介绍："这是陈家梁，是我们县最年轻的乡镇党委书记。"

蔡子安说："我已经知道了，刚才那几个村民说了他不少好话。"

刘亦鸿笑笑："家梁，那几个村民是不是你的托？"

陈家梁"嘿嘿"了两声，摇摇头。

蔡子安沉吟一会儿："亦鸿啊。刚才，我听几个村民讲，对修这条路，他们这些年就心心念念地盼着，眼巴巴地等着，可结果呢，傻老婆等汉子，等也白等。这届党委启动了这个工程，很得民心啊。镇里自己动手修这条路，思路对头，精神可贵，但难度不小。我刚才听说，他们想分两步走，先整修路面后进行硬化。这显然是被钱逼的。两步并作一步走，路面整修结束后，接着跟上搞路面硬化，这样一步到位、一次成功，岂不更好？我在这里表个态，硬化所需的原料和资金，市里一并帮助解决。你们县里是不是再加大点支持力度？"

刘亦鸿马上表态："没问题，我们全力以赴。"

陈家梁一听，激动地近乎失态："那可太好了！"

蔡子安和刘亦鸿顺着山间小路向前走去。

刘亦鸿说："蔡书记，像我们这些人，一年到头，不是在开会，就是在去开会的路上，想晒晒太阳透透风都很难，你看，到了田间地头，吹着小风，晒着太阳，呼吸着新鲜空气，这简直是一种奢侈。"

蔡子安抬头看了他一眼："噢，你也有这种感觉？"

"是啊，别看我们在县里工作，像今天这样走走，也不容易。"

蔡子安问道："你是影射我，市里给你们安排的工作太满了？"

刘亦鸿赶紧解释："不是，不是那个意思。原因在我们自己。工作忙是忙，但要挤，时间还是有的，关键看怎么安排，有没有这个决心。"

蔡子安笑笑："我是给你开玩笑的。你说得对，时间要挤总会有的。天天上班上楼，下班回家还上楼，人像在空中悬着，这样下去不行啊。"

刘亦鸿摇摇头："我们现在就是这样一种生活方式，已经习以为常了。"

"我们得改改这个习惯，从大楼上下来，从房间里出来，到大自然中吹吹风，透透气，接接地气，沾沾烟火气。否则，长此以往，我们就废了。"

刘亦鸿连连点头。

蔡子安继续说："所谓地气，顾名思义，就是大地之气，地中之气，是从土地中散发出来的气。人，应该经常吸收和接纳这种大地之气。烟火气呢，我理解，就是平常人家日常生活中冒出的烟火，实际上就是生活的味道。对我们这些担任一定领导职务的同志来说，地气和烟火气，就是从群众中传递出来的信息。接地气，沾烟火气，不仅有利于身心健康，更重要的是能够使我们更好地了解群众想什么、盼什么，希望我们做什么。就拿今天来说，我要不来转转，就不知道他们在修路，不知道村民对修路那么迫切，不知道这条路对他们的生产生活有那么大的影响，不知道他们修路中遇到那么多实际困难。当然，也不知道基层干部群众的真实想法和精神状态。我要坐在办公室里等着听你汇报，还不得等到猴年马月？"

"您批评得对，有些情况我们汇报得不够及时。"

蔡子安摇摇头："恐怕不是这么简单，不光是不及时的问题。有些情况你们也未必真正了解。你给我汇报的，肯定不如我看到的那么翔实具体，那么原汁原味。我们都在说群众利益无小事，但也就说说而已，很少有人设身处地为群众考虑。你说他们修这条路事大不大？放在全市的盘子上，这确实算不上大工程，甚至连小工程也算不上，就像在中国地图上，一个县只是一个很小的圆点。但这条路对莲花山内的六个村、两千多口人来说，这就是大事了。往小处说，关系到他们产品的销路，关系到他们的收入，关系到他们的生计和出路。往大处说，关系到党员干部在群众中的形象，关系党在人民群众心中的威望，党心就是民心，民心就是政治啊！亦鸿，你说我今天来得值不值，收获大不大？"

刘亦鸿感慨地说："蔡书记，听您一席话，胜读十年书啊！"

蔡子安捅了他一拳："你少给我拍马屁。"

陈家梁看了几次表，但蔡子安和刘亦鸿越走越远，谈兴正浓。眼看到饭点了，他想提醒他们，又怕冒失，犹豫了一会儿，还是赶了上去，问道："刘书记，中午咱怎么吃？""你这个陈家梁，这不是杀鸡问客吗？"

陈家梁一挠头："领导的事，我不敢定啊。"

"回县委招待所吃。"刘亦鸿说。

蔡子安一听："不用跑那么远的路了，我好办，车上带着呢。工地上那么多村民，那么多镇机关干部，他们怎么吃？"

"这个我们早都安排好了，村民由各村负责送饭，镇机关干部由镇食堂送饭，都在工地上吃，这样可以节省来回在路上的时间。"陈家梁答道。

蔡子安说："那好，我们就在工地上和大家一块吃。"

刘亦鸿连忙说："那不合适。"

"有什么不合适？我们为什么不能和他们一块在工地吃？"蔡子安问道。

陈家梁赶紧打圆场："领导在工地吃，肯定没问题。但各村和镇食堂送饭都事先统计过，是定人定量的。我们吃了，等于吃了别人的那份，他们就没得吃了。如果再另通知派送，时间又来不及。领导总不能吃了群众的饭，让群众饿肚子吧？那样真的不合适。我看倒不如我们到镇上吃，反正都是一样的饭，蒸大包子。我们有车，回去吃来得及。这样，辛苦领导，方便群众。"

"我看家梁说得有道理。"刘亦鸿说。

蔡子安笑笑：“你们这一说，我都没法接话了。方便群众，辛苦领导，吃了别人的指标，饿了群众肚子，这话听起来有点冠冕堂皇，但也不能说没有道理，一下子把我的嘴堵上了。你让我说对还是不对？看来，我说不过你们，恭敬不如从命，那就走吧！”

刘亦鸿坐在蔡子安的车上，蔡子安觉察出他的局促，说：“坐我的车不舒服？”刘亦鸿笑笑：“舒服是舒服，就是不自在。”蔡子安说：“有什么不自在？”刘亦鸿说：“领导开车我坐车，哪能自在？”蔡子安说：“领导就是服务嘛。”接着又问，“这个陈家梁，过去干什么？”刘亦鸿告诉他，陈家梁是省里的选调生，大学毕业后先到村干“第一书记”，后来调到镇里，任过组织干事、组织委员、副书记、镇长，去年刚任党委书记。小伙子年龄不大，但比较成熟。

蔡子安沉吟片刻，说了句：“苗子不错。”

陈家梁陪市县两级书记往镇里赶的时候，陈扁担也在来青云的路上。

陈扁担来青云，是临时起意，但细想起来也有点鬼使神差，事是王玉芹引起的。前几天，高小雨跟王玉芹闲聊，提到家梁患有外痔，平时不严重，就是发作的时候难受。说者无意，听者有心，王玉芹打听了个偏方，说平时坐獾皮坐垫，既有消炎作用，又能治疗痔疮，便四处托人，弄了几张獾皮，又找人做了专门处理，自己做了一个。王玉芹把这个獾皮坐垫给陈扁担看了，顺嘴说了一句，你有空的时候去青云看看家梁，顺便把这个坐垫给他捎去。按说，找人捎去也行，等家梁回来时带回去也行，没必要专门去送。王玉芹也就那么随口一说，没想到陈扁担当了真。

后来，陈扁担为这次的草率后悔不已。

把蔡子安和刘亦鸿安顿在接待室，陈家梁急着去食堂看看。刚一出门，恰巧碰上陈扁担。陈家梁非常意外：“爸，您怎么来了？”陈扁担反问道：“咋，这个地方我不能来？”“我不是那个意思，走，先到我屋再说。”陈家梁边说边拉着陈扁担进了宿舍。

陈家梁心想，市委书记、县委书记来一位就够忙活的，今天两位都来了，老爸又横空斜插一杠子，这不是成心添乱嘛。便埋怨道：“您来怎么事先连个电话也不打？”陈扁担说：“打电话还得跑到村办公室，我懒得跑。”陈家梁问：“您来是不是有什么急事？”陈扁担压根没提坐垫的事，说：“没事，我就是想起来了，过来看看。”陈家梁无奈地摇摇头：“哎呀，您可真会挑个时间。"陈扁担有点不高兴："噢？我来看看你，还得挑日子？"陈家梁连忙摆摆手："嘿，我不是这个意思，这话赶话，我还说不清了。我是说，你平时什么时间来都行，偏偏今天，我正好有要紧事，顾不上管你。"陈扁担一听更生气了："什么事还比你亲爹还要紧？我大老远跑来，你顾不上管我？"陈家梁尽量耐着性子："爸，我今天的事真的很要紧，不敢马虎。"陈扁担嗓门高了起来："别的事不敢马虎，就是我可以马虎？"说完，陈扁担噌地站起来就要向外走。

陈家梁急忙上前拦着："您这是要干啥？"陈扁担把他的手推开："干啥？回家！你不管老子，我也权当没你这个儿子！"陈家梁一听话就软了下来："爸，我实话跟您说了吧，今天市委书记、县委书记都来了，我不能为了陪您，把他们晾在一边。您不常常教育我们要尊重老师、尊重领导吗？"

陈扁担一听，直愣愣地看着陈家梁，半天没说话。

陈家梁说："我的意思是，您先在我屋里等会儿，我找个人带您去吃午饭，晚上我再陪您，好不好？"陈扁担瞪了他一眼："你怎么不早说？"

陈家梁急匆匆地到了办公室，对党委秘书说："小耿，我今天中午有接待任务，没有时间，有个老人在我宿舍里等着，你带他出去找个地方吃顿饭，其他事回头再说。"耿秘书说："好，我们去镇供销社的旅馆吃，那里比较干净卫生。""行，你看着安排。"陈家梁边说边从口袋里掏出一百元钱交给他："多弄几个菜，再上瓶好一点的酒，他喜欢喝点，别不舍得。"临出门陈家梁又嘱咐道："这么跟你说吧，那个老人对我有恩，没有他，就没有我。听明白了吧？"

耿秘书心里不禁纳闷儿：这是何方神圣这么重要？

耿秘书带着陈扁担来到饭店，点了四个热菜加一个火锅，看上去数量不多，但每个菜都是拼起来的，内容都很丰富，火锅涮的品种就更不用说了。

镇机关食堂里，主食是包子，外加了几个青菜。蔡子安拿起包子咬了一口，说："味道不错，还准备那么多菜干什么？"刘亦鸿指了指桌上，说："都是些简单家常菜。"陈家梁笑笑："我们镇里的食堂，想搞点好的也没有。你看，就是些土豆丝、黄瓜片之类的。"蔡子安连连点头，说："这样就挺好，有点烟火气的味道。"

陈扁担见服务员上了这么多菜，说："点这么多，咱俩也吃不了啊。"耿秘书把酒打开，说："我们陈书记反复交代，您是他的恩人，要我一定把您招待好。没事，能吃多少算多少。"陈扁担觉得耿秘书可能误会了，想解释一下，可没等他开口，就被耿秘书打断："您是陈书记的恩人，当然就是我的恩人，陈书记今天接待市里和县里的领导，没顾上陪您，您千万不要介意。"陈扁担说："我算他什么恩人？我是他——"耿秘书说："您千万不要客气。"又把陈扁担的话截住了。

耿秘书把酒斟满："来，老人家，我代表陈书记先敬您第一杯！"

包子加家常菜，虽然简单，但大家吃得津津有味。刘亦鸿说："镇上的干部都在工地修路劳动，得把生活搞得好一点，吃饱吃好，才有劲干活。实际上，乡镇干部最不容易，你们离老百姓最近，老百姓看党和政府，往往会从你们身上看。市里也好县里也好，毕竟还隔着一层，不如乡镇干部那么直接。所以，对乡镇干部，加强教育管理，当然是必要的，但更重要的是多体谅，多关心。蔡书记，我这样说不知道对不对？"

蔡子安点点头："乡镇干部处在一线，也处在各种矛盾的焦点。在乡镇这一关过好了，应对各种复杂矛盾和问题的能力就会大提高。所以，市委正在研究，准备出台个文件，就是对乡镇干部既要加强管理，又要关心爱护。"

正在这时，蔡子安手机响了。蔡子安接起来一听，说我马上赶到现场。刘亦鸿问："有急事？""化工厂出了事故，我得抓紧赶过去。"蔡子安起身走了。

桌上两瓶酒已经喝干一瓶，另一瓶也下去一大半。陈扁担和耿秘书都已有醉意。陈扁担说："不行，我不能再喝了，已经差不多了。"耿秘书说："这才到哪？这小杯不过瘾，我们换大的。"说着，耿秘书把两个大杯倒满。耿秘书举起大杯："老爷子，这是我作为晚辈，也是陈书记的亲兵，敬您一杯！"

耿秘书干了，陈扁担也干了。这一杯下肚，三两酒只多不少。

陈家梁送走蔡子安和刘亦鸿，处理完桌上的几个急件，打算再到工地。忽然一想，老爸还在这里，便去了办公室，一问，耿秘书还没回来。

这时，陈扁担已经眼前出现重影，话也说不清，坐也坐不稳，突然滑倒在桌子底下。耿秘书醉眼蒙眬，晃晃悠悠地叫来服务员，把陈扁担连拖带拉地弄到客房里。

当陈家梁来到饭店，见耿秘书傻傻地站着，两眼迷离，舌头都直了。

陈家梁问："喝了多少？"耿秘书结结巴巴地答道："不，不记得喝了多少，我，我没事，那个老东西不行了，我已经把他撂到桌子底下了。"

陈家梁意识到不好，连忙问："他在哪儿？""睡，睡了，睡得像死猪一样。小样儿，那点小酒量，我整不死他！"

陈家梁这下真急了："你怎么能这样？"

耿秘书把眼一翻："您不是让我、让我好好陪他吗？"

陈家梁苦笑道："我让你好好陪他，没叫你把他撂到桌子底下啊！"

耿秘书一听，顿时酒醒了一半："书记，我，我是不是做错了？"

陈家梁气得一跺脚："你没错，是我错了！"

耿秘书问道："陈书记，那个老家伙到底是什么人，您对他这么上心？"

陈家梁没好气地说："你说什么人？他是我爸！"

陈家梁看耿秘书醉得不像话，觉得没什么好说的，扭头走了。

耿秘书晃了晃僵硬的脖子，嘴里喃喃着："你爸？怎么会是你爸呢？"

第二十二章

陈扁担在旅社睡了整整一下午，醒来一遍遍骂自己：怎么就这么贱，这么没出息？几辈子没捞着酒喝，也不至于喝成这样啊。这么要脸要面的人，这下丢人丢大发了。丢在家里也就罢了，还丢到了青云；丢给挑山那帮兄弟无所谓，还丢给了外人；光丢自己也行，连儿子的脸也给丢了。他仔细回想了一下，酒桌上说过什么话，怎么干的杯，怎么进的旅馆房间，全都支离破碎，有的一点都记不起来。其实，早在换大杯子之前，脑子就已经断片。他越想越后悔，越想越窝囊，恨不得抽自己个嘴巴。

他好歹挣扎着爬起来。一下床，头嗡嗡的，感觉天旋地转。腿也不听使唤，站在那里直打晃。无奈，他又在床上坐下。他想吐，干咳了几声，只吐出一口酸水。他看到地上有斑斑点点的污渍，意识到自己不知什么时候吐过，已经被人打扫了。他口渴得要命，看到桌上不知谁凉好的一杯白开水，端起来咕咚咕咚地喝了下去。他推开房门，抬起头来望了望，见太阳快要落山，没等陈家梁过来，就坐上一辆小公共汽车打道回府了。

回到家，他感觉浑身无力，仍像个伤鸡似的，耷拉着头，脸色苍白，冒着虚汗。玉芹看着陈扁担蔫了吧唧、无精打采的样，说："去帮家梁扛大包还是干什么沉活了，怎么累成这个样子？"陈扁担抹了一把汗，说："什么也没干。"陈奶奶也觉出不大对劲，说："什么没干怎么像被霜打了的茄子似的？"陈扁担这才说了实话，说："什么事都没有，就是喝酒喝的。喝酒喝多了，到现在头还发晕，浑身难受得要命。"玉芹笑笑，说："喝酒还能喝成这样，快成酒晕子了。"

陈扁担刚要进屋，杜长腿哼着小曲摇头晃脑地来了，手里还提着瓶酒。

陈扁担一见酒瓶子，立马条件反射，胸腔里翻江倒海，直往上撞。他慌忙用手捂着嘴，跑到厕所里，干呕了几口，有股难闻的苦味，他感觉苦胆都快吐出来了。杜长腿怔怔地看着陈扁担，觉得他今天怪怪的，心想：这是哪根神经乱了？陈扁担强忍着，把事情来龙去脉说了一遍。杜长腿听了哈哈笑道："光看着你过五关斩六将，没想到你也有败走麦城的时候。你这个洋相不是出大了，而是太大了。"他本来饶有兴致地想找陈扁担喝一壶，看他这样，只好作罢。

高小雨与冯文静一起剥花生。冯文静说："家梁这都好几个星期没回来了，你也没去看看。"高小雨答道："镇上事那么多，大事小情的，今天下村，明天开会，把他忙得够呛。我听说，这些日子，他们在莲花山修公路，好几百人都在工地上，他也天天靠在那里。我就是去了，他也顾不上我。"冯文静叹了口气："我早就说乡镇工作不容易，没阴没晴、没白没黑的。不像在机关上班，多少还能给家里搭把手。像他这样，什么也指望不上。他也不想法往市里挪动一下。"高小雨说："他喜欢这样。你真叫他天天坐在办公室里，他还不一定习惯，弄不好还憋出毛病来。有钱难买个愿意，就由着他吧。"

坐在一旁看报纸的高云青看了她俩一眼："年轻人在乡镇摔打摔打，这是好事。上面不是一直要求青年干部到基层经风雨、见世面吗？我看后面还可以加几个字，叫接地气、长才干。"

高小雨夸道："我老爸还挺有水平的嘛。"

高云青说："你们想啊，公园的老虎，圈养的时间长了，完全没了原来的野性，喂它块肉，它都懒洋洋地吃，哪里还谈得上虎虎生威？大家到市场买鸡的时候，都不愿要鸡场养殖的，愿意要山上散养的，为什么？因为散养的鸡不但能跑会飞，而且还能上树，不管辣炒还是炖汤，都营养丰富、味道鲜美。而养鸡场养出来的鸡，都是速成的，时间长的几个月，时间短的只有几十天，哪有散养鸡健康。"

高小雨笑了："爸，你这都是些什么比喻呀？"

冯文静白了他一眼："就是，小雨刚才还夸你有水平。我们正在说着家梁的事，你这东拉西扯的，扯到了公园里的老虎，扯到什么养殖鸡上。好好的话，你这么一说，怎么就变了味？"

"比喻不一定恰当，但道理是相通的。"高云青说完，又拿起报纸。

接着，冯文静又叮嘱小雨："家梁不在家，你公公婆婆那里，你得多想着点。公婆是爸妈，又不是爸妈，关系很微妙。你不能老是大大咧咧。自己的爸妈，吵翻了天，还是你爸妈。公婆可不行，一旦翻了脸，就会有创伤，即便伤好了，也会留下疤。哪怕言差语错，也会结下疙瘩。要勤去着点，不在干活多少，也不在礼物轻重。老人要哄，只要腿勤嘴甜，他们就高兴。他们高兴了，儿子就高兴，家庭就和睦。当儿媳，也大有学问呢。"

高小雨笑笑："妈，你先别说我，你这个儿媳当年当的怎么样？"

冯文静看了一眼高云青："这个得问你爸。"

高云青说："还可以吧。"

冯文静显然对这样的评价不满意："仅仅是可以吗？"

高云青把报纸放下："我说这个可以，就是很好的意思。小雨，你妈在这一点上没得挑。当年，你爷爷奶奶拿着你妈像宝贝似的，比对我这个儿子还亲。一个大家庭，特别是几代人共处的家庭，儿媳是很重要的角色。老老少少，方方面面都要照顾到。说话办事，处处得小心谨慎，一有什么闪失，就会引起这样那样的矛盾。在这个问题上，你要向你妈好好学习。"

高小雨点点头："好吧，记着啦。你们不说，我明天也要过去接孩子。"

"我今天买的大闸蟹，你带上几只让他们尝尝。"冯文静嘱咐道。

高云青到储藏间拎出两瓶白酒，说这是你哥刚从南方捎回来的，陈扁担喜欢喝两口，你带给他吧。高小雨一看就忍不住笑了。高云青不解，问她笑什么，高小雨便告诉他陈扁担去青云喝醉的事。高云青听了，哈哈笑道："家梁这个玩笑开得有点大。"冯文静则说陈扁担太实在，实在得有点过了。

周末，高小雨去陈扁担家接小飞。小飞爬到院里一棵树上，陈奶奶在一边急得直喊："哎哟我的小祖宗，你赶紧下来。"可小飞根本不听，任陈奶奶怎么喊，就是不下来。王玉芹用好话哄着，把他从树上接下来。高小雨一进门，小飞就高兴地扑过去。高小雨一看这阵势，问小飞是不是又闯祸了，陈奶奶说不闯祸还是小飞？

高小雨随手把带的东西交给玉芹，说："这是我妈买的大闸蟹，拿了几只给奶奶尝尝。这个酒是我哥捎回来给我爸的。"陈扁担看了酒瓶一眼，眉头一蹙，下意识地用手捂起嘴和鼻子，说："别放这里，赶紧拿到里屋去。"高小雨愣了一下，说："这酒不好？"王玉芹把小雨拉到一边，说："什么酒不好，他自从去家梁那儿一趟，回来就落下病了，不用说闻酒味，见了酒瓶就想吐。"高小雨顽皮地一笑，说："我知道了。"陈扁担看了高小雨一眼："你也听说了？"陈奶奶把嘴一撇，说做都做了，自己不怕丢人，还怕别人说？

高小雨搀起陈奶奶进屋。她感觉奶奶这几天走路不大对劲，下意识地看了一眼，问道："奶奶，您的腿是不是有什么毛病？"陈奶奶说："不知道怎么回事，这条腿的膝盖有时候疼。"高小雨挽起婆婆的裤腿看了看，没看出明显外部症状，又用手搬起小腿来回转了转。陈奶奶说："平放没事，就是一蹲一起和上台阶的时候疼。"高小雨说："看着不像骨头出了什么毛病，很可能是风寒风湿的原因，估计没什么大碍。这样吧，明天我带您去我们中心医院做个检查。"陈奶奶一听，连忙说："我不去，又没有大毛病，过两天就好了。再说了，你不就是大夫吗，你刚才还说没什么大碍呢。"高小雨说："有些病，光用眼看，看不明白，得做各方面的检查。"玉芹说："妈，去吧，我和小雨陪着你。"

杜婕把她和韩奇的合影撕得粉碎，扔进垃圾筒。那样子，像要撕碎一段不堪回首的岁月，撕碎一个令她惊悚的梦魇。接着，她打开衣柜，开始整理衣物。苏云进来的时候，她竟然没有察觉。苏云咳嗽了一声，杜婕才转过身来，说："你吓死我了，跟个幽灵似的，怎么连门都不敲？"苏云拖把椅子坐下，说："你的房门大开着，我敲什么？敲空气啊？"杜婕给苏云倒了杯水。苏云问："我听说韩奇走了，没到机场送送？"杜婕瞪了她一眼，说："我疯了还是傻了？"苏云端起水杯抿了一口，说："毕竟相处一场，成不了夫妻，也不至于成仇人，至少是朋友嘛。"杜婕把手里的衣服一扔，说："你饶了我吧，我可没有你那么大度，我不会有他那样的朋友。"苏云问她以后有什么打算，杜婕笑道："你担心我嫁不出去？"

"我不是那个意思。我担心你陷得太深走不出来。"苏云说。

"你真是小看我了，世界这么大，何处无芳草？"

"那些臭男人的德行，都是女人惯得。得不到的时候，像狗皮膏药，贴得紧紧的。一旦到手就当抹布，想用就用，想扔就扔。这都什么玩意儿？"

杜婕说："也怪了，我们女人为什么总是逆来顺受，受了伤才知道疼？我们为什么不能以眼还眼、以牙还牙？"

苏云反问道："怎么，狗咬你一口，你想咬狗一口啊？"

"那倒不至于，那可真成新闻了。"

苏云说："算了，不说这些不开心的。回泰城的事想好了吗？"

"想好了，这里已经没有什么可留恋的。"

"准备回去干点什么？"

"我们几个同事合伙开了一家物流公司，总部在北京，在泰城设一个分公司，我回泰城主持分公司的工作。"杜婕答道。

苏云一笑："摇身一变，成老板了啊？"

"什么老板不老板，眼下八字还没一撇，以后发展前景怎么样，我心里也没有数，慢慢干着看吧。你的情况怎么样，定了回苏州吗？"

"就算定了吧，我这里情况比较简单，几个同学前几年就回苏州创业，已经有了很好的基础，在那里也算闯出了点名堂，我回去，加盟他们的公司，顺理成章，一起干就是了。"苏云答道。

杜婕问："你准备什么时间动身？"

"就这几天吧，这里的事都已经处理妥了。"苏云又问："我看你也开始收拾东西，打点行装了，也快动身了吧？"

"差不多了。"

此去一别，天南地北。从此，她们朝夕相处的日子一去不复返了，她们的青春芳华也将一去不复返。苏云和杜婕不免有些伤感。

林腊梅两周没回娘家，范海灵就给她来电话了，说："死丫头，快把家门忘了吧？"林腊梅说："您把吃的准备好，下了班我就回去。"因为晚上局里有会，展宏图吃完饭就要往回赶，临出门对林腊梅说："散了会来接你。"林腊梅说："不用了，晚上我在妈这儿住，娘儿俩好好说说话，省得老妈挑我的不是。"

范海灵和林腊梅家长里短地聊了半天，聊着聊着，聊起了她们的饭馆。范海灵说起眼下的难处："竞争太激烈了，小饭馆越来越不景气，快撑不下去了。"林腊梅说："不是好好的吗？"范海灵说："那是驴粪蛋儿表面光。你看这两年新开的那些饭馆，从外面看，装修得既大方好看，又有气派。从里边看，都有名师主厨，有拿手菜、招牌菜。酒席散客都能接，高端低端都能办，生意越做越火。再看看我们，这些年弄来弄去还是老一套，除了炒鸡炖鸡，就是白菜豆腐，别的花样做不出来。这样，新客不愿来，老主顾不再来。看着天天开门，可去掉成本开销，根本赚不了几个钱，也就半死不活地维持着。"

林腊梅想想也是，她们几个老姐妹，要文化没文化，要资源没资源，他们哪里懂得什么市场营销、成本管理？不用竞争，这些短板就在那里明摆着，磕磕绊绊地支撑了这么多年，真是够难为她们了。

范海灵叹了口气，说："我们姐妹几个，心气、体力、精力都比不上从前了。刚开始的时候，你们这些孩子都还小，我们也顾不上管，就那么当野孩子养着，没白没黑地泡在饭馆里。现在不行了，不是当了姥姥，就是当了奶奶，每人一大家子，上有老，下有小，伺候着老的，还得带着小的。大剪子、半铺炕成天被孙子外甥缠着。我也一样，你的孩子不用我操心，他爷爷奶奶都有文化有素质，带得肯定比我强。可你姐的孩子我不管不行啊，皮笊篱两口子，光老大家孙子就够他忙活的，你姐的孩子再给他，不光顾不过来，你姐也不放心。"

林腊梅笑笑，说："想想也真有意思，你看，陈扁担、杜长腿、皮笊篱、大剪子、胖婶，还有你，你们都是一茬的，年龄差不多，从小一块长大，后来又一块挑山，现在，又都成了儿女亲家。我姐嫁给皮笊篱的小儿子，胖婶的闺女嫁给皮笊篱的大儿子；陈扁担家老大娶了大剪子的闺女，老二娶了高场长的小闺女；杜长腿的大闺女嫁给高场长的大儿子。这转来转去，都成了亲戚，这都快结成挑山工亲家团了。幸亏竹筒子叔的孩子小，赶不上我们这一拨，要不也说不定怎么着。"

范海灵说："可不是咋的，地方小了，三走两走就走到一块了。老杜家的老二杜婕要不是去了北京，说不定早就嫁给家梁了。"

林腊梅问道："妈，你说了半天，对饭馆今后有什么打算？"

"这不正想和你商量嘛，让你帮我出出主意。硬撑下去吧，肯定不行，说不定哪天就黄了。就此不干了吧，又不甘心，觉得太可惜，不舍得。毕竟干了十好几年了，里边有我们姐妹几个的心血。"

"要不你们花点钱，聘我给你们当顾问，怎么样？"

范海灵一听："当然好啊，我怎么没想到这一点？你学的是财会，干的是银行，对经营管理肯定比我们在行。你平时上班，下班以后帮着我们操持饭馆，这是个好事。这个事就这么定了，回头再跟她们两个商量。"

林腊梅笑道："妈，给你个棒槌就当真，我逗你呢。我们银行有严格规定，不能在企业兼职。"

范海灵说："你个死丫头。"

泰山有个四槐树茶馆，位于壶天阁与柏洞之间。茶馆不大，但名气很大。名大大在四棵古槐。这四棵古槐，相传为唐代鲁国公程咬金亲手所植。令人惋惜的是，现在只有一棵还正常活着。其中有两棵早在民国前就干枯而死。还有一棵虽死犹生。1987年夏天，一场突如其来的暴雨，成为压倒这株古槐的最后一棵稻草。在倾泻如注的暴雨中，腐朽的树干再也无力支撑其庞大的躯体，由东向西轰然倒下，横跨在盘道上。站在卧槐下面，但见其被盘道两侧的石柱托起，树径粗大，足有两搂。远远看去，宛若虬龙，铁骨横空。

四槐树茶馆少有珍品茗饮，多是山上野茶，后来南茶北引，泰山茶业兴起，渐渐有了自己的品牌。但茶不在饮，而在心境。许多游客登山途中，在这里驻足小憩，清风习习，喝杯热茶，神清气爽，好不惬意。

茶馆主人老范有两位老主顾。他就是京华大学著名教授韩卓和他的夫人。韩老几乎每年都来泰山，每次来都像"七夕相会"，必到茶馆坐坐，与老范聊聊。有一年，韩卓和夫人再登泰山，老范一见韩卓，立即迎上来："欢迎韩老和夫人光顾，我可是等您一年了。"韩卓哈哈一笑："我也盼了一年，不喝你的茶，不算到泰山啊。"老范双手作揖："谢谢韩老，承蒙您抬举，实不敢当。我这里没什么好茶名茶，都是大路货，解渴解乏而已。您和夫人先坐，茶马上来。"

老范端来茶具，亲自泡茶沏茶。韩老夫人看到眼前两个紫砂茶杯，不禁眼前一亮，便问道："老范，前几年我们来的时候，好像没见你用过这两个茶杯？"老范笑道："夫人好眼力，以往用的茶杯，都是我从商店买的。今天这两个，是我们家老辈传下来的。平时不舍得用，放在那里作个念想。今天您和韩老来，我拿出来用用，图个新鲜。"

韩卓一听，拿起杯子看了半天："老范，这两个茶杯有年头了吧？"

"那可是，什么年间的东西我不清楚，但在我家传了至少有五六代了，我爷爷说他的爷爷曾经用过，再往前我就不知道了。"老范答道。

韩卓又把杯子拿在手里看了看："这两个茶杯是清朝初年的，出自江苏宜兴。"

"韩老不愧是专家，什么年间，什么地方的东西都能看出来。"

韩卓说："我不是专家，只是喜欢而已，对这些东西粗通一二。不瞒你说，我家也有俩和这两个同样的茶杯，但我可从来没舍得用它喝茶，只放在书房里观赏。这可是两个老物件，是宝贝啊。"

老范笑道："一样的东西，在我这里就是个茶杯，在您那里就是宝贝。"

韩卓夫人问道："老范，有句话不知当讲不当讲？"

"老大姐，您和韩老是我的贵人，有什么话不能讲？"

"我们家老韩，除了看书做学问，闲下来的时候就喜欢把玩这些老物件。你能不能把这两个茶杯卖给我们，和我们家的那两个配起来，正好配成两对四只。您开个价，高点低点都行，我们不在意钱多钱少，就是图个喜欢。"

韩卓马上说："不行，不只我喜欢，老范也喜欢，怎么能夺人之爱呢？"

韩卓夫人说："我只不过随口一说，老范不舍得就算了。"

老范喝了口茶:"韩老,您这就见外了,我的喜欢和你的喜欢不一样,我是个粗人,对这些老玩意一窍不通。我的喜欢,只是因为它是家里老辈传下来的。您老的喜欢是行家的喜欢。有用的东西得放在懂得它的人手里,既然韩老和夫人喜欢,拿走就是了,谈什么买不买的?"

"那可不行,那样你就陷我于不义了,我不能做那样的事。"韩卓说道。

韩卓夫人也说:"你如果舍得,你就出个价,我们买。如果不舍得,就当我刚才的话没有说。我们都是读书人,凭空夺人之爱,还怎么为人师表?"

老范笑道:"韩老和夫人言重了,我虽然没有什么文化,也没什么见识,但从戏文里听说过,宝剑配英雄,红粉赠佳人。您什么也不必说,等您把这杯茶喝完,倒出杯子,我就把这两个茶杯包好,您走的时候带上就是。"

韩卓坚辞不收:"不,无论如何我不能这样做事。"

老范想了想:"您实在觉得过意不去,我倒有个变通的办法。"

韩卓问道:"什么办法?"

"您就给我写几个字,用读书人的话说,给我留个墨宝,让我也沾点文气,以字抵杯,公平合理,这样可以吧?"

韩卓笑道:"写几个字只是举手之劳,这两个茶杯却是稀罕之物,这么做,还是觉得有点过意不去。"

老范说:"哪能那么说?您的举手之劳,对我来说,可是千金难求啊。这样的话,还说不上谁亏谁赚呢。"

韩卓沉吟片刻:"那,你想要什么字?"

老范想了想:"您就给我写四槐树茶馆吧,将来我把它装裱起来,挂在家里。然后再找人做成匾额,当我这个小茶馆的招牌。您看,我是不是赚了?"

韩卓题写的匾额,至今仍在。韩老毕竟是文化名人,也是书法大家。这块匾额在行家眼里,成了无价之宝。

知情人无不赞道,老范智慧。

都说无巧不成书,杜长腿领教了,他万万没有想到,在山上竟然遇到他特别想见又特别不想见的人。

下山的时候,杜长腿遇到一对老年夫妇,看样子有七八十岁,斯斯文文。先生拄着拐杖,夫人背着背包,走在盘道上非常吃力。杜长腿就把夫人的背包接过来,挂在扁担上。老夫人过意不去,要给他钱。杜长腿不要,说闲着也是闲着,这么个背包对他来说不算什么。从攀谈中得知。这是他们第四十一次登泰山。杜长腿非常吃惊。老先生说，过了四十岁以后，不管多忙，他们夫妇每年都来一趟泰山。年轻的时候，先生身体不好，四十岁那年，得过一次重病，一场非常可怕的病。当时他的情绪糟透了，甚至失去了生活的热情和信心。后来，他的一位朋友向他建议，让他到泰山散散心，呼吸一下新鲜口气，对身心健康会有好处。于是，他就到泰山来了。住在泰山期间，每天爬爬山，遛遛弯，并且徒步登上了南天门。没想到，住了一段时间，心情特别好，身体也好了许多。打那以后，他就每年都来一次泰山，每次都徒步爬上山顶。出乎意料的是，这几年体检，他的身体状况明显好转，四十年前查出的那个病竟然好了。老先生感慨地说，泰山有恩于我，我也钟情泰山。杜长腿感慨道，您和泰山真是缘分不浅，泰山老奶奶在保佑您。

　　这对老年夫妇，正是韩卓和他的夫人。韩卓告诉杜长腿，说他和泰山的缘分，还不止这些。他孙子谈了个女朋友，家就是泰山的。他们两个是大学同学，毕业又一起分配到外经贸部门。那女孩不仅长得漂亮，而且特别懂事，知书达理，非常可爱。本来准备结婚了，老两口把送他们的结婚礼物都准备好了，谁知道他那孙子不知抽了哪根筋，鬼使神差地喜欢上一个欧洲女孩，跟着出了国，去给洋人倒插门去了。老先生非常动情，说对不起泰山那个姑娘啊。

　　杜长腿说："还是没有缘分，或者说缘分还不到。"

　　韩卓夫人说："如果他们结了婚，我们老两口怎么着也要到那个女孩家里看看，认识一下亲家。可现在，没脸去了。"

　　杜长腿说："孩子的事，大人没法管，也管不了。"

　　韩卓说："是啊，这毕竟不是父母之命、媒妁之言的年代，现在的孩子根本不买老人的账。那个女孩子家就在泰山，爷爷和爸爸都是挑山工。"

　　杜长腿一怔："您说的那个女孩叫什么？"

　　"姓杜，叫杜婕。"韩卓答道。

　　杜长腿一听就愣了，竟然有这么巧的事。

　　韩卓问道："怎么，你认识那个女孩？"

　　杜长腿赶紧摇摇头："不，不认识。"

　　事后，杜长腿想，只能说不认识，事都过去了，还能说什么呢？

第二十三章

陈扁担家这一举动，用时下的话说，不少人给他点赞。老邻故居，一块挑山的兄弟，都夸他是个男人，是重情重义、打着灯笼也难找的好男人。连高云青也说，陈扁担会做人，这个事办得敞亮。

自从王玉芹嫁到他家，他就对小欢视如己出。冬天怕她凉着，夏天怕她热着，比玉芹还上心。快到上学的年龄，他和玉芹商量，给她起名陈家欢。只要有好吃的，他都先紧着小欢。家栋家梁和她争抢，他就把眼一瞪，吓得他们赶紧缩回"猫爪"。家梁小时候淘气，不知道让着小欢，好几次都被陈扁担劈头盖脸教训得抱头求饶。有次，家梁冷不丁地跑回家，问他什么是"拖油瓶"，陈扁担一听，顺手抓起鸡毛掸子就打。家梁一边跑着躲闪一边说，不是我，是街上小朋友这样叫的。陈扁担把脚一跺，说谁再敢那样犯浑，你就揍他，揍得他屁滚尿流，我给你撑腰。果然，家梁拿着他的"尚方宝剑"，把几个无知的小家伙整治得服服帖帖，再不敢轻易造次。打那以后，"拖油瓶"三个字，连同父母离异给小欢留下的阴影，像风中的云彩一样悄然消失。

转眼，小欢到杭州上大学一年了。每次小欢来信，玉芹总是看了又看，看完后整整齐齐放在抽屉里，过些日子拿出来再看。有时候看着看着不知不觉就走了神，眼圈还红红的。陈扁担知道，玉芹是想女儿了。于是，他萌生了个念头，带玉芹到学校去看看小欢。他把这个想法和玉芹一说，玉芹摇摇头，说："不用看，孩子大了。再说，家栋在外当兵三年，家梁在外上学四年，也没听说你去看过。"陈扁担说："那不一样，他两个是小子，小欢是闺女。小子心野，看不看无所谓。闺女心细，不去看她会感到失落。"玉芹说："去看一趟，又搭工夫又花钱。你天天忙得两头不见日头，我饭馆也一堆事。陈扁担说这些都不算事。咱两个自打结婚就没出过远门，这次看看小欢，也出去转转，一举两得。"玉芹这才答应。

临走那晚，玉芹收拾要带的东西。陈奶奶东一样西一样地往旅行袋里塞。玉芹笑道："妈，你再往里塞，包就撑破了。"陈奶奶说："没事，挤挤就放下了，小欢在家的时候就喜欢这些。"陈扁担也说："能多带就多带点，去趟不容易。"玉芹说："带这么多吃的，她哪吃得了？吃不了就坏了。"陈扁担说："放心吧，她那么多同学，只要好吃，再多也剩不下。"

高小雨带着小飞回家，高云青问陈扁担干什么去了，小飞抢着说："爷爷和奶奶到杭州看我姑姑去了。"高小雨戳了一下小飞的头："就你嘴快。"接着高小雨对高云青说："小飞他爷爷挺有意思，家栋当兵，家梁上学，他都没去看过。轮到小欢，他却颠颠地去了。"高云青说："你这就不懂了，两个儿子是亲生的，看不看的无所谓。女儿是玉芹带来的，他更得另眼看待，他这是为玉芹想。"接着说了前面那句话，"陈扁担会做人，这事办得敞亮。"

陈扁担和王玉芹左打听右问，找到女生宿舍。正好赶上周末，班里没安排活动，其他同学该干什么干什么去了，宿舍里只有小欢自己。当陈扁担和王玉芹走进宿舍，小欢惊呆了，激动得半天没有说话，两眼泪汪汪的。玉芹把她搂进怀里，轻轻拭着她的眼角，说都大学生了，还和小时候一样，眼窝子那么浅，说掉泪就掉泪。陈扁担打开旅行包，把带的东西拿出来。小欢破涕为笑，说："带这么多东西啊。"玉芹嘱咐她："都是咱泰山产的，给你的同学尝尝。"

小欢带爸妈逛了一会儿商店，接着游览西湖。

西湖是杭州的眼。它三面环山，南面与钱塘江隔山相邻。湖中的白堤、苏堤、杨公堤和赵公堤，把湖面分割成若干块。可能是刚下过雨的缘故，空气中弥漫着甜润的味道。波光潋滟的湖面笼罩着一股薄薄的水气，宛如轻柔的面纱朦胧了西湖国色天香的容颜。陈扁担从没来过西湖，只听说这里曾经发生过白蛇传、梁山伯与祝英台和苏小小等神话故事。王玉芹进了西湖，只觉得两眼不够用，这里瞅瞅，那里看看，恨不得把一切都收进眼里。嘴里不住地咂摸："怎么这么好呢？到处跟画似的。"陈扁担一边看一边琢磨，自言自语道："好是好，可我就没弄明白，你说那是长桥，可我看着也不长啊，你说那是断桥，可那桥也没断啊！"小欢咯咯笑道："爸，您说得没错，就是长桥不长、断桥不断嘛。"

自从范海灵说了饭馆的事，林腊梅一直忐忑。她感到又一次处在十字路口，要么平平庸庸做一个银行的职员，要么破釜沉舟接手范海灵她们的饭馆。前者无风无浪，后者则荆棘丛生。究竟做何选择，她左右摇摆，还没想好。

晚上刚上床躺下，展宏图涎着脸想和林腊梅亲热。林腊梅一把推开他，展宏图说真没劲，我一燃烧起来，你就兜头一盆冷水。

林腊梅看了他一眼，脑子里突然跳出柳下惠，想起坐怀不乱的典故。柳下惠是鲁国现泰城郊区宫里镇西柳村人，姬姓，展氏，名获，字季禽。曾任鲁国士师，掌管刑罚狱讼之事。卒后谥号为惠。其封地在柳下，后人称其为"柳下惠"。是百家姓中展姓和柳姓的得姓始祖。于是林腊梅笑道："你是柳下惠的后人，你怎么不好好学学你的老祖，做个不近女色的君子呢？"展宏图说："那得看谁坐在我怀里，你坐在我怀里不乱你愿意啊？那我还不如做个太监呢。"说着，又要往林腊梅身上凑。林腊梅说："你别闹，我给你说个正事。"

她告诉展宏图，那天，老太太和她絮叨了半天，说她们那个饭馆越来越不好，越来越不景气，快撑不下去了。她们几个人没文化，不懂经营，也不懂管理，在竞争中很难站住脚，弄不好很快就得吹灯拔蜡烛。她们现在很矛盾，干下去，没多大希望；不干吧，又不甘心。林腊梅说："她们几个姐妹，半辈子的心血都花在那个饭馆上，眼睁睁看着它就这么垮了，她们难受，我也觉得惋惜。但看她们苦熬硬撑，她们遭罪，我也于心不忍。"

展宏图说："这是个问题，可我们爱莫能助啊。"

林腊梅说："真想帮忙，办法倒是有，我辞职，接手她们那个饭馆。"

展宏图一骨碌爬起来："你疯了还是傻了？可别心血来潮，不计后果。"

林腊梅："是啊，下这个决心不那么容易。现在，银行职员辞职下海经商的倒是不少，有的做得很成功。银行职员参与企业经营管理，有天然的职业优势。但在做出这个决定之前，我还是感到犹豫，你说敢不敢试试？"

"打住，这个事没得商量，绝对不行！"展宏图态度非常坚决。

"你看，刚才还说我呢，我刚燃烧起来，你也兜头一盆冷水。"林腊梅说。

展宏图说："我这盆冷水和你那盆冷水不一样。"

"其实，这个事我已经考虑很长时间了。接手那个饭馆，一方面是为我妈考虑，另一方面也是为我自己着想。我妈那边，咱先不说。从我自己的角度来考虑，现在情况不比从前，也该为自己的今后想想了。"

展宏图问道："你现在怎么了？工作体体面面，收入也不比别人差。多少人都羡慕都还来不及，你却倒好，身在福中不知福，这山望着那山高。"

"你说的这些，我当然知道。没错，我现在的工作，在常人眼里是不错，但是，你想想，现在是开放的年代，是让每个人的聪明才智充分释放的年代。许多人比我的工作条件更优越，但他们不安于现状，勇敢地走出去，开创出一片自己的天地，我为什么不能尝试做出一种新的选择呢？"

展宏图说："我不是榆木疙瘩死脑筋，但你想想，如果你迈出这一步，多少压力在等着你，世俗眼光的压力，家人不理解的压力，经营管理的压力，经济效益的压力等等，我是不忍心你无端地去承受这些你不该承受的压力。"

"只要自己想开了，这些都不是事。"

其实，展宏图讲的这些，林腊梅都想过。要真接手这个饭馆，首先得做好市场调研，看看市场需求究竟是怎么个情况，到底有没有潜力和前景；同时还要做好风险研判，弄清楚饭馆面临的最大风险是什么，是否有能力承担。在充分论证的基础上，确定一个基本定位，比如面向群体、菜品菜系、主打品牌等等。她还想过，接手之后，对饭馆全面改造，全新升级。把饭馆里外全面进行装修，重塑饭馆形象。在定位上，既不追求高档，也有别于低档。瞄准城市主流群体，公务接待可以接，普通百姓一般消费也能接。在菜品上，不必刻意追求哪个菜系，但要注重品质，办出特色，保持家常菜的基本风格，新增加一些特色品种，比如，东平湖鱼头很有名，可以把清炖鱼头汤做成品牌，肯定受欢迎。再比如，可以新上有特色的自助餐，主要接待散客。上自助餐赚钱倒在其次，关键是聚集人气。人气旺，才能生意好。还有，在文化上，也要提升品位。把泰山山上的文化移植到餐馆来，山上山下遥相呼应，融为一体。比如，每个雅间，都用泰山的景点命名。让客人一走进房间，就感受到泰山文化的氛围，有一种亲切感。她甚至连饭馆的名字都想好了。杭州西湖有个楼外楼，泰山脚下就搞个拜岳楼，既大气，又响亮。

杜长腿边走边想：这不年不节的，怎么这个时候回来？等他赶到火车站，杜婕已经从出站口出来了。杜长腿一看，说："怎么带这么多东西？"杜婕说："都是我平时用的。我姐呢？她怎么没来？"杜长腿说："我没告诉她。"话还没落地，杜宏就急匆匆地赶到了。杜长腿问："你怎么来了？"杜宏说："小婕给我打过电话。刚才有点急事，差点来晚了。"

晚饭的时候，杜奶奶喜得合不拢嘴，一个劲地给杜婕夹菜。杜婕说："奶奶，你要撑死我呀，这个吃法，很快就吃成小胖猪了。"杜奶奶说："你真吃得跟小胖猪似的就好了，那样奶奶才高兴呢。"杜宏笑道："奶奶，现在小姑娘都喜欢瘦瘦的，高高的，谁愿意变成小胖猪啊？"杜奶奶把嘴一撇："瘦瘦的有什么好？像干柴一样，挑不能挑，抬不能抬，一阵风就刮倒了，我没看着好。白白胖胖、结结实实的，能干活，讨人喜欢。"

杜爷爷也非常高兴："小婕，好不容易回来了，多住几天，好好歇歇。"

杜奶奶说："就是，都说这里好，那里好，其实都不如家里好。在家里，一天三顿，热汤热水的，吃着舒坦。不像你一个人在外边，饥一顿饱一顿的。"

杜婕一边夹菜一边说道："我这次回来就不走了。"钟丽华怔了一下："不走了？"杜长腿以为听错了："你说什么？"杜婕解释道："是这样，我们单位机构改革，实行人员分流。我们几个同事合伙开办了一家公司，总部在北京，在泰城设立了分公司，我这次回来，就是筹备我们的分公司，以后就留在泰城不走了。"

杜长腿问道："我还是没听明白，什么改革分流，什么总公司分公司？"

"人员分流就是机构改革之后，有的人留在原单位，有的人离开原单位。我跟几个同事一块辞了职，合伙注册成立了一家公司。只要辞了职，就和原来的单位脱离了关系。"杜婕答道。

杜长腿把筷子一放："这么大的事，你怎么也不和家里商量商量，就自作主张辞了职，你眼里还有爷爷奶奶，还有你爸你妈吗？"

钟丽华瞅了杜婕一眼："就是，你怎么越大越不让人省心呢？"

"我就是和你们说了，你们也帮不上忙，净跟着干着急。"

杜宏说："不管怎么说，你这个事办得是有点草率。"

"什么草率？这个事我已经考虑了很长时间。别的事跟家里商量，可这件事怎么商量？机构改革是国家的大事，不是哪个人能说了算，就是跟您商量，您能怎么办？能帮我找单位还是能帮我找工作？不就是跟着着急上火吗？"

杜宏说："改革分流，也会有其他的选择，你为什么单单选择这条路？"

杜长腿阴沉着脸："起码提前和家里说一声，能帮你打个谱，出个主意。你这样提着个包就回来了，村里的人怎么看？老邻故居怎么看？老师同学怎么看？这些你想过没有？我看你是吃饱了撑的，没事干闲得，书念多了傻了。"

杜婕说："我是为自己活，也不是为他们活。他们愿意怎么看就怎么看，我管不了，也不愿管。再说，我不和家里说，也是为了让你们少着急。"

钟丽华说："那，这个大学不就白上了？"

"怎么叫白上了？不上大学我学不到这么多知识，留在北京工作，也没有这么多见识。再说，我当初上大学也不是为了北京而上啊！"杜婕答道。

杜爷爷问："这么说，以后你就不算是北京的人，是咱泰城的人了？"

杜婕答道："是的爷爷。"

杜奶奶说："我看小婕回来是好事，一家人天天在一起，平平安安、顺顺利利的，比什么都好。省得像以前似的，一年到头也见不着个面。"

对回家以后如何面对家人，杜婕心里是有充分准备的。

事后，杜长腿对陈扁担说："这孩子，到大城市待了几年，心越来越大、越来越野了。那么好的单位，那么好的工作，说辞就辞了。也不知道她搭错了哪根筋，北京那么大的城市不待，偏偏回到泰城这个小地方。"

陈扁担沉吟了一会儿："这事我也没想到。但孩子已经老大不小了，有她自己的主意。既然这么做，自有她这么做的道理，别和她置气了，置气也没用。"

杜长腿哼了一声："早知道这样，还不如不上那个大学。像家梁那样，安安稳稳、踏踏实实的多好，省得让大人跟着操心。"

晚上，几个同学设宴为杜婕接风。这个局是展宏图张罗的，所以他先开了腔："各位同学，今天我们聚在一起，主题是为杜婕荣归故里接风洗尘。同时也借这个机会，大家一块聊聊天，叙叙旧，交流交流走上社会这些年的感受，进一步增进我们的同窗之谊。我们先请杜婕说几句好不好？"

杜婕笑道："宏图还是那么激情洋溢，真是难得。刚才宏图说我荣归故里，我算什么荣归故里？没有灰头土脸、丢盔卸甲地回来就不错了。十几年过去，弹指一挥间。看着几位男同胞，征战南北，走过千山万水，归来仍是少年，我真为你们高兴。小雨、腊梅两位，虽然经历了这么多年的风风雨雨，但基本没有变样，还是那么招人疼、惹人爱，还是那么风情万种、楚楚动人，真让我羡慕死了。这杯酒我先敬各位，祝大家青春永驻、事业有成！"

高小雨接过话："杜婕，你说我们没有变样，我们心里有数。其实，你才真没怎么变，只是首都文化的熏陶，使你多了些书香，多了些优雅，多了些贵气，现在的小婕，更有气质更有魅力了。哪像我们，一个个拖儿带女的，每天操持柴米油盐，都变成乡下老太婆了。"

林腊梅附和道："就是，你还和当年一样要条有条，要盘有盘，皮肤保养的，真像书上写的，手如柔荑，肤如凝脂，美得让小姑娘都羡慕嫉妒恨。"

展宏图看了陈家梁一眼："家梁，你怎么不说话？"

陈家梁笑道："我还说什么？好听的话、漂亮的话，都让你们说了，我再重复就不新鲜了。我只能借花献佛，敬杜婕也敬在座的各位一杯！"

高小雨问："小婕，这次回来多住几天吧？"

"我这次回来，就像胡司令的队伍开进沙家浜，来了就不走了，重新回到咱兄弟姐妹的阵营，在泰城安营扎寨了。"

展宏图一愣："不会吧？"

林腊梅也问道："你说的当真还是说着玩？"

杜婕莞尔一笑："当然是真的了。是这样，我们外贸系统这次进行了大的改革。原来的职能与计委、经贸委的部分职能进行整合，组建了新的机构。机关好多人借这次改革的机会进行了新的选择。有的分流到其他单位，有的改行跳槽，有的下海自己开办了公司。我们处几个同事也辞去原来的工作，开办了一个物流公司，总部设在北京，泰城设立了分公司，我回来就是筹办分公司这摊子事。"

陈家梁一听："这是个好事呀，你们这个公司主要经营什么业务？"

"我们这几个同事，过去都是搞对外贸易的，这方面有一定的资源和优势，但外贸这次改革，好多政策有了重大调整，比如配额发放、出口退税，特别是农副产品出口退税政策基本取消。如果光靠对外贸易，路子就太窄了。所以我们这个公司的定位是，瞄准国际国内两个市场，搭建物流平台，为搞活泰城经济提供服务。"杜婕答道。

陈家梁说："这个平台非常好。与南方城市相比，我们的物流业大大滞后，像义乌那么个县级市，从几粒纽扣做起，现在买全国、卖全国，连国际流通的渠道也打通了。听说临沂物流商贸正在培育当中，已经接近成熟。你们这个平台搭建起来，对泰城的发展太有利了。"

杜婕说："我们这个公司刚刚开始创业，许多事还处于摸索阶段，走一步看一步，还要仰仗各位多多关照支持，来我再敬大家一杯！"

这时，陈家梁手机响。接完电话说："实在对不起各位，镇上出了点事，我必须赶回去。失陪了。"说完，便匆匆离席。

陈家梁赶回镇里，见院里像往常一样平静，并没有上访的村民。他松了一口气，一路上悬着的心终于放了下来。

陈家梁一下车，镇长丁大树和镇党委副书记吴三平就迎出来，三人一起走进陈家梁的办公室。陈家梁问怎么回事，丁大树就把刚才发生的事一五一十地说了。

原来，临近傍晚，四五十人突然乌泱乌泱地涌到院里，一个个怒气冲冲，嘴里不停地喊着叫着，非要找书记、找镇长，给他们个说法。丁大树把他们请到会议室，耐心听他们说，然后又慢慢地解释，答应认真研究他们提出的要求，一定给他们个满意的答复。好说歹说，总算把他们劝回去了。

吴三平看了陈家梁一眼，说这些村民情绪比较激动，骂政府干部不讲良心，挖他们的祖坟，破他们的风水，如果镇里不解决，他们就要到县里，县里不管，他们就要到省里，省里再不管，他们就要到北京。那个架势和来头，大有不达目的不罢休的劲头。

陈家梁问："这些村民是哪个村的？"

"都是前楼和后楼两个村的。事情的起因是，镇起重机配件厂在进行扩建改造，占用了这两个村的坟地，引起群众的强烈不满。一部分村民在施工现场与施工人员发生冲突，他们就联合起来冲到镇里。"丁大树答道。

陈家梁想了想："看来我们考虑简单了。为了节约生产用地，我们拿出那片乱石岗地用于配件厂的扩建，但前楼后楼两个村的坟场都在那片乱石岗中，没有及时给他们划出新的坟地，并及时与他们沟通，才导致了群众有意见。"

吴三平说："这些村民很难缠，怎么解释都说不通。个别村民甚至蛮不讲理，蹬鼻子上脸，你越解释，他越来劲，什么难听说什么。"

陈家梁说："话不能这样讲。不是他们难缠，而是我们考虑欠妥。一般来说，村民对坟地都看得很重，那里埋葬着他们的先人，挖墓掘坟，被视为对先人的大不敬。他们有意见甚至有过激行为，情有可原。现在，我们要研究商量一下，如何妥善处理这个事。配件厂是我们镇的骨干企业，每年缴税一千多万。目前市场明显利好，产品供不应求，扩建厂房、扩大生产规模是当务之急，并且已经开始施工，如果半路停下来，将会造成极大损失，弄不好还会错失市场良机。另一方面，村民对占用他们的墓地有意见，我们面临的问题是，怎样拿出一个两全之策，既让群众认同和支持，又不影响企业扩建。"

丁大树说："我也一直在琢磨这个事。前楼后楼历史上是一个村，后来随着人口增多和居住分散，一九五八年分成两个村。这两个村的村民大都姓李，虽然分开了，但两个村仍然供奉同一祖先，共用一片墓地。所以解决这两个村的问题，实际上用的是一把钥匙。那两个村的公墓我了解，就是山坡下的一片乱石岗，恰恰这片乱石岗与配件厂相邻。在这个山坡的南一面，还有一片乱石岗地，与他们现在的墓地相距也就三四里地，地形地势和他们原来的墓地差不多，也是非农业用地。我们可不可以用这块地置换两个村现在的墓地？"

这时，炊事员送来刚煮的面条，三个人边吃边谈。

陈家梁说："老丁刚才讲，用一块新的墓地置换原有的墓地，这倒是一个很好的思路，有可能是解决这个矛盾的最佳方案。但目前首要的是先把村民的情绪稳定下来，避免事件升温和事态扩大。同时，选择新的墓地，要给村民说清楚，让大多数村民能够接受，得到他们的理解和认同。"

丁大树接上说："要让大多数村民接受，并不是一件很容易的事。我们可以安排镇干部和村干部一家一户上门，耐心做说服教育工作。但更重要的是先做好村里'意见领袖'的工作。每个村都有几个'意见领袖'，特别像前楼后楼这样的家族村、大户村更是如此，这些'意见领袖'一般年龄长、辈分大，在家族里影响大、威望高，说话好使、管用。他们的意见往往能左右一个村村民的意见。我们可以通过走访了解，找那些说话管用的人，先与他们沟通，征求他们的意见，甚至可以让他们出面挑选墓地，然后，由他们去说服其他村民。"

陈家梁表示赞同："对，就这样办。这个事不能操之过急，防止把饭做夹生。但也不能拖，越拖事越大，越拖越难办。我们先考虑组成一个专门工作班子来具体处理这个问题。你们看谁参与比较合适？"

吴三平说："我觉得这个工作专班，最好由你挂帅，镇长和我参加，具体工作人员可以考虑土管所所长、派出所所长，'慢半拍'和妇联王主任最好都参与进来。慢半拍在这个镇工作时间最长，每个村的情况，大小干部甚至一部分村民，他都比较熟悉，与群众沟通交流也有经验。"

陈家梁说："其他同志可以，派出所的同志就算了吧，不要动不动就动用警察，又不是去抓坏人，没必要出警。明天上午召开一个专门会议，把工作开展的有关具体事宜再议一下，今天晚上就这样吧。"

早晨，陈家梁和丁大树在食堂吃饭。副镇长慢半拍和妇联王主任也端着饭碗凑过来。陈家梁笑笑，说："谁给韦副镇长起的慢半拍这个外号？还真有学问，一样的话，比别人慢了半拍，挺贴切。"慢半拍指指王主任，说："就是她胡编乱造的。"王主任说："我可不敢贪这个功。"陈家梁说："这里边有什么故事吧？"丁大树接上话茬，说："他们两个故事多了。有一年镇里组织机关干部下乡督查秋种。他们两个恰好分在一个小组。那时，大家下乡都骑自行车。走到半路，慢半拍想解手，若在平常，随便在路边找个地方解决就行了，可王主任在场，他不好意思。于是他就故意慢下来，想找个机会解决一下。谁知，他慢下来，王主任也慢下来，最后实在憋不住了，慢半拍就停下准备解腰带，王主任故意往他这边走来，慢半拍急了，说'你过来——'过了半天，才把一句话接起来，'你过来干什么？我要解手！'"同行的几个人笑得岔了气。

协调前楼后楼两个村置换坟地的事还算顺利。村干部和几个"意见领袖"初步接受了镇里的意见。忽然，陈家梁接到县长的电话，说有个村民把电话打到我家了，反映镇里挖人家的祖坟。陈家梁马上做了解释，说："我现在正同村干部还有部分村民代表，在原来墓地的附近，新选了一块非农业用地作为他们迁移墓地的新址，用新墓地置换老墓地。村干部和村民代表对新选的墓地都表示满意。他们同意马上迁坟，不耽误企业扩建施工。请县长放心，我们一定把这个事处理好。"县长没再多问，说了句"不能后院起火"就把电话挂了。

林腊梅约杜婕来到青末了咖啡厅，两人边喝咖啡边聊天。杜婕环视了咖啡厅四周，说："泰城这些年变化真大，没想到还有这样有情调有品位的咖啡厅。"林腊梅告诉她："这是近几年才兴起来的。咱小时候哪见过这个？那时候，顶多有几家饭店，不用说咖啡厅，连个茶馆都很少见。这些年，社会多元了，经济搞活了，流动群体越来越大。特别是泰山国际登山节举办以来，吸引了世界各国和国内各地游人，异地文化包括休闲饮食文化，都给泰城带来许多生机和活力。有市场需求的培育催生，新生事物如雨后春笋般地成长起来。你可不要小瞧了泰城，现在泰城人也讲求安逸休闲，也在追求生活品位了。"

林腊梅问道："你知道今天我为什么约你吗？那天晚上，你说回来不走了，要在泰城安营扎寨，那一刻，你简直就是我心目中的英雄。"

杜婕笑笑："你快算了吧，别煽情了，我算哪门子英雄？狗熊还差不多。"

林腊梅说："我可不是故意煽情。你别忘了，你我打小就喜欢唱，我爱北京天安门，天安门上太阳升。北京是多少人向往的地方啊。你又进了那么高层次的国家机关，从事令人羡慕的职业。可你毫不吝惜，别人求之不得的东西，手轻轻一扬，就扔掉了，这不是英雄壮举又是什么？"

"你再说我身上都起鸡皮疙瘩了。你在银行也不错呀，环境窗明几净，穿着干净体面，工作按部就班，不也是很好吗？"

林腊梅说："其实，我今天面临着与你同样的选择。要么，就像一只小船，漂流在没有航标的河流上，漂到哪里算哪里；要么，做一个农夫，在山高林深之处，辟出一片属于自己的土地，种兰种菊，耕地牧羊，都由自己做主。"

杜婕看了她一眼："这么说，你也想破茧成蝶、放飞自我？"

"不瞒你说，为了此事，我犹豫了很久，你这次回来使我最后下定了决心。你知道我妈和大剪子、胖婶三个人一起办那个饭馆吗？"

"当然知道了，我爸还带我去吃过饭呢。"

林腊梅说："我妈几次跟我唠叨，那个饭馆有点支撑不下去了，在她们手里，有点像鸡肋，食之无味，弃之可惜。我也不忍心看着她们苦心经营十几年的饭馆就那么垮掉。我想辞去工作，接手经营这个饭馆。一方面让我妈她们解脱，另一方面开创自己的一番天地。当然，我也知道，这不是一件轻松的事。"

杜婕问："你那位展大公子什么态度？"

"已经被我说服得差不多了，不过，他的态度可以忽略不计。"

杜婕说："我佩服你的勇气，支持你的选择。其实，我在迈出这一步之前，何尝不是左右摇摆、顾虑重重？但走出这一步，也就自己把自己解放了。在北京，我的那些同学、同事和朋友，许多在我之前已经下海，并且他们如鱼得水，干得风生水起，活得有滋有味。是他们的先行，给了我下定决心的勇气。"

林腊梅喝了口咖啡："按说，像你我这种身世，你爸我妈他们，一辈子靠挑山养家糊口，一滴汗水一滴血地把我们拉扯成人，供我们上学读书，并且顺风顺水地有了体面的工作，应当知足乐业，应当安守本分，循规蹈矩地工作，安安稳稳地生活。但不知怎么的，越是平静的生活，我越感到莫名的不安。"

杜婕说："你知道我爸怎么骂我吗？听说我辞职，气得又吹胡子又瞪眼，乱七八糟说了一通，归结起来，就是吃饱了撑的，没事干闲得，书念多了傻得。"

林腊梅笑笑："撑得，闲得，傻得，老爷子说得还挺精辟。"

杜婕说："你别说，他说得有一定道理。你我如果不上那么多学，不读那么多书，或许不会有你刚才说的不安，不会有莫名其妙的烦恼。你记得庄子《列御寇》中的话吗？巧者劳而知者忧，无能者无所求，饱食而遨游，泛若不系之舟。"

林腊梅说："有朋友劝我，这一步千万不能跨出去，一旦跨出去再想收回来，那就难了。我本来也想和其他人一样，装作什么也没听见、什么也没看见，稀里糊涂地打发自己的一生。可想想又不甘心。现在，许多人怕担风险，维持现状，岂不知，维持现状的后果，其实又在积累和酝酿更高层面的风险。"

杜婕感慨道："人这一辈子，说长不长，说短不短，总得干点自己愿意干的事情，过点自己愿意过的生活，这样才能在晚年坐在轮椅上的时候，多一些有趣的回忆，少一些莫名的遗憾。就像一棵树，如果已经被人家伐掉锯开，做成了家具，却还要回忆当初的枝繁叶茂，这是多么的荒唐、多么的可笑！"

第二十四章

高小雨把陈奶奶带到医院，做了彩超和核磁共振，全面检查了一遍。从检查结果看，半月板和韧带都没什么大问题，主要是膝盖有积液，是由滑膜炎引起的。医生为她抽出积液，打上绷带。嘱咐她，注意保暖，不要受凉，少走坡路，慢慢恢复，不会有什么大碍。之后又做了一阵理疗，比以前好多了。陈奶奶高兴地逢人便说，多亏听了小雨的，要不在家待着还不知道多遭多少罪。

泰山国际登山节到了。从1987年开始，泰山国际登山节每年举办一次。来自世界各地及国内登山健儿欢聚在一起，同山竞技，八仙过海，各显其能，展示登山运动的特殊魅力，展示运动员们的卓越风采。

一名来自非洲的登山队员走在登山队伍的最前面，紧随其后的是一名来自我国福建的登山队员。电视台正在进行全程现场直播。

此时，陈扁担、杜长腿、皮笊篱和竹筒子正在南天门，这个位置居高临下，登山节的景况一览无余，运动员健步如飞的风采尽收眼底。

竹筒子打趣说："他们在家看现场直播，我们在这里现场直看。"

陈扁担啧啧道："这些运动员真厉害，第一名用了不到一个小时，就从岱庙到了南天门。第二名用了一小时多一点，真是神速。咱们天天在山上走，可是干不过他们。你说他们哪来的那么大的力气？"

皮笊篱也说："特别那些非洲人，脚下像装了弹簧，爬起山来噌噌的。"

杜长腿颇有微词："他们登山的时候都是空手，让他们像咱一样，挑上一二百斤重的担子试试？不见得就比咱上山快。"

竹筒子把头一梗："老杜，这个你可别不服，不用说你是杜长腿，你就是飞毛腿也不行，人家就是比咱厉害，空手爬山咱也比不过他们。"

皮笊篱调侃道："老杜，你要实在不服，明年就报名参赛，和他们比试比试？不用争第一，争个第二第三也行，奖金好几万呢，顶咱干个三年五年的。"

杜长腿摆摆手："你不用将我的军，现在不行了，老了，不中用了，要是退回去三十年，我还真敢和他们试试，指不定谁输谁赢呢。"

皮笊篱把嘴一咧："你就给嘴过个年吧。"

陈扁担说："不管怎么着，政府每年办这个登山节挺好的，四面八方呼呼啦啦一下子来这么多人。咱什么钱不花，也跟着蹭个节味，跟着热闹热闹。"

陈家栋、皮进军、夏建国和赵东强给宾馆送下货，坐下休息。

夏建国双手抱头，斜倚在一块石板上："进军，你倒腾了一顿海鲜，不如挑山踏实吧？"

"你少哪壶不开提哪壶，那不都是被穷逼得？本来想走个便道，赚钱多一点快一点，谁知道，钱没赚着，把老本全砸进去了。"皮进军说道。

陈家栋也说："谁不想一下抱个金娃娃？可赚钱得一步步来。"

赵东强说："你看那些登山的，不管男的女的、老的少的，不管中国的，外国的，速度再快，也得一步一步走，一个台阶一个台阶爬，本事再大，也不可能一步登顶。干别的事也一样，都得一步步地来，哪有一步登天的事？"

夏建国说："登山节年年办，我们跟着年年看。热闹看得多了，也能多少看出点门道。和咱挑山差不多，拿冠军不完全凭力气，也不全是靠运气。你说是人种的原因吧，也不是。这几年拿冠军的，有非洲人，有欧洲人，也有咱中国人，那年咱山东一个小伙不就拿了冠军？登顶也用了不到一个小时。都说小伙子睡凉炕，全凭火力壮，登山光靠火力壮不行。你看参加比赛的年轻人，一听到登山号令，就拼尽全力往前冲，可还没到十八盘就蔫了，爬不动了。还是那些经验老到的知道铆住劲、沉住气，稳扎稳打，笑到了最后。"

陈家栋站起来："走吧，别在这里磨牙了，干活吧。"

下山路上，夏建国饶有兴致地唱起《挑泰山》，大家不由自主地跟着唱了起来："一条哪扁担颤又颤，追着那太阳挑泰山。八千么台阶不皱眉，快活三里不留连。挑过南天门，挑过十八盘，挑起苦和乐，挑起冷和暖。挑着希望和梦想，挑出那新时代的艳阳天。一条那长绳担上拴，披着那风雨挑泰山。山高么岂能比人高，路远哪有脚步远。挑过玉皇顶，挑过百道弯。挑起日和月，挑起地和天。挑着昨天和未来，挑出那新时代的新画卷……"

高小雨站在机场出口，焦急地向里张望。一会儿，高春风拎着行李箱走出来。高小雨高高地扬起手："哥，我在这里！"高春风也招招手："看见了！"高小雨接过高春风的行李箱："飞机十次有九次误点，今天倒是很准时。"高春风说："对，难得的准时让我赶上了。"两人边说边去了停车场。

高小雨边开车边问："哥，你这个时间回来是有公事吧？"

"也算也不算。公事在东北，我们单位在那里有个课题项目，领导让我去那里看一下。公事办完了，就顺便拐了个弯，回家看看。"

高小雨笑道："噢，你这是假公济私啊。"

高春风问高小雨："家里都挺好吧？"

"都挺好。爸妈每天生活都很规律，饮食讲究清淡，早晚坚持锻炼，保养得可好了。我嫂子现在也很忙，自从当了区林业局的副局长，工作激情那个高哟，就像换了一个人。这几天参加省厅的读书班，明天才能回来。你儿子又长高了，学习成绩比上学期好了很多，越来越讨爷爷奶奶喜欢。原来我打算，今晚请你和爸妈到泰山饭店撮一顿，把你儿子乐得蹦高。可老两口不同意，坚持要在家吃。一大早两人就去了菜市场，又买鱼又买菜，估计早就下厨忙活开了。"

高春风问："家梁怎么样？"

"还那个样，在乡镇当书记。本来定好今天他来接你，谁知，镇里突然有事，他把接你的光荣任务转交给了我，匆匆赶回镇里去了。"

高春风笑笑："你们这茬，小的时候数他最顽皮，现在还数他有出息。"

高小雨说："还我们这茬，好像你有多老似的，不就比我大三岁嘛。"

"大一岁也是大，反正从小我就跟你们那拨儿玩不到一块儿。"

高小雨说："这倒是。哎，你知道杜婕回来了吗？"

"不知道啊，她回来休假？"

高小雨说："不是，她辞去了原来的工作，几个人合伙办了一家物流公司，总部在北京，泰城设了分公司，她回来做泰城分公司的总经理。"

高春风想了一会儿，说："原来那么好的单位，那么好的工作，她说辞就辞了，思想可够前卫的。是不是被男朋友甩了，受到了刺激？"

"那谁知道，反正她的回来令人费解，说什么的都有。"

高春风说："这个杜婕，从小就要强，特立独行，我行我素。"

"哎，你可千万不要乱说，别找不自在，那可是你小姨子。"

高春风笑了笑："我知道。"

高春风和高小雨一进家门，帅帅高兴地扑上去叫了声爸爸。高春风抚摸着他的头，说还真是又长高了。帅帅转身就跑进厨房，告诉爷爷奶奶爸爸回来了。冯文静正在灶上忙活着，说："知道了，知道了，看把你欢的。"高小雨对高春风说："你看你这儿子，这个没良心的，平时小姑长小姑短，那个小嘴甜的。可你一回来，眼里就没我这个小姑了。"

刚把菜端上桌，准备开饭，杜宏进了门。帅帅马上喊道："我妈妈也回来了！"高小雨说："哟，杜大局长，我哥一回来，你就不在省城过夜了？"杜宏瞅她一眼："我的高大主任，什么话从你口里出来，怎么就变味了呢？"高春风问道："你不是说明天回来吗？"杜宏答道："原计划明天结业，我请了个假，提前回来了。怎么，你不愿意？"高小雨抢着说："我哥哪会不愿意？要说不愿意，也是我不愿意。"杜宏问："你有什么不愿意的？"高小雨故意逗她："你不回来，我有事想和我哥聊聊，你一回来，他就顾不上我了。"

冯文静对杜宏说："把东西放下，赶紧洗把手吃饭吧。你看你们两个人，一见面就斗嘴，嫂子没个嫂子样，小姑没个小姑样。"杜宏说："哎，妈，你可不能这么说，小姑没有小姑样不假，嫂子还是有嫂子样的，您得管管小雨，省得她没大没小的。"高小雨说："你还真摆上嫂子谱了。"

高云青指了指桌上的酒瓶，说："咱喝点？"高春风连忙摆手，说："我就不喝了，在外边这么多年，一直没养成这个习惯。"杜宏回到桌上，说："爸，您不要劝他喝酒，他身上就剩这么点美德了，让他继续保持吧，别把他拉下水。"高小雨耸耸肩，说："看见了吧，都说嫁出去的闺女泼出去的水，娶了媳妇的儿子还是儿子吗？"杜宏笑笑，说："你得个机会就拨弄是非，爸妈，咱不要上她的当。"

这几天，陈家梁一直住在村里。担任镇党委书记以来，他一有空就到村里住几天。有人认为乡镇已经很基层了，没必要晚上住在村里。他却不以为然。在他看来，乡镇也是个"小衙门"，有些乡镇干部也是"小官僚"。乡镇也有高楼，也有大院，也有这个所那个站，麻雀虽小，五脏俱全。如果光在办公室坐着，或在大院里溜达，接触的人横来竖去是镇干部和村干部，与村民还是隔着一层。当然，乡镇有乡镇的难处，乡镇干部有乡镇干部的苦处，这些姑且不论。但以为镇里说的话都是真话，镇上提供的情况就是实情，那就大错特错了。陈家梁心里比谁都清楚。到村里住下，和村民聊聊天，听他们说说家长里短，甚至发发牢骚，说说怪话，自己过滤梳理一番，会从中得到不少东西。

他这次住的村叫掌平洼，一听这个名字就知道，这是只有巴掌大小平地的小山村。这个村有口老井，井口是圆的，直径约18米，井台距水面26米。井壁呈螺旋状，一圈一圈向下盘旋。台阶用乱石砌成，看上去杂乱无序，极不规则，但严丝合缝，自成格局。仔细端详，有点像毕加索的画，开始觉得别扭，细品挺有味儿。台阶两侧有不规则的洞口，岩层中暗暗涌动着细如游丝的水线，慢慢汇成细流，顺着洞口流进井里。村里人称之为螺旋井。

进村的时候，陈家梁到那口老井边看了看，恰好碰到一位大爷，手里提着两个塑料水桶，顺着石阶走下去，用水瓢将井水舀进桶里，然后，一步一步走上来。陈家梁上前问道："大爷，您提水干什么用？""烧饭，泡茶。"老大爷回答。陈家梁又问："家里没有自来水吗？"老大爷说："有，但这井里的水甜，喝着舒服。""您每天都来提水吗？""也不是，隔三岔五地来一次。"老大爷自嘲地摇摇头，"嘿，越上了年纪，越惦记这味道。"

晚上住在村里，与一些上了年纪的村民聊天，陈家梁知道了这口井的来历。

原来，干旱缺水一直就是掌平洼村人的心病。这个村挂在半山坡上，村子周围，不是峭壁，就是山包，没有一条河流，没有一个湖泊，没有一眼水井。村民们梦里常是"出门见水"，睁眼却是"开门见山"，种地吃饭全靠老天的脸色。雨多点的年景，倒也说得过去，遇到大旱就麻烦了，轻则减收，重则绝产。最糟的是人畜吃水，要到十几里以外的山下去挑。姑娘嫁人，远点近点、穷点富点不在乎，但没有水的村不行，哪里有水往哪儿嫁。小伙子可就惨了，常常倚着门框，眼巴巴地看着心仪的姑娘被吹吹打打地娶走。

到二十世纪六十年代，苦熬了多少年的村民终于熬不住了，有的投亲靠友，有的外出逃荒。村党支部的成员们再也坐不住了，深感这个"家"当得有愧，当得无光。他们意识到，再也不能这样活，再也不能这样过。村党支部反复商量，提出了在村子周围凿石打井的想法。不料，这个想法一传开，立刻引来纷纷议论，有的摇头，有的讥讽，有的嘲笑，有的挖苦。一个粗通文墨的村民，戴一副黑框眼镜，倒背双手，在村办公室转来转去，连连说："在这岩石上打井？真是异想天开！"那口气酷似智叟嘲笑愚公。村党支部书记是个硬汉子，他黑下脸来反问道："闭眼难见三春景，出水才看两腿泥，不试怎么知道不行？"

他们请来水利部门的技术人员帮助寻找水源。这位技术员很有经验，连续几天，几乎跑遍了村周围的所有角落，最后选定了打井的位置。不过，他也有些畏难，说地下水肯定有，但要打通岩石，下挖上百米，实在太难了。村党支部书记说："不管岩石多硬、挖得多深，有水就有希望，有百分之一的希望，我们就付出百分之百的努力。天上不会掉馅饼，为了吃上水，再难也得干！"

1967年，打井工程开工了，全村男女老少，大凡有劳动能力的都上了工地。在那个物质十分匮乏、生产力极其落后的年代，没有挖掘机械，他们就靠镢刨锨挖，用铁锤钢钎凿石打眼，一锤下去，火星飞溅。日子一天天过去，锤头砸烂了，钢钎磨秃了，炸药用光了。怎么办？还是那句话，再难也得干。庄稼汉吐口唾沫是颗钉，洒滴汗水摔八瓣。他们勒紧裤带，咬紧牙关坚持着。

一把把铁锤一根根钢钎，一筐筐碎石渣，浸染着黏稠的血水和汗水。就这样，一天又一天，一月又一月，一年又一年。

终于有一天，钢钎下面开始湿润，接着汩汩冒水，大家欣喜若狂，奔走相告，朝思暮盼的井打成了。1967年动工，1977年竣工，用了整整10年时间，用工4万多人，搬动土石3千多方。

听着螺旋井的故事，陈家梁眼前仿佛打开一部厚厚的大书，从这部大书的字里行间，他似乎读出了什么是自强、什么是担当、什么是智慧、什么是坚韧。面对恶劣的生存环境，他们不求天，不求地，敢于向困难宣战，把命运掌握在自己手中；面对有些人的冷嘲热讽、说三道四，他们不弯腰，不信邪，敢冒失败的风险，敢挑超重的担子；他们未必知道螺旋式上升的哲理，但却创造了螺旋式提水的模式；在接踵而至的各种难题面前，他们不低头，不认怂，越难越上，越挫越勇，十年磨一剑，终于把美好的愿望变为现实。他进而想到，任何一个地方或个人，不同时期都会遇到看似难以逾越的困境，都有摆脱这一困境的愿望和想法，并且具备摆脱这一困境的潜质和能力，但差别在于，有的止于抱怨，有的止于想法，有的则付诸行动。而现实给予的答案从来都是公平而又严格的，止于抱怨者丝毫于事无补，止于想法者永远没有结果，只有付诸行动者才能如愿以偿。当然，付诸行动还必须坚持，如果一遇困难就退却，仍然会回到原点、功亏一篑。没有坚持，再响亮的口号也枉然，再宏大的誓言等于零。失败往往在于关键时刻的动摇和放弃，胜利则往往在坚持下去的努力之中。他感到，属于老井的那个时代已经渐行渐远，许多人和事已化为烟云随风而去，但它留下了难以磨灭的印记和轨迹，根还在，魂还在，凝结在它身上的精神永远不会消失。他脑子里初步形成一个想法，要把这口老井打造成一个教育景点，让年轻人知道，为什么井水是甜的，汗水是咸的。让更多的人记住这口老井，传承老井的精神，用这种精神创造今天的幸福生活。

林腊梅决定把这层窗户纸和老妈捅开。回家后，对范海灵说："妈，我想跟您说件事，不管怎么样，您可别跟我急。""说吧，我跟你急什么。""我想辞职。"林腊梅边说边观察范海灵的反应。果不出她所料，范海灵一听就急了："什么？你要辞职？你是不是疯了？"林腊梅笑道："看，你刚才还说不急呢，我还没说什么事，你就急了。"

范海灵说："银行是多好的单位，多少人想进都进不去，你干得好好的，却要辞职，你辞的哪门子职？你不是疯了又是怎么了？"林腊梅解释："我没说银行不好，但我有我的想法。年轻人心思你不懂。"范海灵说："你的心思我是不懂，但我知道，自古以来，人往高处走，水往低处流，这些老理，到什么时候也错不了。"林腊梅说："我不能说这些不对，但哪是高处？哪是低处？每个人有每个人的看法。就拿杜婕说，她读得是京华大学，门槛高吧？大学毕业后分到国家机关，并且是令人仰慕的部委，地位高吧？可人家就不管三七二十一，说辞就辞了，干起了自己喜欢干的事，并且干得很好。"

范海灵一怔："杜婕辞职了？她现在干什么？"林腊梅答道："辞了，不仅辞了职，而且从北京回到泰城，办起了物流公司。"范海灵两手一摊："你们这些熊孩子是怎么了？"林腊梅说："我干的那个小小的银行不能与人家国家部委比吧？"范海灵把脸一沉："她是她，你是你，她辞你也不能辞。"林腊梅说："妈，你就别抱着你那些陈芝麻烂谷子的观念了。"

范海灵突然想起什么，问道："那，你辞了职想干什么？"

"接手你们的饭馆。"林腊梅答道。

范海灵苦笑道："哦哟我的亲闺女，我苦了累了半辈子，供你上了小学上中学，上了中学上大学，好不容易进了银行这么好的单位，到头来却要开饭馆？亏你想得出来，我看你脑子就是进水了。"

林腊梅说："自打上次你说你们饭馆撑不下去以后，我就一直在想这件事，当年，你们三个好不容易开了这家饭馆，我怎么能眼睁睁看着它垮了呢？"

范海灵瞅她一眼："这个不用你管，亏了垮了，也不用你操心！"

林腊梅说："你那是气话。我是你亲生的闺女，你怎么想的我能不知道？真哪天开不下去关了门，你心里比谁都难受。"

范海灵一脸不屑："你接管就能保证把它办好？把你能的。"

林腊梅见范海灵态度有所缓和，话也柔和了很多，说："妈，你耐心听我说，我找好多懂行的人一块分析过，你们那个饭馆还没到要垮的地步，还有救。好处是地段比较好，临街方便，信誉也不错，在老客常客中有好的口碑，这两条都很重要。但问题也不少，菜品单一，缺少变化，经营理念老化，顾客定位不准，缺少主打菜、招牌菜，等等吧。我接手以后，得动大的手术，首先要进行全面装修，把相邻的那个小楼盘下来，使之连为一体，这样规模就比较适中了。再是要聘用像样的厨师，拿出一些特色菜和品牌菜。还有，服务员也需要提升档次。资金嘛，我想好了，通过借贷筹措解决，一部分用于饭馆改造，一部分作流动资金。饭馆的名字也要改，叫拜岳楼。用不了多长时间，在那条街上就会出现一个全新的拜岳楼。你信不信？"

范海灵叹了口气："唉，在银行干得好好的，就这么辞了职，人家当面不笑话，背后也指指点点，你不在乎，我这张老脸也挂不住。"

林腊梅笑道："妈，咱把饭馆经营好了，每天赚大把大把的票子，买辆好车，买套大房子，到时候，你出门进门坐着轿车，住着宽敞明亮的楼房，谁见了都笑着向您打招呼，林总妈妈好。这样的日子，您脸上还挂不住？"

范海灵把嘴一撇："你说得跟真的似的。"

第二十五章

　　杜长腿这天有点反常，一改赖床的习惯，大清早就敲陈扁担的门，催他快走。路上，杜长腿走在前面，陈扁担发现他走的路不对，问他这是要去哪，杜长腿没有理会，说拐个弯，去看个地方。陈扁担问去看什么，杜长腿说到了就知道了。陈扁担心想，他这葫芦里到底卖的什么药？

　　路过泰城商业街，杜长腿指着一座装修豪华的大厦，说："你看那是什么？"陈扁担看了看，没看到什么，说不就是座楼嘛，矗那儿若干年了。杜长腿说："你往最顶上看。"陈扁担望了望，有个巨大的"天街物流"牌匾，便说："这好像是新的，以前没见过。"杜长腿告诉陈扁担："那就是杜婕弄的。"陈扁担"噢"了一声，问道："杜婕就在那里上班？"杜长腿点点头。陈扁担说："咱进去看看吧。"杜长腿说："不去，她的事我不稀管，也不稀掺和。"陈扁担笑笑，说："都过去了，还置气呢？"杜长腿"哼"了一声，陈扁担便没再勉强。

　　这段时间，杜婕马不停蹄，选地址，租场所，办执照，招兵买马，很快搭起了公司的架子。办公室就选在陈扁担看到的那栋大楼。这里是全市商贸中心，交通非常便利。楼下原来闲置的大院，被她租来用作物资存放和交易场所。开业那天，泰城政府机关和许多有头有脸的单位都上门祝贺，开业典礼搞得非常气派。这几天，商城车辆出入频繁，人员出出进进，生意势头不错。

　　这天，陈家梁专程来到天街物流商城，与杜婕进行了交流。杜婕告诉陈家梁，公司刚刚起步，泰城是京沪线、京福线的枢纽，交通便利是一个明显优势。办这个物流商城的初衷就是搭建一个平台，这个平台，没有明显的地域概念。就像举办各类文艺体育大赛，主办方就是搭建起竞技平台，但并不是自娱自乐，参赛的可以来自四面八方。我们这个平台，实际上就是一个国际国内商品集散地，把不同地区的产品集起来，向有需求的不同地区散出去。目前，国内的商品特别是北部省份的商品渠道已经比较成熟。下一步，我们想把国际流通这一块搞出点特色，这样，无论是规模还是特色，都能形成一定的竞争优势。

杜婕说这些的时候，陈家梁认真听着。对物流公司业务他虽然关心，但他更关心的是杜婕的婚恋问题。于是便问道："你的个人问题现在怎么样？"杜婕白了他一眼："明知故问。"陈家梁笑笑："原来的事我知道，你还想着他？"杜婕有点不高兴："谁说我还想着他？"陈家梁意识到触到了她的痛处，便把话岔开："既然已成往事，那就重新开始。""你说得倒轻巧，哪有那么容易，说开始就开始？"陈家梁说："那得看你的决心，当然也得看缘分。"杜婕呷口茶："我现在一个人挺好，不想再去自寻烦恼。"陈家梁说："在北京那样的大城市，男女结婚普遍比较晚，一个人生活的也很多。可泰城是个弹丸之地，时间长了，会有人说闲话。"杜婕把眼一瞪："说什么闲话？我一个人生活，影响市容还是影响谁的生活？我才不管呢。一个人太在乎别人的眼光或别人的嘴，那得多累呀，我可受不了。"陈家梁马上解释说："我知道你不在乎，但我是为你好，毕竟我们——"杜婕知道他的意思，便说："谢谢你，谢谢我们的美好童年。"

陈家梁摇了摇头，轻轻说了一声："美好的童年。"

杜婕问道："难道我们的童年不够美好吗？"

"美好啊！我们的童年太美好了，美好得我都不敢去想，不敢去碰。就像一个精致珍贵的瓷瓶，生怕一不小心，把它碰碎了。"

杜婕笑道："想不到你也有那么脆弱的软肋。你和小雨还好吧？"

"还好。不过，人一旦结了婚，什么爱呀情的，都已不复存在，全部化作了老人孩子、油盐酱醋，一切都变得世俗了、实际了。"

杜婕略显伤感地说："有时想想，我还真是挺羡慕你的。你年轻的时候就这样，有梦想，但不好高骛远；有远方，但脚踏实地。所以，一路走来，稳当扎实。现在要家庭有家庭，要事业有事业。要风得风，要雨得雨。春风得意马蹄疾，一日看遍长安花。不像我，什么都丢了，只剩下童年的美好了。"

今天就一趟活。陈扁担从山上下来，看看天色还早，就想去市场溜达一圈。他在牛肉摊前仔细看了看，眼睛盯上了一块筋头巴脑。摊主是能说会道的生意人，说大哥不愧是行家，懂得吃。筋头巴脑好，有嚼头，咂摸着有味道。

陈扁担就要了一块。正要付钱，杜长腿来了。陈扁担对摊主说："再来一块，和刚才一样。"摊主把肉包好，陈扁担把钱给他，说："这两份一块算。"杜长腿说："那我不省下了？"陈扁担说："你想得美，下次你掏钱。"

摊主觉得可爱，说："这老哥俩儿。"

玉芹正在烟熏火燎地炒菜，杜长腿拎两瓶酒来了。陈扁担打趣道："属猫的，闻着腥味就来了？"杜长腿笑笑："你一个人喝多没意思，我来做个伴。"陈奶奶把菜端上来，说先喝着，鱼再多炖会儿。杜长腿客气了一句，说："婶儿别忙了，又不是外人。"陈扁担打开酒瓶一闻，说："这酒不错，闻着就香。"

杜长腿问玉芹最近饭馆怎么样，玉芹摇摇头，说："还凑合吧，不温不火的。没有前些年那么多客人，但每天多多少少的都有几桌，还算过得去。"陈扁担抿了口酒，说："这就不简单了，现在遍地是饭馆，什么名堂都有，没关门就不错了。"接着说到腊梅要接手饭馆的事。玉芹说："腊梅已经把工作辞了，准备当这个饭馆的经理，现在正忙乎着从里到外，进行全面装修，扩大规模，提高质量，还准备招聘厨师和服务员。"陈扁担说："光靠你们几个张罗，恐怕不大行了。"

杜长腿问道："那以后海灵、大剪子、半铺炕，还有你，今后咋办？"

"腊梅说了，不让我们几个走，继续在店里干，帮她操持着点。"

陈扁担插话道："要我说，趁着机会，不干也罢，歇歇算了。"

玉芹说："腊梅要我们留在店里，是一番好意。她跟我们商量说，这个饭馆是我们姐妹几个的心血，像自己拉扯大的孩子。天天到饭馆上班，都已经习惯了，饭馆就像我们的家一样，突然不干了，怕我们无着无落，闪得慌。"

杜长腿点点头："她说的这个倒是实情。"

玉芹说："她打算找有关部门对现有资产进行评估，然后折合成股份，让我们入股，年底按股份分红。并且给我们起了个名字，叫特别员工。对我们几个特别员工，不能和新员工一样待遇，要和国家对待老干部那样，每月按时发放保底工资，根据经营效益情况进行浮动。她说得我们心里热乎乎的。"

杜长腿说："这孩子行，重情重义。"

陈扁担把话题说到杜婕上："杜婕那个公司现在怎么样？"

杜长腿把脸一沉："不知道，她的事我懒得问。"

陈奶奶端来一碟咸花生米："女孩子家，挣不挣钱的好说，得帮她操持成个家。老这么一个人单着，算个什么事儿？"

杜长腿摇摇头："说她，催她，都没用，说多了，她连家都不回。她爱怎么着就怎么着吧，她自己不急，别人再急也没用。"

陈奶奶"唉"了一声："想想家梁和小婕小的时候，两人从来不拆群，干什么都愿意一块。小婕打架，家梁帮着出头。杜婕有点好吃的，自己不舍得吃送给家梁，多好的一对。长大了，反而越走越远了，要是他俩成个家，多好啊。可惜家梁没有这个福气。"

杜长腿说："嘿，我们两个喝酒的时候还给他俩订了娃娃亲呢。"

陈扁担端起酒杯："来，喝酒，孩子大了，哪由得咱？"

林腊梅接手饭馆之后，紧锣密鼓地忙活起来。她先带着助理何岸柳去了杭州和苏州，一方面出去转转，开开眼界，但主要是对餐饮业进行实地学习考察。一路上增长了不少见识，回来后，邀请装潢公司进行重新设计，并谈了她的设计意向。她告诉设计师，杭州西湖的楼外楼，论规模论气派，在杭州星罗棋布的酒店中，都算不上翘楚。但它的气质却是绝对上乘，令其他酒店望尘莫及。它的气质主要体现在大气精致上，体现在独特个性上，体现在文化底蕴上。一到杭州，提及酒店，无人不知楼外楼。不仅是高层领导、外国来宾，就是普通百姓到杭州一游，也要想方设法到那里吃一顿。久而久之，给人留下这样的印象，不到楼外楼，不算到杭州。当然，这个名号、这个地位，不是一年两年得来的，而是多年积淀形成。所以，希望借鉴他们的经验，把精致、个性、文化融入酒楼之中，他们叫楼外楼，我们叫拜岳楼，先把这个牌子打出去，争取在全市办成独此一家。不求最好，但求最有特色。

设计师非常赞成林腊梅的想法，说泰城现在缺少的就是这种有内涵有特色有影响的品牌酒楼。林腊梅解释道："把拜岳楼办成泰山的楼外楼，并不是说要完全照抄照搬人家的模式。他们围绕西湖做文章，我们可以围绕泰山做文章。主要突出三个要素。一是品质，二是文化，三是特色。这个酒楼，不在体量大，而在品质高，精致别致，让人觉得有品位。在文化上，不言而喻，把泰山的文化做足。每个包厢，都用泰山的景点命名，比如云步桥、彩石溪、桃花峪等等，包厢内，植入泰山石刻、名人题字、咏岱诗词等文化元素。让人们扑面感受到泰山文化的气息。特色嘛，尽量体现泰山古代建筑的风格。"

其实有句话她没说，她的想法就是使拜岳楼成为泰城餐饮的新地标。

北风在山峰和沟谷间尖厉地呼啸着，户外的人嘴上像叼着烟袋呼呼冒着白烟。春节马上就要到了，那些心急的人家已经忙年了。玉芹陪着陈奶奶一起去了市场。玉芹在鞭炮摊停下，想给小飞和小玉买点礼花和鞭炮。陈奶奶说："小玉一个女孩子，不稀罕这个。倒是小飞是个野小子，不给他买他就不愿意，少买炮仗，一惊一乍怪吓人。多买点礼花，放着好看也安全。"回家以后，陈奶奶一个劲地念叨，这都临年靠近了，家栋家梁不知道回来搭把手，真是的。玉芹劝慰说："不用他们，这么点活，还不够咱俩干的。再说，他们不比以前了，都有自己的小家，让他们自己忙活自己的吧。"陈扁担也说："家梁虽然连个芝麻官也算不上，可大小也是个当家的，越到年节越忙，别指望他。"

陈扁担说得没错，陈家梁眼前的工作排得满满当当。眼看就要到年根儿了，岁末年初，千头万绪。越是这个时候，越要冷静清醒，把握节奏，注意轻重缓急，分清胡子眉毛。缓事宜急干，敏则有功；急事宜缓办，忙则多错。有些事要举重若轻，有些事则要举轻若重。大家按照分工，各负其责，抓好落实。他反复提醒，群众生活不能出问题，柴米油盐，方方面面，都要考虑到，不能有一个户、一个人过不好年。社会稳定不能出问题，未雨绸缪，抓小抓细，发现苗头，及时解决，防患于未然。安全不能出问题，尤其要注意防火，燃放鞭炮、上坟烧纸，都是火灾之源。要像球赛一样，关键时候全场紧逼，贴身防守，对排查出的重点对象，实施人盯人，盯住不放，一盯到底，确保万无一失。

散会后，他想到市直几个部门走走，刚走到半路，手机就响了，一看是镇长丁大树打的。丁大树在电话中说，桑树坡的支部书记桑树良派人送来一封信，说辞职不干了。陈家梁接着对司机说："调头，回镇里。"

回到镇里，丁大树和吴三平早在那里等着，三人一块进了办公室。丁大树把信递给陈家梁。陈家梁匆匆地扫了一眼，说："病了，不想干了，真会挑时候。年纪还不到六十，他那个腰疼的毛病也不是一天两天了，虽然犯了疼得厉害，但也不是要命的病。在这个节骨眼上，他怎么突然不干了呢？"

吴三平说："前几天他还到镇里来过，气色很好，有说有笑，精气神儿足着呢，没看出有病，也没看出要撂挑子的迹象。"

陈家梁问："那他什么意思？"

"我看他既不是因为有病，也不是真不想干了。您也知道，过去每逢过年过节，很多领导都到他那里看看。门口停着一溜小车，他觉得很有面子，动不动拿这个向村民炫耀。他这个人，爱虚荣，要面子，好充大。眼看快过年了，你一直没到他那儿去，他面子上过不去。我估摸着，这可能是问题的症结所在。他是变着法子，给咱演了一出戏。"丁大树答道。

陈家梁有点恼火："这都是什么毛病？"

丁大树说："如果我没有猜错的话，你到他家里去一趟，再留下来和他吃顿饭，说不定啥事没有，他的病也好了。"

吴三平在一旁帮腔："您还别不信，丁镇长说的八九不离十。"

陈家梁冷静下来，想想也是。他在村和乡镇工作了十几年，几乎天天和村干部打交道。这些人，说是干部吧，其实他就是村民；说他是村民吧，他又是干部。对他们，吹不得、打不得，软不得、硬不得，有时候打一巴掌还得给他一个甜枣。桑树良更是个顺毛驴，顺着他，怎么着都行；不顺着他，他就尥蹶子。他干支部书记快三十年了，这三十年，桑树坡的变化是有目共睹的。村集体收入一年比一年高，村民人均收入在全镇数一数二，老百姓的日子过得称心如意，村党支部和村委会决定要办什么事，全村可以说一呼百应。历届乡镇党委主要领导对他都高看一眼。老桑这个人各方面都不错，大的方面没问题，自己比较干净，不怕事，敢担当，工作干得确实很出彩。不管他真不干还是假不干，也不管真有病还是假有病，去看看他，也是应该的。

于是，陈家梁态度缓和许多，说："我这里有几瓶酒，三平再去食堂弄几个现成的熟食。他不是喜欢要面子吗？咱索性把面子给他，并且给够给足。"

桑树良的爱人桑大嫂正在院子里收拾鸡鸭鱼肉，见陈家梁和丁大树、吴三平来了，连忙打招呼："陈书记来了？"没等陈家梁接话，就向屋里大声喊道，"老东西，你看谁来了？"这时，陈家梁不经意朝屋里看了一眼，恰好，桑树良也趴在窗上向外张望。两人的目光隔着玻璃窗相遇了，桑树良不愿让陈家梁看到自己，赶紧把脸从窗口移开。这个细节别人不一定留意，陈家梁却看得一清二楚。他一下子似乎明白了什么，脸上露出一丝不易觉察的笑意。

进屋以后，桑大嫂一边让座一边说："你看家里乱得，东一撮西一堆的，都快插不上脚了。书记镇长今天怎么有空儿来了？"陈家梁说："听说老桑病了，再忙也得过来看看。"蒙被躺在床上的桑树良装模作样地问："是陈书记啊？"

陈家梁朝床上看了看："是我，来看看你这个老病号。"

桑大嫂快言快语："什么病号？死老头子，装的！这两天不知道中了什么邪，装病闹妖的，身子和牛似的，壮实着呢，什么毛病也没有。"

陈家梁佯装吃惊："噢？老桑怎么回事？"

桑树良这才坐起来："别听老娘们儿瞎说，病在我身上，她知道什么？这两天不知怎么的，腰疼的老毛病又犯了，站不起来，一起来就疼。"

丁大树将他一军："前几天我看着你好好的，怎么突然站不起来了？"

桑树良故意哭丧着脸："这毛病，不犯和好人一样，一犯就受不了。"

桑大嫂问道："书记镇长，今天别走了，我去准备饭。"

桑树良说："你这个老太婆，这还用问吗？赶快呀！"

陈家梁说："不急，看老桑怎么样。如果老桑身体扛得住，我们就留下，如果起不来就算了。让老干部带病工作，那我们于心何忍？"

桑树良噌地从床上下来："没事，好了，什么都不耽误！"

桑大嫂说："不用管他，他爱怎么着怎么着。如果他不能陪你们，我就陪你们喝。没有张屠夫，照样吃猪头。"

陈家梁笑笑："嫂子，你行啊？"

桑大嫂说："陈书记，您可别门缝里看人。当年，我当妇女队长的时候，喝个半斤八两，照样带领姐妹们扛着锄头下地。"

桑树良乜斜她一眼："你就吹吧。"

陈家梁说："那好，我们就留下来吃。"

吴三平把带着的酒菜拿出来，说："这是陈书记带来慰问老桑的。"

桑大嫂一看："陈书记您真见外了，到家了还用带着酒菜？"

桑树良说："也好，反正书记镇长又不是外人，书记的酒好，不喝白不喝。我说你这个老太婆，别在这里啰唆了，赶紧炒菜去。"

丁大树笑笑："你这个老桑，怪不得人家说你表面上憨，心里比谁都精。你看你多会算账，喝陈书记的，省下你自己的，还白赚了个人情。"

桑大嫂下厨房忙活着炒菜，几个人边喝茶边聊起来。看着桑树良起身倒水啥事不碍，吴三平逗老桑，我看你的腰疼病已经没事了。桑树平把腰挺得笔直，说："好了，没事了。"丁大树故意调侃，说："你这病还真特别，说犯就犯，说好就好。"桑树良装痴装傻，说："还不是托您的福，镇里的一二三把手都来了，什么病好不了？"陈家梁明知故问，说："你这病与我们来不来有什么关系？"桑树良说："关系大了。领导一到，心情就好；心情一好，气血就通；气血一通，百病皆除。你看，我现在哪儿也不疼了。"他接着试探着问道，"陈书记，您是为我那封信来的吧？"

陈家梁看了看丁大树和吴三平，问："什么信？"

丁大树和吴三平都说不知道。

桑树平见他们不接招，说："不知道就算了，权当没写。"

这时，桑大嫂把菜端上桌，说："我手艺不行，领导们将就点。"桑树良拿出小酒杯，准备斟酒。丁大树把喝剩的半杯水倒掉，说："反正马上过年了，咱今天就算喝个过年酒，喝就喝个痛快，不用小杯了，太麻烦，干脆就用喝水这个杯子就行。"见陈家梁皱了皱眉头，桑树良来了精神，说："就用大的，喝着痛快。"桑树良把每个大杯都斟满，然后举起酒杯，准备敬酒。

陈家梁示意他把杯放下，说："在你家里，按说应该你做东，但今天咱改改规矩，我来做东，我先敬酒，借花献佛，怎么样？"桑树良毕竟是老江湖，说："在咱镇上，哪里都是你的辖区，坐在哪里，都应当您来做东，这个没得说，我听您的。"陈家梁说："今天喝酒，不谈工作，只谈情谊；不谈明天，只谈昨天，好不好？"丁大树也领会了陈家梁的意图，说："马上就要过年了，老桑你也不用弄那些虚头巴脑的玩意儿，不用讲什么明年如何如何，今天说今天的，明天再说明天的。"

这时，电话铃响。桑大嫂喊道："老东西，找你的电话！"

桑树良说："谁这么不长眼，也不挑个时候。对不起，我先接个电话。"

桑树良放下电话回到座席。陈家梁开始敬酒："这杯酒我要好好敬敬桑树良同志。感谢你在支部书记位子上干了三十年，感谢你为桑树坡发展做出了重要贡献，感谢你对历届党委政府也包括对我本人工作的鼎力支持，我先干为敬！"说完，把一大杯酒干了。丁大树、吴三平接着干了。桑树良二话没说，也端起来干了。桑大嫂过上菜，一看那个杯子，说用那么大杯子喝呀！丁大树说："嫂子你也来杯？"桑大嫂说："过一会儿，你们先慢慢喝，不用着急。"

桑树良端起杯子，说："这杯该我敬了吧？"陈家梁摆摆手，说："老规矩，我得敬三杯，三杯过后尽开言嘛！这第二杯酒，我要祝老桑早日康复、健康平安！"又举杯干了。

其他三人也端起来干了。

这时，街上不时传来噼里啪啦的鞭炮声和礼花声。那些顽皮的孩子们早就按捺不住兴奋，提前进入节日的氛围了。

丁大树继续倒酒。桑树良说："咱换小杯子吧？"丁大树说："那哪儿行？陈书记的三杯还没完呢。"桑树良吐下舌头，说："这样下去，轮着我敬酒的时候，恐怕就端不住杯了。"吴三平说："你装什么装？又不是第一次，谁不知道谁？"丁大树话里有话，含沙射影，说喝酒也想撂挑子、当逃兵？休想，谁也不能例外。桑树良是个聪明人，他当然闻出丁大树话的味儿。说："那好吧，月亮走我也走，跟着领导不回头。"陈家梁把酒杯举在半空，说："这第三杯酒，我还是要敬老桑。感谢你最后一班岗站得不错，同时也请老桑给我和镇党委帮个忙。"桑树良一听，不知说什么好了，嘴里直嗫嚅："怎么，怎么最后一班岗？帮，帮什么忙？你这都把我绕糊涂了。"陈家梁说先把酒干了再说，干了就清醒了。

陈家梁说完一饮而尽。其他人也把酒干完。陈家梁说："你不是要辞职不干了吗？既然你自己主动提出来，镇党委也不好强求，就答应你的请求。在你没有正式卸任支部书记之前，没有撂挑子，没有撒手不管，村里各项工作安排的有头有序，平平稳稳，没有出什么乱子。所以说你最后一班岗站得不错，也算是尽职尽责、善始善终吧。这一点，镇党委要感谢你。请你帮忙呢，原因很简单，既然你辞职不干了，总得有个人挑起这副担子吧？请你帮忙推荐个合适的人选。你看桑树坡谁接你的班比较合适？"

桑树良一听这话就懵了："这，这——"

陈家梁问道："你决定辞职之前，对这个问题肯定有所考虑。你们支部去年刚上任的副书记桑玉田怎么样？"

桑树良没想到陈家梁动了真的："他？有点太嫩了。嘴上没毛，办事不牢，真要当起这个家，恐怕还得摔打几年。"

陈家梁又问："村文书佟开河不嫩，嘴上毛多，他可以吧？"

桑树良苦笑道："他比我还大三四岁哪，六十好几了，他能行？"

陈家梁说："噢，这个不行，那个也不行，全村就没有个行的？如果桑树坡暂时实在没有合适的人选，那你看我怎么样？"

陈家梁这么问，更出乎桑树良的意料："你是镇党委书记，谁能和你比？当然没得说啦。"

陈家梁说："好，既然你说我行，那我就向县委请示，鉴于桑树坡村暂无合适的支部书记人选，本人临时兼任桑树坡的村支部书记，你看合适不？"

"陈书记，您别开玩笑了。镇里工作你都忙不过来，哪还顾上我们这个村？再说，也没听说有镇党委书记兼村支部书记的先例呀！"

陈家良说："那我这次就开个先例。至于能不能顾上村里的工作，主动权在我手里，我说顾上就顾上。镇里的工作，丁镇长、三平书记多操心、多干点，他两个的能力水平都比我强。我腾出精力抓村里的工作。当然，我兼职时间不会太长，兼职期间，我会广泛听取党员和群众的意见，找出合适的人选。"

桑树良眼珠一转，突然醒悟："噢，我明白了。"

丁大树问："你明白什么？"

"我那封信你们肯定看了。"

陈家梁说："我只扫了一眼，看到了五个字，辞职，不干了。"

桑树良说："咳，我那只不过是随口一说，随手一写，你们还当真？"

丁大树说："红口白牙，白纸黑字，哪能随口一说，随手一写？"

吴三平也说："既然说了写了，都记录在案，就得当真。这不能闹儿戏。"

桑树良狡黠地切换了话题："我要不那么说，不那么写，你们今天能来吗？我是用这种方式请你们来我家吃顿饭、喝顿酒。"

吴三平说："你随口一说，随手一写，你知道耽误我们多少事？"

桑树良说："吴书记，您不能说耽误事，磨刀不误砍柴工。你们到我这里来，可能耽误了别的事，但解决了我的事。起码帮着治好了我的病。"

陈家梁笑笑："你这个老桑呀，真不知道说你什么好。想要我来一趟，直说就行了，何必绕那么大的圈子？不过，你说得也对，这一趟没白来，帮你治没治好腰疼不敢说，对治你的心理病说不定还起点作用。"

这时，桑大嫂端上清蒸黄鱼。陈家梁说："嫂子，菜太多了，吃不完。"桑大嫂说："鱼来了，菜就齐了。再说，吃不完就剩下，年年有余嘛。"桑大嫂找了个小酒杯，自己倒满，说："陈书记三杯敬过了，我中间插一杠子，申请敬杯酒。我敬完了，你们继续敬，可不可以？"陈家梁说："当然可以，今天数你劳苦功高。你敬谁都得喝。但我得换上小杯，再用大杯就多了，你们三位怎么样？"桑大嫂端起酒杯，说："我敬这杯酒，要敬陈书记、丁镇长、吴书记，谢谢你们不嫌弃、给我脸，大杯小杯都行，白酒啤酒都行，喝干不喝干都行。你们不要嫌我老太婆多嘴多舌、唠里唠叨，我得多说几句。别看我在厨房里烟熏火燎，但你们说的话，东一句西一句，我也听明白了个大概。这个老东西不识抬举，给脸不要脸。这些年，领导们老是捧着哄着敬着，都把他惯坏了，惯出毛病来了，毛病还不轻。不识好歹，尾巴快上天了，动不动就闹妖儿，再不就甩脸子、出样子，在家里扎扎刺也就罢了，出去还这样。这次又装病闹鬼的，给领导写辞职信。这哪是爷们儿干的事？干就好好干，不干就拉倒，弄那些干什么？按说，领导捧着，自己得兜着；领导哄着，自己得乖着；领导敬着，自己得躬着。哪能动不动给领导出难题？陈书记、丁镇长、吴书记，您今天帮他治了病，也给我出了气。这样，一杯不够意思，我老太婆卖卖老，连干三杯，你们随意。"

桑大嫂说完，连续干了三杯。

陈家梁笑道："老嫂子，你是个人物啊！"

桑树良"哧"的笑道："狗屁，什么人物！"

桑大嫂指着老桑："你不用不服，反正比你强。我在厨房里听到，陈书记要把你头上的纱帽翅给摘了，哎呀我那个高兴啊，摘得好，摘得好，省得你让那个纱帽翅把你压昏了头，压得不知道东西南北。平时把你能得，尾巴都能敲响大锣。这会儿本事哪去了？陈书记，我也是二十多年党龄的老党员了，这个村的书记，他不干，我干，我来个毛——毛什么自荐。"

吴三平说："毛遂自荐。"

桑大嫂说："对，就是这个，毛遂自荐，我是党员，有这个资格，我来当这个支部书记，相信村里的多数党员也拥护，说不定比他干得还强。怎么样？"

桑树良把眼一瞪："哟，领导一来，你还翻天了，看把你能的，你还想当这个支部书记？你真想下我的印、夺我的权不成？"

丁大树说："老桑你这就不对了，你已经辞职了，怎么能叫夺权？"

桑大嫂说："就是，有书记镇长给我撑腰，我怕什么？"

桑树良说："你不用在这里叽叽地说，看以后我怎么收拾你。"

桑大嫂"哼"了一声："指不定谁收拾谁呢。"

陈家梁说："老桑，我都听明白了，你还有什么好说的？"

桑树良一副无奈的表情："嘿嘿，我今天算折在这个老婆娘手里，让你们看笑话了。好吧，今天当着书记镇长的面，我不跟你计较。不管你们说什么，我都认了，认打认罚。我先自罚一杯，算是给陈书记、丁镇长、吴书记赔个不是。"

桑树良自己倒上满满一大杯，干了。

陈家梁看看丁大树和吴三平："既然老嫂子都这样说了，老桑也认了，咱怎么办？也把大杯换上，干了吧。"

陈家梁、丁大树、吴三平每人倒了一大杯，也干了。

丁大树说："老桑，听明白了没有？陈书记找你帮忙的事，既然你找不出合适的人选，就算了吧。陈书记兼任你们村支部书记，我们也不同意。"

陈家梁说："哪里跌倒哪里爬起来，自己撂的担子自己捡起来吧。"

第二十六章

陈扁担刚吃完早饭，高小雨挎着大包小包回来了，小飞拎个小包屁颠屁颠跟在后头。陈奶奶高兴地摸着他的头，说小飞长大了，中用了，能帮着妈妈干活了。老奶奶这一夸不得了，小飞一下子找不着北，手亦舞之足亦蹈之，纵身一跃，来了个前滚翻，险些摔了，吓得陈扁担上前一把把他揽住。

高小雨打开包，拿出一件紫红色棉袄给陈奶奶，说："过年了，我和家梁去商城给奶奶买了件棉袄，您穿上试试合适不，如果不合适，可以去调换。"陈奶奶心里乐得像开花似的，但嘴上却埋怨："净乱花钱。我都什么年纪了，还和你们一样，过年还得穿新衣裳。"高小雨把棉袄抻开，说："那当然了，奶奶是我们家的老祖宗，我要让您穿得漂漂亮亮，就像戏里的皇太后一样，谁见了都羡慕。"玉芹在一边看着，说："小雨说得是，谁让您那么有福呢。只要奶奶高兴，全家就高兴。"陈奶奶抿嘴笑着："叫你们哄得，我都没法接话了。"

高小雨又从包里拿出一件墨绿色羊绒大衣给玉芹，说："这是给您的，您看看这个颜色，喜欢吗？"玉芹一个劲地说喜欢。高小雨说："这个款式还有黑色、红色、米黄。家梁非要买米黄色的，我觉着没有这个墨绿色的雅致。您看看，如果喜欢其他颜色，咱可以回去换。"陈奶奶在一旁看着，说："不用换，就这个颜色好。"高小雨让玉芹穿上试试，看合不合身。玉芹把大衣穿上，原地转了几圈，问陈扁担怎么样。陈扁担咧嘴笑了，说："这还得了？到了大街上，我都认不出是谁了。"陈奶奶也夸小雨眼力好，颜色好看，大小肥瘦也挺合适。

陈扁担看了半天，没自己的事，就问："我呢？给我买了什么？"玉芹说："你就算了吧，大老爷们儿，有酒喝就行了。"高小雨从包里拿出一件夹克和衬衣，里边白衬衣，外边黑夹克。陈扁担看看衣服号码，说不用试了，我穿着肯定合适。

高小雨说："这还有两件，这件棉袄给杜奶奶，这件外套给丽华婶儿。"

陈奶奶夸道："小雨就是懂事儿。"

高小雨说："妈，我们医院离家远的同事都已经回家过年去了，我得急着赶回去值班。等会儿您帮我给杜奶奶和丽华婶送过去吧。"

玉芹说："好，我正好也要过去，顺便捎过去就行了。"

这时，小飞从另一房间跑过来，手里拿着一大包礼花和小红炮仗。小飞问："奶奶，这是给我买的吧？"玉芹说："是，是老奶奶上街专门给你买的，喜欢吗？"小飞说："喜欢。爷爷，你怎么不给我买？"陈扁担把两手一摊："我没钱啊。"小飞问："你的钱呢？"陈扁担说："我的钱都给你老奶奶和你奶奶了。""我先出去放几个看看。"小飞说着跑到院里放鞭炮去了。高小雨说："臭小子，别的无所谓，就喜欢这个。"陈扁担说："和他爸小时候一样。"

玉芹拎着衣服来到杜奶奶家，正好杜宏也在。丽华一见，说："你这大包小提溜的，要干什么呀？"玉芹把衣服拿出来，说："这不到年根了嘛，家梁和小雨给婶子和你买了过年穿的衣服，他俩忙着有事，让我送过来。"

玉芹拿出棉袄让杜奶奶穿上试试，杜宏说："不错，挺有眼光，那件给谁？"玉芹说："是给你妈的，她这件跟我那件一样。丽华，你穿上看看怎么样？"丽华穿上，大小颜色都挺合适。杜宏说："奶奶穿上这件棉袄，像个城里的小老太太，可好看了。妈这件也不错，颜色合适，大小合体，穿上很显气质。就是有一个问题。"

丽华问："什么问题？"

"我妈穿上这件外套，和我爸站一块，我爸显得不般配了。"杜宏笑道。

丽华说："听着了吧？这可是你闺女说的。"

杜长腿"喊"了一声："穿得再花，也盖不住脸上的褶子。"

皮笊篱和曲彩虹从上午就开始忙活大扫除，忙活快一天了。皮笊篱边干边嘟囔："两个浑小子，关键时候都不靠前，用着他们的时候一个也指望不上。"曲彩虹说："他们都有家有室的，也在家里忙活。不就这么点活吗，有嘟嘟囔囔的工夫，早就干完了。给我，一边待着去。"说着，从皮笊篱手里接过扫帚。

这时，皮进军进门。皮笊篱没好气地说："还知道回来啊？"皮进军一头雾水："你不是让去买香和蜡烛吗？刚刚回来。"皮进军把手中拎的东西交给曲彩虹，接过她手中扫帚，说："我来吧。"

皮笨篱转身进屋。皮进军说："妈，我爸这个人有时真不讲理，你看刚才对我那个样儿，横眉怒目地，好像我犯了多大错似的。明明是他让我去买香和蜡烛。我去了，回来晚了点，他就不高兴，甩脸子给我看。"曲彩虹说："他就那样的狗脾气，不用理他。"不料，他俩的话被皮笨篱听见了，他转回身，把眼一瞪："你们说谁呢？"

曲彩虹说："说你不讲理。"

"我怎么不讲理了？"

皮进军说："是你叫我去市场，刚才又嫌我回来晚了。"

"对，我叫你去市场，可没叫你晚来呀，这有错吗？"

皮进军说："你看，又不讲理了。从咱家到市场四五里路，我就是飞，也需要点时间吧？"

皮笨篱把脖子一梗，说："我是你爹，你是我儿子，我和你讲什么理！"

皮进军反驳道："你是老子不假，可天王老子也要讲理啊！"

"嘿，还给我杠上了，老子不但不讲理，还要揍你！"

皮笨篱说着，顺手从地上抄起一把扫帚。皮进军连忙躲闪，并赶紧认错，说："好了，我错了，是我错了，行了吧？"皮笨篱"哼"了一句扭头走了。

这些日子林腊梅被那个饭馆忙得晕头转向。展宏图洗完澡出来，她还趴在桌子上写东西。展宏图问道："这么晚了，写什么呢？"

"我在起草拜岳楼的工作规程和管理制度。前几天刚和装修公司签订了装修协议，马上就要动工了。现在看，原来的饭馆基本上是粗放型管理，买进卖出、材料消耗，都是简单的流水账；后厨灶台、大堂包厢也都多是随性而为，现在得规范起来。我得抓紧拿出新的管理办法和章程。"林腊梅答道。

展宏图说："没有规矩不成方圆，这个的确很重要。"

林腊梅眉头一蹙，说："还有一个问题。现有的大厨，都是以家常菜见长，并且基本都是本乡本土的，没有经过像样的培训，也没有见过大的世面，这是个很大的短板。你有没有合适的人选帮我们物色一个？"

展宏图想了想，说："我倒是听说一个人，说不定能行。这个人姓章，是个安徽人。有一次，我们在济南参加一个聚会。饭馆门面和名气不很大，但菜做得非常讲究。他们主打的是粤菜，但兼顾川菜和鲁菜，在各大菜系结合上有很多创新，可以说色香味俱全。于是就问做东的那位同学，饭馆的主厨何许人也？他告诉我，这家饭馆的主厨的哥哥是广东知名饭店的大厨，主厨从小就跟着他哥打下手，渐渐学了一身厨艺，后来就独闯江湖，应聘来到济南。"

林腊梅连忙问："通过什么渠道能把他挖过来？"

"你可以带人去济南考察一下，看他的厨艺适不适合你们拜岳楼的风格，然后再下决心，研究把他挖过来的办法。"

林腊梅是个急性子，说："我明天就去济南。"

展宏图笑道："八字还没有一撇，你急什么？马上就要过年了，人家说不定也要回老家过年。再说，你们的酒楼还没有装修好，请过来也没有用。行了，你看都几点了，抓紧收拾收拾睡吧。"

第二天，林腊梅把范海灵、大剪子、半铺炕、王玉芹叫到一起，说这些日子，装修的事、店内管理的事、招聘厨师的事，基本都有了眉目。装修公司已经动工。眼下，马上就要过年了，各家都一大家子人、一大摊子事，不用天天靠在饭馆里，个人回家忙活忙活，她在这盯着就行。有几个事，想和几个长辈儿商量一下。一个是年底福利。工资奖金该怎么发还怎么发，福利的发放也和往年一样，每人一个礼包，包括鱼肉蔬菜干鲜果，凡是过年需要的，每样都来点，让员工们高高兴兴地过个年。再就是放假时间。反正装修的时候也没法营业。就这样耗着，不如提前放假算了。装修怎么也得几个月的时间，后厨也好，采购也好，前台收银、大堂服务也好，统统放假，至于年后什么时间上班，大家回家等通知，随叫随到。还有新员工培训，她想这些新员工应该提前到位，先培训后上岗。

大剪子说："眼下店里装修，正是用钱的时候，其他员工的工资奖金和福利该怎么发就怎么发。我们几个就算了，等重新开业挣了钱再说。"

"那样可不行。您辛辛苦苦干一年，图什么？不就图日子过得好一点吗。所以该拿多少还拿多少。再说，装修需要花大钱，你们省下的那点，不当盐不当酱，顶不了大事。钱的问题由我来解决。"林腊梅说道。

半铺炕说："放假的事，不能没有期限地让那些员工在家里等。咱也不是机关单位或国有企业，放假时间长了，没有个准信，人就散了。你想在咱店里干的这些人，年一过，谁能在家待得住？肯定要这里打工，那里找活。一旦他们找到活，再把他们召集起来就难了。叫我说，不如比往年稍晚点，过了正月十五，十六就统一返岗上班。即使不能照常营业，店里也有若干活要干，再不行就和新员工一起参加培训，这样大家心里都有底，这帮人才散不了。"

范海灵也说:"你婶说得对,不能因为装修不营业,让那些员工在家里傻等。那样的话,这帮人真就散了。尤其是厨师,弄不好就被别人挖去了。服务员也是,现在开酒店的多,找个像样的、顺眼的服务员也不容易。"

林腊梅想了想,说:"那好,既然这样,我们就正月十六返岗上班。"

杜婕刚要下班,陈家梁急三火四地来了。杜婕说:"你这么个大忙人,今天怎么有空过来?"陈家梁往沙发上一坐,说:"这几天我还真是忙得不轻。临近年关,大事小情,千头万绪。我匆匆忙忙地来找你,是想告诉你,我今天到张副市长那里汇报,无意中听到一个信息。张副市长讲,市里刚开会研究,下一步要下决心整治市区脏乱差的问题,特别要对乱搭乱建、摊位林立、市场无序等问题进行清理和整治。其中,地处市中心那家规模最大的钢材批发市场,要求限期迁到城郊去。腾出那块地做民生公益项目。我觉得这是一个重要商机。你是做物流的,钢材批发可是一个很大的市场。所以,第一时间我就来给你提供这个信息,不知道你有没有兴趣?"

杜婕一听就很兴奋:"当然有兴趣,只是有些情况我不太了解,是不是得做点调研做个可行性报告,提前做做功课?"

陈家梁说:"那当然是好,这样更稳妥,把握性更大,但要抓紧时间。我估计,许多人会盯着这件事,一旦有人先下手,那可黄花菜都凉了。"

杜婕点点头:"你说得对,很多商机往往稍纵即逝,全在于抢占和把握。"

陈家梁说:"咱们泰城,其实并没有像样的钢厂,但起重机械、挖掘机械制造厂家很多,钢材需求量很大。原先的钢材批发市场主要经营型材和特型钢材,每年市场交易额非常大,如果你把这块做起来,效益会非常可观。"

杜婕问:"不知市里要求搬迁到郊区的什么地方?"

"这个,具体我也不太了解。但我相信,几个郊区县区都会争抢这个项目。毕竟做这么大的市场,一方面拉动地方经济的发展,同时也会开辟不小的税源。我想,范家镇的竞争力会比较强一些。因为他们那个地方非农业用地比较多,能够形成规模,地处交通要道,南来北往出出进进方便,经商环境也不错,具备建立批发市场的良好条件。"陈家梁答道。

杜婕问:"范家镇离市区不到二十公里?"

"至多吧。距离不是问题。你可以利用年前年后这段时间,抓紧与市政府和范家镇做好沟通,确定好合作方式,把钢材批发市场的框架搭起来。土地流转波及方方面面,必须由政府出面解决。最好把前期基础工作做好,让各个商家能够拎包入住，这个事做成的把握就会很大。"

杜婕说："你这个思路太好了，只要把市场建起来，各个经营钢材的商家很快就会入驻，因为这样才能最大程度的减少他们的损失。"

"政府要求搬迁钢材批发市场的信息，现在知道的人并不太多。年后，这个消息传开，商户们肯定心慌。如果你抢先一步，就会抓住商机。"

杜婕说："我现在就着手做准备工作，争取以最快的速度把这个项目做成。"

"我相信你，一定可以。"

杜婕说："谢谢你家梁，第一时间把这个信息告诉我。"

陈家梁笑道："客气了，能为你尽绵薄之力，我是非常愿意的。"

从杜婕那里出来，陈家梁突然接了一个电话，便急忙去了市委大楼。推开市委组织部办公室的门，见只有刘主任一个人在，便上前自报家门。刘主任接着把他带到部长办公室。

回到高云青家，大家已经吃过晚饭。高小雨问："怎么才回来？"陈家梁说："去了趟市委组织部。"高云青本来在看报纸，抬起头看了陈家梁一眼，问道："去组织部干什么？"陈家梁说："领导找我任职谈话，任青云县委常委、常务副县长。"高小雨一听很兴奋："好事啊，这不提拔了吗？"陈家梁说："好事是好事，只是来得太突然了，有压力。"高云青说："是啊，从乡镇党委书记到常务副县长，这一步，跨度不小啊，有压力是正常的，没有压力反而不正常。"

高云青说完又低头看报纸。

陈家梁说："小雨，给我弄点吃的吧，我到现在还没吃饭呢。"

"饭都是现成的，我们刚刚吃过。"

高小雨说完，就去厨房把饭菜端上来："还热乎着呢。"

吃过饭，高云青把陈家梁叫到书房。

高云青问道："接下来有什么打算，想过没有？"

"没顾上想。我满脑子想的是镇上的事。前段时间我们在党委会上专门就下一步要做的几件事进行了认真研究。我这一调整，担心下步工作落实会有影响。好在党委班子整体上没有大的变化，镇长接书记，副书记接镇长。这样，还能保持工作的连续性，不会有大的问题。"陈家梁答道。

高云青喝口茶，说："你们年轻人的事，我从来不愿多说什么，你们有你们的考虑，有你们自己的想法。但是，这次我还是想说几句。我不是给你开当干部的灵丹妙药，世上也没有这样的灵丹妙药。我只是提醒你，既然从政，就要正确对待升降进退。干好干不好，是个人的事；提拔不提拔，是组织的事。不要以为有本事就一定提拔，也不要以为被提拔的就一定有本事。有些人看着该提拔，但却得不到提拔；有些人看着不该提拔，却嚼嚼地提拔，挡也挡不住。机遇这种事很难说，你要学会看得惯、想得开。反过来讲，就是看不惯、想不开，你也无法改变、无力改变，到头来，受伤的还是自己。你这次是提拔，但要记住，幸运不会总落在你身上，有得意的时候，就有失意的时候。"

陈家梁点点头，说："这次提拔，我没感到兴奋，反而感到了压力。"

高云青沉吟一会儿，说："这个心态很好。严格讲，你从政的道路刚刚起步。我一直在琢磨，怎么才算个好干部？书本上，文件中，可以找到好多现成答案。但那些往往都是抽象的。其实很简单，就是听听老百姓评价。我过去一个同事曾经跟我说，他当过公社书记、县委书记直至厅级干部，退下来之后，到曾经工作过的地方看了看。结果，他当年开了多少会，发了多少文件，讲了多少话，人家早都忘记了。当地干部群众经常提及、念念不忘的是，他任公社书记时，主持修建了一座石桥，解决了老百姓过河的困难；他任县委书记期间，主持修建了一座中型水库，解决了老百姓浇水难的问题。可见，老百姓记住的是你为他们干了什么事、造了什么福，而不是别的。"

大年三十到了，可把孩子们乐疯了。陈扁担好像也感染了孩子气，领着小玉和小飞在院里放炮仗礼花。小飞小心翼翼地用燃着的香点燃礼花，小玉吓得赶紧用双手捂着耳朵。礼花腾空而起，在天空绽放出五彩缤纷的花朵。小飞看了小玉一眼："真是胆小鬼。"陈扁担笑道："瞧把他能的。"高小雨说："小玉是女孩，哪能像你这么野？"小飞说："礼花又不炸人，有什么可怕的？"陈扁担拿出一个大红炮仗，说："我点上这个，看你害不害怕？"小飞赶紧拿一个小的，说："你不要放那个，放这个小的。"小玉吓得跑回屋里。

陈奶奶倚着门框不时向外张望，嘴里念叨着："小欢怎么还没回来？"玉芹说："家栋和家梁到车站接去了，很快就会回来。"话音刚落，小欢就了进门，一下子扑到奶奶身上："奶奶，我回来啦！"陈奶奶抚摸着小欢的肩头，说："可把奶奶想死了！"接着，玉芹、小雨和明惠围在一起包饺子。陈奶奶洗了把手，也过来坐下。明惠说："奶奶，您看着我们包行了，不用您动手。"

陈奶奶说:"那哪儿行?一年就这么一个年除夕,我得自己动手包。"

玉芹说:"你奶奶喜欢热闹,就让她和咱一起包吧。"

小欢说:"我包得不好看,我就负责擀皮吧。"

陈奶奶把几个红枣和硬币洗好后放在碗里,说:"别忘了包进去。"

高小雨说:"放心吧奶奶,忘不了。"

夜色渐深,周围鞭炮声此起彼伏。陈奶奶说:"可以煮饺子、放鞭炮了。"

陈扁担像接受了指令,立即拿出长长的一串鞭炮,挂在一根竹竿上。

陈扁担故意逗小飞,说:"你来?"

小飞跃跃欲试,又摇摇头,说:"太大了,我不敢。"

陈家梁说:"还是我来吧。"

陈家梁点燃鞭炮,把竹竿高高举在空中,顿时鞭炮响声一片。

一会儿,热气腾腾的饺子上桌了,大家围坐在一起,开始了象征吉祥团圆的年夜饭。陈家梁说:"爸,讲几句呗?"陈扁担说:"我讲还是那几句,伸伸筷子,倒满杯子,吃起来,喝起来!"陈家梁说:"不行,这么隆重的场合,你得整几句硬词。"陈扁担说:"整硬菜可以,整硬词我哪会?"陈家梁说:"爸,我代表你来吧!"陈扁担说:"那你就说吧。"

陈家梁刚要开口,高小雨笑道:"陈副县长,这可是在家里,不能像平时作报告,懒婆娘的裹脚布又臭又长!"

陈扁担一愣:"陈副县长?"

家栋也以为听岔了:"谁是陈副县长?"

陈家梁瞅了高小雨一眼:"心里装不住点事。"

高小雨赶紧说:"是我不注意,一下子说漏了。不过,都是自家人,说了就说了,大过年的,让大家都高兴高兴。你们可能还不知道,家梁要当副县长了。"

陈扁担问道:"要当副县长了?这是什么时间的事?"

"昨天刚谈完话。"陈家梁答道。

陈奶奶问:"副县长?副县长是多大的官?"

陈家梁把小拇指伸出来:"奶奶,小官,就像小拇指的指头肚这么大。不,还没有这么大,就像芝麻粒那么大。"

陈奶奶笑笑:"再小,也比村主任大吧?"

陈家栋说:"大,比村主任大多了。"

陈家梁连忙说:"跑题了,跑题了,言归正传。"

这时，小飞突然"啊"的一声，大家的目光齐刷刷地投过去。小飞从嘴里抠出一枚硬币，说："我吃到钱了！"

　　接着，小玉也吃出了一枚。

　　陈奶奶高兴地说："好，好，今年咱小飞和小玉要发财喽。"

　　……

第二十七章

自打黑白电视换成了彩电，陈奶奶就算和电视较劲上了，一有空就坐在电视机前。不管什么节目，她都不厌其烦地看下去。有时看着看着就睡着了。玉芹怕影响她睡觉，看她睡着，就悄悄把电视关了。可电视一关，她立马就醒了。醒了就把电视打开，看了一会儿，又睡了。玉芹问是怎么回事，陈扁担说上年纪的人都这样。老太太毕竟是"80后"，等咱岁数大的时候，也这样。

晚饭后，陈奶奶又打开了电视。电视里正在播新闻，青云县召开全县党员干部大会。县委常委悉数坐在主席台上，县委书记坐在中间讲话，其他常委按照顺序依次坐在县委书记两侧。陈家梁坐在主席台的最左侧。

陈奶奶突然大声喊道："快来看，家梁上电视了！"

接着，老太太不高兴了："你看家梁这孩子，怎么越来越不懂事了，上学的时候就爱迟到，现在还没改这个毛病。开会这么大的事，怎么不早点去？"

玉芹以为出了什么事，赶紧跑过来，问："妈，家梁怎么了？"

陈奶奶指指电视画面："你看，别人都靠里坐、坐中间，可他倒好，把着桌子头，坐在最边上。我看了好几次了，每次都这样，真是的。"

王玉芹看了一眼，说："可真是，怎么回事？"

陈奶奶说："还能怎么回事？磨磨蹭蹭地去晚了呗。人家早去的，把中间的好位子都占去了，他不坐在边上坐哪儿？再次家梁回来，我得好好说说他，别的事耽误点就罢了，开会的时候不能马虎，得早点去，占个好地方，就是占不着中间，也别老是把桌子边。"

陈扁担笑了，说："妈，您可真是有意思，人家那是领导开会，您当这是在场院看电影，谁去的早谁先占，谁先抢着谁先坐、占着哪儿坐哪儿？"

陈奶奶看了陈扁担一眼："要不怎么坐？"

"他们都是干部，干部是有级别的，也是有规矩的。开会的时候谁坐在中间，谁坐在边上，都有定好的顺序，不能随便坐。他年轻，提拔晚，早去晚去，先到后到，都得坐在规定的那个位子，去早了也没用。"陈扁担解释道。

陈奶奶不信："你别糊弄我，谁规定他坐在边上？哪有这样的规矩？"

"我也是听人说的，不信等着家梁回来，您问问他。"

玉芹也劝慰道："妈，我好像也听说过，是有这么回事。"

陈奶奶笑了："噢？真有那么回事？"

玉芹说："是，我还能骗您？"

陈奶奶说："我大门不出，二门不入，成天待在家里，哪懂得这些？嘿嘿，幸亏你和我说了，要叫我这个老太婆去开会，还不得出洋相？"

陈扁担笑笑："您不用担心，出不了洋相，谁会让您去开会？"

玉芹打趣道："那可不一定。说不定哪天他们真把您请去开会。妈，如果哪天真叫您去开会，您就往中间坐，看谁还好意思把您撵走？"

陈奶奶笑道："去你的，你就瞎撺掇我，谁会叫我去开会？要真那样，也得听人家的，要真是抢了人家的座位，那不是要无赖吗，还不叫人笑掉大牙？"

第二天，天阴沉沉的，空中不时飘过团团浓云。玉芹从院回屋，说："这天一阵阴一阵晴的，好像要下雨的样子，你就别上山了，省得半道被雨淋回来。"陈扁担抬头看看窗外，说："没事儿，就这么点云彩，一阵风就吹过去了，没雨下。"陈奶奶也念叨："六十岁的人了，不能和年轻的时候那么造，该服老时要服老，该歇歇时得歇歇，别累出个好歹，后悔都来不及。"陈扁担笑笑，说："有您在，谁敢说老？再说了，人的毛病都是闲出来的，哪有累出来的？你看三顺家那台拖拉机，天天开着跑着，好好的，什么事都没有。后来没活干，停了，你猜怎么着？火也打不着了，零件也生锈了，齿轮也不转了，快成一堆废铁了。你再看看那些城里人，动不动就这儿高、那儿高，叫我说，就是因为吃得太好了，干活太少了。只要他们多干点活，多活动活动筋骨，许多毛病就好了。常年不干活、不动弹，人就废了。干活干习惯了，突然闲下来，我还真有点不得劲儿。"玉芹扑哧笑了一声，说："什么人什么命，没听说闲着不得劲儿。"

其实，陈扁担也担心半路上下雨，但他已经和杜长腿、皮笊篱、竹筒子约好了，今天要给山上送趟货。过了没多会儿，天突然晴了，陈扁担一块石头落了地。通常他们出门向东上盘道，今天要向西拐个弯，提上货折回来再上山。

前边就是东岳新区，是典型的城乡接合部。有十几层的高楼，也有连片的平房。大片大片的城中村，破破烂烂，灰头土脸。大小车辆和拖拉机来往穿行，路边到处是店铺和商摊，垃圾乱堆乱放，尘土、纸屑、塑料袋在空中翻飞。

陈扁担说："这个地方不知怎么弄的，到处臭烘烘、乱糟糟的。我想着原先不是这个样子，虽然破烂点，但村是村、路是路的。"

"好像有段时间了，一直是这个样子。"杜长腿说。

皮笊篱说："我听说东岳新区要把这一片全划进来，我们那几个村在边上，划不划还不一定。一说划新区，地也不种了，路也不管了，就这么撂着。"

竹筒子说："这么好的地在这里荒着，太可惜了。这些当官的不知怎么想的，原来弄得好好的，划什么新区？划了新区也不要紧，那就按照新区的路数快把这里建好啊，现在倒好，两头没一头，不行咱到市委上访去。"

陈扁担瞪他一眼："又不关你的事，上什么访？快别没事找事了。"

这时，一个干部模样的人推着自行车过来。先前他是骑着的，因为这段路坑坑洼洼，骑着没有推着快，没办法，他索性下来推着走。

这个人不是别人，是泰城市委书记陶力行。蔡子安任市委书记时，他是市长。蔡子安到省里任职后，他接任市委书记。

陶力行边走边看，满眼是撂荒闲置的土地，杂草丛生，东倒西歪。路边有条小河，濒临干涸，水呈酱色，油腻浑浊，蚊蝇乱飞，散发出难闻的气味。

陶力行把自行车停在路边，问陈扁担："几位老乡，哪个村的？"

"石屋子。"陈扁担答道。

皮笊篱跟上说："我是跑马岭。"

陶力行打量着他们手里的扁担："是挑山工吧？"

杜长腿点点头："对，挑山的。"

陶力行又问："你们在看什么呢？"

杜长腿瞟了他一眼："你这问东问西的，你是干什么的？"

陶力行笑笑："我是路过的，好奇，随便看看。"

陈扁担说："幸亏你骑着自行车，要是坐着汽车，非把你颠散了不可。"

陶力行问："为什么？"

陈扁担说："你没听说吗？大小车辆，进了东岳新区，一不敢开窗，怕苍蝇蚊子飞进车内；二不敢喘气，怕腥臊恶臭熏昏了头；三不敢提速，怕坑坑洼洼颠翻车。所以，都管东岳新区叫'三不地区'。"

陶力行笑道："噢，东岳新区，'三不地区'，还有这么一说？说得挺形象。你们所在的村也被划进了这个新区了吧？"

"暂时还没有，估计快了，听说已经列入了第二批规划的名单。市里那些领导不知怎么想的，既然规划了新区，那就抓紧开发建设，该办什么项目办什么项目，该搞什么设施搞什么设施。可他们现在画了个饼放在这里，占了地不让种，就这么荒着，白瞎了这片好地。市里喊了好几年，说要开发新区，可光打雷，不下雨，这样下去就完了。"陈扁担答道。

陶力行问："你们觉得市里规划新区到底好还是不好？"

竹筒子快言快语："市里规划新区，当然好啦，谁不想快点发展，把日子过得更好？可好几年过去了，变化是有，但不往好处变，净往坏处变。没划新区之前，这里条件虽然差点，但村里的事还有人管，村是村，路是路，河是河。现在倒好，到处拆得乱七八糟，街道成了垃圾堆，村庄变成'三不管'，清水河成了臭水沟，这一带快成贫民窟了！"

杜长腿接上说："你看这一条河，过去河水是清的，两边草是绿的，一年四季不断流。现在倒好，垃圾随便往里倒，根本没人管，时间一长，河快淤死了，水也快干了。你再看看这河水的颜色，都成酱色了。河中油腻浑浊，蚊蝇乱飞，散发出的气味哟，难闻死了，原来多好的一条河呀！"

陶力行下意识地用手掩掩鼻子："这条河是够脏的。"

皮笊篱说话有点损："附近这些村，早就说要拆迁，可是今天等明天，明天等后天，越等越没个准信。有的村已经开始拆了，可碰上一两个钉子户，他们就怕了，就软了，半道就停了。这一停不要紧，前边已经拆了的，觉得吃了亏，又重新盖起来。更可笑的是，有的村东头刚拆，村西头盖起来；村西头拆倒，村东头又盖起来。就像小孩过家家。这样弄来弄去还有个好？"

陈扁担说："眼瞅着这里一天比一天差，一天比一天乱，可惜，心痛。"

陶力行尽量掩饰着心里的不满："东岳新区不是有领导吗，他们是干什么吃的，他们就这么眼瞅着什么都不干、什么都不管吗？"

竹筒子又上来了竹筒倒豆的劲儿："咳，你快别提那些什么狗屁领导，老百姓对他们意见可大了，特别是那个当头的，出了名的'三不干'，不干好事，不干正事，不干人事。上梁不正下梁歪。下边带出了若干'三吃'干部，大小饭店吃遍了，所有村干部家吃遍了，本地能见到的山珍海味都吃遍了。一个个吃得肥头大耳，满脸流油。他们哪管老百姓的死活？"

陶力行问："这些问题就没人向上反映吗？"

竹筒子说："能不反映吗？可反映有用吗？反映也是瞎子点灯白费蜡。我们刚才还想到市委上访呢。"

陶力行问："那你们怎么没去？"

陈扁担说："想想算了，访也是白访，不但不解决事，还生一肚子气。"

陶力行摇摇头，阴沉着脸走了。

早晨，陶力行刚从车棚里推出自行车，就碰上了市委组织部部长宁致远。宁致远问他要去哪，陶力行说到下边去转转。宁致远看他推着自行车，问就骑它去？陶力行点点头，说这个方便。宁致远要陪着一块去，陶力行婉拒了。陶力行这些日子接了不少群众来信，其中有许多矛头直指东岳新区领导班子。以前也到这个新区检查过、调研过，他们总是说得天花乱坠，看得也是一片繁荣。但既然如此，群众怎么会有那么大意见呢？他清楚，人多了，呼呼啦啦，听不到真话，看不到真实情况。于是，他就一个人出来了。果然不出他所料，刚出来没多远，就听到陈扁担他们讲了一些过去没引起他重视的情况。

陶力行来到东岳新区办公大楼的时候，天已经响午了。可能是因为星期天的缘故，大院里冷冷清清，空无一人。他把自行车放下，来到办公大楼门口。这时，一个保安过来，问他找谁，陶力行找区委书记。保安头不抬眼不睁地说了一句不在。陶力行问区委哪个领导在，保安说是星期天，不上班，都不在。陶力行说领导不在，总有值班的吧。保安板着脸，说领导都不在，值什么班。陶力行尽量耐着性子，说："这么大的机关，怎么会没人？"保安把眼一瞪，说："有啊，我不是人？"陶力行赶紧道歉，说："对不起，我不是这个意思。我是说，除了你，还有没有别人？"保安说："没有，全大楼就我们两个保安。"

跑了一上午，陶力行有点口干舌燥，便对保安说："你看大热的天，太阳这么晒，我进去随便找个办公室坐坐，喝口水行吧？"谁知保安"哧"的笑了一声，说："那怎么行？你开什么玩笑。这是区委机关，哪能随随便便说进就进？万一坏人进去怎么办？"陶力行说："你看我像坏人吗？"保安说："那可不一定，坏人的脸上也没有记号，也没贴着标签，有时候坏人看上去比好人更像好人。我怎么知道你是坏人还是好人？"陶力行刚想发火，又克制住。他掏了掏衣服口袋，想找手机打电话，可手机忘带了。于是想向保安借手机给区委书记打个电话。保安一脸不屑："你以为你是谁？你以为你是市委书记啊？"陶力行无奈地摇摇头。保安说："我劝你回吧，有事等明天再说。"说完扬长而去。

这时，陶力行听另一个保安问："那是个什么人？"

先前那个保安说："不知道，可能是上访的吧，已经来了一会儿，他要找区委书记，我告诉他不在，劝他有事明天来，可他就是不走。愿意等就让他等吧。"

"不对啊，这个人怎么看着面熟？好像在哪里见过，噢，可能是在电视上。他不会是市委书记吧？"

"不可能，绝对不可能，市委书记出门都是坐着小车，后面跟着一大群人，秘书司机、大官小官，还有记者，前呼后拥的，你看他哪里像？"

"他要真的是咱们市的市委书记，那咱俩今天的祸可就闯大了，就像人家说的，那咱可真就摊上大事了。"

陶力行疲惫地坐在台阶上，听了他们的对话，哭也不是，笑也不是。

经过几年的努力，杜婕的钢材交易市场已经形成规模，市场内各种门头林立，钢材堆积如山。

杜婕陪同张副市长在钢材市场调研。张副市长说："杜总，你不愧是从北京回来的女中豪杰，这市场建得速度够快啊，这么短的时间，已经有模有样。"

"哪里，这还得感谢您，感谢市委市政府，没有您的大力支持，我就是三头六臂，也力不从心、难以作为啊。"杜婕不是故作谦虚，她说的是实话。

张副市长说："原先市中心的那个市场，狭小局促，拥挤不堪，运货的车辆出出进进都不方便。现在可好多了。"

杜婕高兴地说："现在，我们整个市场相当于原先那个市场的十倍甚至还要多。规模大多了，商户布局也更加合理。在这里落户的商家都非常满意。"

张副市长问道："现在经营的项目种类怎么样？"

"总的来说，是综合经营，门类种类都很齐全，但也根据市场需求，突出重点，有所侧重，主要还是以型材和异型材为主。"杜婕答道。

张副市长又问："目前效益还可以吧？"

"不是可以，而是很好。目前钢材市场异常火爆，每月交易额超过二十亿。正式开业还不到三个月，今年年底，交易额争取突破二百六十亿，两年之后，有望突破五百亿。"

张副市长听了很高兴："好啊，这可大大超出市政府的预期啊。照这样发展下去，我们这个批发市场有望成为华东地区规模最大的钢材集散地。"

"我们正在朝着这个目标努力。"

张副市长说："你经多见广，曾经在中央国家机关工作过，按理不需要我多说什么，但我还是要啰唆一句。这个大的市场，关键在加强管理，引导入驻商户守法经营，有序竞争，诚实诚信，这样才能走得稳、走得远。"

杜婕答道："您讲得很对，我们也是这样考虑的，一手抓业务开拓，一手抓管理规范，不仅要讲究经济效益，也要注重社会效益，不仅要把我们这个批发市场打造成华东地区规模最大的钢材交易市场，而且要打造成效益最好、管理最优、声誉最佳的市场，请您和市政府放心。"

陈扁担和杜长腿挑着行李走到山下，李京跟在他们身后大汗淋漓，气喘吁吁。陈扁担和杜长腿放下担子，卸下行李。李京掏出一百元递给杜长腿。杜长腿说用不了这么多，找了一张五十元的票子给李京。李京说："不用找了。"杜长腿说："哪能，该多少就多少。"正在这时，一辆轿车停在他们面前。杜婕从车上下来，说："你们今天又上山了？"杜长腿点点头，说："在家闲不住。"

李京看了一眼杜婕，立刻喜出望外，叫了一声："杜婕！"

杜婕闻声一看，也非常意外："哟，李老师，怎么是您？"

李京打量了一下杜长腿和陈扁担，又看看杜婕："你们——"

杜婕介绍说："这是我爸，这是陈叔。"

李京说："今天多亏两位老人家，要不我这把老骨头非散架子不可。"

李京一脸不解，说："你都当大老板了，怎么还让令尊干这个？"

杜婕看了看父亲："嗨，这哪是我让他干的？我劝他多少回了，可他就是不听。他们两个一个样，不让他挑山就像要了他的命。没办法啊，怎么挡也挡不住。后来想想，挑了一辈子，习惯了，顺着他算了。"

杜长腿和陈扁担向李京招招手："我们先走了。"

杜婕握着李京的手："李老师，难得在泰山遇到您。今天就别走了，到我公司看看，也算进行考察，晚上我做东，请您吃泰山小吃。"

李京说："那当然好了，我求之不得。"一想，又觉得不对，说，"今天不行，得赶回北京。来之前已经约好，广东一家合作伙伴明天到北京，有些事要当面谈谈，尽快定下来。"

杜婕说："打个电话告诉他一声，另改个时间嘛。"

"那样不太好，过段时间，我再专门来一趟，到时候一定登门拜访。"

杜婕说："那好吧，恭敬不如从命，您上车，我送您去车站。"说完，帮着李京把东西放到车上。

李京说："那我就不客气了。"

路上，李京颇为感慨地说："时间过得真快，转眼你们毕业十几年了。"

"是啊，我去学校报到的时候，还是您办的入学手续呢。当年正值芳华，如今都快人到中年了。"杜婕说道。

李京说："现在也是人生好季节，你们那届学生思想活跃，敢想敢干，现在许多同学都很有出息。我听说你的公司做得很不错。"

"还可以吧，比预想的要好。"

李京说："当初听说你回到家乡创业，还替你捏了一把汗，现在看是多余了。我看你们这里的人文环境、经商环境都不错。"

杜婕说："我们这个地方，政府招商引资的力度挺大，出台了许多优惠政策，相对讲，交通比较方便，土地资源还算可以，许多外资外商项目在这里落地，你们有些项目科技含量高，可以考虑往这里落户。"

李京说："我也看好这个地方。下一步，我们安排专门时间来做一次全面考察。哎，我问你个私人问题，与韩奇还有联系吗？"

"早就不联系了，人各有志，天各一方。他的事，我懒得打听。"

李京说："我听从荷兰回来的同学说过，好像他过得也并不如意。"

杜婕"哼"了一声："爱如意不如意。算了，一提他我就心烦。"

高小雨一进门，把一件件脏衣服扔在洗衣机里。冯文静一看，说："怎么攒了那么多脏衣服？"高小雨擦了把汗，说："都是家梁的，他懒得一点都不愿意动，穿脏了就脱下来，三攒两攒，越攒越多。"高云青问："你去青云了？"高小雨"嗯"了一声，说刚从他那儿回来。高云青问家梁在哪儿忙，高小雨说她哪知道，反正自从当了常务副县长，天天忙得脚不沾地，两头不见人影。

这段时间，陈家梁确实忙得不可开交。县长到省委党校培训两个月，政府这边的具体工作就由他牵头。前两天，天天跑企业，看项目。这两天，又要应对市电视台的电视问政。他把县电视台国台长、县环保局纪局长约到办公室。国台长、纪局长进门快半小时了，陈家梁的电话一直不断，一会儿手机，一会儿座机，刚放下电话想说点什么，电话又打进来了。陈家梁无奈地说："这个差事，只要进办公室，就别想闲着。走，咱到接待室谈吧，省得电话干扰。"

国台长问："陈县长，这么急把我们找来，是电视问政的事吧？"

陈家梁说："没错，就是这个事。本来，刘亦鸿书记要直接跟你们谈谈，他突然又有别的事，就把这个任务交给我了。最近，市电视台要现场直播电视问政。赵县长学习回不来，没办法，那个被告席就得我去坐了，大庭广众之下，现场接受记者和观众的质问，那个滋味不好受啊！"

纪局长说："那个节目我每期都看，还真有点辣味。直面问题，不绕弯子，咄咄逼人，不留面子。没有充分的准备，还真不是那么好应对。"

国台长故意把难事说得轻松："家梁县长没问题，常坐主席台，历经大场面，并且对基层情况熟悉，应对那样的场面，可以说小菜一碟。"

陈家梁说："那不一样啊，平时坐主席台，要么听取汇报，要么我讲你听，主动权掌握在自己手里。可电视问政不同，主动权掌握在主持人手里，问什么、不问什么，不按我们的思路来。就像进了考场一样，提问什么，就得回答什么，别无选择，没有退路。我看过几次直播，记者提前暗访，盯着死角，问题尖锐，提问犀利，并且录制了音像资料，你想，万一出点差错，多么尴尬？"

国台长说："没事。他们再问，也是工作中的事。不过，确实有必要提前做做功课，做到心中有数，心中有底，防止到时候陷入被动。"

陈家梁说："刘书记的意思，就是让我们一起做做功课。不单纯是为了应对问政，而是以问政为契机，把工作往前推进一步。比如，这次问政的主题是环保，我们要先做一些分析和预判，看看哪些地方、哪些部位会出问题，或者工作中还存在哪些死角和隐患，把工作做在前面。"

纪局长沉吟一会儿："上一次那期问政节目，记者什么时间来的、去的什么地方，拍了什么画面，抓了哪些问题，我们一无所知。他们直奔问题去，暗访很深入，简直有点神不知、鬼不觉。"

陈家梁问："这次你们掌握了那些记者的行踪吗？"

国台长摇摇头："不掌握。事先他们从不打招呼，也不沟通，按照他们自己设计的路线和方案，直接到田间、到地头、到现场、到农户，他们有自己的工作程序和方法，抓干货，捞实的，提出的问题基本都是用事实说话。"

陈家梁说："不管怎样，他们这种作风很值得我们学习。世界上怕就怕

'认真'二字，共产党就最讲认真。只有认真，才能发现问题，才能盯住问题，才能真正解决问题。电视问政，目的是更好地发挥舆论监督作用，督促政府更好地履职尽责，改进工作，减少失误，抓好落实。"

纪局长说："这些年来，党中央、国务院对环保工作高度重视，每年向各地派出督察组，明察暗访，发现问题，严肃处理，决不姑息迁就。据我了解，今年省市的环保督察组很快就要深入各地进行督察。我们得做好充分准备。"

陈家梁点点头："老纪说得对。我想，这次，我们不能只是简单地应对问政，更重要的是抓住这次问政的机会，对我们全县环保工作进行一次全面检查，发现什么问题，就重点解决什么问题，不能掉链子。"

纪局长想了想说："从我们业务主管部门的角度看，这几年，县委县政府抓环保工作的力度不断加大，特别对重点行业、重点企业、重点部位，实行重点跟踪，专项治理，集中整改，变化很大。比如，炼油厂的排水排污问题，大小煤矿的粉尘控制问题，莲花山个别村乱开乱采的问题，新汶河擅自挖沙的问题等等，经过集中排查、专项治理，收到了很好的效果。但越是这样，越不敢有丝毫放松和懈怠，我们工作中仍然存有不少漏洞和死角。"

陈家梁说："我的想法是，我们组织力量，进行一次地毯式排查、拉网式摸底，横向到边，纵向到底，不留死角，不留间隙。发现问题，及时解决，发现一起，解决一起。对存在的任何隐患，决不能心存侥幸，对任何容易发生问题的苗头，都不能掉以轻心，对任何已经发生的问题决不能姑息迁就。"

纪局长表示赞同："这个思路非常好，我们把工作做在前面、严在前面、抓在前面，这样就赢得了工作主动。"

国台长问："最近我们是不是到市台去一趟，对一些问题提前进行沟通？"

陈家梁说："我看很有必要，但我们去的目的，不是粉饰太平、掩盖问题，而是要商量解决问题的途径和方法，防止对有些问题措手不及。"

第二十八章

下午，陈家梁参加市委会议。本来，会议的主题是抓项目建设，抓工业发展。但会议快结束时，陶力行脱稿讲了一通东岳新区的问题，并且情绪激动，措辞严厉。他说星期天，他去东岳新区看了看，正好碰到几个挑山工。在闲聊中，听到他们发泄了许多对市里对区里的不满。说，规划做了，土地征了，但都是墙上画饼、纸上谈兵，没有一点实质进展。该拆迁的没拆迁，该修的路没有修，该铺的管道没有铺，该平整的地面没有平整，该落地的项目没有落地，整个新区断壁残垣，一片狼藉。说东岳新区是"三不地区"，大小车辆，进了东岳新区，不敢开窗，不敢喘气，不敢提速。说东岳新区的主官是"三不干"，不干好事，不干正事，不干人事。东岳新区许多干部是"三吃干部"，大小饭店吃遍了，所有村干部家吃遍了，当地的小吃名吃都吃遍了。在我们眼皮底下，这是些什么干部什么作风啊！我到他们机关办公楼时，整个机关没有一个人值班，保安死活不让进。不难想象，普通的老百姓要到区里办事得有多难！我看还得加上"三难衙门"，门难进，脸难看，事难办。当时在场的东岳新区的主要领导恨不得找个地缝钻进去。

散会以后，已经很晚了。陈家梁没回青云，打了个电话给高小雨，说一块到小飞爷爷家吃晚饭。

陈扁担问："今天怎么有空回来？"

陈家梁说："下午的会刚刚散，回青云太晚了。"

陈奶奶嘱咐："管干什么事不要着急，不是一天两天就干完了。"

陈家梁给奶奶碗里夹了一筷子菜，说："奶奶，不着急不行啊，有些事能拖，有些事不能拖。今天市委书记又发了一通脾气，批评东岳新区懒政怠政不作为，弄得老百姓意见很大。"

陈扁担看了陈家梁一眼："他讲东岳新区的事了？"

"讲了，还讲得很严厉。说他在下去暗访的时候，看到新区搞得乱七八糟，几个挑山工反映，这里的干部根本不把老百姓的事当回事。"

陈扁担扑哧笑了。

陈家梁问："爸，您笑什么？"

"怪不得听人说那个人是市委书记，我还不信，市委书记哪能那个样子？一个人骑着个破自行车。噢，弄了半天，还真是市委书记。"

陈家梁这才明白，陶力行说的那几个挑山工就是他们几个。于是便说："嗨，原来是您几个人拱的火。怪不得陶书记讲的时候有理有据，那么肯定。估计您几个没说什么好话，添油加醋，火上浇油。"

陈扁担说："怎么是我们添油加醋、火上浇油？我们说的都是实情。"

"不管怎么样，你们这一拱火，有些干部可能要倒霉了。"陈家梁说。

那天从东岳新区回来，陶力行就把自己关在办公室里，黑着个脸，一言不发，在办公室里走来走去。宁致远有事要找他，刚要敲门，秘书迎过来。宁致远问陶书记在不在，秘书把声音压得很低，说："在，在生气呢。"宁致远问跟谁生气，秘书摇摇头，说："不知道啊，一进门就那样，没人来过。"

宁致远想了想，还是敲开门进去。宁致远说："怎么了，您跟谁生气？"

陶力行余怒未消，说："怎么了？说出来你都不敢相信！刚才，我又想起昨天的所见所闻，越想越上火，越想越来气，几次抓起电话，又放下了。想发火，可给谁发火？每次开会听取汇报，他们都讲得头头是道，每次重点工作调度，他们都说得天花乱坠。可东岳新区究竟是个什么样子？恐怕你往最坏里想，都难以想象到如此不堪的程度。"

接下来，陶力行把在东岳新区的遭遇向宁致远从头到尾说了一遍。宁致远一听也很生气，陶力行喝了口茶，说："这能怪谁？班子是我们配的，干部是我们选的，还不是怪我们自己？"宁致远说："当初设立东岳新区，目的是想加快城中村改造，突破城郊接合部的瓶颈，扩大城市规模，拉动全市发展，没想到现在成了包袱。"陶力行说："作为国际旅游城市，像目前这样，到处少皮没毛，千疮百孔，丢不起这个人啊！在我们眼皮底下有这样的干部，我们脸上无光啊！"宁致远说："在这个问题上，我们组织部有责任。"陶力行摆了摆手，说："你们肯定有责任。但市委也有责任，我也有责任。"

宁致远想了想，试探地问道："既然这样，东岳新区的主要干部——"

陶力行斩钉截铁地说："得调，必须调，不能让他们耽误事了。"

"我们先派人进行全面考察，提出初步意见，与纪委沟通后，按照程序，先在五人小组中进行沟通酝酿，再提交市委常委会讨论决定。"宁致远说道。

陶力行表示赞同，说："可以。这次调整，要下大决心，动大手术。一把手不行调一把手，二把手不行调二把手，谁不行就调谁，谁不干事就摘谁的乌纱帽，决不能心慈手软、迁就照顾。这次东岳新区暴露出的问题，绝不是孤立的，要举一反三，深入解剖，哪里有问题解决哪里。对那些不干事不担当的干部，不能让他们空占着位置，要让他们把位子让出来，给那些想干事，能干事的人。选人的时候，不能局限在小圈子，要在全市范围内遴选，谁能挑起这个担子，就把那个位子给谁。学历、资历、经历要考虑，但更要考虑能力、实力和潜力，不能自己编织绳索，捆绑自己的手脚。同等条件，要优先考虑那些敢担当、善作为、能干事的干部。对表现突出又看准了的，可以不拘一格，大胆使用，甚至破格提拔使用。记住，选对做事的人，比做事本身更重要。"

宗小光一进杜宏办公室，就大声嚷嚷，说："赶紧给我倒杯水，把我渴死了。"杜宏给他泡了一杯茶，说："什么事把你急成这样？"宗小光端起茶喝了一口，烫得嘴唇直哆嗦，又赶紧把杯子放下，说："这次真被烫着了。"杜宏说："刚倒的开水能不烫？谁让你那么心急。"宗小光说："水烫着不要紧，至多烫起个水泡。可我这次是被跑马岭村烫着了，这可不只是起个泡的事，弄不好把头上的纱帽翅烫焦了。"杜宏眉头一皱，说你这是什么黑话？都把我弄糊涂了。

宗小光是环山区弯道镇的党委书记，和区林业局副局长杜宏相识多年，并且是在市委党校同期学习过的同学，所以说起话来比较随意，没那么多客套。他告诉杜宏，跑马岭村现在是他的心病。这个村是全镇最好的村，也是最差的村。说它最好，是因为这个村生态环境、旅游资源在全镇甚至全区数一数二。说它最差，是因为这个村人心散，村风乱，村集体不仅没有分文，而且前些年招商办企业欠了一屁股债。问题的根源是没有个好的带头人。支部书记像走马灯一样，一年换一茬，你方唱罢我登台，最勤的时候甚至一年换俩。村里一共二十多名党员，几乎轮了一遍，年龄差不多的，都坐过村支书的位子。这不，现任支部书记又撂了挑子到外边打工去了，村里又成了群龙无首。

杜宏听了，摇摇头，说："群雁看头雁，群羊看头羊。没有个好的当家人怎么行？"宗小光顺着杜宏的话茬，说："所以我来找你嘛。"杜宏笑笑，说："你是肚子疼进了兽医站，进错了门，找错了人。我能帮你什么？"宗小光眨巴着眼，说："你小看我了，不刺探好情报，哪敢贸然闯鬼子的炮楼？不瞒你说，我事先做了不少功课，村里人，从这个村出去的人，甚至与这个村有关联的人，我们走访了许多，交谈了许多，大家把目标指向同一个人。并且，这个人和你是发小，你们两个的关系好的只差同穿一条裤子。"杜宏眉头一皱，说："你别卖关子了，这个人究竟是谁？"宗书记说："还能是谁？林秋月呀。"

杜宏一听就咯咯笑了起来，说："你们怎么会想到她？"宗小光说："不是我们想到她，是村里的村民想到。林秋月的婆家是跑马岭，公公是皮笊篱，爱人是皮进勇，在市农业局工作。"杜宏说："你们掌握的情况够精准的。不过，她能干？"宗小光说："我们与村里党员和村民座谈，几乎众口一词，都觉得她行，希望她能回村当起这个家。我们也到林场了解过，她现在是科长，林场的领导也认为她是个好苗子，担任村支书肯定没问题，但他们有点舍不得。"

杜宏问道："那她自己什么态度？愿意干吗？"

"问题的关键就在这里，所以今天来拜您这尊菩萨。"

杜宏说："绕了大半天，你在这里等着我呢。"

宗小光说："这件事想请你帮忙，帮着做做她的工作。"

杜宏问："你为什么不直接找她，还要绕这么一个大弯子？"

"那样会比较唐突，万一她一口回绝，就没有回旋余地了。"

杜宏说："如果我找她，她也不干呢？"

"有枣没枣，打一竿子再说，试试呗。"

杜宏说："这种事你找我，真是的。不用说她，让我去我都不情愿，己所不欲，勿施于人，这不是给我出难题吗？"

宗小光说："只要您帮我这个忙，本书记今后愿意为您肝脑涂地。"

杜宏说："行了，别贫了。"

"一些具体政策包括到村任职的有关待遇，你可以明确告诉她。她有什么条件和要求，也让她尽管提，我们会尽最大努力让她满意。"宗小光说道。

从市电视台出来，陈家梁接到杜婕的电话，说有个事想商量一下，问他有没有时间。陈家梁看了看表，说可以。杜婕就约定了青末子咖啡厅。

杜婕告诉陈家梁，由于上次他提供的信息及时，她才得以抓住商机，抢先建起了钢材交易市场，目前发展势头非常好。她想请陈家梁出面，把银行、工商、税务几个部门领导约一起坐坐，没实质事要办，主要是联络一下感情，疏通一下渠道。陈家梁答应先把眼前的急事忙完，周末安排。

晚上回到家，开门时卧室灯还亮着，进了门灯就关了。陈家梁把外衣挂起来，走到床前，说："今晚怎么睡得这么早？"高小雨一声不吭，没有搭理。陈家梁用手摸高小雨额头，问："不舒服吗？"高小雨把陈家梁的手推开，说："滚一边去！"陈家梁一头雾水，说："这是怎么了？谁惹你了？"

高小雨猛地下床，打开灯，拿起陈家梁脱下的外衣闻了闻，问他今天下午去哪儿了，陈家梁说去电视台了。

其实，陈家梁和杜婕去咖啡店的时候，正好被从那路过的高小雨看见了。于是，高小雨问道："一下午都在电视台吗？就没去别的地方？""一直在啊，没去过别的地方。"陈家梁答道。

高小雨说："你看着我的眼睛，再好好想想。"

这时，陈家梁突然想起他和杜婕到咖啡厅的事，说："噢，从电视台出来快六点了，杜婕打电话找我，说有事找我商量，我又去接着她，一块去咖啡厅聊了一会儿。怎么，有什么问题吗？"

"有没有问题你不知道？你要心里没鬼，为什么我问了半天，你才说出和她一块去了咖啡厅？"

陈家梁说："我有什么鬼？我和杜婕去趟咖啡厅有什么鬼？我总不能把每天的所有行踪一点不漏地向你报告吧？你别没事找事。"

高小雨问陈家梁："那你说，她找你什么事？"

"杜婕在郊区新建了钢材交易市场，她找我商量，想让我出面，约市里工商、税务和银行等部门的领导一起坐坐，相互熟悉沟通一下。我们两家的关系，你又不是不知道，我和她的关系，你也不是不清楚，你说我能不管吗？"

高小雨嘟囔道："正因为我知道你和她的关系，我才不能不问。"

陈家梁狐疑地看着高小雨："这么说，你是在跟踪我？"

"真是笑话，你那点破事还值得我跟踪？只不过我碰巧路过，让我撞见了，看你说不说实话。"

陈家梁得意地一笑："怎么，看到我和她在一起吃醋了？"

"你太高估你，也太高看她了，你用脚指头想想，我会吃她的醋？"

陈家梁说："不吃醋怎么这么大的酸味？"

高小雨"喊"了一声，说："酸味也是你身上的汗臭味。杜婕是谁？过去她是你的发小同学，现在她是我哥——你大舅哥的小姨子。你俩要是弄出点带花的故事，那可就热闹大了，起码够得上泰城头条！"

"这还是你高小雨的做派吗？一向自信满满怎么突然变得这样？"

"哼，你说我不自信？"

陈家梁笑笑，说："好啦，赶快睡觉吧。"

高小雨白了她一眼："德行，洗澡去。"

　　杜宏约林秋月来到一家火锅店。杜宏想来想去不知道如何开口，就东扯葫芦西扯瓢地扯起了闲篇，扯了半天也没切入正题。于是就想，干脆单刀直入吧，省得拐弯抹角地费劲，便对林秋月说："我今天找你，是受人之托，当说客的。"林秋月一怔："当说客？你当的哪门子说客？"

　　接下来，杜宏就把宗小光找她的事说了。林秋月一听，感到非常惊讶，愣了好长一会儿，说："开玩笑吧，他们可真能想，怎么想到让我去当村书记？"杜宏说："你先别惊讶，也别发愣。听宗小光讲，他们可是经过深入考察，充分尊重村民和党员的意愿，并听取了林场领导的意见，才形成这个想法的。"林秋月沉默了半天，说："这个事有点大，也有点突然。"杜宏说："他们就是担心直接找你会唐突，所以才从我这儿拐个弯，你先不用急着答复，考虑好了再说。"林秋月看了看杜宏，说："你对这个事怎么看？"杜宏说："我和你一样，当时听了也是一愣，甚至觉得好笑。但后来一想，倒不一定是坏事，甚至是个机遇，重新做一次人生选择，当然，这里边也充满挑战，毕竟面临的困难会很多。"林秋月点点头。

　　杜宏告诉林秋月，宗小光已经把这个想法向市委组织部有关领导报告过，如果你到村任支部书记，仍然保留公职身份。任职期间的工资待遇由镇里解决，保证不低于甚至略高于你在林场的收入水平。林场那边，由市委组织部出面协调。林秋月表示要慎重考虑考虑。

　　清明节就要到了，丝丝细雨在空中织成晶莹的水帘。村子里静静的，只有微风吹拂雨帘的声音。

　　陈奶奶吃过晚饭，回到自己的房间。她打开床头那只木箱看了半天，然后又把木箱盖上。这只木箱陪伴了她几十年，色泽依稀变暗，油漆已经脱落，浑身斑斑驳驳。这只破旧的木箱里，装满她一生的念想。她眼角噙着泪花，拿块抹布把木箱擦了又擦，仿佛要擦去历史的尘埃，重现刻骨铭心的岁月。

　　陈家栋刚想进奶奶的房间，忽听到奶奶在叹气，便退了回来，问陈扁担怎么回事。陈扁担摇摇头,说:"没事,又到日子了。"陈家栋没听明白,问什么日子,陈扁担表情凝重,眼睛微微有些湿润,说:"你爷爷的忌日。每年到了这个时候,你奶奶就边擦那个木箱边掉泪。"过了一会儿,陈扁担好像想起了什么,说:"你去打个电话,让家梁回来趟,就说我有事给他说。"

陈家梁进了门,陈扁担说:"明天是清明节。明天你们两个把别的事放放,跟我去看看你爷爷和你妈,给他们送点吃的、用的和花的。上坟用的纸和香,我自己的那份,早已经准备好了。你们两个要用的,自己去准备。"陈家栋说:"我去准备两份,家梁就不用跑了。"陈扁担说:"那不行,不是钱的事,那是心,别人替不了。"陈家梁说:"我明天一早就去办。"

陈家栋稍有犹豫,试探着问道:"爸,明天我跟您去就行了,家梁还去?"

陈扁担看他一眼:"咋啦?"

陈家栋嘴里嗫嚅着:"他现在这个身份,影响不太好吧?"

陈扁担白了陈家栋一眼,有点不高兴。

陈家栋赶紧说:"爸,您不要生气,我没别的意思。"

陈扁担说:"我明白你什么意思。你刚才看见了,你奶奶今年已经八十多了,一晚上不说话,把那个木箱子擦了好几遍,一边叹气,一边抹泪。每年这个时候都这样。为什么?她想你爷爷。今年,你爷爷走了六十年了,整整六十年。他走的时候,我还不到两岁,他的面我一次都没见过。那时候哪像现在照个相那么容易?他连张照片也没留下。他到底什么模样,我到现在也不知道。你妈也走了三十多年了。她走的时候,家栋三岁多,家梁还不到一岁,那时,你们两个啥都不懂,看见大人们哭,你们只是瞪着两个小眼看着,不知道发生了什么事。活着的时候,你娘没过一天好日子,家里穷得常常揭不开锅。死的时候,连口棺材买不起,用一张破席一卷就葬了。"

陈家栋和陈家梁禁不住用手擦拭眼角。

陈扁担继续说:"你们不知道,那只旧木箱,是你奶奶结婚时的陪嫁。我听你奶奶说,人家陪嫁是一对,可她娘家穷,买不起两只,能陪送一只,这就已经不错了。现在,那只箱子破得旧得都没样了,可你奶奶一直拿着当宝贝。我小的时候根本不让我动,也不让我看。她越不让我看,我越想看。有一次趁她出门的工夫,我偷偷打开看了一眼,被她回来撞见,拿起鸡毛掸子把我好一顿抽。"

"搬家的时候,别的东西扔了她都不心疼,但唯独不舍得扔那只箱子。每逢过年过节,她就把那个箱子擦一遍,然后打开看看。我知道,那个箱子里装着你爷爷穿过的几件旧衣服，还有支前和当兵时政府发的奖状、证书和奖章。那是你奶奶一辈子的念想啊。唉，六十年了，你爷爷的魂还在外面飘着，他的尸骨至今还留在抗美援朝的战场上。村里给他造的坟，其实埋的是他当兵前留下的几件遗物。不出门在咱自己家说，他是我爹，是你爷爷。可走出家门说，他是志愿军英雄，是革命烈士，是国家的功臣。你们是谁？是他的子孙啊，国家没忘了他，咱村的老少爷们没忘了他，你们更不能忘了他啊。

"自从咱家买了电视，你奶奶有空就盯着电视看。她从电视上看到，当年在朝鲜战场牺牲的烈士，国家正在想法把他们的尸骨运送回国。你奶奶嘴上不说，可心里在流泪。她一直在盼啊，盼着你爷爷的尸骨哪一天也能回家。你们只看到你奶奶天天对你们乐呵呵的，可她心里的苦，你们不知道哇。"

陈扁担轻轻抹了抹眼角："你们平时都忙，我不怪你们。有些事，也不用天天挂在嘴上。但嘴上没有，心里得有啊，什么时候都得心里记着自己的先人和父母！我明白家栋的意思，家梁现在当干部，上坟怕人家说搞封建迷信。我挑了一辈子山，没上学，没文化。这是不是封建迷信，我说不清楚。我也知道，上几炷香，烧几张纸，顶不了什么事，祖宗先人不一定知道。但那是我们对祖宗先人和父母的心意，是我们对他们的念想。家梁啊，你现在出息了，当干部了。你爷爷和你妈在地下都知道，他们都会为你高兴。但你千万不要忘了，干部也是人，是人就有父母。干部可以不当，可父母不能不要。大道理我不懂，但我知道，古人做官，父母亡故也得回家守孝。越是当了干部，越要有情有义，越要懂得忠孝，越要知道感恩。如果心里连祖宗和父母都不装，怎么能装着国家和百姓？"

陈家梁说："爸，我跟您去。"

经过一段时间紧锣密鼓地考察，市委组织部提出了东岳新区领导班子调整建议方案。宁致远先找陶力行进行单独沟通。

宁致远说："从全面考察和综合分析的情况看，东岳新区的问题主要出在领导班子，特别是一把手，管党治党失职缺位，抓班子带队伍能力不强，驾驭全局能力不足，贯彻落实上级党委的决议和决定阳奉阴违，官僚主义、形式主义严重，在许多重大问题上左右摇摆，在矛盾面前患得患失，工作上不担当、不作为，对群众的生活困难视而不见，对群众反映的问题充耳不闻，应该解决的问题久拖不决，导致干部怨气十足，群众意见很大。"

陶力行说："兵熊熊一个，将熊熊一窝。"

宁致远说："我们对东岳新区领导班子调整的建议方案是，一把手调离，有关违纪问题的线索交纪委调查处理后，根据情况安排其适当工作。其他班子成员适当微调。拟提名党工委书记兼管委会主任的建议人选有三个，第一人选是现任青云县县委常委、常务副县长陈家梁。这个同志的特点是政治上强，对党忠诚，对老百姓有感情，大是大非面前不含糊、不动摇。有较强的大局意识，贯彻落实上级党委的决议和决定不变形、不走样。工作作风比较硬朗、扎实，曾任过两个乡镇的党委书记，抓党建、抓改革、抓稳定、抓民生都卓有成效。在担任常务副县长期间，他所分管的城建、环保、审计等工作都很有起色。在廉洁纪律方面，洁身自好，要求严格，没有负面反映。考察中大家反映他的缺点和不足主要集中在有时候不注意听取别人意见，脾气比较急躁，有时候会让别人下不来台；抓工作雷厉风行，但稳妥慎重不足；敢触碰矛盾，但不太顾及别人感受，有时候容易得罪人。"

陶力行说："这得看得罪的是什么人。"

"群众的口碑倒是不错。"宁致远说。

陶力行有感而发地说："现在，有些干部为了不出事，宁可不干事。这样的干部为数不少，如果大家都不干事，那还要我们这些干部干什么？这个问题不认真解决，那可真要耽误事，耽误大事啊。我们现在缺的不是好人，而是好人中的能人，缺的是敢负责、能干事，老百姓真心喜欢的好人！"

宁致远说："在三个预备人选中我们倾向于陈家梁。其他两个同志也不错，但综合考虑，处理复杂问题能力和敢担当、能干事的特点不如陈家梁突出。只是有一点拿不太准，有点担心和顾虑。"

陶力行问："什么问题？"

"陈家梁有基层工作经历，但没有任职县长或市直部门一把手的经历，直接东岳新区担任一把手，担心有人提出，这一步跨得有点大。"宁致远答道。

陶力行说："这有什么担心和顾虑？从县委常委、常务副县长提拔为东岳新区的党工委书记，只不过是从副县到正县嘛，既没有越级，也没有破格，算是正常提拔。符合党政干部选拔任用条例。没有任职县长或市直部门一把手的经历，这不要紧，没有这个经历，并不代表没有这个能力。东岳新区原来的党工委书记不是担任过市直部门的正职吗？怎么样，不是照样干得一塌糊涂？我们天天讲，选人才、用干部要解放思想，不拘一格，但一具体到事、具体到人，就态度不那么坚决了，不那么理直气壮了，总是担心这个，顾虑那个。主要原因还是被一些陈腐观念限制了，被一些旧的条条框框束缚了手脚。所以，这个问题不必担心或顾虑。在沟通的时候，把这个问题讲清楚就好。这样吧，你们把材料准备充分，先按程序进行沟通酝酿，然后把你们的方案和意见提交市委常委会讨论决定。"

宁致远说："好，我们抓紧准备。"

皮进勇一坐到饭桌上，就和林秋月说了局里动员报名到农村任第一书记的事。林秋月问："你报了吗？"皮进勇摇摇头，说："没有，这不回家跟你商量嘛。"林秋月说："不用商量了，你不能报。"皮进勇不理解，说："担任第一书记是响应上级号召，你咋不支持呢？你不是那种拖后腿的人啊？"林秋月笑笑，说："没那么简单吧，你心里就没有别的小九九？比如，以此为跳板，混个一官半职？"皮进勇说："你想哪去了，我哪有那样的想法？"林秋月说："我逗你呢，我不同意你报名，是另有原因。这几天，陆续好几个人找我，先是杜宏，后是高场长，接下来是弯道镇党委书记宗小光和市委组织部梁科长一块找我。这些人看上去谁也不挨着谁，但他们都是为了同一件事，让我到你爸那个村，跑马岭，担任党支部书记。"

皮进勇一听，头发都炸起来了："什么？他们是脑子进水了还是被驴踢了？跑马岭，和你八竿子打不着，凭什么要你到那个村当支部书记？"

"你爸的家在跑马岭，他的家就是咱的家，怎么说八竿子打不着呢？"

皮进勇说："那也不能平白无故地让你去收拾那个乱摊子啊。"

"你看，你也知道那是个乱摊子。要不是乱摊子，他们不会找我。"

皮进勇冷笑道："怪不得说我有小九九。啊，就算我有小九九，想拿第一书记当跳板，那你去干这个差事，到底图什么？"

"我没什么可图，就是有一点，党员和村民支持，组织信任，这对我已经够了，我不能不识抬举。"

皮进勇说："你一个女人，何必到农村吃那份苦、遭那份罪？还不如我去报名当第一书记。再说，当第一书记就三年时间，你到村里任职，可没有什么时限，这什么时候是个头儿？"

林秋月说："有时限，就是彻底摘掉跑马岭贫困村的帽子。"

皮进勇说："说得轻巧，谈何容易？那个村要基础没基础，要资源没资源，穷得叮当响，乱成一锅粥。你从来没在农村干过，你凭什么摘掉贫困帽子？"

"没干过可以学着干，没基础可以打基础，没资源可以找资源。我就不信，别人能干，我为什么不能干？别的村能变，跑马岭为什么不能变？"

皮进勇"喊"了一声："你这是三分钟热度，去了你就知道难了。"

"我当然知道难。可再难也得有人去干。不干就永远没有出路。你生在跑马岭，长在跑马岭，怎么能忍心看着跑马岭一天天穷下去、乱下去？"

皮进勇说："你不是救世主，改变跑马岭的面貌，有上级领导，有比你更能干更合适的人，为什么非你不行？"

"你说的对，不是说离开我，跑马岭就好不了。可既然组织上看中了我，老百姓信任我，我是跑马岭的儿媳妇，怎么能当逃兵呢？"

皮进勇说："反正我不赞成你的选择。"

林秋月说："我倒有个两全其美的办法。"

皮进勇问："什么办法？"

林秋月："你不是想当第一书记吗？我到村里担任支部书记，你在家里给我当第一书记，给我当参谋助手，帮我出谋划策，岂不两全其美？"

皮进勇"哼"了一声："你快拉倒吧，我在家里当的哪门子第一书记？"

第二十九章

　　出门之前，陈扁担刻意从头到脚收拾了一番。刚从山上下来，衣服全溻湿了，他脱下来，换上黑夹克和休闲裤。这套行头他平时不舍得穿，再说，天天挑山出苦力，也没多少机会穿。穿上那双陈家梁刚给他买的运动鞋，全副武装以后，还对着镜子照了半天。玉芹逗他，说："人靠衣服马靠鞍，打扮不打扮还真不一样。这么一捯饬，像个新郎官似的，除了年纪大点，没别的毛病。哎，要不要找条领带给你打上？"陈扁担笑笑，说："算了吧，可别狗长犄角闹羊事了，你就是给我弄顶礼帽和金丝眼镜戴上，也成不了教书先生。"

　　这时，杜长腿一步闯进来，像不认识似的，盯着陈扁担从上到下扫了一遍，说："你这是要去干什么？捯饬得跟去相亲似的？"陈扁担心里正得意，说："怎么样？不错吧？"杜长腿说："不错是不错，就是叫花子婆娘画眉毛，有点穷讲究。"陈扁担"喊"了一声，说："你不懂，穿得利净点，给孩子们长脸。别像你似的，邋里邋遢，狗肉上不了席。"杜长腿撇了撇嘴，说："屁股后面绑扫帚，装什么大尾巴狼？再说，今天晚上就咱兄弟几个，你美给谁看？"陈扁担一怔，说："饭馆开业不是请了好多人吗？"玉芹说："没有，今天就是试营业，就请了你们几个。"陈扁担就想把衣服换下来，玉芹说："穿都穿上了，别折腾了。"

　　玉芹说得没错，林腊梅晚上就请了他们几个长辈，这是拜岳楼试营业后的第一拨客人。新装修的拜岳楼古朴典雅，风格别致。竹筒子一进大厅，就赞不绝口，连连说："不得了，天翻地覆、鸟枪换炮了，这和原来的小饭馆相比，天壤之别。"杜长腿说："这可是咱们泰山最有特色的酒楼，有文化，有气质，有内涵。"皮笊篱东瞅瞅西看看，嘴里啧啧，说："活了大半辈子，第一次进这么高档的饭店，这下可开了洋荤、开了眼界了。你看那地板，干干净净，锃亮锃亮，像镜子似的，能照见人影，照得我都不会走了，不知道先迈左腿还是先迈右腿。"

杜长腿说："海灵，服了吧？比原来你们几个老娘们儿弄的饭馆强吧？"

"你说得没错，是比我们原来的饭馆强，但你也不能笑话当初我们办的饭馆呀？没有娘，哪有闺女？没有当初，哪有现在？"

陈扁担说："海灵说得对。就像老母鸡孵小鸡，没有海灵，哪有腊梅？没有泰山人家，哪有拜岳楼？长江后浪推前浪，一辈比一辈强嘛。"

半铺炕比原来又宽出来许多，走起路来一摆一摆的，说："还是老扁担说话中听。你们不要一看着现在好，就埋没了当初我们的功劳。我们姐几个当初白手起家，干得也不容易。"

林腊梅说："各位大叔大婶，重新装修的酒楼今天刚刚试运营，今天请各位长辈来，主要有三个意思，一个是温温锅、烧烧炕，尽尽我们的心，也讨你们个喜庆和吉利；第二呢，就是请大家品尝一下我们新增加的菜品的味道，也想听听各位的意见，不合适的我们加以改进；这第三个意思呢，是最重要的，就是要郑重地告诉各位，虽然泰山人家更名为拜岳楼，里里外外有了很大变化。但酒楼的宗旨没变，门槛没变，情感没变。拜岳楼的大门永远向挑山工敞开，永远是咱挑山工的家。老话说，有钱没钱，都得过年。咱今天可以说，有钱没钱，都来吃饭。只要大家能来就是对我们最大的抬举和支持。"

皮笊篱问道："都来白吃谁好意思？那这样，我们来，半价优惠怎么样？"

"没问题。自家人谈什么钱？不仅是半价，还可以免单。"林腊梅答道。

皮笊篱举起杯子，说："来，咱喝个痛快！"

一晚上，大家吃得玩得非常开心。但范海灵一回家，林秋月却兜头给她泼了一盆冷水。林秋月把要去跑马岭任职的事从头到尾和范海灵说了一遍，范海灵当即给出了她的鲜明态度，坚决不同意。林秋月劝慰说："妈，人家组织都同意了，你不同意有啥用？"范海灵翻了一个白眼："没用你还给我说什么？"林秋月也没有让步："你是我妈，当然要和你说了，要不你又要说我自作主张。"范海灵说："你是回来和我商量还是通知我一声？"林秋月答道："当然是和你商量了。"范海灵把头一扬："既然是商量，我还是那句话，不同意。"

林秋月见这个事不是她想象的那么容易，只好耐下心来软磨硬泡，于是便说："妈，你是最通情达理的人，从小你就是我的偶像。从青岛那么大的城市回到咱们这个小山沟，你眉都没皱。为了养活全家老少，你当了一辈子挑山工，从来没听你喊过一声累、叫过一声苦。"

"我吃苦受累我自己知道。再说，我吃苦受累为了什么？不就是为了让你们过得好一点，少吃一点苦、少受一点累吗？"

林秋月说："人都是一辈一辈走过来的，现在轮到我们。我为什么去当那个吃苦受累的村书记？还不是和你一样，让更多的人活得好一点吗？"

"我没文化，大道理不懂，说不过你。"

林秋月依偎在范海灵身上："妈，这不是什么大道理。我是你女儿，不服输、不怕难，这些东西都是你遗传给我的，改不了。这得怨你，不能怨我。"

范海灵说："这弄来弄去，倒成了我的不是了？"

林秋月说："当然了，龙生龙，凤生凤嘛。"

范海灵叹了一口气："唉，你说你们一个个的，腊梅把好好的工作辞了，当起了饭店掌柜。你又放着好好的工作不干，非得去当什么村支部书记。你们一个个这是怎么了，怎么就不能让我省省心？"

林秋月顺势对范海灵撒了个娇："哎哟，我的亲妈。"

从市委大楼出来，陈家梁心里七上八下。几年前，任职常务副县长，也是在这幢大楼谈的话。从镇党委书记到常务副县长，步子跨得虽然比较大，但那个角色，是县委常委班子的一员，终究也是个配角。配角的定位，就是配合，在需要配合的层面，尽其所能，倾其全力，到位而不越位，多干而不多说，发光而不抢光。而这次却不同，从常务副县长到东岳新区党工委书记兼主任，不仅步子跨得更大，而且从配角到主角，这个角色的转换带有根本性和挑战性。考验他的不仅仅是执行能力，而更重要的是宏观决策的能力、统揽全局的能力和协调八方的能力。况且，东岳新区是个全市关注的热点，也是市委关注的重点。给他这副担子，是他始料未及的。

上午，高小雨打电话，要老妈陪她一起去趟商场。开始，冯文静不太情愿，高小雨就施出了她的看家本领，说："马上就要换季了，家梁那两件夹克都洗得没正色了，袖子和下摆都露出了毛边。他在青云盖的被子、铺的褥子还有床单、枕巾什么的，估计都没法看了，早就该换了，得给他买套新的，给他换上，省得让他在那里丢人现眼。都说丈母娘疼女婿，可在你身上我一点也没觉出来。不用你花钱，只让你陪着我去你都不愿意。"高小雨这一说，冯文静只好乖乖缴械。两人从商场回来，光衣服袋子就摆了一堆。高云青看了看，说："你们两个这算办了件正事。男人的衣服，女人的脸面。男人出门在外，穿得邋里邋遢，人家不笑话男人，会说女人的不是。"冯文静说："这是什么逻辑？"

陈家梁回家一看，衣服、被套、床单等之类堆了半床，说："你们这是干什么？要摆地摊还是商场清仓大甩卖？"高小雨对今天的收获非常满意，说："你这个人，什么时候都没个正形，你回来得正好，来，穿上试试。"陈家梁把手提包放下，说："我刚进门，先等会儿，这是什么？"高小雨指着床上的那一堆，说："这是我和妈刚从商场回来，给你买了几件换洗衣服和常用物品，这样，你在青云穿的用的、铺的盖的，全齐了。你回去的时候，把这些新的带过去，把那些旧的脏的捎回来，该拆洗的拆洗，该换新的换新。来，你试试衣服。"陈家梁看了看衣服的号码，说："不用试，和我身上穿的号码一样，肯定合适，没问题。衣服可以，其他铺的盖的就用不上了。从今以后，我和你睡一个被窝，还要那些干什么？"高小雨瞅他一眼，说："就知道瞎贫，回到青云你不铺不盖了？"陈家梁这才把工作变动的事跟她说了。

开始，高小雨还有点不大敢相信，继而脸上露出不易察觉的兴奋。家梁职务的晋升她固然感到高兴，但更高兴的是以后再也不用两地分居了。

为官从政，历来都是现实而残酷，一个人一旦被提拔重用，立刻门庭若市；而一旦被遗弃冷落，许多人马上变脸，避之不及。陈家梁提拔的消息像风刮一样传得很快。手机座机接连响声不断，有祝贺的，有问候的，有约饭的，不一而足。陈家梁客气而有分寸地应对着，约饭的，都被他婉言谢绝了。

晚上，陈家梁和高小雨回家，把工作变动的事说了。陈扁担端着碗只管吃，半天没有说话。过了一会儿，他把饭碗放下，说："不管你当什么干什么，都是你自己的事，我不懂，也管不了。你爸我这辈子，连个生产队长都没当过。但没吃过猪肉，可没少见猪走。电视上不是天天说嘛，老百姓是你们衣食父母。这个话说得好啊，你怎么对你奶奶，怎么对我和你妈，怎么对小飞他姥爷姥姥，就怎么对待老百姓，只要这么做，保证错不了。那天，我当着陶书记的面，说了原来东岳新区那拨人一大堆坏话。如果你还像他们一样，可就打我的脸了。有句话你记着，原来那些当官的不正经干事，咱背后戳他们的脊梁骨，你去了不好好干，人家照样要戳你的脊梁骨。"

正说着，陈家梁的手机响了，接起来一听，是刘亦鸿。刘亦鸿说："如果明晚没有别的安排，就到家吃个饭，坐下聊聊。"刘亦鸿不仅是陈家梁的老领导，而且对他有知遇之恩，所以，他二话没说就答应了。

陈家梁没有叫司机，让高小雨开车。从泰城到青云，这条路他走了无数次。大学毕业那年，他带着行李，乘公交车去报到，一去就是十几年。这期间，像织网的梭子一样，来来回回，穿来穿去，线越抽越长，网越织越密，感情越来越深。这条路上，留有他的青春年华和美好记忆，也有青涩和酸楚。从青云回家时，很兴奋，可还没到家又想着返回青云，一边是责任，一边是温情……以后这条路走得少了，想到这里，心里难免有些留恋和不舍。

一个人从小到大，总有几个让你记住并且没齿难忘的人。他们的一句话或者一件事，可能对你影响很大，甚至影响你一生。在陈家梁心目中，刘亦鸿就是其中一个。刘亦鸿温文尔雅，含而不露，但心如明镜，不怒而威。说话办事，张弛有度，上不媚，下不欺，在一班人中既是老大哥，又是主心骨。

高春风华南农业大学毕业后，在广东一家园艺研究所工作了十几年，逐渐成为所里的业务骨干和园艺专家。当他申请调回老家工作时，领导非常为难，一方面确实不舍得放，另一方面又觉得人恋故土，鸟恋旧巢，最后只好忍痛割爱，让高春风调到齐鲁农业大学园艺研究所。

晚上，高春风一上床就要和杜宏亲热，被杜宏一把推开，说："急什么，孩子还没睡呢。"接着卫生间传出哗哗的抽水声，杜宏一指："听见了吧？说不定他什么时间就跑进来。"高春风无奈地说了句："这臭小子。"杜宏说："已经调回来了，往后有的是时间。准备什么时候去报到？"高春风说："不着急，我还得想想。"杜宏说："这想什么？到农学院园艺所，老本行，熟门熟路。"高春风说："好是好，但我觉得没劲。过去十几年，我干的就是这个，天天做试验，查资料，写论文。与现实生活总是隔着一层。其实，搞农业，搞园艺，真正的舞台还是在田间，在地头，在农民中间。"杜宏问他想怎么办。高春风想了想，说："我想办实业，有自己的一亩三分地，想种瓜种瓜，想种豆种豆。园艺所工作稳妥是稳妥，但干不成事。"杜宏说："你想得也太简单了，上哪去找一亩三分地？"高春风说："事在人为。这些年，我在广东园艺所，主要研究课题是百合。百合，也叫番韭、倒仙、山丹等等，你知道吗？"杜宏说："知道啊，就是百合花嘛。"

接着，高春风向她普及起百合的知识。有一首歌，叫山丹丹花开红艳艳，山丹丹花其实就是百合花。百合主要分布在亚洲东部、欧洲、北美洲等北半球温带地区。我国是百合的主要产地和分布地区，20多个省份都有野生百合。目前，全世界已发现近百个百合品种，其中55种原产于我国。百合具有很高的食用、药用和观赏价值。作为蔬菜，可蒸、可煮、可炸、可炒，不仅可做成菜肴、羹汤或主食，还可以制成百合干、百合粉、百合饮料等。作为中药材，具有补中益气、宁心安神、润肤防衰、化痰止咳、清心除烦等作用。作为花卉，具有很高的观赏价值，常被视为纯洁、自由和幸福的象征，有百年好合、百事合意的意思。百合浑身是宝。现在，许多地方实行人工栽培，像湖南、湖北、广东、江苏等省，也包括山东省，发展百合产业，前景非常广阔。

杜宏问道："说了半天，你什么意思？"

"我是想，放弃园艺所的工作，找一个县区合作，建一个具有一定规模的百合园区，同时运用我的专业所长，进行百合种苗繁育，打造百合种业硅谷，引导一些乡村走百合产业化的发展道路。"

杜宏说："你的这个想法很好，但实施起来太难了。"

"这世上哪有不难的事？把难事做成，才见真功夫。"

杜宏说："这个事还得慎重考虑。"

"孩子睡了，今晚不考虑了。"高春风说完，顺手把灯关掉。

第二天回家，高春风把想法跟高云青讲了。高云青沉吟一会儿，说："据我了解，百合适应性强，种植技术也不难掌握。在我们这个地方偶尔也能看到野生的百合。但我们这里常年干旱，土地比较贫瘠，一镢头下去，便是碎石渣，不知能不能行？"高春风说："这不是问题，百合的品种很多，可以培育耐旱的品种，也可以培育耐寒的品种，还可以培育耐盐碱的品种。"

高云青说："要搞成规模的百合园，首先要解决种苗，然后是深加工问题，还有个产品市场问题。这些问题不解决好，恐怕办起来很难。"

"这些问题确实至关重要，但全国许多地方已有成熟的经验可以借鉴。"

高云青说："还有，要形成一定规模，单靠一个村两个村不行，一个村也就几百亩地，多的也就一两千亩。"

高春风答道："您说得没错，没有规模就没有效益。但要形成一定规模，就得进行土地流转，把农民手中承包的土地集中起来，形成一个较大的片区。而要做到这一点，就需要当地县乡政府的支持。"

高云青说："年轻人，闯一闯，这是对的。但不管什么事，预则立，不预则废。要把方方面面的困难和问题考虑周到，把计划尽量做得周全。"

刘亦鸿家住在县委家属院里。陈家梁和高小雨赶到时，刘亦鸿的爱人鲁洁正在忙着洗鱼，刘亦鸿在准备凉菜。高小雨"哟"了一声，说："刘书记还亲自下厨呀，家梁在家可是连酱油瓶倒了都不扶。"鲁洁笑了笑，说："十年碰不着个闰腊月，今天伸了把手，正好叫你碰上了。"高小雨从刘亦鸿手中接过菜盆，说："刘书记给我吧，你们去聊。"

刘亦鸿和陈家梁走进客厅。刘亦鸿问道："这次变动是不是有点突然？"陈家梁答道："是有点突然，一点心理准备没有。"刘亦鸿喝了口茶，慢条斯理地说："原来我以为青云就是你的舞台，唱念做打，你样样拿得起、放得下，用不几年，你就会站在舞台中间，成为主角。没想到，市里来了个旱地拔葱，一步到位。看来，我的眼光短了，青云的水浅了。"

陈家梁说："哪里。在我人生刚刚起步的时候，遇上您这样的老师和兄长，这是我的福气，您身上的十八般武艺，我连个皮毛还没学到家呢。"

刘亦鸿摇摇头："老师不敢当，老兄没问题。我比你痴长几岁，多吃了几年咸盐。其实，一片林子中，可当大用、能成栋梁的，找不出几棵。以后日子还长，你可以慢慢体会。"

"其实，我跟你干还没干够。自己感到还不够成熟。现在就让我独当一面，我心里真的有点忐忑，不那么踏实。"陈家梁说的是实话。

刘亦鸿说："成不成熟，是相对的。你到西瓜园里看看，那些种瓜的老把式，都是在西瓜七八成熟的时候摘下来，如果等到熟透了，瓜就塌瓢子了。实际上，当你看着不熟的时候，它已经或者正在成熟。人也是这个道理。"

这时，高小雨把菜端上餐桌，刘亦鸿说："你也一块来吧。"高小雨说："还有两个菜，我帮嫂子打打下手。"

陈家梁说："听说那是个乱摊子，不大好干。"

刘亦鸿咂着嘴，说："哪里好干？哪里都有矛盾，哪里都不好干。就像人身上长疖子，有的已经鼓出来，问题暴露在外边。有的还在那里包着，说不定什么时候鼓出来。一个地方、一个单位和一个家庭一样，谁还没有点难处？所以，不能简单地说哪里好干，哪里不好干。有些地方，看上去人欢马叫，莺歌燕舞，但背地里，也有鬼哭狼嚎、鸡飞狗跳。人要长本事、有出息，就得到那些难的地方、乱的地方去，经的越多，历练越大。"

陈家梁笑道："要不怎么大家都佩服您经验丰富，处事老到呢。"

"你别抬举我了。什么经验？经验都是教训换的，碰了头，碰疼了，才知道面前有堵墙。疼好了，再去碰，直到碰得鼻青眼肿、头破血流，后来不敢再碰了，知道面前有墙，这就成了经验了。老道是什么？年轻的时候，新虎上山，不知东西南北，有时候滚到沟里，有时候掉到水里。后来聪明了，知道哪里能走，哪里不能走，悟出了门道，吃亏就少了。但悟出门道，人也老了。你看，我在这里歪批《三国》、乱注《红楼》了。来，咱喝酒。"

鲁洁和高小雨在厨房里继续忙活。高小雨指了指客厅，说："你看他们两个喝得那个高兴。"鲁洁往里瞅了一眼，说："亦鸿平时没那么多话，可只要单独和家梁在一起，就打开了话匣子，有说不完的话。他俩和兄弟一样，无话不说。"高小雨说："我常听家梁唠叨，刘书记待他严如师长，亲如兄弟，手把手教会他好多东西，没有刘书记的提携，就没有家梁的今天。"鲁洁把话抢过来："可别听家梁的，还是他自己有出息。我虽然从不掺和他们工作的事，但两口子睡一张床，今天看一眼，明天听一句，猜也猜个八九不离十。亦鸿不光提携家梁，他对班子里的那几个人都一样，别人怎么不如家梁进步快？"高小雨笑笑，说："家梁摊上了好领导，赶上了好机会。"

陈家梁说："刘书记，我这个人你知道，年轻气盛，脾气急躁，经常遇事不冷静，沉不住气。你可得多提醒我，不要把我推出去就不管了。"

"那怎么会呢。我今晚约你过来，吃饭在其次，好听的话也不必多说，组织都说了，用不着我再给你嘴里送甜枣。我要提醒你的，还就是这个事。得磨磨性子，长点耐性。人生在世，哪能事事称心如意？哪能都由着自己的性子？要学会忍，要学会耐。那些干成大事的，谁不是忍过来的？特别是现在当了一把手，这和当副职不同。副职有退路，不够劲的时候，有人往前推一把，劲过了有人往后拽一把。当一把手全得自己掌控。越在重要关头，越要冷静，越要沉住气。事急则缓，事缓则圆，事圆则通。遇事千万不能只图一时之快。我和你不一样，我已垂垂老矣，你还年轻，一个'忍'字，够你用一辈子。"

陈家梁连连点头。

刘亦鸿问陈家梁："你知道我最把握不好的是什么吗？"

"是什么？"

刘亦鸿说："是一个'度'字。这个字看上去简单，既不生僻，也不拗口。但实际上变幻莫测，让人不得要领。虽然说，凡事都要讲度，不及则亏，过之则盈。但怎么把握？这就难了。比如，做人，不明白不行，太明白也不行；做事，不用力不行，用过了也不行；说话，有些话不说透不行，说得太透也不行；对人，不真诚不行，太真诚也不行。就拿咱现在喝酒来说，不喝不够意思，喝多了又失分寸；喝少了不过瘾，喝多了又醉得难受。你看，左也不是，右也不是，这不叫人为难吗？我有时候想，这个度，到底是个什么玩意儿？"

陈家梁笑笑："您别说，这个'度'字，还真有点难解。"

"是啊，虽然难解，做人，做事，不能不讲究这个度。人的一生，就是上山下山，前半辈子往山上走，后半辈子往山下走。我已经往山下走了，什么度不度的，不去管它了。你不行，不研究它，要吃亏。来，再走一杯。"

刘亦鸿说："家梁啊，借着酒劲，我把该说的不该说的，全掏给你了。"

"您的话，我会受益终生。"

刘亦鸿摆摆手："要真有那么大用处，我不早功成名就了？也就说说而已。无用归无用，该说还得说。在从政这条路上，你要走得远，就得有度，就得知足。愿意享福不愿意遭罪，愿意富有不愿意受穷，愿意当官不愿意为民。好多人都这样想。但是，享多大福是福？有多少钱是富？当多大官是官？人心不足蛇吞象。你看多少人为了钱为了官走上不归路？不值啊……"

这时，陈家梁已醉意朦胧，刘亦鸿也眯着双眼响起鼾声……

第三十章

陈家梁这次工作变动，陈扁担没表现出什么，一块挑山的兄弟姐妹，还有村里的老邻故居，倒是异乎寻常的兴奋。半铺炕似有先见之明，说："当年我没看错吧？家梁出人头地是早晚的事，现在应验了。"大剪子逢人便说："老陈家祖坟冒青烟了，一下子出了个县官，这可是个带品的官。"范海灵说："家梁现在成了人物，给咱挑山的挣了光。"就连拄着拐棍的石大娘，也颤颤巍巍地对陈奶奶说："听说家梁当书记了，好事啊。三岁看大，七岁看老。家梁打小就懂事，讨人喜欢，长大会有出息，你有福啊。"直说得陈奶奶的脸笑成一朵花。

听到这些议论，陈扁担心里美滋滋的，但嘴上却说："什么人物？芝麻粒大的官。"杜长腿说："你别不知足，你看看咱挑山工的孩子，不就他干出了点名堂？给你争脸争大了，也给咱这些挑山的争脸争大了。"竹筒子说："自古以来都是龙生龙，凤生凤，老鼠生来会打洞。可到了家梁这儿变了。"

陈扁担说："当官有当官的难处，平常人有平常人的好处。像咱，吃饱了喝足了，万事不操心。冬天往热炕头一躺，夏天往树底下一蹲，美着呢，神仙般的日子。你看那些当官的，表面上风风光光，其实也不容易。弄得我也跟着心吊在半空里。"皮笊篱说："你净瞎扯，你的心怎么吊在半空了？"

陈扁担说："你没听人家讲《三字经》吗？养不教，父之过。他要是干不好，别人骂他，也是在骂我。我跟他说了，当初东岳新区的那些人不正经干，咱给他上了眼药，如果他不正经干、干不好，别人照样会给他上眼药。"

杜长腿点点头："你说的倒也是，得勤敲打着点。不管到了什么时候，都别忘记自己是挑山工家长大的孩子。没权的时候不要紧，有权了容易长毛病。

要让他记着点，多为咱这些老百姓办点好事，办不成好事也别办坏事。"

皮笊篱听不得这些，说："你们俩真是，就不能多想点好？孩子有出息，咱都应该高兴。这没怎么着呢，就光想些乱七八糟的。"

陈扁担说："你们都是看着他长大的，以后也得多长个眼色，帮我多看着点，有些事多提个醒，别让他走歪了。"

陈家梁刚进东岳新区机关大院，突然身后传出刺耳的汽车喇叭声。陈家梁被吓了一跳，连忙往旁边躲。汽车不但没有减速，反而加大油门，从陈家梁身边疾驰而过，旁若无人地开进大院。

郑远方和冯心慧早已在楼前等候。前者是新区党工委副书记，后者是办公室主任。冯心慧打开办公室。陈家梁把包放在桌上，示意郑远方和冯心慧坐下。冯心慧倒了两杯茶放到他俩面前。郑远方说："陈书记，听说您来，上上下下都非常高兴。"陈家梁说："从今以后，我们就在一个锅里摸勺子，不用那么客气。"郑远方告诉陈家梁："市纪委在巡查时提出，原来的书记办公室超出规定的标准。这间办公室是刚腾出来的，肯定不超标，但没来得及装修，只是简单收拾了一下，您看有什么要求，需不需要重新安排和布置一下？"陈家梁左右看了看，说："不用了，这样就挺好。办公室嘛，不用那么讲究。"郑远方指了指书橱，说："现在书橱是空着的，不知道您喜欢什么类型的书。不行的话，您抽空列个书单，让心慧安排人抓紧买回来，不能老是这样空着，叫人家笑话没文化。"陈家梁笑笑，说："有没有文化在这上头？你随便到哪个暴发户的办公室看看，书橱琳琅满目，要什么书有什么书，你以为他们真看？文化不是装出来的。算了，你们不要把我的办公室弄的和暴发户一样。等抽时间，我回趟青云，把我的书带过来就行。"

按惯例，主要领导到了新的岗位，一般要开一个干部大会，亮亮相，发表一下施政演说。但陈家梁想，初来乍到，效果未必好。刚刚进门，两眼一抹黑，连张三李四都认不全，讲什么，怎么讲，心里也没数。即便硬着头皮讲，至多讲点空话大话甚至废话，再不就讲点言不由衷的车轱辘话。这样的话，少讲或不讲最好。倒不如拿出几天时间，先摸摸情况，做做功课。因此，郑远方问他安排什么时间开会时，他说不用急，过两天再说。

不一会儿，杜婕给陈家梁打来电话，晚上要请他吃饭。陈家梁说："你快饶了我吧，刚来报到，手忙脚乱，哪顾得上？忙过这段时间，我请你吧。"

这时，王小宁进来，自报家门道："我叫王小宁，规划办主任。不过很快就不是了，这是我的辞职报告。"说着把辞职报告放在陈家梁面前。

陈家梁笑笑，说："噢，我刚进门，你就给我送来这么重的见面礼？"

"陈书记，您误会了，这不是特意为您准备的。在您来之前，我已经提交过好几次了，但没人理睬。也是，他们天天为自己的事忙得昏天黑地，哪在意像我这样无足轻重的小人物的去留？在他们眼里，有我一个不多，没我一个不少。可对我来说，关系我的生活，关系我的家庭，关系我的后半辈子。我是真的一天都待不下去了，但愿您开恩，放我一马，我会感激您的。"

陈家梁说："有这么严重？那你能不能跟我说说，为什么辞职？"

"我在辞职报告中已经写得很详细很清楚，您一看就明白。"

郑远方给陈家梁送来一摞资料，见王小宁在这里，又扫了一眼陈家梁桌上的辞职报告，心里就明白了什么。说："小宁，你怎么这么沉不住气？陈书记刚来上班，你就过来添堵，你的事过两天再说不行，非得今天？"

王小宁"喊"了一声："过两天？你说得可真轻巧。已经过了多少个两天，难道你不知道吗？是我给你们添堵，还是你们给我添堵？即使我给你们添堵，也是瞬间的事，你们根本不会放在心上，一支烟的工夫就烟消云散了。可你们给我添堵，一堵就堵我一辈子，我上哪去沉住气？"

郑远方摆摆手说："你不要激动，我不是那个意思。我不是说你的事不重要，我也知道你不是冲着陈书记。我的意思是，给陈书记几天时间，各方面工作理顺理顺，再研究你的事也不迟。你要相信，会给你个满意的答复。"

王小宁冷笑道："今天出门没看皇历，看来今天诸事不宜，不是解决问题的日子。那好吧，那我就等，耐心地等，等着你们哪天心情好了再给我答复，但愿你们不再失信。下次，我查好皇历，算好日子再来。陈书记，告辞。"

看着王小宁出门的背影，陈家梁说："这个王小宁，挺有性格。"

"是，是挺有性格。她这个人性格直率，个性鲜明，眼里容不得沙子，说起话来不顾及别人的感受，有时还连风带雨、夹枪带棒的。女人嘛，又是知识分子，有点小脾气，正常。她懂的东西很多，可就是不懂人情世故。给人的感觉，怎么说呢，用老百姓的话说，就是有点硌涩，不大随和。其实，她这个人心地不坏，还是挺能干挺不错的。"郑远方答道。

陈家梁说："有点个性不要紧，有个性的人往往能成事。她到底什么情况？"

"王小宁是本地人，家在环山区岔口镇，在一个小山村长大。当年，她是全市高考的理科状元，考上了上海申济大学建筑设计专业，也算是山沟里飞出去金凤凰。大学毕业后，她留在上海一家建筑设计院工作。市里为了招聘人才，专门到北上广召开了几次招聘会，她是被作为重点专业人才引回来的。当时市里出台了许多优惠政策，包括户口、配偶工作、住房、待遇等等。王小宁应聘担任我们新区的规划办主任。但三四年过去了，东岳新区还是一片废墟。她一身武艺用不上，心里就觉得别扭。加上当时承诺的条件至今没有兑现，爱人还在上海，迟迟调不过来，承诺的住房也没有兑现，至今她一个人住在租的民房里。三十好几的人了，连孩子都没敢要。用她自己的话说，日子过得稀巴烂，简直烂透了。所以，她就不想再待了，要求调回上海。连续写了几次请调报告，我们没有批。后来她又提出辞职，我们也没有答应。对这个事，她一直耿耿于怀。其实，她今天那个态度，不是冲着你，你不必介意。"

"其实，在这个事上，王小宁占理。"郑远方补充道。

陈家梁想了想，说："具体情况我不了解，但作为特殊人才把人家招聘过来，并许以优惠政策和待遇，到头来又拿着人家不当牌出，答应的条件不兑现。现在人家想走又不让人家走，这是不是有点说不过去？"

"是啊，是有点对不住她，"

陈家梁问道："为什么这样？"

"一言难尽，对前任领导，我不好说三道四。"郑远方没有正面回答。

陈家梁又问郑远方："那，这件事你怎么看？"

"我看，事情本来没有那么复杂，是我们把它搞复杂了。她爱人的调动组织上可以出面协调，住房的问题也不是没有能力解决，可就是没人管没人问，没人拿着当回事。如果王小宁真的走了，对我们来说，是个不小的损失。对今后全市人才招聘工作也会产生负面影响。可话又说回来，如果答应的条件确实兑现不了，她又下决心要走，也不能再拦着，不能再把人家耽误了。"

陈家梁点点头："看来，这个事没那么简单，先放几天。这几天，我到下边看看，有什么事你酌情处理，不好定的再给我打电话。"

跑马岭村坐北朝南，背靠着泰山，东西是两道山梁，像两条巨人的臂膀，把跑马岭揽在怀里。村子前面，有一个不大的池塘，阳光下波光粼粼。

小樱桃牵着一只哈士奇走在村内大街上，一边走一边骂骂咧咧："老于头，你个老东西，你养个野狗紧随你。你不正经，它比你更不正经，光天化日之下耍流氓。它糟蹋我的小花，我和你没完！"她的叫骂引来不少村民指指点点。

这个姑娘本名叫肖英，刚满二十岁，是跑马岭村民肖千山的女儿。圆圆的脸蛋，白里透红，像刚熟的樱桃。大包干之前，肖千山是村里的生产队长。大包干以后，他拉起一帮人外出搞建筑，后来越搞越大，成了建筑集团的老总。在城里称买了房买了车，把老婆孩子接到城里住了，家里只留下一个快八十的老娘。小樱桃从小娇生惯养，惯得不成样子，仗着她爸有钱，学不好好上，工作也不干，成天游手好闲。她对奶奶很有感情，隔三岔五回村里看看。但每次回村，总忘不了显摆和嘚瑟，今天换辆豪车，明天换只名狗。人们背后说她嘚瑟得快要上天了，哪像个正经人家的孩子？

山里人家，几乎家家养狗看家护院。当然，他们养的都是本地土狗，平常也不拴，由着它们在村里东逛西蹿。到了该回家的时候，不用找，它们自己就会乖乖跑回家。小樱桃牵着的那只狗，据说是纯种的哈士奇，也叫俄国西伯利亚雪橇犬，是有血统证书的。这次回村，小樱桃又把这只哈士奇带回来了。小樱桃没有料到的是，这只纯种哈士奇正值发情期，老于头那只本地土狗正是青春年少，于是就干起了拿不到台面上的勾当。恰巧，这一幕被小樱桃撞见了。小樱桃弯腰捡起一块石头要打，老于头那只土狗机警地一躲，见势不妙，撒丫子跑回家去了。

小樱桃是从不吃亏、睚眦必报的主儿，她哪能咽下这口气？于是她怒气冲冲地来到村办公室，要找村干部评理。村主任曹北风有只眼睛不太好，看人看事也斜着眼，人们就给他起了个外号曹斜眼。因为原来的村书记辞职打工去了，新书记还没到任，村里的大事小情就由他这个"临时主任"先维持着。

曹斜眼一见小樱桃就问道："哟，小樱桃，刚才听你大呼小叫的，在骂谁呢？谁那么不长眼敢惹你？你看，那么俊的樱桃小脸都气成紫茄子了。"

小樱桃没好气地说，"什么樱桃茄子，乱七八糟的，我的肺都快气炸了。"

"消消气，有事慢慢说。年轻轻的，哪那么大的气性？"曹斜眼劝道。

小樱桃说："今天一早，我把小花带出来，让她透透气。可谁知老于头的那条野狗，像老于头一样，流里流气，流氓成性。趁我上趟茅房的工夫，把我的小花糟蹋了。你说我能不生气吗？你们得给我做主。"

"我以为多大的事，不就是狗和狗闹着玩吗，还用着上这么大的火？"

小樱桃眼瞪得像铜铃似的："闹着玩？你说得真轻巧。我的小花是什么身份？他那土狗什么玩意儿？它们能随便闹着玩吗？"

"不管什么身份，不都是条狗吗？"

"嘿你个曹斜眼，怪不得都叫你曹斜眼，你的眼斜得都没边了。在你的斜眼里，正的成了反的，直的成了弯的，哪里还有正事？你把眼睁大了，看直了，好好看看，我的小花是普通的狗吗？它可是纯种的哈士奇，哈士奇，有血统证书的，俄国西伯利亚雪橇犬，纯种的，你懂吗？"

"我是不懂，但不管中国狗外国狗，都是狗；不管纯种犬杂种犬，都是犬；不管这血统那血统，都是畜生。它再高贵，难道还能成了千金小姐不成？"

小樱桃气得脸都走了形："你——简直是对牛弹琴、不可理喻！"

"不管对牛弹琴还是对驴弹琴，反正你已经弹了。你说老于头的野狗糟蹋你的小花。事情都有个前因后果吧。你动动脑子想想，母狗不发情，公狗能得逞？两相情愿，愿打愿挨，你怨老于的野狗，你的小花就没有责任？"

小樱桃反问道："你是什么意思？照你说，我的小花吃了亏，不怨那条野狗，反倒是我的小花的不是了？"

曹主任想大事化小，小事化了，说："这种事，说什么吃亏赚便宜？再说，事情已经这样，已经发生了，你说咋办？要不，你就让你的小花再去糟蹋老于头的野狗，把吃的亏找回来，这样不就扯平了吗？"

小樱桃怒不可遏地骂了一句："扯淡，你是让我的小花再去被它糟蹋？那吃亏的不还是我的小花？真是狗嘴里吐不出象牙，亏你那花花肠子想得出。"

"你那狗不是名贵吗？让它吐个象牙看看？既然我说的办法不行，那你说怎么办？不就是条狗嘛，糟蹋的又不是你。"

小樱桃骂道："你说的是人话吗？要是你闺女被糟蹋了，你也这样说？"

曹斜眼把头一低："我没有闺女，只有两个儿子。"

小樱桃说："你说句痛快话，这个事你管还是不管？"

曹斜眼把两手一摊："狗咬狗，两嘴毛，你让我咋管？"

小樱桃说："好，你不管，我就上法院。"

曹斜眼巴不得她赶紧快走："好，你赶紧上法院，我不拦你。"

小樱桃说："我上法院，连你和狗一块告，连畜生不如的东西。"

"你这小丫头片子，怎么张口骂人呢？"

小樱桃呸了一口："我就骂你了，畜生不如，怎么着？"

说完，小樱桃牵着她的哈士奇气哄哄地走了。

曹斜眼心想：嗑瓜子嗑出个臭虫，什么人都有。

一波未平，一波又起。小樱桃刚走，另一桩烂事又找上门来。

村民曹二蔫一进门就告诉曹斜眼，这几天，他老父亲的倔劲又上来了，不吃不喝，跟他说话也不搭腔，一个人关在屋子里生闷气。

原来，曹二蔫的父亲，今年八十多了，当了一辈子屠夫，从年轻时候就是个犟脾气，在家里说一不二，只要认准的事，八头牛拉不回来。是全村出了名的老倔头，老伴在的时候，老两口自食其力，既不向儿子要钱，也不去他们家住。儿子们也孝顺，逢年过节，少不了给老头孝敬。老头的原则，多不嫌多，少不嫌少，给了就要，不给不要。一大家子人，相安无事，和和睦睦。可自打老伴走了之后，他像变了个人。他给儿子立了个规矩。三个儿子，轮换值班养老。每人轮值十天，轮到谁家，就到谁家吃住。别看老头岁数大了，记性特别好。轮到谁家，不用叫，到点准去。这十天，不管轮到谁，别人不能代替，轮到谁算谁。一天不能多，一天不能少。

对于一般家庭来说，这也许不成问题。可他三个儿子的情况有点特殊。三个儿子只有二蔫一家在村里常住。老大的儿子在青岛，添了孙子之后，两口子去帮着看孩子，后来儿子买了房子，两口子就常住青岛了。老三家两口也是跟着孩子长年住在潍坊。没办法，轮到为老头值班的日子，他们就得赶回来。

十天轮一轮，一轮跑一趟，确实非常麻烦。后来他们兄弟三个商量一下，老大和老三拿钱，让老二在家伺候，这样什么都有了，而且方便。可不管拿多少钱，老头死活不同意。而且还有更绝的一着，轮到谁伺候他的时候，必须儿子本人回来，儿媳孙子或其他人都不行。人家都说老人隔辈亲，在他这里不好使。有次儿媳带孙子回来照料他，被他生生撵了回去。

村里人都说这个老倔头太怪了，有个人照料就不错了，为什么非得儿子不行？后来他们猜测，当年老伴走的时候，大儿子没及时赶回来，老太太咽气很长时间没合上眼。这事对老头刺激太大，他担心自己到了那天，也见不到儿子。

这几天老倔头之所以一个人在家生闷气，是因为这十天轮到三儿子负责伺候他。可老三打回来电话说，那边小孙子病了，他在医院陪床，想和二蔫倒一下班，让他照顾这一轮，下一轮他回来补上，可老头哪里肯听？

曹斜眼听明白了怎么回事，就对曹二蔫说："孝顺孝顺，要孝就得顺，顺着就是孝。你先回去，我给你家老三打个电话，让他想办法赶回来。在老子和孙子之间，先照顾老子。然后，我拿瓶酒，老头好这口，晚上到你家陪他一块吃，我有办法对付他，他会给我这个面子。"曹二蔫说："我找你就是这个意思。"

送走曹二蔫，曹斜眼摇了摇头。心想：从早晨一睁眼，不是鸡拉了，就是狗尿了，都是些鸡毛蒜皮、鸡零狗碎的事。这些事，说大不大，说小不小，不管吧不行，管吧又不好管。都是一个村住着，这个沾亲，那个带故，说轻了不管用，说重了得罪人。有些事，东家长，西家短，就像麻绳织成的花，你缠着我，我缠着你。清官难断家务事，难说是对还是错。处理起来，左也不是，右也不是；深也不是，浅也不是；严也不是，宽也不是。难哪。继而又想，反正新书记快到了，听说是个女的。把这些烫手的山芋留给新书记吧。

林秋月到村任职以后，曹斜眼把这些事都和她讲了，引发了林秋月许多感慨。出水才见两腿泥，不到村里来，哪知道这么难呢？后来的实践，进一步印证了她的认识和判断。农村工作确实没有想象的那么简单，村里大事小事，这事那事，事事和老百姓连心连肉。一个村庄就是一个小社会，一个家庭就有一个小气候。小社会连着大社会，小气候影响大气候。脱贫攻坚也好，乡村振兴也好，重要的是人心，把人心凝聚起来，人心向善，人心向上，人心向好，这是一切工作的基础。没有这个一，其他都是零。当然，这些都是后话。

这几天，陈家梁一直都在村和社区里跑。在东桥村，他找了几个村民随便聊了聊。有的说，我们对政府规划设立新区没有意见，谁不愿意农村变成城区、农民变成市民？看着城里人住得宽宽敞敞，穿得漂漂亮亮，我们也很眼馋，我们就是对土地撂荒有意见。对我们庄户人来说，土地就是命。国家要征用，搞建设，没法子，我们也不能拖后腿，命该搭也得搭。可不能就这么长年撂着，闲着，荒着。没搞建设，我们先种着。哪天要搞建设，把庄稼一收，什么都不耽误，这样多好？也有的说，不是我们不通情达理，也不是我们顽固不化。我们就这么点要求，那么好的地，撂那儿好几年，谁不心疼？要搞建设就抓紧搞建设，不搞建设就让我们把地种上。这对政府、对我们老百姓都没有坏处。

还有的说，不管盖楼还是种地，都得修路。现在村里村外的路太差了，到处坑坑洼洼，连汽车拖拉机都开不进来。房屋拆迁，得有个办法和政策，一碗水端平。不能有的拆有的不拆，有的拆了又盖起来，这样折腾来折腾去，把人心弄烦了。尤其不能因为一两个钉子户，就改变主意。那样一来，迁就了少数人，就得罪了多数人，少数人赚便宜，多数人就要吃亏……

石鼓社区是村改社区。很多居民反映，如今党的政策好，社区管理服务都不错。个人有什么困难，只要找到街道或者社区，他们都很热情，能帮着办的，千方百计帮着办，办不成的也很耐心地和我们说明原因，心里暖和和的。就是有一个问题，我们这里是郊区，离城中心太远，附近没有像样的中学和医院，孩子上学、老人看病都不方便。划归东岳新区后，原指望能建起像样的学校、医院、幼儿园，但盼了好几年，一点动静也没有。那还划新区干什么？也有的说，我们这里说是社区，其实就是城中村。现在，生活条件好了，吃穿不愁，啥也不缺，买东西也方便。就是没有学校和医院。有钱的人家都把孩子送去城里的重点中学，没有钱的只能进村里的学校。看病也是，去趟城里的医院，来回几十里，很不方便。有了病，只能到个人开的小诊所看。如果能够解决上学和就医的问题，那我们就烧了高香了……

第三十一章

　　东岳新区所辖范围，部分是城区，部分是郊区，还有部分是从邻县划来的。境内山峦起伏，沟壑纵横，交通条件落后。弯多路窄自不必说，关键是凹凸不平。骑单车在路上走，常常一蹦一跳，很考验车技。陈家梁连续跑了十几天，大失所望，这里哪有新区蒸蒸日上的样子？所见所闻，短板暴露无遗，比陶力行所讲有过而无不及。想到这些，他心情异常沉重。

　　回家后，他躺在沙发上。电视开着，他心不在焉地看着。

　　陈家梁觉得奇怪，骑车跑的时候没觉出咋的，浑身仿佛蕴藏着无限的能量。但一旦停下来，就突然感到从未有过的困乏和疲惫。先是一阵腰酸，一阵腿疼，接下来甩甩手不对劲，勾勾脚不舒服，最后竟不自觉地呻吟起来。

　　在一旁熨衣服的高小雨看了陈家梁一眼，一脸不屑地说："真能装样子，不就骑自行车下了几天乡，至于吗，哼哼唧唧、哼呀嗨哟的。"

　　陈家梁"哎哟"一声翻了翻身，说："看来真的是老了，不中用了，这才跑了几天，就扛不住了。腰也酸，腿也痛，浑身都快散架了。"

　　"真是大言不惭，才多大年纪就敢说老？你老了，那我呢？你是拐弯抹角地说我老了，不如小姑娘水灵了吧？"

　　陈家梁咧咧嘴："我都疼成这样了，你还有闲心说风凉话。"

　　"让你尝尝这个滋味也好，改改你出门就坐车，一步不想走的坏习惯。出远门，或者有急事，没有办法。下个乡，路又近，骑个自行车挺好的，不仅接地气，而且也方便，老百姓见着亲切，还捎带着锻炼了身体，一举多得。"

　　陈家梁说："怪不得都说站着说话不腰疼，要搁你身上，恐怕连哼呀嗨哟的劲都没有了。一连十几天，我起早贪黑，又上坡又下崖，能不累吗？"

高小雨挖苦道："你也真好意思说，骑了十几天车就这个熊样。你看你爸，六十多岁了，天天挑山，身体杠杠的。要叫你去，还不得卧床不起？"

"你这么说，我就没法接话了，要论干体力活，我还真比不了老爸。"

"所以嘛，再这样下去，就真像老倭瓜似的，塌瓢子了。"

"我的高大夫，你就别挖苦我了，快，过来给我捶捶。"

"对不起陈书记，你的呼叫超出服务范围，机主不在服务区。"

陈家梁笑道："你是大夫，救死扶伤是你的天职啊。"

"现在是下班时间，本人概不接诊。再说我是内科大夫，不做保健护理。"

陈家梁恳求道："高大夫，讲点医德吧。不管哪个科，不能见死不救吧？"

"好吧，看你苦苦哀求的分上，我今天就破破例，做一次保健护理志愿者。"说完，高小雨放下熨斗，在陈家梁身上按起来。

"哎呀哎呀，不行，受不了，劲太大了，你当我是驴哪？"陈家梁叫道。

高小雨试探地："这样可以吧？"

"轻点，再轻点。"

高小雨拍了他一下："毛病！怎么样，跑了几天，有什么感受？"

"唉，一言难尽，欠老百姓的账太多了。"

"账不是一天两天欠下的，还账也需要个时间。慢慢来呗。"

陈家梁说："那哪儿行？等不起啊。"

"饭得一口一口地吃，事得一件一件地干。急了容易出毛病。"

陈家梁说："老婆的话不能不听，但也不能全听。"

高小雨在陈家梁腰上猛地用力一摁。陈家梁顿时高叫起来："呀，呀，怎么用这么大的劲，你想把我的腰摁断啊？"

"看你还敢不听我的话！"

回到办公室，陈家梁把这几天调研得来的情况进行了全面梳理，把目前存在的问题归结为十大表现、八大根源，准备在全体干部大会上和盘托出，惊堂木一敲，给大家一个警醒。他反复斟酌着每个细节每个观点，忽然他感觉似有不妥，事急则缓，事缓则圆，事圆则通。现在，自己毕竟是一把手，越在重要关头，越在关键时刻，越要保持头脑清醒，越要保持情绪冷静，不能逞匹夫之勇，不能图一时之快。于是，他改变了主意。

在全区中层干部大会上，陈家梁讲道："今天这个会，主要是和大家见个面。可能有些同志觉得，这个会开得有点晚，因为我来报到十几天了，一直没和大家正式见面。其实，这十几天，我也没敢闲着。我骑车跑了十几个村、五六个社区，与部分村民和居民聊天。虽然蜻蜓点水，但收获很大。了解了不少情况，听到了不少意见。这些情况和意见，有令人满意的，也有令人揪心的；有高兴的，也有不高兴的；有批评性意见，也有建设性意见；有中听的话，也有难听的话。这些情况和意见，虽然代表不了我们东岳新区的整体和全部，但一叶知秋，给我很大的启发和警醒。总的感觉，东岳新区各级领导班子是好的，干部队伍的精神状态是好的，群众的情绪是好的，这是我们东岳新区的底气所在、力量所在，也是希望所在。在座的同志，绝大多数从新区设立之初就到岗到位的。对东岳新区的开发建设，市委期望很高，群众希望很大。现在是什么状况呢？市委领导很着急，基层群众很着急，我们是不是应该更着急？我们仅仅着急还不行，因为我们是新区开发建设的参与者、实践者、引领者，我们应该拿出切实的行动，给市委一个态度，给群众一个交代。东岳新区应该成为全市的亮点，而不应该成为全市的盲点；应该走在全市的前头，而不应该落在全市的后头；应该成为全市的标杆，而不应该拖了全市的后腿……"

这些日子，东岳新区的干部心态各异。有的提心吊胆，如履薄冰；有的三缄其口，谨言慎行；有的唯唯诺诺，明哲保身；有的论堆论块，无动于衷；有的事不关己，高高挂起；有的且看且行，等待观望……

这次会议一开，大家各自心中有底了。

经过慎重考虑和反复比较，高春风发展百合的计划选择了青云。他通过多渠道了解到，青云自然生态好，工作基础扎实，且主要领导有见识，有胸怀，有格局，作风务实，真心干事，也比较容易沟通和合作。

当高春风来到青云，刘亦鸿非常热情，说："你来之前，你爸给我打过电话，把你的情况给我说了，欢迎你啊。"高春风说："我初来乍到，什么情况都不了解，还请刘书记多多赐教。"刘亦鸿给高春风沏了一杯茶，说："我和你爸多年前就相识，你爸不简单，放弃高官厚禄，把半辈子心血用在了泰山，了不起，什么是德高望重？他才真正是德高望重。你现在学业有成，放弃了南方优越的环境，并且也放弃了农大研究所的舒适条件，想到农村干一番事业，迈出这一步是需要很大决心的，这令我由衷地钦佩。你找到我们青云县，找到我，说明你很有眼光，我可以负责地告诉你，你看对地方看对人了。"

接下来，高春风谈了总体考虑和具体想法。以青云县资源禀赋和农业产业现状为基础，聚集各种科技资源要素，打造集种质资源、品种繁育、品种试验、品种推广和品种展示于一体的百合产业硅谷。使之成为种业重大原始创新策源地、种业发展最佳生态示范区、种业文化交流展示区。围绕这个思路，确定三个工作重点：一是青云百合园，规模在两万亩左右，将其打造成种植繁育基地和示范园区；二是种苗培育中心，打造中国百合种业的硅谷；三是百合产业加工基地，通过深加工，提高百合产业的附加值，推进百合的产业化，力争把百合产业做大做强，用八到十年的时间，种业贸易总额、种业总产值、相关产业产值分别达到30亿元、60亿元和100亿元。力争实现占全国百合种业市场总额的半壁江山，达到50%。刘亦鸿对这个方案和设想非常赞同，并表示马上召开会议，进行专题研究，抓紧推进这个项目落实落地。

　　杨柳镇书记李可期是个说干就干、立说立行的人。他带着高春风到和尚岭进行了实地考察。李可期指指脚下，说："我们现在所在的地方是和尚岭的制高点，站在这里，能够看到整个和尚岭的全貌。这个地方之所以叫和尚岭，是因为这片山岗像和尚的头，光秃秃的，杂毛不长。你看，方圆几十里，连棵像样的树都没有。就是有个一棵半棵，多少年了也长不大，长来长去只能长成个拐棍，像干巴巴的老头。这个地方土层很薄，下去不到两公分，全是碎渣石。农民种庄稼，一年最多挣四五百元。遇到大旱，去掉种子化肥和农药，还得赔本。所以，好多年轻人都外出打工了，留下许多撂荒地。"

　　高春风边看边点头，说："这种土质很适宜种植百合。百合是多年生草本植物，对土壤要求并不高。当然，在地势高，排水畅通、土层深厚、肥沃疏松的砂质土质中，百合的球茎色泽洁白，肉质较厚。而在黏重土壤，通气排水不怎么好，鳞片抱和紧密，在这种土壤中生长的百合，一般球茎个体小、产量低。"

　　李可期说："这个地方比较干旱，水浇条件比较差。"

　　高春风说："这不要紧，百合有很多品种，有的品种恰恰喜干燥，怕水涝。整个生长期土壤湿度不能过高。在百合出苗期和发根期，需要湿润的土壤条件，百合种植地不能渍水，偏黏土地更不能渍水，浇水时也不能漫灌。尤其是高温高湿，浇水过多过勤，会造成植株枯黄，甚至造成病害。所以，旱点没事。"

　　李可期说："那就太好了，按你说的，种植百合比种一般粮食价值高多了。和尚岭周边，大大小小的村一共十九个，不到两万口人。人口不多，但土地面积不小，总共有三万多亩。不过，大包干时，土地都承包到户了。如果要规模种植，我们可以通过土地流转，实现集中连片种植。这个工作我们来做。"

这天，陈家梁把班子成员和一些职能部门负责人带到现场办公。陈家梁指了指眼前的断壁残垣，说："今天这个会议，我们没在会议室开，而是把大家带到了这个现场。为什么？大家看看吧，到处破烂不堪，城区不像城区，农村不像农村，这是我们东岳新区应该有的样子吗？同志们，我们已经被甩下了，甩得狼狈不堪！甩得丢盔卸甲！我们通常说，前有标兵，后有追兵。可我们现在呢？只有前面标兵，没有后面追兵了，因为所有人都跑到我们前面去了。就像长跑赛场上，别人都冲在前面，咱回头一看，后面一个人没有，不用别人笑话，自己也就泄气了。这样下去，我们可真就无颜去见江东父老了！"

郑远方对情况比较熟悉，说："现在，最令我们头疼的是老区改造和房屋拆迁。许多矛盾都是由拆迁引起的。该拆的拆不了，该建的没法建。抓住了这个主要矛盾，就抓住了走出困境的突破口。当前，可以先摸摸底，地上建筑物，合法的多少，违法的多少，然后，制定具体办法。"

"政策、办法，定过几次了？有什么用？"岳森林说道。他是管委会分管拆迁工作的副主任，深知拆迁之难。前几年因为拆迁工作得罪了不少人，主要领导又不给他撑腰，弄得他有些心灰意冷。

冯心慧说道："政策、制度、办法，不是没有用，而是有些定得不具体，甚至不合理。加上执行起来不彻底、不坚决，致使许多政策群众不了解、不理解，有些制度规定形同虚设，有的执行中走形变样。比如，对那些老大难、钉子户，我们常常是遇难而退，而不是迎难而上，我们退一步，对方就进一步，这样一来，我们步步后退，对方步步得逼。如果贴身紧逼、盯住不放，好多工作就不会半途而废，也不至于造成今天这样的局面。"

陈家梁点点头："大家说得很有道理。目前，最要紧的是做好三件事。第一件事，全面盘点，摸清地面附着物的底数，包括房屋及所有苗木；第二件事，完善相关政策和规定，征求群众的意见；第三件事，向群众做好宣传解释工作，我们的政策、制度，要让群众都知道。从今天开始，所有干部都要下到一线，分组包村。不管是谁，就是老虎，也要把它的牙拔下来！但要特别注意，凡事都要得法。一个是法律，法规的法；一个是方法，办法的法。"

王小宁站在人群中，一脸不屑。

陈扁担和杜长腿从山上下来，路过小岭村的时候，看到李小眼正在地里栽树，一棵挨一棵。树苗很小，最小的只有小拇指一样粗。

李小眼是小岭村的能人，三十多岁，高中毕业，个子不矮，瘦得跟麻秆似的，最能让人记住的特点是他那双小眼，像两条缝儿，平时看不出睁着还是闭着；看人从不正视，而是斜着或垂着看，两只小眼放着贼光，滴溜溜乱转。说他是能人，有点抬举他，沾了离城区近的光，加上善于奉迎，能说会道，他靠倒弄树苗和盆栽花卉，赚了点钱。但与大款富豪相比，小巫见大巫，差了十万八千里。如果他专心做生意，也许会有点出息，可他偏偏是个官迷，大官当不了，小官也不嫌。上届村委会换届选举，他为了当村主任，四处活动，请吃喝，拉选票，结果徒劳一场，没有选上。他母亲性格强悍，天不怕，地不怕，骂人吵架是家常便饭，村里人谁都不敢惹她，背后都叫她滚刀肉。他父亲倒是老实巴交，蔫了吧唧，人称李老蔫。

陈扁担问道："小眼，好好的地不种粮食，怎么栽上树呢？"

李小眼小眼眨巴眨巴："种粮食费事还不挣钱，还不如种树呢。"

杜长腿笑笑，说："栽树就栽树吧，可你这些树苗，跟葱苗差不多粗细，你这到底是栽葱，还是栽树呢？"

李小眼有点急："你们家的葱这么大？真是的。"

杜长腿故意把话挑明："我可听说了，这个地方准备拆迁，拆迁的时候，政府对地面上的树按棵进行补偿，现在就是栽上一棵葱，将来也值棵大树的钱。这个账算得不赖呀！小眼，你栽这些小树就是等着拆迁补偿吧？"

"我栽树，我栽树，是为了——我栽不栽树，栽什么树，关你什么屁事？扯淡！愿意挑山去就去挑山，愿意栽树就回家栽树，谁也没拦着你。不管栽葱栽树，都比你在这里扯淡强。"

这边李小眼忙着在地里栽"葱苗"，那边二杆子忙着院里搭平房。

二杆子的弟弟干起活来非常仔细。二杆子看了一眼，说："不用费那么大劲，差不多就行了。"他弟弟说："那怎么行，不结实出了事怎么办？"二杆子把眼一瞪，说："你傻啊？这房子又不住人，好歹糊弄起来，很快就要拆迁了，就是搭建个草棚，拆迁的时候也得算面积。""我哪知道你这些弯弯绕？"他弟弟嘟囔道。

小岭村北面有个无名湖，前些年这里建成了别墅区。其中有栋临湖别墅，无论楼体还是装修，都非常奢华。楼内地下室，直通湖面。地下室出口处，停泊着一艘小型游艇。房主是泰城大名鼎鼎的建筑公司老板罗天时。

这天，罗天时约了几个朋友聚会。他们从地下室出来，坐上游艇，向湖中开去。游艇上，几个人悠闲自得地喝着啤酒。一位说："罗总，你这别墅够气派的啊！前面有罩，后面有靠，风水多好！建得别致，装修一流。怪不得这几年您要风得风，要雨得雨。这样的日子，给个市长都不换！"另一位说："上次那个事，我得好好谢谢您。当时，我到处求爷爷告奶奶，背着猪头也找不着庙门，新买的鞋都快磨破了，结果一点眉目都没有，都快把我急死了。实在没有办法才向您救助。我到了北京拜见你家老兄，他二话没说，一个电话，就妥了。当时把我激动的，差点给他跪下了。我千恩万谢，老兄却说，区区小事，不足挂齿。我把随身带的一点薄礼送他，谁知老兄把脸一变，把我好批一通，我只好原封不动地又带了回来。这次我算领教了，您家老兄要人品有人品，要人脉有人脉，在咱看来不可能的事，到他那里，根本不算个事。"

罗天时一脸得意，笑而不语。

这几天，负责拆迁的各个部门都动起来了，各司其职，分头行动，岳森林带领拆迁工作包村干部进村调查摸底。有的用尺子丈量房屋墙角、院墙；有的爬到房顶丈量高度，随手做着记录；有的钻进树丛中，一棵树一棵树地清点，并细心标注着数字和符号。冯心慧带领包村干部坐在农家小院，向群众做宣传。这些工作总体上进展比较顺利。但另一个问题又浮出水面。

陈家梁知道，土地征用，拆迁补偿，都在张着口等钱，而且都不是小数。但现在手头上能用的资金捉襟见肘。这个问题不解决，下步仍会陷入被动。这个问题使陈家梁极为焦虑。他把手中的笔一掷，往座椅后背上一靠，没想到，座椅后背下的螺丝松动，猛地向后一仰，吓了他一跳。

晚上，他把一大堆文件资料抱回家，专心致志、一字一句地翻看。眼看十二点多了，高小雨催了他好几遍睡觉，他理都没理。忽然，他把桌子一拍，喊了一声："真是天无绝人之路！"躺在床上的高小雨一听，赶紧过来，问道："怎么了？深更半夜，一惊一乍的！"陈家梁兴奋地说："刚才还是山重水复，转眼柳暗花明！"高小雨没弄明白意思，说："什么山重水复柳暗花明的？"

第二天一早，陈家梁就找到郑远方，把一份红头文件给他看，说："你好好研究下这一条，对棚户区改造债务单独统计、单独核算、单独考核。这就是说，我们新区拆迁改造可以搭上棚户区改造的车，争取上级的政策资金支持。"郑远方一看非常高兴："这可真是雪中送炭啊。"陈家梁兴奋之情，溢于言表："这叫关上一道门，打开一扇窗。但我们动作要快，很可能这是最后一班车了。过了这个村，就没这个店。我现在就给省财政厅的领导打电话，说明一下情况。你马上组织人起草报告，把理由说清楚，说充分。下午你带着报告赶到省里，抓紧与他们对接。"郑远方说："好，我马上去办。"

王小宁放下电话，来到陈家梁办公室，问道："陈书记，您找我有事？"

"我找你来，想告诉你一下，你爱人工作调动的事，我已经联系好，到市建委规划设计院，专业对口，怎么样？"陈家梁答道。

王小宁一听，怔了足有五分钟："就这么简单？"

"你爱人是我们市需要的专业人才，我向市委组织部做了汇报，他们很支持，同意按照我们市引进专业技术人才的政策引进。有关手续，市委组织部正在按照程序办理。另外，你的住房问题，党委会也专门进行了研究，你现在租住的房子，作为单位租用，费用由财务给租户结算。你过去自己结算的费用，按你实际交付的房租如数退还给你，并按照当初给你承诺的条件，为你购买了一套单元房，三室一厅，一百二十平方米，虽然不很大也基本够用。但我有一个条件。"

王小宁问："什么条件？"

"不能再提调走或者辞职的事。"

王小宁一笑："噢，你这是绑架。"

"不是绑架，是挽留。"

"您就这么肯定，我会答应？"

陈家梁说："我不能肯定，但我对你的情况了解和分析过。你要求调走甚至提出辞职，并不是出自你的本意，主要原因是当初承诺你的条件迟迟没有兑现，包括你爱人的工作调动和住房问题。"

"这个，你说对了一半。"

"另一半是，你对这里的工作状况和给你搭建的平台不满意，对吧？"

王小宁不语。

陈家梁说："有些事并不是一成不变的，有些变化你已经看到。包括市委对东岳新区班子的调整。我相信并且也希望你相信，情况正在向着好的方面发展而且会越来越好。你施展才华的舞台会越来越大。再说了，你生在泰山，长在泰山，泰山有你的父母，有你的根，你怎么舍得轻易离开呢？"

王小宁抬头看了陈家梁一眼，说："你果然厉害。"

"怎么讲？"

王小宁说："一下子戳着我的软肋。您说得没错，调动也好，辞职也罢，这都不是我的初衷，要不我当初为什么会选择从上海回到泰山？既然回来了，又要回去，岂不是多此一举？可回来的这几年，我确实太失望，有时甚至绝望。我虽然算不上什么人才，但毕竟有自己熟悉并热爱的专业。对我们这些从事专业工作的人来说，当然需要一定的物质条件，还希望有一个良好的工作环境和条件。因为我们也要生存，也要养家糊口。但这些并不是最主要的。只要能够从事自己的专业，有了干事创业的平台，就是待遇低点，条件差点，甚至吃苦受累，我们都可以忍受，都可以坚持。最不能忍受的是，无所事事，无事可干，无业可创，天天坐冷板凳，看冷脸子，处在这样的环境，智商步步退，情商对不上位，横竖找不着北，人都快废了。"

"我理解，你说的是实话，是心里话。但以前是以前，现在是现在，以前的一笔勾销，一切从今天开始。"

王小宁略一犹豫："我得看看再说。"

陈家梁有点意外："我都把话说到这个份上，你还看什么？"

"你的话我不能不信，但也不能全信。若要论说，以前的领导可比你会说，说的比唱的好听，到头来怎么样？"

陈家梁说："能好好说话吗？别夹枪带棒的。"

王小宁问："听着不舒服了？"

陈家梁尽量耐着性子："那你说，问题在哪里？"

王小宁反问道："你真想听假想听？"

"真想听。"

"想听真话还是想听假话？"

"当然是听真话。"陈家梁答道。

王小宁说："要说问题，多了去了。说简单也简单，说复杂也复杂。你看你身边那些人吧，有的害'软骨病'，见条绳子就当蛇，掉个树叶就怕砸破头。有的像'墙头草'，东风来了往西倒，西风来了往东歪。这样能干成什么事？"

陈家梁一时语塞。

王小宁说："好了，我走了。"

看着王小宁离去的背影，陈家梁眉头紧蹙，陷入沉思……

第三十二章

林秋月到村任书记，范海灵一直耿耿于怀。当就当吧，还到那么穷的村，而且还是公公皮笊篱那个村，想想她就来气。杜长腿不经意地说起这个事，她没好气地怼了一句："都是你们家杜宏撺弄的。"皮笊篱觉得范海灵这个事不占理，说："你不能跑了媳妇怨邻居，怪人家杜宏什么事？闺女随娘，你成天风风火火的没个女人样，养个闺女能安分到哪里去？"

皮笊篱话一出口，立刻把火引到了自己身上。范海灵把眼一瞪，说："你这个死老皮，赚了便宜还卖乖，你就不怕闪了舌头？就你这个窝囊样和你们家的寒酸样，我闺女嫁进你们家算瞎了眼了。"大剪子赶紧出来帮腔，说："老皮你别没个数，你就知足吧。当初，我看着小勇这个孩子不像你那么讨人嫌，你又死皮赖脸地缠着我，要不，我才不当这个媒人呢。摊上秋月这样的儿媳妇和海灵这样的亲家，算你上辈子积德了，还轮到你说风凉话？"

站在旁边一直没说话的陈扁担，这时开口了，说："你们这是怎么了？说着说着就离了谱。说孩子的事，怎么扯到亲家和媒人那儿去了？什么吃亏赚便宜的，是不是有点远的不沾边了？"范海灵"哼"了一声，说："都怪大长腿，提起这些给人添堵的话头。"杜长腿两手一摊，说："你看，怎么又怨起我来了？"大剪子埋怨道："老皮也是嘴贱，专拣不中听的说。"皮笊篱瞅了大剪子一眼。

陈扁担说："到村里当书记咋啦？碍谁的事了？丢谁的脸了？要我说，这是好事，说明孩子有出息，别人看得起，村书记也不是谁都能当的。"

大剪子点点头："说得也有道理。"

皮笊篱把嘴一撇："快拉倒吧，有什么道理？在林场干得好好的，孬好也是个科长，当那个出力不讨好的村官有什么好？"

杜长腿说："就你这个熊样，你要当人家还不用呢。再说，秋月干好了，你们那个穷村变好了，老百姓的日子过好了，你这个当公公的脸上也有光。"

"要说有光，陈扁担那才真叫脸上有光。家梁年轻轻的就当了区委书记。区委书记多大的官？要说有光，当这样的官才有光，当个村官有什么光？区委书记才叫官，村官算什么官？"皮笊篱嘟囔道。

杜长腿怼道："村官怎么不是官？家梁也是从村官一步步干起来的。"

陈扁担说："就是，别像耗子似的，只看眼前那一点点光，说不定哪天，秋月比家梁强，干市长市委书记都有可能，看你们到时候怎么说。"

皮笊篱说："其实，我不是嫌她官小，我担心她一个女孩子家到了村里受委屈。村里的事咱又不是不知道，东家长，西家短，鸡拉下，狗尿下，什么烂事都有。操不完的闲心，断不清的官司。这些事男人都头痛，何况女人。"

大剪子笑笑："这才是老皮的真心话，他是心疼秋月这个儿媳妇。"

"这还差不多，像句人话。不过，路是她自己选的。既然她自己愿意走那条路，就让她走吧，吃苦受累怨不得咱。"范海灵顺坡下驴。

跑马岭召开党员大会那天，镇党委书记宗小平和镇党委组织委员亲自到场。林秋月顺利当选党支部书记，曹斜眼当选副书记。宗小平对跑马岭新一届党支部班子提出了要求，林秋月也借此机会讲了自己的想法和感受。

林秋月讲得很实在，也很真诚。她说："我感谢每位党员，感谢父老乡亲，感谢你们对我的信任。我是老皮家的儿媳妇。老话说，嫁鸡随鸡，嫁狗随狗。既然我嫁进老皮家，嫁进跑马岭，我就是跑马岭村的人，我不把自己当外人，希望大家也别拿我当外人。很多同学朋友和同事问我，为什么放着好好的工作不干，偏要回到村里干这个差事？我告诉他们，村里的党员信任我，村里的乡亲信任我，我不能不识抬举啊！这是其一。咱们村现在还穷，日子还没有其他村过得那么好，作为跑马岭村的儿媳妇，我不愿意看着咱们村继续这样下去，这是其二。其三呢，我是觉得咱们村有条件有希望把日子过得比现在好，我愿意和村里的老少爷们儿一起努力，让咱跑马岭村变个样子，换个活法。"

听到现场响起的掌声，林秋月有点不好意思。说："现在还不到鼓掌的时候，等咱跑马岭干出个样来，真正扬眉吐气了，到那个时候，咱拼命地鼓，开心地鼓。话好说，事难干。真正让咱村变个样没那么容易。我没有孙悟空那么大的本事，缺什么，吹口气，就变出来了。我就是浑身是钢，也打不了几颗钉子。办好咱村的事，还得靠全村的人。人心齐，泰山移。要让全村的人心齐，首先咱党员得心齐。党员是什么？是群众中最优秀、最先进的，要靠我们的先进带领周围群众先进，靠我们的优秀带动周围群众优秀。人管人，不好使，制度管人才好使。所以，我们在咱们党员中先立几条规矩，然后在村民中也得立几条规矩，这些规矩的目的是把大家引到一条正道上来……"

林秋月的一番话，让党员和村民听着很舒服，心里暖暖的。

接下来，她走东家，进西家，熟悉了不少人，听了不少事。

林秋月心里明白，村民最反感的是大话空话，最希望干点真事实事。大家看上去热情很高，实际上他们在看着，看着下一步怎么个干法。她大体捋了捋，现在全村有130户种猕猴桃，市场很好，但很分散，形不成规模，效益不很理想，如果纳入全村统一管理，成立合作社，由分散经营向规模经营转型，再扩种二三百亩，年产量可以达20多万斤，再把年轻人组织起来，成立电商服务队，拓宽线上流通渠道，光这一项，户均收入可以达到一万元，集体收入达到五万元。另外，跑马岭村的大小山头山沟，长满野生艾草，并且长得很茂密，这是一块不小的资源。可惜过去没有认真研究开发，白白浪费了。如果充分挖掘和利用这种资源，采集野生加人工种植，建一个艾草加工企业，打造系列艾草产品，会有很大市场，前景非常可观。她向有关部门咨询过，要办这么个加工企业，大约需要投资40万元左右。眼下村里肯定拿不出这笔钱，但可以动员村民入股，再就是向银行申请贷款。数额比较小，估计没什么问题。

回家以后，她把这些初步想法跟皮进勇谈了，也谈了自己的顾虑："目前有一个问题，就是村里积累矛盾太多，风气也不正，真要干点事，即使是好事，也总有个别人跳出来反对，如果邪气压不下去，人心就很难拢起来，人心不齐，什么事也干不成。比如，要办猕猴桃合作社，个别人就会跳出来反对。"

皮进勇问道："既然是好事，怎么会有人反对？"

"据我了解，第一个跳出来反对的可能就是你堂叔皮三枪。"

皮进勇一听，怔了一下："谁？你说是谁？"

"你堂叔，皮三枪。"

皮进勇顿时把脸一变："你少给我提他。"

林秋月不解："怎么了，为什么不能提他？"

"有些事你还不太了解，他虽然是我堂叔，可和我爸素来不和，这个人你可别招惹，更不要和我爸提他的事。"

林秋月说："我在村民中走访，都说他是个刺头，像一支水枪，逮谁滋谁；

像一支土枪，随意乱放；像一支机关枪，突突起来没完。什么事都和村里对着干。便宜赚起来没够，亏一点不吃。这样的人，不好好教育怎么能行呢？"

皮进勇劝道："我说过了，你别惹他，听我的，没错。"

"凭什么听你的？你以为他是谁啊？他是老虎屁股？"

皮进勇说："不管他是谁，你惹了他就没好果子吃，不信你就走着瞧。"

林秋月啪地把筷子往桌上一摞："走着瞧就走着瞧，我还不信了。还没怎么着呢，就护上了，这让我接下去怎么干？"

皮进勇瞅了她一眼："当了几天村官，本事不见长，脾气倒长了不少。"

"我脾气怎么了？"

"怎么了？驴脾气，像炮仗，一点就着。"

林秋月站起来用脚把凳子一踢："电线杆子没脾气，你和它过吧。"

刚进村时，林秋月就听曹斜眼讲了小樱桃的故事。当时，林秋月觉得确实好笑，记住了小樱桃这个名字。心想：小樱桃还是个孩子，孩子就像小树一样，怎么捋它就怎么长。眼下，村里年轻人很少，有的出去上学，有的参军入伍，还有的外出打工。村里要发展，离不开年轻人，能留一个算一个，年轻人多了，村里才有生气，才有活力。于是她就来到小樱桃奶奶家。

林秋月问："奶奶在家吗？"老奶奶说："在家，噢，秋月来了？"小樱桃听到来人，从里屋出来。林秋月一见："你是小樱桃吧？"小樱桃没有吱声。

老奶奶说："这是咱村的书记秋月，是老皮家的儿媳妇，论辈分，你应该叫嫂子。"小樱桃低声叫了一句："嫂子！"林秋月说："怪不得都说樱桃长得漂亮，还真是漂亮，你看这个水灵，要个有个，要条有条，像个小仙女似的。是回来陪奶奶？"小樱桃点点头。林秋月对老奶奶说："您真是好福气，樱桃妹妹隔三岔五地回来陪您，真是孝顺。"奶奶高兴地说："算我没白疼她。"

接着，林秋月和小樱桃聊了一些年轻人才懂并且喜欢的话题。老奶奶埋怨道："这孩子哪儿哪儿都好，就是不爱上班，她爸给她找了好几个单位，她就是不去。贪玩，不听话。"小樱桃说："那些单位都没意思。"林秋月握着小樱桃的手，亲切地说："奶奶，樱桃妹妹不是不愿意上班，而是嫌那些单位没意思，所以才不愿意去。不着急，什么时候找到合适的工作，再上班也不晚。樱桃妹妹，你闲着也是闲着，能不能帮嫂子个忙？"小樱桃抬头看了看："帮什么忙？"

林秋月说："咱村里办起了猕猴桃合作社，成立了电商服务队，不用出门，利用电脑在线上销售。电商服务队都是年轻人，你参加进来怎么样？"

小樱桃问道："我能行吗？"

"行，肯定行。你聪明，有文化，什么东西肯定一学就会。风吹不着，雨淋不着，每月根据销售额发工资和奖金。当然，你们家的情况我知道，不差钱。鸡零狗碎的几个零钱，你也看不上眼。关键是，年轻人与年轻人在一起，说说笑笑，边工作边玩，挺有意思的，反正闲着也是闲着。"林秋月答道。

小樱桃看看奶奶。老奶奶说："听你嫂子的，去吧。"

林秋月说："我虽然是跑马岭村的儿媳妇，但过去从来没在村里待过。这次回到村里当书记，是赶鸭子上架。初来乍到，人生地不熟，权当给嫂子做个伴，帮个忙，好不好？"

"那我试试吧。"

"试试吧，干得好，愿意干，就干，哪天不愿意干了就不干。如果你爸在城里给你找了有意思的工作，你随时都可以到城里去，来去自由。"林秋月说。

小樱桃高兴地点点头。

高春风的百合园进展很顺利，比开始想象的要好得多。老百姓穷日子过够了，巴不得找个能挣钱的门路。县委、镇党委也到处招商引资，寻找项目。他们对发展百合产业很感兴趣，非常兴奋。杨柳镇和尚岭的生态环境非常适宜种植百合。目前他们已经着手启动土地流转，规模大约在两万亩左右，那些山岭薄地，种别的不长，只能种点地瓜花生，并且产量不高，每亩地每年收入也就四五百块钱。土地流转，每亩按一千元计算，大多数村民比较满意。县里和镇里专门投入一笔资金，主要用于土地流转对农民的补偿和基础设施建设以及种苗，同时，农民以土地入股，青壮劳力可以到园内做工。

县委书记刘亦鸿对百合园非常关心，隔三岔五地过来看看。他提出，百合园起点要高，瞄就要瞄高标准，建就要建一流。重点是两端，也就是种业培育和深加工。种业培育主要是面对种植群体，产品研发主要面对社会群体。面粉能做馒头就能做面包，同样的道理，百合能做食品，就能做保健品、营养品甚至医药品。这一点只要突破，市场就会很大，百合产业就可以做大做强。

高春风听了连连点头，信心满满。

这些日子，陈家梁抓拆迁的事，陈扁担的心老是悬着。不用说牵扯那么多村、社区和单位，光那个小岭村就够对付的。眼下的小岭村，到处都是脓包，说不定什么时候就会鼓出来。尤其那天看到李小眼往地里栽树苗，一看就知道，他是耍赖等着要补偿。那个有名的滚刀肉，到处串通，联起手来对付政府抵制拆迁，还有二杆子那些人，都在憋着坏。

果然，陈扁担的担心很快应验。这几天，李小眼一家一直在琢磨对付拆迁的事。滚刀肉瞪了丈夫一眼："你倒是说句话呀！"李老蔫慢吞吞地说："有什么可说的。"滚刀肉转过来对儿子说："甭指望他了，烧火吧，怎么点也点不着；顶门吧，一顶就打弯儿。干什么也不中用，还是你说吧，怎么办？"李小眼小眼一转："上次村里选村主任，我没选上，我一直不甘心。凭什么？论能力还是论本事，我都比那个稻草腰强。"李老蔫瞪了儿子一眼："我看你就是官迷心窍，放着光明正大的道不走，净走旁门左道，使些见不得人的手段，谁会选你？"滚刀肉吼道："去，一边去，你少在这里乱插嘴，你想让儿子和你那样窝囊一辈子？"

滚刀肉从背后踢了他一脚："滚吧，滚得越远越好，省得晃悠得我闹心。"

李小眼对滚刀肉说："我看这次倒是个好机会。你看，上边把拆迁的事看得比天还大，抓得那么紧。咱如果坚持不拆，他们拿咱也没办法。上边有法律，有政策，他们也不敢强拆啊！反正现在村里没有书记，村主任那个腰比稻草还软，一见风不是倒就是弯，上边不敢得罪，下边更不敢惹，当不起这个家。上级安排的拆迁任务完不成，上级肯定不满意。硬要村民拆，村民就会跟他翻脸。事情闹僵了，进不能进，退不能退。这时候，谁能出面收拾局面？我呀，只有我能收拾这个局面。这样，我的机会就来了。等都拆不动的时候，瞅准火候，我来个摇身一变，带头拆迁，再动员乡亲们拆迁，这时候，村主任的位置还不非我莫属？"

滚刀肉把腿一拍："这是个好主意。可光咱顶着不拆有啥用？全村人都不拆才行。有些人经不住两句好话就动心了，有些人经不住两句吓唬就害怕了，到时候，都扛不住怎么办？"

李小眼眨巴着小眼，说："施手段呀！他们有嘴，咱也有嘴；他们能说，咱也能说。咱一家家串通，老邻故居的，谁不给咱面子？把他们一个个拉过来。站在咱这边的人多了，大伙腰就硬气了。到时候看谁扛得过谁！"

"咱得想好了，怎么跟他们说？"

"就跟他们说，破家值万贯，住了多年的老屋谁舍得拆？不管什么政策，不管怎么补偿，就是不答应，来个乌龟咬人，死不松口。"

滚刀肉还是觉得不托底，说："有些人耳朵根儿硬，说什么都不行。可有些人耳朵根子软，经不住两句好话，一哄就晕了。"

李小眼说："这好办，你不成天唤鸡吗？手里撒把米，鸡就跟你来。那些耳朵根子软的，多撒几把米，他们就往咱这边站了。"

"要不说我儿子聪明，心眼就是转得快。"

李小眼转了转眼珠，狡黠地说："在这个节骨眼上，我出面不太好。将来我还要当村主任，出头露面干这些事，总是不太光彩，会给人留下把柄。"

"放心吧，妈明白。别以为你妈啥也不懂，你以后要当村干部，现在不方便干这些拿不上台面的事，要留给大伙个好印象，对吧？"

李小眼夸道："我哪能以为老妈啥也不懂？我妈是什么人？是女能人，女强人，足智多谋，骁勇善战，胜过六十岁挂帅出征的佘太君！"

"你就别夸了，再夸就没边了。你站好后台，前台交给我。擎好吧。"

滚刀肉六十多岁，个子不高，梨形身材，肚子滚圆，屁股像磨盘一样，两条细而短的小腿撑着膀大腰圆的身子，看上去有些吃力，走起路来一扭一晃。心情好的时候，慈眉善目，和颜悦色。但一旦惹了她，立马变得面目狰狞，嘴不饶人，撒泼打滚是她的拿手好戏。

她拎着一个袋子来到王军家。王军新婚不久，家中装饰一新。一见滚刀肉进来，赶紧让座。滚刀肉东瞅瞅西看看，说收拾得真好，你们这些年轻人就是有眼光，一样的屋子能收拾出花来，哪像我们那时候，乱对付，穷将就。说着，她从袋子里拿出一块丝巾，递给新媳妇，说："这是我外甥从杭州捎给我的，算是给你们小两口随个礼。"新媳妇说："这多不好意思，这么好的东西您留着自己用吧。"滚刀肉指指自己的腰身："我都成这个模样了，再好的东西戴上也白搭。再说，我这一头白发，满脸褶子，美给谁看？"

滚刀肉指指屋里的陈设，说："这里里外外一色新，刚刚拾掇好，要真是拆了，真可惜。"王军挠挠头，说："好不容易装修起新房，政府就要我们拆迁，我们正为这事犯愁呢。"滚刀肉故意拱火："新婚新房，就要拆迁，这多不吉利呀！"新媳妇把嘴一噘，说："我们一百个不情愿，这不也没法子吗，胳膊拧不过大腿。"王军的火也上来了，说："我的房子我做主，凭什么他们说拆就拆？"新媳妇心有顾虑，说："人家都拆，我们不拆，那不成钉子户了？"滚刀肉把眼一瞪，说："什么钉子户不钉子户？钉子也是铁打的，是个钉子就扎人。全村都不同意，这么多钉子都扎他们，还不把他们扎烂了？"

从王军家出来，滚刀肉像攻下一个山头，很有成就感。转身她又来到蒯大娘家。蒯大娘连忙和滚刀肉打招呼，说："大妹子你怎么今天有空过来？快屋里坐。"滚刀肉故作神秘，说知道上面要咱拆迁的事吗？蒯大娘点点头，说："早就知道了，上级不是要规划建设新区吗，建了新区咱不就从乡下人变成城里人了吗？这是好事啊。拆迁旧房，政府补偿。"滚刀肉撇撇嘴，说："补什么偿？那是糊弄人的。拆那么多房子，涉及那么多户，政府拿什么补偿？我们答应了，房子推倒了，政府拿个仨瓜俩枣堵上你的嘴，把你打发了，管个屁用？再说，补偿给不给？给多少？什么时间给？这些我们都没有数。到时候，他们一分不给，你也拿他们没办法，叫天天不应，叫地地不灵，最后你找谁去？到哪儿去说理？"蒯大娘一听，说："真要那样可麻烦了。可他们硬拆，谁能拦得住？"滚刀肉说："得心齐呀！手再大也捂不过天来。要是全村的人都不答应，就是不拆，他们有什么办法？再说，天塌下来，有那些高个顶着，砸不到咱头上，咱有什么可怕的？"

当滚刀肉来到二杆子家的时候，二杆子正全神贯注地往啤酒瓶里装汽油。滚刀肉问了几声，他没有搭理。滚刀肉往前凑了凑，说："你耳朵被驴毛堵了？不管不顾的，这是摆弄啥玩意儿？"二杆子突然两手向空中一扬，大喊一声："砰——啪！"滚刀肉毫无防备，被吓了一个趔趄。滚刀肉捣了他一拳："好你个二杆子，吓死我了！你这是发哪门子神经？"二杆子有些小得意，说："这是我用汽油做的炸弹，新式武器，厉害吧？"滚刀肉说："我知道了，那年你到水库炸鱼，把泄洪渠道炸塌了，进了局子，就是用得它？"二杆子瞪了她一眼，说："你少恶心我。"滚刀肉问："鼓捣这玩意儿干什么用？"二杆子说："他们不是要拆迁吗？拆迁不要紧，但丑话说在前头，账得先算明白，拆多少得补多少，拆几间得补几间。一毫不能差，一间不能少。不答应我的条件，谁也别动我的房子。"滚刀肉故意刺激他，说："他们要是动了呢？二杆子边说边比画，说谁敢动我的房子，我就给他一家伙。"滚刀肉伸出大拇指："好样的，有种！"

省财政厅很快研究批准了东岳新区的报告，参照棚户区改造的政策，低息贷款51个亿，还款期限25年到30年。郑远方和王小宁从省城回来，在工地上找到陈家梁。陈家梁非常高兴，说："这个坎总算过去了。"

大家正在兴头上，忽然，郑远方的手机铃响。他接通电话，脸唰地变了："什么？稳住，千万稳住，记住，骂不还口，打不还手，我马上就到！"挂上手机，他对陈家梁说："小岭村又遇到麻烦了，我得抓紧赶过去。"

第三十三章

　　郑远方急急忙忙赶到小岭村的时候，街上已经聚集了几百人，乌泱乌泱，闹闹哄哄，像赶大集一样。有的站在路上，有的蹲在树下，一个个摩拳擦掌，扬胳膊踢腿，还有的倚在墙上看热闹。滚刀肉坐着马扎，手里拿着一个铜锣。一见包村干部，滚刀肉就猛地敲响手中的铜锣，嘴里狂喊着："工作组进村了！"人群顿时像炸了锅一样。还有一些村民听到锣声，从家里涌向街头。他们把岳森林和几名包村干部团团围住。有个年轻妇女一边比画一边哇哇乱叫，但听不清她喊的什么。一个老太太提着装满粪便的铁桶，趔趔趄趄走到街头，猛地泼在岳森林和包村干部面前。岳森林躲避不及，粪便溅到了身上。几个中老年妇女，还对包村干部骂骂咧咧，推推搡搡，局势剑拔弩张，一触即发。

　　郑远方把车在街头停下，走进聚集的人群，大声说道："乡亲们，有话好好说，不要吵了！"这时，众人把目光转向郑远方。

　　郑远方说："乡亲们，大家不要误会，我们今天到村里来，不是拆迁，是想就拆迁的事和大家商量。"

　　有个村民吼道："有什么好商量的？再怎么商量我们也不同意！"

　　郑远方说："不同意也不要紧，咱们好好说说话，可以吧？"

　　那个村民把头一梗："好好说话，你们平时怎么不好好说话？"

　　滚刀肉咣当一声，把锣一敲："他们是夜猫子进宅，没什么好事！别听他瞎扯淡，他们就是来拆我们房子的！"

　　几个中年妇女凑过来，想抓郑远方的衣领，被保安喝退。

　　这时，人群中又有人喊："有什么好说的，说破大天，我们也不拆！""不答应我们的条件，我们坚决不搬！"

"这么多人吵吵，怎么解决问题？"郑远方说完，回头一看，村主任稻草腰也站在人群中，便说道："老宋，你是村主任，不能看热闹啊！"谁知，老宋不但没有站出来，反而往后退了几步。

滚刀肉又带头喊起来："工作组滚出去，赶紧滚出去！"

郑远方看看眼前的态势，这样僵持下去，不但解决不了问题，而且很容易激化矛盾，便和岳森林嘀咕了几声，包村队员暂且撤了回去。

听了郑远方和岳森林的汇报，陈家梁意识到，小岭村的情况并没有那么简单。前任领导班子曾经尝试过，结果因为遇到阻力，村民不配合，就半途而废了。现在重新启动拆迁工作，吃的是一锅夹生饭。

他想起父亲陈扁担对他说过的话，老百姓一辈子最上心的就两件事，一个是土地，一个是房子，谁随便动他们的土地和房子，谁就是拿锥子扎他们的心。你们当干部，千万不要轻易地动他们的房子和地。即便是要动，也得事先和他们商量好，不能硬来。拿拆迁来说，虽然是好事，但他们心里也不一定痛快。得体谅老百姓的难处，他们不理解的时候，千万不要来硬的，不能霸王硬上弓。得罪谁也不能得罪老百姓，一旦逼急了，他们什么事都能干得出来。

岳森林说："包村干部每次进村协商，都遭受冷遇，并且有的村民抵触情绪非常强烈，根本由不得向他们做任何说明和解释。今天这已经是第三次了，并且这次弄出的动静更大。从掌握的情况看，一些村民的抵触情绪所以这么强烈，与个别人的恶意煽动蛊惑有关。个别人背后煽风点火，造谣生事，弄得一些村民不明就里，跟着起哄。这个村原来的支部书记因意外事故去世，暂时没有合适的支部书记人选，先由支部副书记兼村主任主持村里的工作，但这个人性格懦弱，胆小怕事，掉个树叶怕打破头，村民说他是稻草腰，平时在村里基本不起作用。去年村委会改选时，有个外号叫李小眼的村民到处串通，想当村主任，结果没有选上。他不服气，也不甘心。这次拆迁，他认为机会来了，想趁机把村里搞乱。他自己不出面，让他母亲站前台，到处煽风点火。那个敲锣的老太太，外号滚刀肉，就是李小眼的母亲。而幕后的指使，就是她儿子李小眼。"

陈家梁说："小岭村情况复杂确实不假，但我们自身也有原因。需要拆迁的范围早就确定了，这么长时间，没有及时跟进到村里去和群众沟通，没有及时向群众做好宣传解释，让个别人钻了空子。这暴露出了我们工作中的漏洞和短板。如果我们前期工作做细致，就不会出现今天这种局面。这次小岭村的问题如果不解决，就会留下很大后患，以后再解决可就难了。同时，通过小岭村的情况，必须吸取教训，举一反三。其他需要拆迁的村，一定提前把工作做好，争取主动。多到村里走走，多和村民谈谈，和群众讲明白为什么要拆迁，把政府的政策和群众讲明白，争取群众的理解支持和配合。"

过了两天，郑远方和岳森林带了几名包村干部到了小岭村，主要想跟部分村民沟通一下，听听他们的具体困难和要求。到村办公室一看，门口粪便遍地，室内的桌椅东倒西歪，乱七八糟。岳森林边看边摇头，说："老宋啊老宋，你这个人让我怎么说你好？你什么时候能把腰杆子挺直了，站起来、堂堂正正做个村主任？"老宋苦笑道："岳主任，我和你不一样，天天一个村住着，不是老邻就是故居，低头不见抬头见，我怎么能拉下那个脸来？"

这时，滚刀肉提着铜锣又来了，一看到郑远方他们的车，一边敲锣一边喊起来："大伙儿快来呀，他们又进村了！"

很快，许多村民奔向街头，重新上演了先前的一幕。有人打出横幅："我们决不拆迁！""拆迁工作组滚出小岭村！"有人往包村干部的车上喷洒油漆。岳森林伸手想把滚刀肉的铜锣捂住，不料被她的锣捶敲在手上。岳森林说："大娘，您老人家歇歇，天天这么敲，不嫌累吗？"

滚刀肉故意扯着嗓门："还不是被你们逼得？你们都欺负到家门上了！"

郑远方问道："大娘，拆迁是好事，怎么说是欺负呢？"

滚刀肉瞅了一眼郑远方："你算老几？我要找陈家梁说！"

岳森林严厉地说："你喊什么喊？"

滚刀肉不但不收敛，反而更加起劲："我就敲了，就喊了，能把我怎么着？"

郑远方劝道："好了，你不要无理取闹！"

"我就闹了，有本事你把老娘抓起来！"滚刀肉边说边往郑远方身前蹭。

这时，一名保安上来拉了一把，滚刀肉借机撒泼起来，低头往保安身上猛撞，嘴里连哭带嚎地喊着："都来看啊，政府打人了！政府打人了！"

一些不明真相的村民闻声凑了过来，二杆子也挤在人群里。

滚刀肉使出她的撒手锏，咕咚一下倒在地上："没法活了呀！我不活了！陈家梁在哪里？我要找陈家梁评理！"

正在滚刀肉撒泼打滚的时候，陈家梁走了过来。陈家梁问道："大娘，我就是陈家梁！您找我有事？"滚刀肉两眼直勾勾地看着陈家梁，半天没说出话来。陈家梁俯下身来，用手搀着滚刀肉，一边用手弹着她身上的尘土，一边说："大娘，摔盆说盆，摔罐说罐，你怎么能躺在地上呢？来，站起来说话。"

滚刀肉用力甩开陈家梁的手："不用你扶，我享用不起。"

不曾想，滚刀肉一甩，脚下一滑，又摔倒在地，手中的铜锣"咣当"一声，摔出去一米多远，引来一阵哄笑。

陈家梁弯腰帮她捡起铜锣，递给她："大娘，把你的宝贝拿好，可别摔坏了。您有什么委屈和意见，说给我听听。"

滚刀肉"哼"了一声："委屈？委屈大了，你问问大伙，谁没委屈？"

陈家梁说："大娘，还是你先说，我先听听你的。"

滚刀肉把脖子一拧："你还是先问问大伙吧！"

陈家梁说："好，既然你不愿说，那你听我说。"

陈家梁从一名工作人员手中拿过电声喇叭："喂，请大家静一静，静一静！"

现场顿时安静许多，大家把目光投向了陈家梁。

陈家梁跨上一个土台："我刚才让这位大娘说，她不愿意说。那就我先来说。我说之前，我要看看小岭村我熟悉的那几个人来了没有。"说着，他从口袋里拿出一张纸条，念道："李小眼来了没有？"

村民们纷纷看看自己的身边左右。现场没人回答。

陈家梁说："看来，今天李小眼没来，我估计他忙别的事去了。王小利，来了吧？去年因聚众闹事，打架斗殴，被派出所拘留了十几天。"

有个年轻人一愣，看到众人目光投向他，赶紧缩进人群。

陈家梁又念："王二楞，来了吧？前几年因为拦路抢劫，被判了刑，好像刚出来没几天吧？"一个中年男子应声蹲了下去。

陈家梁问："二杆子，私自制作汽油炸弹，到水库炸鱼，结果鱼没炸着，把水库泄洪渠道管道给炸坏了，进去待了不少天，今天也来了吧？"

滚刀肉捅了捅站在她身边的二杆子："你的新式武器呢？拿出来呀！"

二杆子狡黠地躲开滚刀肉的目光，缩到后边去了。滚刀肉察觉出他要滑头，小声骂道："好你个二杆子，耍弄老娘呢，你这个变色龙、胆小鬼！"

陈家梁大声说道："大家都听听，今天带头闹的都是些什么人？大家都是在跟着什么人走，跟着什么人闹啊？"

滚刀肉瞟了陈家梁一眼："你不用在这里说些没用的，我们不愿意听。我问你，我们好好的房子，你凭什么说扒就扒？"

陈家梁举起喇叭，面向大伙儿："这位大娘说我们要扒她的房子，这是谁说要扒房子？"大家交头接耳，小声嘀咕起来。

有个村民喊道："一次一次地催我们搬家，不是扒房子是要干什么？"

另一个也跟着起哄："我们的房子，凭什么说扒就扒？得给我们个说法！"

陈家梁说："好，不是要个说法吗？我现在就给大家一个说法。我先说明一点，不是扒房，是拆迁！"

滚刀肉喊道："你当我们是傻子？拆迁扒房，一回事，少拿我们当猴耍！"

陈家梁说："大娘，这就是你的不对了，扒房和拆迁怎么能是一回事？什么是拆迁？拆就是把老房子拆掉，政府帮你再建新房；迁就是从这个地方迁到另一个地方去，保证让每家每户住得更宽敞、更亮堂、更舒坦！"

滚刀肉继续嚷嚷道："你们盖的房子再好，我们不稀罕，我们就是愿意住我们的旧房子。你就是把天说破了，我们也不愿意拆！"

又有几个村民喊起来："对，还是我们的老房子舒坦，你爱盖什么样什么样，我们不稀罕！""就是好得像天堂，我们也不去！""我们不拆！我们不拆！"

有位中年妇女高声嚷道："谁拆我的房子我就和谁拼命！"

现场又开始一片骚乱。

陈家梁马上严肃起来，大喊一声："好了，大家不要吵，你们是想解决问题，还是想吵架闹事？要解决问题，我就给大家讲讲道理，有话好好说，有事好商量。如果要吵架闹事，对不起，我没有这个闲工夫！"

大家开始安静下来。

陈家梁说："大家肩上都扛着个脑袋，脑袋不是喘气的，是想事的。我们动动脑子想一想，不要听到风就是雨。每个人也都长着一双眼睛，不要只盯着眼皮子底下，得看得远一点！"

陈家梁指着那个带头喊叫的那个中年妇女："这位大姐，你说你个女人家，有老人有孩子吧？张口闭口地要拼命，哇哇地乱喊乱叫，我问你，你要跟谁拼命？你有几条命拼？拼了命怎么办？父母不管了？孩子不要了？"

那个中年妇女悄悄低下头。

陈家梁说："大家想明白一点，政府是咱老百姓的政府，政府要干的事是咱老百姓想要的事。为什么要拆迁？就是要统一规划、整体开发、加快发展，尽快改变目前落后的现状，让大家早一天过上好日子！"

这时，有个村民问道："如果我们同意拆迁，政府给我们什么补偿？"

陈家梁答道："这个问题问得好，这才是想解决问题的态度嘛。也怪我们事先没有和大家说清楚。关于拆迁问题，政府专门制定了拆迁补偿办法，简单说，拆掉现在的平房，全部搬进楼房，每户按180平方米安置。为了大家生活方便，新区统一规划建设学校、医院，保证让大家住得放心，住得满意！"

现场的群众你看我，我看你。有的交头接耳，小声嘀咕着。

另一村民问道："搬进楼房好是好，可我们都是庄户人，地被政府征用了，我们就没地种了。没有地种，我们吃啥？喝啥？总不能喝西北风吧？"

陈家梁说："放心吧，这一点，政府早替你们想到了。所有沿街商业用房，不管男女老少，按照人头，每人15平方米，政府统一管理，统一招商，统一分配，所得收益，政府一分不要，全部分配到各家各户！"

有两位老大爷悄声说："这个法儿好，老了也不用愁了。"

陈家梁见事态有所缓和，说道："今天大家不用急着表态，先回家合计合计，过几天，我们一家一户地征求意见，大家都同意了，咱们再签订拆迁协议。据我所知，在场的同志绝大多数通情达理。但也有个别人，我说的是个别人，就是坚持不想拆，就是想出头，就是想当钉子户。这里我也把话说清楚，这不要紧。对这样的钉子户，我们决不会强拆。怎么办？满足你的愿望，你觉得光彩，你觉得有面，你觉得舒服，你就当你的钉子户呗。到时候，周边的旧房都拆了，全部盖起新楼，大家都搬到新楼里去。在一座座崭新的高楼中间，就剩你一家旧平房，孤零零地矗在那里，好看吗？舒服吗？你想想，那时候，你这个钉子户扎的是谁？扎的是大伙儿，扎的是全村的人？到头来扎的是你自己！"

在场的人你看我我看你。

陈家梁说："我觉得我把该说的话已经都说清楚了，我相信大伙也听明白了。如果没意见，大家就散了，该忙啥忙啥去！"

现场的群众三三两两地边议论边散去。

最近一段时间，天街物流钢材交易中心越来越红火，入驻商户越来越多，钢材的销路，特别异型钢的销路非常好，价格也明显看长，月交易额达三十个多亿。但杜婕隐隐约约发现一些不好的苗头。有个别商户在交易市场中乱拉客户，互相拆台，搞不正当交易。还有的与钢厂的营销人员私下活动，拉拢腐蚀，为了一己之利，不惜扰乱市场秩序。这些问题虽然表现在个别人身上，但如果不及时遏制，将来会对整个市场带来不利影响。于是，她找了几个有影响的大户，和他们推心置腹地进行了交谈，权衡利弊，达成共识。这几个大户带头发起倡议，公开向整个商场和社会承诺，一是公平公开交易，二是不随意涨价降价，三是不私自乱拉客户，四是依法照章纳税。通过正面引导，把正气树起来，把规矩立起来。对少数开始出现不良苗头的商户，杜婕出面逐个做他们的工作，从而使市场竞争秩序和环境逐步好转。

晚上，陈家梁、郑远方和王小宁来到小岭村，他们带着一些日常用得上的生活用品，看望了村里几个贫困户，和他们聊了一些家长里短，衣食冷暖，聊得他们泪眼汪汪。接着，他们又来到老党员张大娘家。王小宁问道："大娘，我看您身体挺好的，今年有六十几？"张大娘笑笑："哪去找六十几？七十多了，身体倒是说得过去，没什么大毛病，就是有，也是头痛脑热的小毛病，没什么大碍。"王小宁很惊讶："不像啊，看上去还这么年轻？"张大娘说："这闺女，就会哄我这老太婆开心。"

陈家梁问道："大娘，您是老党员了，还记得哪年入党的吧？"

"当然记得，怎么能不记得？六五年，快五十年喽。"

陈家梁说："你看，您的党龄比我们这些人的年龄还长，不容易啊！大娘，我想问问您，咱们村要拆迁的事，您知道吧？"

"知道，为这个事，村里闹得沸沸扬扬，谁能不知道？"

王小宁又问："那您老人家对这个事怎么看？"

"政府统一规划，建设新城，这是大事；老百姓拆迁，拆掉旧房，搬进新家，这是好事。这还有什么好说的？"

陈家梁说："可一说到拆迁，为什么村里那么多人有意见呢？"

张大娘摇摇头："你说的这不是实情。我当闺女时就是小岭村的人，嫁人也没出小岭村。村里的大事小情我还不知道？这两天，为拆迁的事，那么多人上街闹起来，一开始把我也弄糊涂了，心想，这是怎么了？怎么会这样？后来和几个老姐妹、老邻居聊起来，我才明白，原来是背后有人在捣鬼，主要的就是滚刀肉和李小眼娘俩儿。李小眼躲在后边，让他娘滚刀肉一家一户地串通，一颗老鼠屎，坏了一锅汤。有些人根本就不知道拆迁到底是怎么回事，就跟着起哄架秧子，属猪的，一个叫，满圈叫。"

陈家梁会意地点点头。

张大娘说："你当书记，来这里时间不长，对许多村的情况可能还了解不了那么多。说来说去还是那句老话，一群羊看头羊，没有一个好的头羊，一群羊还不乱冲乱撞？小岭村乱，就乱在没有个领头的。那天街上那么多人大呼小叫，就没有个人出来管管。我当时也出门看着了，干着急没有办法，要是年轻上二三十岁，我非得出去和他们说道说道，可现在年纪大了，有心无力了。"

"大娘，我明白了。"陈家梁边点头边说。

张大娘说："从长远看，要让小岭村好，先得选出个能当家主事的。眼下拆迁的事，没什么大不了。别看李小眼娘俩儿蹦得欢实，真捏住他的鼻子，他就老老实实、服服帖帖。只要他老实了，其他人的事，好办。"

陈家梁把李小眼约到村办公室，他要会会小岭村这个能人。

一进门，李小眼那双小眼就滴溜溜地乱转。陈家梁问道："小眼，最近在忙啥呢？""没忙啥，就是家里地里的，瞎忙活。"李小眼答道。陈家梁又问："那天村里那么多人在街上闹事，你怎么没去？"李小眼暗自庆幸那天没有抛头露面，说："他们那是瞎胡闹，我哪有那个闲工夫？"陈家梁说："你表现还不错。听说去年村委会改选时，你参选过村主任？"

"嘿嘿，是的，没选上。"

陈家梁问："全村多少人？差多少票？"

"那天到会的不到三百人，差了二百多票吧。"

陈家梁笑道："差的不少啊，你没想想为什么落选？"

"没打点到呗。"

陈家梁说："我可听说选举前你没少忙活。"

"忙活也是白忙活，没管用。"

陈家梁沉吟片刻："想当村干部这是好事，可当村干部有一定的条件。"

"这个我懂。"李小眼的头耷拉下来。

陈家梁突然把脸一变："拆迁的事，为什么那些多人上街闹事？"

"这个，这个，我就不大清楚了。"李小眼嗫嚅着。

陈家梁又问："我听说你在承包地里栽了不少小树？"

"这个事有，我那是栽了些小树苗，准备来年移栽。"

陈家梁话锋一转："对村里拆迁这个事，你是什么态度？"

李小眼把头一抬："这是好事啊，我当然举双手赞成。"

陈家梁说："这么说你是理解和拥护了？"

"那是当然，拥护，坚决拥护。"李小眼答道。

陈家梁说着："可村里的人反映，这些日子你母亲忙得不亦乐乎，天天走东家、串西家，搬弄是非，煽风点火，这是为什么？"

李小眼一下子紧张起来："不会吧？我不知道啊。"为了把自己洗白，李小眼补充道，"再说了，她是她，我是我，这是两码事。"

陈家梁问："如果你是村主任，应该怎么办？"

李小眼眼前豁的一亮："如果我是村主任，我首先自己带好头，带头响应政府的号召，搞好拆迁。同时，我要引导村民支持政府的工作。"

陈家梁笑道："你很坦率，当上村主任，就支持拆迁；当不上村主任，你就纵容你娘煽动闹事阻挠拆迁，你知道这叫什么？这叫二皮脸！"

李小眼一下子慌了："不，书记，我娘的事，与我无关，她的事怎么扯到我头上来呢？冤枉人不能这样，我可胆子小，经不住事。"

陈家梁冷笑道："你胆子小？你眼小不假，胆子却不小。人在做，天在看，你不要以为我们什么都不知道。你和你娘做的事我们一清二楚。"

李小眼两眼乱转，支支吾吾，说不出话来。

陈家梁语气缓和下来："你头脑灵活，转得快，但得用到正道上，做个好人，做个受人尊敬的人，不要用到歪门邪道上去。也给你娘捎个话，不要再闹腾了。过去的事既往不咎，如果再闹下去，就自找难看了。"

"好，我给她说。要不，我出面做做村民的工作？"

陈家梁说："那当然好，但要先把你自己和你娘的工作做好。"

回到家，李小眼把陈家梁找他的事说了，滚刀肉心有不甘，说："就这么算了？"李小眼像泄了气的皮球，说："这次他们来者不善，动真格的了，再闹就是拿鸡蛋往石头上碰，到时候吃亏的是咱。好汉不吃眼前亏，先把协议签了吧。"

第三十四章

王玉芹下午去了趟菜市场，买回一包羊杂、一块豆腐和一条活鱼，晚上做了一顿丰盛的晚餐。陈扁担把杜长腿喊来，两人美滋滋地喝了起来。

杜婕走到门口，听见他们两人在屋里推杯换盏，就故意停下脚步，想听听他俩在说些什么。恰巧，陈家梁回来了。陈家梁见杜婕站在门口，说："怎么学会听墙根儿了？"杜婕瞅他一眼，说："什么呀，我正想敲门，你就回来了。"

二人进屋一看，老哥俩喝得正欢。看得出，两人都已略显酒意，两眼开始迷离。杜婕劝道，少喝点意思意思就得了，别没完没了。玉芹笑笑，说刚才我还劝呢，根本不听。杜长腿端起酒杯，说为什么少喝？我俩高兴着呢。你们也来了，正好，坐下陪着我们俩喝点。陈家梁和杜婕便在餐桌边坐下。陈家梁给杜婕倒一杯酒，把自己的杯子也斟满。陈家梁把酒干了。杜婕端起酒杯轻轻抿了一口，眉头一皱，说这酒这么辣呀！陈扁担说白酒哪有不辣的？

杜长腿夹起一块鱼肉放进嘴里，说："你们这些年轻人，不是说你们，干什么都没点爽快劲，那也叫喝酒？"他边说边比画："我们和你们这个年纪的时候，这么大的海碗，咕咚，一下就进去了。挑山，挑山哪！哪来的力气？全靠这碗酒呢。还嫌这个酒辣，比我们当年喝的酒强多了。那个时候我们喝的是什么酒？都是用地瓜干换的散酒，那也不舍得喝，提回家之后还得兑上点水。"

陈扁担数落道："你还好意思说，有一次，你换了点酒回来，掺水掺多了，根本就没点酒味，喝了半天，喝的几乎都是水。"

杜长腿说："那还不是被穷逼的，有酒味的水也比没酒强。"

杜婕尝了口豆腐："这豆腐不错。改天我买几瓶好酒，犒劳犒劳您俩。"

杜长腿说："那你可得说定了，说话要算话。要买就多买几瓶，我们再和当年一样，用大海碗喝，到时候别喝着喝着不够了。"

杜婕点点头："放心吧，我多买，保证管你们个够。"

陈扁担不屑地说杜长腿："以后你就别再吹了，还好意思张口闭口地大海碗。是，那时经常用大海碗喝。可哪次用大海碗你不都是喝得第二天起不了床？"

"要不我怎么说你这个人真是没劲，你当着孩子们的面，老是揭我的短。我也不是每次都喝醉。有一次，王四家哥仨请咱喝酒，你喝得半路举白旗，还不是我硬撑着，把他哥仨喝趴下了？这个茬你怎么不提？"

陈扁担点点头："嗯，是，是有那么一回，那一次你算长了一次脸。"

杜长腿忽然问道："家梁，我问你，你知道你爸为什么叫陈扁担？"

陈家梁一下子没接住："这——"

杜婕把话接过去："这谁不知道？南北二庄、十里八疃的，谁不知道陈叔成天扁担不离手，恨不能睡觉也搂着扁担，这还用说吗？"

杜长腿故作神秘地说："你们哪，只知其一，不知其二。"

杜婕问道："那你说说，为什么？"

杜长腿端起酒杯"嗞"了一口，学着说书人的口吻，绘声绘色地讲道："那是一个月黑风高夜，杀人放火天——"

杜婕把嘴一撇："听，还拽上了。"

杜长腿继续说："有几个人趁着天黑溜到山上偷偷伐树。也巧，那天他下山晚，让他给碰上了。他本来就爱管闲事，就上前制止，不让他们砍。人家哪里肯听？那时山上空无一人。那几个人见就他一个，胆子便壮起来，骂骂咧咧、推推搡搡动起手来。情急之中，他拿着扁担呼呼地抡起来，抡得唰唰带响，嗖嗖带风。那几个人以为他是哪个道上的武林高手，有两下子，不知道他手里使得是什么玩意儿，一个个吓得屁滚尿流，撒丫子跑了。打那，陈扁担的名就叫开了。"

陈家梁问道："还真有这回事？"

杜长腿说："不信就问你爸。"

陈扁担笑笑，说："添油加醋，没那么悬乎。杜婕，那你知道你爸为什么叫杜长腿？"

陈家梁说："腿长，步大，挑山走路比别人快呗。"

陈扁担摇了摇头："是，也不全是。"

杜婕问道："那，这里边也有故事？"

陈扁担说："那当然。说起来也是二三十年前的事了。那年，有对夫妻带着孩子在南天门附近玩，两口子光顾照相了，把孩子撂在了一边。那个小家伙四五岁，也挺顽皮，这儿跑跑那儿跳跳的，一不小心，脚下被什么东西一绊，突然摔倒了，顺着山坡直往山下滚。当时，孩子的父母吓得脸都白了。"

陈家梁问："那，后来呢？"

陈扁担看了杜长腿一眼："这不，让他赶上了。当时，他正挑着担子路过，看到那个正从山坡往下滚的孩子，急忙撂下担子，斜卧在地，把腿一伸——他腿长啊，像根竹竿似的，用长腿和脚把孩子死死勾住，然后使劲把孩子拽了上来。"

杜婕脸一抽搐："好险呢。"

陈扁担说："可不是嘛。"

杜长腿摆摆手："唉，不说了，人老了，净说些陈芝麻烂谷子的事。"

陈扁担和杜长腿两眼渐渐眯了起来，一会儿响起鼾声。

陈家梁和杜婕相视一笑。陈家梁想把他俩叫醒，杜婕使了个眼神，轻轻地说："别叫，让他们先睡会儿吧。"

晚饭后，林秋月一个人来到公婆家。曲彩虹向林秋月身后望了望，问道："他们爷儿俩呢？怎么没一块回来？""孩子在家写作业，进勇在家陪着。"

皮笊篱问："怎么样，回村这些日子不容易吧？"

"怎么说呢，还算可以吧。原来在单位上班，事情比较单纯，干什么也比较有规律。村里就不一样了，就像针线笸箩一样，乱七八糟，没头没脑的，这件事还没干完，另一件事早就在那里等着了。"林秋月答道。

林秋月犹豫了一会，说："有个事我一直想问问爸，我那个堂叔，哦，就是皮三枪，和您一个村住着，怎么从来没看见您和他有什么来往呢？我记得，我和进勇结婚的时候，咱家来了那么多亲戚朋友和邻居，也没见堂叔来，这到底是怎么回事？"

林秋月的话音一落，曲彩虹给她使了个眼色，示意她不要继续说下去。

皮笊篱狐疑地看着林秋月："你，你是不是听说了什么？"

林秋月说："没有啊！是这样，我在和一些村民谈到村里工作的时候，特别是商量成立猕猴桃合作社的时候，大家都觉得我堂叔可能是个挡头。因为前些年，村里不管办什么事，堂叔总是和村里唱反调，让他向东他向西，让他打狗他撵鸡，从来不和村里配合，和左邻右舍的关系也处得不好。您得找时间说说他，这算帮着我做做他的工作。您是他的堂哥，他会不听您的？"

"噢，你说这个。你不用一口一个堂叔地叫着，我没有那样的堂弟，你也没有那样的堂叔。他还叫人？畜生不如，你不要搭理他。"皮笮篱答道。

林秋月问："为什么呀？"

"没有为什么，你不用再问。我说了，他不是人，你不要搭理他。"

皮笮篱说完，站起来气冲冲地走了。

林秋月感到十分纳闷，皮笮篱与皮三枪之间到底发生了什么事情？为什么皮进勇和皮笮篱都三缄其口？她试着问母亲，范海灵也只知其然不知其所以然，说陈扁担知道内情，于是，她们母女便来到陈扁担家。

陈扁担一听："都过去几十年的事了，怎么又翻弄出来？"

林秋月把来龙去脉讲了一遍。

陈扁担摇摇头："知道男人最过不去的坎是什么吗？弑父之仇，夺妻之恨。"

林秋月一脸惊讶："那么严重？"

陈扁担沉默片刻，讲起三十多年前的一桩往事。

当年，皮笮篱家里很穷，不是一般的穷，常常揭不开锅。和他差不多年纪的小伙子都娶上了媳妇，他却还打着光棍。后经亲戚介绍了一门亲事，听说那姑娘长得还不错。媒人介绍他和女方见了面，女方也答应了。就在皮笮篱张罗着要结婚时，那姑娘却神不知鬼不觉地偷偷和别人好上了。

和姑娘偷偷好上的不是别人，就是皮笮篱本家的堂弟皮三枪。本来，他们兄弟俩处得不错，皮三枪有事无事老爱往皮笮篱家里跑。自从那个姑娘到皮笮篱家相亲以后，他去得更勤了。皮笮篱也喜欢他的勤快劲，有事就让他帮个忙跑个腿。谁知，开门放进鬼来。后来，皮三枪不是往皮笮篱家跑，而是往那个姑娘家跑，并且跑得更勤，今天帮着挑水，明天帮着砍柴。

年轻的皮三枪头脑灵活，嘴巴很甜，会看眼色会讨巧，模样长得也好看，渐渐赢得了那个姑娘家人对他的好感，姑娘也对他动了心。就这样一来二去，皮三枪就和那个姑娘好上了。有一次喝完酒后，皮三枪半醒半醉，那姑娘半推半就，两人钻进了一个被窝，被姑娘的母亲当场逮了个正着。

那姑娘的母亲从被窝里把皮三枪拎出来后，啪啪地抽了他几个耳光，非要把皮三枪送进局子不可。皮三枪吓得浑身像筛子一样直哆嗦，连忙跪在地上求饶，先是承认错误，然后指天发誓，娶那姑娘为妻。在那个年代，男女发生那种事，可不得了。男的一旦被告强奸，蹲大狱吃牢饭是肯定的。女方也会被视为奇耻大辱、大逆不道。姑娘的父母也不愿意把这个事张扬出去，便顺坡下驴，答应不再告发。后来，皮三枪和那个姑娘匆匆办了婚事。他们结婚那天，皮笨篱怒火攻心，一下住进医院，一住住了好几天。

眼看快要到手的媳妇被别人娶回家，皮笨篱心里是什么滋味？从那以后，皮笨篱与皮三枪的梁子就结下了。

跑马岭村的电商服务队业务开展得很红火，小樱桃在那干得很开心，再没提回城的事。林秋月高兴地向她竖起大拇指。

皮三枪是村里猕猴桃承包大户，林秋月还是希望做通他的工作，让他加入到村里的猕猴桃合作社中来。这天，她来到皮三枪家。皮三枪的爱人，林秋月叫她皮三婶，很热情，赶紧给林秋月让座端茶。林秋月打量了一下，皮三婶虽然已经上了年纪，但风韵还在，身上还留着当年娇美干练的影子。

皮三枪一见林秋月，一副阴阳怪气的样子，说："这不是林书记吗？怎么，访贫问苦来了？"林秋月很客气，尽量表现出晚辈的姿态，说："叔你就这么见外吗？我嫁进了您老皮家，做了老皮家的儿媳妇。您是进勇的堂叔，也就是我的堂叔。堂叔也是叔。堂侄媳妇到您家看看，不应该还是不合适？"皮三婶白了皮三枪一眼，说："你这是怎么对秋月说话？真是的。"皮三枪连忙换了一种口吻，说："应该应该，也没有什么不合适。你坐吧。"

林秋月打量了一下屋子，然后坐在沙发上，"秋月，你过来有什么事吧？"皮三枪问。林秋月说："其实也没有什么事，就是过来找您聊聊。您知道，这次回村里担任支部书记，是村里老少爷们儿对我的信任，您是我的长辈，您得支持我。"皮三枪装出一本正经的样子，说："那是当然，你能嫁到我们老皮家，是我们老皮家的福分。你回村当干部，给我们老皮家争了光。我当然得支持你。"

林秋月问道："叔，您承包的猕猴桃园有三十亩吧？"

"不止，接近四十亩呢。"

林秋月说："村党支部和村委会商量过，咱们村好几百亩猕猴桃，分散在几十个承包户手里，这样的好处是各家的树各家管得上心。但也有不好处，就是不便于统一施肥、统一管理、统一经营、统一销售，一句话，一家一户，单打独斗，形不成规模优势。熟的有早有晚，产量有高有低，卖的有贵有贱。我知道，您脑子活，路子广，管得比较好，钱挣得比别人多。但与别的村比起来，大多数承包户还是价格卖得低，收入比人家少。我们想在村里建一个猕猴桃合作社，由合作社统一管理、统一经营，提高猕猴桃种植的总体效益。我了解，多数承包户愿意加入合作社，但也有个别人有顾虑。您是承包大户，您带个头怎么样？"

皮三枪沉默了半天，说："这个，这个恐怕不行。"

林秋月问："为什么呢？"

"好多年了，我一直这样种这样管，习惯了，就不给村里添麻烦了。"

林秋月说："这不存在添麻烦的问题，成立合作社就是为村民服务的。"

"要服务就给他们服务吧，我不需要。"

林秋月问："叔，你是不是心里有什么小九九？"

皮三枪说："我有什么小九九？我就是不想加入那个合作社，自己包的树自己管，不想沾谁的光，也不愿意沾村里的光。"

林秋月问道："不加入合作社，您总得有个理由吧？"

"我就直说了吧，我自己承包的果园种得好好的，管得好好的，凭什么再叫那个合作社从中割一刀、再扒一层皮？"

林秋月笑道："我说您有自己的小算盘吧，您还不愿意承认。这会儿还是把实话说出来了。成立合作社不是像您所说的，要割一刀、剥层皮，是为了争取果园的最大整体效益。比如，聘请专业人员具体指导修剪、施肥、管理，专门负责打通销售渠道，这样，对各家各户都有好处。当然，合作社也需要投入一定成本，但这个数额很低，只在总体销售收入中占很小的比例。并且这个比例也是建立在承包户比往年收入增加基础之上的。提取这点微不足道的费用还是要用在承包户身上，不会揣进别人的腰包。您不会因为这个就拒绝加入吧？"

皮三枪不耐烦了："我就是不愿加入合作社，你能把我怎么着？"

林秋月说："叔，我好好和您说话，您怎么还急起来呢？您放心，加入不加入合作社，我们充分尊重村民的意见，您坚持不愿加入，我们不会勉强，更不会逼您。当然，合作社也不会因为您不同意就不办了。到时候，全村的人都加入了合作社，您可不要觉得孤单和失落；其他承包户挣钱了，您也不要眼红和后悔。到底怎么办，您自己掂量着来。"

皮三枪没有吱声。

林秋月说："这个事不着急，您再仔细想想，想好了再告诉我。"

这段时间，百合园的各项工作全面铺开。两万平方米的智能温室整体工程已经基本完成，现正在进行内部装修。土地流转也还顺利，周边的村民很配合。但也有个别户出难题、不配合，主要原因不是他们不愿意建百合园，而是平时与村干部有摩擦、有矛盾，想借此机会跟村干部闹点别扭。不过，这些问题目前也都解决了。高春风目前面临着一个难题是园区的整体绿化。他知道，和尚岭方圆几十里，到处光秃秃的，很少见棵像样的树。这样对土地涵养水分极为不利。百合园发展起来后，只有百合花开，没有绿荫相映，也会大煞风景。光靠公司或杨柳镇的力量，短时间完成这么大面积的绿化，这几乎是不可能的。今天栽几棵，明天栽几棵，零零星星的也不解决问题。带着这个困惑，他回家和高云青商量。

高云青告诉他，植树造林没有捷径，只能一棵一棵地种，一株一株地栽。如果是高山，可以用飞机播撒树种，慢慢发芽，慢慢生长；但在丘陵地带，岭顶植树，岭下种粮，只能靠人工栽植，尤其那么大的面积，最有效的办法还得动员群众，人多力量大。他给高春风出了个点子，以泰山百合园的名义给县委写个报告，让县林业局统一作个规划，哪个片区栽树，栽什么树，提前划定区域。植树节马上快到了，植树节那天，请县委领导带头，各部门各单位划定责任区，按照统一规格和标准，统一植树。这样，一年就干你们园区几年干的活。连续几年的时间，和尚岭的绿化就会有一个大变化。

高春风豁然开朗，心中有数了。

随着百合园各个项目的有序推进，很快就要进入百合种植期，解决种苗的问题迫在眉睫。从各地大面积种植百合的实践看，解决种苗的途径，无外乎野外引种、当地引种或主产区引种。于是，高春风决定远赴荷兰，一方面考察学习他们的百合种植管理和加工技术，另一方面，如果有可能的话，想法引进一批荷兰百合种苗。

高春风知道，荷兰的百合产业在世界上颇负盛名。荷兰百合本身就是百合中的一个重要品种。它的习性是喜光、耐寒、耐旱；突出特点是花艳、花大，特别美观，叶片油绿发亮，像蜡制一样。而且花期较长，一般可达五到六个月，观赏性强。国内已经有好多地方引进了荷兰百合品种。实际上，荷兰的百合最早是从我国引走的。十八世纪，荷兰人从中国引走了多个野生百合品种，荷兰农业专家经过多年杂交，培育出百合当中的世界名品香水百合。这几年，中国每年从荷兰进口种球八千万株以上。其实，不光是百合，许多树木、果品、农作物等，也是原产中国，被外国引走之后，经过杂交培育繁殖，反过来再卖给中国。

高春风和李可期等人登上了飞往荷兰的班机。

这天，陈家梁、郑远方和班子其他成员来到无名湖畔。这是一个湖边花园，共占地一百二十多亩，建有五十五栋别墅。前两年，一些有钱人看好这个依山傍水的地方，没有经过任何主管单位的批准，更没有办理任何手续，纷纷在这里私建别墅。前边一个建，后面一群学，结果不长时间，就变成现在的样子。陈家梁心里明白，这是拆迁工作面临的又一块难啃的骨头。

王小宁指着眼前的别墅区，说："我们已经详细了解过，这些建筑，楼间距宽阔，每座别墅，外观别致，内装豪华。几乎每一座都是独栋豪宅。还有那些四合院，占地面积更大，都是几进几出，古香古色，古朴典雅，豪华阔绰。其中，有两户最为显眼。一户是泰发建筑集团老总罗天时。这栋别墅，近水而建，上下共有三层，面积达一千多平方米。院里亭台楼阁，盆景奇石。地下室直通湖面，水边有条木船，可以划船到湖里去。另一户是仿古四合院，雕梁画栋，红墙黑瓦，前后有两个院，打眼一看，很像北京城里的古建筑。"

陈家梁问道："这家房主是谁？"

"是天街物流的老总杜婕。"王小宁答道。

陈家梁听后一愣："你说是谁？"

"杜婕呀！"

陈家梁不禁眉头一皱，心里咯噔一下。

王小宁说："这五十多栋别墅和十几套四合院，通过上门做工作，宣传法律，解释政策，大多数自知理亏，愿意配合拆迁。已有四十八户签订了拆除协议。但还有七户，不但不同意拆除，而且态度强硬，有的蛮不讲理，漫天要价。"

郑远方补充道："国土资源部门在参与调查过程中发现，拒不同意拆迁的这七户，没有一户能按照要求提供规划、土地、准建等手续。这就说明，他们都没有按照正规渠道办理批准手续。"

陈家梁说："那问题就来了，当初是谁允许他们建造别墅？又是谁给他们办理的房产手续呢？他们的房产证是从哪里来的？"

"那还用问？全是造假呗。"

陈家梁气愤地说道："这也太胆大妄为了。"

郑远方说："在研究拆迁规划的时候，国土部门已经依法吊销了他们的房产证，并且非常明确地告知他们，这是违法建筑，不再享有对房屋的所有权。"

陈家梁问："那还有什么好说的？"

郑远方把两手一摊，说："可他们固执己见，我行我素，坚持认为这房子是他们的合法财产，并且个别人依然态度强硬。"

陈家梁说："我就不明白了，他们哪来的这么硬的底气？"

王小宁苦笑道："有钱有势啊！"

郑远方说："你想想，凡能在这里建别墅，建这样高档的别墅，谁没点实力？就拿那个罗天时来说吧，他在泰城，可是大名鼎鼎，是个呼风唤雨的人物。他自己的公司做得很大，不说日进斗金，起码也是财源滚滚。他的哥哥在北京某个部委工作，据说位高权重，是个很有影响的人物。前些日子我们派人找罗天时做工作，罗天时不屑一顾，爱答不理，根本不把我们这些工作人员放在眼里。"

陈家梁沉思半天没有说话。

这时，突然一阵风起，天瞬间暗了下来。空中滚过几声闷雷，陈家梁抬头一看，一场暴风雨即将来临。

晚上，陈家梁盯着墙上的一张老照片看了半天。这是一张黑白照片，时间久了，颜色已经泛黄。这是陈扁担和杜长腿两家人的合影。一家是陈奶奶、陈扁担和五六岁的陈家栋、陈家梁。另一家是杜爷爷、杜奶奶、杜长腿、钟丽华和孩提时代的杜宏、杜婕。他的目光久久停留在照片中的杜婕身上……

高小雨问道："遇上什么事了？"陈家梁说："这次真遇上难事了。城郊有个别墅区，全部是违章建筑，市里下了文件，都在拆除之列。"高小雨说："小岭村那么难拆你们都拆掉了，难道比小岭村还难？"陈家梁叹口气说："不一样，各有各的难处。这个别墅区的房主，大多有钱有势，要拆没那么容易。你猜咱们同学中谁在那里有房子？"高小雨想了想，说："这我哪里猜得着？"陈家梁说："杜婕。"

高小雨感到非常意外，说："杜婕在那里建了别墅？她什么时候建的？"陈家梁说："我今天也是第一次听说。不过，她建的不是别墅，是四合院。"高小雨不禁替陈家梁为难起来："这事是有点难办。不拆她的吧，一碗水难以端平；拆她的吧，你们两家的关系，你们两个情分，你怎么开这个口？怎么下这个手？"陈家梁说："所以说遇上难事了，不是一般的难，是进退两难。"

高小雨劝道:"找她谈谈呗,我想她会通情达理的。"陈家梁说:"谈肯定要谈,但我想过,无论采取什么方式,谈话的过程都不会轻松,谈话的结果不会皆大欢喜。要么,撕破脸皮、唇枪舌剑;要么,横眉冷对、不欢而散。"

　　高小雨说:"我想,杜婕那里,可能还不至于,关键是如何面对她父母,如何面对你老爸,还有,你如何面对我哥,杜婕可是他的小姨子啊!"

　　陈家梁说:"算了,不想了,明天再说。"

第三十五章

陈家梁决定找杜婕摊牌，他知道，这将是一次极其艰难的对话。

这几天，杜婕的房子把他弄得焦头烂额。他和杜婕的关系以及他们两家的关系，亲戚朋友知道，同学同事知道，社会上也有不少人知道。现在，无数双眼睛在盯着他，看他怎么处理，看他能不能出于公心，一碗水端平。自身不正，何以正人？杜婕的房子拆还是不拆，已经不单单是一套房、一个人的问题，而是关系到整个拆迁和新区建设的问题，开弓没有回头箭，既然已经开了头，就不能停下来。当然，他愿意相信杜婕通情达理、顾全大局。

他抓起桌上的电话，刚要拨号，想了想，又放下。

过一会儿，他又拿起电话。犹豫再三，还是没拨，再放下。

他在办公室转了几圈，再次拿起电话，终于拨通杜婕的号码。

"杜婕你好，下午我们可以见个面吗？"

"没问题，在哪儿？"

"快活三茶舍。下午两点等你。"陈家梁放下电话，长舒一口气。

下午不到两点，陈家梁就提前在那儿等着。刚点了一杯茶，杜婕也到了。服务生问杜婕："请问女士，您来点什么？"杜婕问陈家梁："你点的什么？"陈家梁说："我要的绿茶。"杜婕把包放下，说："我来杯玫瑰吧，我胃不行，喝不得绿茶。"服务生说："好的，请二位稍等。"

杜婕问道："你个大忙人，怎么今天想起来约我？说吧，什么事儿？"

服务生送上茶。陈家梁说你先喝水。杜婕轻轻呷了一口。

陈家梁说："今天约你，我犹豫来犹豫去，犹豫了好半天。"

"犹豫什么？这不是你的风格啊！"

陈家梁端起茶杯："我来之前，几个人找我，弄得我压力很大。"

"他们找不找你与我有什么关系？"杜婕问道。

陈家梁说："当然有关系，都是关于你的事。"

"关于我的事？关于我的什么事？"

陈家梁笑了笑，说："你看，你揣着明白装糊涂，弄得我倒不好开口了。"

"说就是了，有什么不好开口的？"

陈家梁干咳一声："那我就直说了。"

"说吧，什么时候变得吞吞吐吐、黏黏糊糊？"

陈家梁问道："你什么时候在无名湖建的四合院？"

"大约有半年了吧。"

陈家梁说："我怎么从来没有听你说起过？"

杜婕话接得很快："你也从来没有问过呀！"

陈家梁嘿嘿笑道："也是。当时为什么在那里建四合院？"

"说起来有点偶然。有一次，几个朋友一起吃饭，他们向我介绍说，那个地方靠山临湖，环境很好，适宜居住和生活。他们有的在那里建了别墅，有的建了四合院。建议我也在那里建套房子。我到那里去看了看，觉得那个地方像他们所说，的确不错，于是我就去建了一套四合院，现在想想，当时确实有点草率，眼下后悔也来不及了。"杜婕答道。

陈家梁问："后悔什么？"

杜婕白了他一眼："明知故问，你糊涂装得更像。"

陈家梁又问："房子建得那么排场，花了不少钱吧？"

"连主体加装修，大概有几百万吧。"

陈家梁笑道："住着感觉怎么样？"

"我一天还没住过，谈什么感觉？"

陈家梁渐渐切入了正题："我们的同志到那里详细了解过，无名湖别墅区，包括四合院，建房的时候，都没有办征地和审批手续。"

"当时开工比较仓促，手续嘛，可能没办什么手续，或者说手续不全。可别人也都是这样建的。再说，当时都是领导点头同意的呀！"

陈家梁说："不管谁点头，没有经过批准，就是违章建筑。市里专门发了文件，凡是没有正式办理手续的违章建筑，一律拆除。不管什么情况，无一例外。"

"没有手续我可以补办手续，为什么一定要拆掉？"

陈家梁摇摇头："这恐怕不行，因为市里对那个区域已经重新进行了规划，拆除之后，不准任何单位和个人在那个区域建设住宅。"

"这么说我那几百万就打水漂了？"

陈家梁说："这就是我犹豫再三无法面对你的原因。你想，我们两家什么关系？我和你什么关系？拆你的房子，我也是情非所愿、迫不得已。"

杜婕哼了一声，挖苦道："噢？你也在乎这个？"

陈家梁说："我又不是木头桩子，怎么会不在乎？不过，在乎归在乎，假如是我个人的事，说上天去我也不会为难你，不会动你的房子。刀子割在你身上，我也流血，我也心疼啊！"

"你快别矫情了，假惺惺的。"

陈家梁说："我不是矫情，我说的是心里话。你想想，现在，多少双眼睛在盯着我，在盯着你那套四合院。你的房子不拆，别的户怎么办？该拆迁的拆不了，该新建的建不成，我怎样向上级交代，怎么向居民交代？"

"说来说去，还是为了你那顶乌纱帽。"

陈家梁说："你这话说得就有点带个人情绪了。我不是爱惜自己的羽毛、把头顶上的乌纱帽看得比什么都重的人。如果不要我的官，能够保全你的房子，那我甘愿把我的官丢掉。但你得想想，我现在就是辞去职务，自己把头上的乌纱帽摘下来扔了，上级很快会派人接替我的职位，接替我职位的人也要执行市里的决定，你的房子照样得拆。你仔细琢磨琢磨，是不是这个理？"

杜婕脸色苍白，一言不发，一口接一口地喝水。

陈家梁问："怎么样，想通了？"

杜婕依然没有吱声。

陈家梁说："杜婕，你是个见过世面、心胸豁达的人，你嘴上不说，但我心里明白，你不会固执己见，故意让我难堪。"

杜婕脸一沉："我要是想不通呢？"

陈家梁自己找个台阶："哪能呢，你不会忍心看着我在火堆上烤吧？"

这时，杜婕接了个电话。然后，她白了陈家梁一眼，说："对不起，失陪了。"说完，站起来气冲冲地走了。

陈家梁尴尬地摇摇头。

第二天，一辆宝马开到无名湖畔，杜婕从车上下来，走进四合院。她举目环视四周，站在院里看了半天，又每个房间走了一遍，最后站在院中间，仰脸朝天，用手捂住双眼，泪水从眼角唰唰地流了出来。

这几天，罗天时一反常态，一点动静没有。这使陈家梁心中犯了嘀咕。以他平时的做派，早就会通过各种渠道找人打招呼，但奇怪的是，陈家梁至今没有接到一个给他说情的电话。但经验告诉他，没有动静就是最大的动静，沉默有时候比任何动静都可怕。炸弹爆炸前什么动静都没有，但一旦有了动静，肯定是惊天动地的大响。

高尔夫球场绿草茵茵，微波起伏。罗天时衣着球衫，聚精会神，潇洒地把杆一挥，球飞出一条弧线，落进球洞。球场顿时响起一片叫好。

罗天时走到太阳伞下休息，球童送上一杯香气缭绕的热茶。几个球友轮番示好。一个竖起拇指，说："罗总高人哪！生意做得好，球艺也不俗！"罗天时满面春风，另一个说："响水不开，开水不响。越是高人，越是低调。"几个人说着说着，就把话题说到了拆迁上。

一个说："罗总，听说陈家梁要拿无名湖别墅开刀。这次他们的力度很大，凡是没办手续，包括手续不全的违章建筑，统统都要拆除。他们每家每户的上门，先做工作，后签协议，没有任何回旋余地。天街物流公司的老总杜婕，与陈家梁青梅竹马、两小无猜，差一点就共拜天地、洞房花烛了，按说，陈家梁应该给杜婕留个情面吧？没有，照样一视同仁、公事公办，该拆的照样要拆。"

另一个说："别听他们瞎嚷嚷，杜婕是杜婕，罗总是罗总，一个女流之辈，怎么能和罗总比？不看僧面看佛面，他们把路都堵死，将来出门开天窗啊？就是借他们俩胆儿，他们也不敢在罗总头上动土。放心，他们刀子再快，也动不了罗总半根汗毛。"

还有一个说："那可说不定，还是小心点好，小心行得万年船。我可听说，这个陈家梁是个硬主儿，拔钉子都不用钳子，用牙。他在乡镇当党委书记时，软硬不吃，连祖坟都敢刨，一提陈家梁的名字，连小孩都吓得不敢哭了。"

罗天时瞪了他一眼："看你把他说的，他到底是人还是鬼啊？"

刚才那个又说："不管怎么样，你最好还是提前给老哥打个招呼好，未雨绸缪、有备无患嘛，别到时候生米做成熟饭，一切都来不及了。"

罗天时一脸不屑，站起来，"哼"了一声："走，打球！"

第二天，罗天时的车在他的别墅门口停下，他从车上下来，助理和保安跟在身后。罗天时忽然发现院墙上贴了一张"拆迁通知"，脸上顿时流露出复杂的表情，先是愤怒，继而不屑。那个年轻的助理见状骂了一声，说："这是谁不长眼，把这些乱七八糟的玩意儿贴在这里？"边说边把"拆迁通知"撕掉，扔在地上，踩了一脚。罗天时又看了看院墙上的"拆"字，眉头一皱，极为反感，说："赶快把它给我涂掉！"那个保安从车上提过来一桶白色油漆，在"拆"字上面，又画了两个更大的圆圈，圆圈涂上两个更醒目的大字"谁敢！"

院墙上原来的"拆"变成了"谁敢拆！"

罗总冷笑一声，走进院内。

陈小玉两年前进了罗天时的泰发集团，原先一直在施工队上班，成天一身泥一身汗不说，还常常累得腰酸腿疼。她早就嚷嚷着不愿意在那干了，缠着爷爷找二叔给她调换工作，被陈扁担好说歹说坚持下来。谁知，这天不知哪块云彩下了雨，突然接到通知让她到集团总部上班。

下班后，陈小玉哼着小曲儿，兴高采烈地来到陈家梁家。高小雨正在厨房忙活，看见小玉高兴的劲儿，说："什么事儿把你高兴成这样？又是蹦又是唱的。"小飞也问到底什么好事。

陈小玉从包里拿出精致的点心小盒递给小飞，说："你看这是不是好事？"小飞接过小盒，说："是好事，不过，这是我的好事，你的好事呢？"陈小玉说："我的好事嘛，婶儿，今天，我们罗总亲自找我谈了，把我从施工队调到总裁办，从明天开始，我就天天打扮得漂漂亮亮地坐在办公室里上班，你说是不是好事？"高小雨一听也非常高兴，说："是好事，天大的好事，我们小玉出息了，摇身一变，从泥瓦匠变成管理人员了。小飞，你什么时候能和你姐一样有出息？"陈小玉说："我们罗总还特意嘱咐，要我今天务必把这个消息告诉我叔。"高小雨说："你叔听了也会为你高兴的。来，咱们吃饭。"陈小玉见陈家梁还没有回来，说："等我叔回来再吃嘛。"高小雨说："他今天有事，不回来吃了。"

这天，陈家梁带着几个班子成员来到刚刚拆迁的片区。

陈家梁说："你们看，这里大片大片的土地已经腾出来了，现在我们要坚持两条腿走路，一方面，没有拆除的抓紧拆除，另一方面要抓紧按照规划施工，不能等，不能拖，不能让腾出来的土地空着，要以最快的速度往前推进。"

郑远方说："这条河虽然不是很大，但在我们规划的新区内是一条重要的水系。前期规划的时候我们对这条河关注不够，如果不精心打造，很可能成为一个死角。打造好了，则很可能成为我们新区的一个亮点。"

陈家梁让王小宁谈谈想法。

王小宁说:"是这样,这条河虽然流量不大,但南与汶河相邻,北与西湖相接。可以拓宽、疏浚,与汶河、西湖贯通起来,把死水变成活水。河两旁栽植花草树木,中心地带,搞个音乐喷泉。通过绿化、亮化就可以把臭水沟变成休闲公园,河两岸的开发就可以带动起来。"

陈家梁对这个想法很满意,说:"这个思路很好。大家要清楚一点,打造新城,不是先建高楼,而应当首先抓好功能配套。比如,学校、医院、商场等等,这些与人们的日常生活息息相关。这些配套设施搞好了,孩子上学、病人就医、居民购物、休闲娱乐都方便了,这样才能把人气聚起来。否则,新城就会成为死城。你们抓紧拿出具体方案。"

无名湖别墅区的拆迁开始动工了。几十台铲车、推土机、挖掘机、吊车开到别墅区。在工程人员指挥下,一座座看似坚固的楼房、围墙,在推土机、拖拉机的轰鸣中,像推倒土坯茅草一样轻而易举,猝然倒塌,看上去不费吹灰之力。空中弥漫着大量粉尘,周边聚集了不少围观群众。

因为一个合作项目要签约,陈家梁带领考察组飞往欧洲。

吃过晚饭,泰城市副市长邓四海坐在沙发上看电视,罗天时来了。因为是常客,也就没那么多客套,罗天时自己沏了一杯茶。邓副市长问道:"天时,最近在忙什么呢?"罗天时说:"我忙来忙去,都是公司里那些鸡毛蒜皮的小事。不像您,净忙全市的大事。"

邓四海又问:"最近去没去北京看你哥?"

"前几天刚去过,他还让我向您问好呢,嘱咐我不要光顾着自己的公司,要多关心关心公益事业,多问问邓市长这边有什么吩咐,及时告诉他,只要他能帮上的,他一定会不遗余力、全力以赴。"

邓四海喝一口茶,说:"请你代我谢谢你哥。要说忙大事,他可是天天忙大事。和他忙那些事儿比,咱忙的这些哪叫事儿?他那么忙,还惦记着我,惦记着咱们市,什么是大格局?这才是大格局。我得好好谢谢他。"

"您客气了。这是他的家乡,他应该谢谢您才对。"

邓四海觉察到罗天时有些局促,便问道:"是不是有什么事?"

罗天时吞吞吐吐地说:"有件事,我不大好意思开口。"

邓四海笑道:"和我还有什么不好意思开口的?"

"说起来,也算不上什么大事。前几年,我在无名湖盖了一栋别墅,东岳新区这次拆迁，非要给我拆了。浪费点钱我不在乎，只是觉得那个环境和条件我比较看好，住在那里特别舒心，拆掉有点可惜。"

邓四海沉吟了一会儿，说："这个事我知道，东岳新区的规划是市里定的。拆除无名湖违建别墅区也是市里的意见。不过，具体情况要具体对待。不用说你哥这些年对泰城的发展帮过很大的忙，就是你本人对全市的发展也做出了很重要的贡献，你的情况需要认真考虑。现在是个什么情况？"

"这几天，他们把推土机挖掘机都开进去了，估计很快就动手了。"

邓四海说："好，我明天就找陈家梁。噢，差点忘了，这几天，陈家梁到欧洲考察去了，得过几天才能回来。"

罗天时说："等他回来再找，恐怕就晚了。"

邓四海一想，说："对，我现在就给他打电话。"

"您亲自出马，陈家梁不敢不给您面子。"罗天时将了邓四海一军。

邓四海笑笑。接着拿起电话听筒拨号，并按下免提键。

正在睡梦中的陈家梁听到手机铃响，迷迷糊糊地拿起手机："哪位？"

邓四海说："怎么，到了国外，连我的声都听不出来？我是邓四海！"

陈家梁赶紧从床上坐起来："噢，对不起，邓市长，您好！"

邓四海一脸严肃地说："好什么好？我头都大了。"邓四海看了看墙上的钟表，接着说，"这个时候给你打电话，惊了你的春秋大梦了吧？"

"哪里哪里，不过，刚睡一会儿，被您的电话叫醒了。邓市长，这么晚了打电话，肯定有什么事吧？"

邓四海提高了嗓门："当然有事，没事我给你打什么电话？是这样，无名湖那片别墅，你是不是已经开始拆了？"

陈家梁一听，马上警觉起来，心里琢磨着邓四海到底什么意思。出国之前，他曾经专门找邓四海汇报过，包括拆除无名湖违章建筑的事。怎么突然问起了这个？于是，他故意含含糊糊、模棱两可地说："出国之前我们研究过，按照市政府的要求，凡是违章建筑一律拆除。不过，我已经出来好几天了，现在进展到什么程度，拆还是没拆，我还不太清楚。"

邓四海对陈家梁太了解，听出他的弦外之音："你甭给我打哈哈，不管出去几天，拆不拆你心里没数？北京一位领导把我的电话都快打爆了。"

陈家梁明知故问："什么事？"

邓四海说："泰发集团的罗总，罗天时，是不是那里有栋别墅？"

陈家梁继续装糊涂："具体我说不太清楚，可能有吧。"

邓四海说："你赶紧给家里打个电话，罗总那套别墅先别拆了。罗总的哥哥是老领导，多少年来一直关心家乡的建设和发展，对我们市的要求几乎有求必应，帮助我们解决了不少难题，帮了我们市里很多忙。这几天，罗天时的哥哥连续给我打了几次电话，过问罗天时别墅拆迁的事，估计他还会给其他市领导打。人家帮咱的忙，咱拆人家的房子，做人不能太不讲究吧？卸磨杀驴、过河拆桥，这话一旦传出去，很不好听。用人靠前，不用人靠后，这不厚道啊！"

陈家梁在电话中支支吾吾："这，这……"

邓四海故意声音高了八度："这，这什么这？怎么？是不是你嫌我的脸太小了？连我的面子也不给啊？要不就让罗总的哥哥亲自给你打电话？"

陈家梁赶紧解释："哪里，哪里，我哪敢？我这就给家里打电话。"

邓四海说："抓紧，北京那边还等着我回话呢。"

"好，我问清楚了马上向您报告。"

邓四海挂断电话。陈家梁的声音罗天时听得一清二楚。他向邓四海竖起拇指，接着双手抱拳，表示感谢。

陈家梁从邓四海的口气中判断，此刻罗天时极有可能就坐在邓四海旁边。他清楚，这时候一让步，罗天时的想法一得逞，那么接下来就会步步被动，拆除无名湖违章建筑的事就功亏一篑。眼前只有一个办法，把生米做成熟饭，令谁也无可奈何。到时候，天塌下来，自己顶着，大不了把头上的乌纱帽摘了。想到这里，他马上拨通郑远方的电话。

"远方吗？是我，陈家梁，无名湖别墅区拆迁的情况进展怎么样？"

"正在拆，一大片已经推倒了！"正在现场的郑远方答道。

陈家梁又问："罗天时的别墅拆了没有？"

"现在还没有，不过很快就要拆了！"

陈家梁说："别的先停下，先拆罗天时的。给你半小时的时间，半小时内一定要推倒楼体，然后电话告诉我！"

郑远方问："干吗这么急？"

"不用问那么多，先按我说的办！"

放下电话，陈家梁一边踱步，一边不时地抬起手腕看看看手表。

大约过了半小时，陈家梁接到郑远方的电话，告诉他墙体已经推倒。

陈家梁接着拨通邓四海的电话。罗天时要接，邓四海示意他坐下。他按下电话免提键，问道："喂，哪位？""邓市长，是我，陈家梁。"罗天时兴奋地往前凑了凑。邓四海慢条斯理地说："是家梁啊，情况怎么样？"

陈家梁一副哭腔："市长，不好了，我给您闯祸了！"

邓四海一怔："怎么回事？"

"我刚给家里打通电话，一问，他们已经把罗总的别墅拆了！"

罗天时一听，先是一愣，随即用手在沙发上一拍，头接着耷拉下来。

陈家梁继续哭诉道："你说这帮不长脑子的家伙！拆之前连个招呼也不跟我打，自作主张说拆就拆了，刚刚我在电话上把他们臭骂了一通，气得我把房间的地板都快跺碎了。给您捅这么大娄子，我真恨不得一头撞死算了。"

邓四海阴沉着脸："省省吧，你头那么硬，别把人家的楼撞塌了，你赔不起。"

"您看这事办得，这，这咋办呢？"陈家梁问。

邓四海吼道："咋办？你说咋办？"

"我给您跪下吧，要不你就抽我几个耳光解解气！"

"算了吧，在电话上抽你，我也解不了气，你也觉不着不疼。你给我跪不跪下无所谓，有本事你到北京给人家跪下！"

邓四海说完，把电话猛地一扣，两手一摊，流露出一副无奈的表情，对罗天时说："你都听见了，这个陈家梁！"

罗天时一脸沮丧，两眼不停地转着，眼神里流露出不甘。

第三十六章

中午，陈扁担刚在饭桌前坐下，小玉就来了。见小玉耷拉着脸，噘着嘴，一脸不高兴的样子。陈奶奶放下筷子，问小玉怎么了，小玉说没怎么着。玉芹拿来碗筷，让小玉坐下一块吃。小玉说了声不饿，就进屋去了。玉芹看了陈扁担一眼，说："这孩子好像有什么事，我看看去。"陈扁担点了点头。

陈扁担嘟囔道："都多大了，还不懂事，你看她那个样，像谁欠她似的。"

陈奶奶说："多大了也是个孩子。"

陈扁担笑笑："您就惯着他们吧，一个个的，都让您惯得没样了。"

陈奶奶白了他一眼："你小的时候，我不也惯着你？"

陈扁担笑道："好，您是老祖宗，您爱怎么着就怎么着，我说不过您。"

过一会儿，王玉芹领着小玉出来，说："有什么事，和你老奶和你爷爷说吧。"

陈小玉坐下，没有吱声。

陈扁担问道："怎么回事？"

小玉怯怯地说："我被公司辞退了。"

陈扁担愣了一下："辞退了？什么时候的事？"

"就是今天上午，领导告诉我，从今天下午开始不用去上班了。"

陈奶奶说："不是干得好好的吗，这是怎么了？"

陈扁担把眉头一皱："是啊，干得好好的，他们为什么辞退你？总得有个理由吧？他们给你说什么了没有？"

"没有，他们说眼下公司有困难，要裁员，许多后勤人员要被裁掉，可我问了问，其他人都没有什么事，全公司就把我一个人裁掉了。"

陈扁担一想："是不是你犯了什么错，被领导开除了？"

小玉急忙辩解："没有，我一直小心谨慎，多干活，少说话，从来没有什么闪失。可不知咋的，他们竟然这样对我，我也没想明白。"

玉芹问："要不，你得罪什么人了？"

小玉摇摇头："也没有啊！我谁也不招，谁也不惹，得罪谁啊？"

陈扁担切了一声："那就奇怪了，无缘无故，他们为什么辞退你？"

"所以我想不通啊！"小玉冤得眼泪都快掉下来了。

玉芹劝道："算了，离开那个公司，咱就不活了？天下这么大，哪里不养人？咱再找其他地方，说不定比那个公司还好呢。"

陈奶奶也说："就是，就算不上班，咱的日子也照样过得好好的。"

陈小玉好像想起了什么："我听他们说，我叔可能把罗总得罪了。"

陈扁担若有所思。

快到晚饭的点了，陈扁担拎着瓶酒来到杜长腿家。陈扁担把酒一扬，对正在做饭的钟丽华说："人呢？找他喝点，"钟丽华把嘴一努："在床上躺着呢。"陈扁担边嘟囔边往里屋走："这才什么时候？太阳刚刚落下去，这么早就上床？少见。我进来看看，他这是又唱的哪一出？"

陈扁担见杜长腿半坐半卧倒在床上，笑道："哪根筋抽了这么早就上床？"

杜长腿看了他一眼，没有搭理，翻身到另一边，把后背给了陈扁担。

"哟，是不是哪儿不得劲？"陈扁担伸手摸杜长腿前额，被他挡了回来。

"噢，明白了，是在置气呢，谁惹他上这么大火？"陈扁担问道。

钟丽华说："谁也没惹他，是他自己找气生。"

陈扁担拍拍杜长腿："找什么也别找气生。我带了瓶好酒，起来喝口。"

杜长腿硬邦邦地撂出一句："你爱找谁喝找谁喝，我没那个心情！"

"嘿，这火气不小呢。起来吧，小心气大伤身。生了别人的气，伤了自己的身，那不是傻子吗？"陈扁担伸手想去拉他，被杜长腿猛地甩开。

陈扁担看杜长腿真的生气，便问丽华："到底是谁惹他了？"

钟丽华没好气地说："你问他。"

杜长腿忽地坐起来："你少揣着明白装糊涂，是谁你不知道？"

陈扁担怔了半天："我，我知道什么？"

杜长腿"哼"了一声："不知道？回家问你的宝贝儿子去！"

陈扁担一脸茫然："你这一阵云一阵雾的，都把我搞糊涂了。"

杜长腿嗓门越来越大："你糊涂我没糊涂，都是你儿子干的好事！"

陈扁担怔怔地站在那里。

杜长腿继续大声说道："闺女至今一个人，连个家都没成，她是我的一块心病啊！她好不容易盖了套房子，将来碰上合适的人好成个家，我心里还挺高兴。可你那个儿子，一点情面都不讲，说拆就拆了，花了几百万哪，就那么打了水漂。你说他这是人干的事？刨窝扒房，伤天害理啊！"

钟丽华觉得有点过分："你快住嘴吧，说几句得了，还没完了！"

杜长腿嗓门更高了，吼道："我就是要说，为什么不说？"

陈扁担如坐针毡，无地自容，坐也不是，站也不是，傻傻地倚在床边上，如果有地缝，他钻进去的心都有。

杜长腿仍然没有解气："你说，打小我对他怎么样？"

陈扁担把头一低："这没说的。"

杜长腿继续数落道："我把他当作儿子一样疼，有一口吃的，匀给他半口，也算半个爹吧？哪想到，疼来疼去，疼出这么一个忘恩负义的白眼狼！"

陈扁担嘴唇微微动着，想说什么，又咽了回去。

杜长腿说："原本我也没指望他什么，可他千不该万不该，不该恩将仇报、反咬一口，并且他这一张嘴，就咬到我的心口，咬得我心疼啊！"

钟丽华白了杜长腿一眼："你快住嘴吧，叭叭地说起来还没完了。孩子是孩子爹是爹，即便孩子做错了什么事，你也不能赖在当爹的头上！"

"他打小就那么宠他，惯他，孩子今天这个样子，还不都是当初他作的孽？他当爹的能少了干系？"

突然，陈扁担两眼直直地看着杜长腿，猛地在自己脸上啪啪抽了两个耳光。手劲很重，发出的声音清脆而响亮。钟丽华连忙上前去拉："他叔，你这是干什么呀？"

杜长腿被陈扁担两个耳光抽愣了。

陈扁担一句话没说，转身离去。

天突然阴了下来，接着淅淅沥沥飘起了小雨。

从杜长腿家出来，陈扁担冒着小雨去了陈家梁家。

陈家梁刚从国外回来，一家人正在吃饭。一见陈扁担进门，小飞高兴地喊了一声爷爷，陈扁担一反常态，理都没理。陈家梁和高小雨连忙站起来。高小雨拿过一把椅子，说："爸一起吃吧？"

陈扁担怒气冲冲说："我不吃！"

高小雨说："那我给您沏杯茶。"

"我不喝！"

陈家梁说："爸，您坐下，有事慢慢说。"

"我不坐！"

陈家梁发现父亲情绪不对，问道："爸，您是不是有什么事？"

陈扁担闷声闷气地说："有事！"

陈家梁又问："什么事？"

"找你打我的脸！"

陈家梁一头雾水，摸不着头脑："爸，您是怎么了？谁打您的脸？"

陈扁担用手指着自己的脸："你睁眼看看，我这张老脸，快打肿了！"说着，又在自己脸上狠狠地抽了两个耳光。小飞吓得呆坐在那里。高小雨和陈家梁连忙把陈扁担的手拉住。高小雨劝道："爸，您别这样，您看把您孙子吓得。"

陈扁担看了一眼小飞。

陈家梁说："爸，有什么事，您好好说嘛，何必这样？"

"好好说，我好好说什么？和谁好好说？"

陈家梁说："可您总得让我知道您为什么吧？"

"为什么？我问你，你是不是把杜婕的房子拆了？"

陈家梁恍然大悟："是啊，可这是没有法子的事，她的不拆，别人的就没法拆，都不拆，那整个规划就泡汤了。"

陈扁担两眼直勾勾地瞪着陈家梁："杜婕是你的发小，她妈是你的恩人，咱们两家是几代人过命的交情。你是吃杜婕她妈的奶长大的，说不过去啊！"

陈扁担过于激动，身子一趔趄，险些摔倒。高小雨赶紧上前扶把陈扁担扶住，一边抚着他的后背，一边劝道："爸您消消气，消消气。"

陈扁担咳嗽了两声。

高小雨瞅了陈家梁一眼："看你把爸气成什么样了？"

陈扁担缓口气，声音低下来："我挑山卖力，省吃俭用，供你上学读书，长大成人。我没指望你光宗耀祖，没指望你发财养家，只盼望你安分守己，做个好人。可你倒好，刚一上任第一把火，就烧到自己人身上。烧得少皮没毛了。你把罗总的房子拆了，小玉让人家给辞退了。你把杜婕的房子拆了，她爸和我翻了脸。从我爷爷到你爷爷，咱和老杜家屋基连屋基，院墙挨院墙，几辈子作邻居，两家人从来连脸都没有红过，互相帮衬、互相接济，过得跟一家人似的。你说你，我这张老脸没地放啊！"

高小雨听了感到浑身不自在："爸说得对，我早就劝他，不要蹚这个浑水，他就是不听。现在应验了吧？不听好人言，吃亏在眼前。这下好了，不光捅了马蜂窝，天都快捅破了，人都得罪了，路都堵死了，往后你就从房顶开门吧！"

陈家梁看了高小雨一眼，什么也没说。

陈扁担叹了口气，把门一摔走了。高小雨想送他，门已经关上。

跑马岭的猕猴桃今年喜获丰收，圆嘟嘟、毛茸茸的猕猴桃挂满枝头。果农们都在忙着采摘猕猴桃。路旁停着一辆辆装载猕猴桃的货车。皮三枪向一位果农打听要往哪运。那果农掩饰不住丰收带来的喜悦，说："你没看到车牌号吗？都是北京的车。合作社联系的销售渠道，今年我们的猕猴桃大部分直接运到北京去，没有中间环节，价格比往年高不少。剩下的少部分，由电商服务团队负责网上销售。猕猴桃还没下树，就基本销空了。"他见皮三枪果园里的果子都还挂在树上，一动没动，便和他开玩笑，"你到现在还不下果，是留在树上下崽啊？"

皮三枪一副胸有成竹的样子，说："急什么？你们看，你们采摘的这些都还没有熟透，用手一捏，硬邦邦的，一点都没软。有的根本还没熟，吃到嘴里肯定酸倒牙，这半生不熟的猕猴桃运到北京，人家还不得给你们退回来？"

那个果农笑了笑，说："你是老承包户了，怎么还说这样的外行话？再过几天，捏起来软了，这时候再往外运，就开始腐烂了。到那个时候再摘，你卖给谁去？就怕你的猕猴桃酸不倒牙，能让人家笑掉牙。"

皮三枪一脸不屑，打了个响指，吹着口哨扬长而去。

没过几天，皮三枪提着一篮子刚刚摘下来的猕猴桃来到村办公室，哭丧着脸找到林秋月，请求无论如何帮他一把。

原来，他这次小算盘打错了。

皮三枪见今年年头好，结果多，个头大，成色也好，一个个和小腰鼓似的，便想在树上多挂几天，等到最佳火候再摘，到时候卖个大价钱，并悄悄联系了几个买家。他暗自嘲笑合作社的那些人，还没熟透就急于出手，价钱肯定卖不上去，白白糟蹋了今年的好年景。可谁知，人算不如天算，聪明反被聪明误。因为晚摘了几天，猕猴桃还在树上就开始变软，刚摘下来就开始腐烂。原来联系好的买家，开始满口答应，但一看货，全都变了卦，一个都不要了。皮三枪一下子掉进了坑里。

曹斜眼用手捏了捏篮子里的猕猴桃，摇摇头："都烂得出水了，不行了。"

皮三枪说："前几天，我看见一车车的都运到北京去了，你们能不能再联系一下，看看能不能帮我也卖掉？就算我求你们了！"

林秋月说："叔，那是合作社提前与北京买方签订了购销协议，你这是协议之外，再给人家随意加码，人家不会干的。再说，你的这些猕猴桃都已经腐烂，等运到北京还不变成一堆烂泥？这不是坑人家吗？不光人家不干，咱也不能昧着良心坑人啊！你说是不是？"

曹斜眼挖苦道："你这个皮三枪，不是我说你，你平时有理无理滋三枪，逮着谁滋谁，这时候你的本事到哪去了？当初动员你加入合作社，你死活不肯，还背地里阴阳怪气地说闲话，这时候想起我们了？晚了。"

皮三枪自知理亏："我平时确实说了一些对不住你们的话，干了一些对不住你们的事，我对不住你们，可你们也不能见死不救、遇难不帮啊！"

曹斜眼问道："你说我们怎么帮你？"

皮三枪涎着脸说："那我现在加入合作社可以吧？"

"那得看合作社的人同不同意，这个事社员说了算。"曹斜眼答道。

"只要能帮我过去这个坎，你们说什么都行。"皮三枪哀求道。

林秋月看了一眼皮三枪的可怜相，说："办法嘛，也不一定完全没有。"

这时，小樱桃走进办公室。

林秋月说："正好，樱桃姑娘来了，她说不定有办法。"

小樱桃问："说什么呢？我有什么办法？"

"是这样，咱们村凡是加入合作社的承包户，大部分猕猴桃都已经销到北京去了，并且价格非常理想，只剩下皮三枪一家。他不是合作社的成员，单打独斗，又自作聪明，结果摘晚了，猕猴桃已经开始腐烂，卖不出去。眼下唯一的可能，就是通过电商线上销售试试，这个事只有你有办法。"林秋月解释道。

小樱桃看了看篮子里的猕猴桃，说："这不都已经烂了嘛，怎么卖？卖给谁？电商服务也得讲信誉，不能不讲诚信啊！卖这样的货，我也没有办法！"

林秋月说："樱桃说得对，烂的肯定不行，咱不能自己砸自己的牌子。不过，那么大的数量，不会全部烂光，可能还有部分没烂的，对不对？"

皮三枪赶紧说道："对，有不少好的，还没有腐烂。"

林秋月说："可以挑挑，把好的挑出来，通过电商在线销售。"

小樱桃勉为其难地说："只能试试，价格嘛，你也不能有太高的指望。"

皮三枪马上表态："能卖一斤是一斤，能赚一块算一块，哪还敢有大指望？谢谢樱桃姑娘，谢谢村里领导。秋月，我还想求一个事。"

林秋月问："还有什么事？"

"我想加入合作社。"

林秋月说："你这回真的愿意了？"

"真的愿意！"

林秋月说："那好，回去等着，等研究了以后再说。"

晚上回到家，皮进勇躺在床上看书。林秋月洗漱之后正在擦脸，擦着擦着，突然想起了皮三枪，忍不住扑哧笑了。皮进勇把书放在床头柜上，说："莫名其妙，你无缘无故地笑什么？"林秋月擦完脸，也上了床，说我笑你堂叔皮三枪。

皮进勇顿时不高兴："我说过多少次了，不要提他，又提他干什么？"

"你先别生气，你听我说，皮三枪平时那个横劲和蛮劲，好像能得不得了。可遇到难处，那个可怜兮兮的样子，又让人觉得很可笑。"

皮进勇问："他遇到什么难处了？"

林秋月就把他坚决不入合作社，现眼下猕猴桃卖不出去的事从头到尾说了。皮进勇一听，说："活该，他自找倒霉，不用管他。"

林秋月说："如果我不是村里的书记，我当然不管他。可既然我当了村书记，总不能看着他要死要活的样子不管吧？我答应他，把没烂的挑出来，让电商服务站帮着线上销售试试，估计效果也不会太好。"

"你是吃饱了撑的，让你别管他的事，你怎么当成耳旁风呢？"

林秋月也不高兴了，说："哎，我说皮进勇，一提皮三枪，你就气不打一处来，就像炮仗点了火，至于吗？我真怀疑你长没长脑子。"

皮进勇不服："我怎么不长脑子？他和我们家水火不容、势不两立，这你都看见了，你为什么还老提他的事，管他的事？你不是成心的吗！"

"我说你不长脑子，一点都没冤枉你。就你们家那点破事，都过去多少年了，还值得这么耿耿于怀吗？上辈的恩恩怨怨，后辈有必要掺和太深吗？"

皮进勇说："你说得轻巧，我爸那个坎，下辈子也过不去。"

"这个我知道，当年，你爸的媳妇被他撬了，皮三枪不光彩不道德，你爸耿耿于怀，情有可原，可以理解，可你不能装在心里一辈子啊！"

皮进勇"哼"了一声："我是我爸的儿子，是我爸的血脉，能说忘就忘吗？"

林秋月说："你这话真是可笑。你不想想，如果当初皮三枪不撬你爸的行，你爸娶的就不是现在的你妈了。如果你爸娶了皮三枪的老婆，能有你这个儿子吗？没有你这个儿子，哪有我这个儿媳妇？没有你，我嫁给谁去？"

皮进勇一听笑了："你说得也对。"

果不出所料，罗天时的别墅被拆除后，他没闲着。先是给省委市委和各级纪委写信，告陈家梁作风霸道，强制拆迁。有关部门实地调查以后，反馈给他的结果令他很失望。接着，他又从北京请了两位有名望的律师，要到法院打官司。律师查阅了所有案卷，走访了多名知情人，了解了事件的全部过程。最后两名律师向罗天时进行了条分缕析，罗天时摇摇头，只好作罢。

夜深人静，没有星星，没有月亮，只有远处明明灭灭的灯火。陈家梁独自站在阳台上，眼前浮现近期发生的所有一切，浮现出陈杜两家互相帮衬的一幕一幕，浮现出他和杜婕童年的点点滴滴，浮现出他成长过程中的一步一步，浮现出每次履新领导谈话的叮咛嘱托……这一切令他心如潮水，难以平静，也使他刻骨铭心，难以忘却。同时，他也对自己的言行举止进行了检点反思。是有情还是无情？是对了还是错了？是坚持还是放弃？他矛盾着，纠结着。

忽然，他一阵战栗，浑身冷飕飕的，原来，不知什么时候开始下起小雨，细雨织成晶莹的玉帘在风中轻轻飘着。不一会儿，雨点渐渐变大。雨线打在阳台上，衣服已经半湿，他全然不觉。他在阳台上的藤椅上坐下，感觉身心交瘁，浑身的力气似乎都已耗尽。他在脸上抹了一把，水哗哗地顺着脸颊流了下来。有雨水，也有泪水；有甜味，也有咸味。他苦笑着摇了摇头。

过一会儿，他站起来，握起拳头在阳台护栏上重重地拍了几下。

高小雨从衣橱里找了一件外套，走到阳台，披在陈家梁身上。她轻抚着陈家梁的肩头，接着把头靠在他的肩上，轻轻说了一句："家梁，委屈你了。"

陈家梁顺手把高小雨揽进怀里……

第三十七章

初升的太阳，穿过密不透风的枝叶，洒下一道道金色的光。

陈家梁和高小雨回家时，正碰上冯文静急匆匆地从家里出来。高小雨问道："妈，看你花枝招展的，这是要去哪？"冯文静说："去社区。这几天，区里要搞广场舞大赛，可把我们这些老头老太太忙坏了。他们今天请来专业老师给我们辅导，我得抓紧去。"陈家梁问："我爸呢，他不去？"冯文静把嘴一撇："他？八抬大轿也抬不去他！在家里待着呢。"高小雨开玩笑说："那就抓紧去吧，别耽误了你的大事。好好跳啊，跳出个花样来，争取拿个老年舞星大奖回来！"冯文静瞅了她一眼："你就挖苦吧，我照样去。"望着冯文静的背影，陈家梁笑道："老太太真可爱。"高小雨说："才知道啊？"

高云青正在客厅看报纸。杜宏刚洗完碗筷，见陈家梁和高小雨回来，问道："碰到妈了吧？她刚出门。"高小雨说："碰到了，急三火四的，说是要去社区参加广场舞排练，把她忙得！"

高云青放下报纸："跳广场舞跳得都快魔怔了。"高小雨说："刚才我给她说了，要她争取当个老年舞星。"高云青笑道："五星当不了，三星四星差不多。"高小雨莞尔一笑："我说她可以，你可不能给我老妈泼冷水。"陈家梁接过话茬："爸，您也应该去。老年人跳跳舞、唱唱歌，这是好事。"高云青从沙发上站起来，说："我才不去呢，一帮老太太，涂着红嘴唇，穿着花裤子，活像一群老妖精，看着都瘆得慌，有那个闲工夫，我还不如到树林里走走。"

杜宏笑了："爸，瞧您说的，女人越上年纪，越得往漂亮里打扮。"

高小雨附和道："就是，你看着不顺眼，我们看着挺好的。"

陈家梁站在高云青一边："不过，爸说得也对。不管干什么，都得因人而异。爸和树打了一辈子交道，对树有一种特殊的感情。常到树林里走走，活动活动筋骨，呼吸一下新鲜空气，这也是个很好的习惯。"

杜宏把话题岔开，说："家梁，怎么样？捅马蜂窝了吧？"

高小雨斜了一眼陈家梁："岂止捅了马蜂窝？天都快捅破了！"

高云青问道："怎么回事？"

陈家梁说："没她们说的那么严重。我们新区搞拆迁，把杜婕的房子拆了。杜婕倒是没怎么着，杜叔恼了。他把我的账算到我爸头上，和我爸翻了脸。我爸又迁怒于我，和我翻了脸，到我家和我闹了一通。"

高云青把脸一沉："这还不严重？拆迁前你没好好沟通？"

杜宏笑笑："还说呢，我给小雨打过电话，让她嘱咐家梁要注意稳妥点。我不是替杜婕说情，而是提醒一下，该做的工作要做在前边，该说的话都说开，以免造成被动。结果，最后还是闹得不愉快。家梁，不是我说你，凭我们两家的关系，凭你和小婕的关系，拆她的房子，你怎么下得去手？"

陈家梁笑道："我和杜婕什么关系？当着小雨的面，你好不好积点口德？"

高小雨把嘴一撇："噢，就是嫂子不说，你和杜婕那点破事谁不知道？"

杜宏说："就是，你们那拨，小学中学都在一个学校，什么事都在一起，你俩那些小孩过家家的事谁不清楚？你还想撇清，撇得清吗？"

陈家梁喝了口茶："你关键时候就会给我上眼药。"

高小雨说："杜婕那里我倒不担心，我担心的是杜叔。"

杜宏说："反正这次家梁是把老头惹着了。我听我妈说，杜婕的房子被拆了，我爸气得火冒三丈，逮谁骂谁。也巧，陈叔去了。我爸正在气头上，接着把一肚子火撒在陈叔身上，把陈叔骂了个狗血喷头。当时，陈叔还不清楚是怎么回事，被我爸一通臭骂骂傻了，噎得当场一句话说不出来。他站也不是，坐也不是，最后狠狠抽了自己几个耳光，转身走了。"

高云青笑笑："这个杜长腿，都这把年纪了，脾气怎么还那么冲呢？"

"谁说不是呢。按说，我爸平时性格是急点，但脾气也没那么大，这次不知转了那根筋，火气大得不得了，那天他那个样子，弄得我妈很不得劲儿，怎么劝都不行。陈叔当面打了自己的耳光，把我爸和我妈都打蒙了。昨天我回家，我妈把这些都告诉了我，我对我爸说，你也太过分了，两家人从来都没有红过脸，怎么能那样？你猜怎么着？我爸还吹胡子瞪眼，把我臭骂了一顿。"

高云青沉思了半天，说："他这老哥俩好了一辈子，这下倒好。"

陈家梁摇摇头："我也没想到后果这么严重。"

杜宏说："其实，我爸那边没什么。他现在是在气头上，你说什么都没用，等过几天就好了。我们两家几辈子要好，我爸和陈叔一辈子和兄弟一样，就为这么点事能过不去？不可能，放心吧，不出三五天，他还得去找陈叔喝酒。"

高云青慢条斯理地说："解铃还得系铃人。家梁和小雨一块去趟你们杜叔家，当面赔个不是认个错，搬个梯子给他，给他个台阶下，这是应该的。即使不是你的错，也应该这么做，谁叫你是晚辈呢。过两天，我再把陈扁担和杜长腿约到家里吃顿饭，我们三个也有些日子没在一起坐坐了。"

"还是老爸想得周到。"高小雨听了很高兴。

高云青说："我家里还有两瓶平时没舍得喝的好酒，你们去的时候带上。另外，我还收藏了一个葫芦，泰山墨玉的，是碧霞祠道长送给我的，开过光，去的时候也带上，估计老杜会喜欢。待会儿我去找出来。"

陈家梁和高小雨进门时，杜长腿正坐在沙发上喝茶。陈家梁和高小雨俩人进屋，他视而不见，理都不理。钟丽华连忙给他们两个让座。陈家梁把东西放下，小心翼翼地说："叔，我们来看看您。"杜长腿眼似睁非睁，说："看吧，在这哪，还没死。"钟丽华瞅了杜长腿一眼，说："孩子来了，就不能好好说话？"杜长腿把杯子往茶几上一磕，说："你叫我怎么好好说话？"高小雨坐到杜长腿身边，说："家梁知道错了，这不是来赔礼道歉了嘛。"杜长腿把眼一瞪，说："他还有错？"陈家梁低着头，说："叔我错了。"高小雨轻抚着杜长腿的肩膀，说："叔您就不要置气了。你看，这是我爸让给你带的酒，还有玉葫芦，是碧霞祠道长开过光的。"

杜长腿两眼紧盯着酒瓶和玉葫芦，说："刚才你说谁让你带来的？"高小雨说："我爸呀！"杜长腿问："你哪个爸？"陈家梁上前解释，说："是小雨她爸，孩子他姥爷。"杜长腿厉声道："你少插嘴，我没问你！"他转过头来对着高小雨说："高场长送给我的，那我得接着。要是别人，你们赶紧拿走，爱什么什么，我不稀罕。"

钟丽华说："小雨，这么贵重的东西，拿来我家可惜了。你爸是老干部，家里高朋贵客多，摆在家里体面。你还是拿回去让你爸留着吧！"

杜长腿把葫芦拿过来，说："去，给我的，又不是给你的。赶紧给我放好了。拿都拿来了，怎么好意思给人拿回去？"

钟丽华说："这么好的酒，你喝了白瞎。这么贵重的东西你也接？"

"不管怎么说，不能驳了高场长的面子。"杜长腿说。

钟丽华挖苦道："你别的没学会，倒学会得了便宜卖乖。"

高小雨见杜长腿挺高兴，便乘机转移话题："叔，您不生家梁的气了吧？"

谁知，杜长腿一听，立马换了一副面孔，两眼死盯着陈家梁，声音也高了八度："噢？你们是拿你爸的东西堵我的嘴？门都没有。长了副人模样，不干人事，我一辈子都不原谅！"

陈家梁扑通跪在杜长腿面前："叔，我给您跪下，求您原谅。"

钟丽华赶紧去拉陈家梁："家梁别这样，大男人怎么说跪就跪？"

杜长腿视若无睹，理也不理，"哼"了一声，继续喝起茶来。

这时，杜婕推门进来，见陈家梁跪在地上："哎哟，这是干什么呀？"

高小雨说："在向叔赔罪呢。"

杜婕问道："赔什么罪？"

高小雨埋怨道："你就别明知故问了。"

杜婕上去拉陈家梁："赶快起来吧，有什么话起来说。都当区委书记了，这要是传出去，让别人知道了，多没面子？"

陈家梁仍然未动，说："叔不原谅，我没法起来。"

杜长腿瞪了他一眼："我要永远不原谅呢？"

"那我就一直跪在这里。"

杜婕走到杜长腿面前，劝道："爸，你这是干什么呀？你的心是铁打的？这么大个人了，跪在地上多难受，你就不能体谅体谅？有什么话慢慢说。你不给他面子，也不给小雨面子？跪着的是他，脸打的是小雨！"

杜长腿心里咯噔一下。

钟丽华也说："是啊，孩子都认错了，杀人不过头点地，还要怎么着？孩子跪着，媳妇陪着，你这不是成心的吗？你什么时候变得心这么硬？"

杜长腿犹豫了半天才说："那就起来吧。"

陈家梁像得到特赦一样，跟跟跄跄地站起来："谢谢叔原谅。"

杜长腿说："我不是原谅你，是看小雨的面子。"

高小雨连忙说："谢谢叔。"

陈家梁说："叔，千错万错，都是我的错，当时，我应该先向您把情况说清楚，是我把问题想简单了，惹您生这么大的气。"

"戴上了乌纱帽，当了个屁大的官，就不知道自己姓什么了。想干什么就干什么，想怎么干就怎么干。噢，这一弄你自己是风光了，可还管不管别人死活？有你这样当官的吗？"杜长腿的话里还是带着很大的火气。

杜婕解释道："爸，这个事不能全怪家梁，事先他给我说了，我那个房子本来就没办手续，属于违章建筑。再说了，老区改造，房屋拆迁，是市里做出的统一决定，又不是针对我一个人，我都没火，你咋上这么大的火？"

　　钟丽华接上说："谁说不是呢。家梁这么做，肯定有他的难处，你这个做长辈的，怎么就不知道替别人想想，非要难为孩子不可呢？"

　　"别人拆了，我没有办法，我也不会上这么大的火。为什么偏偏是你拆？你可是在我的眼皮底下长大的啊！"杜长腿心里的结依然没有解开。

　　钟丽华说："家梁不拆，别人也得拆，你这不是什么都明白吗？"

　　杜婕说："爸，拆房子的也不光我一个，我们那个小区，好多比我的房子大，比我的房子好的，也都拆了。家梁是区委书记，他得一碗水端平不是？"

　　杜长腿眼瞪着杜婕和钟丽华："你们这是站在哪一头？帮着谁说话？"

　　"哪头有理我就站哪头。""谁有理我就帮谁说话。"

　　杜婕和钟丽华几乎同时说道。

　　陈家梁刚要解释什么，被高小雨喝住："快把嘴闭上，还嫌叔气得不够啊？"接着，她劝杜长腿，"叔，你骂得对。家梁是您的孩子。该打就打，该骂就骂。不打不骂，怎么长大？您不要再和他置气了，好吗？"

　　杜长腿"哼"了一声："我没有这样的孩子。"

　　杜婕马上把话接过来："爸，你嘴上这么说，心里可不这么想，别人不知道，我还不知道？打是亲，骂是爱，父母都是打骂自己的孩子，有谁打骂别人的孩子？你嘴上说没有这样的孩子，心里真这么想吗？快别装了。现在，你打也打了，骂也骂了，就消消气吧。谁家大人和孩子真生气？"

　　杜长腿嘴张了张，接不上话了。他端起水杯喝了一口，把目光转向高小雨，说："儿子不要了，但儿媳妇还得要，回家给你爸捎个话，改天我去喝几杯。"

　　高小雨故意逗他："我哪个爸呀？"

　　杜长腿说："这还用问吗？你公公，陈扁担！"

　　钟丽华把嘴一撇："你那天对人家那个样，鼻子不是鼻子，脸不是脸的，明天再腆着个脸找人家喝酒，好意思吗？脸皮厚得像鞋底，一锥子扎不透。"

　　杜长腿眉毛一扬："和他有什么不好意思？"

　　说完，他就回了里屋。

　　就像突如其来的一场台风，风势渐渐弱了下来，海面恢复了往日的宁静。陈家梁心上的一块石头终于落地。高小雨打心里感激杜婕，感激她关键时候搬了一把梯子。杜婕责怪陈家梁，说："你也真是的，还当区委书记呢，老人就是老小孩，你就不会说几句好话哄哄他？你可倒好，还下起跪来了。"陈家梁笑了笑，说："权当过年的时候，给叔磕个头，这没什么丢人的。"

杜婕问陈家梁："你前几天出国招商，有点眉目了？"

"初步达成一些意向，但能不能落地，还不好说。"

"东岳新区是该有点起色了，我都替你着急。"杜婕说道。

陈家梁说："你在京城多年，人脉广，路子宽，还得多帮忙。"

"我妈说我爸脸皮厚得像鞋底，我看你比他还厚。拆了我房子，不给我道歉就罢了，还好意思舰着脸让我帮忙？"

陈家梁自嘲道："脸皮壮，吃得胖嘛。"

"前些日子，京华大学李京教授派人来泰城考察过，他们有一个意向，想在泰山建一个网络空间安全领域国内一流的人才培养实践教学基地和科研平台，但还没有最后下定决心。下次来，我带他到你那里看看。"

"那太好了。不要等下次了，这几天，你能不能带我们去趟北京？"

杜婕笑道："你不光脸皮厚，还会耍无赖。你又不是我的领导，我也不是你的下级，你给下个命令，要我干什么，我就得干什么，凭什么呀？凭你拆我的房子有功，还是凭你惹得我爸上火？你说呢小雨？"

高小雨说："对，不用听他的。"

陈家梁连忙解释："我哪是给你下命令？我这不是求你嘛。"

杜婕故意端起架来："求我也得看看我的心情，看看我愿意不愿意。等我哪天心情好了，哪天愿意了，再说。"

陈家梁说："好，那我就等着你，等着你心情赶快好起来。"

经过紧锣密鼓地忙活，跑马岭泰艾健康管理有限公司正式落成。林秋月热情洋溢地向来宾和村民描绘着跑马岭的未来。

"我们祖祖辈辈住在泰山，泰山给了我们丰富的资源，包括奇石、药材、瓜果等等。我们新落成的这个公司，就是利用漫山遍野的艾草资源，打造以艾草加工为主的保健产品生产链条。在跑马岭，艾草遍地都有。山上山下，房前屋后，野生的，种植的，要多少有多少，公司做得多大都够用。把这些艾草做成灸包、灸条等等，家家户户用得上、离不了，市场大得很！原来谁都看不上眼的艾草，现在可以赚回大把大把的票子！接下来，我们还要大力发展以猕猴桃为主的果品产业，大力发展乡村旅游业，大力发展能够体现泰山文化特质的文创产业等等。所有这些，目的只有一个，就是要使我们跑马岭村的乡亲们一步一步过上好日子……"

　　晚上，高云青约了陈扁担和杜长腿到家里吃饭。如果放在平时，三个亲家聚聚再正常不过了，但今天高云青的用意，陈扁担和杜长腿心知肚明。

　　冯文静亲自下厨，忙得不亦乐乎。陈扁担过意不去，说："嫂子一块坐吧，别忙活了。"冯文静说："没什么忙活的，就是随便准备了几个家常菜，你们两个好久没来了，和老高一起好好聊聊，省得他自己一个人在家闷得慌。"高云青笑笑，说："是啊，老伴忙着跳舞，孙子忙着上学，我平时一个人在家，连个说话的都没有。不像你们两个，住得近，干什么都方便，愿意喝酒就喝个酒，愿意吵架就吵个架，多好！我倒好，吵架都找不着个人吵。"听着高云青话里有话，陈扁担把头一低。杜长腿一阵脸红，尴尬地笑笑。高云青没有拐弯，直奔主题，说："前两天你们两个又吵了一架？"陈扁担瞅了杜长腿一眼，说："不是两个人吵，是他一个人吵，他那张嘴像炒豆似的，噼里啪啦，我哪里插得上嘴？"高云青笑了笑，说："你是没有吵。可我听说你那啪啪两个耳光，看起来是打自己的脸，实际上也在打别人的脸，你这招比吵架还厉害。"杜长腿白了陈扁担一眼，说："就是嘛。"

　　高云青说："好啊，能吵架说明还年轻，还有脾气，还有火性，不像我，要吵也找不着人吵，就是有人吵，也吵不动了，是不是老杜？"

　　杜长腿没吱声，只是尴尬地嘿嘿笑。

　　高云青说："我来泰山的时候还不到四十，你们两个那时不到三十。我记得，那时候你们两个天天一块挑山，一块下山，几乎形影不离，和亲兄弟差不多。我也为了泰山的绿化，天天山上山下地跑。没想到，咱们三家都成了亲戚，还是要紧的亲戚。这都是缘分哪！"

　　杜长腿说："和您结亲家，我们高攀了。"

　　高云青纠正道："这是说的哪里话？亲家就是亲家，哪有高低之分？"

　　冯文静说："别光顾说话了，菜都快凉了。"

　　高云青连忙招呼："好，动筷子，咱们边喝边聊。"

　　陈扁担端起酒杯："来，高场长我敬您。"

　　高云青把脸一绷："什么高场长？刚才还说要紧的亲戚，再说，我都退休若干年了，叫老高就行了，听着还亲切。"

　　杜长腿说："不管亲家不亲家，也不管您退休不退休，您在我们心目中，永远是高场长，叫了多少年，不好改了。"

这时，卧室电话铃响。

高云青接完电话，回来坐下，说："是小雨的电话，她什么心思，我不说你们两个也知道。不瞒你们两个说，听说杜婕的房子被拆了，我心里也很生气。觉得家梁做得有点过分，甚至不近人情。已经盖好的房子怎么说拆就拆？"

陈扁担说："都怪那个臭小子太轻狂，太莽撞，太不懂事了。也怪我这个当爸的，从小没有教育好，把他惯坏了。"

高云青呷口茶："不过，仔细一想，自古以来，领了俸禄得上朝，当了干部要尽责。家梁既然当那个区委书记，就要尽那份责任；要尽那份责任，就要一碗水端平，哪能有亲有疏，有厚有薄？你们说是不是这个道理？"

杜长腿和陈扁担都没有接话。

高云青说："当时，我也反复掂量过，杜宏是我儿媳，杜婕是杜宏的妹妹；小雨是我女儿，家梁是我女婿。这事我该不该管？怎么管？想来想去，算了，不管了，孩子的事让孩子自己看着办，长辈掺和什么？"

杜长腿说："高场长，别说了，都怪我，当时在气头上。"

陈扁担说："也不能全怪你，我也没沉住气。"

高云青说："其实，这个事谁也不怪，也没啥可怪。你们挑山我守山，天天在山上走，哪天脚尖不碰石头？脚尖碰石头，勺子碰锅沿，碰一下又能怎么样？这还不都是正常的？"

杜长腿说："高场长，我得好好谢你。"

高云青没反应过来："谢我什么？"

"那么好的酒，你自己都不舍得喝，让孩子捎给了我。还有那个开过光的葫芦，那可是个宝贝，你怎么舍得给我？"

陈扁担一听："还有这样的事？我怎么一点不知道？"

杜长腿颇为得意："给我的，你当然不知道。来，我敬两个老哥一杯！"

高云青摆摆手："不行，你得分头敬，先敬老陈，再敬我。"

杜长腿说："好，听人劝吃饱饭。先敬老扁担。哎，你得把杯倒满。"

陈扁担笑道："倒满就倒满，什么时候怕过你？"

两人举杯干了。

陈扁担对杜长腿说："老规矩，我们俩一块敬高场长。"

三个人一饮而尽。

酒这东西，就这么神奇，有时伤身体，有时是黏合剂。高云青这顿酒像黏合剂一样，把陈扁担和杜长腿黏合得严丝合缝，完好如初。

　　陈家梁、郑远方和王小宁到市政府汇报了拆迁工作。走出政府大楼时，王小宁掩着嘴笑。孙远方问她笑什么，王小宁看了一眼陈家梁，说："原以为今天肯定要接受邓副市长狂风暴雨的洗礼。没想到，邓副市长一直笑容可掬。不仅没有批评，反而好好表扬了一通。"孙远方说："你低估了领导的水平。"王小宁问陈家梁："拆了罗天时的别墅，你从国外回来向他负荆请罪了吗？"陈家梁笑笑，说："哪有的事儿，邓副市长的心思我明白，他是常务副市长，主管城建和新区建设。他唱的是红脸，我唱的是黑脸，这样，都好说话嘛。"

第三十八章

高春风从荷兰考察回来，脑洞大开。

荷兰是名副其实的花卉之国，全国拥有大约四万四千多英亩鲜花。每年的3月到9月，荷兰仿佛一个万紫千红的世界。他们每年利用冷冻技术销往世界各地的鲜花和盆栽植物分别占到世界市场的60%和90%，这其中就有大量的百合。百合在荷兰的鲜花种植中占有极大的份额，是除郁金香之外的第二名产品。这几年，国内百合产业虽然发展也很快，但与荷兰相比，还是有差距的。比如，在品种繁育、种植规模、产品加工等等。这些差距，正是潜力所在。高春风从荷兰百合产业的发展和国内的现状中看到了希望。

这次荷兰之行，高春风还出乎意料地见到一个人。

他们在荷兰考察的第一站就到了阿姆斯特丹，带他们全程考察学习的是一个荷兰籍华人，他既当翻译，又当向导。几天下来，大家渐渐熟悉起来。当他知道高春风是泰山人，就主动打听杜婕的情况，并讲述了他和杜婕从相识、相恋到后来分手的过程。

这个人正是杜婕的前男友韩奇。

在交谈中，韩奇坦率地承认，他背叛了杜婕的感情，和一个来中国留学的荷兰姑娘偷偷好上，结了婚，一起到了荷兰。原以为到了荷兰就能过上他想要的生活，可他哪里知道，荷兰是一个极其开放的国家，尤其在两性关系上。到荷兰不到一年，两人就办理了离婚手续。韩奇承认，那段短暂的跨国婚姻，带有明显的功利色彩，从一开始就注定了失败。他一直为背弃杜婕而感到愧疚。虽然过去了十几年，但仍然深深自责，难以自拔。

高春风几次想告诉韩奇，杜婕是他的小姨子，但话到嘴边又咽回去。

到荷兰考察的另一收获是，高春风拜访了两位百合研究专家，一位是被誉为欧洲花卉之父的亚普先生，一位是中国农业大学园艺专家袁方先生。袁方先生是阿姆斯特丹大学的访问学者，对百合很有研究。高春风与他们初步达成口头意向，拟聘请他们为泰山百合园的专业顾问，等汇报后履行聘任程序。

　　令他非常纠结的是韩奇。韩奇在荷兰待了十几年，对那里的风土人情，百合产业发展非常了解，特别对百合的育种和深加工，有很深的造诣。本来，高春风想把韩奇和那两位专家一起聘请，可是考虑到杜婕和韩奇的关系，他不能不有所顾虑。但这个想法他并没放弃。

　　"真是一对冤家。"听高春风说了这段荷兰奇遇，杜宏感叹道，"你要真把韩奇聘到泰山来，要么是一束鲜花，要么是一颗炸弹。"

　　高春风说："所以我才特别慎重。不过，你看杜婕和韩奇，有没有可能摒弃前嫌、重修旧好？"

　　杜宏摇摇头："不好说。只怕杜婕被伤得太深、太重了。"

　　"也是。可这么多年过去了，杜婕就这么单着，没见她与任何人有往一起走的迹象。她会不会心里还放不下韩奇？"高春风问道。

　　"那谁知道？也许没遇上合适的吧。"

　　高春风说："我有一个直觉，韩奇心里还有杜婕，杜婕心里也有韩奇。"

　　"你去荷兰就那么几天时间，凭什么就相信韩奇的话？"

　　"虽然接触时间不长，但从表情神态上看，他不像在说假话。再说，他又不知道我和杜婕的关系，他有必要说假话吗？"高春风还是坚持。

　　杜宏没有吱声。

　　高春风想了想，说："你说，要是杜婕知道了韩奇现在的情况，她的第一反应会是什么？气愤？怜悯？幸灾乐祸或是无所谓？"

　　杜宏说："你找个机会给她透露一下不就知道了？"

　　高春风、李可期和考察团队向刘亦鸿做了详细汇报。刘亦鸿问："怎么样，这趟荷兰之行没有白去吧？"

　　李可期高兴地说："岂止没有白去？收获太大了！"

　　高春风抑制不住内心的兴奋，说："这次到荷兰考察学习，确实开阔了眼界。不迈出国门，不知道世界之大；不看到别人的先进，不知道自己的落后。同时我们也学到了真经。从育种到管理，从管理到加工，摸到了不少门道。还想办法带回了一些种源。虽然数量不多，但这可是星星之火，我们可以自己繁育。这次出去，更重要的是捞到了宝贝。什么宝贝？人才呀！在荷兰期间，我们拜访了号称欧洲花卉之父的亚普先生，中农大的访问学者袁方先生，如果我们聘他们为顾问，我们的百合产业就会如虎添翼。通过这次考察，我对我们发展泰山百合的前景，对以百合产业带动乡村振兴，更有信心了。"

李可期补充道："我们这次荷兰之行，还有个意外的收获。我们聘请的翻译兼向导韩奇先生毕业于京华大学，对百合产业有很深的造诣，在荷兰园艺界享有很高的声誉。他与泰山渊源甚深，流露出愿意到我们百合园效力的意向。"

刘亦鸿用手在桌子上一拍："我太后悔了！"

高春风和李可期听了一怔，面面相觑。

刘亦鸿说："我后悔因为前段时间走不开，没能和你们一起去。我们现在要趁热打铁，有些事要马上行动起来。比如，百合种苗繁育中心建设要加快进度，争取两个月内完成工程主体。再比如，流转出来的土地要按照规划，尽快划分功能片区，抓紧进行种植，不能错过季节。还比如，百合产品深加工的厂房、设备要抓紧进行安装，争取尽快投入使用。最后一点，也是最重要的，就是要抓紧按照有关程序，办理亚普、袁方和韩奇的聘请手续，不求所有，但求所用，只要我们占领了百合产业的人才高地，也就占领了百合产业发展的高地。"

高春风和李可期会意一笑，如释重负。

杜宏拨通电话："小婕，你今晚有时间吗？"杜婕问："有什么吩咐？""那你下班之后直接到我家，高春风回来了，一起吃个饭。"杜婕欣然应允。

杜婕一进门就嚷嚷："不就出了趟国吗，干吗要搞得这么隆重？"

高春风说："你看，你姐搞了这么多菜，这哪是为我？分明是为你。"

杜宏摆出一副大姐大的架势，说："不管为了谁，赶快吃吧。"

杜婕夹起一块红烧鱼放进嘴里呷了呷："味道不错，真的不错。"

高春风问道："要不要来杯葡萄酒？"

杜婕笑道："去了趟欧洲，马上洋派了？"

杜宏说："别喝了，一喝什么菜的味道都没了，瞎了我的手艺。"

高春风从包里拿出一张照片："小婕，给你看样东西。"

杜婕问："什么东西？还搞得神神秘秘？"

高春风把照片送到杜婕眼前："照片上的人不陌生吧？"

杜婕一看，是高春风与韩奇在荷兰的合影，脸色马上发生变化，先是惊讶，接着疑惑，继而愤怒："高春风，你，你这是什么意思？"

　　杜宏说："你先不要激动，听你姐夫慢慢说。"

　　杜婕把照片往地上一扔："有什么好说的？我不听！我不认识他！"

　　杜宏把照片捡起来："还知识分子呢，能不能优雅一点，淑女一点？"

　　杜婕吼道："我优雅不了，也淑女不了！"

　　高春风连忙解释："过去，我和韩奇从来没有见过面，原本并不认识，这个你是知道的。这次我们到荷兰学习考察，委托有关驻外机构给我们推荐一个翻译和向导，他们就把韩奇推荐给我们。当他知道我们是从泰城来的，表现出了极大的真诚和热情。几天下来，我们相处得很融洽。后来，渐渐熟悉了，他就向我们询问泰城的一些情况，并情不自禁地给我们讲起他和你的故事。"

　　杜婕"哼"了一声。

　　高春风继续说："听韩奇讲，他这一生最对不起的是你。当年，他和那个荷兰留学生结婚并移居荷兰不久，他就后悔莫及。不到一年，两人就分道扬镳了。直到现在，他仍然独身一人，没再恋爱，没再结婚。"

　　杜宏说："还好，春风没有挑明他和你的关系。"

　　高春风说："当时，他问我认识不认识杜婕，我说不认识，没别的意思，我怕说出我与你的关系，两人会很尴尬。现在，韩奇供职于阿姆斯特丹一家著名的园艺研究所，对荷兰花卉特别是荷兰百合的研究颇有名气。"

　　杜婕抢白道："他干什么与我有何关系？你告诉我这些是什么意思？"

　　"我所以告诉你这些，当然有我的想法。从他的举止言谈中可以看出，他一直在惦记着你，你在他的心里举足轻重，念念不忘。"高春风答道。

　　"扯淡，他惦记我？我要他惦记吗？"杜姨撂出一句粗话。

　　高春风说："我问过他，为什么这么多年过去，你从不与杜婕联系？他说他没有脸，因为这件事从头到尾都是他一个人的错，不可饶恕的错。"

　　"他的脸也叫脸？说一句错就完了？"

　　杜宏劝道："小婕，春风这不是给你传个话嘛。"

　　"这些屁话有必要传吗？你还是没说，为什么要把这些告诉我？"

　　高春风说："也说不上为什么，只是因为你们曾经有那么一段吧。"

　　杜宏说："我就把话直接挑明了吧，春风回来之后和我商量，不忍心看着你一个人生活，他是想看看，看看你们俩有没有可能摒弃前嫌、重修旧好？"

　　这下真的触到杜婕的痛处了，她怒不可遏地问道："摒弃前嫌、重修旧好？亏你们想得出。那我成什么了？成了一块被人扔掉的抹布，捡起来洗洗再放到桌上？有这个可能吗？"

高春风马上解释："你不要生气，我和你姐没有别的意思。"

杜宏说："就是，行就考虑，不行就拉倒。"

高春风婉转地解释道："另外，所以和你这么认真谈韩奇的事，还有一个原因，青云县的刘书记和杨柳镇的李书记都有意聘请韩奇作泰山百合园的专业顾问，一旦这个事成了，韩奇就有可能长住泰城了……"

没等高春风说完，杜婕就站了起来："你们聘他干什么，我不管，也管不着。那是你们的事，与我半毛钱的关系都没有。但你们不要拿着我说事，别在我和他之间费口舌。要是没有其他什么事，我就先回去了。"

杜婕说完，拿起包来气哄哄地走了。

高春风摇了摇头。

杜宏说："果然是颗炸弹。"

刚吃过晚饭，范海灵突然"哎哟"一声，脸上一副疼痛难忍的样子。正在收拾碗筷的林腊梅问："妈，你怎么了？"范海灵用手捂着肚子："我肚子疼得厉害，腰后背也疼！"展宏图问："是不是吃坏肚子了？"林腊梅想了想："不会呀！"展宏图问："以前有这个毛病吗？"范海灵摇摇头，豆大的汗珠从脸上流下来。

林腊梅赶紧找药。范海灵摇摇头，说："不用找了，家里没有。"

展宏图说："得去医院！我去开车，你抓紧给小雨打个电话。"

事很凑巧，高小雨正值夜班。她迅速为范海灵做了检查："婶儿，是上腹部疼还是下腹部疼？"范海灵用手指指左上腹部："这儿疼，钻心地疼。腰后背也疼，啊呀，快疼死我了！"高小雨又问："恶心吗？"范海灵点点头："恶心，恶心得想吐。"高小雨用手摸了下范海灵的额头："有点发热。"高小雨把体温计放进范海灵腋下。高小雨问林腊梅："没吃什么乱七八糟变质的东西吧？"林腊梅说："没有啊，我们几个是一块吃的，没有什么不正常的。"高小雨又问范海灵："婶儿，以前有过类似的情况吗？"范海灵说："没有，从来都没有过。"

高小雨问："饭前有没有什么症状？"

林腊梅想了想："也没有，吃饭的时候还有说有笑的，和正常人一样，突然说疼就疼起来了，并且不是间歇地疼，是持续地疼。"

高小雨从范海灵身上取下体温计一看,三十八度。她心里大体有数了。

林腊梅着急地问:"到底是怎么回事?"

"我感觉很有可能是急性胰腺炎,但还不能最后确诊。我马上开化验单,再做进一步检查。"高小雨边说边开化验单。

展宏图问:"要紧吗?"

"这是一种由多种病因引起的胰腺组织自身消化,导致胰腺水肿、出血及坏死等炎性损伤的疾病。病发时的症状就是持续性剧痛,左上腹向腰背部放射。这个病算不上大病,但如果是急性重症,就麻烦了。"高小雨答道。

林腊梅问:"现在怎么办?"

高小雨说:"先住院吧,目前看不需要手术,但需要住院治疗,不能马虎。如果延误治疗,可能会发生急性多器官功能障碍甚至衰竭,出现休克、消化道出血、呼吸困难、意识障碍等严重的症状,再严重,就不好说了。"

这时护士进来:"高主任,病房已经安排好了。"

高小雨说:"好,马上去病房。"

杜宏回到家,把一个包裹放在桌上,说:"这是春风从国外带回来的。"钟丽华问道:"春风怎么没来?"杜宏说:"他呀,天一亮就去百合园了,成天忙得脚下带风似的。"杜长腿说:"那么个大摊子,够他忙活的。"

杜宏把高春风在荷兰遇到韩奇的事一说,杜长腿一愣:"他怎么会碰上他?"

钟丽华也感到意外,说:"是啊,他们两个怎么会碰到一块?再说,他俩从来没见过面,碰到一起也不认识呀!"

正在这时,陈扁担进来。

陈扁担笑着问道:"什么他碰上他,这个他是谁?那个他是谁?"

杜宏把刚才的话又和陈扁担说了一遍。

陈扁担沉默了半天,说:"还真有这么巧的事。"

杜长腿说:"谁说不是呢,沉了底的鱼又浮出来,真是的。"

陈扁担说:"碰上就碰上呗,没什么大不了的。"

"是,单纯碰上没什么,还聘他当什么狗屁顾问。"钟丽华说。

陈扁担看了看杜宏:"那,聘他当顾问,他不就常住泰城吗?"

"是啊,一来泰城就难免相互碰着。"杜宏说。

杜长腿问杜宏:"这个事和小婕说过吗?"

"说过，杜婕一听就气得跳起来。"

陈扁担说："这么多年都过去了，什么气还消不了？"

杜长腿哼了一声："这个事，过去没那么容易。"

杜宏说："我想了，小婕生气，说明她心里还有韩奇。如果她早已把他忘掉了，那她还生什么气？这些年，那么多人给小婕介绍对象，可她从来不松口。我看哪，别看她嘴硬，其实，她心里还是有他。"

"这事谁也不好说，让她自己看着办吧。"杜长腿真的不想管了。

大剪子、半铺炕和王玉芹一起到医院看望范海灵。林腊梅笑笑："您这一病，把您这些老姐妹都惊动了。"范海灵翻了翻身："可不是嘛，让你们也跟着着急上火的。"大剪子埋怨道："什么时候了，还说这个。怎么样，好受点了？"范海灵点点头。王玉芹问道："小雨，你刚才说你范姨得的叫什么炎？要紧不？"高小雨说："急性胰腺炎，来医院及时，没什么大碍。"林腊梅拉着高小雨的手："这次真得了小雨的济了。"高小雨说："婶，咱之间说话还这么见外？"

大剪子给范海灵掖了掖被子："当年挑山的时候，和牛似的，不管怎么累，就是倒不下，至多睡上一觉，第二天又是好样的，哪进过医院？"

范海灵摇摇头："老了，不是当年了。"

王玉芹安慰道："老什么老？不就刚过六十嘛。"

范海灵笑道："心不服老，可身子不说假话，有点毛病就撑不住了。"

半铺炕晃了晃腰："不光你，我也觉着一年不如一年了。"

范海灵说："你们不知道，那天晚上把我疼得哟，汗珠子都淌下来了，又恶心又想吐，站着不行，躺着也不行，我当时想，恐怕再也见不到你们了。"

王玉芹搂着范海灵的肩膀："瞧你说的。"

半铺炕说："受过穷吃过苦的人命硬，没那么容易死。人家不是说吗，大难不死，必有后福，往后你就等着享福吧。"

王玉芹说："什么死啊活的，刚才小雨不是说了嘛，这算不上大毛病。"

大剪子劝道："别着急，慢慢就好了。"

林腊梅说："婶儿，我妈没什么大事儿，你们回去忙吧。"

送走大剪子她们，林秋月搀着范海灵到院里溜达。范海灵说："你看，是不是什么事都没有？医院这种地方，没病能待出病来，既然好了，咱就赶紧回家，我催了好几次快去办出院手续，你们就是不听。"

"这才住了几天你就受不了？"

范海灵说："待在这里也是吃几片药，回去一样，在这里净糟蹋钱。"

"什么钱不钱的，多少钱还能有命贵重？"

范海灵说："好，听你的。哎，那个皮三枪，还和你作对吗？"

"作对？他还敢和我作对？早就服软了。"林秋月不无骄傲地说，"现在跑马岭办起了猕猴桃合作社，还有以艾草为主体的健康管理公司，眼下正在抓紧规划修路，准备发展乡村特色旅游，小山村快变成聚宝盆了。"

范海灵瞅她一眼："瞧你高兴的样儿，难道你想在村里待一辈子？"

林秋月说："只要乡亲们需要，我就在那儿待一辈子。"

范海灵苦笑道："我的傻闺女，怎么比我当年还傻呢？"

一辆中巴车开到泰山百合园。高春风陪着亚普、袁方、韩奇等依次走下中巴车。高春风把几个客人介绍给刘亦鸿。

刘亦鸿高兴地说："亚普先生，您是欧洲花卉之父，是著名的百合大师，欢迎您不远万里来到中国，来到泰山百合园。袁方先生，您是中国园艺研究专业的翘楚，是阿姆斯特丹大学访问学者，欢迎您来泰山绽放才华。韩奇先生，您的爷爷韩卓先生先后四十多次登上泰山，您与泰山也有不解之缘，并且对百合产业有很深的造诣，欢迎您来泰山实现梦想，贡献聪明才智！各位先生，站在泰山顶峰的人，是看得最远的人。你们不负泰山，泰山也将不负你们！"

接下来，高春风与三位顾问签订了协议。刘亦鸿为他们颁发了聘书。

第三十九章

　　这天，竹筒子突然兴起，从莲花山买回一只红毛山羊。

　　红毛山羊是莲花山特产，有国家地理标志证明商标。它与常见的普通山羊不同，个头偏小，体重只有四五十斤。但非常可爱，浑身呈棕红色，毛茸茸，肉乎乎，不时地咩咩叫着，酷似讨人欢心的宠物狗泰迪。由于常年在山里放养，它反应敏捷，行动矫健，爬山越岭，奔跑觅食。为了逃避恶狼袭击，它练就了攀岩跳涧的独门绝技，也练出一身健硕肌肉，深得肉食者青睐。

　　竹筒子破天荒，放大雷，想给兄弟们个惊喜。

　　他磨刀霍霍，准备下手的时候，陈扁担、杜长腿和皮笊篱如约而至。

　　杜长腿两眼盯了半天，说了声你先别动。竹筒子知道他喜欢闹妖，不知他今天又唱哪出，也懒得多问。只见杜长腿去厨房端了一盆清水，猛地泼在红毛山羊身上，泼得小羊一个激灵。接着蹲下来，用手仔细捋着羊毛。

　　陈扁担问道："你这是要给红毛山羊梳小辫？"

　　杜长腿点点头，答非所问地说了句："是真的。"

　　接着，他慢条斯理地讲了一个刚听来的笑话。

　　前不久，有个贩煤的老板宴请客户，专门派人买来红毛山羊。那些客户都来自外地，知道红毛山羊远近闻名，自是期待满满。有个客户提出，宰杀之前，最好一睹红毛山羊的芳容。老板心想：这个好办，遂让属下牵羊过来。岂料，突然来了一场大雨，把红毛山羊淋了个正着。牵进屋时，红毛山羊一抖，甩得满屋都是棕红颜色的水星。过了一会儿，红毛山羊原形毕露，棕红毛色全部还原成一身黑灰。原来，红毛山羊披的棕红外衣是用染料涂上去的。客户们交头接耳，纷纷摇头，弄得老板哭笑不得。

竹筒子一听，火气就上来了："好你个大长腿，你以为我以假乱真糊弄兄弟？你把我当成什么人了？"

杜长腿嘿嘿笑道："我不是说了吗，这是真的。"

皮笊篱阴阳怪气地说："竹筒子天天说我抠儿，我看他也不咋的，平时很少请客，今天好不容易放了个大雷，即便红毛山羊的颜色是刷上去的，它也是山羊，咱就将就着吃，当真红毛山羊吃就是了。看破别说破。"

桂娟闻声从厨房里出来，笑道："老皮大哥，你也有脸说啊？"

杜长腿有点幸灾乐祸："看，叫人家抓着尾巴了吧？"

陈扁担看了皮笊篱一眼："就是，谁都能说，就是你不能说。还有老杜，非要看看羊的毛色是真的还是假的，这不是有病吗？谁都可以不信，对竹筒子你还不信？你们这些家伙，再瞎咧咧，竹筒子这只羊就不杀了。"

竹筒子起身拾掇羊去了。

几个人边喝茶边聊，聊着聊着，就把话题扯到孩子身上。

陈扁担叹了口气，说："家家有本难念的经，谁家的孩子也不省心。咱这茬人，都土埋半截了，竹筒子小点，也过五十了。年轻那会儿，天天为吃饭操心，那时候一心盼着，等孩子大了，日子就好了，不曾想，现在孩子倒是大了，日子也好了，可操心的事一点都不少。"

杜长腿接上说："这就应了那句话，人活着，就是遭罪。"

皮笊篱倒是想得开："仔细想想，有些罪都是自找的，个人过个人的日子，有些事得放下，不该操的心别操了。"

陈扁担点点头："老皮说得对，是该放下的年纪了，孩子有孩子的命，怎么过怎么活是他们自己的事了。再说，咱认为对的，孩子们不一定觉得对，咱认为错的，孩子们不一定认为错。时代不一样了。"

杜长腿说："咳，就是想操心，现在也操不动了。"

一会儿，桂娟端上几盘小菜。接着。竹筒子端上满满一盆羊汤。

陈扁担说："不说那些烦心的事了，喝酒！"

陈家梁生拉硬拽让杜婕和王小宁陪着一块到了北京。李京早在会客室里等着。杜婕重返母校，免不了有点兴奋，不住地感叹道，"多年没回来，母校的变化可真大啊！"李京说："可不是吗，当年你刚入校的时候，头上扎着两条小辫，小脸红扑扑、粉嘟嘟的，那时还是很清纯、很青涩的小姑娘。"杜婕笑道："您还记得啊！"李京说："当然记得。"

杜婕说："李老师，我在电话上跟您说了，您说过几天才有时间。可我们陈书记性子急啊，一天他都等不得，非要拉着我来见您不可。"

"好啊，来了我们就欢迎。"李京毕竟是教授，言谈得体，举止儒雅。

陈家梁接过话茬："李老师，我和杜婕从小学到中学都是同学，您是她的老师，我就顺势高攀一下，也尊称您一声老师，您不介意吧？"

李京笑笑："不介意，怎么会介意呢？当老师的，希望学生越多越好。"

陈家梁说："当我听说您有意把一个科研基地放在泰山，我真的等不及了，催着杜婕带我赶快来见您，这样做未免有点唐突，请您多包涵。"

"我非常理解。我虽然是教书匠，但这些年没少跟你们这些做地方领导的同志打交道，做起事来充满激情，雷厉风行。我很喜欢这种作风。是这样，我们校领导多次研究，要探索校地协同创新模式，增强高校社会服务能力。现在，已经进入网络时代，没有网络安全就没有国家安全。我们想抓住这个机遇，发挥我们教学研的优势，在这方面做出一些尝试。"李京不疾不徐地说道。

陈家梁说："李教授，京华大学是国际一流大学，优势不言而喻。我们泰山东岳新区，是为了加快现代化进程而打造的新区，我们的投资环境、优惠政策、开放理念、基础设施配套，这些相信您会感兴趣。这是我们的相关资料。"

陈家梁把资料递给李京。

李京简单翻了翻，说："我们的初步想法，打造四大功能板块，科学研究、人才培训、科技转化和投资业务。"

陈家梁表示："你们想的，正是我们要的。我们有的，也是你们所希望的。我们可以提供土地及基本建设支持，一定的资金支持、人才引进支持和科技项目支持。一句话，我们会想尽一切办法，接住你们伸出的橄榄枝。"

李京说："有了你们这样的诚意，我们就有了合作的可能。这样，最近我们尽快安排时间，专程到泰城进行实地考察，条件成熟，我们就签订协议。"

杜婕看了一眼陈家梁，提醒道："你不是有礼物要送李教授吗？"

陈家梁拍拍脑袋，说："你看我这脑子。"说着，他从皮箱里拿出一件泰山挑山工的木雕送给李京，"算不上什么礼物，这是我们的形象大使。"

李京接过来，翻来覆去端详半天，非常喜欢，说："好，非常好，泰山挑山工，你们的形象代言人很有创意啊！这个礼物我得收下，还要好好珍藏。"

王小宁笑笑说："李教授，您到我们那里看一看，人人都是挑山工。"

李京恍然大悟，笑道："你们这是变相给我施压，你们都是挑山工，我怎么办？我也得当挑山工啊！"

陈家梁按捺不住内心的兴奋，说了一句只有泰城人才听得懂的歇后语："依我看，老丈人相女婿，直接上荷包蛋！"

李京不解，问道："什么意思？"

杜婕解释说："这里边有故事。在我们那儿有个风俗，男方到女方家相亲的时候，以是否上荷包蛋为准。如果父母相中了小伙，就直接上荷包蛋。如果不上荷包蛋，那就说明没相中。我们陈书记刚才的意思，他相中您，您也相中他，这个事就定了。"

李京忍不住笑了起来。

谈完正事，李京带他们在校园转转。李京一直关心杜婕的个人问题，便小声问她现在什么情况。杜婕说："没情况，还是那个样，外甥打灯笼——照舅。"李京不知其意，说："这么多年，就没遇到合适的？"杜婕摇摇头。李京说："是不是还惦着韩奇？"杜婕"哼"了一声："我惦着他？我被他伤得还不够啊？"

这时，杜婕手机铃响。杜婕对李京说："对不起，我接个电话。"李京点点头。

杜婕接起电话，是苏云，立刻高兴地说："真的吗？太巧了！好，好！"

李京问道："谁的电话这么兴奋？"

杜婕说："是我在部里工作时的同事、闺蜜，今天她恰巧也从苏州来了北京，她约我一起坐坐。不好意思，我就不陪您吃饭了，让家梁他们陪您。"

李京说："没事，去吧，你们好好聊聊。"

杜婕来到跟苏云约好的酒店，两人一见面，激动地拥抱起来。杜婕问道："怎么这么巧啊？"苏云说："是啊，我刚到北京，什么都还没干，就先给你打个电话，谁知道，你也正好在北京。怎么样，这个地儿看着眼熟吧？"杜婕四周打量了一下："是有点眼熟，咱们两个好像来过。"苏云说："岂止来过？你我离开北京之前，就在这里依依惜别，最后的晚餐，也是在这里吃的。"

两人边吃边聊起来。

杜婕问苏云："你这次来北京有何公干？"

"陪我们老总到有关部委拜佛。你呢？"

"差不多吧，我是陪区委书记到京华大学谈一个项目。"

苏云说："好不容易见个面，不谈工作了，没劲，聊点别的。怎么样。这几年过得顺心吗？"

"怎么说呢，还算可以吧。生意做得不是很大，但也说得过去。一个人，独来独往，自由自在，没有羁绊，也无牵挂。寂寞了，找三五朋友一聚；想动了，订张机票就出门。你知道他们背地里叫我什么？"

苏云笑道："叫你什么？"

"自由女神。"

苏云说："瞧你那个得意的劲儿，什么自由女神？不就是个单身剩女嘛。当夜深人静、独守空房的时候，看着身边朋友出双入对、携夫将雏的时候，就没感到孤独和落寞？"

"要说没有是假的。月有阴晴圆缺，人有悲欢离合，此事古难全。"

"那就甘心一辈子就这样？"

"过一天算一天，走到哪儿算哪儿，想那么多干什么？"

苏云问道："那个韩奇，再没有联系？"

"韩奇是谁？你不说我都忘了。"杜婕一脸不屑。

"你装得倒挺像。"

杜婕说："别光说我了，说说你啥情况？"

"我的情况前几次电话上跟你大体聊过，与你有相同之处，也有不同之处。相同之处，都是单身女人。不同之处，我有个女儿。"

杜婕感到惊讶："你都有孩子了？"

"对呀，我回到苏州后结了婚，是我们当地人，一年后生下女儿。"

杜婕说："这不挺好吗？"

苏云摇了摇头："什么挺好，还在我怀孕的时候，那个渣男就和别的女人勾搭上了。孩子生下不久，我们就协议离婚，分道扬镳了。"

"那孩子呢？"杜婕问道。

"孩子归我，我妈给带着，现在已经上小学了。"

"孽缘，孽债，可怜的孩子。"

苏云面有愧色："是啊，父母作的孽，债让孩子背。"

杜婕摇摇头："你说我们这都是怎么了？"

"你说怎么了？这就是我们不得不面对和接受的社会现实啊。"

"经历了这么多，还相信爱情和婚姻？"

苏云骂道："去他妈的爱情婚姻，谁相信谁就是傻子！"

杜婕说："完了，优雅书卷的淑女，什么时候学会讲粗话了？"

苏云说："什么优雅，什么淑女，早抛到爪哇国去了。"

"造化弄人啊！"杜婕一脸怆然。

泰山百合园培训中心，袁方正在给员工讲授百合病虫害防治："一般来讲，百合病虫害的发生和流行，与易感病的植株、一定数量的病原、发病的适宜温度和湿度有很大的关系。就拿病原来说，主要包括真菌、细菌和病毒。这些病菌在条件适宜的时候，经过一定的传播途径传播到植株上，导致植株发病。其传播方式有，重茬，种用球茎带菌，病株残体、未腐熟的有机肥带菌，杂草，灌溉水带菌，雨水带菌，设施带菌，昆虫传播，风力传播，人为传播等等。"

高春风从泰城银行出来，想回家取换洗的衣服。因为韩奇坐在他的车上，便随口问道："愿不愿到我家看看？就在前边。"韩奇马上说："当然愿意。"

到家后，高春风为韩奇倒了杯水，自己去找衣服。

韩奇见墙上挂着两幅照片，便仔细端详起来。一幅是高春风与杜宏在泰山景区的合影，一幅是杜宏家的全家福。突然，韩奇在全家福中看到一个熟悉的身影：杜婕！没错，就是杜婕。他顿时冲动起来，问道："高总，这张照片上为什么会有杜婕？""她是我的小姨子，这很正常啊。"高春风答道。

韩奇埋怨道："这么重要的关系你怎么不告诉我？并且我多次问你认不认识杜婕，你说不认识，这是为什么？"

高春风说："你先别激动，坐下来，我慢慢给你说。"

韩奇坐下，依然激动不已。

高春风说："在荷兰期间，开始我并不知道你与杜婕的关系。因为之前我只知道杜婕的男朋友与她分手了，去了国外。但我没同她这个男友见过面。后来，你主动向我打听杜婕的情况，并坦诚地给我讲述了你与杜婕从交往到分手的过程，我才明白，你就是她的前男友。"

韩奇又问："那为什么你说与她不认识呢？"

高春风答道："这个，相信你也不难理解。本来我打算告诉你，但转而一想，又觉得不妥。一来，你已经与她分手多年。二来呢，我担心把我与她的关系告诉你，我们两个都会尴尬，弄不好会影响我们之间的合作。"

韩奇低下头，若有所思。过一会儿，他问道："我多次通过国内的同学打听过杜婕的情况，但说法不一，你能告诉我她具体的情况吗？"

"既然你已经知道我们之间的关系了，那我也就没什么顾忌了。自从你与杜婕分手，她气愤之极，绝望之极——当然，这些都是我听她姐，也就是我爱人给我讲的。不久，她就从原来供职的机关辞了职，与几位同事合伙开办了一家公司，总部在北京，在泰城设立了分公司，她回泰城任分公司经理。十几年来，她一直在泰城，公司生意做得风生水起，现在已经做得很大。"

　　"高总，您能带我见见她吗？"

　　高春风摇摇头："你给她的伤害太深了。不过，泰城就这么大个地方，只要有缘，你会和她相遇。即使我不安排，上天也会安排。"

　　跑马岭的艾草种植园里，林秋月正在向客户侃侃而谈："你们看，这种是艾草，它的叶片很宽大，艾草味特别浓，我们把它加工成艾草棒、艾草球、艾草包等等，主要用于养生保健。你们再看这些，叶子明显比艾草小，这叫艾蒿，把艾蒿的叶子揉碎，有浓烈的艾香，既有药用价值，也有食用价值。它的味道没有艾草那么强烈，我们把它做成艾粄之类的美食，非常受欢迎……"

　　晚上，刘亦鸿在拜岳楼宴请外聘专家。韩奇刚进走廊，迎面碰上杜婕。

　　韩奇惊一下子惊呆了，杜婕也一下子愣住了。

　　韩奇激动地叫道："杜婕，真的是你！"

　　此时，杜婕已经认出韩奇，她厉声问："你怎么会在这里？"

　　韩奇急忙答道："刘书记要宴请我们，你也是参加他的宴请吧？"

　　杜婕眼睛里充满愤怒："我干什么与你无关。"说完，就想赶快甩掉眼前的韩奇。但韩奇抢先一步挡在她的前面："杜婕，我们能好好谈谈吗？"

　　杜婕大声喝道："我与你有什么好谈的？让开！"说完，径直向前走去。韩奇望着杜婕的背影，脸上露出复杂的表情。

　　刘亦鸿说："亚普先生、袁方先生、韩奇先生，你们来泰城有段时间了。自从来到那天起，你们几位就鞍马劳顿，夜以继日，又是研究种苗，又是指导种植，又是安装调试加工设备。手把手地教，培训班上讲，几乎一天都没有好好休息过，你们的敬业态度令我们非常感动。你们不仅带来先进的百合种植管理技术，也带来一丝不苟的敬业精神，为我们泰山百合园的发展增添了强大的动力。我代表青云县委向你们表示衷心的感谢！"

　　亚普用磕磕绊绊的中文说："刘书记，您客气，这是我们应该做的。"

　　刘亦鸿说："其实，我早就想请大家坐一坐，但不是因为这个就是因为那个，三拖两拖就拖到了今天。来，大家共同举杯，我敬大家一杯！"

席间，大家说说笑笑，推杯换盏，气氛热烈。唯有韩奇满腹心事，时不时地发愣。刘亦鸿问他在想什么，韩奇没有作声，高春风似乎明白了什么。

杜婕到拜岳楼，不是参加刘亦鸿的宴请，而是同学聚会。这次聚会是林腊梅专门为她接风安排的。走廊突然遇到韩奇，给她一个猝不及防。原本不错的心情被破坏殆尽，原先想好的措辞荡然无存，心被搅成一团乱麻。

杜婕神色恍惚地走进包间时，其他同学都已到，只缺了陈家梁，他临出门时接到通知，去市委开会去了。

林腊梅说："杜婕刚从北京回来，大家为她接风。另外嘛，宏图最近混了个一官半职，捎带着给他庆贺一下。"

高小雨说："腊梅，你今天搞得这么隆重，为杜婕接风是个幌子，为宏图升官庆贺才是本意，你们说是不是啊？"

林腊梅纠正道："小雨，你可不要胡说。咱把话说在前面，为杜婕接风是主要目的，宏图是捎带的事。我们不能偏离主题啊。"

高小雨说："我也是刚刚听说，宏图被任命为东岳新区公安分局的副局长，这确实是可喜可贺的。不过，这个事，其实应该我们做东，老公晋升，老婆庆贺，这也不太合常理啊！"

林腊梅的助理何岸柳说道："林总，被挑理了吧？我早就说了，要庆贺，你们两个回家庆贺去，今天我做东，你就算了吧。"

林腊梅瞅她一眼："你这个死丫头，嘴没遮没拦的。"

高小雨笑道："就是那么回事嘛，还用羞羞答答？"

展宏图这时终于有机会说话了："小雨，你可别光说得好听，本来今天最应该做东的是你和家梁，可倒好，家梁不但不做东，反而答应好了又不来了，他是不是怕做东掏钱才编造了个理由啊？"

高小雨马上辩解道："哪有的事啊？他真的有事，不是我编的。他不来，我来了，全权代表可以吧？我买单，谁抢我跟谁急。来，我先提议，大家共同敬杜婕一杯，祝贺你们去北京招商满载而归！"

杜婕心不在焉，呆呆地坐在那里。

高小雨催促道："杜婕，举杯啊！"

这时杜婕才如梦初醒，突然反应过来，端起酒杯把酒干了。

高小雨举起第二杯酒，说："祝宏图官运亨通、大展宏图！"

展宏图站起来说："这杯酒我受之有愧，实不敢当。从一方面讲，我展某人何德何才，能担此重任？从另一方面讲，家梁是咱的同学，他当区委书记，我只是他手下区区的分局副局长，实在不足挂齿。就算爱，也是迟来的爱。"

皮进勇说："这就是你的不对了，迟来的爱也是爱啊！"

高小雨附和道："万水千山总是情，早到迟来都是爱，干杯！"

林腊梅见杜婕忧心忡忡，满腹心事，便悄悄问她是不是不舒服。杜婕摇摇头说没事。接着，她站起来说："宏图，我敬你一杯，祝你步步高升、好运相伴！"

接下来，杜婕像换个人似的，连续干了几个满杯。不一会儿就趴在桌上。

展宏图赶紧打电话叫车，和林腊梅一起把杜婕送了回去。

高小雨前脚到家，陈家梁后脚就回来了。陈家梁问："今晚大家玩得尽兴吧？"高小雨说："尽兴，可尽兴了，你想不到有多热闹呢。"陈家梁说："展宏图刚弄了个一官半职，又嘚瑟得不轻吧？"高小雨说："他嘛，还好，没咋的。你猜昨晚谁喝得最起劲？"陈家梁摇了摇头。高小雨说："我谅你也猜不到，是杜婕。"陈家梁不太相信："不可能，她平时可是不喝酒的。"

高小雨说："是啊，要不是我亲眼所见，我也不会相信。可今天晚上，她好像变了个人似的。举杯把盏，杯杯见底。不仅来者不拒，而且频频出击。"

陈家梁笑笑："那可真是没想到。"

高小雨说："是啊，我也纳闷呢。她今天晚上表现特别反常。先是闷闷不乐、忧心忡忡，别人说话的时候，她似听非听，心不在焉，还时不时地走神儿。过一会儿，她突然来了劲，一杯接一杯，最后趴在桌上起不来了。"

陈家梁埋怨道："你们只看热闹，不会拦着她点？"

高小雨脸色一沉："怎么，心疼了？心疼你该去护着她啊。"

"你看，说着说着扯到我身上来了。"说完，陈家梁去了卫生间。

第四十章

陈扁担日子过得越来越有品位了，一大早就挑着水桶去了涤尘泉。

涤尘泉位于《山海经》记载的泰山古环水之滨，是王母池西南侧的一口水井。井内的泉水来自岩层的深处，缓缓地从地下汩汩冒出。一年四季，泉水不断，冬季不冻，夏季清凉，且有洗尘涤虑、正身清心之功效，故而得名涤尘泉。

涤尘泉东接王母池，西邻老君堂。实际上，涤尘泉与王母池的水在地下是相通的。王母池古称"瑶池"。据传，王母是天宫所有女仙及天地间一切阴气的首领，是护佑婚姻和生儿育女的女神。曹植有"东过王母庐，俯观五月间"的诗句。李白也有"朝饮王母池，暝投五门阙"的吟咏。人们对王母娘娘的顶礼膜拜，使王母池和涤尘泉披上一层朦胧色彩和神秘面纱。在许多人心目中，泉水已不是普通清泉之水，而是圣洁之水；不仅清澈甘洌、消热止渴，而且灵气润身、健体祛病。因此，每天到涤尘泉取水的人络绎不绝。

对涤尘泉的来历和泉水的功效，陈扁担未必清楚，至多是道听途说、一知半解。在他看来，吃饭是第一件大事，喝水只是解渴而已。他记得小的时候，母亲每天都到村前的小河里挑水，洗衣洗菜，烧水做饭，用的都是河水。河水是从山上流下来的，清澈而干净。后来，村里打了一口水井，从此告别了到河里挑水的日子，开始饮用井水。再后来，家家安装了自来水，不用出门，一拧龙头，水就哗哗地流出来，方便并且卫生。他觉得这就是神仙过的日子了。

几年前，他到高云青家，高云青给他泡了杯绿茶。他看着眼前的杯子，水色清澈，绿叶先是浮在上面，然后叶子慢慢张开，水色渐渐变绿。端起来一闻，清香扑鼻。嚓了一口，那股清香仿佛把五脏六腑都浸透了。他不禁好奇，他家里也有一筒同样的绿茶，是前不久高云青给他的，但为什么泡出来色不一样味不一样呢？高云青看出他的心思，告诉他："三分茶，七分水。茶水的口感好坏更多取决于水的质量。古代有个茶圣叫陆羽，他在《茶经》中说：'其水，用山水上，江水中，井水下。其山水，拣乳泉、石池浸流者上。'他的意思是说，泡茶最好用天然山泉水。我给你泡的茶，用的就是山泉水，是从涤尘泉取回来的。不仅口感好，而且这里边有很多对人体有好处的矿物质和微量元素。我给你用涤尘泉水泡的茶和你用自来水泡的茶当然不一样了。"

打那，好水泡好茶的道理他明白了，但没往心里去。况且什么陆羽、什么茶经，什么上中下，他过去闻所未闻，这次听了也似懂非懂。他想，成天挑山累得跟驴一样，哪有闲工夫品茶？渴了，咕咚咕咚，像驴饮一样灌杯白水就解决问题，至多回到家后烧壶开水沏杯热茶，这已经很享受了。再说，累了一天从山上下来，连门都不愿出，更别说再跑十几里地去挑山泉水了。

这两年上了年纪，挑山少了，空闲多了，便又琢磨起山泉水泡茶的事。有天，他叫上杜长腿，一块去了涤尘泉，挑两桶水回来。又学着高云青，专门买了一把电磁壶烧水，泡一杯绿茶，果然找到了在高云青家喝茶的味道。这一喝不要紧，一下子就上了瘾。再用自来水泡茶已不适应，得空就去涤尘泉取水。

这不，今天早上他又急急忙忙赶去了。

陈扁担刚出门一会儿，杜长腿也去了。

听到杜长腿叽里咣当捣弄水桶和关门的声音，杜婕一身疲惫地从床上爬起来。一看，睡的不是她的宿舍，而是在爸妈家里。她两眼迷离，头还在蒙着。昨晚怎么回来、什么时间回来，她没有一点记忆。钟丽华推门进来，说："我的姑奶奶，你终于醒了，睡得跟猪似的。"杜婕用手捋了一把头发，说："我怎么会睡在家里？"钟丽华把被子整理一下，说："展宏图和林腊梅两口子把你送回来的。他俩说你喝多了，怕一个人回你的宿舍不方便，就把你送回家来了。你说一个大姑娘家，喝那么多酒，出了事怎么办？"杜婕说："都是一帮同学，能出什么事。"钟丽华"哼"了一声，说："出事就晚了。"杜婕说："这不没出什么事吗，真能唠叨。"钟丽华说："没出事也弄得丢人现眼，让人家笑话。"杜婕笑了笑，说："笑话就笑话吧，反正已经这个样了。"

钟丽华问道："你平时不怎么喝酒，昨晚是怎么了？"

"没怎么，就是想喝呗。"

钟丽华责怪道："想喝也不能那样往死里喝。"

杜婕从床上下来，说："难受死了，头昏脑涨，天旋地转的。"

钟丽华白她一眼："活该，再叫你没个数。"

"哎哟，我的妈哟，我都难受成这样了，你不但不心疼，还这样凶巴巴的，你是不是我的亲妈呀！"

"难受点好，让你长点记性。"钟丽华没好气地说。

杜婕摇摇头："这回可真长记性了。过去光看到别人喝醉了酒难受，自己没有体会，还说人家的风凉话，这次轮到自己头上，真是尝到这种滋味了。"

钟丽华说："我去拿条热毛巾给你敷敷，再躺会儿吧。"

"不行，我单位还有事呢。"

杜婕拨通司机的手机："王兵吗？到我妈家来接我一下，对，就现在，不是我家，是我妈家。"

韩奇早上起床时已经九点多了，高春风进来时，韩奇正在洗漱。韩奇有点不好意思，说："高总，对不起，昨晚喝得太多，让您见笑了。我没出什么洋相吧？"

"没有，就是话多了，站不稳了。我扶你，你还一个劲地说没醉。"

韩奇摇摇头："洋相出大了。"

高春风问："我记得你的酒量还可以，怎么就突然醉了呢？"

"我也说不清楚，按说，喝那些酒不至于，可能与心情有关吧。"

高春风说："人不能喝闷酒。怎么，你昨天心情不好？"

"不是，也不能说心情不好，只是——"韩奇欲言又止。

高春风问："只是什么？"

"昨晚我进包间之前，在酒店的走廊遇到杜婕了。"

高春风一怔："杜婕？那么巧？"

"当时，她往包间走，我也往包间走。我叫了她一声，她停下脚步，一看是我，一下子蒙了，当时我也蒙了，可能都太意外了吧。"

高春风问："你跟她说什么了？"

"我当时一阵紧张，脑子一片空白。慌乱之中，我说要和她谈谈。可她哪里肯听？一脸深仇大恨、不共戴天，把头一扭就走了。"

高春风又问："你追出去了没有？"

"没有。"

高春风笑笑："傻小子，洋墨水白喝了，你得追呀！"

"我哪敢追？要是追上去，她还不得拿脚踹我？"

高春风说："你以为重修旧好那么容易？"

韩奇把头一低："我当时太慌乱了。"

高春风沉吟了一会儿，说："这可能是一件好事。"

韩奇说："我心里真的很矛盾，想见她，又怕见她。想见她，是发自内心的愿望；怕见她，是因为和她见了面不知道该怎样面对。"

"早知如此，何必当初？"高春风边说边给他发了个微信，"这是她的联系方式。我只能做这么多，剩下就看你的了。"

　

陈家梁觉得，经过这几年的不懈努力，东岳新区的各项工作正在有序健康地向前稳步推进。特别是前期的拆迁，攻克了一个个难关，拔掉了一个个钉子，把应该拆除的全部拆除，把该腾出的地块全部腾出，可以说完成了新区建设的阶段性任务。现在，摆在面前的是一张白纸，写什么样的文字，画什么样的图画，这是需要应对的更严峻的考验。当前工作重点已由拆迁转向项目建设。区委规划了三个大的板块，一个是民生服务区，主要是医院、学校、幼儿园、购物中心等等，这些都与居民生活息息相关，二是文化休闲区，广场，公园，西湖建设，三是工业企业区。这是下步工作的重中之重。

为了加快推动各个板块的进度，领导班子成员各有侧重，分工负责。他主持召开工作推进会，听取项目进度和进展情况。

郑远方说："这段时间，我一直牵头负责汽车组装项目。这个项目的合作方是上海的公司。项目占地二百多亩，总投资120亿元，计划两年内建成投产。这是目前我们手中最大的一个项目。从进展情况看，总体上比较顺利，前段时间刚刚正式签约，各项基础工作正在紧锣密鼓地进行。"

王小宁谈了与京华大学合作的事："前几天，我们去了北京，在杜婕的引见下，拜访了李京教授，他们主要想搞一个国家级的网络安全监测中心和培训中心。这个项目在全国处于前沿地位，科技含量和实践应用都比较领先。目前已经达成把该项目落户泰安的初步意向，过几天，他们会来实地考察。"

岳森林谈道："我目前主要牵头的是与深圳一家上市公司的合作，项目主体是宠物食品链的研发和加工。具体说，就是要建一个中心试验室，一个宠物食品加工园，一个宠物保健生产基地。这是一项朝阳产业，市场前景非常看好。这家上市公司技术、资金势力都比较雄厚，合作意向也比较明确，最近几天他们就要来实地考察并签约。"

冯心慧说："目前，与我们有合作意向的还有几个我们认为比较可行的项目，如，北京的食品加工项目，广州的生物制药项目，还有杭州的文化创意项目，等等，这些公司都有与我们合作的初步意向，需要下一步继续洽谈。"

深圳宠物食品项目进展比较顺利，总经理王华南很快带人来泰城考察。陈家梁热情地接待了他们。陈家梁说："欢迎王总一行来我们东岳新区考察。此前，我们就宠物食品研发和加工曾经有过商谈。我们觉得这个项目前景很好，宠物食品、宠物保健是一个方兴未艾的朝阳产业，无论国内还是国外，都有很大的市场，发展空间很大。我们这里的资源环境和条件，王总已经有了大致的了解。简单说，我们有现成的土地，有现成的厂房，有充足的原料，有富足的劳动力。只要王总有诚意，你们就可以拎包入驻，如果厂房车间以及试验室有特殊的要求，我们也可以想方设法，尽量满足。"

王华南谈道："这个项目乍看上去规模不是很大，但却极具潜力。在国外，宠物产业早已形成规模庞大的产业链，在国内，近几年也异军突起，发展迅猛。国内几家大的宠物食品加工企业产品供不应求，大量的产品销售到国外。我们公司是与国际知名品牌公司合作的企业，拥有比较成熟的技术和相对稳定的销售渠道，这一点我们还是非常自信的。这段时间，我们到几个地方实地考察过，他们对这个项目也非常感兴趣，都有合作的意向和愿望，最终确定在哪里，我们也正在进行比较和选择。"

陈家梁对王总的做法非常理解，也赞成和支持他们进行比较，尊重他们的选择，说："我非常相信你们的眼光，非常相信你们的判断。我想，像你们这样具有一定实力和影响的知名公司，在寻求合作伙伴的时候，决不会拘泥于一城一池的得失，更不会只见树木，不见森林。你们一定会从追求效益最大化的角度出发，追求互惠互利，合作共赢。你们盈利，我们才盈利，你们的蛋糕做得越大，我们享用的份额才越多，你们赚得越多，我们越高兴。而且为了实现这个目标，我们会不遗余力地提供一切合作的可能。"

王华南笑笑，说："你这个观点别具新意。我们在其他地方谈，他们往往更多的是强调地方的利益，而很少考虑我们投资方的利益，而你却不同。"

陈家梁解释道："这个问题很简单，你们不赚钱，我们怎么赚钱？那还谈得上什么合作？你们毕竟不是扶贫机构，合作共赢才是我们共同的目的。"

与王华南一起前来考察的几位频频点头。

陈家梁继续说："王总，我不揣浅陋，还有一个观点想与王总交流。如果换位思考，假如我是投资商，抛开我们这个正在谈的项目，我不光要考虑合作方的物质条件，包括土地、厂房、税收等，更要考虑那个地方的政治生态。这个政治生态，我主要指的是一个地方的干部队伍、历史文化、群众习俗等等，干部是不是真干事，文化是不是底蕴深厚，民风是不是很淳朴，这些看上去好像与投资项目没有直接关系，但实际上对项目能不能成功，有至关重要的影响，有时甚至是决定性的。你想，如果项目落地了，干部沽名钓誉，完事大吉，群众天天闹事，处处刁难，这样的项目能长久，能可持续吗？"

王华南很欣赏陈家梁的观点："陈书记，这个问题你讲得好。项目合作不仅仅是资金的问题、技术的问题、利润的问题，而更重要的是人。没有合适的人，就没有成功的项目。这些年，我们与地方搞了不少其他方面的合作项目，其中有一个很令我们头疼的问题，就是与当时的地方主要领导把项目谈成了，也落地投产了，可时间不久，主要领导变动，新上任的领导，新官不理旧事，把项目搁置一边，不闻不问，冷冻起来，结果导致很好的项目半死不活。"

陈家梁说："这个问题不必担心，我们这里绝不会发生。我们现任的领导班子是一个融洽和谐、共负使命的整体，即使我的工作发生变动，接替的同志也会一如既往，承前启后，一任接着一任干，一张蓝图绘到底，决不会干改弦更张、半途而废的事情，绝不会出现您说的那种情况。况且，我们区刚刚结束换届不久，这就是说，我至少要在现任上干满五年。这个请您放心。"

王华南说："我对今天的考察和刚才的交谈非常满意。请给我们少许时间，我们几个下午再把有关资料和具体细节再研究一下，然后给出我们的具体意见。"

经双方就合作的具体事宜进行磋商，最后举行了签约仪式。

韩奇硬着头皮把杜婕约到青未了咖啡厅，两人见面十分尴尬。韩奇诚惶诚恐地说："杜婕，面对你，我真不知道该说什么。"杜婕把脸一沉："那你约我干什么？"韩奇说："我约你，想向你忏悔，向你赔罪，当年，我真的混蛋，真的对不起你。"杜婕眼含愤恨，咄咄逼人："忏悔？赔罪？对不起？十几年的青春光阴，这就结了？"韩奇连忙解释："不，我不是这个意思，都怪我当初一时糊涂，鬼迷心窍，才铸成了一生大错。不管你怎么惩罚，我都毫无怨言。"杜婕眼泪突然唰唰地流了下来。韩奇抽一张纸巾递给她，说："我不敢祈求你原谅，更不敢奢求其他，只想你给我一个赎罪的机会。"杜婕瞪他一眼：

"无情无义，少廉寡耻，还要我给你机会？亏你说得出口。"

韩奇说："十几年了，我一直陷在深深的悔恨当中，无时无刻不受良心的谴责，无时无刻不在忏悔中煎熬。"

杜婕反问道："煎熬？你知道我是怎么煎熬的吗？"

"我，我——"韩奇无言以对了。

杜婕嗓门越来越高："我什么我？你们毫无廉耻同枕共眠的时候，你们旁若无人走进教堂的时候，你们喜笑颜开走出国境的时候，你知道我在干什么？我的心在流血，在流血，你知道吗？"

"我愿用我的下半生来偿还你，哪怕是当牛做马。"

"呸！偿还？你拿什么偿还？你偿还得了吗？"杜婕说完，拂袖而去。

李京在陈家梁和杜婕陪同下在东岳新区转了两天，李京感叹道："真是百闻不如一见。东岳新区还真是别有洞天，让我大开眼界啊！"陈家梁说："李老师谬夸了。我们这是一个新区，设立时间不长，各项工作都刚刚起步，今后的发展空间还很大。"李京对泰城并不陌生，在此之前他曾经多次来过。他说："我曾经说过，泰山有灵气，岱顶有佛光。这是一个钟灵毓秀、人杰地灵的宝地啊。就冲这个，我本人百分之百地愿意与你们合作。如果我们这次合作成功，我下半辈子就在东岳新区安营扎寨。"

陈家梁一听非常高兴："有您这番话，我们心里有底了。如果您能来东岳新区扎根落户，那是我们多大的荣幸，我们求之不得啊！"

李京说："有些想法，我们上次在北京谈得很好。下面，我们是否协商一下合作方式、运营模式和实施计划？"

陈家梁说："好，我先谈谈我们的想法，然后听您的意见。"

吃饭时间到了，陈家梁说："李老师，我有个想法，今天我们就不到宾馆就餐了。宾馆的饭菜全国一个味。我们食堂今天特意准备了一些当地口味的农家菜，劳您屈尊，体验品尝一下如何？"

李京非常高兴："那可太好了，高手在民间，美食也在民间。能够吃到泰城当地的农家风味小吃，那我可太有口福了。"

杜婕不赞成，说："李老师，算了，别听他的，还是我做东，照样能吃到泰城小吃，照样满足你要求不高的口福。"

李京说："你们两个就别争来争去了。"

杜婕说："您不知道，吃他的饭，我心里不踏实。"

李京不解，问道：“为什么？”

“我对他有恐惧症，怕欠他的，他再把我现在的房子扒了。”

陈家梁笑道：“这都过去的事了，怎么还记仇呢？”

杜婕说：“你说过去就过去了？”

陈家梁说：“当着李老师的面，你就别提那些不愉快的事了。”

李京如坠五里雾：“你们两个，这，怎么回事？”

杜婕说朝陈家梁一努嘴：“你问他。”

陈家梁说：“李老师，她是开玩笑呢。”

杜婕把嘴一噘：“玩笑？谁跟你开玩笑？”

陈家梁只好把拆杜婕房子的事告诉了李京，末了说：“杜总至今耿耿于怀。”

李京笑道：“不能吧？杜婕一向识大体、顾大局，她不是小肚鸡肠的人。”

杜婕解释说：“当时我确实不高兴，不过后来我也想明白了。谁让我跟他是发小和同学呢，他不拿我下手拿谁下手？拆了，扒了，我都认了。反过来说，不认又能怎么办？胳膊拧不过大腿嘛。现在看，拆了我的房子，建成了新区，让李老师来落户，这也算坏事变好事，是吧，李老师？”

林腊梅急匆匆赶到清心茶馆时，杜婕已经等候在那里。林腊梅问道：“这么急火火地找我，有事吗？”杜婕说：“其实也没什么事，就是想和你聊聊天。在咱这个小地方，能坐在一起说说心里话的，也就咱两个了。”林腊梅笑道：“不用煽情了，说吧，什么事？”杜婕说：“我以前那个孽债冤家到泰城来了。”林腊梅摆出一副未卜先知的样子：“我就知道你要说这个事。”

杜婕疑惑地看着林腊梅：“这么说你已经知道了？”

“这世上没有不透风的墙。你刚才已经说过，泰城就这么大个地方。谁要是有点什么事，还不马上传遍大街小巷？其实，那天为你接风，你的失态，就已经把你出卖了，你的心事写在脸上。后来一问，果然就是这个事。我听说，后来你们又单独见面了，下步打算怎么办？”林腊梅问道。

杜婕摇摇头：“没法办。”

“什么叫没法办？”

杜婕反问道：“如果我想好了还找你干吗？”

林腊梅说：“你呀，真是不让人省心的命。不过，要真搁我身上，我也没辙。”

杜婕说："你知道，这么多年过去了，我已经心如止水，对什么都不抱希望了，谁知道，他在这个时候突然蹦出来。"

林腊梅狡黠地一笑："把你的心搅乱了？有点心动了吧？"

杜婕眉毛一挑："我心动？扯淡！"

第四十一章

　　晚饭后，陈扁担和王玉芹在看电视，陈家栋气喘吁吁地提着一个纸箱进了门。陈扁担问道："你这是弄的什么玩意儿？"陈家栋洗了把手，说："我买了点香椿酱和柳芽酱。来的路上，我看到很多人排着队在买，你不是喜欢吃香椿柳芽吗，我就顺便给你买了一些。他们说这个东西可好了，不咸不淡，又鲜又香。别看腌成了酱，但仍保持着鲜香椿柳芽的那股特别的味道，是下酒下饭的好东西，我先打开一瓶你尝尝。"说完，他把打开的香椿酱递给陈扁担。

　　陈扁担接过来闻了闻，说："不错，挺香的，好东西。"

　　王玉芹说："现在的人可真是，什么青草野菜、草根树芽的，以前生活困难的时候吃过，后来根本没人吃了，现在倒好，成了争着抢着的好东西。"

　　陈扁担把瓶子一扬："可别小看这些青草野菜、草根树芽，味道好着呢。"

　　王玉芹说："生活困难吃，那是被穷逼得；现在吃，是被好日子惯得。"

　　陈扁担问："这是哪里生产的？"

　　陈家栋拿起瓶子仔细看了看："嘿，是东岳新区的企业生产的。"

　　陈扁担埋怨道："家梁这小子，自己地盘上生产出这么好的东西，也不知道弄点来家孝敬孝敬老子，官越大，心越大，我算是白养他了。"

　　王玉芹说："看看，又来了，没给你买瓶香椿酱就不孝顺了？再说，东岳新区生产的东西多了，家梁都给你拿回来？照你这样，他离贪官就不远了。"

　　陈家栋也说："这个东西又不贵，十块八块的，愿意吃再多买点。"

　　王玉芹说："好吃也不能多吃，咸菜就是咸菜，不能当饭，吃多齁死人。"

　　陈扁担笑笑："我也就那么一说，你们还当真了？这一箱子够吃些日子，不用买了。"他又问陈家栋，"这些日子你们在忙活什么？"

"瞎忙呗，山上有活就挑山，山上没活就下地，反正闲不着。这不，今天又刚接了一个大活。"

陈扁担问："什么大活？"

"有个北京的剧组来泰山拍电视剧，他们用的摇臂摄像机、灯光、发电机、监视器等等，乱七八糟的玩意儿挺多，要我们帮着弄到山上去。"

陈扁担耻笑道："这算什么大活？都是零打碎敲的事。"

陈家栋说："当然，与你们那时抬大架相比，这算不上什么大活。可我刚才说的那些玩意儿，体积也不小。一开始他们想用索道往上运，可什么摇臂啊，灯光啊，道具啊，发电机什么的，有的东西太长，索道厢装不进去；有的东西太大，索道吊厢内放不下。加上他们那些玩意儿娇贵，怕磕，怕碰，怕摔，每件都很值钱，用别的办法他们不放心，所以找我们帮着往上弄。"

陈扁担说："那可得小心点，一旦给人摔坏了，卖了房子也赔不起。"

陈家栋点点头："嗯，知道。"

陈家栋说的没错，一个电视剧剧组用的设备并不少，大的小的，重的轻的，杂七杂八，一字儿排开，能摆满半个篮球场。他们费了不少劲才弄到山上。

中午休息的时候，竹筒子说："咱看电影电视剧，光觉得热闹，没想到这个活真干起来也不容易。别的不说，光看咱弄上来的这些东西吧，没一个省力的。"

陈家栋说："这才刚开始，这仅是剧组要用的，很多活还在后头呢。"

皮进军倚在树上，说："这些东西又笨又沉，咱光帮他们弄到山上来，接下来他们还得不断转换拍摄地点场景，又得安装，又得拆卸，够忙活的。"

陈家栋说："那些演员也很辛苦，拍起来，白天晚上连轴转。"

竹筒子忽然问道："听说这次来了不少明星大腕，怎么没看到？"

"人家得正式开机的时候才来，兵马未动，粮草先行，咱干的都是运粮草的活儿，明星大腕都在后头。"皮进军当过兵，见过世面。

竹筒子说："真拍的时候，说什么也得来看看。"

"拍的时候，估计人家不会让你靠前，哪个明星也看不见。"陈家栋说。

竹筒子说："看不着明星，看个热闹也过瘾。"

"得和明星合个影，不管怎么说，咱也帮着他们出过力。"皮进军说。

陈家栋说："到时候可能你连边也沾不上。"

竹筒子听不惯："明星有什么了不起？多只鼻子还是多只眼？"

皮进军笑道："那可不一样，他们虽然不多鼻子不多眼，可他们粉儿多啊，有铁粉，有钢粉，还有死去活来的死粉。你有什么？至多有几袋土豆粉、地瓜粉。他们舞台上卖个乖，屏幕上要个帅，许多人立马像掉了魂似的，又是尖叫又是呐喊。要是你在电视上一露脸，人家不得往屏幕上吐唾沫？"

竹筒子说："等着吧，哪个女星走不动，说不定还得找咱抬。"

皮进军不怀好意地笑道："那些女星瘦得几十斤，你一个人背就行了。"

陈家栋说："对啊，你把她背上来，她还不跟你合影？"

竹筒子说："你就做梦吧。"

高春风和亚普、韩奇正在实验室探讨百合的种子和花期。亚普觉得，百合的发展规模，很大程度取决于种业。从总体说，百合虽然是易生长易成活作物，但要大面积种植，还要考虑环境、温度、湿度等多方面因素。比如，旱地怎么办，涝洼地怎么办，盐碱地怎么办，高寒地带怎么办，这些因素都要充分考虑。我们必须研究开发耐旱、耐涝、耐碱、耐寒的品种，这样才能适应百合在不同条件不同环境生长的需要，我们的种业才能占领更大的市场。

"这些问题确实非常重要。我认为还有两个问题要解决。从观赏的角度看，一个是花色单一的问题，一个是花期过短的问题，将来发展到一定规模，特别是田园旅游兴起的时候，这会成为我们的短板。"韩奇说。

亚普很赞成韩奇的想法，他说："花色品种需要开发。现在是以红黄白紫为主体，可以对现有百合的品种进行嫁接改良和培育繁殖，增加更多的花色，比如，黑色、蓝色、橙色、青色等等。花期问题，下步也要解决。一般来说，我们现有的百合品种，六月上旬现蕾，七月中旬始花，七月下旬终花。这就是说，整个花期大约在二十天左右，从观赏的角度看，时间过短。人家好不容易兴致勃勃地来观赏百合，可花已经谢了，这很令人扫兴。实际上，花期我们是可以控制的，通过温度、湿度等方法进行抑制和控制，在种植时间上，也可以适当拉开时间，这样，盛花期力争控制在六月中旬至十月一期间，观赏时间接近五个月，这样基本可以做到半年之内有花可赏……"

这时，韩奇的手机铃响。韩奇走出实验室，接起来一听，兴奋地和孩子一样，差点跳起来："奶奶！是您呀，好，好，一切都很好。什么？您要和爷爷来泰山？明天上午十点到？太好了，我到车站接您！"

高春风得知韩老先生和夫人要来，也很高兴。他对韩奇说："韩老是文化名人，是国内外知名学者，他们能来太好了。我们得认真做好准备迎接二老。这样，我马上安排好二位老人的食宿，不知二老喜欢哪家宾馆？"

"这个我也不清楚。不过，我们百合园专家公寓的环境条件就很好，让他们住在这里，他们肯定会很满意。"韩奇答道。

高春风点点头："那就暂且订在这里吧，不行再说。"

当韩卓夫妇走进公寓，韩夫人高兴地说："很好啊！这里远离闹市，没有噪音，满眼山清水秀田园风光，空气也新鲜，和世外桃源差不多。"

韩奇拉着高春风向爷爷奶奶介绍道："这位就是电话上我给您讲过的高总，我们是在荷兰认识的，是高总把我聘到泰山百合园工作的。"

韩卓握着高春风的手："谢谢你对小奇的厚爱，让他来泰山这块福地。"

高春风客气地说："韩奇是难得的人才，要说感谢，我得感谢他对我们百合园的鼎力相助，感谢他带来许多新的理念和技术。"接着又问，"韩老，听说您对泰山情有独钟，这次来，不知您有什么具体要求和安排？"

韩卓说："你说得对，我对泰山的感情很深。看着泰山的一草一木，我都感到非常亲切。不过，这次来泰山，一是因为小奇在这里效力，过来看看他；二是想圆多年一个愿望，见见一个从未谋面的老朋友。不知道这个愿望能不能实现？至于上泰山，年纪大了，恐怕爬不动了，只能坐索道看看。"

高春风已经猜到韩老要见这位老朋友，但没有接话。韩奇却把话点破了："我爷爷要会的这位朋友，就是杜婕的父亲，也就是你的岳父大人。"

韩夫人瞪大眼睛问道："高总的岳父大人？"

"对，杜婕的父亲就是高总的岳父。"韩奇答道。

韩卓也感到惊讶："还有这么巧的事？"老人沉吟一会儿，说："我想见见小婕父亲的愿望由来已久了。前几年我来泰山，曾经多方打听过，但几次未果。原因嘛，我自己心里明白。当年小奇一时糊涂，错失了与小婕的良缘。小奇有错在先，我作为他的爷爷，自知理亏啊。这次来，不管他们什么态度，我都要设法见上一面，了却这桩心事，否则，恐怕就再没有机会了。"

高春风说："既然这样，看您什么时间合适，我请我岳父来一趟。"

韩卓摇摇头："那样不妥，我们登门拜访，才不至失礼。"

高春风想了想，说："也好，明天晚上我就带你们到我岳父家。"

当晚，高春风就急急忙忙赶回家。杜宏说："这么晚了，回来什么急事？"高春风说："有事商量。"杜宏笑了笑，说："打个电话不就行了？何必深更半夜再跑一趟？"高春风说："电话上三言两语说不清楚，还是当面说比较好。"

杜宏问："什么事搞得这么一本正经？"

"这个事，说大不大，说小不小。韩奇的爷爷和奶奶从北京来了。"

杜宏一怔："是吗？他们来干什么？"

"说是看看韩奇，实际上要拜访你爸。"高春风答道。

"拜访我爸？拜访他干什么？"

"还不是为了韩奇和杜婕。"

杜宏说："他们愿意去就让他们去就是了，关你什么事？"

"事情哪那么简单？我本来想把老爸叫到百合园，见个面就得了。可韩老爷子不同意，坚持要亲自登门拜访。咱得找老爸商量一下，看他的意思。"

杜宏想了想："那倒是。我爸我妈一点思想准备没有。这样吧，明天我先回家说说看。可杜婕怎么办？用不用也提前给她说说？"

高春风说："得给她说，这个事，我看他们主要冲着杜婕。"

　　第二天，杜宏东跑西颠好一个忙活。先是给杜婕打电话，嘱咐晚上不要安排其他事，爸妈要她回家吃饭，有事要说。杜婕问什么事，她说回家就知道了。然后，又跑回家，把韩老先生两口子要来拜访的事说了。杜长腿开始坚决不同意，说："朋友不是朋友，亲戚不是亲戚，来家看什么，加上杜婕和韩奇又是那么种情况，坐在一块有什么话！"杜宏使出浑身解数，苦口婆心地做他的工作，说："孩子是孩子，大人是大人，不是儿女亲家，也不能成仇人。他们大老远从北京来，要到家看看，哪能拒之门外？"说了半天，杜长腿好歹答应了。杜宏又提出来："既然进了门，最好留人家吃顿饭，要不有点说不过去。"谁知，杜长腿一听又不干了，说杜宏得寸进尺，香臭不分，他孙子把杜婕坑了，咱反而拿他当客伺候，天下哪有这样的情理。幸亏钟丽华站在她这一边，说："不就顿饭吗，有什么大不了的，叫花子上门还得给块窝头呢。"杜宏扑哧笑了，说："人家是知名教授，可不是叫花子。"钟丽华说："我就是打个比方。"杜宏又顺势给杜长腿戴了个高帽，说："我爸可不是皮笊篱，一辈子大方敞亮。"钟丽华一撇嘴："大方是大方，就是大方的不是地方。有时候屎壳郎垫桌腿，硬撑着。这次该大方了，他又麦秆吹火，小气了。"娘儿俩这个一句那个一腔的，说得杜长腿插不上话。最后，杜宏把杜长腿的嘴封住，说："你不吭气，就等于默认，我们去准备了。"

　　接下来，杜宏又去市场，熟食生食，鱼肉蔬菜，干鲜水果，乱七八糟买回一大堆。还把碗盘碟进行了清洗，屋里屋外的卫生搞了一遍，累得把衣服都渴了。她忍不住发了一句牢骚，说："我这里里外外的瞎忙活，到底图什么？"钟丽华瞅她一眼："谁叫你是姐呢。"一句话把她噎得没了脾气。

在百合园公寓，韩先生夫妇和韩奇也没闲着。韩奶奶准备好从北京带来的礼品，两只烤鸭，装在粉色纸袋的好利来点心，还有围巾丝巾。棕色围巾送杜婕爸爸，红色围巾送杜婕妈妈，爱马仕丝巾送给杜婕。韩卓穿上崭新的礼服对着镜子照来照去，韩夫人一个劲地夸，说："穿上蛮精神的。"韩奇也说："爷爷这一收拾更显得玉树临风了。"韩奶奶又拿出一件咖啡色休闲西装让韩奇穿上。韩奇笑了笑，说："我现在是花农，又不是花痴。不用穿得红猫绿狗、花枝招展，让人看着另类。"韩奶奶不愧是知识女性，说着装最能体现一个人的修养和气质，也是对别人的尊重，切不可随随便便。韩奇拗不过，只好换下身上的黑夹克。

韩卓试完衣服，在沙发上坐下，突然眉头一皱，歪倒在沙发上。

韩奶奶一看，连忙从包里取出药给韩卓服上。韩奇上前想把爷爷扶起来，被奶奶拦住，说："现在不能乱动，赶快拨打120！"

这时，高春风进来，见状一惊，问教授怎么了，韩奶奶说可能心脏病犯了。

过一会儿，救护车到了，医生做了紧急处理，把韩卓拉去了医院。

医护人员迅速把韩卓推进急救室。

大约半小时以后，高小雨从急救室出来，几个人马上围上去。韩奶奶问情况怎么样，高小雨说有惊无险。老先生年龄大了，心脏功能不太好，可能因为劳累或者过度兴奋，导致出现轻度心梗，院长还在继续做检查，让他们不用担心，院长是留学美国回来的博士，是著名的专家和教授，临床经验非常丰富，由他亲自检查和治疗，应该没什么问题。

杜宏刚挂上电话，钟丽华急忙问："什么？住院了？什么病？要紧不？"

"春风电话上说老人心脏不好，不过没生命危险。"杜宏答道。

钟丽华长舒了一口气："真吓死了，九十多岁了，万一有个好歹——"

杜长腿说："幸亏没在咱家倒下，要是那样麻烦就大了。就是你们两个忙活了大半天，这桌子菜恐怕白白忙活了。"

"白忙活就白忙活，只要人没事就好。"

杜宏想了想说："爸，妈，我想，人家这次是专门为小婕的事来的。您两个做父母的应该到医院看看人家，不要让人家说咱乡下人不懂礼数。"

钟丽华点点头："我看小宏说得对，人家大老远从北京来，为了上咱家来才住了院，咱是应该去医院看看，你说呢她爸？"

杜长腿说："行，那咱就去看看吧。"

钟丽华看了杜宏一眼："你陪我们一块去吧，要不我们不知道说什么。"

杜宏说："我陪算什么事？要陪也得让小婕陪。"

"也是，叫小婕陪着吧。"杜长腿说道。

杜长腿夫妇和杜婕一块来到医院，高小雨早就在门口等着。杜长腿问道："那个韩教授怎么样了？"高小雨说："问题不大，老人现在恢复得很好。不过不要和他说话时间太长，不能让他过于激动，以免心脏再出现问题。"

高小雨把他们带到病房。

杜婕把花篮和果篮放到韩卓的床头柜上："韩爷爷，您好！"

韩卓一见杜婕，非常兴奋："哎哟，是小婕呀，来，坐下。"

杜婕把杜长腿和钟丽华介绍给韩卓："韩爷爷，这是我爸，这是我妈。"

韩卓紧紧握着杜长腿的手："杜先生，你好，相见恨晚啊！"

杜长腿问道："韩老先生您好，身体怎么样了？"

韩卓答道："很好，幸亏来医院及时，你看，这不没事了嘛。"

韩卓想坐起来，被韩奶奶按住："现在不能坐。"接着转过身来对杜长腿和钟丽华说，"抱歉，这是大夫交代的，现在最好平躺。"

杜婕说："韩爷爷，您就躺着吧。"

韩卓叹了口气，说："年纪大了，经不起事了。本来说好，我们老两口要到你们家登门拜访的，你看，不但没有去成，反而麻烦你们跑来医院。"

杜长腿说："韩先生，没事，只要您身体好好的，我们怎么着都行。"

韩卓说："杜先生，我这次来泰城，主要就是一件事，与你和你的家人见个面，把我要说的话当着你们的面说出来，否则，我会心里不安的。"

杜长腿上前凑了凑："韩先生，您说。"

韩卓说："小婕上大学的时候，与小奇同级同班。后来，他们两个好上了，经常出双入对，毕业后又分配到了同一单位。我想这些你们是知道的。"

杜长腿点点头。

韩卓继续说："看着他们当时开心的样子，我们老两口别提多高兴了。本来已经开始谈婚论嫁了，我们也准备来泰山和你们认亲。可谁知，小奇这个臭小子，不知转错了哪根筋，鬼迷心窍，误入歧途，给小婕带来了极大伤害。"

"事都已经过去了，不提这些了。"

韩卓摇摇头："你说过去了，可在我这里过不去啊，小奇打小跟我们一起生活，他犯错，我和他奶奶有难以开脱的责任，我和小奇的奶奶今天给你们说声对不起，真诚地向你们道歉了。"

杜长腿连忙劝道："韩老先生，使不得，孩子的事，由不得您。"

这时，韩奶奶把话接了过去，说："后来小婕辞职回到泰城，我们两个心心念念，牵着挂着，几次想来看看，可又觉得唐突，无颜面对你们啊。"

韩卓说："没想到，小奇现在也来泰城，也许是上天的安排吧。小婕，你过来一点儿，我和你说几句话。"

杜婕往床前靠了靠。

韩卓问："年轻人犯了错误，上天都会原谅。这是列宁说的吧？"

杜婕点了点头。

"你能给小奇一个改正错误的机会吗？"韩卓试探地问道。

杜婕低头不语。

韩卓轻咳了一声："错不在你，错在小奇。可他毕竟还年轻啊。"

杜婕仍然低头不语。

韩卓说："我有生之年唯一的愿望，希望看到你们重新开始。"

杜婕还是低头不语。

韩卓说："当然，这只是我的一厢情愿，我没理由勉强你。"

……

送杜长腿他们走出病房，韩夫人问韩卓："你没觉得小婕的父亲面熟吗？"韩卓说："我们来泰山与他见过面的。"韩夫人说："当初他为什么说不认识杜婕呢？"韩卓苦笑一声："他那么说肯定有他的道理吧。"韩奶奶笑道："你今天也装作初次见面似的。"韩卓说："有些事不必说破。"韩夫人有点失望，说："我感觉杜婕今天的态度不冷不热，看样子没戏。"韩卓沉吟了一会儿，说："这就看他们的缘分和造化了。"

第四十二章

　　这些日子，陈小玉又回到花季少女的本色，清纯、阳光、快乐。下了班，就兴高采烈地来到爷爷家，把一包礼品放到桌上。一盒橘黄色大杧果，送给老奶尝尝；一盒面膜和护肤品，送给玉芹奶奶用；还有两瓶泰山老窖，不用说，肯定是送给爷爷的。玉芹说："你这孩子，买这么多东西干啥？"陈扁担端详了半天，说："你捡了元宝还是捡了钱包？怎么买这么多东西？"陈奶奶也埋怨道："小小年纪没个数，挣个钱不容易，不知道省着花。"小玉说："你们有没有搞错呀？我哪舍得花这么多钱？是杜婕阿姨买的。她本来要过来，突然接了个电话，又去银行了。她把东西交给我，让我捎回来。"陈扁担问："怎么样，在你杜婕阿姨那儿上班累不累？"小玉欢快地答道："不累，比原来罗总那个破公司强一千倍，轻快并快乐着。就是事多事杂，闲不着。"玉芹说："忙点好，忙了有钱挣。"陈奶奶又问："这回工作顺心不？"小玉笑出两个浅浅的酒窝："顺心，杜姨对我可好了，像对家里人一样，她说要不是差辈分，我们就是好姐妹。"陈奶奶一听，嗔怪道："对你再好，你也不能没大没小。"陈扁担也说："那可不行，一码归一码，叫姑叫姨都行，就是不能叫姐。"

　　陈家梁回家还没顾上换衣服，市商务局王局长的电话就追来了，说明天有批欧洲客商来泰城考察，其中有个客户的项目对东岳新区来说可能比较对路，明天想带他们到东岳新区看看，问他有没有兴趣。陈家梁当然求之不得，说："当然有兴趣，明天一早我就安排人去把他们接来，在我们新区好好看看。"

　　没想到，这个客户竟是皮特和他的女儿玛丽。

　　皮特在欧洲有家节能环保灯具公司，规模算不上很大，但效益一直很好。

他决定来泰城寻求合作，主要是因为看好这里的制造业基础和前景广阔的市场，另一个因素则源自他萦绕多年的泰山情结。当然，陈家梁并不知情。

晚上陈家梁把皮特和玛丽请回家吃了顿便饭。饭后随意交谈起来。

高小雨说："皮特先生和玛丽小姐，这是我们初次在家里接待外国朋友，如有不周的地方，请你们多多包涵。"

陈家梁问道："不知今晚的饭菜是不是符合你们的口味？"

皮特答道："谢谢，太好了，能够来府上就餐，我不胜荣幸。"

郑远方解释说："皮特先生，玛丽小姐，中国是礼仪之邦，泰山是孔孟故里。我们这里，请客人在家就餐，是最高的礼节。"

玛丽高兴地说："陈书记，这是我有生以来最难忘的晚餐，泰山三美，白菜豆腐水，还有小小的赤鳞鱼，美极了！大概这就是舌尖上的中国吧？"

高小雨笑道："哟，你连舌尖上的中国都知道啊？就算是吧。不过，中国太大了，幅员辽阔，地大物博，要尝遍舌尖上的美味，可不是件容易的事噢！"

陈家梁说："玛丽小姐，走遍大江南北，泰山小吃最美。只要我们合作成功，你就可以经常吃到泰山的美味了。"

"但愿如此，我与泰山有不解之缘，泰山于我恩重如山。"

这时，皮特突然发现墙上一幅照片，目不转睛地盯着看起来。

照片上是陈扁担和杜长腿扛着扁担走在下山的路上。

陈家梁陪皮特和玛丽聊天的时候，杜长腿正在门口溜达。陈扁担提着一袋青菜从家里出来，问杜长腿："你在这里瞎转悠什么？"

"刚吃了饭，没事闲溜达溜达。你这要去哪？摆小摊卖菜去？"

陈扁担说："摆什么小摊？玉芹下午刚从菜地里摘回了些新鲜蔬菜，我们在家吃不了，玉芹让我给家梁送些去。"

"闲得，他家还缺这点青菜？"

陈扁担说："我也说闲得，可她不听，非要我给他送去。老婆的话能不听？"

杜长腿笑道："瞧你那点出息，越上了年纪，越把老婆的话当圣旨了。"

陈扁担说："你还别说，听老婆的话没亏吃。走吧？一块顺道溜达溜达。"

"你去送菜，我去干什么？"

陈扁担说："走吧，做个伴，反正闲着也是闲着。"

见皮特先生还在盯那张照片，陈家梁觉得纳闷儿，便问道："皮特先生，你在看什么，看得那么专注？"

皮特指指照片："我在看这幅照片。陈先生，照片上两位，我似曾相识。"

陈家梁摇摇头："不会吧？你与他们怎么会——"

皮特问道："他们是你什么人？你认识他们？"

陈家梁笑笑："岂止是认识？这位是——"

说话间，陈扁担、杜长腿从门外走了进来。

陈扁担问道："哟，来得不是时候，有客人啊？"

"要不，我们先回吧？"杜长腿说。

陈家梁连忙说："没事没事，快进来坐。"

陈扁担把青菜递给高小雨。

高小雨说："爸，叔，你们坐，我给你们倒茶去。"

陈家梁向皮特和玛丽介绍说："这是我爸，这是我杜叔，你看清楚了吧？他们是不是照片上的那两个人？"

陈扁担、杜长腿不知就里，蒙在那里。

皮特一会儿看看照片，一会儿看看陈扁担、杜长腿。

皮特点点头，自言自语地说："是他们，就是他们。"

陈扁担和杜长腿一头雾水，不知所措。

皮特突然叫道："玛丽，我们找到了，找到了！"

玛丽问道："爸爸，你找到了什么？"

皮特激动地说："找到了我们寻找多年的救命恩人！"

玛丽一怔："救命恩人？"

在场的人都不知道发生了什么事情，惊诧地看着皮特。

皮特紧紧拥抱着陈扁担和杜长腿："老先生，你们不记得我了？还有玛丽？"

陈扁担摇摇头："不记得了。"

杜长腿也说："不记得。"

皮特边比画边说："二十多年前，南天门，一个小女孩摔倒！"

陈扁担和杜长腿还是连连摇头。

皮特从包里拿出一条毛巾，毛巾被撕开一个很大的口子。皮特说："这个，你们认识吧？这是你们当时给玛丽包扎的毛巾。"陈扁担接过来，看了看，又看了玛丽一眼，似乎想起了什么。杜长腿也若有所悟地点点头。

陈扁担说："嗨，这个事都过去多少年了，我们早就忘了。"

杜长腿指着高小雨说："就是，我们谁也没往心里去。不过，当时去医院，抢救孩子的医生就是她的妈妈，冯主任。"

皮特惊讶地问道："是吗？"

玛丽也说："这么巧？"

高小雨点点头："小的时候，我好像听我妈说起过这件事。"

皮特握着高小雨的手："请你代表我和玛丽，好好谢谢你的妈妈，她是一个好妈妈，是一个好医生，也是我们全家的大恩人！"

高小雨说："好的。"

皮特用手比画着："那时候，玛丽还不到五岁。二位老先生，中国有句老话，叫大恩不言谢，但我还是要说一声，谢谢你们！我会以我们的方式报答你们。你们知道我为什么愿意到泰城来投资吗？很大程度是为了这份情缘。"

陈家梁高兴地说："爸，叔，你们听到了吧？我们东岳新区吸引外资，还有您俩的功劳呢。"

陈扁担说："其实没有什么，我们天天挑山，遇到这样的事多了，还有比你的孩子更危险的，我们也是这么做的，真的没什么，不用谢。"

杜长腿说："在那种情况下，不光我们俩，换上其他任何人，不管让谁碰上了，他们都会和我们一样，谁能见死不救？"

皮特竖起大拇指："好人，你们是天底下最好最好的人，好人会有好报，好人一生平安！我祝福你们，上天会保佑你们！"

经过几年的努力，跑马岭终于完成从一个贫困山村向一个美丽乡村的蜕变。艾业公司的工人正在忙碌着。文创公司的展示大厅，陈列着各种具有泰山文化符号的文创产品。林秋月陪着省里来的领导调研。调研组一位同志感慨地说："跑马岭村的变化太大了。几年前我来的时候，这里还是一个普普通通，甚至还非常贫困的小山村，可短短几年，变成了一个新时代的美丽乡村。如果有时间，我真想写一部新时代的山乡巨变。"

林秋月脸上泛起一层红晕，说："领导过奖了。我们村这几年是有点变化，但主要得益于各级领导对我们的关心支持和帮助，关键时刻为我们指点迷津。我们先是在猕猴桃产业上做文章，由一家一户单打独斗变为合作社共同经营，经济效益成倍增长，这可以说是我们村集体收入的第一桶金。在这个基础上，我们抓住中医和中医药越来越受重视的机遇，充分利用漫山遍野艾草丛生的资源，开发了艾草产品加工，广受市场青睐，产品销售势头强劲。第三步呢，我们聘请了泰山文化和工艺制造专家，开发了泰山文创产业，把泰山的经典文化符号制成文创产品，让死文物活起来，动起来，像泰山石敢当、鲤鱼跳龙门、墨玉宝葫芦等等，深受海内外的顾客欢迎。第四步，我们办起山水写生、挑山体验、曲径通幽、另眼观光等文化旅游项目，从全新的角度展示山乡风情，吸引了大批来自各地的游客。这两年，在征得村民同意的基础上，我们举全村之力，实施美丽乡村建设工程，去年年底前，全村村民全部搬进了新居。

"自己与自己比，是有发展，有进步，但山外有山，楼外有楼，比人家先进地区，我们差得太远了，不过，我们有决心，也有信心，争取再上一个新的台阶。不远的将来，我们将打造出一个更新更美的跑马岭！"

这天，深圳宠物食品公司总经理王华南前来考察新建成投产的宠物食品园区。陈家梁介绍说："王总你看，一年前我们还谈在纸上的项目，现在已经落在地上了。一个宠物用品研发中心，一个宠物食品加工中心，一个宠物保健中心，现在已经全面步入正轨。正在按照我们共同设计的路线图向前推进。"

王华南非常高兴地说："目前，这是我们与地方合作最顺利最高效的一个项目。生产加工这一块，条件已经成熟，技术要求、产品质量都没有什么问题，国内销售、海外出口渠道畅通。现在的关键是宠物食品的上端，也就是宠物保健研发需要加快进度。这个市场，无论国内还是国外，需求太大了。谁抢先一步开发出新的产品，谁就抢占了市场的高地。在这一点上，需要我们双方共同努力。我们的研发团队需要加速攻关，许多基础性工作也需要你们密切配合。"

陈家梁表示："这个没问题，请王总放心。"

在陈家梁和王华南交谈的时候，随同王总前来考察的一位女同志眼睛一直盯着陈家梁。她是王总的中层管理骨干，四十岁月左右的样子，看上去知性优雅，聪慧干练。临走前，她把陈家梁叫到一边，悄悄问道："陈书记，冒昧地问一句，你认识不认识一个叫陈扁担的挑山工？"陈扁担一愣，说："我怎么会不认识？他是我父亲。"那位女同志点点头："看着就像，真像，时间真快，都当书记了。"陈家梁反问道："你怎么会问起他？你们认识？"那位女同志犹豫半天，欲言又止。最后没头没脑地说："请你代我问他好，这次时间紧，下次再来我一定去看他。你就说，我是王多多。"这一说，倒把陈家梁说糊涂了。

后来回家说起这个事，陈扁担愣了半天。

吃过晚饭，陈家梁去看刘亦鸿。鲁洁为他倒茶。陈家梁说："嫂子歇着，我自己来就行了。"鲁洁笑道："你当了区委书记以后，天天忙大事，见你个面都很难，今天好不容易来家里，嫂子给你倒杯茶还不应该？"陈家梁说："嫂子，您当着刘书记的面，这是夸我还是骂我呢？"鲁洁说："当然是夸你，你是我的弟弟，看着你成长进步，我当嫂子的高兴还来不及呢，哪还能骂你？"

刘亦鸿说："依我看，你这个话只说对了一半，既然拿家梁当弟弟，夸当然应该，但一旦他哪一步迈错了，该骂还是要骂。"

"刘书记说得对，老嫂比母，我做错了什么，您该骂就骂，该打就打，我没有任何怨言。"陈家梁说道。

刘亦鸿问陈家梁："最近感觉怎么样？"

"还算可以吧，区里的各项工作基本步入正轨，一开始拆迁的时候，动了不少脑筋，也遇到不少麻烦，不过总算过去了。这段时间，区里把主要精力用在新区的建设和发展上，引进落地了一批项目。有时候，自己也有些这样那样的想法，这拼死拼活地忙，什么时候是个头？但一想到当年您给我说的话，自己又想开了，挑山工的孩子，组织上给压这么重的担子，还想什么？想想当年，您在青云县一干就是十年，整整十年。相比之下，我这算得了什么？"

刘亦鸿摇摇头："那是明日黄花了。莎士比亚说，时间会轻松吃掉青春的彩饰和稀世的珍宝，任何东西都逃不掉它横扫的镰刀。以前，我对这个话体会不深，现在慢慢慢琢磨出其中的味道了。"

陈家梁说："我怎么听着您这个话有点别的意思？"

"没别的意思，就是一点感悟。"刘亦鸿说。

陈家梁说："刘书记，您是一个饱读诗书、功底深厚的人，当初您如果不从政，去教书、搞研究、做学问，或者干记者、当作家，不管从事哪个行当，您都有可能成果累累，成为专家，成为大家。起码功名不比现在差，难道对当初的选择就没有后悔过吗？"

"没有，首先人生没有那么多如果，再是我从来也没有后悔。当初我走上从政的路，也不是我个人的选择，而是各种机缘、各种环境、各种条件使然。至于你说到功名，何谓功名？功为何立？名为谁留？这些都由不得个人标榜。

时间、历史说了算。"刘亦鸿答道。

陈家梁内心一直为刘亦鸿鸣不平："唉，因为一场谁也意想不到、谁也不愿意发生的安全生产事故，您主动承担了责任，莫名其妙地背了一个本不该有的处分。要不，您会有更大的舞台，想想我就替您惋惜。"

刘亦鸿说："这没什么可惋惜的。事故发生了，责任总得有人承担。我不背处分，别人就得背。既然从政，就得懂得承受。承受无奈，承受误解，承受磨难，承受摔打，承受必须承受的一切。顺境的时候想到逆境，上坡的时候想到下坡，风光的时候想到暗淡，众星捧月的时候想到门前冷落。人哪，站在高处时看的是风景，站在低处时看的是人心。"

陈家梁由衷地感叹道："您把人生真是悟透了。"

刘亦鸿说："可不敢那么说，人生这部书，一辈子读不完、悟不透。你还年轻，路还长着呢。你今天受的苦，吃的亏，担的责，遭的罪，忍的痛，到最后都会变成光，照亮你的路。还记得你刚上任时我给你说过的话吗？"

"记得，当然记得。你让我磨磨性子，长点耐性。越在紧要关头，越要冷静，越要沉住气，事急则缓，事缓则圆，事圆则通。不过，话是记住了，但一做起来，又全都忘了。一遇到具体事，还会头脑发热。"

刘亦鸿说："那就还得修炼。人，一旦担任一定的职务，特别是主要负责人，那你已经不是一个个体了，你的一言一行、一举一动，都得对你所担负的职务负责。班长班长，一班之长，普通的班长是什么事自己带头去干，好的班长是全体成员与你一起去干，优秀的班长你一发话全体成员拼命去干，你既然是班长，就得做个优秀的班长。"

谈着谈着，不觉夜深……

这天，林腊梅把几个长辈请到拜岳楼。皮笨篱一看满桌硬菜，两眼瞬间眯成一条缝，说："这么一大桌，全是硬菜啊？"林腊梅说："老皮叔，后面还有呢。"陈扁担劝道："别再弄了，吃不了浪费。"皮笨篱马上表示反对，说："该上的还得上，做好了不上岂不更浪费？"杜长腿瞪他一眼，说："你这个老皮，都这么大岁数了，脾气还没改。"大剪子笑道："要是改了那还是老皮？"

何岸柳说："各位叔叔阿姨，林总今天准备得很丰盛，因为你们都是她的亲人，吃什么吃多少，她都不会心疼，你们就敞开肚皮，该吃吃，该喝喝。"

范海灵说："是啊，孩子有这份孝心，咱们就放开吃吧。"

林腊梅说："吃之前呢，我有几句话要说。岸柳说得没错，你们在座的，既是我的长辈，是我的亲人，也是我的榜样。打记事的时候起，我就记得你们这帮人就起早贪黑的挑山，拼死拼活地干活。为什么？图什么？其实我们明白，就是为了我们下一代，为了我们日子过得比你们好，不再受穷，不再受累。你们以实际行动给我们打了样。到了我们这一辈，继续挑山的有，从政当官的有，经商办企业的有，这么说吧，我们这一辈八仙过海，各显其能。但不管干什么，都没给你们丢脸，日子过得都还不错。你们说是不是？"

大家你看我我看你，不住地点头。

林腊梅继续说："你们现在可以说已经熬出来了，熬得几代同堂，子孙绕膝。现在该你们享享清福了。我们这些晚辈，你们高兴，我们就跟着高兴，你们爽爽利利、健健康康，就是我们的福气！"

大剪子胳膊肘碰了下范海灵："瞧，这孩子真会说话，句句说到咱心里去。"

范海灵说："你也不看谁的闺女。"

半铺炕看了一眼范海灵："看把你嘚瑟的，比你可强多了。"

林腊梅说："今天，我们特意准备了点酒菜孝敬你们。菜放开吃，酒放开喝，但不能喝醉噢！然后呢，我有个想法，我想开车拉你们出去转转，看一看，看一看你们的儿女们到底在干什么，干得怎么样，你们愿意不愿意？"

竹筒子第一个表态："愿意，当然愿意！"

半铺炕问："腊梅，你说什么时间？"

林腊梅说："明天上午九点，你们各位在家等着，我们开车上门接你们。"

大剪子说："那可太好了。"

林腊梅举起杯："下面，我代表我们这辈人，代表挑山工的儿女们，先敬各位长辈一杯，然后大家随意。"

众人一齐干杯。

第二天，中巴车上，人一车，笑一车，一个个美得不行。

晚上回到家，玉芹见陈扁担没有想象中的那种兴奋，便问道："出去转了一圈，应该高兴才是，怎么反而脸不开晴呢？累了还是咋的？"

陈扁担说："哪里，没有的事。出去转了一圈，若干事我看明白了，也想明白了。过去，我总是嫌孩子们这个那个，说他们这也不对那也不对，嫌这也不好那也不好。这出去一看，一下子开眼了。你看他们一个个的，不管干什么，都干得有模有样，比我们年轻的时候强多了。"

玉芹也感慨：“是啊，人就是这么一茬一茬、一辈一辈地走过来。一茬比一茬好，一辈比一辈强。孩子大了，咱也老了。”

　　陈扁担说：“这才到哪儿？好日子在后头呢。”

　　清晨，太阳浮出海面，爬上山顶，然后继续升腾，顿时霞光万道，仿佛整片天空都燃烧起来。陈扁担扛着扁担刚出家门，陈小飞就追了过来。陈扁担见他肩上也扛条扁担，便问道：“你怎么来了？”陈小飞说：“学校放假，我今天跟着您挑山去。”陈扁担嘿嘿笑了，说：“你去挑山？”陈小飞把扁担一扬：“是啊！”陈扁担问：“你爸知道？”陈小飞说：“是他让我来的。”陈扁担说：“好啊，走吧。”

　　陈扁担走在前面，陈小飞跟在后面，祖孙一起向山上走去。

　　这时，远处传来动听的歌声：你用脚步丈量世间的距离，你用肩膀挑起生活的不易。你用平凡诠释海的浩瀚，你用渺小衬托山的威仪。从天寒地冻到燕归来时，从旭日东升到炊烟升起。看见你就看见泰山，看见泰山就看见你……

　　陈扁担笑了，笑得像朝霞一样灿烂……